CLIVE CUSSLER
&
DIRK CUSSLER

Geheimakte Odessa

Buch

Februar 1917: Beim Versuch, in den Bosporus einzufahren, wird der Zerstörer Kerch der Kaiserlichen russischen Marine von osmanischen Kriegsschiffe versenkt.

April 1955: Über dem Schwarzen Meer stürzt eine Tupolew TU-4 der russischen Luftwaffe während eines Sondereinsatzes ab und versinkt.

Juli 2017: Dirk Pitt, Chef der National Underwater and Marine Agency (NUMA), und sein Freund und Kollege Al Giordino suchen im Schwarzen Meer das Wrack eines im achtzehnten Jahrhundert gesunkenen osmanischen Schiffs. Da empfangen sie den Notruf des Massengutfrachters *Crimean Star*. Als sie dort ankommen, finden sie den Frachter unbeschädigt und steuerlos vor. Doch von der Mannschaft ist nur noch ein Mann am Leben. Alle anderen sind tot, aber äußerlich unversehrt. Pitt und Giordino vermuten ein Gasleck als Ursache, als eine im Rumpf versteckte Sprengladung explodiert. Pitt und Giordino können sich im letzten Moment retten, bevor der Frachter sinkt.

Durch Kontakte zu Europol erfahren sie, dass auf der *Crimean Star* im Auftrag des berüchtigten Waffenhändlers Mankedo waffenfähiges Uran für den Iran transportiert wurde. Und der hat noch größere Pläne! Denn an Bord der abgestürzten Tupolew befand sich eine Atombombe – und Mankedo geht über Leichen, um in ihren Besitz zu gelangen!

Autor

Seit er 1973 seinen ersten Helden Dirk Pitt erfand, ist jeder Roman von **Clive Cussler** ein »New-York-Times«-Bestseller. Auch auf der deutschen SPIEGEL-Bestsellerliste ist jeder seiner Romane vertreten. 1979 gründete er die reale NUMA, um das maritime Erbe durch die Entdeckung, Erforschung und Konservierung von Schiffswracks zu bewahren. Er lebt in der Wüste von Arizona und in den Bergen Colorados.

Dirk Cussler arbeitete nach seinem Studium in Berkeley viele Jahre lang in der Finanzwelt, bevor er sich hauptberuflich dem Schreiben widmete. Darüber hinaus nahm er an mehreren der über achtzig Expeditionen der NUMA teil.

Clive Cussler
&
Dirk Cussler

GEHEIMAKTE ODESSA

Ein Dirk-Pitt-Roman

Deutsch von Michael Kubiak

blanvalet

Die Originalausgabe erschien 2016 unter dem Titel
„Odessa Sea“ bei Putnam›s Sons, New York.

MIX
Papier aus verantwortungsvollen Quellen
FSC® C014496
www.fsc.org

Verlagsgruppe Random House FSC® N001967

1. Auflage
Taschenbuchausgabe Oktober 2018

Umschlaggestaltung: © Johannes Wiebel | punchdesign,
unter Verwendung von Motiven von Shutterstock.com
(David W. Leindecker; freedarst; Alexyz3d; Sabphoto) und
Maarten, CC-BY 2.0, https://commons.wikimedia.org/wiki/
File:Tupolev_Tu-4_@_Central_Air_Force_Museum.jpg?uselang=de,
(Bildveränderungen wie am Cover ersichtlich)
Redaktion: Joern Rauser
HK · Herstellung: wag
Satz: Buch-Werkstatt GmbH, Bad Aibling
Druck und Einband: GGP Media GmbH, Pößneck
Printed in Germany
ISBN 978-3-7341-0615-6

www.blanvalet.de

PERSONEN

1917

Wadim Rostow Kapitän des russischen Zerstörers *Kerch*

Sir Leigh Hunt Britischer Sondergesandter und ehemaliger Generalkonsul in der englischen Botschaft in St. Petersburg
1955

Dimitri Sarchow Pilot des russischen Tupolew Tu-4 Bombers

Iwan Medew Kopilot des russischen Tupolew Tu-4 Bombers

Alexander Krajewski Flieger, russischer Tupolew Tu-4 Bomber
2017

NUMA-Team

Dirk Pitt Direktor der National Underwater and Marine Agency

Al Giordino Direktor der Abteilung Unterwassertechnologie, NUMA

Bill Stenseth Kapitän des NUMA-Forschungsschiffes *Macedonia*

Hiram Yaeger Direktor der Abteilung für Computer-Ressourcen, NUMA

Rudi Gunn Stellvertretender Direktor der National Underwater and Marine Agency

Summer Pitt Direktorin der Special-Projects-Abteilung, NUMA, und Tochter von Dirk Pitt

Dirk Pitt, Jr. Direktor der Special-Projects-Abteilung, NUMA, und Sohn von Dirk Pitt

Jack Dahlgren Spezialist für Unterwassertechnologie, NUMA

James Sandecker Vizepräsident der Vereinigten Staaten und ehemaliger Direktor der National Underwater and Marine Agency

Beamte, Agenten und militärisches Personal

Ana Belowa Sonderermittlerin, European Police Agency (Europol)

Petar Ralin Leutnant, Abteilung für Organisierte Kriminalität, Bulgarische Nationale Polizei

Maxim Federow Direktor der Abteilung für Spionageabwehr, Hauptverwaltung für Aufklärung des Russischen Militärnachrichtendienstes (GRU)

Viktor Mansfield Agent, GRU

Arsenij Markowitsch Kommandeur des 24. Territorial-Bataillons der Ukrainischen Streitkräfte (Bataillon Ajdar)

Martina Agent, GRU

Wladimir Popow Kommandant der russischen Fregatte *Ladny*

Deborah Kenfield Leitender Offizier des Aegis-Zerstörers USS *Truxton*

Wayne Valero Kommandant der Freiwilligen-Mannschaft der USS *Constellation*

Alexander Wodokow Außenministerium, Russische Botschaft, Madrid

Historiker, Experten und Mediziner

Georgi Dimitow Archäologe des Bulgarischen Kultusministeriums

Dr. Anton Kromer Chef-Archivar, Staatliches Historisches Museum Moskau

Dr. Steven Miller orthopädischer Chirurg, Muncie, Indiana

St. Julien Perlmutter Schifffahrtshistoriker und langjähriger Freund von Dirk Pitt

Dr. Charles Trehorne Professor für Meeresarchäologie, Oxford

Cecil Hawker Major, Regimentshistoriker, Royal Gibraltar Regiment

Andere

Martin Hendriks niederländischer Industrieller, Eigentümer der Peregrine Surveillance Corporation

Valentin Mankedo Eigentümer der Bergungsfirma Thracia Salvage

Ilya Vasko Partner von Thracia Salvage, Vetter von Valentin Mankedo

Brian Kennedy Austernfischer in der Chesapeake Bay und Eigner des Austernboots *Lorraine*

PROLOG

Wo fürchtende Stille herrscht

FEBRUAR 1917

Schwarzes Meer

Wie Irrlichter des Todes tanzten weiß leuchtende Punkte am Horizont. Kapitän Wadim Rostow von der Kaiserlich Russischen Marine zählte fünf helle Flecken, jeder stammte von einem osmanischen Kriegsschiff, das in der Einfahrt des Bosporus Posten bezogen hatte. In dieser klaren, kalten Nacht waren seine Befehle simpel und eindeutig. Er sollte den Feind mit seinem Zerstörer angreifen und die Blockade aufbrechen. Dabei kam er sich vor wie jemand, von dem verlangt wurde, mit einem frisch geschlachteten Lamm auf dem Rücken durch einen Käfig voller hungriger Löwen zu kriechen.

Er biss fester auf den kalten Stummel einer türkischen Zigarre, die er zwischen seinen schiefen Zähnen hielt. Die dunklen, harten Augen in dem wettergegerbten Gesicht hatten die Auswirkungen unzureichender Schlachtpläne zur Genüge gesehen – zunächst während des Russisch-Japanischen Krieges im Jahr 1904 und dann noch einmal im Verlauf der Kriegshandlungen im Schwarzen Meer während der letzten vier Jahre. Rostow blickte auf fast dreißig Jahre Dienst in der Kaiserlich Russischen Marine zurück, aber alles, was er in diesen Jahrzehnten gelernt und an Erfahrungen gesammelt hatte, war nun in der Auflösung begriffen und wurde bedeutungslos. Vielleicht war es doch keine so große Schande, wenn seine Karriere mit einem Himmelfahrtskommando zu Ende ginge.

Er befahl einem jungen Leutnant, einen Signalgast zu suchen

und auf die Kommandobrücke zu beordern, dann wandte er sich an den lebenden Schatten neben sich. Der Gast war ein hünenhafter Soldat in der Uniform eines Kaiserlichen Leibwächters aus dem Preobraschensker Garde-Regiment.

»Was das Schicksal für uns bereithält, wird schon bald offenkundig sein und die Sinnlosigkeit unserer Mission bestätigen«, sagte Rostow.

»Es wird keine anderen Anweisungen geben«, erwiderte der Soldat.

Rostow konnte den Mann nur bewundern. Seit er in Odessa mit den Befehlen an Bord des Zerstörers gekommen war, stand er wie eine Säule neben ihm, das Gewehr fest im Griff. Es waren Befehle, konnte der Kapitän feststellen, die von niemand Geringerem als Admiral Koltschak persönlich, dem Kommandeur der Kaiserlichen Marine, unterzeichnet worden waren. Rostow war sich ziemlich sicher, dass der Soldat direkten Zugang zu den höchsten Führungsrängen der Armee gehabt hatte, aber nur sehr wenig über die reale Welt außerhalb des Militärs wusste. Das kaiserliche Russland wäre schon bald nicht mehr als eine Erinnerung, hinweggefegt von den Kräften der Revolution. Die Tage seiner Position im Universum, in der der Soldat der bislang noch herrschenden Staatsmacht diente, waren gezählt. Im Hafen von Odessa kursierten Gerüchte, dass die Bolschewiki bereits mit den Mittelmächten, zu denen auch die Türkei zählte, einen Friedensvertrag geschlossen hätten. Rostow musste innerlich grinsen. Vielleicht ließen die vor ihnen postierten osmanischen Schiffe sie passieren und überschütteten sie noch mit Wein und Feigen.

Derlei Überlegungen wurden durch ein leises Pfeifen über ihren Köpfen zerstreut, als eine Zwölfeinhalb-Zentimeter-Geschützgranate hinter ihnen im Meer einschlug.

»Die türkischen Kanoniere sind bei weitem nicht so zielsicher wie die deutschen«, sagte Rostow, »aber sie werden sich schon bald eingeschossen haben und ihr Ziel finden.«

»Der Feind ist in jeder Hinsicht unterlegen, und Sie sind ein gewiefter Taktiker«, sagte der Soldat.

Rostow lächelte. »Ein gewiefter Taktiker würde jedes Risiko meiden und sich an einem anderen Tag zum Kampf stellen.«

Der Signalgast des Schiffes, ein blutjunger Wehrpflichtiger in schlecht sitzender Uniform, meldete sich zum Dienst. »Kapitän?«, fragte er.

»Nehmen Sie Verbindung mit unserer Begleitung auf. Signalisieren Sie ihnen, sie sollen ihre Mission fortsetzen, während wir versuchen, den Feind abzulenken und nach Westen zu locken. Und wünschen Sie ihnen Glück.«

»Jawohl, Kapitän.« Der Marinesoldat verließ die Kommandobrücke.

Rostow wandte sich an den Gardisten. »Es wäre schön, wenn es jemanden gäbe, der auch uns Glück wünscht.«

Der Gardist musterte den Kapitän mit eisigem Blick und sagte kein Wort.

Rostow trat auf die Brückennock hinaus und beobachtete, wie der Signalgast einem auf der Backbordseite tief im Wasser und auf gleicher Höhe liegenden Schiff mit der Morselampe die gewünschte Nachricht übermittelte. Während der Signalscheinwerfer des anderen Schiffes die Antwort blinkte, erschien vor Rostows geistigem Auge für wenige Sekunden eine tödliche Vision. Das gesamte Unternehmen war der reine Wahnsinn. Vielleicht sollte er den Kurs des Zerstörers ändern und das benachbarte Schiff rammen. Und es selbst versenken, wohl wissend, was es transportierte. Wie viele müssten wegen der Eitelkeit des Zaren noch sterben?

Er verfluchte sein eigenes närrisches Ehrgefühl. Tatsache war, dass es mit der Gefolgschaftstreue innerhalb der Marine nicht mehr weit her war. Das bewies die Meuterei auf der *Potemkin.* Und diese hatte zehn Jahre vor der augenblicklichen Revolution stattgefunden. Die Mannschaften zahlreicher Schiffe der Flotte hatten bereits ihre Sympathie mit den Bolschewiki bekundet. Die Loyalität seiner eigenen Mannschaft stand in Frage, aber zumindest gab es bislang keinerlei Anzeichen für eine drohende Meuterei – noch nicht. Die Männer wussten ebenso wie er, dass die Kaiserliche Marine am Ende war. Unwillkürlich schüttelte Rostow den Kopf. Er hätte in Odessa das Schiff verlassen und sich in die Karpaten verkrümeln sollen, wie einige klügere Offiziere es getan hatten.

Eine weitere Mörsergranate pfiff über ihre Köpfe hinweg. Angesichts des feindlichen Beschusses rief die Pflicht, und er kehrte steifbeinig auf seinen Platz auf der Kommandobrücke zurück. *Pflicht,* dachte er, war in diesem Fall nur ein anderes Wort für Tod.

Die Männer der Brückenmannschaft standen einsatzbereit auf ihren Posten und sahen ihn erwartungsvoll an.

»Volle Kraft voraus«, wies er den Junior-Offizier an. »Rudergänger, gehen Sie auf Kurs zweihundertvierzig Grad.«

»Geschützbatterien feuerbereit, Kapitän.« Der Leutnant verschob den Messinggriff des Schiffstelegrafen, um die vom Kapitän geforderte Steigerung der Geschwindigkeit an den Maschinenraum zu übermitteln.

»Alle Geschützbatterien sollen das letzte Schiff am östlichen Ende der Sperrkette unter Beschuss nehmen«, befahl Rostow.

Der Schornstein des russischen Zerstörers stieß schwarze Rauchwolken aus. Die *Kerch,* wie der Name des Schiffes lautete, erzitterte, als die Dampfturbinen auf ihre höchste Drehzahl heraufgefahren wurden.

Die Änderung von Kurs und Geschwindigkeit überraschte die feindlichen Geschütze, und die von ihnen abgefeuerten Granaten landeten hinter dem Zerstörer im Meer – ohne Schaden anzurichten. Rostow blickte zu den Lichtern der türkischen Schiffe hinüber, die nun nach Backbord wanderten, während der Zerstörer den Kurswechsel vollzog und nach Westen dampfte. Als sie Odessa zwei Tage zuvor in Begleitung der *Gnevny,* ebenfalls ein leichter Zerstörer, verlassen hatten, war das Kräfteverhältnis noch weniger furchteinflößend gewesen. Aber unterwegs hatte die *Gnevny* mit Problemen der Antriebswelle zu kämpfen gehabt und daher umkehren müssen. Rostow hatte nicht so viel Glück. Er würde es mit der feindlichen Streitmacht alleine aufnehmen müssen.

Der Kapitän wartete damit, das Feuer zu erwidern, bis eine Granate nur zehn Meter vom Schiff entfernt ins Meer stürzte und das Deck mit einem Wasserschwall überspülte. Alle vier Zehn-Zentimeter-Geschütze des Zerstörers feuerten gleichzeitig und spuckten Flammen in den Nachthimmel.

Durch Geschick und reines Glück traf eins der russischen Geschosse sein Ziel und schlug im Munitionslager des Schiffes ein. Rostow blickte durch sein Fernglas, als das osmanische Schiff von einem Feuerball verschlungen wurde.

»Lassen Sie das nächste Schiff westlich davon ins Visier nehmen«, sagte er zu dem Leutnant. Es war ein außerordentlicher Glückstreffer gewesen. Seine Strategie – und seine Hoffnung – zielte darauf ab, die beiden Schiffe, die den östlichen Teil der Einfahrt absperrten, außer Gefecht zu setzen oder zumindest erheblich zu beschädigen und die restlichen Schiffe zu verleiten, die Jagd auf ihn zu eröffnen. Es wäre die einzige Möglichkeit, die Mission erfolgreich abzuschließen.

Flammenblitze und Donnerschläge erfüllten die Nacht. Die osmanischen Schiffe jagten Breitseite nach Breitseite hinaus, die jedes Mal von der geballten Feuerkraft des Zerstörers beantwortet wurden. Das russische Schiff war erstaunlich schnell und bewahrte eine sichere Distanz zu den türkischen Kanonieren. Aber der Abstand verringerte sich, als zwei der osmanischen Schiffe umschwenkten und direkten Kurs auf die *Kerch* nahmen.

»Treffer! Auf dem zweiten Schiff«, rief der Leutnant.

Rostow nickte zufrieden. Er hatte die versierteste und erfahrenste Geschützmannschaft der gesamten Schwarzmeerflotte an Bord, wie das augenblickliche Kampfgeschehen bewies. Er wandte sich an den Leibgardisten, der das Flammeninferno am Horizont beobachtete. »Vielleicht findet Ihre kaiserliche Irrfahrt doch noch ein gutes Ende.«

Der Gardist verzog das Gesicht zum Anflug eines Lächelns. Seit zwei Tagen war dies die erste menschliche Reaktion, die er sich gestattete. Dann verschwand er plötzlich in einer explodierenden Wolke schwarzen Rauchs.

Eine türkische Geschützgranate hatte an Backbord den Rand des Oberdecks getroffen. Als eine Flammensäule himmelwärts schoss, wurden die Männer auf der Kommandobrücke umgerissen.

»Rudergänger! Neuer Kurs dreihundertsechzig Grad!«, rief Rostow, ehe er sich wieder auf die Füße kämpfte. Zu seiner Linken lag der Gardist mit dem Gesicht auf dem Deck, im Rücken klaffte eine tiefe Wunde, aus der ein Granatsplitter herausragte.

Der Rudergänger wiederholte den Befehl, zog sich am Speichenrad des Ruders hoch und drehte es bis zum Anschlag nach rechts. Aber das Ausweichmanöver erfolgte zu spät. Die Türken hatten ihr Ziel aufgefasst, und eine weitere Geschützsalve regnete nun auf den Zerstörer herab. Der erste Treffer sprengte den Bug, während eine zweite Granate mittschiffs einschlug und den Rumpf aufriss. Das Schiff schüttelte sich, als Wasser in die vorderen Abschnitte eindrang, das Heck angehoben wurde und die rotierenden Propeller aus dem Wasser auftauchten.

Inmitten des Chaos auf der Brücke fand Rostow ein Megafon und gab der Mannschaft den Befehl, das Schiff zu verlassen. Der Leutnant beeilte sich, auf dem Steuerborddeck ein Rettungsboot flottzumachen. Als Rostow auf die Kommandobrücke zurückkehrte, stand der Rudergänger stocksteif hinter dem Rad und krampfte die Hände so heftig um die Speichen, dass die Knöchel weiß hervortraten.

»Sascha, such dir eine Schwimmweste und sieh zu, dass du vom Schiff runterkommst«, sagte Rostow mit sanfter Stimme. Er holte leicht aus und versetzte dem Jungen mit der Rückhand eine leichte Ohrfeige.

Aus seiner Angststarre aufgeschreckt, verließ der Rudergänger schwankend die Kommandobrücke, wobei er benommen murmelte: »Ja, Kapitän. Ja, Kapitän.«

Rostow blieb als Einziger auf der Kommandobrücke. Ein lauter, dumpfer Knall im Schiffsheck ließ den stählernen Rumpf erzittern. Ein Treibstofftank war geplatzt, und sein Inhalt hatte sich explosionsartig entzündet. Rostow hatte Mühe, das Gleichgewicht zu behalten, und suchte tastend nach seinem Fernglas. Er schaute mit Augen, die vom Qualm brannten, hindurch und suchte das Meer jenseits der Flammenwand ab, die von dem schräg geneigten Deck hochloderte.

Nur für einen winzigen Moment konnte er einen Blick auf das Objekt seines Interesses erhaschen. Ein einzelner Mast, der anscheinend aus dem Wasser herausragte, entfernte sich in zügiger Fahrt in Richtung Bosporus und zog eine schmale Heckwelle hinter sich her. Ein Pfeifen ertönte über seinem Kopf, während der Kapitän der verschwindenden Erscheinung einen letzten Abschiedsgruß hinterherschickte. »Auftrag ausgeführt«, murmelte er.

Eine Sekunde später schlugen die beiden Mörsergranaten ein, radierten die Kommandobrücke aus und schickten die zertrümmerten Überreste des Kriegsschiffs auf den Meeresgrund hinab.

APRIL 1955

Schwarzes Meer

Eisblaue Blitze zuckten vor Dimitri Sarchows müden Augen. Mit einem heftigen Blinzeln vertrieb der Pilot die Lichtpunkte auf seinen Netzhäuten und konzentrierte sich wieder auf die Anzeigeinstrumente und Skalen des Armaturenbretts. Im Sichtfenster des Höhenmessers zitterte die Zweitausendsechshundert-Meter-Markierung. Eine heftige Windböe zerrte am Steuerknüppel, und die schwere Maschine war kaum einen Pulsschlag später um dreißig Meter abgesackt.

»Verdammtes Gewitter.« Der Kopilot, ein Mann namens Medew mit einem Mondgesicht, wischte mit einem Taschentuch Tropfen von Kaffee weg, die aus einer Tasse auf sein Hosenbein gespritzt waren.

Sarchow schüttelte den Kopf. »Die Wetterzentrale nannte dies hier eine leichte Tiefdruckfront.« Dicke Regentropfen zerplatzten auf der Windschutzscheibe, sodass vom nächtlichen Himmel nichts mehr zu erkennen war.

»Die können ein Gewitter nicht von einem Feuerwerk unterscheiden. Möchte bloß wissen, wer in der Flugleitung die geniale Idee hatte, uns bei diesem Wetter zu einer Flugübung starten zu lassen. Vor allem wenn man sich überlegt, was wir an Bord haben.«

»Ich gehe fünfhundert Meter tiefer, wo die Luft vielleicht ein wenig ruhiger ist.« Sarchow stemmte sich gegen den Steuerknüppel.

Sie kämpften sich in einer Tupolew Tu-4 durch den Gewittersturm – dies war ein schwerer viermotoriger Langstreckenbomber mit einer Flügelspannweite von dreiundvierzig Metern, die der Höhe eines mehrstöckigen Hauses entsprach. Über dem Motorenlärm war das Knirschen und Ächzen der Flugzeugzelle zu hören. Eine heftige Turbulenz schüttelte die Maschine durch und löste das hektische Blinken einer roten Warnlampe auf der Instrumententafel aus.

»Die Bombenschachtklappe«, stellte Sarchow fest. »Wahrscheinlich hat sie den Sensor gestreift.«

»Oder unsere Elektronik spielt mal wieder verrückt.« Medew rief den Bombenschützen, um sich zu informieren, erhielt jedoch keine Antwort. »Wassili schläft wahrscheinlich. Ich gehe nach hinten und sehe nach. Wenn die Bombenschachtklappe offen steht, befördere ich ihn vielleicht mit einem Fußtritt nach draußen.«

Sarchow grinste verkniffen. »Pass bloß auf, dass nicht noch was anderes rausfällt.«

Medew erhob sich aus seinem Sitz und schlängelte sich durch den Flugzeugrumpf zum Heck. Nach ein paar Minuten kehrte er ins Cockpit zurück. »Die Klappen sind geschlossen und offenbar intakt, die Ladung ist sicher. Und Wassili hat tatsächlich geschlafen. Dafür hat er jetzt einen Abdruck meines Stiefels auf dem Rücken.«

Das Flugzeug legte sich plötzlich auf die Seite und sackte ab. Ein lautes Dröhnen erklang im Heck der Maschine, während Medew gegen eine Instrumentengruppe über seinem Kopf geschleudert wurde. Der Kopilot sackte in seinem Sitz zusammen, wobei seine Beine die Gashebel der Steuerbordmotoren blockierten.

»Iwan?«, rief Sarchow. Ein Blutfaden sickerte über Medews Stirn. Sarchow beugte sich über ihn und versuchte, die Gashebel zurückzuziehen. Aber angesichts der Körpermasse des bewusstlosen Kopiloten und seiner verkeilten Beine hatten diese Bemühungen nur geringen Erfolg.

Um Sarchow herum schien die Welt zu explodieren. Die Instrumententafel war ein Durcheinander von blinkenden Warnlampen und Alarmsignalen, und aus seinem Kopfhörer drangen die Schreie seiner Männer. Der Bomber befand sich im Zentrum eines mörderischen Unwetters und wurde von brutalen Windböen attackiert. Während er verzweifelt darum kämpfte, die Kontrolle über die Maschine zu behalten, nahm Sarchow einen stechenden Geruch wahr. Die Kakophonie der verzweifelten Stimmen in seinem Headset reduzierte sich auf eine einzige panische Stimme.

»Kapitän, hier spricht der Navigator. Es brennt. Ich wiederhole, wir haben ein Feuer im Reserve-Fluggenerator. Navigation und Sprechfunk sind ausgef…«

»Navigator, sind Sie da? Wassili? Fodorski?«

Keine Antwort.

Rauch wallte ins Cockpit und brannte in Sarchows Augen. Durch den Dunst nahm er eine weitere Reihe von Warnlichtern wahr. Die Temperatur der hochtourig dröhnenden Steuerbordmotoren, deren Ölleitungen geplatzt waren, stieg in gefährliche Bereiche.

Der Pilot drückte die Nase des Bombers nach unten, als er die Gashebel der Steuerbordmotoren gegen Medews schlaffe Beine presste. Den Höhenmesser im Auge behaltend verfolgte er, wie der Bomber in den Sinkflug ging. Er beabsichtigte, die Maschine bei eintausend Metern abzufangen und der Mannschaft den Befehl zum Aussteigen zu geben. Aber ein greller Lichtschein außerhalb des Seitenfensters vereitelte dieses Vorhaben. Überhitzt und von der lebenswichtigen Schmierölzufuhr abgeschnitten, fing der innere Steuerbordmotor Feuer und verschwand in einem Meer aus Flammen.

Sarchow zog die Gashebel der Backbordmotoren zurück, ohne eine spürbare Wirkung zu erzeugen. Während die Maschine an Höhe verlor, wurden die Turbulenzen heftiger. Er wies die Crew an, sofort auszusteigen, hatte jedoch keine Ahnung, ob ihn überhaupt jemand hören konnte. Bei eintausend Metern füllte sich die Kabine mit schwarzem Qualm. Nach weiteren fünfhundert Metern

Sturzflug spürte er die Hitze der Flammen, die durch die Rückwand des Cockpits drang.

Schweiß tropfte von seiner Stirn – das rührte nicht von der kochenden Luft in der Kabine, sondern von der Anstrengung her, den rasenden Sinkflug der riesigen Maschine unter Kontrolle zu halten. An sein eigenes Aussteigen brauchte er keinen Gedanken zu verschwenden, nicht bei der Flammenwand, die er dazu überwinden müsste, und angesichts der Notwendigkeit, Medew im Stich zu lassen. Seine einzige Möglichkeit war, das Flugzeug zur Erde zu bringen, bevor Seitenruder- und Querruderkontrollen ein Raub der Flammen wurden. Er drückte den Steuerknüppel weiter nach vorn, um in ruhigere Luftschichten vorzustoßen und sich einen Landeplatz zu suchen.

In einhundert Metern Höhe über Grund schaltete er die Landescheinwerfer ein, aber der dichte Regen verhüllte die Sicht vollkommen. Befanden sie sich über Festland? Er glaubte eine schwarze, konturlose Fläche zu erkennen.

Die Flammen fraßen sich ins Cockpit und entzündeten die Flugpläne auf einem Klemmbrett, das zwischen dem Piloten- und Kopilotensitz vom Cockpitdach herabhing. Sarchow atmete tief durch, unterbrach die Treibstoffzufuhr zu den drei intakten Motoren und spürte dabei, wie das Flugzeug augenblicklich absackte.

Aus der Ferne betrachtet erschien der Bomber wie ein glühender Komet mit loderndem Flammenmantel. Der Feuerball stürzte durch die schwarze, regengepeitschte Nacht in den vom Sturm aufgewühlten Ozean und verschwand, als hätte er niemals existiert.

TEIL I

Die Nebel der Tiefe

1

Juli 2017

Schwarzes Meer

Ein mattes Leuchten bedeckte den südlichen Horizont wie eine flauschige Glasur. Obgleich Istanbul noch mehr als fünfundsiebzig Kilometer weit entfernt war, erhellte der elektrische Glanz seiner vierzehn Millionen Einwohner den nächtlichen Himmel wie ein gigantischer Laternenzug. Dem Lichtschein langsam entgegenstampfend wühlte sich ein von Wind und Wetter gezeichneter schwarzer Frachter durch eine kabbelige See. Das Schiff lag tief im Wasser und traf gelegentlich auf eine höhere Welle, die sich schäumend am Bug brach, für Sekunden das Vorschiff in einer Gischtwolke verschwinden ließ und das Hauptdeck fast bis zur Schiffsmitte überspülte.

Auf der breiten Kommandobrücke drehte der Rudergänger das Rad ein wenig nach Backbord, um eine steife Brise auszugleichen, die das Schiff von seinem Kurs abzulenken drohte.

»Geschwindigkeit?«

Die Frage kam von einem bärtigen Mann, der sich über einen Kartentisch beugte. Seine grauen Augen hatten einen glasigen Glanz und waren blutunterlaufen. In der Art und Weise, wie er seine Frage stellte, war ein leichtes Lallen nicht zu überhören. Seine schweißgetränkte Kleidung verriet, dass Hygiene nicht zu seinen vordringlichsten Bedürfnissen zählte. Wie die Mannschaft aus Erfahrung wusste, hatte der Kapitän während der beiden Tage, nachdem das Schiff den Hafen verlassen hatte, bereits seine dritte Flasche Wodka in Angriff genommen.

»Acht Knoten, Käpt'n«, sagte der Rudergänger.

Der Kapitän nahm die Auskunft mit einem Knurren zur Kenntnis und überschlug im Kopf die Zeit, die sie brauchen würden, um den Bosporus zu passieren.

Eine der Seitentüren, die zur Brückennock führten, wurde geöffnet, und ein bewaffneter Mann in brauner Tarnkleidung trat ein. Er näherte sich dem Kapitän, dessen glasiger Blick ihn flüchtig streifte, mit einer Haltung, die Sorge und Verachtung zugleich ausdrückte. »Die See wird rauer. Die Brecher ergießen sich bereits über die Decks.«

Der Kapitän fixierte nun den Mann und kicherte spöttisch. »Sind Sie sicher, dass es nicht nur Ihre Kotze ist, die man auf meinen Decks findet?«

Grün um die Nase, fand der bewaffnete Mann die Bemerkung nicht im Mindesten spaßig. »Ich bin für die Ladung verantwortlich. Vielleicht sollten wir lieber einem Kurs folgen, der näher an der Küste verläuft.«

Der Kapitän schüttelte den Kopf. Er hatte schon ein ungutes Gefühl gehabt, als der Schiffseigner ihn wenige Minuten vor ihrer Abfahrt in Sewastopol angerufen und instruiert hatte, noch eine weitere Fracht zu übernehmen. Die bewaffneten Männer, die in einem ramponierten Kastenwagen erschienen, steigerten nur noch sein Misstrauen, als er sie dabei beobachtete, wie sie einen großen stählernen Behälter ausluden. Dann hatte er lautstark protestiert, als sie darauf bestanden, die Kiste im Maschinenraum zu deponieren, seinen Widerstand jedoch schnell aufgegeben, als man ihm einen Stapel druckfrischer Rubelscheine zusteckte. Nun musste er sich mit einem der beiden bewaffneten Männer herumschlagen, die die geheime Fracht begleiteten.

»Verschwinden Sie von meiner Brücke, Sie verdammter Narr. Dieser Seegang ist etwas für Kinder. Die *Crimean Star* wird mit Wellen fertig, die fünf Mal höher sind, und bringt Ihre Fracht immer noch sicher ans Ziel.«

Der bewaffnete Mann balancierte die Bewegungen des Schiffes aus und sah den Kapitän drohend an. »Die Fracht wird planmäßig geliefert – oder ich sorge dafür, dass Sie in Zukunft das Deck eines Eisbrechers in Murmansk schrubben dürfen.« Der Mann trat wieder auf die Brückennock hinaus. Er blieb in der Nähe der Tür und trotzte dem Wind, der seine Seekrankheit ein wenig erträglicher machte.

Der Kapitän ignorierte ihn, studierte weiterhin seine Seekarten und vergewisserte sich, dass sich das Schiff noch auf dem richtigen Kurs befand.

Der Frachter setzte seine rollende Fahrt für weitere zwanzig Minuten fort, ehe sich der Rudergänger wieder zu Wort meldete. »Käpt'n, von der Seite nähert sich ein Schiff, das offenbar den gleichen Kurs hat wie wir.«

Der Kapitän verließ seinen Platz am Kartentisch und trat ans Ruder. Er warf einen Blick auf den Radarschirm, auf dem der grüne Punkt eines Schiffes zu erkennen war, das sich ihnen von achtern näherte. Ein schwacher, kleinerer Leuchtpunkt erschien für einen winzigen Moment etwa eine Meile vor dem Schiff. »Achtung, neuer Kurs zweihundertdreißig Grad.«

»Ruder verstanden, zweihundertdreißig Grad.« Der Rudergänger kurbelte am Steuerrad.

Der Frachter schwenkte langsam in die neue Richtung. Wenige Minuten später war zu beobachten, dass das verfolgende Schiff das gleiche Manöver ausführte.

Mürrisch verzog der Kapitän die Miene. »Wahrscheinlich ein unerfahrener Steuermann, der einen Führer durch die Meerenge braucht. Halten Sie diesen Kurs.«

Nach einem kurzen Moment hallte ein dumpfer Laut über die

Wellen, gefolgt von einer leichten Schwingung, die durch das ganze Schiff lief.

»Was war das?«, fragte der Bewaffnete, der die geheimnisvolle Fracht begleitete.

Der Kapitän blickte durch das Brückenfenster und hielt Ausschau nach der Geräuschquelle.

»Käpt'n, es war eine Explosion im Wasser.« Der Rudergänger deutete in die Richtung des Bugs. »Direkt vor uns.«

Der Kapitän folgte dem ausgestreckten Finger des Steuermanns und entdeckte die schäumenden Überreste einer in sich zusammenfallenden Wassersäule etwa einhundert Meter vor dem Schiff.

»Maschine, ein Drittel Kraft voraus.« Er griff nach einem Fernglas.

Außer einer nahezu kreisrunden Fläche schaumgekrönter Wellen gab es nur wenig zu sehen. Er blickte durch das hintere Brückenfenster und stellte fest, dass die Positionslichter des verfolgenden Schiffes näher gekommen waren. Tatsächlich waren es zwei Schiffe – ein großes Arbeitsschiff mit einem Lastkahn im Schlepptau.

Ein beißender Geruch hüllte die Kommandobrücke ein, anfangs war er noch kaum wahrnehmbar, dann überwältigend. Der bewaffnete Mann an der Tür zur Brückennock spürte die Wirkung zuerst. Er würgte und hustete, ließ die Pistole fallen und sank auf die Knie. Der Steuermann folgte seinem Beispiel, rang verzweifelt nach Luft und brach auf dem Deck zusammen.

Da seine Sinne vom Alkohol benebelt waren, verspürte der Kapitän die unsichtbare Attacke verspätet. Während die beiden Männer, die mit ihm die Kommandobrücke bevölkerten, verstummten und stocksteif auf dem Deck liegen blieben, versuchte er zu begreifen, was sich vor seinen Augen abspielte. Irgendwo in nächster Nähe hörte er einen Pistolenschuss, dann hatte er das Gefühl, als zöge sich seine Kehle zusammen. Sein Puls raste, während er nach Luft rang. Er taumelte zum Steuerstand, angelte das Sprechfunkgerät aus seiner Halterung und rief mit krächzender Stimme: »Mayday!

Mayday! Hier ist die *Crimean Star.* Wir werden angegriffen und brauchen Hilfe!«

Verwirrung und Angst wurden von einem elementaren Schmerz überlagert. Einige Sekunden lang stand er schwankend neben dem verwaisten Steuerrad, bis das Sprechfunkgerät seinen Händen entglitt und er selbst tot aufs Deck stürzte.

2

»Sir, wir erhalten auf dem Notrufkanal keine Antwort.« Der jugendliche Dritte Offizier schaute von der Konsole der Kommunikationsstation zu dem schlanken Mann hinüber, der den Radarschirm studierte.

Dirk Pitt nickte bestätigend, ohne den Blick auch nur für eine Sekunde vom Radarschirm zu lösen. »In Ordnung, Chavez. Geben Sie ihnen Bescheid, dass wir unterwegs sind. Danach sollten Sie am besten den Kapitän wecken.«

Pitt richtete sich zu seiner vollen Größe auf und wandte sich an den Steuermann. »Der Bosporus liegt hinter uns, deshalb können Sie wieder auf volle Fahrt gehen. So wie es aussieht, beträgt die Entfernung zur *Crimean Star* etwa dreizehn Meilen. Setzen Sie einen Kurs von fünfundfünfzig Grad, und holen Sie an Tempo alles heraus, was das Schiff hergibt.«

Während der Steuermann den Befehl ordnungsgemäß wiederholte, rief Pitt per schiffsinterner Sprechanlage den Maschinenraum und informierte den Chefingenieur über die Gründe für das überraschende Manöver. Noch während des Gesprächs steigerte sich die Drehzahl der Zwillingsschrauben, und das dumpfe Dröhnen der PS-starken Dieselmotoren ließ das gesamte fünfzig Meter lange ozeanographische Forschungsschiff erzittern. Ein paar Minuten später erschien ein athletischer, rotblonder Mann namens Bill Stenseth auf der Kommandobrücke. Ihm folgte der Dritte Offizier Chavez, der sofort seinen Platz an der Funkstation wieder einnahm.

Stenseth unterdrückte ein Gähnen. »Wir haben ein Mayday-Signal aufgefangen?«

»Einen einzigen Notruf von einem Schiff namens *Crimean Star*«, bestätigte Pitt. »Ein Massengutfrachter, der unter rumänischer Flagge fährt. Das Schiff befindet sich etwa ein Dutzend Meilen vor uns auf direktem Kurs in Richtung Hafen.«

Stenseth blickte auf den Radarschirm, dann bemerkte er die zunehmende Geschwindigkeit seines eigenen Schiffes. »Wissen wir etwas über die Art ihrer Notlage?«

»Alles, was wir aufgefangen haben, war ein einzelner Notruf. Chavez hat sie wiederholt angefunkt, aber keine Antwort erhalten.« Pitt tippte mit einem Finger auf den Radarschirm. »So wie es aussieht, sind wir das nächste Schiff in der Region.«

»Die türkische Küstenwache unterhält vielleicht in der Nähe einen Stützpunkt, von dem aus ein schnelles Eingreifen möglich ist.« Er wandte sich an den Dritten Offizier. »Versuchen Sie doch mal, sie zu erreichen, Chavez.«

Pitt nahm ein tragbares Sprechfunkgerät aus einer Ladestation und ging zu einer Brückennocktür. »Chavez, könnten Sie anschließend Al Giordino rufen und ihm bestellen, dass ich ihn in zehn Minuten auf dem Achterdeck erwarte? Ich bereite ein Zodiac-Boot vor, nur für den Fall, dass wir an Bord gebraucht werden. Geben Sie mir Bescheid, wenn wir starten können.«

»Wird gemacht«, sagte Chavez.

Während Pitt sich bereits anschickte, die Kommandobrücke zu verlassen, warf Stenseth einen Blick auf einen Chronometer am Brückenschott neben dem Steuerstand. Die Zeiger standen auf zwei Uhr morgens. »Was hatten Sie eigentlich um diese Zeit auf der Kommandobrücke zu suchen?«

»Ein loser Davit schlug ständig gegen mein Kabinenschott und weckte mich. Nachdem ich ihn fixiert hatte, bin ich heraufgekommen, um nachzusehen, wo wir sind.«

»Da hat sich wohl Ihr sechster Sinn gemeldet, würde ich sagen.«

Pitt lächelte versonnen, während er die Kommandobrücke verließ. Im Laufe der Jahre hatte er offenbar eine besondere Fähigkeit entwickelt, Probleme in seiner Umgebung aufzuspüren. Vielleicht war es aber auch so, dass er die Probleme magisch anzog.

Der Direktor der National Underwater and Marine Agency stieg zwei Stockwerke abwärts, dann eilte er über das Hauptdeck zum Heckabschnitt des ozeanographischen Forschungsschiffes. Der Motorenlärm, der aus dem Maschinenraum heraufdrang, verriet, dass der türkisfarbene Rumpf der *Macedonia* mit siebzehn Knoten Höchstgeschwindigkeit durch die Wellen pflügte und eine schnurgerade schäumende Kiellinie in die schwarzen Fluten des Bosporus zeichnete. Die *Macedonia* war eins von mehreren Dutzend Forschungsschiffen der NUMA-Flotte, die in ständigem Einsatz auf den Weltmeeren kreuzten und vielfältige wissenschaftliche Untersuchungen durchführten.

Auf dem Achterdeck löste Pitt die Leinen des Zodiac-Schlauchboots, mit denen es in einem Tragegerüst festgezurrt war, und schlug die Persenning zurück, die das Bootsinnere zwischen den Einsätzen vor Regen schützte. Er überprüfte noch den Inhalt des Treibstofftanks, und dann klinkte er ein Kranseil in die dafür vorgesehenen Ösen auf den Seitenwülsten des Bootes ein. Da einem sofortigen Einsatz des Zodiac nichts mehr im Wege stand, trat er an die Heckreling des Forschungsschiffes und hielt nach den fernen Lichtern der *Crimean Star* Ausschau.

Eigentlich sollte er gar nicht an diesem Ort sein, dachte Pitt. Er war am Tag zuvor in Istanbul an Bord der *Macedonia* gegangen, nachdem er ziemlich überstürzt sein Büro in der NUMA-Zentrale in Washington D.C. verlassen hatte. Eine dringende, kurzfristig geäußerte Bitte des bulgarischen Kultusministeriums, bei der Suche nach einem verschollenen osmanischen Schiff behilflich zu sein, hatte ihn um den halben Erdball hierhergelockt.

Zwanzig Minuten später stoppte das NUMA-Forschungsschiff in sicherer Entfernung neben dem schwarzen Frachter, der trotz eingeschalteter Positionslampen und Decksbeleuchtung stumm und ohne Lebenszeichen wie ein Geisterschiff in den Wellen der Meerenge trieb. Kapitän Stenseth stand auf der Kommandobrücke der *Macedonia* und inspizierte das Handelsschiff durch ein Nachtfernglas.

»Noch immer keine Antwort von dem Frachter«, sagte Chavez. »Die türkischen Behörden melden, dass ein Kutter unterwegs ist und in Istanbul ein Hubschrauber in Marsch gesetzt wurde, der in sechsundzwanzig Minuten hier eintreffen soll.«

Stenseth nickte, ohne das Fernglas abzusetzen. Nichts rührte sich an Bord des fremden Schiffes. Er warf einen Blick auf den Radarschirm. In einer halben Meile Entfernung bewegte sich ein Lichtpunkt von dem Frachter weg. Als er wieder durchs Fernglas blickte, gewahrte er die vagen Umrisse eines kleinen Schiffes mit gelöschten Positionslampen. Er schaltete ein Sprechfunkgerät ein. »Brücke an Pitt.«

»Pitt hier.«

»Der Frachter ist wie ausgestorben und macht keine Fahrt. Von einer Schlagseite oder irgendwelchen Beschädigungen ist nichts zu sehen. Ein Kommando der türkischen Küstenwache ist im Anmarsch, falls Sie noch warten wollen, das Schiff zu betreten.«

»Das möchte ich eigentlich nicht. Auf dem Schiff könnten Leben in Gefahr sein. Al und ich werden versuchen, an Bord zu gelangen. Pitt Ende.«

Er drehte sich zu einem untersetzten Mann mit schläfrigen Augen um, der neben dem Zodiac stand. Er hatte eine breite, muskulöse Statur, die aussah, als sei sie aus solidem Fels herausgemeißelt worden.

»Sehen wir zu, dass wir in die Gänge kommen«, sagte Pitt.

Al Giordino gähnte. »Ich kann nur hoffen, dass dies ein echter Notfall ist. Ich hatte grad gemütlich in meiner Koje gelegen und geträumt, ich sei in einem türkischen Harem, und jeden Moment sollten die letzten Schleier fallen.«

Pitt grinste. »Die Frauen im Harem werden mir dankbar sein.«

Sie schwenkten das Zodiac über die Seitenreling und setzten es ins Wasser, kletterten eine Strickleiter hinab und hakten das Kranseil aus den Ösen. Pitt startete den Außenbordmotor, drehte am Gasgriff und nahm Kurs auf den Frachter gegenüber. Als er das Schlauchboot durch die kabbelige See am Frachter entlang lenkte, entdeckte er in der Nähe des Hecks eine heruntergelassene Fallreepstreppe.

»Wie nett von ihnen, dass sie den roten Teppich ausgerollt haben.« Giordino schwang sich auf die Plattform der Treppe und machte mit einer Leine das Zodiac fest. Schnüffelnd sog er die Luft ein und runzelte die Stirn. »Es riecht, als hätte uns der Osterhase ein Nest fauler Eier zurückgelassen.«

»Wahrscheinlich irgendwas in den Laderäumen«, vermutete Pitt. Aber der Geruch hatte seinen Ursprung anscheinend nicht auf oder in dem Schiff.

Die beiden Männer eilten die Treppe hinauf und kletterten an Bord. Dabei stellten sie fest, dass der Geruch nach und nach schwächer wurde. Im grellen Lichtschein der Decklampen erschienen die Laufgänge menschenleer, während sie zum Deckaufbau mit Kommandobrücke und Mannschaftsunterkünften gingen. Die Deckslukken waren geschlossen und verriegelt, und das Schiff wies offensichtlich keinerlei Schäden auf, wie Stenseth bereits durch das Fernglas hatte feststellen können.

Als sie sich dem Niedergang zur Kommandobrücke näherten, zögerten sie. Etwas versperrte den Zugang. Es war der Körper eines jungen Mannes mit militärischem Kurzhaarschnitt, bekleidet mit einem dunklen Tarnanzug. Der Ausdruck seines im Tod erstarrten Gesichts entsprach einer Mischung aus Verwirrung und Schmerz. In seinen weit aufgerissenen blauen Augen stand die stumme Frage nach dem Warum. Seine erstarrten Hände umklammerten ein AK-47.

»Er hat sich gegen irgendjemanden gewehrt.« Pitt tippte mit der

Schuhspitze auf das Deck: Gleich daneben lag eine Handvoll leerer Patronenhülsen.

Giordino ließ den Lichtstrahl einer Stablampe über den Leichnam wandern. »Rein äußerlich ist keine Todesursache zu erkennen.«

Sie stiegen über den Toten hinweg und betraten den Niedergang, der sie nach oben zur Kommandobrücke im fünften Stock des Deckaufbaus führte. Dort erwartete sie eine weitere gespenstische Szene. Ein bewaffneter Mann in Tarnkleidung lag in der Nähe des Steuerstandes ausgestreckt neben einem Mannschaftsmitglied. Ein älterer bärtiger Mann, wahrscheinlich der Kapitän, war unweit eines Kartentisches zusammengebrochen. Giordino untersuchte die Gestürzten auf etwaige Lebenszeichen, aber hervorquellende Augen, bläulich angelaufene Haut und verzerrte Mundpartien deuteten auf ein schnelles, aber qualvolles Ende hin.

»Genau wie der erste Mann unten: keinerlei äußerliche Verletzungen«, sagte Giordino.

Pitt nahm Schwefelgeruch wahr und öffnete ein Brückenfenster. »Wahrscheinlich ein Gasleck. Halt doch mal in den Mannschaftsquartieren nach möglichen Überlebenden Ausschau. Ich gebe inzwischen zur *Macedonia* durch, was wir gefunden haben. Danach versuche ich, den schwimmenden Sarg wieder flottzumachen.«

Giordino stieg auf dem Niedergang zu den Mannschaftsquartieren unterhalb der Kommandobrücke hinab. Pitt übermittelte Stenseth eine knappe Schilderung der aktuellen Lage, dann startete er die Maschinen des Frachters und gab einen Kurs nach Istanbul ein, auf dem die *Macedonia* sie begleiten würde.

Der Frachter nahm langsam Geschwindigkeit auf und pflügte durch eine endlose Folge hoher Dünungswellen, während er nach Süden schwenkte. Pitt suchte auf dem Radarschirm nach weiterem Schiffsverkehr in ihrer Umgebung, als am Heck ein lauter Knall ertönte und durch das gesamte Schiff hallte. Er fuhr herum und sah an Backbord neben dem Schiffsrumpf eine weiß schäumende

Wassersäule aufsteigen. Der Frachter erschauerte, während auf der Instrumententafel des Steuerstands ein wahres Feuerwerk von roten Warnlampen aufflammte.

»Was war das?«, drang Giordinos Stimme verzerrt aus dem Lautsprecher des tragbaren Sprechfunkgeräts.

»Eine kleine Explosion am Heck.«

»Versucht etwa jemand, das Schiff zu versenken?«

»Schon möglich.«

Pitt studierte einen Navigationsmonitor. Die Entfernung bis zum nächsten Festland betrug acht Meilen. Er änderte den Kurs in der Hoffnung, das Schiff falls nötig auf Grund laufen zu lassen. Zusätzliche rote Warnlichter auf der Konsole machten ihm klar, dass sie es nicht schaffen würden. Einige Papiere rutschten von einem Tisch in einer Ecke des Brückenraums und bestätigten die zunehmende Schlagseite, die er bereits unter seinen Füßen spüren konnte.

»Das Schiff wird geflutet«, gab er an Giordino durch. »Wie sieht es bei dir aus?«

»Zwei Matrosen tot in ihren Kojen. Ich glaube, ein Deck tiefer befinden sich noch einige Kabinen, die überprüft werden sollten.«

Pitt nahm im Augenwinkel etwas wahr. Auf einen Monitor der schiffsinternen Videoüberwachungsanlage wurden Echtzeitbilder aus Bug- und Heckbereich sowie aus dem Maschinenraum übertragen. In Letzterem glaubte er eine Bewegung wahrgenommen zu haben. Als er genauer hinsah, konnte er im Hintergrund des Bildes einigermaßen deutlich eine auf dem Bauch liegende Gestalt ausmachen.

»Al, sieh zu, dass du da unten fertig wirst, und komm in fünf Minuten an Deck. Ich werfe noch einen Blick in den Maschinenraum.«

Die Konsole des Steuerstands steigerte sich zu einem wahren Inferno hektisch pulsierender Warnlichter, als sich die unteren Bereiche des Frachters mit Seewasser füllten. Der Bug hob sich bereits aus den Wellen, während das Heck absackte. Prüfend schaute Pitt zu den fernen Lichtern auf dem Festland hinüber, dann verließ er im Laufschritt die Kommandobrücke. Er gelangte aufs Hauptdeck und fand den Niedergang zum Maschinenraum.

Dort wurde der Boden bereits überspült, aber die Stromgeneratoren verrichteten weiterhin ihre Arbeit mit ohrenbetäubendem Lärm. Im Licht der gelegentlich flackernden Beleuchtung erkannte Pitt nun eine Gestalt, die hinter einem der Generatoren auf einem rechteckigen grauen Behälter lag. Er watete durch das knöcheltiefe Wasser hinüber und fand einen jungen Matrosen in einem ölverschmierten Overall, dessen Füße im steigenden Seewasser hingen. Sein Gesicht hatte einen bläulichen Schimmer, während er Pitt mit trüben Augen anstarrte und schließlich ein schwerfälliges Blinzeln zustande brachte.

»Halte durch, mein Junge«, sagte Pitt. »Ich hol dich hier raus.«

Er schlang einen Arm um den angeschlagenen Mann, zog ihn auf die Füße hoch und hievte ihn die steilen Stufen des Niedergangs hinauf. Dabei schaute er sich nach weiteren Überlebenden um, aber der Raum war leer. Er arbeitete sich mit seiner Last die Treppe hinauf, was ihn wegen der Schlagseite des Schiffes zusätzliche Mühe kostete. Sie gelangten zu einer Luke, die Pitt mit einem Fußtritt öffnete, während ein Generator unter ihnen, vom Seewasser überspült, zischend und knisternd den Geist aufgab.

Giordino wartete an der Reling und kam eilig herüber, um zu helfen. »Dieser Eimer geht jeden Moment unter. Von der *Macedonia* kam soeben die Aufforderung, uns schnellstens in Sicherheit zu bringen.«

Für einen kurzen Moment wurden sie geblendet, als auf dem NUMA-Schiff ein Suchscheinwerfer aufflammte und sein greller Lichtstrahl über das schräg geneigte Deck des tödlich verwundeten Frachters glitt. Pitt blickte nach achtern. Erste Wellen rollten über das Heck und brachen sich an der Reling. Ein metallisches Ächzen und Stöhnen lag in der Luft, begleitet von gelegentlichem Krachen und Poltern, wenn Teile der Ladung verrutschten. Es konnte nur noch eine Frage von Sekunden sein, bis der Frachter endgültig sank.

Pitt und Giordino schleppten den Matrosen zum Fallreep. Durch die Schlagseite des Frachters nahm die Leiter eine nahezu perfekte horizontale Lage ein. Giordino begann als Erster mit dem Abstieg und trug den Techniker auf den Schultern, während Pitt den Verletzten am Kragen gepackt hatte und behutsam herabließ. Der Rumpf des Frachters erbebte, als ob er sich dagegen wehrte, in die Tiefe gezogen zu werden.

»Wir haben ein Problem«, sagte Giordino.

Pitt schaute zum Zodiac hinab. Teilweise untergetaucht, stand das Schlauchboot praktisch auf dem Kopf im Wasser. Während das Schiff absackte, war auch das Fallreep ins Wasser eingetaucht. Gleichzeitig hatte die Bugleine das Zodiac so weit hinuntergezogen, dass es wie ein Korken im Meer tanzte.

Den Frachter durchlief ein weiterer Ruck, und sein Bug schoss in die Höhe, während das Heck allmählich in die Tiefe glitt. Sie konnten ein paar Sekunden lang warten und dann mit einem Schritt vom Fallreep ins Meer überwechseln, würden in diesem Fall jedoch das Risiko eingehen, vom Sog des havarierten Schiffes erfasst zu werden und ihm in die Tiefe zu folgen. Selbst wenn sie es schaffen sollten, sich schwimmend aus dieser Zwangslage zu befreien, erschien es so gut wie sicher, dass der Techniker ertrinken würde.

»Übernimm ihn und halt dich am Zodiac fest!«, rief Pitt. Dann hechtete er vom Fallreep in die bewegte See.

Pitt tauchte dicht neben dem aufrecht stehenden Zodiac ins Wasser. Es war eisig kalt und prickelte auf seiner Haut. Während er mit kräftigen Beinstößen in die Tiefe strebte, tastete er sich an dem starren Glasfiberboden des Schlauchboots entlang. Das Zodiac geriet schlagartig außer Reichweite, als der Frachter die letzte Etappe seiner Reise zum Meeresgrund begann. Pitt verstärkte seine Bemühungen, um den Kontakt nicht zu verlieren, und zog sich am

Schlauchboot entlang, wo immer er einen Haltegriff finden konnte. Im nachtschwarzen Wasser streckte er einen Arm aus und spürte unter seiner Hand die Bugspitze des Bootes. Er hielt sich fest und suchte mit der anderen Hand die Bugleine.

Sie war innerhalb des Zodiac mehrfach verknotet, sodass seine einzige Chance, das Boot zu befreien, darin bestand, die Leine vom Fallreep zu lösen. Er kämpfte, sich Hand über Hand am Boot entlangziehend, gegen den Sog des Wassers an, wobei eine dichte Wolke kleiner Luftbläschen seine ohnehin nur minimale Sicht noch weiter verschlechterte. Der zunehmende Wasserdruck legte sich auf seine Ohren und seine Lunge, während er darauf achtete, die Leine nicht aus dem Griff zu verlieren. Seine ausgestreckte Hand stieß schließlich gegen die Plattform des Fallreeps, und er ergriff die Öse, durch die die Leine gefädelt war. Das Seil war durch den Sog des sinkenden Frachters straff gespannt, aber er fand sein Ende und zerrte daran herum, um es zu lockern. Nach einer letzten Anstrengung löste sich der Knoten auf, und das Seil rutschte aus der Öse.

Das Fallreep schwenkte herum und prallte gegen seinen Brustkorb, während das Schlauchboot zur Wasseroberfläche hinaufschoss. Pitt hatte das Gefühl, seine Lunge würde platzen, aber er klammerte sich mit aller Kraft an die Leine. Da der Frachter neben ihm in die Tiefe glitt, hatte er nicht das Gefühl aufzusteigen, bis er ein Knacken in den Ohren spürte. Nur eine Sekunde später wurde er vom Schwung des auftauchenden Zodiac aus dem Wasser gerissen und durch die Luft geschleudert. Er orientierte sich kurz, dann gelangte er mit wenigen Schwimmzügen zum Schlauchboot. Al Giordino, der es noch geschafft hatte, sich rechtzeitig ins Boot zu rollen, fasste über den Randwulst und half Pitt beim Einsteigen. Er grinste ihn an. »Ich freue mich aufrichtig, dass du mit dem Lösen der Leine nicht gewartet hast, bis wir auf dem Meeresgrund aufgesetzt haben.«

Pitt reagierte mit einem erschöpften Lächeln. »Na, ich wollte dir schließlich was bieten fürs Geld. Wie geht's unserem Freund?«

»Wenn du Russisch verstehst, kann er es dir selbst erzählen. Er hat während unserer Rettungsaktion ein wenig Meerwasser geschluckt, aber nachdem er es gründlich wieder rausgewürgt hat, scheint es ihm erheblich besser zu gehen.«

Der Techniker saß auf dem Boden des Schlauchboots und hatte die Arme um eine Sitzbank geschlungen. Obgleich er totenbleich war, waren seine Augen klar, und er atmete gleichmäßig. Er schaute zu Pitt hoch und nickte.

Um sie herum bedeckte eine Kollektion von Trümmern und Treibgut die Meeresoberfläche. Ein Motor erklang in der Nähe, und ein zweites Zodiac näherte sich in zügiger Fahrt von der *Macedonia,* um das ramponierte Schlauchboot zum NUMA-Schiff zurückzuschleppen. Der Techniker des Frachters wurde sofort in die Krankenstation gebracht, während sich Pitt und Giordino auf die Kommandobrücke begaben.

Kapitän Stenseth begrüßte sie mit großen Tassen dampfenden Kaffees. »Das war ein verdammt knapper Abgang.«

Giordino trank genussvoll einen Schluck von dem heißen Gebräu. »In einer so schönen Nacht wollten wir unbedingt die Gelegenheit nutzen und ein kleines Bad nehmen.«

»Gab es nur einen einzigen Überlebenden?«

»Ich fürchte, ja«, antwortete Pitt. »Die anderen Mannschaftsmitglieder zeigten keinerlei äußere Verletzungen. Die Ursache war anscheinend chemischer Natur oder ein Gasleck.«

»Vielleicht eine Folge der Explosion?«

»Ich bin mir nicht sicher«, sagte Pitt. »Sie erfolgte weit hinter den Frachträumen.«

»Das Schiff war keinesfalls alt genug für eine Selbstversenkung, um die Versicherungssumme zu kassieren«, sagte Giordino. »Bleibt als einzige Erklärung ein Unfall oder ein vorzeitig abgebrochenes Hijacking.«

Sie wurden durch den Funkruf eines im Anflug befindlichen Hubschraubers der türkischen Küstenwache unterbrochen.

Stenseth meinte zu Chavez: »Teilen Sie ihnen mit, dass die

Crimean Star untergegangen ist und wir uns am Ort des Geschehens befinden. Und dass wir uns für ihre Mithilfe bei der Suche nach Überlebenden bedanken.«

Das Flappen der Rotoren des Rettungshubschraubers erklang Sekunden später in nächster Nähe. Pitt und Giordino traten auf die Brückennock hinaus, während die Maschine über dem Unglücksort kreiste. Ihr Suchscheinwerfer konzentrierte sich auf zwei im Wasser treibende menschliche Körper.

Giordino schüttelte den Kopf. »Bis auf einen Mann hat es die gesamte Mannschaft erwischt.«

Pitt ließ den Blick über die aufgewühlte See schweifen und nickte. »Ein dem Tod geweihtes Schiff, das seine Geheimnisse mit sich in die Tiefe genommen hat. Zumindest vorerst.«

3

»Möchtest du die letzte Baniza?«

Ana Belowa schaute auf die mit Fettflecken übersäte Papiertüte, die ihr einladend hingehalten wurde, und schüttelte den Kopf. »Nein, danke. Selbst wenn ich Appetit auf einen Mitternachtssnack hätte, würde ich etwas vorziehen, das mir nicht die Arterien verkalkt.«

Ihr Partner, ein stets lässig auftretender Mann namens Petar Ralin, tauchte auf der Mittelkonsole zwischen Fahrer- und Beifahrersitz mit der Hand in die Tüte, angelte das mit Apfelkompott gefüllte Gebäck heraus und schob es sich in den Mund. Der bulgarische Gesetzesvertreter absolvierte offenbar keinen Einsatz ohne einen ausreichenden Vorrat an Proviant oder Süßigkeiten, dachte Ana Belowa, was man seiner schlanken Figur jedoch nicht ansah.

Er wischte sich einen Krümel von der Brust. »Es sieht so aus, als ob unsere großartigen Chefs mit ihrem Informanten eine Niete gezogen hätten. Seit zwei Stunden ist hier kein einziger Lastwagen mehr aufgetaucht.«

Ana beobachtete durch die Windschutzscheibe ihrer grauen Škoda-Limousine die Grenzstation von Malko Tarnowo. Der kleinste einer bescheidenen Anzahl von Grenzübergängen zwischen Bulgarien und der Türkei wurde vorwiegend von leichtem Fracht- und Touristenverkehr in Richtung Schwarzmeerküste frequentiert. Die bulgarische Seite der Grenze wurde von der wilden Waldlandschaft des Strandscha-Naturparks beherrscht, während sich auf türkischem Gebiet eine wenig abwechslungsreiche öde Landschaft ausbreitete.

Auf türkischer Seite weniger als fünfzig Meter von der Grenze entfernt parkend, verfolgte Ana, wie sich ein junger Mann auf einem Motorrad dem Kontrollpunkt näherte. Als er seine Fahrt fortsetzte und den Škoda passierte, sah sie, dass er in einer Kiste, die auf dem Gepäckträger befestigt war, ein junges Ferkel transportierte.

»Nachschub für das nächtliche Grillfest?«, fragte Ralin.

»Du meinst wohl eher ein Grillfrühstück.« Ana unterdrückte ein Gähnen. »Ich denke, wir haben genügend Zeit vergeudet und Banizas verzehrt, um Feierabend zu machen.«

»Warte einen Moment. Da kommt noch ein Fahrzeug.«

Ein gelber Lichtschein erschien oberhalb eines Berghangs und fächerte sich zu einem Paar Scheinwerferstrahlen auf, als er näher kam. Das Fahrzeug rollte vor dem Kontrollpunkt aus und hielt an. Es war ein altersschwacher Lastwagen mit Gitterbehälter auf der Ladefläche, der mit einer Schutzplane bedeckt war. Ein mit Schlamm bespritztes schwarz-weißes Nummernschild verriet, dass er in der Türkei registriert war.

»Warum siehst du nicht nach, ob der Grenzwächter wach ist, während ich das Nummernschild überprüfe?«, meinte Ana.

Ralin verzehrte den letzten Bissen seiner Baniza, wischte sich die Hand am Oberschenkel ab, stieg aus und schlenderte dann auf den Lastwagen zu, der mit laufendem Motor darauf wartete, abgefertigt zu werden. Ana richtete ein Fernglas auf den Lastwagen und notierte das amtliche Kennzeichen. Dann tauschte sie das Fernglas gegen einen Laptop und tippte die Autonummer ein, als sie einen lauten Ruf hörte.

Der Lastwagen fuhr mit aufheulendem Motor an. Der Grenzposten kehrte in sein Büro zurück, ohne den Lastwagen zu kontrollieren oder ihn auch nur aufzuhalten, damit Ralin ihn inspizieren konnte, wie sie es verabredet hatten. Ana war zu weit entfernt, um das Bündel Geldscheine zu erkennen, das aus der Hemdtasche des Grenzwächters ragte.

Ralin hatte den Ruf ausgestoßen und den Lastwagenfahrer zum Stehenbleiben aufgefordert. Den linken Arm hochgereckt wie ein Verkehrspolizist, griff er mit der anderen Hand nach seiner Dienstwaffe. Anstatt anzuhalten, gab der Lastwagenfahrer jedoch Gas und steuerte direkt auf Ralin zu. Der Polizeiagent musste sich durch einen Sprung in Sicherheit bringen, um nicht über den Haufen gefahren zu werden. Der Kotflügel des Lastwagens streifte seine Beine und schleuderte ihn zu Boden.

Ana schlängelte sich auf den Fahrersitz des Škoda und drehte den Zündschlüssel. Während sie in den ersten Gang schaltete, gab sie Gas und stieß einen Fluch aus, als der Lastwagen an ihr vorbeirumpelte, ehe sie ihm den Weg versperren konnte. Sie zögerte einen Moment und blickte zu Ralin. Der Polizist umklammerte seinen Fußknöchel, drehte sich jedoch zu ihr um und gab ihr durch ein Handzeichen zu verstehen, dass sie den Lastwagen ohne ihn verfolgen solle.

Die Reifen des Škoda quietschten auf dem Asphalt, während sie am Lenkrad kurbelte und das Gaspedal bis aufs Bodenblech durchtrat. Der Lastwagen war nicht sehr weit gekommen, und sie holte ihn innerhalb weniger Sekunden ein. Als sie sah, wie die Abdeckplane im Fahrtwind flatterte, hoffte sie inständig, dass die Ladefläche nicht mit bewaffneten Gangstern besetzt war. Stattdessen entdeckte sie, als der Lastwagen in den Lichtkreis einer Straßenlaterne geriet, einen Berg von Wassermelonen unter der Abdeckplane. Aber die Fahrweise des Mannes hinter dem Lenkrad war nicht die eines Farmers.

Der Lastwagen raste eine gewundene Bergstraße hinab und ins Zentrum von Malko Tarnowo, einem verschlafenen bulgarischen Städtchen, knapp vierzig Kilometer vom Schwarzen Meer entfernt. Umgeben war es von einer dunklen, hügeligen Landschaft, die sich fast zwanzig Kilometer weit bis zum nächsten Dorf erstreckte. Ana hatte wenig Lust, sich in dieser einsamen Region allein mit den Insassen des Lastwagens herumzuschlagen. Entschlossen aufs Gaspedal tretend versuchte sie, sich neben den Lastwagen zu setzen. Dessen Fahrer durchschaute ihre Absicht und lenkte den Laster zur Seite, um die Lücke zum Straßenrand zu schließen. Ana wurde zu einer Vollbremsung gezwungen, um einem geparkten Pkw auszuweichen, während der Lastwagen die Mitte der Straße besetzte. Sie hatte keine Möglichkeit, an ihm vorbeizufahren.

Ana vergegenwärtigte sich den Grundriss der Stadt und erinnerte sich an eine Hauptstraße, die durch das Zentrum von Malko Tarnowo führte, und an zwei parallel verlaufende Straßen, die sich etwa acht Blocks weit erstreckten. Als sie sich der ersten Seitenstraße näherte, bremste Ana abermals und bog nach links ab. Sie fuhr zügig bis zur nächsten Querstraße und lenkte nach rechts in die Parallele zur Hauptstraße. Dort gab sie Vollgas, schaltete in schneller Folge hoch und raste durch die Häusergasse, wobei die Limousine nach jeder Bodenwelle eine kurze Flugstrecke zurücklegte.

Der Škoda fraß fünf Blocks, während Ana gleichzeitig den Sicherheitsgurt einrasten ließ. Sie schwenkte nach rechts in die letzte Seitenstraße, wobei das Wagenheck ausbrach und zwei Mülltonnen von ihren Standplätzen fegte, als der Wagen um die Straßenecke schleuderte. Dorfbewohner, die aus dem Schlaf gerissen worden waren, blickten aus den Fenstern auf den grauen Wagen, dessen Motor röhrte, als stünde er dicht vor der Explosion.

Während Ana sich wieder der Hauptstraße näherte, tauchten von rechts die Scheinwerferstrahlen des Lastwagens auf. Die Polizistin hatte einen knappen Vorsprung, der jedoch nicht ausreichte, um sich ungefährdet vor den Lastwagen zu setzen. Eilig die Entfernung abschätzend, behielt sie den Fuß auf dem Gaspedal, und dann folgte eine Vollbremsung. Während sich der Wagen gegen die blockierenden Bremsen aufbäumte und wie ein wildes Pferd bockte, riss sie das Lenkrad nach links herum.

Der Wagen vollführte eine halbe Drehung, ehe es zum Kontakt

kam und die rechte Seite der Stoßstange gegen den linken vorderen Radkasten des Lastwagens prallte. Der blecherne Knall ließ die Fensterscheiben entlang der Straße klirren. Die Motorhaube des Škoda verschwand unter der Masse des Lastwagens, der gegen den Bordstein schleuderte, nachdem das Vorderrad abbrach. Vom Schwung des Lastwagens mitgerissen, rutschten beide Fahrzeuge vorwärts, bis sie über einen Bordstein hüpften und gegen einen Laternenmast krachten.

Beißender Qualm füllte das Führerhaus des Lastwagens, während sein Fahrer versuchte, die Nachwirkungen der Kollision abzuschütteln. »Josef?«, rief er den Namen seines Partners, der regungslos auf dem Armaturenbrett lag, bewusstlos oder tot. Der Fahrer machte sich nicht einmal die Mühe, es zu überprüfen. Sofort stieß er die zerbeulte Tür auf und ließ sich mit der Absicht, schnellstens die Flucht zu ergreifen, auf die Straße fallen. Er warf einen Blick auf den zertrümmerten Škoda. Ein schlaffer Airbag deckte das Lenkrad zu, aber von einem Fahrer war nichts zu sehen. Er wandte sich um – und starrte in die Mündung einer SIG-Sauer-P228-Automatik.

Mit roten Flecken im Gesicht – vom Kontakt mit dem Airbag – und heftig atmend stand Ana mit ausgestrecktem Arm vor dem Lastwagenwrack und drückte den Lauf der Pistole gegen die Wange des Fahrers.

»Auf die Knie. Hände über den Kopf«, befahl sie mit rauer Altstimme und bemühte sich, ihren eigenen Schockzustand zu kaschieren. Der benommene Fahrer gehorchte sofort.

Weniger als eine Minute später erschienen Ralin und ein Grenzbeamter in einem Wagen der Zollbehörden. Ralin sprang aus dem Wagen und näherte sich humpelnd, während er gleichzeitig seine Pistole zückte und auf den Lastwagenfahrer richtete. »Ist mit dir alles in Ordnung?«

Ana nickte und beobachtete erleichtert, wie Ralin dem Fahrer Handschellen anlegte und ihn auf den Rücksitz des Zollfahrzeugs verfrachtete.

Der Grenzbeamte untersuchte flüchtig den zweiten Mann im Führerhaus des Lastwagens und kam kopfschüttelnd zurück. »Der andere ist tot.«

Ralin legte einen Arm um Anas Schultern, als ihre Knie nachzugeben drohten und sie ihre Waffe im Holster verstaute.

»Nachdem er dich erwischt hat, habe ich einfach reagiert.« Sie schüttelte den Kopf. »Ich wollte nicht, dass er sich aus dem Staub macht.«

»Das hast du geschafft.« Ralin warf einen Blick auf den demolierten Škoda. »Aber ich bin mir nicht sicher, dass der Chef unserer Abteilung besonders glücklich darüber sein wird, dass eine neue Dienstlimousine für eine Wagenladung Wassermelonen geopfert wurde.«

»Wassermelonen«, murmelte Ana, kletterte auf die Ladefläche des Lastwagens und begann, Melonen beiseitezuräumen. Ihre Arme schmerzten, als sie sich bis auf die Ladefläche gegraben hatte und drei längliche Holzkisten freilegte.

Ralin half ihr, eine der Kisten von der Ladefläche herunterzuziehen und auf die Straße zu legen. Im Werkzeugkasten des Lastwagens fand er ein Reifenmontiereisen, das er benutzte, um die Kiste aufzuhebeln. Als er den Deckel entfernte, lachten ihn säuberlich nebeneinander aufgereiht in Albanien hergestellte AK-47 Sturmgewehre an, die für den schwarzen Markt bestimmt waren. »Ganz wie angekündigt«, sagte Ralin. »Ein Punkt für unseren bezahlten Informanten.«

»Ich vermute, dass sein Honorar aus einer verkürzten Gefängnisstrafe besteht«, sagte Ana Belowa. »Nicht gerade unsere umfangreichste Beute, aber immerhin dürften wir damit einige unschuldige Leben gerettet haben.«

»Und unserer Abteilung genügend lobende Publicity verschaffen, um unseren Wagen ohne allzu heftige öffentliche Kritik ersetzt zu bekommen.«

Während der nächsten Stunde erschien eine Einsatztruppe örtlicher und staatlicher Polizeiorgane, um die Schmuggler zu verhaften und die Schmuggelware zu beschlagnahmen. Ana ruhte sich im Wagen des Grenzbeamten aus und hatte Mühe, nach der Anspannung der Verfolgungsjagd wach zu bleiben und nicht einzuschlafen. Bei Tagesanbruch traf ein Abschleppwagen ein, um den Fahrzeugschrott zu entfernen.

Ralin schob den Kopf durch das offene Wagenfenster. »Ana, ich habe eben einen Anruf aus der Zentrale in Sofia erhalten. Sieht so aus, als würde man uns heute Nachmittag in Istanbul erwarten.«

»Muss das sein? Ich könnte ein wenig Schlaf gebrauchen.«

»Offensichtlich ist es eine Angelegenheit von höchster Priorität, der Informationen aus der Ukraine zugrunde liegen.«

»Etwa wieder eine Waffenlieferung?«

»Ich glaube nicht. Anscheinend geht es um etwas Wichtigeres.«

Die Polizistin zwang sich zu einem Lächeln. »Dann müssen sie uns wohl einen neuen Wagen geben, denke ich.«

»Ich bin nicht sicher, ob uns in dieser Geschichte ein Auto weiterhilft.«

»Warum nicht? Ist es eine illegale Flugzeugfracht? Oder kommt die Lieferung per Eisenbahn?«

»Weder noch«, erwiderte er und schüttelte den Kopf. »Es geht um ein Schiffswrack.«

4

Ein kurzer Regenschauer kühlte den ansonsten moderaten Nachmittag im Hafen von İstinye nördlich von Istanbul ab. Während sie gemächlich durch den kleinen Bootshafen schlenderten, entdeckten Ana Belowa und Petar Ralin das Ziel ihres Abstechers, ein ozeanografisches Forschungsschiff mit türkisfarbenem Rumpf, das am größten Liegeplatz festgemacht hatte.

Ein untersetzter, stämmiger Mann, der soeben eine schwere Kiste an Bord hievte, hielt mit seiner Tätigkeit inne, als sie sich näherten.

»Ist dies die *Macedonia?*«, fragte Ana auf Englisch.

Al Giordino musterte die Fremde. Ihr langes, dunkles Haar war im Nacken zu einem Knoten zusammengerafft und gab den Blick auf ein interessant geschnittenes Gesicht frei. Sie hatte hohe slawische Wangenknochen, deren Herbheit durch eine kleine Nase und einen ebenmäßigen Mund gemildert wurde. Was ihm sofort auffiel und seine Neugier weckte, waren ihre strahlend blauen Augen. Giordino erkannte in ihnen eine reizvolle Mischung aus Entschlossenheit und Verletzlichkeit.

»Sie sind an der richtigen Adresse«, erwiderte Giordino.

»Ich bin Ana Belowa, Sonderermittlerin bei Europol, und dies ist Leutnant Petar Ralin vom bulgarischen Direktorat für organisiertes Verbrechen. Wir untersuchen den Untergang der *Crimean Star.*«

Giordino stellte sich vor. Dann fragte er: »Europol … ist das ein Ableger von Interpol?«

»Nein, das European Police Office ist eine Strafverfolgungsbehörde der Europäischen Union. Wir konzentrieren uns vorwiegend auf organisiertes Verbrechen und Terrorismusabwehr.«

»Kommen Sie an Bord. Ich mache Sie mit dem Boss bekannt.« Giordino geleitete sie in die Offiziersmesse der *Macedonia,* wo Pitt und Stenseth an einem Tisch saßen und eine Seekarte studierten. Giordino stellte die Besucher vor, und den polizeilichen Ermittlern wurde Kaffee serviert, ehe alle an einem größeren Tisch Platz nahmen.

»Wie können wir Ihnen behilflich sein?«, fragte Dirk Pitt. »Wir haben der türkischen Küstenwache bereits einen ausführlichen Bericht geliefert.«

Ana Belowa hatte das Gefühl, als blickten die dunklen grünen Augen bis auf den Grund ihrer Seele. Zu ihrer Überraschung spürte sie, wie sich ihr Puls beschleunigte, während sie dem hochgewachsenen Mann mit den markanten Gesichtszügen lauschte. »Unsere zuständigen Behörden haben einige Fragen zum Verlust der *Crimean Star.* Was können Sie uns über ihren Untergang erzählen?«

Pitt schilderte die Ereignisse der vorangegangenen Nacht und beendete seine Zusammenfassung mit der Rettung des stellvertretenden Chefingenieurs.

»Meinen Sie, dass die Explosion am Heck des Schiffs absichtlich ausgelöst wurde?«, wollte Ralin wissen.

»Ich vermute es zwar, aber ich habe keinerlei Beweise dafür.« Pitt sah die Ermittler fragend an. »Macht es Ihnen etwas aus, uns zu verraten, welches besondere Interesse Sie an diesem Vorfall haben?«

»Es sind vor allem drei Punkte«, sagte Ana. »Zuerst einmal haben wir erfahren, dass die *Crimean Star* von einer russischen Firma namens Nemco Holdings gechartert worden war. Nemco werden enge Verbindungen zur russischen Mafia nachgesagt. Die Firma soll in umfangreiche Waffenschmuggeleien nach Afrika und in den Mittleren Osten verwickelt sein. Hatten Sie Gelegenheit, die Laderäume des Schiffes zu untersuchen?«

»Nein, wir konnten uns nur für kurze Zeit an Bord aufhalten. Haben Sie sich die Frachtpapiere des Schiffs verschafft?«

»Aus elektronischen Aufzeichnungen geht hervor, dass die *Crimean Star* landwirtschaftliche Geräte geladen hatte, die für Alexandrien in Ägypten bestimmt waren.«

»Gehörten auch Chemikalien oder Kunstdünger dazu?«, fragte Pitt.

»Nichts dergleichen war in der Frachtdatei aufgeführt. Aber ich kann nicht behaupten, dass wir den Aufzeichnungen hundertprozentig vertrauen, da das Schiff aus Sewastopol kam. Weshalb fragen Sie?«

»Wir haben den Verdacht, dass die Mannschaft durch ein chemisches Leck zu Tode kam.«

»Wir waren gerade im Memorial Şişli Hospital, wo der Ingenieur aufgenommen wurde«, sagte Ralin. »Der Pathologe berichtete, Untersuchungen bei den verstorbenen Mannschaftsmitgliedern hätten ergeben, dass deren Tod durch konzentriertes Schwefelwasserstoffgas ausgelöst wurde. Er tippt auf ein Erdgasleck.«

»Wir haben den Geruch wahrgenommen, als wir das Schiff enterten«, sagte Giordino, »aber wir konnten seinen Ursprung nicht feststellen. Erdgas könnte eine Möglichkeit sein, aber die *Crimean Star* ist ein Massengutfrachter und kein Flüssiggastanker.«

»Ja, das ist richtig«, sagte Ana. »Unser vordringliches Interesse gilt auch einem anderen Punkt – dem stellvertretenden Chefingenieur, der das Ereignis überlebt hat.«

»Wie geht es dem Mann?«, fragte Pitt.

»Ganz gut. Er war dem Gas nur für einen begrenzten Zeitraum ausgesetzt, vermutlich weil er sich im Maschinenraum aufgehalten hatte. Man geht davon aus, dass er sich wieder vollständig erholen wird. Aber die Ärzte haben etwas anderes gefunden, das Anlass zu noch größerer Sorge gibt. Es scheint, als hätten Messungen ergeben, dass der Ingenieur Kontakt mit einer Quelle radioaktiver Strahlung gehabt haben muss.«

»Mit Radioaktivität?«, fragte Giordino erstaunt. »Vielleicht hat er an Bord eines atomgetriebenen Schiffs gearbeitet, ehe er an Bord der *Crimean Star* kam.«

»Wir sind dieser Möglichkeit und einigen anderen nachgegangen, aber er ist bisher niemals mit radioaktiven Substanzen in Berührung gekommen oder hat in der Nähe atomgetriebener Anlagen gearbeitet.«

»Meinen Sie, dass sich etwas Derartiges auf dem Schiff befunden hat?«, fragte Pitt.

»Das befürchten wir, ja«, sagte Petar Ralin. »Wir haben Informationen, dass die *Crimean Star* möglicherweise benutzt wurde, um radioaktives Material zu schmuggeln, das auf dem schwarzen Markt angeboten werden sollte.«

Ana wandte sich an Pitt. »Petar und ich gehören zu einer Spezialeinheit, die den Handel mit Waffen und nuklearen Substanzen im Bereich des Schwarzen Meeres verhindern soll.«

»Gibt es denn noch immer frei erhältliches Kernmaterial?«, fragte Giordino.

»Leider ja«, sagte Ana. »Der Zusammenbruch der Sowjetunion im Jahr 1991 hat für viele Jahre den Schmuggel von radioaktiven Substanzen aufblühen lassen. In jüngster Zeit durchgeführte strengere Kontrollen haben diese Aktivitäten zwar erheblich eingeschränkt, aber wir registrieren noch immer eine bedenklich starke Nachfrage auf dem schwarzen Markt – ein großer Teil des angebotenen Materials wurde vor Jahren gestohlen. Es dürfte Sie überraschen zu erfahren, dass in der Schwarzmeerregion jedes Jahr immer noch über ein Dutzend Verhaftungen im Zusammenhang mit Nuklearschmuggel vorgenommen werden. Die Verbreitung von nuklearen Substanzen stellt nach wie vor ein hohes Risiko dar, vor allem angesichts des zunehmenden Extremismus im Mittleren Osten.«

»Ich vermute, dass die Kriegshandlungen in der Ukraine nicht gerade zur Erhöhung der allgemeinen Sicherheit beigetragen haben«, sagte Pitt.

»Da haben Sie recht. Genau das bereitet uns im Zusammenhang mit der *Crimean Star* große Sorgen. Europol sucht zurzeit einen Behälter mit hochangereichertem Uran, das während der russischen Krim-Invasion aus dem Institut für Kernenergie in Sewastopol verschwunden ist. Aus Geheimdienstinformationen geht hervor, dass es nach Syrien transportiert werden sollte, und wir vermuten, dass es sich an Bord der *Crimean Star* befunden hat.«

Pitt nickte. »Was die bei dem Ingenieur gemessene radioaktive Strahlung erklären würde.«

»So weit hergeholt es auch erscheinen mag, aber wir müssen dieser Möglichkeit nachgehen. Wenn das Uran im Maschinenraum oder in der Nähe seiner Kabine deponiert war, könnte das eine Erklärung für die Strahlenverseuchung sein.«

»Und welche besondere Bedeutung hat es, dass dieses Uran als hochangereichert bezeichnet wird?«, wollte Giordino wissen.

»HEU, wie es auch genannt wird, ist ein Uran, dessen Gehalt des spaltbaren Isotops ^{235}U durch bestimmte Verfahren gesteigert wurde. Damit ist es die Sorte Uran, die in besonders leistungsfähigen atomaren Anlagen und Objekten zum Einsatz kommt, seien es nun Kraftwerke, Raketen oder Bomben.«

»Demnach ergibt sich daraus die Frage«, sagte Pitt, »ob die *Crimean Star* absichtlich versenkt wurde, nämlich im Auftrag von jemandem, der das HEU in seinen Besitz bringen wollte.«

»Wir können offensichtlich von einer ganzen Menge Vermutungen ausgehen«, sagte Ralin, »aber die Begleitumstände lassen sämtliche Vermutungen zu.«

»Ich denke, Sie haben eine ganze Menge Gründe, sich Sorgen zu machen.«

»Mr. Pitt«, sagte Ana Belowa, »können Sie uns den Grund Ihrer Anwesenheit in dieser Region verraten?«

»Die NUMA wurde von dem bulgarischen Kultusministerium eingeladen, sich an der Suche nach einem Schiff aus osmanischer

Zeit zu beteiligen, das im achtzehnten Jahrhundert vor der Küste Bulgariens gesunken ist.«

Ana warf Petar Ralin einen kurzen Blick zu, dann wandte sie sich wieder an Pitt. »Könnten Sie sich vorstellen, den Start Ihres Projekts für einen Tag, vielleicht auch etwas länger, zu verschieben und uns behilflich zu sein?«

»Was haben Sie sich gedacht?«

»Ich würde gern in Erfahrung bringen, ob sich tatsächlich hochangereichertes Uran auf der *Crimean Star* befunden hat.«

»Falls es jemals mit dem Schiff transportiert wurde«, sagte Pitt, »könnte es von denjenigen, die das Schiff versenkt haben, längst herausgeholt worden sein.«

»Das ist natürlich möglich«, gab Ralin zu. »Aber wir gehen von der Annahme aus, dass Ihre Ankunft diese Pläne vereitelt hat.«

»Warum bitten Sie keine örtlichen Institutionen um Hilfe?«, fragte Pitt. »Die türkische Marine verfügt doch sicher über entsprechende technische Möglichkeiten.«

»Die türkische Marine könnte tatsächlich helfend einspringen, aber frühestens in einer Woche«, sagte Ana. »Die Türkei ist nicht Mitglied der Europäischen Union, daher wird man uns nicht gerade mit offenen Armen empfangen. Falls sich das HEU aber noch an Bord befindet, dann ganz sicher nicht mehr lange. Such- und Rettungsschiffe operieren noch immer am Unglücksort. Sie werden jedoch ihre Bemühungen mit Einbruch der Dämmerung einstellen. Wir möchten das gesunkene Schiff allerdings so bald wie möglich untersuchen.« In ihren blauen Augen, mit denen sie Pitt ansah, lag eine inständige Bitte. »Könnten Sie an den Unglücksort zurückkehren und das Schiff für uns untersuchen?«

Pitt wandte sich an Giordino und Stenseth. »Wir haben bereits einen Tag Verspätung. Die Position, an der die *Crimean Star* gesunken ist, liegt fast auf unserem Weg. Und unser osmanisches Wrack wird uns nicht weglaufen. Ich denke also, wir dürfen unser historisches Projekt noch um einige Zeit verschieben.« Er drehte sich zu

Ana um. »Außerdem könnte es sich vielleicht irgendwann als nützlich erweisen, bei Europol gute Freunde zu haben.«

Ein erleichterter Ausdruck glitt über die Mienen von Ana Belowa und Petar Ralin. Die Frau gab über den Tisch hinweg Dirk Pitt die Hand.

»Ab jetzt haben Sie welche.«

5

Das unbemannte Fluggerät, dessen lang gestreckte, schlanke Tragflächen von einer steifen östlichen Brise getragen wurden, drehte in einem weiten, eleganten Bogen ein. Ein Paar hochauflösender Videokameras an seinem Rumpf tasteten den Erdboden auf einer Breite von einer Meile auf seinem Flugkurs ab. Innerhalb von Sekunden registrierten die bordeigenen Computer einen kleinen Landeplatz, umgeben von einem Flickenteppich grüner Alfalfafelder, unmittelbar voraus.

Der Lenker der Drohne verfolgte die Videoübertragung auf einem großen Monitorschirm. Die Kameras konzentrierten sich auf eine Anzahl militärischer Transportflugzeuge, die unweit eines Hangars parkten, dann nahmen sie ein großes schwarzes Auto ins Visier. Nach Eingabe eines kurzen Tastenbefehls wurde das Bild vergrößert und zeigte in aller Deutlichkeit eine ZiL-Limousine russischer Produktion mit zwei uniformierten Insassen auf der Rückbank.

Der Drohnenpilot aktivierte einen Zielsuchsensor und legte einen blinkenden roten Kreis mit Fadenkreuz auf das Bild des Autos. Ein korpulenter Mann in einem dunkelblauen Anzug, der neben dem Piloten stand und ebenfalls den Monitor beobachtete, kommandierte: »Feuer.«

Die Linien des Fadenkreuzes färbten sich grün, und der Computer gab ein leises Summen von sich.

Der Mann im Anzug wandte sich von dem Piloten ab und schaute zu der ZiL-Limousine hinüber, die in ein paar Metern Entfernung parkte. »General, zu meinem Bedauern muss ich Ihnen mitteilen, dass Sie und der Major soeben von einer Luft-Boden-Rakete verdampft wurden.« In der Stimme des Mannes schwang ein Unterton satter Zufriedenheit mit.

Der russische Luftwaffengeneral, ein älterer, teigiger Mann namens Sacharin, stieg schwerfällig aus dem Wagen und begann, den grauen, wolkenbedeckten Himmel abzusuchen. Er sah und hörte nichts.

»Sie kommt von Süden, General.«

Der Russe fuhr herum und blickte in die angegebene Richtung. Ein paar Sekunden später kam die schiefergraue Drohne in Sicht, ging in den Sinkflug, landete auf der Rollbahn und stoppte neben der Limousine. Ein wenig länger als das Auto, zeichnete sich die Drohne durch einen schlanken Zwillingsrumpf aus, mit dem sie entfernt an einen Katamaran mit Tragflächen erinnerte.

»Sie ist nahezu vollkommen lautlos«, stellte Sacharin fest und ging ein paar Schritte weiter, um das Fluggerät genauer in Augenschein zu nehmen.

»Der Antrieb wurde speziell für die Peregrine entwickelt«, sagte Martin Hendriks. Er war Holländer, hatte ein rundes Gesicht, dunkelrotes Haar und eine scharfe, befehlsgewohnte Stimme. Er betrachtete seine Schöpfung voller Stolz, aber auch mit einem Anflug von Resignation. Sein Armani-Anzug und die aufrechte Haltung spiegelten seinen Erfolg wider, aber seine tiefblauen Augen verrieten auch eine schwermütige Intelligenz. Augen, in denen einst Fröhlichkeit geblitzt hatte, wirkten nun nahezu gefühllos und nüchtern.

»Die Predator- und Reaper-Drohnen der Amerikaner sind größer und schwerer bewaffnet«, sagte Hendriks, »aber sie sind auch relativ laut und auf dem Radar deutlich zu sehen. Das ist für berittene und kämpfende Guerillas in Afghanistan durchaus von Vorteil, aber bei weitem nicht so wirkungsvoll gegen einen technisch überlegenen Gegner.« Er deutete auf die extrem abgewinkelten Tragflächen und den schlanken Doppelrumpf. »Achten Sie auf das Profil der Peregrine. Seine äußere Form lenkt Radarsignale ab, während ihre Außenhaut mit einem Material beschichtet ist, das Radarstrahlen absorbiert. Auf diese Weise kann sie für Radar und Bodenbeobachter nahezu unsichtbar operieren.«

Sacharin legte eine Hand auf den Rumpf der Peregrine und stellte fest, dass er sich wie mit Gummi beschichtet anfühlte. »Der Außenbeschichtung unseres neuen Kampfflugzeugs nicht unähnlich«, stellte er fest. »Wie haben Sie die Maschine so leise machen können?«

Hendriks deutete auf die beiden Rümpfe, an deren Enden große ovale Schaufeln angebracht waren. »Die Peregrine ist mit elektrischen Mantelstromtriebwerken ausgestattet, die wie miniaturisierte Raketenantriebe funktionieren. Beim Start erzeugen sie hörbare Schwingungsgeräusche, sind aber, sobald das Fluggerät seine Einsatzhöhe erreicht hat, praktisch lautlos. Die Elektromotoren und die bordeigene Elektronik werden von Wasserstoffzellen mit Energie versorgt, unterstützt von Solarzellen in den Tragflächen. Sobald sie ihre Einsatzflughöhe erreicht hat, kann sie für zwei Wochen in der Luft bleiben – bei entsprechendem Sonnenschein sogar noch länger. Im Vergleich damit schaffen die amerikanischen Drohnen nur einen halben Tag.« Hendriks lächelte. »Und das haben wir nur mit diesem Prototyp erreicht. Wir rechnen mit weiteren Fortschritten im Bereich der Energiespeicherung und in der Flugtechnik, um Flugdauer und Reichweite zu steigern.«

Der General nickte. »Es gibt keinen Ersatz für Tarnkappeneigenschaften und Einsatzdauer. Erzählen Sie etwas über die Bewaffnung.«

»Die Peregrine verfügt über eine flexible Waffenhalterung, die verschiedenen Typen von Luft-Boden-Raketen oder sogar konventionellen Geschossen als Basis dienen kann. Die Drohne wurde im Hinblick auf NATO-Bewaffnung entwickelt, lässt sich jedoch sehr leicht modifizieren. Nennen Sie Ihre bevorzugte Waffe, General, und wir nehmen die notwendigen Modifikationen vor.«

»Ich verstehe. Kommen Sie, Martin, sehen wir zu, dass wir aus dem Wind kommen und unsere Unterhaltung bei einem Drink fortsetzen.«

Sacharin geleitete Hendriks in ein eigens für diesen Zweck hergerichtetes Büro im Hangar, wo eine Flasche Stolichnaya-Wodka und zwei Gläser bereitstanden. Der Russe füllte jedes Glas und prostete seinem Gast zu.

Hendriks leerte sein Glas zur Hälfte und ließ sich in einen zerschlissenen Ledersessel sinken. »Also, was halten Sie von der Peregrine?«, fragte er, der längst bemerkt hatte, dass der General sein Interesse kaum wirkungsvoll kaschieren konnte.

Sacharin trank seinen Wodka, als hätte er Wasser im Glas, und schenkte sofort nach. »Sie könnte ein wirkungsvolles Hilfsmittel in den von Unruhen und Kriminalität bedrohten Gebieten in der Nähe unserer Grenze sein. Vielleicht sogar in der Ukraine. Ich könnte mir vorstellen, dass die Luftwaffe eine kleine Schwadron einsatzbereit hält. Aber ich muss Ihre hochgesteckten Erwartungen ein wenig dämpfen und Ihnen mitteilen, dass unsere eigenen Entwicklungs- und Forschungsabteilungen dicht davorstehen, eine russische Drohne an den Start zu bringen.«

»Ihre Altius-Drohne ist eine fette, minderwertige Kopie des amerikanischen Reaper-Fluggeräts.« Hendriks erlaubte sich den Anflug eines Lächelns. »Sie hat bei den ersten Flugtests versagt und hinkt um Monate hinter dem Entwicklungszeitplan her.«

Sacharin hob eine Augenbraue. »Es scheint, als seien Sie bestens informiert«, sagte er und war sich darüber im Klaren, dass ihm soeben jedes Druckmittel für weitere Verhandlungen aus den Händen geglitten war. »Ihre Peregrine würde tatsächlich eine vorübergehende Lücke in unserem Überwachungs- und Aufklärungsprogramm ausfüllen. Aber über gewisse geschäftliche Gegebenheiten bin ich außerdem im Bilde.«

Hendriks mimte Überraschung. »Welche sollten das sein?«

»Soweit ich weiß, haben Sie kürzlich Ihr Avionik-Unternehmen verkauft. Zu einem Preis von mehreren Milliarden Dollar, wenn die Pressemeldungen der Wahrheit entsprechen.«

Hendriks studierte den Linoleumboden und nickte. »Ja, ich habe vor kurzem meine Firma für Flugtechnik und Luftfahrtelektronik verkauft. Und ich habe mich auch noch von anderen Geschäftszweigen getrennt.« Unbewusst schob er eine Hand in seine Sakkotasche, wo sich seine Finger um ein kleines metallenes Objekt schlossen.

»Um ein neues Kapitel in Ihrem Leben zu beginnen?«

Hendriks sagte nichts. In der Sakkotasche drückten seine Finger den scharfkantigen metallenen Gegenstand so kraftvoll, dass sie zitterten.

»Auch wenn Sie mir ein wenig zu jung erscheinen, um sich zur Ruhe zu setzen«, sagte der General, »ich denke doch, dass man die Früchte seiner Arbeit genießen sollte, solange man es kann. Dazu kann ich Sie nur beglückwünschen. Aber mein Punkt ist folgender. Meine Regierung bezieht seit Jahren Flugtechnik und -elektronik von Ihnen. Ich würde mich ganz einfach nicht wohl dabei fühlen, die Peregrine von neuen Eigentümern zu erwerben. Und natürlich ist da noch die Frage, inwieweit beim Erwerb der Technologie mit rechtlichen Problemen gerechnet werden muss.«

»Die Konstruktionsrechte sind mein persönliches Eigentum, für die ich während der nächsten drei Jahre Lizenzgebühren kassiere«, sagte Hendriks. »Eine Art Pensionsgeschenk von der Firma, könnte man sagen. Sie würden also weiterhin mit mir Geschäfte machen.«

»Und was ist mit Ihrer Regierung? Die Europäische Union wird den Export einer solchen Ware nach Russland zurzeit ganz gewiss nicht dulden.«

»Nicht in dieser Form«, gab Hendriks zu. »Aber diese Reglementierung lässt sich einfach umgehen. Wir liefern Ihnen die einzelnen Elemente aus Quellen in verschiedenen Ländern. Die Endmontage kann danach hier durchgeführt werden. Ich schicke Ihnen sogar zu diesem Zweck das notwendige Personal.«

Sacharin ließ sich diesen Vorschlag kurz durch den Kopf gehen und nickte. »Das wäre durchführbar. Aber ich würde schon gerne wissen, weshalb Sie die Peregrine nicht den NATO-Ländern verkaufen.«

Hendriks' Finger streichelten wieder den Gegenstand in seiner Sakkotasche. »Die Gründe sind rein wirtschaftlicher Natur. Das Modell der Amerikaner wird meine Lieferungen an die NATO erheblich begrenzen. Ich glaube, dass ich Ihnen größere Stückzahlen verkaufen kann.«

»In dieser Hinsicht kann ich Ihnen keinerlei Garantien geben.«

»Ich bin auch nicht hier, um solche Garantien zu fordern. Aber es gibt noch etwas anderes, von dem ich hoffe, dass es Ihr Interesse weckt. Ich könnte Ihnen eine persönliche Provision von fünf Prozent für jede an die Russen verkaufte Peregrine-Drohne anbieten.«

Hendriks wusste, dass Sacharin seinen Rang nicht durch Können, sondern durch Vetternwirtschaft erreicht hatte. Je höher man in der russischen Hierarchie aufstieg, desto unverfrorener blühte die Korruption. Es überraschte ihn nicht im Mindesten, als er sah, wie Sacharin erwartungsvoll blinzelte.

»Wie lautet der Verkaufspreis?«, wollte der General wissen.

»Für die erste Charge zwölf Millionen Euro pro Stück. Bei Abnahme einer größeren Menge allerdings weniger. Ihre Provision wäre in beliebiger Währung auf jedes Bankkonto Ihrer Wahl zahlbar.«

»Ich werde mich sofort mit der Beschaffungsabteilung in Verbindung setzen. Es dürfte kein Problem sein, eine Mindestliefermenge festzulegen.« Sacharin warf einen sehnsüchtigen Blick auf die Wodkaflasche, um das Geschäft mit einem kräftigen Schluck zu besiegeln.

»Hervorragend«, sagte Hendriks beinahe emotionslos. »Ich würde gern noch eine zusätzliche Bitte äußern, wenn ich darf. Es wäre eine große Ehre für mich, für den Präsidenten eine Demonstration ähnlich der heutigen zu arrangieren.«

»Für Präsident Waschenko?« Sacharin blickte zur Decke des Hangarbüros. »Das dürfte sehr schwierig sein. Aber er hat eine Menge für moderne Technologie übrig und wird vielleicht Gefallen an einer solchen Vorführung finden. Dennoch, mein Einfluss ist ziemlich begrenzt, da ich nur ein bescheidener Vertreter des Militärs bin.«

»Ich verstehe. Nichtsdestotrotz würde ich mich freuen, ihm die Fähigkeiten der Peregrine demonstrieren und erläutern zu dürfen.« Er zwinkerte. »Es könnte sich auch auf die Liefermenge positiv auswirken.«

»Ja, ich merke schon, dass eine solche Demonstration nicht unklug wäre. Ich werde sehen, was ich tun kann.« Der General schaute auf seine Armbanduhr. »Nun, Martin, ich hoffe, dass wir Gelegenheit bekommen, unsere Freundschaft fortzusetzen. Ich war Hauptmann, als Sie vor vielen Jahren damit begannen, Aeroflot digitale flugtechnische Instrumente zu verkaufen. Seitdem pflegen wir eine von gegenseitigem Nutzen geprägte Partnerschaft.«

»Das stimmt wohl«, sagte Hendriks und rief sich in Erinnerung, dass Sacharins Datscha in der Nähe von Sotschi zumindest zum Teil mit Schmiergeldzahlungen finanziert worden war, die von seiner Firma kamen. »Wissen Sie, General, ich habe vor kurzem von einer günstigen geschäftlichen Angelegenheit Wind bekommen, die für Sie von Interesse sein könnte.« Er hielt inne, damit sich der Russe in Ruhe überlegen konnte, ob er nach dem Köder schnappen solle.

»Ja, bitte, erzählen Sie mehr«, forderte Sacharin ihn auf, ehe er sein drittes Glas Wodka leerte.

»Ich war kürzlich in Paris und hab dort zufällig einige frühere Kollegen getroffen. Einer von ihnen hat kürzlich den Ankauf zweier französischer Angriffshubschrauber für die Leibwache des senegalesischen Präsidenten vermittelt. Eine entsprechende Bewaffnung für die Maschinen zu beschaffen, erwies sich jedoch als unmöglich. Beabsichtigt wurde der Ankauf von einem Dutzend leichter Luft-Boden-Raketen. Mir wurde signalisiert, dass Ihre lasergesteuerten Wicher-Raketen die perfekte Wahl seien.«

»Sind sie bereit, eine Provision zu zahlen?«

»Im sechsstelligen Bereich, glaube ich.«

Der General stellte sein leeres Glas auf den Tisch. »Ich bin sicher, dass ich ein Dutzend Raketen in unserem Arsenal finden kann, die bei Feldübungen eingesetzt werden können. Zu klären wäre lediglich die Frage des Transports.«

»Mir wurde erklärt, dass der Transport nach Afrika kein Problem wäre, wenn Sie die Raketen in die Ukraine liefern würden. Könnte einer ihrer Repräsentanten Sie so diskret wie möglich kontaktieren?«

»Ja, ja, natürlich.« Sacharin erhob sich mit leicht glasigem Blick. »Wegen der Peregrine gebe ich Ihnen in Kürze Bescheid.«

»Vielen Dank, General.«

Sacharin verließ den Hangar und stieg in seine Limousine, die das Gelände des kleinen Flugplatzes in rasanter Fahrt verließ. Hendriks ging zu seinem technischen Assistenten hinüber, der die tragbare Kontrollstation der Peregrine zusammenpackte.

»Lassen Sie die Peregrine hier bei den Russen zurück?«, wollte er von Hendriks wissen.

»Damit sie alles kopieren können? Nein. Sie haben gesehen, was sie sehen durften. Lassen Sie die Drohne zerlegen, die Teile in den Lastwagen einladen und sofort in die Fabrik zurückbringen.«

»Ja, Sir. Ich werde mich persönlich darum kümmern.«

Hendriks ging über das Flugfeld zu einem Privatjet.

Der Pilot der Maschine begrüßte ihn, während er einstieg. »Wir haben die Freigabe und können wann immer Sie wollen nach Amsterdam starten, Sir.«

Hendriks ließ sich in einen Ledersessel fallen. »Halten Sie sich zunächst an unseren Flugplan nach Amsterdam. Aber sobald wir den russischen Flugraum verlassen haben, nehmen Sie Kurs auf Kiew. Ich muss dort zwischenlanden, ehe wir nach Hause zurückkehren.«

Minuten später stieg der Jet mit lautem Heulen in den regenschwangeren Himmel und ließ den russischen Flugplatz in der Nähe von Moskau unter einer dichten Decke dunkler Wolken zurück. Mit einem Gefühl der Erleichterung blickte Hendriks aus dem Fenster. Das erste Mal seit mehr als drei Jahren verspürte er einen Schimmer von Genugtuung.

6

Die *Macedonia* ließ den Bosporus noch vor dem Morgengrauen hinter sich und kehrte dorthin zurück, wo der Frachter gesunken war. Eine Fregatte der türkischen Küstenwache, der sie unterwegs begegneten, meldete, dass die Suche und die Rettungsaktionen am Abend des vorangegangenen Tages eingestellt worden waren und man keine weiteren Überlebenden gefunden hatte.

Die Lichter eines anderen Schiffes, das genau auf ihrem Kurs lag, tauchten aus dem Dunkel auf.

»Jemand ist noch am Unglücksort«, sagte Kapitän Stenseth und griff nach seinem Fernglas.

Ana und Ralin standen zusammen mit Pitt auf der Kommandobrücke. Sie alle blickten zu den Lichtern hinüber, die durch das morgendliche Zwielicht funkelten. »Ein weiteres Schiff der Küstenwache?«, fragte Ana.

Stenseth wartete mit seinem Urteil, bis sie sich weit genug genähert hatten, um erkennen zu können, dass der unerwartete Besucher eine Art Arbeits- oder Bergungsschiff mit zahlreichen Kränen auf dem Oberdeck war. Eine zerfranste weiß-grün-rote bulgarische Flagge flatterte am Brückenmast. Auffälligerweise war auf dem Heckspiegel kein Schiffsname zu lesen.

»Könnte das schon ein Versicherungsdetektiv sein?«, fragte Ana.

»Möglich«, sagte Pitt, »obwohl es wenig wahrscheinlich sein dürfte, dass er schon jetzt hier auftaucht.«

»Dann haben sie kein Recht, hier zu sein«, sagte Ralin. »Darf ich den Sprechfunk Ihres Schiffes benutzen?«

Stenseth reichte ihm das Mikrofon, und der Polizeibeamte rief das unbekannte Schiff. »Hier spricht Inspektor Petar Ralin von der Bulgarischen Nationalen Polizei an Bord des NUMA-Schiffes *Macedonia.* Bitte identifizieren Sie sich und nennen Sie den Grund Ihrer Anwesenheit.«

Eine Minute später drang eine unwirsche Stimme aus dem Brückenlautsprecher. »Dies ist ein privates Bergungsschiff. Wir führen Bergungsarbeiten am Schiffswrack *Kerch* durch. Bitte bleiben Sie auf Distanz.«

»Sie befinden sich in nächster Nähe der Position eines von der Polizei beschlagnahmten Schiffswracks«, sagte Ralin. »Identifizieren Sie sich und verlassen Sie Ihre Position.«

Diesmal erhielt er keine Antwort.

Pitt warf einen Blick auf eine Seekarte. »Er hat recht – in einem Punkt wenigstens. Weniger als eine Viertelmeile von dem Punkt entfernt, an dem die *Crimean Star* versank, ist ein Wrack eingezeichnet.« Auf dem Navigationsmonitor des Steuerstandes war die Position des Frachters mit einem roten X markiert. Pitt wandte sich an Stenseth. »Wir sind bislang noch ein wenig von der Position entfernt.«

»Befinden sie sich auf den Koordinaten der *Crimean Star?«,* fragte Ana.

»In der Nähe«, sagte Stenseth. »Offenbar ein wenig westlich davon … und jetzt nehmen sie in dieser Richtung Fahrt auf.«

In dem ungewissen Licht des frühen Morgens konnte Pitt auf dem Schiff, während es sich entfernte, mehrere hohe Kräne ausmachen. Das Bergungsschiff wurde langsamer und hielt seine Position in mehreren hundert Metern Entfernung genau über der Position des markierten Wracks.

Pitt hatte an einem freien Computer-Terminal Platz genommen und tippte den Namen des Wracks ein: *Kerch.* »Sie war ein Zerstörer der Russisch-Kaiserlichen Marine, gebaut im Jahr 1916.« Er rief ein Foto des Schiffes auf. »Es heißt, dass sie im Februar 1917 während eines Gefechts mit osmanischen Marinestreitkräften vor der Einfahrt in den Bosporus versenkt wurde.«

»Meinen Sie, dass sie tatsächlich Arbeiten an diesem Wrack ausführen und sich nicht für die *Crimean Star* interessieren?«, fragte Ralin.

»Ich halte das für nicht sehr wahrscheinlich, aber es gibt eine Möglichkeit, es herauszufinden«, sagte Pitt. »Wer hat Lust auf eine Tauchfahrt in einem Unterseeboot?«

Ralins Gesicht wurde ausdruckslos, während sich Anas Miene zu einem Lächeln verzog.

»Offensichtlich die Lady«, sagte Pitt. »Dann los, Miss Belowa, folgen Sie mir zu einem Ausflug in die Tiefe.«

»Sie werden sie doch wieder zurückbringen, oder?«, fragte Ralin und meinte es kaum als Scherz.

Pitt zwinkerte ihm zu. »Bisher ist mir noch kein zahlender Gast abhandengekommen.«

Vierzig Minuten später verspürte Ana heftiges Herzklopfen, als Meerwasser die Acrylglas-Sichtscheibe des Drei-Personen-U-Boots der NUMA überspülte. Vom hintersten Sitz aus blickte sie über die Schultern von Pitt und Giordino auf eine dichte Wolke von Luftblasen, die sich zu einer Wand schmutzig grünen Wassers verdichtete. Sie konnte sich eines klaustrophobischen Gefühls nicht erwehren, als sie begriff, dass die Sichtweite kaum mehr als einen oder zwei Meter betrug. »Wird das Wasser nicht klarer?«, fragte sie.

»Die Sicht dürfte sich in Kürze deutlich bessern«, versuchte Pitt, ihre Sorgen zu zerstreuen. »Die tieferen Wasserschichten des Schwarzen Meeres sind nahezu sauerstofflos und daher gewöhnlich kristallklar. Allzu tief tauchen wir nicht hinab, aber wir sollten trotzdem in den Genuss dieses Effekts kommen.«

Giordino zog einen Tiefenmesser zu Rate. »Wir sollten nach etwa einhundert Metern im Schlick aufsetzen.«

Pitts vorherige Erklärung erwies sich in jeder Hinsicht als zutreffend. Als wäre ein Schleier vor der Sichtscheibe beiseitegezogen worden, steigerte sich die Sichtweite schlagartig auf fast zwanzig Meter, wozu die hellen LED-Lampen auf der Außenhülle des Tauchboots nicht unwesentlich beitrugen.

Wie Ana feststellen konnte, verlangsamte sich ihr Pulsschlag dank der sich bessernden Sicht und der offensichtlichen Ruhe und Sorglosigkeit der Männer, die das U-Boot lenkten. »Als ich noch ein Kind war, sind meine Eltern immer an der Küste von Rumänien mit mir geschwommen – im Schwarzen Meer. Aber ich hatte ständig Angst vor Seeungeheuern.«

»Es gibt im Schwarzen Meer nicht viel, wovor man sich fürchten könnte, außer Quallen«, sagte Pitt. »Wurden Sie in Rumänien geboren?«

»Ja. Aufgewachsen bin ich Bukarest. Mein Vater war Geschichtslehrer und meine Mutter Schneiderin. Die Sommerferien verbrachten wir immer in Constanţa, wo mein Vater jeden Tag im Meer badete und mit einem Schnorchel tauchte.«

»Er wäre mir sicher sehr sympathisch gewesen«, sagte Pitt. »Wie kommt es, dass Sie Ihr Leben jetzt mit Pistole und Dienstmarke fristen?«

»Mein Bruder wurde von einem Drogenschmuggler getötet, als ich noch auf der höheren Schule war.« Der Schmerz, der bei diesen Worten in ihrer Stimme lag, war nicht zu überhören. »Ein paar Jahre später besuchte ich die Polizeiakademie wahrscheinlich aus dem unterbewussten Drang, seinen Tod zu rächen. Schon bald stellte ich fest, dass mir diese Arbeit Spaß machte und ich die Herausforderung liebte. Nach ein paar Jahren bei der rumänischen Polizei übernahm ich einen Auftrag von Europol und bin seitdem dabei geblieben. Es ist eine befriedigende Form des Abenteuers, die ich nicht mehr missen möchte.« Sie deutete auf die Sichtscheibe. »Ich weiß nie, wohin mich mein Job verschlägt.«

Ein schwacher, ferner Lichtschein erschien außerhalb des Fensters.

»Was ist das?«, fragte sie.

»Das muss ein ROV oder ein Tauchboot des Bergungsschiffes sein«, sagte Giordino. »Vielleicht nehmen sie sich das andere Schiffswrack vor.«

Das Licht wurde schwächer, je tiefer sie sanken. Rechts von ihnen schälten sich in geringer Entfernung die Umrisse der *Crimean Star* aus dem Dunkel. Pitt justierte den Ballast des Tauchboots, bis sie ein paar Meter über dem sandigen Meeresgrund schwebten, dann schaltete er die Strahlruder ein. Ein paar Sekunden später näherten sie sich dem Bugbereich des stählernen Schiffsrumpfs.

Der Frachter stand aufrecht auf dem Meeresboden und schien weitgehend unbeschädigt zu sein. Das Heck des Schiffes hatte zuerst auf dem Meeresgrund aufgesetzt und sich dort eingegraben, wie an der aufwärts gerichteten Lage des Bugs zu erkennen war. Frei von Algen, Verkrustungen und verknoteten Fischnetzen, wie man sie bei den meisten Schiffswracks vorfand, vermittelte dieses Schiff einen geradezu gespenstischen Eindruck.

Pitt lenkte das Tauchboot zum Heck des Frachters und wechselte auf die Backbordseite, um sich einen Eindruck von den Auswirkungen der Explosion zu verschaffen.

»Bist du sicher, dass es diese Seite des Schiffes war?«, fragte Giordino.

Pitt nickte und lenkte das Tauchboot mit behutsamen Steuerimpulsen am Rumpf des Frachters entlang. »Der Bereich mit den schlimmsten Schäden dürfte im Sand vergraben sein.« Er schaute durch das Sichtfenster hinaus. »Sieh dir mal diese Platten an.«

Er drehte das Tauchboot so, dass dessen Außenlampen auf den Schiffsrumpf gerichtet wurden. Eine kleine Lücke war dicht über dem Meeresgrund in einer horizontalen Rumpfplatte zu erkennen.

»Du hast recht, sie sind verbogen«, sagte Giordino. »Wenn man bedenkt, wie schnell das Schiff gesunken ist, müssen die schlimmsten Schäden im Sand vergraben sein.«

»Gibt es irgendeine Möglichkeit festzustellen, ob die *Crimean Star* absichtlich versenkt wurde?«, fragte Ana Belowa.

»Nicht ohne ein wenig zu graben«, sagte Pitt. »Die Schiffsversicherung hält es vielleicht für sinnvoll, wenn die Chance besteht, um die Zahlung der Versicherungssumme herumzukommen.«

Giordino nickte. »Sobald es um viel Geld geht, gewinnt die Wahrheit plötzlich an Bedeutung.«

Pitt aktivierte wieder die Strahlruder und manövrierte das Tauchboot zum Hauptdeck des Frachters. Nachdem das U-Boot die Seitenreling überquert hatte, brachte er es neben dem Deckaufbau in Schwebeposition. Als die Insassen des Tauchboots die Blicke über das Vorderdeck wandern ließen, sahen sie, dass die vier großen Laderäume des Frachters offen standen. Jede Laderaumklappe war umgelegt und ragte über die Steuerbordreling hinaus.

»Wurden Klappen mit voller Absicht entfernt, oder haben sie sich losgerissen, als der Frachter versunken ist?«, fragte Ana.

»Sie sehen viel zu unversehrt aus, um mit Gewalt aufgerissen worden zu sein«, sagte Giordino.

Pitt lenkte das Tauchboot zur nächsten Stahlklappe und inspizierte ihre mit Farbe bedeckte Oberfläche. An einer Kante waren frische Kratzspuren zu sehen.

»Diesen Kratzern nach zu urteilen«, sagte Giordino, »hat sich jemand vor sehr kurzer Zeit daran zu schaffen gemacht.«

»Das Bergungsschiff verfügt sicherlich über die entsprechenden technischen Möglichkeiten«, sagte Pitt. »Schauen wir mal nach, ob sie irgendetwas zurückgelassen haben.«

Er steuerte auf den ersten Frachtraum zu. Seine Öffnung war mehr als doppelt so groß wie das Tauchboot, und Pitt ließ es in den Frachtraum hinabsinken. Auf dem Deck war ein gelber Traktor neben anderem landwirtschaftlichem Gerät mit breiten Gurtbändern festgezurrt.

Giordino lächelte. »Sieht so aus, als ob Old MacDonalds alte Scheune immer noch in Betrieb ist.«

»Ihr Inhalt ist anscheinend vollkommen intakt«, stellte Pitt fest, ließ das Tauchboot aufsteigen und stattete den drei anderen Frachträumen nacheinander eine kurze Stippvisite ab. Jeder bot einen identischen Anblick, enthielt einen Traktor und unterschiedliche landwirtschaftliche Technik. Alle Laderäume machten einen unberührten Eindruck.

Giordino wandte sich an Ana. »Ich vermute, dass Ihre Frachtpapiere den Tatsachen entsprachen und vollkommen in Ordnung waren.«

»Ja«, pflichtete sie ihm bei, »aber anscheinend galt das Interesse der Leute auf dem Bergungsschiff etwas völlig anderem.«

»Falls das HEU an Bord gebracht worden war«, fragte Pitt, »wie groß hätte der Behälter sein müssen?«

»Nicht besonders groß, je nach Menge. Falls Vorsichtsmaßnahmen getroffen wurden, dürfte er in einem Schutzbehälter deponiert worden sein, der seinerseits wieder in eine kleine, bruchsichere Kiste gepackt wurde. Dass der Ingenieur radioaktiver Strahlung ausgesetzt war, könnte ein Hinweis darauf sein, dass das Zeug nur unzureichend geschützt war – möglicherweise war es als gewöhnliches Frachtgut getarnt.«

»Dann muss sich das HEU im Maschinenraum befunden haben«, sagte Pitt.

Er wendete das Tauchboot und nahm Fahrt nach achtern auf, lenkte es um den Decksaufbau herum, um zu dem kurzen Achterdeck zu gelangen. Im Gegensatz zum vorderen Teil des Schiffes bestand das Heck aus einer teilweise zerfetzten und zertrümmerten Masse verbogenen Stahls. Eine gähnende Öffnung klaffte in der Seitenwand eines Niedergangs und gestattete einen ungehinderten Blick in den hinteren Abschnitt des Maschinenraums.

Ana wurde blass. »Sie haben den Maschinenraum aufgeschnitten«, flüsterte sie entsetzt.

»Und zwar gründlich«, stellte Giordino fest. »Aber es sieht nicht so aus, als hätten sie Sprengstoff benutzt.«

»Vielleicht irgendeine mechanische Greifvorrichtung«, sagte Pitt.

Ein wenig ratlos schüttelte Giordino den Kopf. »Sie haben ein wahres Vernichtungswerk vollbracht. Wenn es nur das HEU war, das sie in ihren Besitz bringen wollten, hätten einige Taucher es ohne große Mühe herausholen können.«

Pitt manövrierte das U-Boot an den gezackten Rand der Öffnung und kippte es behutsam nach vorn. Das Licht der Bootslampen traf auf das Deck des Maschinenraums, der einen geordneten und völlig intakten Anblick bot. Was er sah, löste eine vage Erinnerung bei ihm aus. »Die Kiste. Wie konnte ich die nur vergessen. Eine graue Kiste stand im Maschinenraum. Der Ingenieur hat sogar ausgestreckt darauf gelegen, als ich ihn fand.«

Sie sahen sich um, aber Pitts graue Kiste war nirgendwo zu sehen.

»Das muss das gewesen sein, worauf sie es abgesehen hatten«, sagte Giordino. »An Ihrer Uran-Geschichte ist vielleicht doch was Wahres.«

»Ich hatte etwas anderes gehofft«, sagte sie.

Pitt lenkte das Tauchboot aufwärts und verharrte für einen Moment über dem Achterdeck der *Crimean Star.* Er warf einen kurzen Blick auf den digitalen Kompass und ging dann mit dem Boot auf westlichen Kurs.

»Tauchen wir auf?«, fragte Ana.

»Wir machen noch einen kleinen Umweg«, sagte er.

Giordino suchte bereits das Gelände vor ihnen ab. Nachdem sie etwa eintausend Meter zurückgelegt hatten, gab er Pitt mit der Hand ein Zeichen. »Mögliches Ziel halblinks vor uns.«

Pitt konnte in einiger Entfernung einen dunklen Fleck erkennen und hielt darauf zu. Nach kurzer Zeit erschienen die verrosteten Überreste der *Kerch.* Nichts erinnerte an das stolze Kriegsschiff, das er auf dem Foto gesehen hatte. Das Schiff lag kieloben auf einer großen Sanddüne, die das Heck teilweise zudeckte. Der Bug war vom Aufprall auf den Meeresgrund vollkommen verbogen und so zerknittert wie Stanniolpapier, während vom mittleren Abschnitt des Schiffes nicht mehr zu sehen war als eine braune Masse aus verkrustetem, rostigem Stahl.

Pitt lenkte das Tauchboot zur Mitte des Wracks, wo an den Überresten des Deckaufbaus weitere Schäden zu erkennen waren. Ihm fielen deutliche Unterschiede in dem verbogenen Stahl auf, der entlang der Kommandobrücke aufgeschlitzt worden war. Zahlreiche tiefe Kratzspuren waren offensichtlich. »Auch hier wurde vor kurzem gearbeitet«, sagte er. »Ganz sicher nicht schon im Jahr 1917.«

Er folgte der Spur der Vernichtung bis zur Rückseite des Deckaufbaus, wo ein noch größeres Loch in ein tiefer liegendes Schott geschnitten worden war.

Giordino deutete auf ein schwarzes Objekt, das unter der Öffnung auf dem Deck stand. »Seht euch das mal an.«

Pitt ließ das Tauchboot bis auf Deckniveau sinken und betrachtete das Objekt. Seine perfekt rechteckige Form wurde auf einer Seite durch eine erhabene Wählscheibe und einen Handgriff unterbrochen.

»Es ist ein Safe«, sagte Ana.

»Wahrscheinlich für die Schiffsheuer«, sagte Pitt. »Die Leute der Bergungsfirma müssen ihn aus der Kapitänskajüte herausgeholt haben.«

»Er ist immer noch verschlossen«, sagte Giordino. »Ich frage mich, weshalb sie ihn hier zurückgelassen haben.«

Wie ein Asteroid, der vom Himmel herabstürzt, erschien über ihnen ein matter Lichtfleck, der nach und nach heller wurde. Das Leuchten verwandelte sich in ein halbes Dutzend einzelner Xenonlampen, die auf einer massiven Greifklaue saßen. Die riesige Klaue stoppte auf halbem Weg zwischen dem Safe und dem Tauchboot und schwang einige Meter über dem Deck träge hin und her. Unendlich langsam streckte die Klaue ihre titanverstärkten Finger aus – wie eine Katze, die ihre Krallen ausfuhr.

Wie gebannt beobachtete Ana diesen Vorgang. »Der Greifer ist groß genug, um ein Auto hochzuheben.«

»Oder das Deck eines Schiffes aufzureißen«, sagte Pitt.

Als hätte sie einen eigenen Willen, strich die Klaue über den Safe, gelenkt durch ein System von Schubdüsen, die in unterschiedlichen Richtungen wirksam waren. Die Klaue zögerte, dann wechselte sie die Richtung und kam schneller werdend auf das Tauchboot zu. Pitt hatte die schweren Schubdüsen auf dem Rahmen des Greifers aufmerksam beobachtet und reagierte sofort. Vor der Rückwand des Deckaufbaus der *Kerch* schwebend, lenkte er nun das Boot seitwärts quer über das schräg geneigte Deck des havarierten Zerstörers.

»Was hat dieses Ding vor?«, fragte Ana.

»Anscheinend möchte es mit uns Shakehands machen«, sagte Pitt und schaltete die Schubdüsen des Tauchboots auf volle Kraft.

Die Klaue mit ihren stromlinienförmigen Konturen reagierte mit einer Querbewegung und verfolgte das Tauchboot, gesteuert von seinen Videokameras.

Als sie sich den verrosteten Überresten der Seitenreling näherten, hatte Pitt keine andere Wahl, als aufzusteigen. Dadurch verlor er so viel Geschwindigkeit, dass die Klaue aufholen und den Abstand zwischen ihnen verringern konnte. Während beide Maschinen über die Reling hinwegglitten, krümmte die Klaue ihre Finger, um das Tauchboot zu ergreifen.

Ein metallisches Knirschen lief durch das Boot, als sich die Klaue in seinem oberen Abschnitt festkrallte. Pitt schob die Kontrollen der Druckdüsen nach vorn und versuchte abzutauchen. Für einen kurzen Moment verstummte das Knirschen, dann hörten sie ein Klirren. Das Tauchboot sackte nach vorn und stoppte abrupt. Ana schrie auf.

Pitt drehte die Druckdüsen in die entgegengesetzte Richtung und versuchte, sich loszureißen, aber der deutlich schwerere Greifer setzte seine eigenen Druckdüsen ein. Die Klaue drehte sich und schleuderte das Tauchboot gegen den Rumpf der *Kerch*. Es wurde beim Aufprall auf den Bug heftig durchgeschüttelt und rutschte abwärts.

Die Klaue drehte sich sofort in die andere Richtung.

Pitt konterte diese Aktion mit seinen eigenen Druckdüsen, aber deren Leistung reichte nicht aus. Das Tauchboot wurde weiter hin und her geschüttelt und mit dem Heck gegen das Wrack geworfen. Ein Krachen ertönte, und das Wasser wurde aufgewühlt, als die Hauptschubdüse abgerissen und zertrümmert wurde.

Giordino reichte nach hinten und zog Anas Sicherheitsgurt, so stramm er konnte. »Halten Sie sich fest, meine Liebe, jetzt erwartet uns ein Teufelsritt.«

Ohne jede Macht, sich gegen den Bergungsgreifer zu wehren, klammerten sich Pitt, Giordino und Ana an ihre Sitze, während das Boot hin und her geschleudert wurde. Das Tauchboot wurde mehrmals gegen das Wrack geschlagen, bis sein Äußeres einer zerbeulten Suppendose glich. Erst als die Lichter des Tauchboots erloschen und ein dichter Strom Luftblasen zur Wasseroberfläche aufstieg, kam die hydraulische Klaue zur Ruhe und löste den Griff.

Der Bergungsgreifer kehrte zum Deck der *Kerch* zurück und legte die Finger um den Safe des Schiffes. Die Beute sicher gepackt, stieg die Klaue zur Wasseroberfläche auf. Dabei warfen ihre Videokameras einen letzten Blick auf das NUMA-U-Boot. Auf die Seite gekippt, blieb das zerbeulte Schiff reglos neben dem toten Kriegsschiff liegen.

7

Wohin Dirk Pitt auch blickte, alles war rot.

Doch es war kein Blut, sondern eine winzige Warnlampe, die dicht neben seinem Gesicht blinkte. Mit heftigem Blinzeln vertrieb er einen bohrenden Schmerz in seinem Kopf und seiner Schulter, dann rief er ins dunkle Tauchboot hinein: »Alle okay?«

»Ich denke schon«, antwortete Ana mit ängstlicher Stimme.

Giordino gab ein ungehaltenes Knurren von sich. »Ich vermute, wir haben den Schleudergang überlebt.« Ebenso wie Dirk Pitt war er aus seinem Sitz nach vorn katapultiert worden, als das U-Boot umkippte, und lag jetzt ausgestreckt im Kopfraum der Kabine. Er kam auf die Knie hoch und spürte, dass sie von Wasser umspült wurden.

»Das klingt gar nicht gut.« Pitt bemerkte, dass er nasse Füße hatte.

Beiden Männern stand das Wasser bis zu den Knöcheln, als sie sich unbeholfen aufrichteten. Zischende und knisternde Laute drangen an ihre Ohren. Begleitet wurden die Geräusche von einem beißenden Brandgeruch.

Pitt fand eine kleine Stablampe und inspizierte das Innere des Tauchboots, während Giordino ihrer beider Schicksalsgenossin dabei behilflich war, ihren Sitz zu verlassen.

»Der Innendruck bleibt offenbar stabil«, stellte Pitt fest. »Vielleicht ein Haarriss im Bootskörper oder eine beschädigte Fensterdichtung.«

»Nur gut, dass wir nicht dreihundert Meter tiefer getaucht sind«, sagte Giordino. Er wusste, dass ein ähnlicher Schaden in einer solchen Tiefe dazu führen konnte, dass sich das U-Boot innerhalb kürzester Zeit mit Wasser füllte.

Obgleich Pitt und Giordino mit lässiger Selbstverständlichkeit ihre Lage analysierten, spürte Ana, dass es für sie gar nicht gut aussah. »Wie schlimm ist es wirklich?«

»Noch sehe ich keine Notwendigkeit, die Badehosen anzuziehen«, sagte Pitt mit einem aufmunternden Lächeln. »Uns steht ein begrenzter Energievorrat zur Verfügung. Aber der ist momentan nur für ein paar wichtige Funktionen reserviert. Al wird ein wenig basteln, um unsere Sauerstoffwäscher funktionsfähig zu erhalten.«

»Können wir nicht die *Macedonia* rufen?«

»Zurzeit wird unser Kommunikationssystem nicht mit Energie versorgt. Hinzu kommt die ungünstige Lage. Unser Transponder befindet sich auf der Oberseite des Tauchboots, die im Augenblick unter uns im Sand vergraben ist. Wir können kein Signal erzeugen, das stark genug ist, den Empfänger zu erreichen. Aber nichtsdestotrotz wird die *Macedonia* in Kürze die Suche nach uns aufnehmen.«

»Können wir nicht aus eigener Kraft auftauchen?«

»Normalerweise können wir das schon – mit Hilfe der Druckdüsen oder wenn wir Ballast abwerfen. Aber unsere Druckstrahlruder sind abgebrochen, und das Zischen, das Sie im Augenblick hören, deutet auf einen Riss im Ballasttank hin.«

»Damit bleiben uns nur noch die Gewichte, die wir im Notfall abwerfen können«, sagte Giordino.

Pitt deutete nach oben. »Sie befinden sich jetzt über uns. Wenn wir auf dem Kopf stehen, können wir sie nicht abwerfen.«

Ana fröstelte. Ihr lief offenbar ein eisiger Schauer über den Rücken. »Wie lange können wir hier unten durchhalten?«

»Wenn wir die Gaswäscher in Gang halten, mindestens vierundzwanzig Stunden lang.«

Giordino räusperte sich. »Wir haben es mit einer Unterbrechung im Wiederaufbereitungskreislauf zu tun.«

»Beherrschbar?«, fragte Pitt.

»Die O_2-Tanks wurden vom Tragegestell getrennt.« Er überspielte die Brisanz dieser Information und sprach die Worte vollkommen beiläufig aus, um Ana nicht zu beunruhigen. Der Sauerstoffvorrat des Tauchboots war während der Attacke des Greifers abgerissen worden und lag nun unerreichbar auf dem Meeresgrund. »Die für die Gaswäscher zur Verfügung stehende Energie ist nahezu aufgebraucht, aber ich suche schon nach einer Möglichkeit, dieses Problem zu umgehen.«

In der Dunkelheit konnte Pitt sehen, wie Giordino nahezu unmerklich den Kopf schüttelte. Es bestand keine Hoffnung auf eine erfolgreiche Reparatur.

In Pitts Kopf begann es zu arbeiten. Dass die Leitungen durchtrennt waren, hatte zur Folge, dass sie keinen Zugang zu frischem Sauerstoff hätten. Ohne funktionsfähige Kohlendioxidwäscher würde sich die Atemluft im Tauchboot nach und nach in ein tödliches Gasgemisch verwandeln. Er brauchte keinen Taschenrechner, um sich eine Vorstellung davon zu verschaffen, wie viel Zeit dieser Prozess in Anspruch nehmen würde. Bei drei Menschen in einer derart knapp bemessenen Räumlichkeit sehr wenig.

Pitt zweifelte nicht daran, dass die *Macedonia* sie finden würde. An dieser Stelle war es seicht genug, dass Taucher zu ihnen vordringen und ein Kranseil anbringen könnten, mit dem sie aus dem Wasser gezogen werden konnten. Aber nun war die Zeit ihr erklärter Feind. Die Mannschaft der *Macedonia* ging davon aus, dass sie sich noch immer in der Nähe des Frachterwracks aufhielten. Wenn ihr Notrufsignal gedämpft wurde, könnte es Stunden, vielleicht sogar einen ganzen Tag dauern, bis sie gefunden und gerettet würden. Es würde weitaus mehr Zeit verstreichen, als ihnen zur Verfügung stand.

»Wie wäre es mit einer anderen Idee«, sagte er. »Wir rollen das

U-Boot herum und richten es auf. Oder zumindest drehen wir es halb auf die Seite. Auf jeden Fall weit genug, um unsere Notgewichte abzuwerfen.«

Giordino richtete seine Stablampe auf das Sichtfenster und holte eine rostige, mit Muscheln und anderem Meeresgetier verkrustete Stahlplatte aus dem Dunkel. Ihr Tauchboot lag neben der *Kerch* auf unebenem, sandigem Untergrund.

»Wir können uns ausschließlich zur Seite bewegen«, sagte er. »Weg von dem Wrack.«

Pitt klopfte mit einem Fingerknöchel über seinem Kopf gegen die Stahlhülle. »Wir haben zwei Ballasttanks. Wenn wir den Backbordtank vor dem Steuerbordtank fluten können, dreht uns die ungleiche Gewichtsverteilung vielleicht herum.«

»Es wäre einen Versuch wert … wenn die Pumpen noch funktionieren. Mal sehen, ob ich ihnen zu elektrischem Strom verhelfen kann.«

Er hebelte einen Sicherungskasten auf und nahm die unzähligen Drahtleitungen in seinem Innern in Angriff. Nach ein paar Minuten gab er Pitt ein Zeichen. »Zeit für einen Praxistest.«

Pitt streckte eine Hand aus und betätigte die Kontrollen, die zum Steuerbord-Ballasttank gehörten. Über seinem Kopf ertönte ein Summen, gefolgt vom Gluckern einströmenden Wassers.

»Gute Arbeit, Sparky«, lobte Pitt.

Während sich der Ballasttank füllte, konnten sie spüren, wie das Tauchboot seine Lage minimal veränderte. Aber als der Tank seinen höchsten Füllstand erreicht hatte und die Pumpen automatisch abgeschaltet wurden, behielt das Tauchboot seine Kopflage bei. Die drei Insassen versuchten, ihr eigenes Gewicht als Hilfe einzusetzen, indem sie sich auf die Backbordseite stellten. Giordino hüpfte sogar mehrmals auf und nieder, aber das Tauchboot reagierte nicht wie gewünscht.

Ana atmete seufzend aus. »Wir stecken immer noch fest.« Das anfängliche klaustrophobische Gefühl stahl sich wieder zurück in ihr Bewusstsein und wurde durch die stickige Luft noch verstärkt, die ein leichtes Schwindelgefühl bei ihr auslöste.

»Ich denke, gleich haben wir es geschafft«, sagte Pitt.

Giordino holte einen Werkzeugkasten und Tauchausrüstungen aus einem Ablagefach und packte alles auf die belastete Seite des Mini-U-Boots. »Ich fürchte, wir haben nicht mehr bewegliche Gegenstände an Bord, um sie als zusätzlichen Ballast zu benutzen.«

Pitt ließ sich seine Bemerkung durch den Kopf gehen. »Eigentlich brauchen wir auch kein zusätzliches Gewicht, sinnvoller wäre eine helfende Hand. Das heißt, eine Hand, die sich ausfahren lässt.«

Giordino musterte ihn fragend, dann grinste er. »Natürlich. Wir können versuchen, uns selbst aus dieser Lage zu befreien.« Er drängte sich an Pitt vorbei zum Sicherungskasten und begann, im Gewirr der Leitungsdrähte herumzustochern.

»Was meinen Sie?«, wollte Ana wissen.

»Das Tauchboot verfügt über einen mechanischen Arm, der an der Basis befestigt ist«, erklärte Pitt. »Wenn Al noch eine Stromquelle findet, können wir den Arm aktivieren und uns damit von der *Kerch* abdrücken und in die gewünschte Position bringen.«

Im Innern des Tauchboots war es spürbar kälter geworden, und die Luft war nun merklich schaler, als Giordino Minuten später melden konnte, dass seine Suche nach einer Stromquelle erfolgreich war. »Wir haben eine Menge Strom mit dem Einsatz der Ballastpumpen verbraucht«, sagte er. »Möglicherweise reicht das, was noch übrig ist, nicht aus.«

»Ein kleiner Stoß ist alles, was wir brauchen«, sagte Dirk Pitt. Er lehnte sich an den auf dem Kopf stehenden Pilotensessel, griff nach einem Joystick im Armaturenbrett und schaltete die Instrumente ein. Pitt fuhr den Manipulator aus seiner Ruhestellung unterhalb des U-Boot-Rumpfs und streckte ihn zur Seite aus, bis die Greifklaue gegen den Rumpf der *Kerch* stieß. Ana und Giordino begaben sich auf die Backbordseite und hielten gespannt die Luft an.

Während er dem Robotarm den entscheidenden Impuls schickte, folgte Pitt dem Beispiel seiner Leidensgenossen. Im Bereich der Hydraulik ertönte ein leises Summen, und die rote Innenbeleuchtung der Kabine wurde schwächer und begann zu flackern, als der Stromverbrauch anstieg. Dann ertönte an der Basis des Tauchboots ein Knirschen, und das Schiff geriet in Bewegung und begann zu kippen. Pitt erhöhte den Druck des Manipulators, und das Tauchboot legte sich auf die Seite, bis das Ungleichgewicht wirksam wurde. In einer trägen, fließenden Rollbewegung kippte das Tauchboot ganz auf die Seite, während seine Insassen Mühe hatten, sich auf den Füßen zu halten. Wasser ergoss sich über das Armaturenbrett, und die Kontrollen des Greifarms quittierten den Dienst.

»Ich glaube, das war's wohl in Sachen elektrischer Strom«, sagte Pitt. »Wahrscheinlich wird es auch allmählich Zeit, dass wir auftauchen.«

Er öffnete eine Bodenklappe, griff in das Fach und drehte zwei T-Griffe. Auf der Unterseite des Tauchboots fielen zwei Ballastgewichte aus Blei auf den Meeresboden.

Obgleich bereits eine erhebliche Menge Wasser eingedrungen war, richtete sich das NUMA-Boot in seinem Sandbett auf und begann tatsächlich aufzusteigen. Ana lächelte erlöst, während Pitt mit seiner Lampe durch die Sichtscheibe nach draußen leuchtete und sie beobachten konnten, wie die *Kerch* unter ihnen wegsackte. Das schwarze Wasser, das sie umgab, nahm schon bald Farbe an, und Ana atmete tatsächlich auf, als sie wieder das schmutzige Grün sehen konnte, das ihr anfangs Angst gemacht hatte.

Minuten später durchbrach das Tauchboot die bewegte Wasseroberfläche und wurde mit dichtem Regen überschüttet. Durch das kleine Sichtfenster hinausblickend und sich dabei fast den Hals verrenkend, um etwas erkennen zu können, entdeckte Ana die *Macedonia* in etwa siebenhundert Metern Entfernung. Giordino machte sich gar nicht erst die Mühe, das Funkgerät wieder in Gang zu bringen, da er erkennen konnte, dass das Schiff bereits drehte und mit voller Kraft auf sie zu rauschte.

Petar Ralin marschierte nervös auf dem Achterdeck auf und ab, als das Tauchboot am Kranseil befestigt und an Bord gehievt wurde. Sein Gesicht entspannte sich und zeigte ein erleichtertes Lächeln, als Ana sich, gefolgt von Pitt und Giordino, durch die Luke schlängelte.

Stenseth half ihnen, die Leiter aufs Deck hinunterzusteigen. »Eine längere Tauchfahrt als geplant«, sagte der Kapitän. Er deutete auf die zerknitterte Außenhülle und die verbogenen Düsenhalterungen. »Sind Sie da unten einem Seeungeheuer begegnet?«

»Na ja, da war etwas, das sehr scharfe Klauen hatte.« Pitt schaute zur grauen Wolkendecke hinauf. »Unsere Freunde aus dem Bergungsgewerbe bekundeten lebhaftes Interesse an unserem Mini-U-Boot. Sind sie noch in der Nähe?«

»Vor einer Stunde sind sie abgedampft.«

Ralin näherte sich und umarmte Ana. »Wir haben uns große Sorgen gemacht.« Er bemerkte einen frischen Bluterguss an ihrem Kopf. »Was ist passiert?«

»Sie haben uns mit ihrem Bergungsgreifer gepackt, uns gegen die Bordwand der *Kerch* geschmettert und uns dann auf den Rücken geworfen. Ich dachte schon, wir säßen für immer in der Falle, aber dann haben kühlere Köpfe die Lösung für unser Problem gefunden«, sagte sie und deutete mit einem Kopfnicken auf Pitt und Giordino. »Petar, wir müssen das Bergungsschiff finden, ehe es einen Hafen erreicht.«

»Haben sie das Uran?«

Sie sah zu Pitt hin, und er antwortete für sie. »Es wäre ein guter Grund, uns zu töten.« Er strich mit der Hand über das ramponierte U-Boot.

Ana sah Stenseth fragend an. »Können wir sie schnappen? Oder wenigstens feststellen, wohin sie verschwunden sind?«

»Sie haben einen beträchtlichen Vorsprung, aber wir werden es natürlich versuchen. Unglücklicherweise ist unsere Sicht wegen des Wetters eingeschränkt, und mit dem Radar kommen wir auch nicht weit.«

Sie begaben sich auf die Kommandobrücke, wo Stenseth dem

Steuermann befahl, auf volle Fahrt zu gehen. Dann kam er zu Pitt, der bereits den Radarschirm studierte. »Als das Schiff seine Position verließ, entfernte es sich in südwestlicher Richtung.«

Pitt schaltete das Radar auf maximale Reichweite und suchte den Schirm nach verdächtigen Impulsen ab. Zum größten Teil bedeckten ihn große weiße Flecken. Sie deuteten auf dichten Regen hin. Am äußersten Rand des Radarschirms blinkte gelegentlich ein heller Punkt auf.

»Das könnten sie sein«, sagte Pitt. »Sie sind mit einem Kurs von zweihundertvierzig Grad unterwegs.«

»Offenbar wollen sie zum Bosporus.« Stenseth nannte dem Steuermann eine Kursänderung.

»Ms. Belowa? Mr. Ralin?«, wandte sich Pitt an ihre Gäste. »Meinen Sie, es wäre Ihnen möglich, die türkische Küstenwache zu überreden, den Bosporus vorübergehend zu schließen?«

»Ich finde, Ana und Petar klingt viel netter«, erwiderte sie lächelnd. »Und ja, das können wir tun.«

Ralin führte ein kurzes Telefongespräch und meldete ihnen wenige Minuten später seinen Erfolg. »Die Küstenwache hat ein Schiff in der Nähe der Yavuz-Sultan-Selim-Brücke in Bereitschaft, das den Verkehr in südlicher Richtung überwacht. Sie schnappen das Schiff, sobald es auftaucht.«

»Wir geben uns alle Mühe, an ihm dran zu bleiben«, sagte Stenseth.

Sie konnten das Radarziel bis zur Einfahrt in den Bosporus verfolgen, verloren es jedoch inmitten der zahlreichen Schiffe, die in die Meerenge einfuhren oder sie verließen, aus den Augen. Der heftige Regen steigerte die Verwirrung noch, da viele Ziele, die auf dem Radarschirm angezeigt wurden, gelegentlich verschwanden und dann wieder in den weißen Regenflecken auftauchten, die das Bild auf dem Schirm verzerrten. Die NUMA-Crew identifizierte schließlich zwei Ziele mit südlichem Kurs, die in die Meerenge einfuhren, und versuchten, zu ihnen aufzuholen.

Als die Schiffe für die Durchquerung der Meerenge die Geschwindigkeit drosselten, ließ der Regen nach. Dadurch verbesserte sich die Sicht auf dem Radarschirm deutlich. Während die *Macedonia* die vorgeschriebene Geschwindigkeit von zehn Knoten zeitweise überschritt, kam das erste Schiff in Sicht, ein unter russischer Flagge fahrender Massengutfrachter. Die *Macedonia* schob sich an dem langsamer fahrenden Schiff vorbei, um einen Blick auf das zweite Schiff werfen zu können.

Die eleganten Konturen der modernen Yavuz-Sultan-Selim-Hängebrücke schälten sich aus den Regenschwaden, während gleichzeitig ein betagter Frachter in den Schatten der Brücke eintauchte.

»War dies das zweite Ziel?«, fragte Ana.

»Ich fürchte, ja«, antwortete Pitt.

Ein kurzer Dialog mit dem Schiff der Küstenwache bestätigte ihren Misserfolg. Das Bergungsschiff war nicht aufgetaucht.

»Wohin könnten sie sich verzogen haben?«, fragte Ana.

»Sie müssen dicht vor der Einfahrt zum Bosporus kehrtgemacht haben«, sagte Pitt, »vielleicht mit der Absicht, im dichten Verkehr und dem schlechten Wetter zu verschwinden. Keine Ahnung, wohin sie sich verkrümelt haben könnten.«

»Wir können von hier übernehmen«, sagte Ralin. »Wir senden Anfragen zu allen kooperationswilligen Seehäfen am Schwarzen Meer und liefern ihnen eine ungefähre Beschreibung. Es dürften nicht allzu viele Schiffe existieren, die seinem Profil entsprechen. Irgendwann wird es auftauchen.«

»Ich denke, da könnten Sie recht haben«, sagte Pitt.

»Wir sind fast wieder in Istanbul und könnten Sie dort absetzen, wenn Sie wollen«, bot Stenseth an.

»Das wäre sehr freundlich.« Ana wandte sich zu Pitt um. »Wir können Ihnen für Ihre Hilfe nicht genug danken. Ich bin sicher, dass wir das Schiff in Kürze aufstöbern werden.«

»Sie würden mir einen persönlichen Gefallen tun, wenn Sie diesen Verein aus dem Verkehr ziehen«, sagte Pitt. »Vor allem nach dem, was sie meinem U-Boot angetan haben.«

Ana lächelte. »Die U-Boot-Fahrt war um einiges aufregender, als ich es mir gewünscht hätte, aber ich glaube, dass ich die See nun mit ganz anderen Augen betrachte.«

»Dann, glaube ich, können wir unseren Ausflug in die Tiefen des Ozeans als Erfolg verbuchen. Wenn Sie das nächste Mal Lust auf einen Ausflug in die tieferen Regionen dieser Welt haben, wissen Sie ja, an wen Sie sich wenden können.«

»Ich werde daran denken. Goodbye.«

Ana und Ralin stiegen zum Unterdeck hinunter und warteten darauf, dass die *Macedonia* die Kaimauer im Hafen von Istanbul berührte. Während Ana mit einem Sprung aufs Festland überwechselte, schwor sie sich im Stillen, nie mehr in ihrem Leben einen Fuß auf ein Schiff zu setzen.

8

Fast ein Jahrhundert früher hatte das für zehn Passagiere gebaute Wassertaxi Diplomaten vom Goldenen Horn in Istanbul zu ihren Sommerresidenzen im oberen Teil des Bosporus transportiert. Sein Rumpf aus edlem Mahagoni war mit einer dicken Schicht alter schwarzer Farbe bedeckt, während sein rundum verglastes Passagierabteil umgebaut und mit getönten Glasscheiben versehen worden war. Was an Holzschnitzereien die Jahre überstanden hatte, war inzwischen matt und verwittert. Das Einzige, was an Pracht von der in Italien erbauten Schönheit noch übrig war, befand sich versteckt im Motorraum. Die ursprünglichen Twin-in-line Achtzylinder-Reihenmotoren funkelten und glänzten dank intensiver Pflege und brummten wie seinerzeit, als sie noch nagelneu waren.

Das antike Boot rauschte durch den äußeren Hafen von Burgas, während sich die Abenddämmerung auf die bulgarische Stadt herabsenkte. Sein Fahrtziel, das Bergungsschiff *Besso,* ankerte achthundert Meter vom Ufer entfernt. Während das Boot sein Tempo drosselte und längsseits kam, fingen zwei langhaarige Mannschaftsmitglieder die Leinen auf und machten das Boot fest. Eine Leiter wurde für den einzigen Passagier herabgelassen, der aus der Kabine trat.

Valentin Mankedo betrat das Bergungsschiff mit den sicheren Schritten eines Mannes, der den größten Teil seines Lebens auf dem Wasser verbracht hatte. Seine schlanke, aber robuste und abgehärtete Gestalt passte zur Strenge seines bärtigen Gesichts. Nachdem er an Bord gekommen war, ignorierte er die geschäftigen Mannschaftsmitglieder und marschierte schnurstracks zum Steuerhaus. Die Tür stand offen, und dort traf er einen muskulösen, kahlköpfigen Mann an, der den Hafen mit einem Fernglas absuchte. Sein Schädel, sein Hals und seine Arme waren mit Tätowierungen bedeckt.

Er warf einen kurzen Blick auf den Besucher und ließ dann das Fernglas sinken. »Ich wäre morgen früh zu dir gekommen.«

»Wir spielen mit dem Feuer, Ilya Vasko«, sagte Mankedo und musterte sein Gegenüber mit eisigem Blick. »Bei dieser Operation ist kein Platz für Fehler oder Irrtümer. Erzähl mir genau, was passiert ist.«

»Die *Crimean Star* wurde wie geplant erfolgreich angegriffen. Alles lief bestens, mit der einen Ausnahme, dass die Brücke einen Hilferuf absetzen konnte. Es gab nichts, das wir hätten tun können, um es zu verhindern.« Der kahlköpfige Mann massierte seinen Nacken und streichelte den Kopf eines tätowierten Oktopus, der von seiner Schulter kommend an seinem Hals emporstieg. »Es war ein einziger Notruf, aber er wurde sofort von einem amerikanischen Forschungsschiff, der *Macedonia,* das sich zufälligerweise in der Nähe befand, beantwortet. Wir haben es auf dem Radar beobachtet, als es reagierte. Wir enterten zwar den Frachter, konnten aber die Kiste nicht finden. Sie befand sich nicht auf der Kommandobrücke, wie man uns glauben gemacht hatte. Unmittelbar danach, so schien es, tauchte auch schon das Forschungsschiff auf.«

»Unser Informant im Hafen von Sewastopol war noch nie richtig zuverlässig«, sagte Mankedo. »Warum hast du die Amerikaner nicht vom Frachter aus angefunkt und ihnen erklärt, der Hilferuf sei ein Irrtum gewesen?«

»Das Forschungsschiff benachrichtigte die türkische Küstenwache, und wir wussten, dass sie schon bald erscheinen und eine gründliche Untersuchung durchführen würden.«

Mankedo fixierte ihn mit dunklen Augen, in denen eine gefährliche Glut schimmerte, aber er sagte nichts.

»Ich habe den Angriffstrupp vom Frachter heruntergeholt, am Heck eine Sprengladung angebracht und mich auf Distanz gehalten«, berichtete Vasko. »Die *Macedonia* schickte ein paar Männer herüber, um das Schiff nach Istanbul zu bringen. Die Sprengladung machte diesem Vorhaben ein Ende. Die Entermannschaft tat uns sogar einen Gefallen, indem sie das Schiff in flacheres Wasser lenkte, ehe es sank.«

»Haben sie den Container gefunden und mitgenommen?«

Vasko schüttelte den Kopf. »Weder wussten sie, wo sie hätten suchen sollen, noch hätten sie genügend Zeit gehabt, ihn vom Schiff herunterzuholen. Sie mussten das Schiff nach der Explosion sofort verlassen, weil es dann sehr schnell gesunken ist.«

»Demnach hast du die Stelle lediglich beobachtet.«

»Wir haben etwa zehn Meilen entfernt abgewartet, während die Such- und Rettungsschiffe die Gegend bei Tageslicht sorgfältig durchkämmt haben. Danach sind wir zurückgekehrt und haben über der *Kerch* Position bezogen, um einige Probebohrungen vorzunehmen, bis es dunkel wurde und die Rettungsschiffe die Gegend verließen.«

»Die *Kerch?«*

»Du erinnerst dich sicher. Wir haben uns vor zehn Jahren schon einmal mit ihr befasst. Damals schafften wir einen Anker und einen Dampfkondensator ans Tageslicht, wenn ich mich richtig entsinne. Sie ist ein russischer Zerstörer und sank im Ersten Weltkrieg. Sie liegt weniger als einen Kilometer von der *Crimean Star* entfernt auf dem Meeresboden. Ich habe aus dem Schiff etwas herausgeholt, das du dir ansehen musst. Es befindet sich unten in der Werkstatt.«

»Das interessiert mich nicht«, sagte Mankedo. »Was ist mit dem Uran?«

»Wir haben sehr viel Zeit damit vergeudet, in den Frachträumen zu suchen, bis einer unserer Taucher im Maschinenraum fündig wurde. Er sollte turnusmäßig auftauchen, daher mussten wir zwei weitere Männer hinunterschicken. In der Zwischenzeit fingen wir aber einen Radarkontakt auf, der sich der Position näherte. Ich wollte nicht mit leeren Händen aufbrechen, daher benutzte ich den Greifer und brach das Achterdeck auf. Die beiden Taucher gelangten in den Maschinenraum, zogen die Kiste in Reichweite, und wir holten sie mit dem Greifer.«

»Hast du die Kiste?«

»Wir mussten uns beeilen. Wir hatten kaum die Taucher an Bord zurückgeholt, als wir erkannten, dass das Schiff, das sich näherte, dasselbe amerikanische Schiff war, die *Macedonia.* Sie funkten uns an und teilten uns mit, sie hätten die bulgarische Polizei an Bord. Wir ließen den Greifer, der noch immer die Kiste festhielt, im Wasser und begaben uns dorthin, wo die *Kerch* lag, und warteten. Sie setzten über dem Frachter ein Mini-U-Boot ab und fingen an, dort herumzuschnüffeln. Wir holten die Kiste an Bord und mischten anschließend das U-Boot auf.«

»Was meinst du?«

»Wir ließen den Greifer wieder zur *Kerch* hinunter, und ihr Tauchboot war dort und nahm alles in Augenschein. Sie haben wohl die Schäden am Heck der *Crimean Star* gesehen und erkannt, dass wir irgendetwas herausgeholt hatten. Wir entschieden, dass wir uns mehr Zeit verschaffen mussten, daher zerstörten wir das Tauchboot und verließen die Position. Das Wetter war schlecht, darum taten wir so, als ob wir zur Meerenge wollten, und bogen dann nach Norden ab. Das Radar zeigte uns, dass uns niemand nach Burgas gefolgt ist.«

Mankedo biss sich auf die Unterlippe. »Sie können die *Besso* identifizieren.«

»Sie werden zu sehr damit beschäftigt sein, das Tauchboot und seine toten Insassen zu bergen. Wir werden unser Paket los sein, ehe sie uns aufstöbern können, und dann wird es zu spät sein. Was werden sie denn in der Hand haben? Keinen einzigen Beweis. Wir haben an der *Kerch* gearbeitet. Und ich habe als Beweis etwas für dich mitgebracht.«

Mankedo wischte die Erwiderung beiseite. »Wir können niemanden gebrauchen, der die *Besso* sucht, weder jetzt noch in der Zukunft. Ich habe in dieses Schiff sehr viel Geld investiert. Ich kann es mir nicht leisten, es monatelang zu verstecken oder nach Georgien zu bringen.«

»Du wirst dir drei neue Schiffe kaufen können, wenn wir geliefert haben«, sagte Vasko.

»Zeig mir das Uran.«

»Das kann ich im Moment nicht.« Vasko deutete auf das Deck. »Sobald wir Anker geworfen hatten, habe ich die Kiste unter dem Moonpool auf den Meeresboden hinabgelassen. Wenn nun jemand das Schiff durchsucht, ist es absolut sicher. Und sobald wir für die Lieferung bereit sind, können wir die Kiste schnellstens hochziehen und uns auf den Weg machen.«

»Hast du dich vergewissert, dass es sich um hochangereichertes Uran handelt?«

»Wir haben den inneren Behälter nicht geöffnet, aber er befand sich, wie beschrieben, in einem silbernen Kasten. Und die äußere Hülle war mit Warnungen vor Radioaktivität versehen.« Er senkte die Stimme. »Hast du mit den Iranern Kontakt aufgenommen?«

Mankedo nickte langsam. »Du kannst dankbar sein, dass der Transfer auf offener See stattfinden wird und nicht in irgendeinem Hafen.« Er holte einen Notizzettel aus der Jackentasche und reichte ihn Vasko. »Hier sind die Koordinaten, dreißig Meilen vor Sinop. Der Transfer findet in etwa drei Tagen statt. Ich werde dir den exakten Zeitpunkt mitteilen, sobald er bestätigt wurde.«

»Und wir erhalten als Gegenleistung eine Lieferung von Fateh-110-Boden-Boden-Raketen?«

»Insgesamt zwölf Stück. Sie sind in einem Frachter versteckt, über den du das Kommando haben wirst. Dann wirst du dich in ukrainischen Gewässern in der Nähe von Sewastopol verstecken und auf weitere Instruktionen warten.«

»Es geht also dorthin zurück, woher das Uran kam, hm?«

»Ja, aber auf die andere Seite des Zauns.«

»Ich freue mich schon auf den Zahltag.«

Mankedo nickte, während ein Lächeln um seine Lippen spielte. »Die Belohnung wird für uns alle sehr großzügig ausfallen.« Er trat an das Brückenfenster und betrachtete die ersten funkelnden Lichter an der städtischen Küstenstraße. »Hier ist es zu gefährlich. Fahr noch vor dem Morgengrauen ein Stück weiter an der Küste hinauf und geh draußen auf See vor Anker. Ich möchte, dass du außer Sicht bleibst, bis das Geschäft abgeschlossen wurde.«

»Ja, Valentin, wie du meinst. Aber komm vorher noch einmal mit. Ich habe etwas von der *Kerch,* das ich dir zeigen muss, ehe du dich verabschiedest.«

Er führte Mankedo von der Kommandobrücke in eine unaufgeräumte Werkstatt im Bereich des Achterdecks. In ihrem Zentrum, umrahmt von einigen Acethylen-Gasflaschen, stand der verkrustete Safe der *Kerch.* »Die Sandmassen in ihrer Umgebung haben sich seit 2003, als wir an dem Wrack Bergungsarbeiten durchführten, dramatisch verschoben«, erklärte Vasko. »Das Vorderkastell liegt mittlerweile vollkommen frei. Wir haben dort mit dem Greifer ein wenig herumgespielt, während wir darauf warteten, dass die Such- und Rettungsteams abzogen, und dabei den Safe des Kapitäns gefunden. Die Jungs meinen, dass er noch immer wasserdicht ist, woran ich allerdings stark zweifle. Ich habe von einem meiner Männer das Schloss abschneiden lassen, wollte mit dem Öffnen aber warten, bis du hier bist.«

Er nahm ein Stemmeisen von einer Werkbank und reichte es Mankedo, der den Safe betrachtete. Auf dem Grund des Schwarzen Meers nach Metallschrott und nach Schätzen zu suchen war Mankedos Leidenschaft, solange er sich erinnern konnte. Angefangen hatte es, als er als Halbwüchsiger vor der Küste bei Burgas angelte und die Schnur an etwas hängen geblieben war. Nachdem er mit einer undichten Tauchermaske vor dem Gesicht über Bord gesprungen war, verfolgte er seine Angelschnur bis zur Reling eines gesunkenen Trawlers. Nach einem Dutzend weiterer Tauchgänge, in deren Verlauf er beinahe ertrunken wäre, schaffte er es, die kleine Messingglocke des Schiffes von ihrem Haken zu lösen und an Land zu schaffen. Der Preis, den er dafür erzielte, stachelte sein Interesse an dieser neuen Verdienstmöglichkeit erst richtig an und ließ ihn von morgens bis abends die örtlichen Gewässer durchkämmen.

Anfangs sicherte er sich damit einen ansehnlichen Lebensunterhalt, engagierte seinen Cousin Vasko und erlernte das Tauchen, während er sich mit den einheimischen Fischern anfreundete, die genau wussten, wo die ergiebigen Wracks lagen. Aber die Preise für Bergungsgut fielen mit der Masse billigen Stahls aus China ins Bodenlose. Nach dem Zusammenbruch der Sowjetunion wurde das Schmuggelgeschäft schon bald lukrativer, und er verfügte über das Wissen und die technischen Möglichkeiten, um sich im westlichen Teil des Schwarzen Meers eine profitable geschäftliche Basis aufzubauen. Kleinwaffen und Drogen waren sein Alltagsgeschäft, doch ein kürzlich geschlossener Vertrag mit einem Makler aus dem Mittleren Osten und einem reichen niederländischen Kunden, der in irgendeiner Weise in den Konflikt in der Ukraine verwickelt war, hatten seinem Gewerbe zu einem enormen Aufschwung verholfen.

Mankedos Bergungsfirma betrieb weiterhin ihre Geschäfte, vorwiegend als Tarnung seiner Schmuggelaktivitäten, aber auch, damit er seinem Lieblingshobby nach wie vor frönen konnte. Wie für alle guten Bergungsspezialisten galt auch für ihn: Wenn man auf dem Grund des Meeres Geld verdienen konnte, dann wollte er der Erste sein, der sich diesen Profit sicherte. Ganz gleich, welchen Wert es haben mochte, ein im Meer gefundenes Relikt aus alten Zeiten ließ sein Herz immer noch schneller schlagen.

Mit glänzenden Augen näherte er sich dem Safe. Er sah den Spalt, wo der Schweißbrenner den Schlossmechanismus durchschnitten hatte, zwängte die Spitze des Stemmeisens hinein und drückte auf das lange Ende. Die Safetür widerstand den Bemühungen nur für einen kurzen Moment, dann kapitulierte sie mit einem rostigen Knirschen und öffnete sich.

Beide Männer beugten sich vor, um einen Blick hineinzuwerfen. Zu ihrer Überraschung befand sich das Innere in einem tadellosen Zustand, da der Safe ein Jahrhundert lang wasserdicht geblieben war. Ihre Erregung erhielt einen Dämpfer, als sie sahen, dass der Safe bis auf einen dünnen Ordner leer war. Mankedo schlug ihn auf und fand einen militärischen Bericht in russischer Sprache.

»Keine Lohngelder, fürchte ich.« Mankedo schüttelte den Kopf. »Nicht mal ein paar Notrubel für den Kapitän.«

Vasko konnte seine Enttäuschung nicht verbergen. »Nichts anderes als Fahrtanweisungen, nehme ich an.« Er stieß einen Fluch aus. »Es tut mir leid, Valentin. Ich hatte gehofft, dass eine Kiste Gold auf uns wartet.«

Mankedo warf die Brechstange auf die Werkbank. »Reichtümer fallen einem gewöhnlich nicht so einfach in den Schoß. Wir sollten uns lieber auf die unmittelbar bevorstehende Transaktion konzentrieren. Bleib möglichst unsichtbar, Ilya, bis das Geschäft unter Dach und Fach ist. Wir werden unsere Reichtümer noch früh genug kassieren.«

Er legte vom Bergungsschiff ab und verließ im Schutz der Dunkelheit den Hafen. Während die Lichter von Burgas draußen vorbeiglitten, öffnete er den Ordner mit den Fahrtanweisungen aus dem Safe der *Kerch.* Der Inhalt elektrisierte ihn geradezu, und er studierte die Schriftstücke eingehend, um sicher sein zu können, dass er den Inhalt richtig verstand. Er holte sein Mobiltelefon hervor und wählte eine Nummer.

»Ja, bitte?«, meldete sich eine verschlafene Stimme.

»Hier ist Valentin. Du musst mir alles beschaffen, was sich an Material über russische Unterseeboote in der Schwarzmeerflotte während des Ersten Weltkriegs auftreiben lässt, sowie alles über einen Zerstörer namens *Kerch.* Und wenn ich *alles* sage, meine ich auch *alles.*« Er trennte die Verbindung, ohne auf eine Erwiderung zu warten.

Vielleicht, dachte er, hatte Vasko in Wirklichkeit sehr viel mehr geliefert als eine Kiste Gold.

9

Ralins Kopf war kaum aufs Kissen gesunken, als sein Mobiltelefon zwitscherte. Er brauchte nicht erst auf das Display zu blicken, um zu wissen, wer ihn anrief. »Guten Abend, Ana.«

»Petar, wie lange brauchst du, um reisefertig zu sein und nach Burgas zu fahren?«

»Fünf Minuten.«

»Ich bin in drei Minuten bei dir.«

Ralin schwang sich aus dem Bett, zog sich eilig an und verließ sein Apartment. Ana wartete vor dem Haus auf der Straße. Ralin grinste, als er in eine graue Şkoda-Limousine einstieg, die mit der identisch war, die seine Kollegin zwei Tage zuvor zu Schrott gefahren hatte. »Willst du mir im Ernst weismachen, dass unser Abteilungschef dir schon wieder ein Dienstfahrzeug anvertraut hat?«

»Ihm galt mein erster Besuch, als wir nach Sofia zurückkehrten.«

»Und er hat tatsächlich ja gesagt?«

»Nicht ganz«, sagte Ana achselzuckend. »Aber ich habe mich bereit erklärt, als Revanche für die Bewilligung eines neuen Wagens mit dem Chef der Fahrbereitschaft in der nächsten Woche essen zu gehen.«

»Das ist Erpressung in ihrer edelsten Form.« Er lachte. »Worum geht es überhaupt bei diesem nächtlichen Ausflug?«

»Es ist möglich, dass unser Bergungsschiff wieder aufgetaucht ist. Der Hafenmeister in Burgas hat jedenfalls ein Schiff gesichtet, das in seinem Hafen ankert und unserer Beschreibung entspricht. Er meint, es sei vor ein paar Stunden eingetroffen.«

»Sie könnten das Uran längst ausgeladen haben – wenn sie es überhaupt je an Bord hatten.«

»Die Möglichkeit besteht natürlich. Ich hoffe, dass man aus der Entscheidung, das Schiff nicht an einem Kai anlegen zu lassen, schließen kann, dass sich das Uran noch an Bord befindet.«

»Wie ist dein Plan? Sind wir befugt, uns zu dem Schiff Zugang zu verschaffen?«

»Die Polizei in Burgas beobachtet es. Ich habe gerade eben einige Leute bei Gericht aufgeweckt und einen Durchsuchungsbefehl beantragt. Ich schlage vor, dass wir im Morgengrauen an Bord gehen und den Eimer vom Kiel bis zur Mastspitze durchsuchen.«

»Du hoffst auf Wunder, meine Liebe.«

»Glaubst du nicht, dass eine Chance besteht, dass das HEU immer noch dort ist?«

»Nein, das meine ich gar nicht.« Er schüttelte den Kopf. »Sondern dass man von der bulgarischen Justiz vor Tagesanbruch einen Durchsuchungsbefehl erhält. Bevor dies geschieht, könnte das Bergungsschiff in die Antarktis und wieder zurück dampfen.«

»Petar, wann hast du dich in einen solchen Pessimisten verwandelt?«

Er lächelte. »Als ich zur Polizei ging.«

Nachdem sie Sofia hinter sich gelassen hatten, holte Ana aus dem neuen Wagen heraus, was in ihm steckte, und traf nach rasanter Fahrt drei Stunden später in der Hafenstadt Burgas ein. Sie kurvten durch leere Straßen, gelangten zum Hafen und fuhren weiter zu dem Gebäude, in dem die Verwaltung und der Sicherheitsdienst untergebracht waren. Ein schläfriger Bereitschaftsbeamter schickte sie zu einem kleinen Patrouillenboot, das in der Nähe an einem Kai lag. Zwei uniformierte Beamte der Stadtpolizei saßen im Ruderhaus und beobachteten durch Ferngläser ein Schiff, das in einiger Entfernung mitten im Hafenbecken ankerte.

»Ich bin Leutnant Dukowa«, stellte sich der ältere Beamte vor. Mit einer Handbewegung entließ er seinen Untergebenen, der eilig das Boot verließ.

»Wo liegt das Bergungsschiff?«, fragte Ana.

Dukowa reichte ihr das Fernglas. »Es ist das große Schiff in der Mitte der Bucht.« Er deutete auf die Lichter eines Schiffes in einer halben Meile Entfernung.

Ana konnte lediglich einen Wald von Deckkränen unter den Positionslampen erkennen. Sie schaute zu Ralin und nickte. »Offensichtlich ist es das Schiff, das wir suchen. Wie lange liegt es schon dort?«

»Die Hafenwache meint, es sei gegen sechs Uhr gestern Abend identifiziert worden. Zu diesem Zeitpunkt ankerte es bereits in der Bucht, daher kennen wir den genauen Zeitpunkt seiner Ankunft nicht. Wir beobachten es jetzt seit halb acht.« Er unterdrückte ein Gähnen. »Der Hafenmeister meint, es sei ein einheimisches Schiff namens *Besso*.«

»Sind Ihnen irgendwelche Aktivitäten aufgefallen?«, fragte Ralin.

»Ein kleines schwarzes Mannschaftsboot hatte kurz nach Anbruch der Dämmerung für eine Stunde an ihm festgemacht.«

»Wurde irgendetwas von dem Schiff auf das Boot umgeladen?«, fragte Ana.

»Wir haben nichts dergleichen gesehen. Ein einzelner Mann ging an Bord und hat nachher allein wieder abgelegt. Ein Transfer von irgendwelchen Gütern, gleich welcher Art, hat aber nicht stattgefunden.«

»Haben Sie das Mannschaftsboot verfolgt?«

»Nein. Es verließ den Hafen. Ich hatte keine Möglichkeit, es zu verfolgen.« Als er fast körperlich spürte, wie Ana ihn mit misstrauischen Blicken geradezu durchbohrte, wedelte er beschwichtigend mit der Hand und deutete auf eine Sitzbank unter einem breiten Fenster. »Warum nehmen Sie nicht Platz und machen es sich gemütlich? Es ist noch genug frischer Kaffee in der Kanne.«

Ana und Ralin wechselten sich dabei ab, die *Besso* zu überwachen, während sie sich ausgiebig von Dukowas Kaffee bedienten.

Gegen halb drei räusperte sich Ralin. »Ich sehe schwarzen Qualm aus dem Schornstein aufsteigen. Ich glaube, sie haben die Maschinen gestartet.«

Ana presste die Lippen aufeinander und holte ihr Mobiltelefon hervor. Nach einem kurzen Gespräch warf sie Ralin einen Blick zu und schüttelte den Kopf. »Nichts Neues in Sachen Durchsuchungsbefehl.«

Ralin studierte das Schiff durch sein Fernglas. »Ich sehe einen Matrosen an Deck. Es war bis jetzt vollkommen verlassen. Ich glaube, sie treffen Vorbereitungen, den Hafen zu verlassen.«

Dukowa nickte. »Möglich wäre, dass sie nur den Ankerplatz wechseln wollen, aber das bezweifle ich. Noch eine halbe Stunde, um die Maschinen warmlaufen zu lassen, und das Schiff ist unterwegs.«

»Wo ist der Rest Ihrer Einsatztruppe?«, wollte Ana von Dukowa wissen.

Er sah auf die Uhr. »Meine Leute sollten sich um halb fünf vor dem Polizeiposten versammeln.«

»Können Sie die Männer jetzt schon zusammentrommeln?«

Dukowa sah sie zweifelnd an. »Ich kann es versuchen.«

Ralin behielt das Bergungsschiff weiter im Auge. »Vielleicht können wir es so lange verfolgen, bis wir den Durchsuchungsbefehl erhalten.«

»Sehr weit komme ich aber nicht mit dem hier«, sagte Dukowa und tätschelte das Steuerrad des Bootes. »Auf offener See könnte es Probleme geben, vor allem bei schlechtem Wetter.«

»Im Ruderhaus tut sich offenbar etwas«, meldete Ralin.

»Wir können nicht zulassen, dass die abhauen.« Ana sah Dukowa beschwörend an. »Bringen Sie uns hinüber.«

»Ohne Durchsuchungsbefehl dürfen wir das Schiff nicht betreten«, sagte er. »Außerdem sind wir für einen Überraschungsbesuch viel zu wenige.«

»Ich übernehme die Verantwortung. Bringen Sie uns nur hinüber und an Bord – und zwar unbemerkt, wenn möglich.«

Dukowa schaute Hilfe suchend zu Ralin, aber der bulgarische Polizeiagent kannte den entschlossenen Ausdruck in Ana Belowas Augen schon und nickte nur.

Dukowa machte die Leinen los und lenkte das Patrouillenboot vom Kai weg. Mit gelöschten Positionslichtern beschrieb er im Hafen einen weiten Bogen mit dem Boot, um sich dem Bergungsschiff von achtern zu nähern. Einhundert Meter von der *Besso* entfernt schaltete er den Motor in den Leerlauf und ließ das Boot weitertreiben.

Niemand war am Heck der *Besso* zu sehen, während sie sich ihr auf Katzenpfoten näherten. Dukowa brachte das kleine Polizeiboot mit einem geschickten Manöver längsseits, sodass Ralin vom Dach des Ruderhauses auf das Schiff hinüberspringen konnte. Ana warf ihm eine Leine zu, und er band das Boot an einem Pfosten der Reling fest. Die Europol-Agentin kletterte mit gezückter Pistole an Bord. Dukowa folgte ihr wenige Sekunden später.

Sie gingen einige Schritte in Richtung Schiffsbug und blieben im Schatten eines größeren Generators stehen. Ana zuckte zusammen, als die Maschine, eine schwarze Qualmwolke ausstoßend, plötzlich zum Leben erwachte. Vor ihnen flammte ein Kreis aus mehreren Lampen auf und illuminierte einen runden Moonpool in der Mitte des Achterdecks. Über dem Pool baumelte der schwere Greifer an einem dicken Kabel, das von einem Kran bewegt wurde. Auf der gegenüberliegenden Seite saß ein massiger Mann in einer rundum verglasten Kontrollkabine, von der aus Greifer und Kran gesteuert wurden.

»Lass uns einen Moment warten und sehen, was sie vorhaben«, flüsterte Ralin.

Die drei Polizeibeamten drückten sich tiefer in den Schatten, als weitere Lampen aufflammten und der Greifer in den Tümpel hinabgelassen wurde.

»Ist dies der Apparat, mit dem ihr im Tauchboot gerungen habt?«, wollte Ralin wissen.

Ana nickte, während sie verfolgte, wie die Greifklaue ins Wasser eintauchte.

»Das Ding sieht richtig hässlich aus«, sagte er.

Sie warteten, während der kahlköpfige Mann die Steuerinstrumente des Greifers bediente und sich dabei mit Hilfe einer Reihe von Monitoren orientierte. Zwei Mannschaftsmitglieder in Wetterjacken erschienen und bauten sich neben dem Moonpool auf. Nach mehreren Minuten änderte die Kabeltrommel des Krans die Drehrichtung und begann das Seil aufzuwickeln. Kurz darauf erschien der Greifer und stieg aus dem Wasser hoch. In seinen Klauen befand sich eine graue Kiste mit den Ausmaßen eines kleinen Couchtisches.

Ralin tippte Ana auf den Arm. »Das muss es sein«, flüsterte er.

Ana nickte, während ihr ein eisiger Schauer über den Rücken lief. Ihre Intuition hatte sie nicht getäuscht. Die *Besso* hatte das HEU nicht nur übernommen, man hatte es auch so perfekt versteckt, dass selbst eine gründliche Durchsuchung des Schiffs es nicht zutage gefördert hätte. Sie verfolgte, wie der Greifer die Kiste auf dem Deck abstellte und zwei Mannschaftsmitglieder darauf zugingen. »Holen wir sie uns«, sagte Ana.

Sie trat mit gezogener Pistole aus dem Schatten, Ralin ging neben ihr. Dukowa folgte mit ein paar Schritten Abstand und forderte gleichzeitig über ein tragbares Sprechfunkgerät beim Leitenden Offizier der Hafenpolizei Verstärkung an.

Die Polizeiagenten erreichten den Rand des Moonpools, ehe sie von einem Mannschaftsmitglied auf der anderen Seite bemerkt wurden.

Ana rief: *»Politsiya!«*

Der Mannschaftsangehörige ging hinter der Kiste in Deckung und stieß einen lauten Warnruf aus, während er bäuchlings auf dem Deck landete. Sein Partner wirbelte herum, holte eine kurzläufige Uzi unter seiner Jacke hervor und eröffnete das Feuer.

Die Polizisten, die nicht damit gerechnet hatten, dass die Mannschaftsmitglieder bewaffnet waren, reagierten langsam. Ralin feuerte zwei Schüsse ab, dann warf er sich auf Ana. Er rammte sie von der Seite, während sie das Feuer erwiderte, und bewirkte damit, dass sie ihr Ziel verfehlte, als sie beide zu Boden stürzten.

Dukowa blieb auf den Füßen, hantierte mit seinem Sprechfunkgerät herum und musste den Preis dafür bezahlen. Der Schütze hielt inne, suchte ein neues Ziel und gab einen zweiten Feuerstoß ab. Der bulgarische Polizist fing die Salve mit seinem Oberkörper auf. Er stolperte ein paar Schritte rückwärts, denn brach er tot zusammen.

Ana und Ralin lagen ungeschützt auf dem Deck, erwiderten das Feuer und veranlassten den Mannschaftsangehörigen zu einem Sprung hinter einen Ankerpfosten. Ralin entdeckte einen Werkzeugwagen einige Schritte rechts von ihnen. Er tippte Ana gegen den Arm und deutete darauf. »Renn rüber, wenn ich schieße«, rief er laut, um das Klirren des Greiferkrans zu übertönen.

Ralin ging in die Hocke und leerte sein Magazin auf den bewaffneten Mannschaftsangehörigen, der hinter dem Pfosten Deckung gesucht hatte und sofort zurückfeuerte. Ralin konnte besser zielen und erwischte den Mann mit seinen letzten beiden Kugeln am Hals. Blut sprudelte aus seiner Halswunde, als der Mann tödlich getroffen zusammenbrach, jedoch noch im Tode den Finger um den Abzug krampfte und die letzten Kugeln des Magazins in Ralins Richtung verfeuerte. Er zielte viel zu tief, aber eine Kugel prallte von einem Lüftungsgitter ab, sirrte als Querschläger über das Deck und traf Ralins Bein.

Ana befand sich auf halbem Weg zum Werkzeugwagen, als sie sah, wie sich ihr Partner aufrichtete und schwankend weiterlief. »Petar!«, schrie sie und achtete nicht auf einen dunklen Schatten, der von der Seite auf sie zuraste.

Ralin hob eine Hand, um sie aufzuhalten, während er nach vorn sackte. »Nein!« Seine Augen schienen einen Protestschrei auszustoßen. Es war ein Schrei, der nicht seiner Wunde galt, sondern Ana warnen sollte. Er versuchte, sie mit einer Handbewegung zurückzutreiben, aber sein Bein gab nach, und er stürzte kopfüber in den Moonpool.

Ana streckte sich, um seine Hand zu ergreifen – als das Objekt am Rand ihres Gesichtsfeldes schlagartig größer wurde. Viel zu spät wandte sie den Kopf zur Seite und erblickte die Greifklaue. Diese schwang wie ein riesiges Pendel direkt auf sie zu.

Ana ließ sich einfach fallen und streckte sich aus, aber nicht rechtzeitig genug. Einer der mechanischen Finger erwischte sie an Kopf und Schulter. Sie flog durch die Luft, und ihre Welt versank in einem schwarzen Abgrund, bevor sie auf dem Deck aufschlug.

10

Ein dumpfer Pulsschlag ließ Anas Körper vibrieren und intensivierte den bohrenden Schmerz in ihrem Kopf. Sie trat eine langsame Reise zurück in die Wirklichkeit an, wobei sie gelegentlich eine Hand hob, um eine mit pochendem Schmerz erfüllte Schwellung an ihrem Hinterkopf zu betasten. Sie musste ihre linke Hand benutzen, weil die gesamte rechte Seite ihres Oberkörpers vollkommen taub war. Träge öffnete sie erst das eine Auge, dann das andere. Das verschwommene Wabern vor ihren Augen verfestigte sich zu den Absätzen eines abgewetzten Stiefelpaars, das direkt vor ihr eine Schaukelbewegung ausführte.

Als ihre Sinne sich sortierten, erkannte sie, dass es ihr Kopf war, der hin und her schaukelte, nicht die Person, die die Stiefel trug. Eine leichte Dünung war die Ursache, während ihre Nase eine Mischung aus Salzwasser und Dieselabgasen analysierte. Die Vibration hatte ihren Ursprung in den Maschinen der *Besso,* die die kalten Decksplatten unter ihr erzittern ließen. Sie stützte sich auf den gesunden Ellbogen, vertrieb mit einem Kopfschütteln die Benommenheit und blickte sich um.

Mehrere hohe Fenster und das Leuchten eines von oben herabhängenden Radarschirms sagten ihr, dass sie sich auf der Kommandobrücke des Bergungsschiffes befand. Der Stiefelträger unterhielt sich in gedämpftem Ton mit einem anderen Mann am Ruderstand. Anas Geist wurde klarer, als sie an Ralin dachte. War er tot? Bilder in ihrer Erinnerung, wie er in den Moonpool stürzte, ließen sie erschaudern. Sie griff nach ihrem Gürtelholster.

Leer.

Der Seewind, der durch eine offene Seitentür hereinwehte, zerzauste ihre Haare, und dann sah sie, dass die Türöffnung nur eine winzige Kriechstrecke weit entfernt war. Flucht wäre ihre beste Option, entschied ihr noch immer leicht benebelter Geist. Murmelnde Stimmen, die vom Ruderstand herüberklangen, signalisierten ihr, dass die Männer noch immer beschäftigt waren. Indem sie sich auf der Seite liegend auf dem Boden vorwärtsschob, kroch sie langsam wie eine Schildkröte in Richtung Tür, damit ihre Bemühungen nicht auffielen. Sie schaffte es beinahe. Ihre Hand überquerte soeben die Schwelle und suchte auf der anderen Seite nach einem Halt, als eine tiefe Stimme an ihre Ohren drang.

»Wollen Sie irgendwohin?«

Ana schaute hoch und sah einen massigen kahlköpfigen Mann auf sich zukommen – es war derselbe, der die Greifklaue bedient hatte. Sie versuchte zu flüchten, aber er hatte sie bereits erreicht, packte den Rückenteil ihrer Jacke und zog sie mit einem Ruck auf die Füße hoch.

Ein brennender Schmerz schoss durch ihren rechten Arm und ihre rechte Schulter. Er explodierte in ihrem Kopf, und dann wurde sie beinahe ohnmächtig.

Er grinste. »Fühlen Sie sich besser, nachdem Sie vom Greifer geküsst wurden?«

Ana versuchte, vor seinem stinkenden Atem auszuweichen. Sie sah nichts als Bösartigkeit in den stumpfen, dunklen Augen, die von einer wulstigen Narbe umkränzt wurden, die quer über seine Stirn verlief. Die Arme einer Oktopus-Tätowierung auf seiner Haut schienen sich gierig nach ihr auszustrecken. Sie unterdrückte den Impuls zu schreien. »Ich bin Beamtin der Europol«, sagte sie. »Lassen Sie mich sofort frei.«

Vasko legte eine Hand um ihren Oberarm und hielt sie mit eisernem Griff fest. »Sie freilassen?« Er lachte spöttisch und vergiftete die Luft mit seinem Atem. »Das ist nicht gerade die Art, wie wir unerwünschte Besucher auf unserem Schiff behandeln.«

Sich von seinem angsteinflößenden Gesicht abwendend, blickte Ana zum Rudergänger, einem genauso abstoßend aussehenden Charakter, der seine braunen Zähne in einem abfälligen Grinsen entblößte. Neben ihm auf einer Konsole lag ihre SIG-Sauer-Pistole – verführerisch nahe.

»Kehren Sie sofort nach Burgas zurück«, befahl sie und war überrascht, wie kraftvoll ihre Stimme klang. Das Adrenalin in ihrem Blut vertrieb den Nebel in ihrem Kopf. Und sie unterstrich ihre Forderung, indem sie ausholte, um ihr Knie zwischen Vaskos Oberschenkel zu rammen und ihm gleichzeitig einen Schlag gegen den Hals zu versetzen.

Vaskos schnelle Reflexe vereitelten jedoch beide Aktionen. Als sie ihn attackieren wollte, versetzte er ihr einfach nur einen harten Stoß. Schwach und aus dem Gleichgewicht gebracht, prallte sie gegen einen Kartentisch. Als sie sich auf seinem Rand abstützte, bemerkte sie einen Stechzirkel aus Messing, der auf der Tischplatte lag. Ehe sie diesen in ihren Besitz bringen konnte, raffte Vasko das Rückenteil ihrer Bluse zusammen und riss sie zu sich heran.

Sie fasste blindlings hinter sich, ergriff den Zirkel und verbarg ihn in der Hand, während der Mann sie zu sich herumdrehte.

Sie von hinten umarmend, legte Vasko den linken Arm um ihren Hals und drückte zu, während er mit der anderen Hand in ihre Haare griff und ihren Kopf in den Nacken riss. »Was tun Sie auf meinem Schiff?« Sein Mund war nur wenige Zentimeter von ihrem Gesicht entfernt.

Schmerz vertrieb Angst, als Ana nach Luft rang. Vasko lockerte allmählich seinen Würgegriff und erlaubte ihr einen flachen Atemzug.

Sie wartete mit der Antwort einen Moment, damit ihre Nerven sich beruhigten. »Das hochangereicherte Uran von der *Crimean Star* – wir wissen, dass es sich in Ihrem Besitz befindet.«

Vasko zeigte keinerlei Reaktion. »Waren Sie an Bord des NUMA-Schiffes?«

Ana blickte ihm eiskalt in die Augen. »Ich war an Bord des Tauchboots, das Sie zerstören wollten.«

Sie nahm ein kurzes Blinzeln bei ihm wahr.

»Sie irren sich. Das Uran befand sich nicht an Bord. Wir haben danach gesucht, konnten es aber nicht finden.« Er schob sein Kinn nach vorn und blickte sie über seine stumpfe Nase hinweg an. »Sie haben das Leben Ihrer beiden Begleiter auf dem Gewissen, weil Sie ungefragt an Bord gekommen sind.«

Nun ließ er sie endgültig los und stieß sie von sich. Seine brutale Kraft fegte sie gegen die Knie des Steuermanns. »Schließ sie in einer freien Kabine ein.«

Mit einem wölfischen Grinsen legte der Steuermann einen Arm um ihre Taille und zerrte sie aus dem Brückenraum. Ana befürchtete das Schlimmste, aber er brachte sie lediglich in eine leer stehenden Kabine und schloss hinter ihr ab.

Dann kehrte der Mann auf die Kommandobrücke zurück und nahm wieder seinen Platz am Ruder ein. Er sah Vasko fragend an. »Was geschieht mit ihr?«

Vasko stand vor dem Brückenfenster und schaute hinaus, sein Gesicht war eine starre Maske äußerster Konzentration. »Das Gleiche, was mit ihrem toten Polizeifreund auf dem Achterdeck geschieht«, sagte er schließlich mit einem gleichgültigen Achselzucken. »Wir warten, bis wir dreißig Kilometer von der Küste entfernt sind, und werfen sie über Bord.«

11

Er kam sich vor, als ob er, eingeschnürt in eine Zwangsjacke, in einen bodenlosen Brunnenschacht stürzte. Seine Welt wurde grau und kalt. Er konnte nicht atmen und sich anscheinend nicht einmal bewegen. Der Tod tippte ihm auf die Schulter, aber er schüttelte die Knochenhand ab und verscheuchte das unwillkommene Gespenst aus seinem Bewusstsein. Petar Ralin war noch nicht bereit zu sterben.

Sein Geist nahm wieder seine Funktion auf und überwand den Schock, angeschossen worden und in den Moonpool gefallen zu sein. Ihm war vollkommen klar, dass er ertrinken würde. Er gab sich den Befehl, seine Gliedmaßen zu bewegen, so mühsam es auch sein mochte. Sein linker Arm fühlte sich an, als bestünde er aus Blei, aber immerhin gehorchten seine Beine. Heftig mit ihnen strampelnd, stieg er zu dem matten Lichtfleck auf, den er über seinem Kopf entdeckt hatte. Die Distanz schrumpfte schnell, aber dann stoppte er.

Das Licht gehörte zum Moonpool der *Besso.* Dort dürfte er auf keinen Fall auftauchen. Man würde ihn sofort entdecken und kurzen Prozess mit ihm machen. Er kehrte um, musste jedoch schnellstens an die Wasseroberfläche gelangen. Seine Lunge lechzte nach Sauerstoff. Er verstärkte seine Beinschläge, dann kollidierte er mit der Unterseite der *Besso.* Trotz des neuerlichen Schmerzes, der durch seinen Körper wogte, blieb er in Bewegung. Ralin schrammte am Rumpf entlang, bis er schließlich mit dem Kopf durch die Wasseroberfläche brach.

So leise wie möglich nach Luft schnappend, hörte er auf dem Deck über seinem Kopf Stimmen und nahm auch Bewegungen wahr, aber Schüsse fielen nicht. Dukowa war sicherlich tot, aber was war mit Ana? Er musste ihr helfen, was jedoch in diesem Moment unmöglich war. Er hatte nicht die Kraft, an Bord des Schiffes zu klettern, selbst wenn er es gewollt hätte. Nein, er müsste versuchen, fremde Hilfe zu holen.

Er wartete, bis auf dem Deck Ruhe einkehrte und sein Pulsschlag regelmäßiger wurde, dann stieß er sich vom Schiffsrumpf ab und begann, mit einem Arm paddelnd, zum Ufer zu schwimmen. Die Lichter von Burgas waren weniger als eine halbe Meile entfernt, aber die Distanz hätte ebenso gut auch tausend Meilen betragen können. Nach wenigen Sekunden spürte Ralin eine zunehmende Benommenheit. Er hatte kaum genügend Kraft, um gegen die leichte Strömung voranzukommen. Seine Beinwunde machte sich bemerkbar und drohte, seinen gesamten Körper zu lähmen. Aber er kämpfte sich weiter und widerstand dem Drang, seine Bemühungen aufzugeben und zu versinken.

Ein gelbes Objekt im Wasser erregte seine Aufmerksamkeit, also fasste er es als neues Ziel ins Auge. Er identifizierte es schließlich als Vertäuboje, und sie rettete ihm wahrscheinlich das Leben. Er erreichte die stählerne Kugel, ergriff ihre Ankerkette und klammerte sich daran fest. Dann wartete er, bis eine freundliche Welle unter ihm durchrollte und ihn höher hob. Er nutzte den Schwung, um sich mit dem Oberkörper auf die große Stahlkugel zu wälzen, und streckte sich wie eine ertrunkene Ratte auf ihr aus.

Er hob den Kopf, schaute mit vor Schmerz tränenden Augen zu den nahen Lichtern der *Besso* und verlor das Bewusstsein.

12

Georgi Dimitow blieb für einen Moment stehen, um sich den Schweiß von der Stirn zu wischen, während er den Blick über die Kais des Frachthafens von Varna schweifen ließ und die *Macedonia* an einem weiter entfernten Liegeplatz entdeckte. Der rundliche bulgarische Archäologe gab sich einen Ruck, passierte im Watschelgang eine Ansammlung ausrangierter technischer Geräte und auf Abholung wartende Frachtstapel und näherte sich dem Forschungsschiff. Er hatte sich ein altes Gemälde unter einen Arm geklemmt und zog mit der anderen Hand einen abgenutzten ledernen Rollkoffer hinter sich her.

Ein Angehöriger der NUMA-Crew hieß ihn an Bord willkommen und führte ihn zum Achterdeck, wo ein hochgewachsener Mann mit einer Schweißerbrille vor den Augen eine geborstene Naht an dem beschädigten Mini-Tauchboot reparierte.

Pitt löschte die Schweißflamme und nahm das Schutzvisier ab. »Dr. Dimitow?«, fragte er.

»Freut mich, Sie kennenzulernen, Mr. Pitt.« Er ließ den Bügel des Rollkoffers los und schüttelte dem NUMA-Chef die Hand. »Ich empfinde es als große Ehre, dass die NUMA mein Forschungsprojekt so tatkräftig unterstützt.« Der Archäologe betrachtete das beschädigte Mini-U-Boot. »Ihr Tauchboot … ist es einsatzfähig?«

Al Giordino tauchte aus der Einstiegsluke des Bootes auf, ein Bündel elektrischer Leitungen in der Hand, und stellte sich vor. »Das Schätzchen macht einen mitgenommenen Eindruck, aber es ist alles nicht so schlimm, wie es aussieht. Sobald wir die Druckdüsen und Druckstrahlruder ersetzt und einige Sicherheitstests durchgeführt haben, ist das Boot startbereit – in spätestens achtundvierzig Stunden.«

Pitt nickte. »Die Tatsache, dass unser U-Boot zurzeit ein wenig schonungsbedürftig ist, hat keine nachteiligen Auswirkungen auf unsere Arbeit.«

»Das freut mich zu hören«, sagte Dimitow, »da ich weiß, dass Ihre Zeit im Schwarzen Meer begrenzt ist.«

Neugierig betrachtete Pitt Gemälde und Gepäck des Mannes und deutete zur Schiffsmitte. »Georgi, sehen wir zu, dass wir aus der Sonne kommen und Sie uns alles erzählen können, was Sie von der *Fethiye* wissen.«

Die drei Männer suchten einen nahe gelegenen Arbeitsraum auf, wo Giordino dem Archäologen dabei behilflich war, das Gemälde abzusetzen und gegen ein Schott zu lehnen. »Sie reisen nicht gerade mit leichtem Gepäck«, stellte Giordino fest.

Dimitow lächelte. »Dies ist die einzige bildliche Darstellung der *Fethiye.* Sie wurde 1766 angefertigt, im Jahr ihres Stapellaufs. Der Kurator der Bulgarischen Nationalen Kunstgalerie ist ein guter Freund und hat mir gestattet, das Bild auszuleihen.«

Pitt studierte das Gemälde, das eine Dreimast-Fregatte zeigte, die unter vollen Segeln durch das Goldene Horn flog. Eine große rote Fahne flatterte an ihrem Heckmast und markierte das Schiff als zur osmanischen Flotte gehörig. »Ein schönes Schiff«, sagte Pitt. »Was können Sie uns darüber erzählen?«

»Die *Fethiye* wurde als Schnellfregatte erbaut und sollte die größeren Schiffe der Flotte unterstützen. Offenbar war sie für einige Zeit in Alexandrien stationiert, ehe sie in den Dienst des Sultans zurückkehrte.«

»Wie kam es, dass sie am Ende im Schwarzen Meer sank?«, fragte Giordino.

»Während der Frühphase des Russisch-Türkischen Kriegs rückte die russische Armee durch die heutige Ukraine und das heutige Moldawien vor und errang in der Schlacht von Cahul einen wichtigen Sieg. Eine der Ehefrauen von Sultan Mehmet III. hielt sich in der nahe gelegenen Festung Ismajil auf, wo sie ihren verwundeten Sohn besuchte, als die Kampfhandlungen näher rückten. Der Sultan schickte die *Fethiye* von Konstantinopel auf die Reise, um beide aus der Gefahrenzone zu holen. Die königliche Entourage ging an Bord des Schiffes und segelte im August 1770 donauabwärts, um danach spurlos zu verschwinden. Niemand wurde je wieder gesehen.«

»Wurde sie von den Russen versenkt?«, fragte Pitt.

»Einige Historiker sind zwar davon überzeugt, aber es gibt keine historischen Aufzeichnungen, die als Beweis dienen könnten. Die meisten – übrigens auch ich – nehmen an, dass sie in einem schweren Sturm vor der bulgarischen Küste gesunken ist.«

Pitt schüttelte den Kopf. »Das klingt nach einem ziemlich weitläufigen Suchgebiet.«

»Sie wissen besser als ich, wie schwierig es ist, ein verschollenes Schiffswrack zu lokalisieren«, sagte Dimitow. »Tatsache ist, dass die *Fethiye* in einem Gebiet von einhundertdreißigtausend Quadratkilometern liegt. Ich könnte den Rest meines Lebens damit verbringen, hinter ihrer Kiellinie herzujagen. Kürzlich habe ich allerdings einige zusätzliche Informationen aufgestöbert, die eine, wie ich meine, erfolgreiche Suche zumindest ermöglichen.« Er öffnete seine Ledertasche und holte die Fotokopie eines handschriftlichen Tagebucheintrags hervor.

Pitt sah, dass er auf Türkisch verfasst war, und glaubte, einen Hinweis auf das Wetter erkennen zu können. »Der Logbucheintrag eines Schiffes?«

»Genau«, sagte Dimitow. »Er stammt von einem osmanischen Handelsschoner namens *Cejas.* Ein Rechercheur in der Bulgarischen Akademie der Wissenschaften stieß im Archiv der Universität darauf und machte mich freundlicherweise darauf aufmerksam.«

»Wovon handelt er?«

Dimitow übersetzte Zeile für Zeile: »Mäßiger Wind aus Südwest, See beruhigt sich. Verließen unseren Ankerplatz im Schatten des Erulska gegen Mittag, nachdem sich das Wetter gebessert hatte, und setzten Passage nach Galaţi fort. Ausguck meldete nach einer Stunde Fahrt in Lee erhöhtes Aufkommen von Treibgut, darunter das Bruchstück eines Mastes mit roter Tughra-Flagge.«

»Haben sie ihre Position notiert?«, fragte Pitt.

»Ich fürchte, nein.« Dimitow holte eine Karte vom westlichen Teil des Schwarzen Meeres hervor und breitete sie auf dem Tisch aus. »Den Erulska-Berg zu finden erwies sich als ein wenig mühevoll, da es keinen Hinweis auf einen Ort dieses Namens an der Küste gibt. Nach einer intensiveren geographischen Spurensuche fanden wir aber schließlich einen älteren Verweis auf ein Dorf gleichen Namens nördlich von Varna.«

»Sie dürften dicht an der Küste geankert haben, um einen Sturm aus Südosten zu überstehen«, sagte Pitt.

»Wir wissen, dass sie diesen Ort wieder verließen und an der Küste entlang nach Rumänien segeln wollten«, sagte Dimitow, »daher kennen wir mit ziemlicher Sicherheit ihr Ziel.«

»Wie weit sie in einer Stunde Fahrt in diese Richtung gelangt sind, würde uns einen ziemlich genauen Hinweis liefern«, sagte Pitt.

»Richtig. Aber wir kennen ihre Geschwindigkeit nicht, womit sich das fragliche Gebiet enorm vergrößert. Ein Handelsschoner der damals üblichen Bauart dürfte eine Durchschnittsgeschwindigkeit von acht bis neun Knoten gehabt haben, was uns einen ziemlich genauen Hinweis liefert, wo wir mit der Suche beginnen sollten.«

»Was wir nicht wissen, ist, wann die *Fethiye* gesunken ist«, sagte Pitt, »oder wie weit das Trümmerfeld getrieben sein könnte, ehe es den Weg der *Cejas* kreuzte.«

»Eine weitere Annahme in unserem Modell. Aus dem Eintrag geht hervor, dass das gesichtete Trümmerfeld ziemlich dicht war, was mich zu der Vermutung bringt, dass es nicht allzu lange vorher entstanden sein dürfte. Wir kennen Seegang und Windstärke, woraus sich auch eine gewisse Drift ableiten lässt. Natürlich ist es ein reines Glücksspiel.« Dimitow lächelte. »Aber ich habe mich auf ein Gebiet von etwa zweihundertfünfzig Quadratkilometern festgelegt, in dem das Wrack mit hoher Wahrscheinlichkeit zu finden sein dürfte.«

»Klingt einleuchtend«, sagte Giordino und betrachtete das mit rotem Farbstift auf der Karte eingezeichnete Gitter. »Aber wie sicher kann man sein, dass das Wrack tatsächlich die *Fethiye* war?«

»Gute Frage. Der Schlüssel ist die rote Flagge.« Dimitow deutete auf das Gemälde. »Achten Sie auf den Hauptmast.«

Giordino nickte. »An ihm ist ein kleiner roter Wimpel mit einem verschlungenen Logo befestigt.«

»Man nennt dies die Tughra. Es ist ein kalligraphisches Monogramm des Sultans und symbolisiert seine Regentschaft. Nur die persönlichen Schiffe des Sultans führen ein solches Banner mit sich. Deshalb wurde im Logbuch auch eigens darauf hingewiesen. Sie haben die Tughra ausdrücklich erwähnt. Der Mast, den sie im Meer treiben sahen, stammte höchstwahrscheinlich von der *Fethiye*.«

»Okay, Sie haben mich überzeugt«, sagte Giordino. »Und wo fangen wir nun mit der Suche an?«

»Das gefällt mir.« Dimitow klatschte in die Hände. »Ich schlage vor, dass wir in der nordwestlichen Ecke des Gitters beginnen und damit an einem Punkt, der sich nur ein paar Kilometer entfernt an der Küste befindet.«

Pitt sah den Archäologen an. Aufrichtige Anerkennung lag in seinem Blick. »Es scheint, als hätten wir bereits einen funktionsfähigen Arbeitsplan. Beabsichtigen Sie, während der gesamten Suchprozedur hierzubleiben?«

Dimitow öffnete seinen Koffer und deutete auf einen Stapel Taschenbücher. »Ich weiß, wie mühsam und langweilig Unterwasserarchäologie manchmal sein kann«, bemerkte er grinsend.

Innerhalb einer Stunde machte die *Macedonia* die Leinen los, folgte einem Kurs entlang der bulgarischen Küste und erreichte den Startpunkt von Dimitows Suchgitter kurz nach Anbruch der Abenddämmerung. Das Schiff verlangsamte seine Fahrt, während Giordino ein AUV ins Wasser setzte. Das AUV enthielt eine ganze Batterie elektronischer Sensoren in einer torpedoförmigen Hülle, die auf einer vorprogrammierten Route über dem Meeresboden dahingleiten konnte. Pitt unterstützte die AUV-Suche, indem er hinter der *Macedonia* ein Schleppsonar ausbrachte. Beide Unterwassergeräte verfügten über ein Fächerecholot-System, das die detaillierte Darstellung eines Schiffswracks oder jedes anderen Objekts dieser Größe, das vom Meeresboden aufragte, liefern konnte.

Dimitow leistete Pitt und Giordino auf der Kommandobrücke Gesellschaft, um sich die Echtzeitergebnisse anzusehen, die das Schleppsonar produzierte. Nachdem ein paar Stunden lang auf einem großen Bildschirm nichts anderes zu sehen gewesen war als öder, eintöniger, welliger Meeresboden, stand er auf und holte eins der Bücher aus dem Koffer. »Gute Nacht, Gentlemen.«

Giordino runzelte die Stirn. »Erlahmt Ihr Kampfgeist schon so frühzeitig?«

»Nur vorübergehend, mein Freund, nur vorübergehend. Die *Fethiye* liegt seit zwei Jahrhunderten da unten. Ich bin mir ziemlich sicher, dass sie morgen, wenn wir die Suche fortsetzen, immer noch dort sein wird.« Der Archäologe deutete eine förmliche Verbeugung an und trat durch die Brückentür in die Nacht hinaus.

13

Dimitows Prognose erwies sich als zutreffend, allerdings nur andeutungsweise. Giordino überwachte das Schleppsonar der *Macedonia* um fünf Uhr morgens, als eine stellenweise zerklüftete, längliche Erscheinung über den Monitor wanderte. Er speicherte ein Bild des Objekts und setzte die Suche fort, bis Pitt und Dimitow zwei Stunden später die Kommandobrücke betraten.

»Habe während der letzten Suchbahn ein interessantes Zielobjekt aufgefasst«, sagte er, während ihm Dirk Pitt eine Tasse Kaffee reichte.

»Können Sie es uns zeigen?« Dimitow trat hinter ihn und beugte sich zum Monitor hinunter.

Giordino rief das Bild auf, vergrößerte es und machte die Details eines weitgehend intakten Schiffswracks sichtbar.

Dimitows Augen weiteten sich, dann schüttelte er den Kopf. »Dem Anschein nach ist es ein Segelschiff, aber es muss moderner Bauart sein. Man kann eine Ankerwinde sehen, das Ruderrad, sogar einen Mast, der quer auf dem Deck liegt. Doch es befindet sich in einem viel zu guten Zustand, um vor zweihundertfünfzig Jahren gesunken zu sein. Dennoch – ein interessanter Fund.«

»Wie tief?«, wollte Pitt wissen.

»Weniger als siebzig Meter.«

»Also schätzungsweise in der anoxischen Zone«, sagte Pitt. »In den tieferen Wasserschichten des Schwarzen Meeres ist kein Sauerstoff mehr enthalten. Daher können dort auch keine Mikroorganismen existieren, die für den Zerfall und die Beseitigung von organischem Material sorgen würden. Im Laufe der Zeit wurden in dieser Tiefe mehrere alte Schiffswracks gefunden, die sich in einem hervorragenden Zustand befanden. Wenn dieses Wrack ebenfalls in einer sauerstoffarmen oder gar sauerstofffreien Zone liegt, könnten wir es durchaus mit einer bestens erhaltenen *Fethiye* zu tun haben.«

»Die Maße entsprechen ziemlich genau denen der *Fethiye,* soweit sie bekannt sind«, sagte Giordino. »Auf jeden Fall erinnert die äußere Erscheinung des Wracks an die einer Dreimastfregatte.«

»Ja, das sehe ich«, sagte Dimitow mit zunehmender Erregung. »Es wäre zu schön, um wahr zu sein. Können wir diesen Fund eingehender untersuchen?«

»Auf jeden Fall sollten wir ihm gesteigerte Aufmerksamkeit schenken«, sagte Pitt. »Welche Möglichkeiten haben wir, Al?«

»Das Tauchboot muss heute noch auf dem Trockenen bleiben, bis wir die wichtigen Ersatzteile aus den Vereinigten Staaten erhalten. Damit haben wir nur die Möglichkeit, ein ROV einzusetzen oder ein paar Taucher mit entsprechendem Gasgemisch hinunterzuschicken.«

»Ich plädiere für Letzteres.« In Pitts Augen lag ein begeistertes Funkeln. »Hast du Lust mitzumachen?«

Giordino grinste. »Aber jederzeit. Das lasse ich mir nicht entgehen.«

Dimitow war sichtlich verwirrt. »Soll das heißen, dass Sie beide zu dem Wrack hinabtauchen wollen?«

»Warum sollen wir den Spaß und den Ruhm anderen überlassen?«, fragte Pitt.

Die *Macedonia* kehrte zum Zielort zurück und absolvierte einige zusätzliche Suchbahnen mit dem Sonar, um die Position präziser zu markieren. Danach holte die Mannschaft das Schleppsystem ein und setzte eine Markierungsboje ab. Das Schiff entfernte sich ein paar hundert Meter von dem Punkt und begab sich in eine stationäre Position, um auf die Rückkehr des AUV zu warten.

Ausgestattet mit Kaltwasser-Trockentauchanzügen, stiegen Pitt und Giordino in ein Schlauchboot, das über die Seitenreling ins Meer hinabgelassen wurde. Pitt lenkte das Boot zu der Boje, wo Giordino es mit einer Leine festmachte. Jeder der beiden wuchtete sich ein Dräger-Mk25-Kreislauftauchgerät auf den Rücken, das sie davor bewahrte, mehrere Tanks mit unterschiedlichen Gasgemischen mitschleppen zu müssen, und ihnen außerdem eine längere Tauchphase ermöglichte.

Giordino spülte seine Tauchermaske aus, ehe er sie sich über den Kopf streifte. »Meinst du, Dimitow kann sich zufrieden auf die Schulter klopfen?«

»Das Wrack sieht auf dem Sonarschirm ziemlich gut aus, aber der Grund des Schwarzen Meeres ist mit Wracks übersät. Wir werden bald mehr dazu sagen können.«

»Er macht einen ziemlich aufgeregten Eindruck. Bist du sicher, dass in dem Wrack kein Schatz versteckt ist?«

»Jedenfalls ist davon in den Geschichtsbüchern nicht die Rede.«

»Ich wette mit dir um ein Bier, dass wir dort etwas Interessantes finden werden.«

Pitt nickte. »Dann lass uns nachschauen, was es ist.« Er klemmte sich den Regulator zwischen die Zähne und ließ sich rückwärts über den Randwulst des Zodiacs ins Meer fallen. Nachdem er die einwandfreie Funktion seines Kreislauftauchgeräts überprüft hatte, justierte er an seiner Tarierweste den Auftrieb und sank langsam in die Tiefe. Giordino klatschte einen Moment später neben ihm ins Wasser, und gemeinsam strebten die beiden Männer mit kräftigen Beinschlägen in die Tiefe.

Das Wasser wurde kalt und dunkel, als sie die Dreißig-Meter-Marke erreichten, also knipsten sie ihre Unterwasserlampen an. Nach Hunderten von Tauchgängen unter sämtlichen vorstellbaren Bedingungen waren sie gegen die klaustrophobische Wirkung der undurchdringlichen Schwärze in dieser Wassertiefe immun. Pitt verspürte nichts anderes als gespannte Erregung bei der Vorstellung, ein Schiffswrack zu untersuchen, das seit mehr als zweihundert Jahren unentdeckt auf dem Grund des Ozeans lag.

Sie folgten der Ankerleine, die die Boje in Position hielt, bis sie in knapp einhundert Metern den Meeresboden erreichten. In dieser Tiefe blieben ihnen zwanzig Minuten Tauchzeit.

In geringer Entfernung nahm Pitt einen dunklen Schatten neben ihnen wahr und wandte sich in diese Richtung, wobei er einen Abstand von knapp zwei Metern zu dem schlammigen konturlosen Meeresgrund wahrte. Im Lichtstrahl seiner Lampe erschien ein großes, mit Widerhaken versehenes Objekt. Er schwamm näher heran und sah, dass er den Anker vor sich hatte. Immer noch mit seiner schweren Kette gesichert, hing die schwarze Eisenmasse an einem rötlich schimmernden Schiffsrumpf herab. Sowohl der Anker wie auch das Wrack waren mit einer dicken Schicht braunen Schlicks bedeckt.

Pitt folgte der Ankerkette hinauf zur Bugreling und richtete den Lampenstrahl auf das Deck. Trotz der Schlickschicht konnte er erkennen, dass das Schiff ein alter Segler war, der hervorragend erhalten schien. Giordino folgte ihm, als er mit einigen Beinschlägen auf einen gefallenen Mast zusteuerte und mit einer wedelnden Handbewegung den Schlick von seiner Oberfläche entfernte. Teile von Tauen und Segeln lagen auf dem Deck, dank des sauerstoffarmen Wassers in einem nahezu perfekten Zustand.

Giordino schaltete eine kleine Videokamera ein, die am Gurtgeschirr seines Tauchgeräts befestigt war, und begann, Details des Wracks aufzuzeichnen, während sie sich einen Weg zum Heck suchten. Zwei mit aufwendigen Schnitzereien verzierte Kabinentüren mit Glaseinsätzen erregten auf dem Hauptdeck seine Aufmerksamkeit, während Pitt eine Drehbasse inspizierte, die auf der Backbordreling befestigt war. Sie staunten über den Zustand des Schiffes, da sich die meisten Holzwracks nach nur wenigen Jahren auf dem Meeresgrund in konturlose Trümmerhaufen verwandelten. Da er nur wenige metallene Beschläge sehen konnte, war Pitt überzeugt, dass ihr Fund mehr als zweihundert Jahre alt war.

Die beiden Männer trafen am Ruder auf dem Achterdeck wieder zusammen und hielten nach dem Haupttreffer Ausschau. Auch in sehr gut erhaltenem Zustand war ein hölzernes Schiffswrack mit wenigen bekannten, einzigartigen, individuellen Details nur sehr schwer zu identifizieren. Der entscheidende Hinweis kam meistens von der Schiffsglocke, auf der häufig der Schiffsname eingraviert war.

Das große Rad des Ruders befand sich noch immer an Ort und Stelle und steckte in aufrechter Position auf seiner Drehachse, aber in seiner Nähe war nichts von einer Glocke zu sehen. Giordino spürte, wie Pitt gegen seinen Arm tippte und auf das Hauptdeck deutete. Neben dem Schott lag ein runder, trichterförmiger Gegenstand. Es musste die Glocke sein, die heruntergefallen und dorthin gerollt war, nachdem das Tragegerüst unter ihrem hohen Gewicht zusammengebrochen war.

Pitt erreichte das Objekt vor seinem Partner, richtete es auf und wischte Sand und Schlick beiseite. Giordino hielt seine Kamera bereit, während sich der aufgewirbelte Schlick allmählich setzte und eine bronzefarbene Glocke komplett mit Aufschrift in türkischer Sprache an ihrer Basis erschien. Er filmte sie von allen Seiten, dann wandte er sich um und gab Pitt mit einem Daumen das Okay-Zeichen.

Pitt warf einen Blick auf das orangefarbene Zifferblatt seiner Doxa-Tauchuhr und sah, dass ihre Tauchzeit nahezu aufgebraucht war. Er deutete nach oben, wartete auf Giordinos Bestätigung, und dann stieß er sich vom Achterdeck ab. Während er den Lichtstrahl seiner Lampe ein letztes Mal über das Wrack lenkte, zögerte er beim Anblick von etwas Unerwartetem auf dem Achterdeck. Giordino folgte ihm, als er kehrtmachte und auf das Objekt zuschwamm, dessen Form an einen menschlichen Körper erinnerte.

Es war in der Tat ein Leichnam, der nur mit einer dünnen

Schlickschicht bedeckt war. Sich dem Körper von der Seite nähernd, wischte Pitt mit der Hand über ihn hinweg, um ihn von den Ablagerungen zu befreien. Die Wahrscheinlichkeit, einen menschlichen Körper in perfekt erhaltenem Zustand nach zweihundertfünfzig Jahren auf dem Deck einer versunkenen Fregatte zu finden, war astronomisch gering. Trotzdem konnte er nichts anderes erwarten, als dass aus den sedimentgetrübten Wolken ein Seemann aus dem achtzehnten Jahrhundert auftauchte, bekleidet mit langärmeliger Jacke, Kniehose und Schnallenschuhen.

Aber als sich das Wasser klärte, blickte er auf den Körper eines blauäugigen Fliegers in einer Flugkombination, wie sie in der militärischen Luftfahrt des 20. Jahrhunderts an der Tagesordnung gewesen war.

14

Als Erstes musste sich Ana übergeben.

Die Angst, die Anspannung und die Strapazen, kombiniert mit dem Rollen des Schiffs, hatten bei ihr Magenkrämpfe ausgelöst und ihre Eingeweide revoltieren lassen. Ein winziges Kabinenwaschbecken musste als Brechschale herhalten, und sie war dankbar für einen dünnen Strahl kalten Wassers, um sich das Gesicht abzuwaschen. Ausgelaugt zwar, innerlich aber plötzlich ruhig, nahm sie ihre Umgebung in Augenschein.

Die verriegelte, fensterlose Kabine war nicht viel größer als ein Wandschrank. Zwei übereinander eingebaute Schlafkojen teilten sich die quadratische Grundfläche mit dem Waschbecken. Noch immer von pochenden Kopfschmerzen gepeinigt, schlurfte Ana zum unteren Bett, streckte sich auf der jämmerlich dünnen Matratze aus und schloss die Augen.

Die Kopfschmerzen ließen allmählich nach und erlaubten ihr, die augenblickliche Situation und deren Begleitumstände zu analysieren. So gut wie sicher war, dass das Bergungsschiff das hochangereicherte Uran an Bord genommen hatte. Aus welchem anderen Grund hätte ihr Erscheinen eine derartig heftige Reaktion auslösen sollen? Sie krümmte sich innerlich, als sie daran dachte, wie Petar Ralin in den Moonpool gestürzt war. Der kahlköpfige Tätowierte, der über den Tod ihrer Kameraden hinweggegangen war, als wären sie lästige Insekten, schien zu allem fähig. Wenn doch nur das bulgarische SWAT-Team eingetroffen wäre. Mit einem kampferprobten Hilfstrupp als Unterstützung wäre ihr Einsatz vollkommen anders verlaufen. Sie wusste, dass sie einen Fehler gemacht hatte, als sie ohne Rückendeckung aktiv geworden war. Nun waren der Hafenpolizist und Petar Ralin tot. Sie hatte Mühe, bei diesem Gedanken die Tränen zu unterdrücken.

Nach einigen Sekunden zwang sie sich, die Augen zu öffnen, und starrte die staubige Unterseite des oberen Etagenbetts an. Sie wusste, dass auch sie dem Tod geweiht war. Als Zeugin der anderen Morde würde man sie keinesfalls am Leben lassen. Ana atmete mehrmals tief durch. Das Pochen verflüchtigte sich nach und nach aus ihrem Schädel und machte einem stechenden Schmerz in ihrem Rückenbereich Platz. Es waren die Spitzen des Stechzirkels, den sie auf der Kommandobrücke unbemerkt an sich gebracht und eingesteckt hatte und die sich nun in ihre Haut bohrten.

Sie holte das Instrument aus der Tasche, inspizierte es eingehend und prüfte mit einem Finger seine Spitzen. Als Waffe wäre es kaum zu gebrauchen, aber ein nützliches Werkzeug könnte es sein. Sie rollte sich aus dem Bett und studierte das Schloss der Kabinentür. Es war ein simpler Bolzenmechanismus mit Schlüssellöchern auf beiden Seiten.

Sie betrachtete das Schloss und ging in Gedanken ihre Möglichkeiten durch. Es hätte keinen Sinn abzuwarten. Dass sie in die Kabine eingesperrt worden war, verschaffte ihr höchstens eine Gnadenfrist. Sie hatte vielleicht noch einige Tage zu leben – oder sogar nur wenige Stunden. Doch es gab keinen Grund, untätig zu bleiben und sich ihrem Schicksal zu beugen.

Sie klappte den Zirkel auf, schob eine Spitze ins Schlüsselloch und stocherte darin herum. Zwanzig Minuten lang mühte sie sich auf diese Weise ab und erkannte, dass die schlanke Spitze höchst ungeeignet war, um damit ein Schloss aufzuhebeln. Sie zog den Zirkel heraus, warf ihn aufs Bett und versetzte der Kabinentür einen kräftigen Tritt.

Die Tür ratterte und erzitterte vielversprechend. Ana lehnte den

Kopf gegen das Türblatt und schlug mit der Handkante dagegen. Ein leises Echo ertönte, begleitet von einem leichten Vibrieren, das sich auf ihre Hand übertrug. Offensichtlich handelte es sich um ein billiges Türblatt mit hohlem Kern. Dieser Glücksfall zauberte ein Lächeln in Anas Gesicht.

Sie ließ sich für einen Moment auf dem Bett nieder, um die nächsten Schritte zu planen. Ihr Herz klopfte heftig, wenn sie an die Gefahr dachte, in die sie sich begeben würde, aber nichts zu tun barg das noch größere Risiko. Sie lauschte an der Tür, um sicherzugehen, dass der Korridor leer war, zog sich so weit es die winzige Kabine erlaubte von der Tür zurück und holte tief Luft. Dann machte sie ein paar schnelle kurze Schritte, sprang hoch und rammte beide Füße gegen die Tür.

Die Tür splitterte, blieb jedoch weitgehend intakt und im Rahmen. Ana drückte ein Ohr gegen das Türblatt und rechnete damit, das Schlagen einer Kabinentür am Ende des Korridors zu hören, aber alles blieb still. Dann versetzte sie der Tür einen weiteren Tritt, diesmal dicht unter der Türklinke. Das Schloss gab nach, und die Tür flog auf.

Ana trat in den Korridor, fegte mit einer Hand die Holzsplitter zusammen und setzte die Tür wieder in den Rahmen ein. So würde sie einem flüchtigen Blick standhalten und den Eindruck vermitteln, vollkommen unversehrt zu sein. Ana ging nach achtern zu einer offenen Schottentür, durch die von draußen ein kühler Wind hereinwehte. Sie glich die Rollbewegungen des Schiffes geschickt mit ihrem Körper aus, während sie sich der Tür näherte und hinausschaute.

Unter einer dichten Wolkendecke erstreckte sich jenseits der Schiffsreling eine leere, weite Fläche des Schwarzen Meers. Ein unregelmäßiger brauner Streifen am Horizont weckte in Ana die Vermutung, dass sie entweder dem Verlauf der Küste folgten oder Burgas soeben verlassen hatten.

Sie schob den Kopf durch die Türöffnung, um sich einen Überblick über das Deck zu verschaffen – und kollidierte mit dem Brustkorb eines vorbeigehenden Mannschaftsangehörigen. Der junge Matrose war mit dem ölverschmierten Overall eines Technikers bekleidet und schleppte einen Werkzeugkasten. Er starrte Ana überrascht an.

Auf eine solche Konfrontation vorbereitet, packte Ana ihn bei den Revers und riss ihn zur Seite. Behindert durch den schweren Werkzeugkasten, stolperte der Mann über Ana und kam zu Fall. Ana richtete sich auf und versetzte dem Mann einen Tritt gegen das Kinn. Halbbetäubt von dem Treffer, war er unfähig, sich gegen eine Serie weiterer Fußtritte zu verteidigen, die ihn schließlich ins Reich der Träume schickten.

Mühsam nach Luft schnappend, wirbelte Ana herum, ganz in der Erwartung, dass die kurze Rauferei Aufmerksamkeit erregt hatte. Aber das Deck blieb menschenleer. Sie ergriff die Füße des Technikers, zerrte ihn durch die Türöffnung und ließ ihn im Korridor liegen.

Sie wusste, dass ihre Zeit nun noch knapper bemessen war. Sie huschte über das Hauptdeck nach achtern und hielt Ausschau nach einem Dinghy oder einer kleinen Barkasse. Rechts von ihr schwappte das Wasser im Moonpool. Auf seiner anderen Seite ruhte ein Schlauchboot auf dem Dach eines erhöhten Lagerbehälters. Noch war niemand auf dem Deck zu sehen, daher umrundete sie im Laufschritt den Moonpool. Sie schaffte die Strecke zur Hälfte, dann jedoch blieb sie abrupt stehen.

Da war es endlich – das, was sie so dringend finden musste.

Sie starrte die graue Kiste an, die aus der *Crimean Star* herausgeholt worden war und vermutlich das hochangereicherte Uran enthielt. Nach der überstürzten Abfahrt von Burgas hatte sich die Mannschaft offenbar nicht die Mühe gemacht, sie an einem anderen Ort zu deponieren. Vielleicht hatte man sie auch bewusst an Ort und Stelle stehen gelassen, um sie wieder im Wasser unter dem Schiff verschwinden zu lassen, falls es nötig sein sollte. Ana legte eine Hand auf die Kiste und versetzte ihr einen Stoß. Dabei spürte sie, dass sich in ihrem Innern ein schweres Objekt befand.

Ihr Herzschlag beschleunigte sich abermals. Sie ging zu dem Schlauchboot hinüber, löste seine Haltegurte und legte es flach auf das Deck. Sie inspizierte es eingehend, fand einen vollen Treibstofftank und schloss seinen Gummischlauch an den kleinen Außenbordmotor an. Auf der anderen Seite des Decks befand sich eine leistungsfähige Seilwinde, die noch immer mit der Kiste verbunden war. Sie zu benutzen wäre zu auffällig. Unweit der Reling stieß sie auf eine kleine Deckswinde, die vermutlich für eine Verwendung mit dem Schlauchboot vorgesehen war. Sie fand ihre Vermutung bestätigt, als sie an der Reling Schnappriegel vorfand, die das Umklappen eines Abschnitts der Reling zuließen.

Sie ließ die Riegel aufspringen, klappte die Reling um und kehrte zur Winde zurück. Sie fand den Betriebsschalter, aktivierte die Maschine und betätigte probeweise ihre Kontrollhebel. Auf diese Weise identifizierte sie den Hebel für das Aufwickeln des Seils und legte ihn in die entgegengesetzte Richtung um. Dann ergriff sie den Haken am Ende des von der Trommel ablaufenden Seils und zog ihn quer über das Deck. Ana zerrte ihn am Schlauchboot vorbei zu dem Uranbehälter, um den noch immer das Seil der großen Winde geschlungen war. Sie löste es und ersetzte es durch die Leine der kleineren Winde und hängte den Haken so ins Seil, dass eine Schlinge entstand. Dann eilte sie zu den Kontrollen der Winde zurück und setzte sie in Gang. Diesmal wickelte die Trommel das Seil auf, und Ana konnte verfolgen, wie die Kiste über das Deck gezogen wurde. Sie bugsierte die Kiste dicht an das Schlauchboot heran, und danach stoppte sie die Winde.

Schließlich wuchtete sie die Kiste ins Schlauchboot und befestigte den Haken des Kranseils an der dafür vorgesehenen Öse des Schlauchboots. Sie eilte zum Kran, hievte das kleine Boot vom Deck hoch und schwang es über die Reling hinweg nach draußen, wo es über dem Wasser hin und her pendelte. Gerade ließ sie das Kranseil auslaufen, als hinter ihr ein lauter Ruf ertönte.

Es war kein freundlicher Ruf, der über das Deck hallte. Der Mannschaftsangehörige, der ebenso wie sein toter Komplize mit einer Uzi herumgefuchtelt hatte, deutete auf sie und stieß wütende Flüche aus. Er war zwar nicht bewaffnet, starrte sie jedoch drohend an und kam im Laufschritt auf sie zu. Ana legte den Schnellgang der Seiltrommel ein und ging zur Reling.

Sie wartete nicht ab, bis das Schlauchboot auf der Wasseroberfläche aufschlug, und sie zögerte auch nicht an der Reling. Sie hatte nur eine einzige Chance zu flüchten, und die ließ sie nicht ungenutzt verstreichen. Sie trat bis dicht an die Kante des Decks, ergriff das von der Trommel ablaufende Seil und sprang ins Leere.

Die Sprunghöhe betrug fünf Meter, und das Schlauchboot schlug zuerst auf der Wasseroberfläche auf. Der Aufprall war hart, und das Schlauchboot schwankte heftig hin und her, bis es vom Schiffsrumpf weg und nach hinten gerissen wurde. Ana kam eine Sekunde später angeflogen und erwischte das Boot während einer Abwärtsbewegung, als sie gleichzeitig den Seitenwulst streifte. Nur Sekundenbruchteile später wäre sie im Wasser gelandet. Stattdessen wurde sie hochgeworfen und in den Bug geschleudert, wobei ihr das Kranseil aus der Hand glitt, als sie auf den starren Boden des Bootes krachte.

Sie versuchte aufzustehen und das Kranseil wieder zu fassen zu kriegen, wurde aber umgerissen und sackte auf die Knie, als das Schlauchboot gegen den Schiffsrumpf geschleudert wurde. Trotz des ablaufenden Kranseils ließ die Geschwindigkeit des Schiffes das Schlauchboot wie einen betrunkenen Wasserskiläufer hin und her tanzen. Ana richtete sich halb auf, packte den Kranhaken und zog mit aller Kraft. Doch die Spannung war zu groß. Sie schaute hoch und sah, dass der Mann die Krankontrollen erreicht hatte und das Seil einzog.

Ana wartete geduldig, während das Boot wild hin und her gezerrt wurde. Es wäre ihre Rettung. Sie klammerte sich an den Kranhaken und bemühte sich, den Kontakt zu dem wild bockenden Boot unter ihr nicht zu verlieren. Sie spürte, wie das Schlauchboot plötzlich nach vorn ruckte und die Spannung des Kranseils für einen kurzen Moment nachließ. Sofort löste sie den Haken und warf ihn hoch in die Luft.

Das Schlauchboot sank zurück und entfernte sich vom Schiff, während der Haken klirrend gegen den Schiffsrumpf schlug. Ana kroch zum Heck und führte am Außenbordmotor die notwendigen vorbereitenden Handgriffe aus, die sie bei ihrem Vater bestimmt an die tausend Mal gesehen hatte. Dann schickte sie ein Stoßgebet zum Himmel, dass der Motor auch wirklich anspringen möge. Und sie hatte Glück. Als sie ein zweites Mal ruckartig am Starterseil zog, erwachte er hustend zum Leben. Sie drehte am Gasgriff und nahm Kurs aufs Festland.

Sie legte fünfzig Meter mit rasantem Tempo zurück, bis sie es wagte, einen Blick über die Schulter zu werfen – nur um mitansehen zu müssen, wie die *Besso* langsam in ihre Richtung herumschwang.

15

Während sie auf den Uferbereich zusteuerte, wo sie am schnellsten an Land gehen könnte, entdeckte Ana an Backbord fast auf gleicher Höhe ein Schiff. Ein Blick über die Schulter verriet ihr, dass das Verfolgerboot aufgeholt hatte. Sie konnte es jetzt als ein schmutzig orangefarbenes Zodiac identifizieren, das anscheinend mit drei Männern besetzt war.

Der Anblick ließ ihren Mut sinken, und sie spürte, wie sie von einem Gefühl der Schwäche überwältigt wurde und für einen Moment mit der Hand vom Gashebel abrutschte. Sie bekam ihn wieder zu fassen, drehte den Gummigriff, blickte über die Wellen und schöpfte plötzlich Hoffnung. Das Schiff an Backbord erzeugte keine Bug- und keine Heckwelle. Und was ihr erst recht ins Auge fiel, war seine Farbe.

Das Schiff schimmerte türkis.

Es war zu schön, um wahr zu sein. Sie erinnerte sich, dass Pitt ihr erzählt hatte, dass das NUMA-Schiff in der Nähe von Burgas Suchfahrten absolvieren würde – und dort lag es.

Ihre Freude war jedoch nur von kurzer Dauer, als sich der Uranbehälter in einer Splitterwolke aufzulösen begann. Erst erschrocken, dann verwirrt, drehte sie sich um und sah auf dem Verfolgerboot Mündungsfeuer aufblitzen. Der Lärm ihres Außenbordmotors überlagerte das Gewehrfeuer.

Ana duckte sich so tief hinab, wie sie es vermochte, und wurde von einem Holzsplitter an der Wange getroffen. Aber ihre Aufmerksamkeit wurde auf makabre Weise von einer Kette Löcher gefesselt, die plötzlich in einer der Luftkammern ihres Schlauchboots erschien.

Während dieser Abschnitt wegen des schlagartig sinkenden Innendrucks in sich zusammenfiel, spürte sie, wie gleichzeitig ihr Tempo abnahm. Der Vorsprung vor dem Verfolgerboot war zwar noch beträchtlich, aber die Verbrecher befanden sich nicht mehr direkt hinter ihr. Stattdessen machte ihr Boot einen leichten Schwenk nach links. Auf diese Weise würde das orangefarbene Zodiac sie abfangen, ehe sie das türkisfarbene Schiff erreichte.

Sie blickte zum Ufer, aber auch dies war außer Reichweite. Dann bemerkte sie ein weiteres Boot – ein kleines Schlauchboot, dem ähnlich, in dem sie saß –, das an einer Boje vertäut war. Es tanzte – leer – auf den Wellen und hatte einen größeren Motor. Und seine Kammern waren prall mit Luft gefüllt.

Während ein weiterer Abschnitt ihres eigenen Zodiac nach einigen Pistolentreffern erschlaffte, richtete sie den Bug auf das geheimnisvolle Boot und schickte ein atemloses Stoßgebet zum Himmel.

16

Gerade als leichter Regen einsetzte, brach Pitt durch die Wasseroberfläche. Eine aufsteigende Wolke Luftblasen kündigte Sekunden später Giordinos Erscheinen an. Nachdem sie an ihrer Shot Line zur Wasseroberfläche aufgestiegen waren, war ihr Boot nur wenige Schwimmzüge entfernt vertäut.

Beide Männer zogen sich dort hinein und begannen, sich von ihren Tauchausrüstungen zu befreien, als sie den Lärm sich nähernder Boote hörten, begleitet vom Stakkato heftigen Pistolenfeuers. Pitt fuhr herum und erblickte ein blass orangefarbenes Schlauchboot, besetzt mit drei Männern, das hinter einem kleineren schwarzen Zodiac herjagte. Dieses wurde von einer einzelnen Frau mit langem schwarzem Haar gesteuert. Pitt spannte sich an, als er begriff, dass diese Frau Ana war.

Sie war kaum einhundert Meter von ihnen entfernt und steuerte geradewegs auf sie zu, und dies in einem Boot, das rasend schnell Luft verlor und sich zunehmend schwerfälliger durch die Wellen arbeitete.

Erneut blitzte Mündungsfeuer auf dem orangefarbenen Schlauchboot auf, das sich zwischen ihnen und der *Macedonia* befand.

»Al, mach die Leine los«, sagte Pitt.

Während Giordino die Bugleine aufknotete, startete Pitt den Außenbordmotor und ließ ihn mit Vollgas aufheulen. Er schwenkte das Boot zu Ana herum und holte schnell zu ihr auf. Sie und Pitt stoppten ihre Motoren, während die Boote sich Heck an Bug nebeneinanderlegten und Giordino sie für einen kurzen Moment aneinanderkoppelte.

»Darf ich Sie ein Stück mitnehmen?«, fragte Pitt.

Ana öffnete die zersplitterte Holzkiste mit einem Fußtritt und hob einen schweren Stahlzylinder heraus, dann bewegte sie sich schwankend zum Bootsrand. Giordino streckte die Arme aus und hob den Zylinder in sein Boot.

»Das ist das HEU.« Sie stieg von ihrem mittlerweile nahezu vollkommen zerfetzten Schlauchboot in das NUMA-Boot um.

Pitt gab abermals Gas, drehte ab und ließ das Verfolgerboot hinter sich.

»Köpfe runter!«, warnte Ana. »Sie haben Pistolen.«

Als ob dies das Stichwort gewesen wäre, schlug eine Salve Kugeln neben ihnen im Wasser ein.

»Ist dies das Bergungsschiff?« Pitt deutete zum Hafenbecken.

»Ja, die *Besso.* Petar und ich haben sie in Burgas aufgestöbert und heute Morgen geentert. Petar ist tot.« Tränen quollen aus ihren Augen. »Sie wollten mich mitnehmen, aber ich konnte fliehen. Wie wir vermutet haben, hatten sie das hochangereicherte Uran.«

»Und ich kann mir denken, dass sie es zurückbekommen wollen«, sagte Giordino, als eine weitere Pistolensalve das Wasser aufwühlte.

Pitt schaute zur *Macedonia,* die eine halbe Meile weiter südlich lag. Er nahm Kurs auf das Schiff, aber das orangefarbene Schlauchboot folgte seinem Beispiel. Pitt blieb für einen Moment auf Kurs, um die Geschwindigkeit des anderen Bootes abschätzen zu können.

»Ich habe ebenfalls mein Glück mit der *Macedonia* versucht«, sagte Ana, »aber sie haben mir einen Strich durch die Rechnung gemacht.«

Pitt reagierte mit dem Anflug eines Lächelns. »Sie werden uns vielleicht nicht nach Hause zurückkehren lassen, aber ich denke, auf dem Weg an Land können wir sie abhängen.«

Ana starrte Pitt ungläubig an. Er wirkte so ruhig wie jemand, der in einer Hängematte lag und sich ein Bier genehmigte.

Er drückte den Bug behutsam nach Westen und beobachtete, dass das Verfolgerboot sein Manöver kopierte. Die Schlauchboote waren weniger als einhundert Meter voneinander entfernt, aber Pitt konnte erkennen, dass sie, was ihre Leistung betraf, einander ebenbürtig waren. Die Verfolger hatten ihr Pistolenfeuer eingestellt, und angesichts der Schwierigkeit, von einem schwankenden, hüpfenden Boot, das nun auch noch von heftigem Regen überschüttet wurde, einen präzise gezielten Schuss abzugeben, sparten sie Munition.

Auf dem NUMA-Zodiac begann Giordino, ihre leeren Gasflaschen über Bord zu werfen, um ihre Ladung zu erleichtern und den Verfolgern vielleicht einige Hindernisse in den Weg zu legen. Als Nächstes löste er die Bleigewichte von ihren Tauchgürteln und begann, ihre Verfolger damit zu bepflastern. Der Pilot des Verfolgerbootes ignorierte die Wurfgeschosse, bis eins der Gewichte vom Bug des Schlauchboots abprallte und ihn an der Schulter traf. Er musste für einen kurzen Moment den Gasgriff loslassen und den Kurs ändern, um Giordinos letzten Artilleriegeschossen auszuweichen, was dem NUMA-Boot einige zusätzliche Sekunden Vorsprung bescherte.

Pitt blickte durch den dichten Regen zu der grünen Küstenlinie hinüber und entdeckte die bernsteinfarbenen Gebäude einer Stadt weiter im Süden. Sie gehörten zu Baltschik, einem kleinen Touristendorf, das, wie er auf einer Landkarte gesehen hatte, einige Kilometer südlich von Burgas an der Küste lag. Pitt nahm Kurs auf das Städtchen. Nach ein paar Minuten Vollgasfahrt näherten sie sich dem Hafen.

Giordino beobachtete weitere Mündungsblitze auf dem Verfolgerboot. »Achtung!«

Pitt kauerte sich hinter den Motor, und Ana und Giordino streckten sich auf den Bodenbrettern aus.

»Sie wollen nicht, dass wir an Land gehen«, stellte Ana fest.

Mehrere Kugeln fanden ihr Ziel. Eine prallte als Querschläger von dem Motorgehäuse ab, während vier weitere die seitlichen Luftkammern durchlöcherten. Pitt ignorierte das Pistolenfeuer und wählte einen Frachter, der an dem sonst verlassenen Kai lag, als nächstes Fahrtziel.

Sie rauschten durch die Hafeneinfahrt, und das Pistolenfeuer steigerte sich, während Pitt sich dem Frachter näherte. Er lenkte das Schlauchboot an seinem Rumpf entlang, dann zog er das Zodiac in einer scharfen Kurve um den Bug herum. Er steuerte auf das Ende des Kais zu und schaltete den Motor aus, ehe sie mit der Kaimauer kollidierten. Giordino sprang vom Bug an Land, als sie gegen einen Stützpfeiler krachten, kletterte mit der Bugleine in der Hand auf den erhöhten Kai und stoppte das Boot mit einem kraftvollen Ruck an der Leine.

»Endstation. Alles aussteigen«, sagte er. Er bückte sich, ergriff Anas ausgestreckte Hand und zog sie nicht allzu sanft auf den Kai hinauf.

»Warten Sie«, sagte sie, »das Uran.«

Pitt hob den Behälter hoch und wuchtete ihn zu Giordino hinauf, der ihn sich auf die Schulter lud, als ob es ein Sack Federn sei. Pitt kletterte auf den Kai und sah sich prüfend um. Rechts von ihnen türmte sich unweit des unter griechischer Flagge fahrenden Frachters ein Stapel Schiffscontainer auf. Links von ihnen ging der Kai in eine belebte Uferstraße über, die sich ins Ortszentrum schlängelte. Zu diesem Zeitpunkt war der Kai menschenleer. Die Mittagspause hatte soeben begonnen, und die einheimischen Hafenarbeiter hatten sich in einer Kantine versammelt, wo sie vor dem Regen geschützt waren und Fischeintopf mit Bohnen verzehrten.

Pitts Augen glänzten. Der Lastkran auf dem Kai hatte noch einen vollen Container am Haken, der zuoberst auf dem Stapel ruhte.

Er deutete auf die Straße. »Seht mal nach, ob ihr irgendeine

Transportmöglichkeit findet, um von hier zu verschwinden. Ich will mal versuchen, unsere Freunde ein wenig aufzuhalten.«

Ana zögerte, aber Giordino ergriff ihren Arm und zog sie hinter sich her zur Straße. »Sie haben gehört, was der Mann gesagt hat. Jetzt ist keine Zeit für Diskussionen.«

Giordino und Ana entfernten sich im Laufschritt in Richtung eines ramponierten Pick-up-Trucks, den Giordino auf dem Parkplatz in der Nähe der Einfahrt zum Hafen entdeckt hatte.

Pitt klemmte sich hinter die Kontrollen des Lastkrans und startete seinen Dieselmotor. Während er versuchte, die Beschriftungen der Steuerelemente zu entziffern, hievte er den Schiffscontainer hoch und neigte den Kranausleger über den Frachtraum des Schiffs. Dann jedoch ließ er den Kran weiter rotieren, bis der Container über der Kante des Kais träge hin und her schwang.

Pitt hatte keine Zeit zu verlieren, als das orangefarbene Schlauchboot auf denselben Platz am Kai zusteuerte, den das NUMA-Zodiac einnahm. Pitt löste die Seilbremse des Krans, und der gelbe Container krachte auf den Rand des Kais, hielt sich für einen kurzen Moment aufrecht und kippte dann über die Betonkante ins Hafenbecken. Das Kopfende krachte auf den Bug des Schlauchboots und zerquetschte einen Pistolenschützen. Die anderen beiden wurden in die Luft geschleudert, als das Boot unter dem Gewicht des Containers in der Mitte durchbrach und Bug und Heck wie die Hälften eines Taschenmessers zusammenklappten. Einer der Männer prallte mit dem Gesicht gegen den Container und stürzte mit gebrochenem Genick ins Wasser. Vasko hatte mehr Glück. Gegen die Stützpfeiler des Docks geworfen, gelang es ihm, sich auf halbem Weg an einer Eisenleiter festzuhalten.

Das laute Getöse des abgestürzten Containers veranlasste eine Gruppe Hafenarbeiter, herüberzukommen und nachzuschauen, was da los war. Ein besorgter Kranführer rannte auf die Kranführerkabine zu und ruderte hektisch mit den Armen, als Pitt herauskam.

Der zuckte die Achseln. »Die Kontrollen haben zu viel Spiel und reagieren zu langsam«, sagte er.

Dann wandte er sich zur Straße, erstarrte jedoch, als die Frontscheibe der Kranführerkabine dicht neben ihm zerschellte. Am Rand des Kais zog sich ein massiger, kahlköpfiger, tätowierter Mann über die Kante, in einer Hand eine Pistole, aus deren Mündung sich Rauch kräuselte, während er sie auf Pitt richtete.

17

Ilya Vasko hatte in dem Mann, der aus der Kranführerkabine herauskam, den Lenker des Schlauchboots erkannt, das Ana geholfen hatte. Er wusste, es war kein Unfall gewesen, als der Schiffscontainer auf ihn herabgestürzt war. Da sein AK-47 auf dem Grund des Hafens lag, zog er eine Pistole aus dem Holster. Das Beste, was er tun konnte, war, von der Leiter aus einen Schuss abzufeuern, ehe er auf den Kai kletterte und sich einen Moment Zeit nahm, um in Ruhe Luft zu holen. Für ein paar Sekunden blieb er reglos stehen, schüttelte die Wirkung des Aufpralls nach seinem Tiefflug aus dem Boot ab und blickte aufs Wasser hinunter. Die Leichen der beiden Mannschaftsmitglieder trieben neben dem durchlöcherten Schlauchboot.

Vasko suchte sich einen festen Stand und hob schussbereit die Pistole. Ein Dutzend Hafenarbeiter brachte sich schnellstens in Sicherheit, während er auf dem Kai nach dem Mann mit den schwarzen Haaren Ausschau hielt.

Pitt war bereits vom Fahrgestell des Krans herabgesprungen und sprintete den Kai hinunter. Er wich einem Gabelstapler aus und schlug zwischen verschiedenen Kistenstapeln Haken, während hinter ihm heftiges Pistolenfeuer erklang. Zwei Kugeln pfiffen an ihm vorbei und trafen einen Zaunpfahl dicht vor ihm. Er suchte Giordino und entdeckte seinen Partner, der ihm vom Fahrersitz eines schrottreifen Pick-up-Trucks aus zuwinkte.

Es war ein Dacia aus rumänischer Produktion, mindestens vierzig Jahre alt, der für Leichttransporte innerhalb des Hafens benutzt wurde. Der Uranbehälter lag auf der offenen Ladefläche des Wagens, und Ana saß auf dem Beifahrersitz und versuchte, Pitt mit beschwörenden Blicken zu einer schnelleren Gangart anzustacheln. Blaue Abgaswolken signalisierten, dass Giordino den Zündschlüssel gefunden und den alten Lastwagen bereits gestartet hatte.

»Fahr los!«, rief Pitt, als er noch ein paar Schritte von ihm entfernt war.

Giordino legte den ersten Gang ein und ließ den Wagen anrollen, während Vaskos Pistole eine weitere Salve ausspuckte. Pitt holte den Truck ein und hechtete auf die Ladefläche, während sich eine Kugel durch die Ladeklappe bohrte und eine zweite das Heckfenster des Führerhauses zertrümmerte.

Pitt hob den Kopf und schaute zum Führerhaus, während er sich ansonsten so unsichtbar wie möglich machte. »Konntest du nichts Schnelleres finden?«

»Dies war die einzige Mühle mit Zündschlüssel«, erwiderte Giordino.

Der altersschwache Kleinlaster wurde schneller, und Giordino lenkte ihn durch ein offenes Tor am Ende des Kais und bog auf die Hauptstraße ab, die an der Küste entlangführte. Es herrschte nur geringer Verkehr, und er konnte ungehindert Gas geben. Polizeisirenen ertönten, als Vasko in der Fahrbahnmitte hinter ihnen her rannte. Ein Student auf einem Motorrad näherte sich von Süden, und Vasko baute sich wie ein Fels mit erhobener Pistole mitten auf der Fahrbahn auf und versperrte ihm den Weg. Der Motorradfahrer erschrak, betätigte die Bremsen und kam in kurzer Entfernung vor ihm zum Stehen.

»Runter!« Vasko machte einen Schritt vorwärts und packte die Lenkstange.

Der Student sprang ab und wich mit abwehrend erhobenen Händen zurück, dann machte er kehrt und suchte sein Heil in der Flucht. Vasko steckte die Pistole in den Hosenbund und schwang sich auf das Zweirad.

Eine Viertelmeile weiter ließ Pitt den Blick in die Runde schweifen, während Giordino ins Stadtzentrum kurvte. Wie die meisten bulgarischen Badeorte wurde Baltschik von langweiligen, aber farbenfrohen Gebäuden und Läden beherrscht, für die Sommergäste eine besondere Vorliebe bekundeten. Der Pick-up-Truck umrundete einen großen Verkehrskreisel mit einer Dionysos-Statue aus Marmor in der Mitte, anschließend bretterte er an einer Reihe Cafés vorbei.

Pitt richtete sich auf und lehnte sich mit dem Rücken ans Führerhaus, sodass er die Straße hinter ihnen überblicken konnte. »Wir werden von einem bewaffneten Motorradfahrer verfolgt«, informierte er seinen Kampfgefährten hinter dem Lenkrad.

»Wo sind die Polizeiwagen?«, wollte Giordino wissen.

Pitt lauschte den heulenden Sirenen in der Ferne. »Sie kommen von der anderen Seite des Kais, fürchte ich.«

»War zu erwarten.«

Pitt entdeckte einen Mann, der einen Sack Mehl auf dem Rücken schleppte, dann wandte er sich wieder an Giordino. »Mach eine Vollbremsung, fahr einen Block weiter, dann bieg ab und kehr zum Kreisverkehr zurück. Dort müssten wir mit der Polizei zusammentreffen können.«

Giordino rammte den Fuß aufs Bremspedal. »Okay, aber warum die Vollbremsung?«

Als er keine Antwort erhielt, drehte er sich um und sah, dass Pitt und der Uranbehälter verschwunden waren.

Ana entdeckte Pitt, der den Gehsteig hinunterrannte. »Er ist abgesprungen!«

»Er will uns den Rücken freihalten«, sagte Giordino.

Er befolgte Pitts Anweisungen, beschleunigte bis zur nächsten Querstraße und bog nach links ab. Hinter sich konnten sie das hochtourige Motorrad hören, als es sich durch den Verkehr schlängelte.

Vasko erreichte den Kreisverkehr, den alten Pick-up, der weit vor ihm nach links abbog, ständig im Auge behaltend. Nachdem er einige langsamere Fahrzeuge überholt hatte, fädelte er sich in den Kreisverkehr ein, dann bremste er bei einem vertrauten Anblick scharf ab. Es war Pitt, der den Kreisel überquerte, als unternähme er einen Nachmittagsspaziergang, nur dass er Vasko kurz mit einem spöttischen Blick musterte. Obgleich ihm seine Anwesenheit auf die Nerven ging, waren seine Hände leer, und er stellte keine Bedrohung dar, daher ließ Vasko die Bremshebel zurückschnellen und gab Gas.

Giordino manövrierte den Truck durch eine zweite Linkskurve, ehe das Motorrad wieder im Rückspiegel erschien. Während der Verkehr spärlicher wurde, fuhr er mit dem Truck breite Schlangenlinien, um zu verhindern, dass der Motorradfahrer aufholte und neben ihm auf gleiche Höhe kam.

Vasko setzte sich hinter den Truck, holte seine Pistole hervor und feuerte mit der linken Hand unbeholfen ein paar Schüsse aufs Führerhaus ab. Beide Fahrzeuge erreichten das Ende des Blocks, und Giordino bog abermals nach links ab und kehrte zu dem Verkehrskreisel zurück, der nun in Sicht kam. Während er die Kurve nahm, hatte Vasko ein freies Schussfeld und jagte zwei Kugeln in den Motorraum.

Eine Dampfwolke quoll explosionsartig unter der Motorhaube hervor, während gleichzeitig Öl in dickem Strahl aus dem Motor rann. Giordino behielt trotz der Dampfexplosion und des Knirschens in den Eingeweiden des Motors den Fuß auf dem Gaspedal. Das kochendheiße Kühlwasser bedeckte jedoch die Windschutzscheibe und zwang Giordino, sich so gut wie blind durch den Kreisverkehr zu tasten. Auf diese Weise abgelenkt, verlor er Vasko aus den Augen, der auf der Beifahrerseite erschien und neben dem Truck her raste. Er warf einen Blick auf die Ladefläche und konnte keinen Uranbehälter entdecken. Dann beschleunigte er, bis er sich mit Anas Tür auf gleicher Höhe befand, und suchte das Uran im Führerhaus, während er die Pistole auf Ana richtete.

Sie schrie auf, und Giordino lenkte den sterbenden Pick-up nach rechts. Vasko hatte die Hände bereits auf den Bremshebeln und bewahrte sich davor, seitlich von der Straße geschoben zu werden. Der Truck rumpelte weiter, und seine Insassen konnten wieder das Röhren des Motorrads hören. Aber diesmal entfernte es sich, anstatt zu ihnen aufzuholen.

Geblendet in den Kreisverkehr einfliegend, schob Giordino den Kopf gerade noch rechtzeitig aus dem Seitenfenster, um vor sich einen Gehsteig zu sehen. Als er die abgenutzten Bremsen betätigte, hüpfte der Truck über den Bordstein und rutschte über eine mit Gras bewachsene Fläche. Eingehüllt in eine Dampfwolke, rammte er einen Brunnen vor der Dionysos-Statue und kam zum Stillstand.

Giordino sah zu Ana hinüber. »Alles okay bei Ihnen?«, fragte er laut genug, um das Heulen der Sirenen zu übertönen.

»Ja.« Ana massierte ihre Schulter, die unsanft mit dem Armaturenbrett in Berührung gekommen war. »Ist er weg?«

»Das ist er.« Er grinste. »Er konnte mit dem schnellen Al nicht mithalten.«

Sie stiegen aus dem Truck und befanden sich plötzlich inmitten des grellen Blaulichtgewitters dreier Streifenwagen. Pitt stand mitten auf der Straße und dirigierte die führenden Wagen hinter dem Motorrad her, während der dritte Wagen mit kreischenden Bremsen neben dem ramponierten Kleinlaster zum Stehen kam. Als die Polizisten mit gezückten Pistolen heraussprangen, reckten Ana und Giordino die Hände in die Luft. Nachdem sie ihre Europol-Dienstmarke vorgezeigt hatte, zerstreute sie schnell die herrschende Nervosität und erklärte ihre augenblickliche Situation.

Pitt kam herüber, um sich nach dem Wohlergehen seiner Freunde zu erkundigen. »Schön, dass ihr es geschafft habt, heil zurückzukommen.«

»Bei dem Truck bin ich mir da leider nicht so sicher.« Giordino tätschelte eine der Stoßstangen des qualmenden Kleinlasters.

»Ich dachte, die Polizei würde hier vorbeikommen«, sagte Pitt.

»In diesem Fall hoffte ich, eine Willkommensparty zu organisieren, sobald es dir besser gegangen wäre. Ich vermute aber, ich bin mit meinem Timing ein wenig durcheinandergekommen.«

»Immerhin warst du nahe genug dran, um uns die Haut zu retten«, sagte Giordino.

Nach einem angeregten Gespräch mit den Polizeibeamten kam Ana wieder zu ihnen.

»Sie wurden von der *Macedonia* aus alarmiert«, sagte sie, »und die Hafenarbeiter haben sie die Verfolgung Ihres gestohlenen Pick-ups aufnehmen lassen.«

Pitt nickte. »Da herrschte ein ziemliches Durcheinander.«

Giordino betrachtete die Ölpfütze in der Nähe eines Vorderrads. »Ich vermute, wir schulden dem Hafen einen neuen Lastwagen.«

»Vielleicht schafft es die NUMA, einen Ersatz zu finanzieren«, sagte Pitt.

»Das freut mich zu hören«, sagte Ana. »Bei meinem Boss in Sofia stehe ich nämlich schon mit einem Wagen in der Kreide.« Sie warf einen Blick auf die Ladefläche des Trucks und wurde bleich. »Der Uranbehälter! Konnte er ihn an sich bringen?«

»Nein.« Pitt grinste beruhigend. »Ich habe ihn irgendwo deponiert, wo er nicht so leicht an ihn rankommt.«

Ana ließ den Blick über die Läden und die Wohnhäuser gleiten. »Haben Sie ihn in einem Haus oder einem Café versteckt?«

»Nein, ich habe ihn dort abgelegt, wo ihn jeder sehen kann.« Pitt deutete mit einem Augenzwinkern über die Schulter.

Ana und Giordino folgten seinem ausgestreckten Finger, der auf die Statue deutete.

Auf den ausgestreckten Armen von Dionysos, vier Meter über der Straße, lag der Kanister mit dem tödlichen Uran.

18

Kurze Zeit später traf die *Macedonia* in Baltschik ein und wurde von dem hektischen Flackern zahlreicher polizeilicher Blaulichter empfangen. Kapitän Stenseth fand in der Nähe des Hauptkais einen Liegeplatz, von dem aus er verfolgen konnte, wie Polizeitaucher zwei Leichen aus dem Wasser fischten. Dann waren die Taucher einigen aufgeregten Hafenarbeitern dabei behilflich, vor einem großen Frachter einen gelben Schiffscontainer aus dem Hafenbecken zu hieven.

Sobald sein Schiff vertäut war, ging der Kapitän an Land und warf einen kurzen Blick auf die aufgedunsenen Leichen, die eilig mit einer Plane bedeckt worden waren. Erleichtert, in Gesichter zu blicken, die ihm vollkommen fremd waren, wandte er seine Aufmerksamkeit den Lichtern der Polizeiwagen in der Nähe des Ortszentrums zu. Während des kurzen Fußmarsches zu dem Verkehrskreisel musste er sich mit einem Sprung in Sicherheit bringen, als ein Leiterwagen der Feuerwehr über den Gehsteig raste und neben einer großen Marmorstatue anhielt. Die Statue selbst wurde von einem ständig wachsenden Polizeikordon umringt.

Stenseth ging weiter bis zur gegenüberliegenden Seite, wo ein ramponierter Kleinlaster vor dem Sockel der Marmorstatue offenbar einen Brunnen gerammt hatte. Die Ladeklappe stand offen, und zwei Männer in Nasstauchanzügen saßen auf der Ladefläche und unterhielten sich gerade mit der Polizei.

Der Kapitän der *Macedonia* kam mit einem erleichterten Lächeln auf Pitt und Giordino zu. »Sie haben nichts davon verlauten lassen, dass Sie nach Ihrer Tauchfahrt noch eine Besichtigungstour geplant hatten.«

»Wir haben lediglich eine einheimische Tramperin mitgenommen.« Giordino deutete auf Ana, die mit mehreren bulgarischen Polizeivertretern diskutierte.

»Ana?«, sagte Stenseth. »Ich hatte Sie gar nicht erkannt, als das Chaos ausbrach. Schlechtes Timing von Ihnen, da wir von Ihrem Tauchgrund ziemlich weit entfernt waren und das AUV bargen, als Sie auftauchten.«

»Ganz wie ich es verlangt hatte«, sagte Pitt, »auch wenn ich mir irgendwie wünsche, Sie hätten nicht auf mich gehört.«

»Wir sahen die Schießerei und versuchten einzugreifen, aber tempomäßig konnten wir nicht mit Ihnen mithalten. Ich wusste, dass es insgesamt nicht gut aussah, als das Bergungsschiff wie aus dem Nichts auftauchte. Ich nehme an, dass Ana an Bord des Schiffs war.«

Pitt nickte. »Sie hatte die *Besso* im Hafen von Burgas aufgestöbert – und wurde dann im Zuge einer Razzia entführt. Ralin hatte offensichtlich nicht so viel Glück.«

Stenseth schüttelte den Kopf. »Wir haben dann die Küstenwache alarmiert, die wiederum die örtliche Polizei informierte, als Sie dabei gesehen wurden, wie Sie in den Hafen einfuhren.«

»Das war gut«, sagte Giordino. »Unser geliebter Kampfwagen war nämlich schon im Begriff, den Geist aufzugeben – mit uns an Bord –, als schließlich die Polizei erschien.«

»Ich habe auf dem Kai gesehen, dass Sie zwei von ihnen erwischt haben.«

Giordino lächelte. »Dirk hat ihnen etwas auf den Kopf fallen lassen.«

Stenseth deutete auf die Einschusslöcher, die im Kleinlaster klafften. »Und der dritte Schütze?«

»Konnte auf einem Motorrad entkommen«, sagte Pitt. »Die Polizei wird ihn hoffentlich schnappen.« Er schaute auf den Kai. »Gab es Ärger mit der *Besso*?«

»Nein. Sie hielt sich parallel zu unserem Kurs, und dann, als Baltschik in Sicht kam, schwenkte sie ab aufs offene Meer.«

Ana beendete das Gespräch mit den Polizisten und kam zu dem Pick-up. Sie war von den Ereignissen der vorangegangenen beiden Tage sichtlich angeschlagen, aber ihre Augen lächelten beim Anblick der drei NUMA-Vertreter. »Ich musste ziemlich tief in die Trickkiste greifen, aber dann konnte ich der Polizei doch ausreden, Sie beide zu verhaften und Ihr Schiff zu beschlagnahmen.«

»Ich schätze, das heißt, mit einer Konfettiparade brauchen wir nicht zu rechnen, oder?«, fragte Giordino.

»Da ist noch die Angelegenheit mit einem gestohlenen Pick-up und einem versunkenen Frachtcontainer, worüber sich einige Einheimische aufgeregt haben. Sie begreifen offensichtlich nicht, was auf dem Spiel stand, und sogar die Polizei ist skeptisch. Sie haben verlangt, dass Sie und Ihr Schiff in Baltschik bleiben, bis sie über den Inhalt des HEU-Behälters aufgeklärt wurden.«

Pitt nahm dies mit einem Stirnrunzeln zur Kenntnis. »Wie lange wird das dauern?«

»Sie haben bereits ein militärisches Bombenräumkommando angefordert, um den Kanister in eine militärische Einrichtung in der Nähe von Sofia zu überführen. Ich nehme an, vor morgen Nachmittag oder Abend werden wir nichts Neues erfahren.«

»Das lässt sich nicht ändern. Sie sind eingeladen, heute auf der *Macedonia* zu übernachten, wenn Sie selbst ebenfalls festgehalten werden«, sagte Pitt.

»Vielen Dank. Es scheint, als sollte ich den hiesigen Behörden noch für längere Zeit bei der Planung und Vorbereitung von Gegenmaßnahmen zur Hand gehen.«

»Eine Sache verstehe ich nicht«, sagte Stenseth. »Wenn sich das Uran an Bord der *Besso* befand, wo ist der Behälter dann jetzt?«

Pitt reagierte mit einem schiefen Lächeln und deutete auf die Statue. Sie konnten verfolgen, wie die Leiter eines Feuerwehrwagens zu dem Marmor-Dionysos, der Replik einer Statue, die vor zweihundert Jahren in den Gewässern vor der Stadt gefunden worden war, ausgefahren wurde. Ein rundlicher Feuerwehrmann stieg hinauf und barg sichtlich nervös den Behälter. Als er herunterstieg, wurde er von Polizisten umringt, die ihm halfen, den Behälter abzustellen. Fast eine Stunde später erschien ein Bombenräumkommando der bulgarischen Armee, um ihn abzuholen. Sie luden ihn in einen Van. Dieser verließ in Begleitung einer bewaffneten Eskorte die Stadt. Zurück blieben die Stadtbewohner, die nicht müde wurden, die beiden Taucher auf der Ladefläche des Kleinlasters anzugaffen und sich zu fragen, was für einen seltsamen Fund diese Männer in die Stadt gebracht hatten.

Es wurde früher Abend, ehe Ana und die NUMA-Vertreter, begleitet von einer Polizeieskorte, auf die *Macedonia* zurückkehrten. Sie ließen es sich nicht nehmen, den beschädigten Behälter zu untersuchen, der neben den beiden ruinierten Zodiacs auf dem Kai deponiert worden war.

Dankbar, auf das Schiff zurückkehren zu dürfen, machten sie sich für das Abendessen frisch, nachdem Ana in eine Gästekabine geleitet worden war. Eine Stunde später erschien sie in der Offiziersmesse, erfrischt von einer Dusche und einem kurzen Schlaf. Bekleidet mit einem geliehenen Overall, die Haare offen, kam sie an den Tisch, wo Pitt, Giordino und Stenseth bereits auf sie warteten.

»Sie sehen wie ein vollkommen neuer Mensch aus«, stellte Pitt fest.

Namenlose Freude lag in ihren Augen. »Ich habe eine wundervolle Nachricht von meinem Büro erhalten. Petar ist nicht tot!«

»Ich wusste, dass er ein zäher Bursche ist«, sagte Giordino.

»Er hat die Schusswunde irgendwie überlebt und wurde im Hafen aufgefischt. Zurzeit erholt er sich in einem Krankenhaus in Burgas.«

»Das ist in der Tat eine wunderbare Neuigkeit.« Pitt erhob sich und schob ihr einen Stuhl zurecht. »Sobald wir den Hafen verlassen dürfen, dampfen wir nach Burgas ab und statten ihm einen Krankenbesuch ab. Er wird sich gewiss freuen, zu erfahren, dass es Ihnen gut geht.«

Georgi Dimitow betrat den Raum und kam an den Tisch. »Da sind Sie ja. Heil von Ihrem Abenteuer zurückgekehrt, wie ich zu meiner aufrichtigen Freude sehen kann.«

Während sich Dimitow auf einen Stuhl sinken ließ, machte Pitt ihn mit Ana bekannt.

»Heute habe ich an Bord alle möglichen Gerüchte über Ihre Verfolgungsjagd aufgeschnappt«, sagte Dimitow. »Verraten Sie mir, was die ganze Aufregung zu bedeuten hatte?«

»Ana ist mit einigen Schmugglern aneinandergeraten, die uns in die Quere kamen«, sagte Pitt. »Wir haben ihr geholfen, an Land zu kommen, und dann auf die Polizei gewartet.«

»Mir das Leben gerettet, trifft es wohl eher«, sagte Ana. »Und das Leben vieler anderer auch.«

»Wir haben uns an Bord große Sorgen gemacht, das kann ich Ihnen versichern.«

Pitt und Giordino wechselten einen kurzen Blick, da sie wussten, dass sich der Archäologe eigentlich nur für das alte Schiffswrack interessierte.

Dimitow kam sehr schnell zu seinem eigentlichen Anliegen. »Außerdem haben wir uns gefragt, was Sie wohl bei Ihrem Tauchgang entdeckt haben.«

»Kannst du dich noch daran erinnern, Al?«

»Mal überlegen«, sagte Giordino. »Ich habe einen kapitalen Hummer gesehen, aber dann ist er mir in den Trümmern des alten Wracks glatt entwischt.«

»Ist es ein altes Wrack?«, fragte Dimitow angespannt.

»Ja, mindestens zweihundert Jahre alt«, sagte Pitt. »Ein wundervoll gut erhaltener Dreimaster von etwa vierzig Metern Länge. Auf der Glocke befand sich eine türkische Inschrift.«

»Sie haben die Glocke des Schiffes gefunden?« Dimitow schoss von seinem Stuhl hoch.

»Al hat ein Video von der Exkursion aufgenommen. Sie können es sich ansehen, wenn wir seine Kamera im Hafen wiederfinden. Herzlichen Glückwunsch, Doktor, Ihnen ist ein wunderschönes Schiffswrack in den Schoß gefallen … aller Wahrscheinlichkeit nach ist es die *Fethiye*.«

Dimitow hüpfte um den Tisch herum und schüttelte Pitt die Hand, wobei er ihm beinahe den Arm abriss. Als er das Gleiche bei Giordino versuchte, revanchierte sich Al, indem er ihm fast die Hand zerquetschte.

»Das ist eine Nachricht, auf die zu warten sich gelohnt hat.« Seine Freude war grenzenlos. »Ich hoffe doch, dass Sie weitere Tauchgänge zu dem Wrack durchführen können.«

»Sicherlich. Wir sitzen im Augenblick sowieso in Baltschik fest und warten auf Ersatzteile für das Tauchboot, aber wir müssten schon bald wieder zu dem Wrack zurückkehren können, um eine eingehende Untersuchung durchzuführen. Außerdem gibt es im Zusammenhang mit dem Wrack eine delikate Angelegenheit, die wir mit den örtlichen Behörden klären müssen.«

»Und die wäre?«

»Eine Art Rätsel.« Pitt griff in die Hosentasche und reichte Dimitow einen Satz Erkennungsmarken, die er behutsam vom Leichnam des Fliegers entfernt hatte. »Im Wrack oder genau genommen auf dem Wrack haben wir die Leiche eines Mannes in militärischer Flugkombination sowie mit einem Fallschirm entdeckt. Dank der Sauerstoffarmut des Wassers in dieser Tiefe ist er sehr gut erhalten. Der Kombination nach zu urteilen liegt er seit mehr als vierzig oder fünfzig Jahren dort unten.«

Dimitows Freude verflüchtigte sich, als er die Erkennungsmarken in die Hand nahm.

Ana schüttelte den Kopf. »Ich dachte, das Schiffswrack stammt aus dem achtzehnten Jahrhundert.«

»Das tut es auch. Es muss 1770 gesunken sein, wenn wir es mit dem richtigen Wrack zu tun haben.«

»Unser Flieger ist höchstwahrscheinlich aus irgendeiner Maschine abgesprungen und ertrunken«, sagte Giordino. »Und während er versank, könnte ihn eine Tiefenströmung mitgerissen haben, bis sich sein Fallschirm am Wrack verfing.«

»Das Ganze ist ziemlich makaber«, sagte Dimitow, während er die Erkennungsmarken inspizierte. »Er ist Russe, ein Unteroffizier namens Alexander Krajewski. Seine Einheit war die 57. Bomberdivision. Und seine Blutgruppe ist 0 positiv.«

»Mit dieser Information dürfte ihm eine formelle Beisetzung sicher sein«, sagte Pitt.

»Das glaube ich auch. In der Nähe von Burgas kenne ich einen Amateurhistoriker, der sicherlich großes Interesse an diesem Fund hätte.«

»Vielleicht kann er uns darüber aufklären, was mit seiner Maschine geschehen ist«, sagte Ana, »und uns bei den Vorbereitungen für die Beerdigung helfen.«

»Ja, das wäre möglich.«

Pitt wandte sich an Stenseth. »Nun, Kapitän, ich denke, damit steht unser nächstes Ziel fest, sobald wir die Erlaubnis haben, Baltschik zu verlassen.«

Stenseth bestätigte seine Vermutung. »Auf nach Burgas.«

19

Die ernsten Mienen während der Begrüßung waren für Martin Hendriks die Vorboten schlechter Nachrichten.

»Ich hatte nicht mit einem Besuch gerechnet«, sagte Valentin Mankedo, »aber es ist gut, dass Sie so schnell herkommen konnten.« Er geleitete den niederländischen Industriellen und Vasko in das Büro seines Schiffsverwertungsbetriebs knapp fünfzig Kilometer nördlich von Burgas.

»Ich war gerade mit dem Flugzeug unterwegs, als ich Ihre Nachricht erhielt und entschied, dass ein persönlicher Besuch vielleicht angeraten sei«, sagte Hendriks. »Ihre Nachricht war ein wenig rätselhaft und gab Anlass zu den schlimmsten Vermutungen. Erzählen Sie, was geschehen ist.«

»Wir haben das hochangereicherte Uran verloren«, sagte Mankedo.

Hendriks sagte nichts, aber sein rötliches Gesicht glühte förmlich.

»Europol und die bulgarische Polizei bekundeten Interesse an dem Vorfall mit der *Crimean Star* und bedienten sich eines amerikanischen Forschungsschiffs in der Region«, sagte Mankedo. »Ich glaube, sie hatten wegen der Ladung Verdacht geschöpft, was möglicherweise auf eine undichte Stelle bei Ihrem ukrainischen Lieferanten hinweisen könnte.«

»Es ist unrealistisch, so etwas wie Vertrauenswürdigkeit zu erwarten, wenn man mit Dieben Geschäfte macht.« Hendriks schüttelte den Kopf. »Ich nahm an, Sie hätten das Uran wieder in Ihren Besitz gebracht.«

»Das hatten wir auch. Aber das amerikanische Schiff störte unsere Bergungsaktion kurz vor ihrem Abschluss. Ilya konnte das HEU an sich bringen und verließ dann den Fundort. Aber sie erkannten, dass wir es geborgen hatten.« Er hielt es nicht für notwendig zu erwähnen, dass Vasko das Tauchboot der Macedonia attackiert hatte.

»Wie haben sie es in ihren Besitz gebracht?«

Mit einem Kopfnicken gab Mankedo seinem Cousin das Zeichen, sich dazu zu äußern.

»Das amerikanische Schiff verfolgte uns«, sagte Vasko, »aber wir hängten es in der Nähe des Bosporus ab. Wir dampften nach Burgas, wo wir auf Instruktionen warteten, das Rendezvous mit den Iranern betreffend. Während unserer Vorbereitungen, den Hafen zu verlassen, wurde unser Schiff von Agenten der Strafverfolgungsbehörden geentert. Wir töteten zwei von ihnen, und ich verlor drei von meinen Männern. Während dieser Auseinandersetzung wurde das HEU aus dem Schiff geholt.«

»Ich verstehe, Sie haben nicht nur das HEU verloren, sondern – möglicherweise – haben Sie uns alle auch noch bloßgestellt.«

Eisige Stille breitete sich in dem Raum aus. »Der Schaden hält sich in Grenzen«, sagte Mankedo. »Unsere Toten waren anonyme Leiharbeiter aus der Ukraine, und die *Besso* konnte sich der Überwachung entziehen.«

»Die Polizeibehörden kennen sicherlich ihren Namen und ihr äußeres Profil. Sie werden sie finden und zu Ihnen zurückverfolgen.«

»Gerade eben treffe ich Vorbereitungen, dem vorzubeugen … und hoffe, das Schiff schon in Kürze aus dem Schwarzen Meer abziehen zu können. Ich vertraue auf unsere Sicherheit und auf Ihre Verschwiegenheit. Außerdem dürften wir mit geringerer Aufmerksamkeit rechnen, da sie das gestohlene HEU beschlagnahmt haben.«

Hendriks lehnte sich auf seinem Stuhl zurück und starrte auf den Fußboden. »Ich habe mich vor kurzem mit Oberst Markowitsch in Kiew getroffen. Er hat angedeutet, dass die Russen ihre Präsenz in der Ostukraine verstärken wollen, während Europa und die Vereinigten Staaten untätig zuschauen. Die nationale Armee ist demoralisiert und in der Auflösung begriffen. Die einzige wirkungsvolle Gegenkraft ist Oberst Markowitschs Bande Freiwilliger.«

Er richtete den Blick auf Mankedo. »Wie Sie wissen, unterstütze ich deren Bemühungen. Im Zuge dieses Engagements habe ich Ihnen beträchtliche Summen zur Verfügung gestellt, um Waffen und andere Nachschubgüter zu Markowitschs Truppen zu schmuggeln. Sie stehen vor einer kritischen Wende. Die iranischen Raketen hätten auf der Krim einen großräumigen Gegenschlag ermöglicht, der die Kosten der russischen Intervention enorm in die Höhe getrieben hätte.« Ungehalten verzog er das Gesicht. »Diese Gelegenheit ist ungenutzt verstrichen.«

»Gibt es keine Möglichkeit, die Raketen auf andere Art zu erwerben?«, fragte Mankedo.

»Sie stehen nicht zum Verkauf. Das hochangereicherte Uran war das einzige Tauschmittel, das die Iraner akzeptieren. Glauben Sie mir, ich habe mein Glück über alle Kanäle versucht.«

»Die Operation hatte ihre Risiken«, sagte Mankedo. »Sie wurde genau nach Plan durchgeführt. Wir konnten nicht mit der Einmischung der Amerikaner rechnen und ebenso wenig vorhersehen, dass Europol im Vorfeld informiert war, was, wie ich glaube, gewissen Elementen in der Ukraine zuzurechnen ist.«

Hendriks nickte und verfolgte seinen eigenen Gedankengang. Seine rechte Hand tauchte unbewusst in seine Sakkotasche, und seine Finger schlossen den Kontakt mit dem metallischen Gegenstand, der ihm ein beruhigendes Gefühl vermittelte. »Es ist wichtig, dass wir handeln«, sagte er mit stockender Stimme. Der Ausdruck in seinen Augen erlangte wieder seine gewohnte Strenge, als er durch die Bürotür blickte. »Wie ich sehen konnte, bewahren Sie in Ihrem Betrieb eine große Anzahl Kisten auf, die mit der Beschriftung ›Munition‹ markiert sind.«

»Vorwiegend handelt es sich um alte Minen und Artilleriegranaten, die wir vor einigen Monaten geborgen haben.« Mankedo schüttelte den Kopf. »Sie stammen aus einem russischen Munitionsschiff aus dem Zweiten Weltkrieg, das in der Nähe von Sotschi gesunken ist. Die Messinghülsen haben einen gewissen Altmetallwert, wenn sich die Preise wieder auf einem vernünftigen Niveau einpendeln.«

»Wie viel haben Sie?«

»Etwa zwanzig Tonnen«, antwortete Vasko.

»Sind sie noch explosionsfähig?«

»Sie sind noch immer ziemlich gefährlich«, sagte Mankedo. »Vor allem die Granaten zeigen nur leichte Korrosionsspuren, und zwar auf Grund der Tiefe, in der das Wrack lag. Aber als Waffen sind sie kaum von Nutzen, wenn man bedenkt, wie alt sie sind und welches Kaliber sie haben.«

»Aber ihr explosiver Inhalt ist von Wert.« Hendriks betrachtete ein Gemälde an der Wand. Es war eine amateurhaft ausgeführte Seelandschaft mit Möwen, die über einer Brandung kreisten. »Ihr Angriff auf die *Crimean Star*«, sagte er. »Beschreiben Sie mir noch einmal, wie die Mannschaft außer Gefecht gesetzt wurde.«

»Der größte Teil des Wassers im Schwarzen Meer ist frei von Sauerstoff«, erklärte Mankedo. »In Küstennähe beginnt diese Zone in einer Tiefe von fünfzig Metern. Weiter vom Ufer entfernt ist das sauerstoffarme Wasser erst bei einhundert Metern oder tiefer anzutreffen. Vor Jahrmillionen war das Schwarze Meer noch so etwas wie ein Sumpf. Die Algen verbrauchten sämtlichen Sauerstoff, wodurch erst alle lebenden Organismen abstarben, und dann sogar die Algen selbst. Im Laufe der Zeit veränderten sich die toten Organismen chemisch zu Schwefeldioxidgas, das in der Tiefe eingekapselt ist. Man kann zwar ungefährdet in dem Wasser schwimmen, aber wenn es an die Oberfläche dringt, verwandelt es sich in ein tödliches Gas.«

»Demnach haben Sie vor dem Schiff eine Unterwasserexplosion ausgelöst, und das aufsteigende Gas hat den Tod der Mannschaft herbeigeführt?«

Mankedo nickte. »Wir sind auf dieses Phänomen gestoßen, als wir vor der rumänischen Küste einen Frachter bargen. Wir sprengten das Wrack, um an die Ladung heranzukommen. Eins unserer Tauchboote ankerte genau darüber. Die Explosion setzte eine Gasblase frei, die das Boot einhüllte. Die gesamte Mannschaft starb. Ich habe vier gute Männer verloren und musste die bedauerliche Erfahrung machen, dass das Schwarze Meer tödlicher sein kann, als wir ahnen.«

»Wenn Sie eine kleine Explosion auslösen können, weshalb nicht auch eine große?«, fragte Hendriks.

»Ich nehme an, es gibt keinerlei Einschränkungen hinsichtlich der Größe einer Schwefelwasserstoffgaswolke, die sich erzeugen lässt. Es hängt nur vom Ausmaß der Explosion und vom Ort ab. Was schwebt Ihnen vor?«

»Ich möchte Sewastopol vernichten.«

Nun verschlug es Mankedo die Sprache. »Das wäre ... Massenmord«, sagte er schließlich.

»Ich habe kein Interesse, die Stadt anzugreifen. Mein Schlag richtet sich gegen die Hafeneinrichtungen der russischen Marine.«

Mankedo sah den Holländer an. Er kannte ihn erst seit weniger als drei Jahren, und dennoch hatte er in dieser Zeit eine drastische Veränderung seiner Persönlichkeit beobachten können. Der Milliardär hatte sich von einem heiteren, vielleicht überheblichen Mann in eine grüblerische, zornige verlorene Seele verwandelt.

»Ich zahle Ihnen das Dreifache des aktuellen Marktwertes für Ihre Munition plus fünf Millionen Euro für die Ausführung.«

»Es mag ein großzügiges Angebot sein«, sagte Mankedo, »aber das ist kein einfaches Unterfangen. Bei der *Crimean Star* zündeten wir eine kleine Sprengladung genau auf dem Kurs, dem sie folgte, und sie fuhr mitten in die aufsteigende Wolke hinein. Einen bestimmten Punkt an Land ins Visier zu nehmen ist dagegen kaum berechenbar.«

Vasko richtete sich ruckartig auf. »Ich habe als Junge in einem Sommer im Frachthafen gearbeitet. Dort weht vorwiegend Westwind. Vorausgesetzt, es herrscht keine ungewöhnliche Wetterlage und regnet nicht in Strömen, könnte man im Meer eine Explosion auslösen, deren Gaswolke über den Hafen treibt.«

»Da wäre dann noch immer das Problem, sich dem Ziel nähern zu müssen«, sagte Mankedo. »Die russische Marine ist nicht gerade dafür bekannt, besonders entgegenkommend zu sein.«

»Es kommt auf die Tiefe und den daraus resultierenden Sauerstoffmangel an«, sagte Vasko. »Wir brauchen uns vielleicht gar nicht so nahe heranzuwagen.«

Mankedo dachte an den verlockenden Profit. »Wir sollten uns mal die Hafeneinfahrten ansehen. Ich glaube, ich besitze eine Seekarte von Sewastopol.«

Nachdem er sich erhoben und den Raum verlassen hatte, wandte sich Hendriks an Vasko. »Ihr Akzent. Sie sind gar kein Bulgare. Sind Sie Ukrainer?«

»Ja. Ich bin in Petrowsk aufgewachsen, einer Stadt in der Nähe von Luhansk. Wie ich hörte, wurde sie während der Krim-Invasion zerstört.«

»Was ist mit Ihrer Familie?«

»Mein Vater soff sich schon vor Jahren zu Tode. Meine Mutter und meine Schwester flohen nach Kiew, als die ersten Artilleriegranaten einschlugen. Sie leben dort bei ihren Cousins, wie ich gehört habe.«

»Wie denken Sie über das heutige Russland?«

Vasko blickte ihm in die Augen. »Ich werde Ihnen helfen, so viele Russen zu töten, wie Sie wollen.«

Mankedo kehrte mit einer Landkarte zurück, die er auf dem

Tisch auseinanderfaltete. Die drei Männer beugten sich darüber und studierten den schmalen Hafen von Sewastopol, der an der Westküste der Krim-Halbinsel lag.

»Dort ist die russische Flotte stationiert.« Vasko deutete auf die nördliche Seite des Hafens. Er wanderte mit einem Finger nach Westen, an der Hafeneinfahrt vorbei. »Anderthalb bis zwei Kilometer außerhalb des Hafens beträgt die Wassertiefe etwa einhundertzwanzig Meter. In dieser Tiefe beginnt bereits eine ausgedehnte sauerstoffarme Zone. Die Frage ist: Wie viel Sprengstoff ist nötig, um sie freizusetzen?«

»Zwanzig Tonnen müssten ausreichen, um eine deutliche Botschaft zu senden«, sagte Hendriks.

»Ich bin kein Wissenschaftler«, sagte Mankedo, »aber nach meiner Erfahrung würde diese Menge eine außerordentlich wirkungsvolle Gaswolke auslösen.« Vielsagend sah er Hendriks an. »Eine solche Tat würde eine Menge Aufmerksamkeit auf sich ziehen.«

»Beschaffen Sie mir einen Schlepper und einen Frachtkahn Sprengstoff, und ich werde beides eigenhändig ins Ziel lenken«, murmelte Hendriks.

»Es besteht keine Notwendigkeit für solcherlei Heldentaten«, sagte Mankedo. »Wir können jederzeit ein unbemanntes Boot mit Zeit- oder Fernzünder auf die Reise schicken, um den Angriff zu inszenieren.«

Vasko nickte. »Wir können eine kleine Sprengladung auf dem Frachtkahn anbringen, der ihn an einem per GPS festgelegten Ort zum Sinken bringt, während eine zweite zeitzündergesteuerte Ladung die Munition in der vorgesehenen Tiefe explodieren lässt. Wir brauchen ein Schleppboot, das stark genug ist, um den Frachtkahn an Ort und Stelle zu ziehen – und das sich nicht zu uns zurückverfolgen lässt.«

»Ein Schiff unter russischer Flagge wäre die beste Lösung«, sagte Hendriks.

»Vielleicht finden wir in Sotschi etwas Geeignetes«, sagte Mankedo.

»Das dauert zu lange«, meinte Hendriks. »Ich möchte so bald wie möglich zuschlagen. Was ist mit der Türkei? Oder mit einem ausländischen Schiff?«

»Ein ausländisches Schiff, meinen Sie?« Vasko schickte Mankedo einen wissenden Blick. »Ich glaube, dann kenne ich genau das richtige für Sie.«

20

Erst spät am nächsten Tag erhielt Ana von den bulgarischen Behörden die Nachricht, auf die sie ungeduldig gewartet hatte. Sie stieg die Leiter zur Kommandobrücke der *Macedonia* hinauf, wo sie Pitt und Giordino antraf und ihnen die Neuigkeit mitteilte. »Wissenschaftler der bulgarischen Armee haben bestätigt, dass der Kanister zwanzig Kilo waffenfähiges hochangereichertes Uran enthält.«

»Dann war es also ein Volltreffer«, sagte Pitt.

»Genug, um eine vollwertige Kernwaffe zu bauen, wurde mir erklärt. Das Uran entspricht dem Typ, der 2014 aus dem Institut für Kernenergie in Sewastopol gestohlen wurde.«

»Herzlichen Glückwunsch zur erfolgreichen Wiederbeschaffung«, sagte Giordino. »Wissen Sie, wohin das Zeug unterwegs war?«

»Wir vermuten, dass es ursprünglich für einen Waffenhändler in Syrien bestimmt war. Wir arbeiten noch daran, die jüngsten Besitzer zu identifizieren. Es scheint, als konnte unser kahlköpfiger Freund der Polizei gestern entwischen.«

»Was ist mit seinen beiden Komplizen?«, fragte Pitt.

Ana schüttelte den Kopf. »Keiner der beiden hatte irgendwelche Papiere bei sich. Die Spurensicherung hat in den bulgarischen Datenbanken nichts gefunden, was mit ihnen in Verbindung gebracht werden könnte. Einer von ihnen hatte ukrainische Münzen in der Tasche, darum nehmen wir an, dass sie als ausländische Arbeiter getarnt waren.«

»Bleibt die *Besso*«, sagte Giordino.

»Eine Quelle, die mehr Anlass zur Hoffnung gibt«, sagte Ana. »Das Schiff ist bei einer Briefkastenfirma in Malta registriert, aber der Hafenmeister in Burgas berichtet, sie sei in diesen Gewässern ein vertrauter Anblick. Anfragen in nahe gelegenen Hafenstädten sollten eigentlich genug Hinweise liefern, um ihr auf die Spur zu kommen und sie aus dem Verkehr zu ziehen.«

Kapitän Stenseth kam herüber, um sich an der Unterhaltung zu beteiligen. »Wenn Sie das Schiff wirklich finden wollen, dann bleiben Sie einfach für ein paar weitere Tage an Bord«, sagte er lachend. »Anscheinend schaffen wir es ja ohnehin nicht, uns aus dem Weg zu gehen. Sicher ist die nächste Begegnung längst programmiert.«

»Ich weiß Ihre Gastfreundschaft zu schätzen, aber mit festem Boden unter den Füßen fühle ich mich wohler. Haben Sie noch immer die Absicht, Burgas anzusteuern?«

»Sobald uns gestattet wird, in See zu stechen.«

»Ich statte dem Polizeichef von Baltschik einen Besuch ab und sorge dafür, dass es sofort geschieht.«

Nach weniger als einer Stunde nahm das NUMA-Schiff Fahrt auf und lief kurz nach Sonnenuntergang in den Hafen von Burgas ein. Giordino kam zu Pitt und Ana auf die Kommandobrücke, während sich die *Macedonia* auf einen freien Ankerplatz schob und die Leinen abwarf.

Giordino runzelte die Stirn. »Mir wurde soeben mitgeteilt, dass die Ersatzteile für das U-Boot nicht vor morgen früh geliefert werden.«

»Ich vermute, damit haben wir einen freien Abend vor uns«, sagte Pitt.

»Warum begleiten Sie mich nicht, wenn ich Petar besuche?«, fragte Ana. »Er wird sich freuen, Sie zu sehen.«

»Wahrscheinlich kann er gebrauchen, dass man ihn ein wenig aufmuntert«, sagte Pitt.

Die drei gingen die Gangway hinunter, als sie Dimitow begegneten, der ebenfalls das Schiff verließ.

»Wohin wollen Sie denn, Professor?«, fragte Pitt.

»Ich besuche einen Kollegen. Mal sehen, was wir über Ihren geheimnisvollen Flieger in Erfahrung bringen können. So bald wird das Schiff doch nicht ablegen, oder?«

»Wir werden mindestens noch bis morgen Vormittag hierbleiben«, sagte Pitt. »Ganz gewiss stechen wir nicht ohne Sie in See.«

Pitt winkte einem Taxi, und sie fuhren zum MBAL Burgas Hospital, das knapp zwei Kilometer entfernt lag und in dem Ralin im dritten Stock in einem Einzelzimmer untergebracht war. Als Ana leise seine Tür öffnete, schlief er fest. Da ihm die Ruhe guttäte, ließen sie ihn schlafen, unternahmen einen kurzen Spaziergang und genehmigten sich in einem nahe gelegenen Café ein Dinner, das aus fangfrischem gegrilltem Schwarzmeer-Steinbutt bestand.

Als sie ins Krankenhaus zurückkehrten, war Ralin zwar noch sichtlich geschwächt, aber immerhin wach. Beim Anblick Anas hellte sich seine Miene auf.

»Ich habe von Leutnant Dukowa gehört«, sagte er, »aber sie haben mir nichts von dir erzählt.«

»Ich hatte große Angst um dich«, sagte Ana und setzte sich auf die Kante seines Bettes. »Wie fühlst du dich?«

»Die meiste Zeit bin ich nur müde von den Medikamenten, mit denen sie mich vollpumpen.«

Pitt begutachtete sein aufwendig bandagiertes linkes Bein. »Wie lange wird es dauern, bis Sie wieder tanzen können?«

»Die Ärzte meinen, ich würde zwar vollkommen wiederhergestellt werden, müsse jedoch mit einer mehrwöchigen Therapie rechnen. Mein Oberschenkelknochen hat etwas abbekommen, aber sie haben mich wieder zusammengeflickt. Dafür habe ich jetzt das Bein voller Titan, was meinen Handelswert erheblich steigern dürfte.«

Ana drückte seine Hand. »Ich bin so froh, dass es dir gut geht.«

»Was ist mit dem Bergungsschiff geschehen, nachdem ich baden ging?«, fragte er.

Ana schilderte ihre Flucht mit dem Uranbehälter und ihre geradezu schicksalhafte Begegnung mit dem NUMA-Team.

»Wir scheinen das Unglück anzuziehen«, scherzte Pitt.

»Konnte das Schiff entkommen?«

»Unglücklicherweise«, sagte Ana.

»Früher oder später werden wir es wiederfinden.«

»Die Suche läuft auf Hochtouren«, sagte Ana. »Und jetzt erzähl mir, was ist geschehen, nachdem du in den Moonpool gestürzt bist?«

»Da gibt es nicht viel zu erzählen. Ich bin aufgetaucht und habe mich an eine Vertäuboje geklammert, bis ich von einem Fischerboot aufgelesen wurde. Gut, dass sie mich gefunden haben. Die Ärzte meinen, dass ich nicht mehr lange hätte durchhalten können.«

Eine übergewichtige Krankenschwester mit schiefergrauen Augen kam mit einem intravenösen Tropf herein und schüttelte ungehalten den Kopf. »Es ist ein wenig spät für Besucher.«

»Wir überlassen Sie jetzt ihrer Obhut«, sagte Pitt zu Ralin. Dann wandte er sich an Ana. »Kehren Sie mit uns zum Schiff zurück?«

Ana fing einen bittenden Blick Ralins auf und deutete auf einen Polstersessel in einer Ecke des Zimmers. »Ich glaube, ich bleibe heute Nacht bei Petar. Morgen muss ich nach Sofia fahren, um meine Berichte abzugeben, und da kann ich auch von hier aus starten.«

Die NUMA-Vertreter verabschiedeten sich und versprachen, sich bei den Agenten zu melden, wenn sie das nächste Mal an Land gingen. Als sie das Krankenhaus verließen, war nirgendwo ein Taxi zu sehen, daher blieb ihnen nichts anderes übrig, als zu Fuß zum Schiff zurückzukehren.

»Sie geben ein nettes Paar ab«, sagte Giordino.

»Scheint, als seien sie soeben im Begriff, sich selbst darüber klar zu werden.«

»Ich hoffe, dass sie nicht von der Bande aufs Korn genommen werden, die das Uran gestohlen hat.«

»Sicher wird es jemanden geben, der zurzeit nicht allzu glücklich sein dürfte«, sagte Pitt, »aber wahrscheinlich sind diese Leute clever genug, sich nicht mit Europol anzulegen.«

Die geschäftige Stadt hatte sich zur Ruhe gelegt, während sie durch ihre malerischen engen Straßen schlenderten. Sie widerstanden der Versuchung, eine der verrauchten Kneipen auf ihrem Weg – die noch immer offen waren – zu betreten, und spazierten zum Hafen hinunter.

Der Kai war dunkel und menschenleer, während sie sich ihren Weg zwischen Containerstapeln und Kränen zu ihrem Schiff suchten. Als sie sich dem Liegeplatz der *Macedonia* näherten, verlangsamten beide Männer ihre Schritte und blieben abrupt stehen. Das Plätschern, mit dem das schwarze Hafenwasser an der Kaimauer leckte, erklang überlaut in ihren Ohren.

Die *Macedonia* war verschwunden.

TEIL II

Das Dunkel des Grabes

21

Dicke Regentropfen prasselten gegen das Fenster in der Zentrale der Hauptverwaltung für Aufklärung. Ein grauer Schleier verhüllte das normalerweise beeindruckende Panorama des Choroschijowski-Distrikts von Moskau.

Der operative Direktor der Abteilung für Spionageabwehr der GRU, Maxim Federow, hatte keinen Blick für das Wetter übrig, während er an seinem Schreibtisch saß und ein zerknittertes Dokument studierte. Ebenso wenig achtete er auf einen schmächtigen bebrillten Mann, der nervös auf dem Stuhl vor seinem Schreibtisch saß. Federow blickte erst in dem Moment hoch, als an seiner Bürotür geklopft wurde und ein dritter Mann eintrat.

Groß, mit athletischer Statur und soldatischer Haltung, durchquerte er den Raum mit einer Ausstrahlung unerschütterlicher Selbstsicherheit. Sein blondes Haar bildete den Rahmen für ein sonnengebräuntes Gesicht und auffällig blaue Augen. Missbilligend verzog Federow das Gesicht, als sein Blick über den beigen Yves-St.-Laurent-Anzug, die gelbe Krawatte und die italienischen Slipper des Mannes hinwegglitt.

»Viktor Mansfield, Sie haben sich um zehn Minuten verspätet«, sagte Federow. »Begrüßen Sie Dr. Anton Kromer vom Staatlichen Historischen Museum.«

»Der unerwartete Regenschauer hat ein Verkehrschaos verursacht.« Mansfield ließ sich neben Kromer in einen Sessel fallen und schüttelte dem Professor die Hand.

»Regen im Juli ist in Moskau kaum unerwartet«, sagte Federow.

»Ich hoffe, dass es nicht allzu lange dauert.« Mansfield sah auf seine Armbanduhr. »Ich habe Karten fürs Bolschoi.«

Federow quittierte den Hinweis mit einem sarkastischen Blick. Viktor Mansfield, ein *nom de guerre,* war einer seiner besten Agenten. Mit seiner Tarnung als reicher österreichischer Playboy mit undurchsichtiger aristokratischer Herkunft hatte er sich im Laufe der Zeit Zugang zu den führenden Industriellen und Politikern in Europa sowie zu einigen weiblichen Stars verschafft. Er spielte diese Rolle gut, dachte Federow. Vielleicht zu gut, seinen Spesenabrechnungen nach zu urteilen.

»Dr. Kromer hat vor kurzem ein historisches Dokument ausgegraben, das für den Staat von großer Bedeutung ist.«

Federow blickte zu Kromer, damit er fortfuhr.

Der blasse Gelehrte räusperte sich umständlich. »Ich bin der leitende Archivar des Staatlichen Historischen Museums, das eine beträchtliche Sammlung von Artefakten aus der Romanow-Ära beherbergt. Wir haben eine Ausstellung mit Werken russischer Künstler aus dem neunzehnten Jahrhundert vorbereitet, die in der Kaiserlichen Sammlung stattfinden soll, und hatten einige in Sankt Petersburg eingelagerte Bilder herausgeholt. Es sind insgesamt zweiundzwanzig Bilder gewesen, darunter einige von hervorragender Qualität. Als wir sie säuberten, machten wir auf der Rückseite eines Bildes eine interessante Entdeckung.«

Er schlug ein schlankes Fotoalbum auf und zeigte Mansfield mehrere Aufnahmen von einem großformatigen Gemälde. Darauf dargestellt waren in lebhaften Farben berittene Kosaken.

»Es sieht aus wie ein Ilja Repin«, sagte Mansfield.

Kromer lächelte. »In der Tat, es ist einer. Einer von nur dreien in der Sammlung.«

»Was genau wurde bei dem Gemälde gefunden?«

Kromer blätterte weiter zu mehreren Fotos von der Rückseite des Gemäldes. Eine Nahaufnahme zeigte ein Stück Pergament, das in eine Ecke geklemmt war. »Ein Bogen altes Papier war mit der beschrifteten Seite nach unten an dem Gemälde befestigt. Wir nahmen an, es seien irgendwelche Notizen des Künstlers oder vielleicht auch eine frühe Skizze des Gemäldes. Aber dann stellte sich heraus, dass es etwas vollkommen anderes war.«

Federow hielt das Dokument hoch. »Es ist eine Art Vertrag.«

»Was für eine Art Vertrag?«, fragte Mansfield.

»Der Vertrag von Petrograd, wie er seinerzeit genannt wurde. Es ist eine Vereinbarung zwischen dem Russischen Reich und Großbritannien.« Federow legte das brüchige Dokument auf den Schreibtisch zurück. »Der zentrale Punkt der Vereinbarung ist die Übertragung von zwanzig Prozent der Öl- und Mineralienförderrechte in den vom Russischen Reich besetzten Ländern an die Briten, und zwar für einen Zeitraum von einhundert Jahren, beginnend einige Monate nach Unterzeichnung des Vertrags.«

»Das ist Wahnsinn«, sagte Mansfield. »Wer würde ein solches Dokument unterschreiben?«

»Der Zar persönlich.«

Kromer nickte. »Wir haben die Echtheit der Unterschrift von Zar Nikolaus II. überprüft.«

»Weshalb hätte er mit seiner Unterschrift so viel Geld aus der Hand geben sollen?«, fragte Mansfield.

»Um sich und die Seinen zu schützen«, sagte Federow. »Der Vertrag spiegelte die damalige Zeit wider. Dr. Kromer kann es Ihnen erklären.«

»Der Vertrag trägt als Datum den 20. Februar 1917. Für den Zaren war es eine schlimme Zeit. Die Armee war demoralisiert und befand sich nach wiederholten Schlachtverlusten in einem Zustand der Auflösung. In Sankt Petersburg waren unter Fabrikarbeitern und Bürgern Unruhen ausgebrochen. Die Bolschewiki inszenierten überall im Land Protestversammlungen im Namen der Revolution. Sympathien für ihr Anliegen gab es nicht nur bei den Bauern und Fabrikarbeitern, sondern auch beim Militär. Nikolaus wusste, dass das Reich seinen Händen entglitt, und er suchte Hilfe bei den Alliierten.«

»Die Romanows hatten in Europa zahlreiche Verwandte«, sagte Mansfield.

»Die hatten sie gewiss. Nikolaus und seine Frau Alexandra waren Cousins ersten Grades von Englands König George V. sowie von anderen Staatsoberhäuptern. Nikolaus unterhielt während des Krieges intensive Geschäftsbeziehungen mit den Alliierten, vor allem was den Kauf von Waffen betraf. Die Kontakte wurden aktiv, als sich der Druck auf ihn vergrößerte. Nikolaus und Alexandra konnten nicht ahnen, dass sie und ihre vier Kinder nach der Abdankung in den Ural gebracht und ein Jahr später ermordet würden.«

»Was hoffte der Zar zu erreichen, indem er einen Teil des Rohstoffreichtums der Nation aus der Hand gab?«

»Politische Unterstützung«, sagte Kromer, »und, was noch wichtiger war, militärische Hilfe für die Streitkräfte, die ihm noch treu ergeben waren, woraus später die Weiße Armee wurde. Dies und Sicherheit für eine beträchtliche Summe seiner eigenen Sachwerte.«

»Ich vermute, Sie meinen Gold.«

»Abgesehen von der Kontrolle der staatlichen Unternehmen besaßen die Romanows zahlreiche Gold- und Kohlebergwerke im Ural. Es ist allgemein bekannt, dass sich die Goldreserven des Staates während der Revolutionsjahre nach und nach verflüchtigten. Es gab zahlreiche Berichte darüber, dass das Gold der Romanows in fremde Hände übergegangen war. Aber man weiß nur sehr wenig über den Verbleib des persönlichen Vermögens der Familie.«

»Der Vertrag«, sagte Federow, »enthält auch die Klausel, dass eine zu bestimmende Summe des königlichen Privatvermögens zur Bank von England transferiert werden solle, und zwar zwecks Aufbewahrung, bis die Stabilität des Russischen Kaiserreichs wieder hergestellt wäre, woraufhin der Vertrag außer Kraft gesetzt werden würde.«

»Das hat wohl nicht so gut funktioniert«, sagte Mansfield. »Wie viel hatten die Briten am Ende eingesackt?«

»Das wissen wir nicht«, sagte Kromer schließlich. »Diesen Punkt lasse ich zurzeit von einem Team eingehend untersuchen. Es gibt Hinweise, dass Angehörige der Leibgarde kurz nach dem Vertragsdatum eine Ladung von Sankt Petersburg nach Odessa brachten. Offizielle Aufzeichnungen aus dieser Ära sind wegen der damals herrschenden chaotischen Zustände sehr lückenhaft. Aber in einigen Kreisen werden bis heute Gerüchte kolportiert, dass eine beträchtliche Menge des Zarengolds aus den Moskauer Banken herausgeholt wurde.«

»Gibt es auf britischer Seite keine Dokumente?«

»Die englischen Bankunterlagen über Goldlieferungen zum Kauf von Waffen während des Krieges wurden in den 1920er Jahren von der bolschewistischen Regierung eingehend überprüft. Aber kein Beweis auf eine zusätzliche Einzahlung zugunsten der Romanows wurde jemals zutage gefördert. Ich persönlich vermute, dass die Vermögenswerte niemals in die Hände der Engländer gelangt sind.«

»Von welcher Summe ist die Rede?«

Kromer zuckte die Achseln. »Ohne weitere Hinweise ist es unmöglich, irgendeinen Wert anzugeben. Angesichts des Reichtums der Romanows und dessen, was bekanntermaßen in den Schatzkammern der Bolschewisten landete, wurde der Verbleib von einhundertfünfundzwanzig bis einhundertfünfzig Milliarden Rubel in heutiger Währung niemals aufgeklärt.«

»Zwei Milliarden Dollar?«, fragte Mansfield, der daran gewöhnt war, vorwiegend mit westlicher Währung zu zahlen.

Kromer nickte. »Man hatte von Anfang an eine beträchtliche Summe im Auge.«

»Nun, das ist eine interessante Geschichte.« Mansfield richtete sich in seinem Sessel auf. »Beabsichtigt die GRU, ein Buch über die verschollenen Reichtümer des Kaiserlichen Russlands zu veröffentlichen?«

Federow erdolchte Mansfield mit seinen Blicken. »Nur vier Personen haben dieses Dokument bisher zu Gesicht bekommen.« Er tippte mit einem Finger auf den Vertrag. »Die drei in diesem Raum und der Präsident. Ich darf Ihnen verraten, dass der Präsident über den Inhalt dieses Vertrags außerordentlich beunruhigt ist. Im Allermindesten ist er für die Russische Föderation eine absolute Peinlichkeit, ganz zu schweigen von den möglichen rechtlichen Auseinandersetzungen und den finanziellen Forderungen an die Regierung.«

»Warum versteckt man ihn dann nicht einfach unter Lenins Sarg?«, fragte Mansfield. »Oder, noch besser, man hält ihn in eine Zündholzflamme.«

»Weil dies vielleicht nicht die einzige Kopie ist.«

»Der Vertrag wurde von Zar Nikolaus II. und dem britischen Sonderbotschafter Sir Leigh Hunt unterzeichnet«, sagte Kromer. »Wenn sich eine oder mehrere Kopien in Hunts Besitz befanden – was man als wahrscheinlich annehmen kann –, dann sind sie niemals in Whitehall angekommen.«

»Warum?«

»Hunt ging kurz nach der Unterzeichnung des Vertrags in Archangelsk an Bord der *Canterbury*. Dieses Schiff wurde weniger als eine Woche später irgendwo im Norwegischen Meer von einem Deutschen U-Boot versenkt. Es gab keine Überlebenden.«

»Dann wurden die anderen Kopien des Vertrags vernichtet«, sagte Mansfield. »Ende der Geschichte.«

Federow blickte durchs Fenster auf den Regen, der in zunehmend dickeren Tropfen vom Himmel fiel. Er betrachtete ihn weiterhin, während er Mansfield antwortete. »Wie ich bereits angedeutet habe, bekundete der Präsident ein ganz besonderes Interesse an der Angelegenheit. Er hat den Dienst angewiesen, sämtliche Hinweise auf diese Angelegenheit und eine möglicherweise vorhandene Kopie des Vertrags zu suchen und zu vernichten – und sämtliche Hinweise darauf zu verfolgen, dass das Gold der Romanows außer Landes geschafft und an einem unbekannten Ort versteckt wurde.«

»Es besteht die Möglichkeit, dass das dicke Pergament des Vertragsdokuments den langen Aufenthalt in eisigem Wasser in einem Postsack der Botschaft überdauert hat«, sagte Kromer. »Und wir wissen nicht, welche anderen Nachrichten über diese Angelegenheit von Hunt versandt wurden.«

Mansfield konnte sich eines gewissen Unbehagens nicht erwehren. Federow befand sich in einer unmöglichen Situation, und nun teilte der Spionagechef dieses Schicksal mit ihm. Den derzeitigen russischen Präsidenten zu enttäuschen wäre nicht nur karriereverkürzend, es könnte sich sogar als lebensverkürzend erweisen. Federow gab ihm keine Chance, sich dieser Mission zu entziehen.

»Viktor«, sagte Federow, »Sie sind ein ehemaliger Marinespezialist, der in Unterwassersabotage ausgebildet wurde. Außerdem sind Sie im Lenken von Unterseebooten erfahren, auch wenn Sie diese Fähigkeiten in letzter Zeit nur zu dem Zweck demonstrieren konnten, den fetten, reichen Europäern die Schönheit der Mittelmeerfauna und -flora zu zeigen.« Er lächelte eisig. »Sie sind von meinen Männern der für dieses Unternehmen bestqualifizierte, und Sie werden mich gewiss nicht enttäuschen.«

»Ich weiß Ihr Vertrauen in mich sehr zu schätzen«, sagte Mansfield mit einem Anflug von Sarkasmus.

»Sie erhalten volle Unterstützung durch den Dienst und durch Dr. Kromer und sein Team, das seine historischen Forschungen mit unverminderter Intensität fortsetzen wird.«

»Ich verstehe.« Mansfield seufzte. »Wann fange ich an?«

»Das in der Arktis operierende ozeanographische Forschungsschiff *Tavda* wartet in Murmansk auf Sie. Sie haben vierundzwanzig Stunden Zeit, sich an Bord zu begeben.«

»Und falls von dem englischen Schiff nichts mehr übrig ist, wenn wir es finden.«

Federow schaute wieder aus dem Fenster und wünschte sich im Stillen, seine Stellung mit derjenigen Mansfields tauschen zu können. Er fixierte den Spion und verzog das Gesicht zu einem freudlosen Lächeln. »Dann sind Sie in den Genuss einer angenehmen Kreuzfahrt in einer nur geringfügig unfreundlicheren Atmosphäre als der Moskauer gekommen.«

22

Das Kampfkommando kam in zwei [redacted]en Booten, die von einem Schiff abgesetzt wurden, das im Schutz der Dunkelheit vor der Küste ankerte. Nachdem sie in einem abgelegenen Bereich des Handelshafens von Burgas an Land gegangen waren, näherten sich die acht schwarz gekleideten Eindringlinge ihrem Ziel wie ein Rudel Straßenkatzen auf der Jagd. Am Fuß der Gangway des Schiffes teilte sich die Truppe in drei Gruppen auf. Eine besetzte den Kai und hielt sich an den Vertäuleinen bereit, während die anderen die *Macedonia* enterten.

Kapitän Stenseth war trotz der späten Uhrzeit noch auf den Beinen und berechnete mit dem wachhabenden Zweiten Offizier die vorhandenen Treibstoffreserven. Zwei bewaffnete Männer stürmten die Brücke und richteten kompakte Uzi-Gewehre auf die beiden NUMA-Vertreter. Aber die schwarzen Strickmützen und die schwarze Gesichtsfarbe verdeckten nicht den Oktopusarm auf dem Hals eines der ungebetenen Besucher.

»Was hat das zu bedeuten?«, fragte Stenseth.

Vasko zielte mit der Waffe auf den Kopf des Kapitäns. »Wir leihen uns Ihr Schiff aus. Sollten Sie versuchen, uns daran zu hindern, sterben Sie. Und jetzt verraten Sie mir, wie viele Leute an Bord sind!«

Die *Macedonia* hatte eine Besatzung von vierzig Mann sowie einen Gast in Gestalt des Archäologen. Aber Pitt, Giordino und Dimitow befanden sich zurzeit an Land. Stenseth zog in Gedanken noch ein oder zwei weitere Männer ab in der Hoffnung, dass sie einer möglichen Überprüfung entgingen, als die Uzi aufbellte.

Vasko feuerte einen einzelnen Schuss ab, der Stenseths rechten Arm dicht oberhalb des Ellbogens traf. Der Ärmel seines weißen Offiziershemds rötete sich, als Blut an seinem Arm herabrann. »Ich verlange eine Antwort – jetzt.«

Der Zweite Offizier machte einen Schritt vorwärts und stürzte sich auf Vasko. Aber der Bulgare sah die Reaktion voraus und machte einen Schritt zur Seite. Als der Offizier die Hände nach seinen Beinen ausstreckte, gab Vasko einen Feuerstoß auf seinen Rücken ab, der den Mann auf der Stelle tötete. Stenseth sank auf die Knie, um zu versuchen, seinem Untergebenen zu helfen, aber Vasko versetzte ihm einen Fußtritt gegen die Schulter. »Die Anzahl?«

»Achtunddreißig«, sagte Stenseth mit zusammengebissenen Zähnen. Der Kapitän der *Macedonia* wurde auf die Füße hochgerissen, bäuchlings gegen das Schott gestoßen und musste hinnehmen, dass seine Hände auf dem Rücken mit Kabelbinder gefesselt wurden.

Vasko betätigte einen Schalter des Sprechfunkgeräts an seinem Gürtel. »Maschinenraum gesichert«, erklang die prompte Antwort.

»Brücke gesichert«, sagte Vasko. »Hauptmaschinen starten.«

»Verstanden. Fünf Minuten.«

Vasko gab dem Team an Land ein Zeichen, woraufhin die Männer die Leinen losmachten und an Bord kamen. Die meisten Mannschaftsmitglieder der *Macedonia* hatten sich längst in ihre Kabinen zurückgezogen, und die Eindringlinge ließen sie in Ruhe. Aber sie trieben die Nachtmannschaft und einige Wissenschaftler, die noch arbeiteten, zusammen.

Während er darauf wartete, dass sich das Schiff in Bewegung setzte, öffnete Vasko ein Fach neben dem Ruderstand und schaltete die Satellitenkommunikation und den AIS-Transmitter aus, der Dritten gestattete, die Position des Schiffes zu bestimmen. Als die Maschinen der *Macedonia* rumpelnd zum Leben erwachten, lenkte Vasko das Schiff im Kriechtempo aus dem Hafen – ohne Aufmerksamkeit zu erregen.

Sobald sie die offene See erreicht hatten, ließ er die Positionslichter löschen und ging mit Voller Kraft auf Kurs nach Norden. Stenseth durfte auf der Kommandobrücke bleiben. Er prägte sich in Gedanken die Route ein, bis der Blutverlust begann, seinen Geist zu benebeln.

Nach zwei Stunden verlangsamte das Schiff seine Fahrt und schwenkte in Richtung Küste. Vasko setzte einen geheimnisvollen Funkruf ab, und in ein oder zwei Meilen Entfernung leuchteten für einen kurzen Moment zwei grüne Lichtsignale auf. Er steuerte auf die Lichter zu, die die schmale Einfahrt in eine kleine felsige Bucht am Fuß einer hohen Klippe markierten.

In der kleinen Bucht ragte eine einzige Pier ins Wasser. Im Licht ihrer abgeschirmten Lampen konnte Stenseth ein Bergungsschiff erkennen, das aussah wie die *Besso,* sowie ein schwarzes Mannschaftsboot, das in Ufernähe vertäut war. Ein offener Frachtkahn war am anderen Ende des Piers festgemacht.

Vasko drehte die *Macedonia* in der engen Bucht und manövrierte sie so an den freien Teil des Kais, dass ihr Heck dem Frachtkahn zugewandt war. Eine Anzahl Arbeiter kam zum Schiff heraus, mehrere mit Sturmgewehren.

Die Mannschaft der *Macedonia* wurde geweckt und aus ihren Quartieren herausgeholt. Dann mussten die Männer Telefone oder andere elektronische Geräte abgeben und wurden auf den Kai getrieben. Während sie unter Bewachung das Dock hinuntermarschierten, sah Stenseth, wie zwei Arbeiter ein Schlepptau vom Frachtkahn, der mit schweren Holzkisten beladen war, zur *Macedonia* spannten.

Das NUMA-Personal wurde in ein Lagerhaus geführt und dort weiter in Schach gehalten. Zufrieden zur Kenntnis nehmend, dass von ihnen keine Gefahr für sein weiteres Vorhaben drohte, betrat Vasko ein Büro- und Wohngebäude am anderen Ende des Docks.

Mankedo schaute nicht von seinem Laptop hoch, als Vasko sich ihm gegenüber auf einen Stuhl sinken ließ. »Irgendwelche Probleme?«

»Keine«, antwortete Vasko. »Wir haben uns von Burgas weggeschlichen, ohne dass jemand das Geringste bemerkt hat.«

»Ihr habt euch wirklich beeilt. Eigentlich hätten wir mit dem Schiff vor Sonnenaufgang von der Küste nicht mehr zu sehen sein sollen.«

»Sie schafft etwa siebzehn Knoten. Ist der Frachtkahn vorbereitet?«

»Ich habe eine kleine Ladung in der Bilge platziert, um ihn zu versenken. Du musst nur noch dafür sorgen, dass die Munition hochgeht.«

»Semtex?«

»Im Sprengstoffschrank ist noch genug übrig«, sagte Mankedo.

»Wie sieht der Angriffsplan aus?«

Mankedo drehte den Laptop herum, auf dessen Bildschirm ein Lageplan des Hafens von Sewastopol zu sehen war. »Wir haben den Autopiloten des Schiffes auf einen Punkt zwei Meilen westlich der Hafeneinfahrt eingestellt. Wenn die *Macedonia* fünfhundert Meter von diesem Punkt entfernt ist, wird die Ladung am Rumpf des Frachtkahns gezündet. Wir können das gleiche Signal benutzen, um eine verzögerte Explosion der Munition auszulösen.«

»Zwanzig Minuten müssten ausreichen, um den Kahn auf den Meeresgrund sinken zu lassen. Was ist mit der Schlepptrosse?«

»Wir könnten sie durch eine eigene Sprengladung kappen, aber das Ziel liegt in nur neunzig Metern Tiefe, was deutlich weniger ist als die Länge der Trosse. Wenn der Kahn erst gesunken ist, fungiert er als Anker des NUMA-Schiffs.«

»Was soll mit der Mannschaft geschehen?«, fragte Vasko.

»Ist sie noch an Bord?«

»Nein, die Männer wurden ins Lagerhaus gebracht.«

»Sperrt sie vorläufig in eine der Höhlen. Wir werden sie später entsorgen.« Er klappte den Laptop zu und erhob sich.

»Wie ich sehe, hat uns die *Besso* um Längen geschlagen«, sagte Vasko. »Der Umbau war erfolgreich.«

»Ja, die Mannschaft hat rund um die Uhr geschuftet, um ihr Aussehen zu verändern. Es sollte ausreichen, um eine oberflächliche Inspektion zu überstehen. Übrigens lautet ihr Name jetzt *Nevena*.«

»Ich dachte, sie sei mittlerweile längst unterwegs ins Mittelmeer geleitet worden.«

»Das sollte sie auch sein, aber ein anderes Projekt hat sich in der Zwischenzeit ergeben. Eine Sache, die wir sofort in Angriff nehmen müssen, sobald die *Macedonia* unterwegs ist.«

Er öffnete die Tür zu einem kleinen Vorzimmer. Ein korpulenter Mann beugte sich dort über einen Tisch und studierte einen Stapel Dokumente. Neben ihm stand eine winzige Schüssel, die einige münzgroße, metallisch glänzende Objekte enthielt. Der Mann blickte auf, sichtlich ungehalten über die Störung.

»Ilya«, sagte Mankedo, »sag hallo zu Dr. Georgi Dimitow.«

23

Ana traf Giordino im Pausenraum des Polizeipräsidiums in Burgas an, wo er sich gerade eine frische Tasse Kaffee einschenkte. Am Ende des Korridors konnte sie in einem Büro, dessen Tür offen stand, auch Pitt sehen, der hitzig mit dem Polizeichef diskutierte.

»Wie kommt er voran?«, erkundigte sich Ana.

»Am liebsten würde er jemanden zum Frühstück verzehren. Abgesehen davon, dass er die Küstenwache informiert hat, lag die Reaktion des Polizeichefs auf die Bitte, die *Macedonia* zu suchen, bei minus 273 Grad Celsius.«

»Bei absolut null?«

Giordino nickte.

»Ich lasse die Küstenstädte in Rumänien, in der Türkei und in der Ukraine durch Europol benachrichtigen. Ich bin mir allerdings nicht sicher, ob die örtliche Polizei so viel mehr tun kann.« Sie sah zu Pitt hinüber, dessen grüne Augen Funken sprühten. »Ich habe ihn noch nie so erregt gesehen.«

»Er kann es nicht ertragen, wenn jemand mit seinen Schiffen Schindluder treibt – oder mit seinen Leuten. Er hat viele Freunde auf der *Macedonia*.«

»Loyalität bedeutet ihm wohl sehr viel.«

Giordino nickte. »Darüber sollten Sie sich im Klaren sein. Er würde durch den Atlantik schwimmen, wenn er damit einem Freund helfen könnte. Darüber hinaus würde er niemals ein Nein als Antwort akzeptieren.«

»Wir sollten ihn lieber von dem Polizeichef trennen, sonst redet er sich noch um Kopf und Kragen und landet am Ende in einer Zelle. Ich habe eine Videoverbindung mit Washington hergestellt.« Ana ging zum Büro des Polizeichefs und schaffte es, Pitt dort herauszuholen.

Er schüttelte den Kopf. »Es ist mir doch noch gelungen, ihn zu überreden, ein paar Beamte zum Hafen zu schicken. Das hätte er schon vor Stunden tun sollen. Gibt es Neuigkeiten von der Küstenwache?«

»Sie organisiert zurzeit ihre Truppen und wird in Kürze die Suche aufnehmen. Unglücklicherweise verhindert der starke Regen eine Erfolg versprechende Suche aus der Luft.«

Sie führte Pitt und Giordino den Korridor hinunter zu einem verdunkelten Raum mit mehreren Stühlen und einem Computer. Dank einer Video-Konferenzschaltung waren auf dem Monitor zwei Männer an einem Tisch zu sehen, hinter dem an der Wand ein NUMA-Logo zu erkennen war. Hiram Yaeger, Chef der Abteilung für Computer-Ressourcen der NUMA, saß mit seiner charakteristischen Pferdeschwanzfrisur neben Rudi Gunn, Pitts stellvertretendem Direktor. Den müden Gesichtern der beiden war anzusehen, dass sie bis in die frühen Morgenstunden gearbeitet und keine Minute Schlaf gehabt hatten.

»Guten Morgen, Gentlemen, und danke, dass Sie so schnell reagiert haben«, sagte Pitt. »Was können Sie uns Neues berichten?«

»Unsere Satellitenverbindung mit der *Macedonia* wurde um 12:05 Uhr Ortszeit getrennt«, sagte Yaeger. »Ich habe das örtliche AIS-System, das die Position und Identität aller Handelsschiffe via Satellit aufzeichnet, überprüft. Es wurde ein paar Minuten später deaktiviert. Beide Systeme haben als letzte Position des Schiffes den Handelshafen von Burgas angegeben.«

»Demnach wurden beide Systeme ausgeschaltet, noch bevor das Schiff den Hafen verließ«, stellte Pitt fest.

»Das geht aus den Daten hervor.«

»Da kannte sich jemand bestens im Hijacking aus«, sagte Giordino.

»Wenn es ein Hijacking war, zählt jede Stunde«, sagte Gunn. »Die *Macedonia* bringt eine Höchstgeschwindigkeit von siebzehn Knoten zustande. Elf Stunden sind verstrichen, demnach könnte sie jetzt zweihundert Meilen von Burgas entfernt sein. Eine mögliche Position wäre in diesem Fall so ziemlich jeder Punkt zwischen der Ukraine und der Einfahrt in die Dardanellen.«

»Wir haben die Küstenwachen aller umliegenden Nationen alarmiert«, sagte Ana. »Die bulgarische Küstenwache startet ihre Suchaktion von Burgas und Varna aus, unterstützt von Suchflugzeugen, sobald sich die Wetterlage bessert.«

»Gibt es irgendwelche Hinweise, wer das Schiff entführt hat? Oder weshalb?«, fragte Gunn.

»Dazu fällt uns nur die Bergungsmannschaft ein, die das gestohlene Uran verkaufen wollte«, gab Pitt zurück. »Ich kann mir keinen besseren Grund für die Entführung der *Macedonia* denken als eine Art Revanche, weil wir das Uran abgefangen haben.«

»Wir haben einige Hinweise auf das Bergungsschiff, die *Besso,* erhalten«, sagte Ana. »Sie kreuzt wohl des Öfteren in den hiesigen Gewässern und ist ein zusätzliches Zielobjekt für die Suchaktion der Küstenwache.«

»Vielleicht führt das eine zum anderen«, sagte Gunn.

»Welche anderen Suchmöglichkeiten stehen uns außerdem zur Verfügung?«, fragte Pitt.

»Max geht sämtliche verfügbaren Satellitenbilder von dieser Region durch«, sagte Yaeger. Max war das holographische Interface, das Yaeger benutzte, um mit dem Supercomputer der NUMA zu kommunizieren. »In diesen Tagen steht vorwiegend die Ukraine im Focus aller Aufklärungsaktivitäten. Das Interesse an Bulgarien dürfte eher bescheiden sein.«

»Vielleicht haben wir bei der Air Force mehr Glück«, sagte Gunn. »Ich bin in Kontakt mit dem Kommandeur der Bezmer Air Base etwa sechzig Meilen von Burgas entfernt. Wir haben dort einige Einheiten stationiert, die den Bulgaren Hilfsdienste leisten, inklusive einiger Aufklärungsmaschinen. Sie haben uns zugesagt, sich an der Suche zu beteiligen, weisen aber ebenfalls auf die ungünstige Wetterlage hin, die ihre Fähigkeiten erheblich einschränkt.«

»Alles, was wir in die Gänge bringen können, ist eine Hilfe«, sagte Pitt.

»Die Navy ist mit einem Kreuzer im Schwarzen Meer vertreten«, sagte Gunn, »und sie wurde über das Verschwinden der *Macedonia* informiert. Sie haben versprochen, alles in ihrer Macht Stehende beizusteuern.« Gunn bemerkte den ungeduldigen Ausdruck in Pitts Augen. »Ich fürchte, sehr viel mehr können wir im Augenblick auch nicht tun, Boss. Wir müssen abwarten, was die verschiedenen Aktivitäten zutage fördern.«

»Danke, Rudi, ich weiß, dass ihr getan habt, was ihr konntet.«

Gunns Augen hatten einen besorgten Ausdruck, während er Pitt durch die dicken Gläser seiner Hornbrille fixierte. »Dirk, ich hasse es, diese Frage zu stellen, aber besteht die vage Möglichkeit, dass sie die *Macedonia* aufs offene Meer gebracht und versenkt haben?«

Pitt blickte lange auf den Monitor. »Nein«, erwiderte er mit Nachdruck. »Eine solche Überlegung kann und werde ich niemals akzeptieren.«

24

Der gepanzerte BMW X5 bremste vor einem betagten weißen Apartmenthaus am Rand von Kramatorsk. Das einzige charakteristische Element des Gebäudes waren eine Menge dreieckige Betonsperren, die es wie ein Ring aus Drachenzähnen umschlossen. Einer der bewaffneten Wachtposten, die das Grundstück sicherten, winkte das Luxus-SUV auf einen Nebenparkplatz. Der Fahrer stoppte neben einem pockennarbigen gepanzerten Mannschaftswagen und öffnete die hintere Beifahrertür.

Martin Hendriks spürte die Kühle eines feuchten ukrainischen Morgens, während er auf den überdachten Eingang des Gebäudes zusteuerte. Ein Soldat am Eingang machte Anstalten, ihn zu durchsuchen, wurde jedoch von einem älteren, bewaffneten Mann, der an der Tür erschien und den Geschäftsmann begrüßte, daran gehindert. »Schön, Sie wiederzusehen, Mr. Hendriks. Bitte hier entlang.«

Der Wachtposten geleitete den Niederländer zwei Treppenfluchten hinauf zu einem Eckapartment, das in ein Einsatzzentrum umgewandelt worden war. Es war jedoch nicht die Residenz eines angemessen ausgerüsteten militärischen Führers. Die neue Möblierung des Raums erschien alt und ramponiert. Kisten voller Lebensmittelkonserven waren in einer Ecke neben ein paar Feldbetten aufgestapelt worden.

In der Mitte des Raums beugte sich ein bärtiger Mann in Tarnkleidung über einen Tisch und studierte eine Landkarte.

Ein warmes Lächeln hellte bei Hendriks' Anblick sein Gesicht auf, das teilweise von einem grau melierten Bart bedeckt wurde. »Martin, was für eine Überraschung, Sie schon so frühzeitig nach unserem Zusammentreffen in Kiew wieder begrüßen zu dürfen.« Er kam herüber, um seinem Besucher die Hand zu schütteln.

»Ich hatte in Bulgarien zu tun, Oberst, und da dachte ich, ich sollte auf der Rückreise vorbeischauen.«

Oberst Arsenij Markowitsch geleitete Hendriks zu zwei Polstersesseln vor einem großen Fenster. Markowitsch war Kommandeur des 24. Territorialen Bataillons, einem von mehreren regierungsfreundlichen paramilitärischen Kampfverbänden, die in der Ukraine nach der Annexion der Krim durch die Russen im Jahr 2014 gegründet worden waren. Die Streitkräfte der Ukraine gelegentlich aktiv unterstützend, operierte das Bataillon in den heftig umkämpften Gebieten von Donezk und Luhansk im Osten der Ukraine.

»Bringen Sie gute Nachrichten hinsichtlich Ihres geplanten Ankaufs von Boden-Boden-Raketen?«, fragte der Kommandeur.

»Bedauerlicherweise nein«, antwortete Hendriks. »Unser Betriebskapital wurde von der Polizei abgefangen, ehe wir es den Iranern übergeben konnten. Das Geschäft ist damit gestorben. Es tut mir leid, dass ich Sie im Stich gelassen habe.«

Oberst Markowitsch, dessen Heimatdorf von separatistischen – von Russland unterstützten – Rebellen kontrolliert wurde, nahm die Nachricht gleichmütig zur Kenntnis. »Sie haben uns während der vergangenen drei Jahre eine große Menge Waffen und andere Ausrüstungsgegenstände geliefert. Ohne Ihre Hilfe wäre unsere augenblickliche Lage erheblich schlechter.«

»Wie ist die Lage denn?«

»Im Augenblick relativ ruhig, aber das ist eigentlich nur eine Folge des Jahreszeitenzyklus. Im Herbst wird ein Waffenstillstand ausgehandelt, und im Winter ruhen die Kampfhandlungen. Im

Frühjahr ignorieren die Separatisten den Vertrag und starten neue Offensiven.«

Hendriks schüttelte den Kopf. »Diese Raketen wären ein geeignetes Abschreckungsmittel gewesen.«

»Sie hätten vielleicht sogar das Blatt gewendet. Das eigentliche Problem sind eben, wie Sie wissen, die Russen. Ohne deren heimliche Unterstützung der Rebellen könnten wir die Streitkräfte der Separatisten zerschlagen und innerhalb weniger Wochen die Einheit der Ukraine wiederherstellen.«

»Sind sie noch immer überall anzutreffen?«

Markowitsch nickte. »Mir wurde berichtet, dass sich russische Soldaten in neutralen Uniformen in großer Zahl in Luhansk sammeln. Sie sollen einen Vorstoß nach Westen vorbereiten, um möglicherweise Dnipropetrowsk einzunehmen. Wer weiß, vielleicht sogar Kiew?«

»Können sie aufgehalten werden?«

»Nicht wenn der Westen weiterhin in die andere Richtung schaut. Uns fehlen die Mittel, um die Russen zu bremsen, wenn sie die Ukraine besetzen wollen. Militärische Hilfe von draußen ist für uns lebenswichtig.« Er schüttelte den Kopf. »Die europäischen Nationen wollen uns offenbar nicht unterstützen. Unsere einzige Hoffnung sind die Amerikaner. Wir brauchen ihre Waffenlieferungen. Und vielleicht sogar noch mehr.«

»Ich bin zur gleichen Schlussfolgerung gelangt. Die Amerikaner sind vorsichtig, aber sie könnten dazu gebracht werden, aktiv einzugreifen. Das natürliche Misstrauen zwischen den Vereinigten Staaten und Russland bietet eine Möglichkeit, die genutzt werden sollte.«

»Aber was können wir tun?«

»Einfach zwischen ihnen Funken schlagen. Vielleicht schaffen wir es sogar schon bald, die Amerikaner mit hineinzuziehen.« Hendriks erläuterte das geplante Attentat auf Sewastopol.

Ein Lächeln glitt über das Gesicht des Offiziers. »Damit treffen wir sie mitten ins Herz. Ihren Marinestützpunkt in Sewastopol zu erhalten, das ist sicherlich einer der Hauptgründe für die russische Krim-Invasion gewesen.«

»Wenn ich ganz ehrlich bin, wäre mir ein Schlag direkt gegen Moskau lieber.«

Markowitsch nickte. Hendriks hasste die Russen genauso glühend wie er. »Damit könnten Sie eine gefährliche Reaktion hervorrufen«, sagte er. »Die Russen werden das Gesicht wahren müssen. Das tun sie vielleicht, indem sie ein amerikanisches Kriegsschiff versenken, so wie seinerzeit das Atom-U-Boot *Scorpion.*«

Hendriks musterte ihn kühl. »Genau darauf setze ich. Die Amerikaner werden verärgert sein und sich in Zukunft gegen weitere Expansionsbestrebungen der Russen wehren, beginnend in der Ukraine. Es würde mich nicht wundern, in ein paar Wochen die ersten amerikanischen Bodentruppen hier landen zu sehen. Dann dürften Sie auch in der Lage sein, die Separatisten ein für allemal auszuschalten.«

»Mit Freuden«, sagte der Oberst. »Ein kühner, raffinierter Plan. Sie haben uns etwas geschenkt, das bedeutender ist als Raketen – die Hoffnung, am Ende zu siegen.«

»Das ist es, was ich mir von Herzen wünsche.«

»Sie sind ein wahrer Freund der Ukraine.«

Hendriks erhob sich, um in seinen Mantel zu schlüpfen, und Markowitsch geleitete ihn zur Treppe. An der Tür blieb der Oberst stehen und fragte: »Machen Sie noch einen Abstecher nach Hrabowe?«

»Ja.« Hendriks senkte den Blick.

»Seien Sie aber vorsichtig. Und meiden Sie die Straßen nach Einbruch der Dunkelheit.«

»Dann werde ich längst wieder auf dem Flugplatz von Dnipropetrowsk sein.«

Hendriks kehrte zu seinem BMW zurück, wo ihn der Fahrer mit laufendem Motor erwartete. Er stieg in das geheizte Innere und schaute aus dem Fenster, während der Wagen nach Südosten fuhr. Sie ließen die Stadt hinter sich und rollten kilometerweit durch hügeliges Land. Es war vom Anblick der ausgedehnten Weizen- und Gerstenfelder geprägt. Vereinzelte Ackerflächen, auf denen Mais und Bohnen angebaut wurden, wirkten wie Farbtupfer in der eintönigen Landschaft.

Nach etwa fünfzig Kilometern näherten sie sich der Stadt Torezk, wo sie an einem provisorischen Grenzübergang zwischen Regierungsland und von Separatisten besetztem Territorium angehalten wurden. Als unbewaffneter niederländischer Geschäftsmann durfte er sofort passieren. Der BMW fuhr weitere sechzig Kilometer durch eine ländliche Umgebung, ehe er sich schließlich der dörflichen Gemeinde Hrabowe näherte.

Hendriks, der während der letzten Kilometer ein wenig gedöst hatte, war plötzlich hellwach. Sich an den örtlichen Landmarken orientierend, dirigierte er den Chauffeur aus dem Dorf und auf eine unbefestigte Straße. Am Rand eines freien Feldes, das aussah wie alle anderen, ließ er ihn anhalten. Hendriks stieg aus und ging ein paar Meter bis zu einem kleinen Haufen aufgestapelter Steine. An seiner Basis waren die Überreste vertrockneter Blumen verstreut. Er hob einen der verdorrten Stängel von dem staubigen Boden auf und ging weiter auf das angrenzende Feld.

In dessen Mitte blieb er stehen und blickte zum Himmel. Fast eine Stunde lang harrte er dort aus, mit seinen Gedanken an einem anderen Ort und in einer anderen Zeit. Eisiger Wind schnitt durch seine Kleidung, erreichte jedoch nicht seine längst erstarrte Seele. In diesem Moment fühlte er sich mehr tot als lebendig.

Nach einer Weile legte er eine Hand auf seine Manteltasche und ertastete durch den Stoff die Umrisse des vertrauten metallenen Gegenstands, die ihm ein tröstliches Gefühl vermittelten. Er ließ den Blumenstängel auf den Acker fallen, bückte sich und raffte eine Handvoll brachliegender dunkler Erde zusammen. Er presste sie so lange, bis seine Hand von der Anstrengung zitterte, und ließ die Erdkrumen in seine Manteltasche rieseln. Worte, eine Art Fluch, entstanden und wollten über seine Lippen dringen, wurden jedoch vom Wind verweht.

Von seiner Qual zumindest für diesen Moment erlöst, kehrte der gebrochene Mann zum Wagen zurück, während der Wind eine einsame Träne auf seiner Wange trocknete.

25

Kopfschüttelnd betrat Summer Pitt die Sonarbaracke auf dem Hauptdeck der *Odin.* Selbst bei geschlossener Tür waren die erdigen Bluesakkorde des Gitarristen Joe Bonamassa außerhalb des kleinen Arbeitsraums zu hören. Als sie die Tür aufriss, sah Summer ihren Zwillingsbruder Dirk Jr. vor einem Sonar-Monitor sitzen und mit den Füßen den Takt klopfen.

Während sie eintrat, drehte er die Lautstärke der Tischlautsprecher lässig herunter.

»Muss das sein?«, fragte sie. »Du weckst ja die Fische von hier bis zum Nordpol.«

Er unterdrückte ein Gähnen. »Ich brauchte ein wenig Energie, um meine Schicht zu beenden.« Er blickte auf eine Uhr am Schott und sah, dass die Zeiger auf kurz vor vier standen.

»Ich hätte wissen sollen, dass du eine neue Leidenschaft entwickeln würdest, als Dad dir seine Eric-Clapton-Sammlung geliehen hat.«

Dirk lächelte. »Er kennt sich in Fragen des Blues eben ziemlich gut aus.«

Die Ähnlichkeit mit ihrem Vater, dem Chef der NUMA, war nicht zu übersehen. Beide hatten seine markanten Gesichtszüge, waren groß, schlank und kräftig. Aber während Dirk das gleiche schwarze Haar hatte, war Summer rothaarig. Sie teilten seine Begeisterung für die See und hatten Schiffsmaschinenbau und Ozeanographie studiert, ehe sie ihm gefolgt waren und ihre Tätigkeit in der NUMA aufgenommen hatten.

»Hat das Sonar irgendwas Interessantes zutage gefördert?«, fragte sie.

»Nichts als das immer gleiche Menü aus Schlick und Sand.«

Sie führten Multibeam-Echolotmessungen an der nördlichen Küste Norwegens durch, um Erkenntnisse über die Gletscher zu gewinnen, die dort früher existiert hatten. Man vermutete, dass diese Gletscher über die Fjorde hinausreichten und unterseeische Auskolkungs- und Geröllzonen hinterlassen hatten – nach ihrem Rückzug nach der letzten Eiszeit.

Mit Hilfe eines Schleppsonars untersuchte das NUMA-Forschungsschiff *Odin* die Region und ermöglichte den Wissenschaftlern ein eingehendes Studium der Gletscheraktivitäten und deren Auswirkungen auf das Weltklima.

»Wir sollten das letzte Suchraster während deiner Schicht abschließen«, sagte Dirk.

»Es waren lange, kalte und ermüdende vier Wochen«, sagte Summer. »Ich bin froh, wenn dieses Projekt mal beendet ist.«

»Falls wir hier noch länger herumhängen, müssen wir am Ende zwischen Eisbergen herumkurven.«

Sie gab Dirk mit einer Geste zu verstehen, dass er seinen Platz freimachen solle, aber er schüttelte den Kopf. »Meine Schicht dauert noch zwei Minuten.« Er deutete auf die Uhr. »Hol dir doch eine Tasse Kaffee.«

Summer verdrehte die Augen und ging zu einer Kaffeemaschine, die auf einem kleinen Tisch in der Ecke der engen Sonar-Kabine stand. »Was hoffst du denn in den letzten zwei Minuten noch zu finden?«, fragte sie und füllte eine Tasse. »Hinweise auf einen neuen Gletscher?«

Schweigen.

Sie wandte sich zu ihrem Bruder um, der mit seinem Gesicht jetzt förmlich am Monitorschirm klebte.

»Nicht auf einen Gletscher«, sagte er langsam, »aber auf ein Schiffswrack.«

Summer kam schnell zu ihm herüber und sah gerade noch ein dunkles Bild über den Bildschirm laufen. Zu erkennen waren rechteckige Konturen und ein spitz zulaufender Bug. Auf einer Seite ragte ein dünner Schatten hervor.

»Ein stählernes Wrack, das aufrecht steht«, stellte sie fest. »Anscheinend in recht gutem Zustand.«

Dirk markierte die Position, dann zog er eine Seekarte zu Rate, die auf dem Tisch ausgebreitet war. »Offenbar ein unbekanntes Wrack. Es ist auf der Karte nicht vermerkt.«

»Es ist fast einhundertfünfzig Meter lang«, sagte Summer. »Ein ziemlich großes Schiff.«

»Sieh dir das mal an.« Dirk deutete auf einen schlanken Schatten. »Es könnte ein Geschützturm sein.«

»Wenn es ein Kriegsschiff ist, gibt es auch eine Verlustmeldung.« Summer verscheuchte ihn mit einer Handbewegung von seinem Platz. »Für zwei Minuten Restzeit ganz schön erfolgreich, aber wir müssen vorher eine geologische Untersuchung abschließen. Ich übernehme.«

Dirk erhob sich aus seinem Sessel und füllte seine Kaffeetasse auf.

»Gehst du nicht schlafen?«

»Verdammt, nein. Zuerst schaue ich noch in der Schiffsbibliothek nach, ob ich feststellen kann, welches Schiff wir da vor uns haben.«

»Und dann?«

»Dann muss ich den Kapitän überreden, dass er uns einen Tauchgang machen lässt.«

Vier Stunden später beendete Summer ihre Sonar-Schicht und schloss das letzte Suchraster ohne neue geologische Entdeckungen ab. Die *Odin* wendete und kehrte zur Position des Schiffswracks zurück. Da das NUMA-Projekt seinem Terminplan vorauseilte, war es für Dirk kein Problem, den Kapitän zu überreden, mit der Heimreise noch einen Tag zu warten, damit sie das Wrack untersuchen könnten.

Dirk leistete Summer an der Sonarstation Gesellschaft, während sie mehrere Fahrten über das Ziel ihrer Suche durchführten, um ein detailliertes Bild des Wracks zu erhalten und gleichzeitig seine Position präzise zu bestimmen.

In einer eisigen Brise trafen sie auf dem Achterdeck einen bulligen Spezialisten für Unterwassertechnologie namens Jack Dahlgren, der ihnen half, den Sonar-Schwimmer einzuholen und an Bord zu hieven.

»Es ist kälter als meine Ex auf einem Eisberg«, sagte Dahlgren.

Dirk grinste. »Mir kommt es vor wie Amarillo im August.«

»Das wünsche ich mir. Wollen Sie beide jetzt zu dem Wrack runtertauchen?«

»Die See ist ruhig genug, und das Wetter sieht beständig aus.« Dirk blickte zur Schiffsreling. »Wir können das Tauchboot einsatzbereit machen, während uns der Kapitän in die richtige Position bringt.«

Eine Stunde später, während die Abenddämmerung den Himmel verdunkelte, wurde ein knollenförmiges gelbes Mini-U-Boot am Heck hinabgelassen. Das hellgrüne Wasser des Norwegischen Meers überspülte das Schiff, als Dirk die Ballasttanks flutete. Summer saß neben ihm an den Kontrollen, während sich Dahlgren in einen Sitz hinter ihnen gezwängt hatte. Sie ließen sich von der Schwerkraft auf den Meeresgrund hinabziehen und verfolgten, wie sich das Wasser vor dem Sichtfenster schwarz färbte.

»Also, antikes Wikingerschiff oder norwegischer Luxusdampfer?«, fragte Dahlgren.

»Keins von beiden, denke ich«, sagte Dirk. »Die im Internet verfügbaren Angaben über Schiffswracks in dieser Region sind mager. Ich fand keinerlei Daten eines Handelsschiffes, das hier verloren ging, daher könnte eine Identifikation schwierig sein, wenn es ein Frachter oder ein Fischerboot war.«

Summer blickte über die Schulter zu Dahlgren. »Aber wir glauben nicht, dass es ein kommerzielles Schiff ist.«

»Das ist richtig. Die Sonar-Fahrten zeigen an mehreren Stellen auf dem Schiff Aufbauten, die wie Geschütztürme aussehen. Außerdem habe ich einen historischen Hinweis auf ein Kriegsschiff gefunden, das in dieser Region verschwunden sein soll.«

»Und welches?«, fragte Dahlgren.

»Die *Canterbury.* Ein leichter Royal-Navy-Kreuzer der C-Klasse, erbaut im Jahr 1915. Er soll im Februar 1917 verschollen sein, aber aus Verlustlisten, die nach dem Krieg erstellt wurden, ging hervor, dass die *Canterbury* von einem deutschen Unterseeboot, der UC-29, versenkt wurde.«

»Das ist weit entfernt von Jütland«, sagte Dahlgren. »Was hatten sie hier oben zu suchen?«

»Die Alliierten lieferten den Russen Waffen und Munition über Archangelsk«, sagte Dirk. »Als die Deutschen davon Wind bekamen, versuchten sie, diese Route so komplett wie möglich zu sperren.«

»Ist die *Canterbury* demnach im Geleitdienst eingesetzt worden?«

»Möglicherweise. Sie befand sich auf einer Rückfahrt von Archangelsk, auch wenn die Aufzeichnungen keinerlei Hinweis darauf enthalten, ob sie von anderen Schiffen begleitet wurde.«

Dirk verlangsamte den Tauchvorgang, als bei etwa zweihundert Metern Wassertiefe der Meeresgrund in Sicht kam. Nahezu genau unter ihnen erschien ein längliches, dunkles Gebilde auf dem Meeresboden. Viel zu klein für ein Schiff, identifizierte Summer das Objekt als den Schornstein eines Schiffes. Er lag zerbeult im Sand und deutete in Richtung einer erdrückend großen schwarzen Masse am Rand ihres Gesichtsfelds.

Dirk aktivierte die Druckstrahlruder und nahm Kurs auf das Objekt, wobei er einen Schwarm Makrelen aufscheuchte. Sekunden später nahm das Schiff Gestalt an, eine laubgrüne Masse aus Stahl, bedeckt mit einer dicken Kruste Meeresgetier. Dirk präsentierte ein Foto von der *Canterbury,* das er bei seinen Recherchen gefunden hatte.

Dahlgren warf einen kurzen Blick auf die Seitenfläche des Bildes und verglich sie mit der stählernen Masse vor ihnen im Wasser. »Sie gleichen sich wie ein Ei dem anderen.«

Sie näherten sich dem Wrack von der Steuerbordseite und stellten dabei fest, dass das Schiff mit leichter Schlagseite auf seinem Kiel ruhte. An seinem Rumpf entlanggleitend, lenkte Dirk nach rechts und dirigierte das Tauchboot zum Vorderdeck. Er konnte bereits an der Größe und der begrenzten offenen Deckfläche erkennen, dass es weder ein Frachter noch ein Fischerboot war. Während sie über der Steuerbordseite des Hecks schwebten, entdeckte er den ersten Hinweis auf die wahre Natur des Schiffes. Es war ein verrostetes leichtes Maschinengewehr auf einer Drehlafette. Während sie sich in Richtung Bug bewegten, holten die hellen Lampen des U-Boots ein langes Kanonenrohr und einen Geschützturm aus dem Dunkel.

»Das sieht doch schon mal wie eins ihrer Fünfzehn-Zentimeter-Geschütze aus«, sagte Dirk.

»Wir müssen ein Video aufnehmen.« Summer streckte die Hand der Kontrolltafel aus und aktivierte eine der Außenkameras.

»Ich versuche, so viele Details wie möglich sichtbar zu machen«, sagte Dirk.

Er überquerte das Schiff der Länge nach auf einem Zickzackkurs, sodass die Kamera die drei zusätzlichen Fünfzehn-Zentimeter-Geschütztürme, einen Stapel Torpedos und Torpedorohre in der Nähe des Hecks und einen noch erhaltenen Schornstein aufzeichnen konnte. An der Backbordseite fanden sie ein großes Loch im unteren Teil des Rumpfs – eindeutig das Werk eines U-Boots. Nachdem er die Beschädigungen des Schiffs aufgezeichnet hatte, lenkte Dirk das Tauchboot zum vorderen Deckaufbau der *Canterbury* und ließ es bis zur Kommandobrücke aufsteigen.

Während sie auf die Kommandobrücke zuschwebten, blickten sie durch die leeren Fensterrahmen in den Kontrollraum. Obgleich das hölzerne Ruderrad des Schiffs diversen Meerestieren längst als Festmahl gedient hatte, ragte der Maschinentelegraf mit seinen Messinghebeln immer noch an Ort und Stelle neben dem Ruderstand in die Höhe.

Dirk lenkte das Tauchboot seitlich an der Kommandobrücke vorbei, bis seine Strahlruder eine Sedimentwolke aufwirbelten, die ihnen die Sicht verdeckte. Er ließ das Boot eine Etage weit sinken und schwebte nach achtern, wo sich eine kurze Zeile Kabinen befand, deren Türen während des Sinkvorgangs aufgedrückt worden waren. Indem er die Nase des Tauchboots durch jede Türöffnung bugsierte, ließ er das Innere der Kabinen von der Kamera aufzeichnen, bis neue Sedimentschwaden das Sichtfeld einengten. Dirk lenkte das Boot weiter nach achtern, bis es über der Heckreling stand.

»Das ist fast eine Stunde Videomaterial.« Summer schaltete die Kamera aus. »Wenn das nicht ausreicht, um das Wrack zweifelsfrei als *Canterbury* zu identifizieren, dann weiß ich nicht, was sonst noch nötig wäre.«

»Ich wette, es gibt einige Nachkommen der Mannschaftsmitglieder, die sich den Film gerne ansehen würden«, sagte Dirk.

Summer nickte. »Ich sorge dafür, dass die Royal Navy Association eine Kopie erhält.«

Als Dirk das Wrack abermals in größerer Höhe überquerte, lag es einsam und verloren unter ihnen. Während das Tauchboot seinen langsamen Aufstieg begann, machte sich in seiner Kabine beklommenes Schweigen breit, als die NUMA-Crew an die jungen Matrosen dachte, die ein Jahrhundert zuvor auf dem Schiff den Tod gefunden hatten.

Diese nachdenkliche Phase endete jedoch abrupt, als das Mini-U-Boot durch die Wasseroberfläche brach und seine Insassen mit einem russischen ozeanographischen Forschungsschiff konfrontiert wurden, das kaum einhundert Meter entfernt Position bezogen hatte.

26

»Sie sind an ihr dran.«

Bei diesen Worten verzog Viktor Mansfield das Gesicht. Er blickte zum Kapitän des Schiffes, der vor der Konsole eines Sonars stand.

»Sind Sie sicher, dass es dasselbe Wrack ist?«, fragte Mansfield.

»Unser rumpfmontiertes Sonar zeigt ein einhundertfünfunddreißig Meter langes stählernes Wrack, möglicherweise mit Geschützen. Wir befinden uns knapp einen Kilometer von den Treffer-Koordinaten entfernt, die von dem deutschen U-Boot gemeldet wurden, in einer abgelegenen Region vor der norwegischen Küste. Kommen Sie und sehen Sie sich das selbst an.«

Mansfield überquerte die Kommandobrücke des russischen Forschungsschiffs *Tavda* und warf einen kurzen Blick auf den Farbbildschirm des Sonars. Er brauchte das Bild nicht eingehender zu studieren, um zu erkennen, dass es die *Canterbury* war. »Woher wussten sie, dass sie hierherkommen mussten?«

Der schweinsnasige Kapitän der *Tavda* lachte heiser. »Weshalb rufen Sie sie nicht an und fragen?«

»Reden Sie mit ihnen. Erklären Sie ihnen, dass es sich um ein russisches Schiff handelt und dass sie sich davon fernhalten sollen.«

Der Kapitän nickte. »Das kann ich machen.«

Mansfield schaute zu dem türkisfarbenen Forschungsschiff hinüber, dann konzentrierte er sich auf das Mini-U-Boot, das in der Nähe des Hecks auftauchte. »Lassen Sie mein Sabotagewerkzeug auf dem Startdeck bereitlegen. Ich werde mich sofort um das Wrack kümmern.«

Gegenüber hievte die Bergungsmannschaft gerade das gelbe NUMA-Tauchboot an Bord der *Odin.* Die Lampen am Heck brannten strahlend hell im sinkenden Tageslicht, als Dirk, Summer und Dahlgren aus dem Boot kletterten. Dahlgren ließ das Bergungsteam sofort eine Inspektion des Tauchboots durchführen und für den nächsten Einsatz vorbereiten.

»Ich werde erst einmal die Videoaufnahme kopieren«, erklärte Summer und brachte eine mobile Festplatte in einen der nahe gelegenen wissenschaftlichen Arbeitsräume.

Dirk winkte ihr zu. »Ich bin auf der Kommandobrücke und beobachte, was die Russen hier im Schilde führen.«

Er stieg zum Ruderhaus der *Odin* hinauf, wo der Kapitän, ein bärtiger Mann namens Littleton, durch ein Fernglas zur *Tavda* hinüberschaute. »Was treibt denn unser neugieriger Nachbar da?«

»Gute Frage«, sagte Littleton. »Er ist direkt auf uns zugekommen und zeigte wenig Bereitschaft, auf Distanz zu gehen, als ich meldete, dass wir eine Unterwasser-Operation durchführen.« Er reichte Dirk das Fernglas. »Trotzdem, kein übles Schiff.«

Anerkennend betrachtete Dirk das russische Schiff, das fast zweimal so groß wie die *Odin* war. Es verfügte über mehrere Bockkräne, einen Moonpool und einen mit einer Plane bedeckten Hubschrauber auf einem mittschiffs gelegenen erhöhten Landeteller.

»Das Schiff heißt *Tavda*«, sagte Littleton. »Ein erst kürzlich in Dienst gestelltes ozeanographisches Forschungsschiff mit Eisbrecherfähigkeiten. Offenbar verfügt sie auch über die entsprechenden Einrichtungen, um Tiefsee-Bergungen durchzuführen. So heißt es jedenfalls in den Berichten über das Schiff.«

»Sie macht einen erstklassigen Eindruck. Ich frage mich nur, was sie hier zu suchen hat.«

Seine Frage wurde kurze Zeit später beantwortet, als aus dem Lautsprecher der *Odin* der Klang einer krächzenden Stimme mit russischem Akzent erklang. »Forschungsschiff *Odin,* dies ist das Vermessungsschiff *Tavda.* Sie behindern den Zugang zu einem Schiffswrack der Russischen Föderation. Bitte verlassen Sie sofort das Gebiet.«

»*Tavda*, hier ist die *Odin*«, antwortete Littleton. »Wir haben eine Untersuchung des Wracks durchgeführt und festgestellt, dass es sich um den englischen leichten Kreuzer *Canterbury* handelt, der 1917 als gesunken gemeldet wurde. Ende.«

Eine längere Pause folgte. »Negativ. Das Wrack ist ein russisches Kriegsschiff. Wir müssen darauf bestehen, dass Sie das Gebiet sofort verlassen.«

Littleton nahm die *Tavda* wieder durch sein Fernglas ins Visier. Eine kleine Gruppe bewaffneter Marinesoldaten versammelte sich auf dem Achterdeck. Er wandte sich zu Dirk um. »Ich glaube, das mit dem Wrack meinen sie ernst. Könnten sie recht haben?«

»Möglich ist es, aber nicht wahrscheinlich. Die Maße und äußeren Charakteristika entsprechen genau unseren technischen Angaben über die *Canterbury.* Allerdings glaube ich, das ist jetzt nicht mehr so wichtig. Wir haben das Video von unserem Unterwasserausflug und können es den Engländern zukommen lassen. Sollen die sich mit den Russen herumschlagen.«

Der Kapitän nickte. »Dann vermute ich, dass wir hier fertig sind.« Littleton rief per Funk die *Tavda* und informierte sie, dass das NUMA-Schiff wie verlangt das Gebiet verlassen werde.

Summer kam ein paar Minuten später auf dic Brücke. »Weshalb nehmen wir Fahrt auf?«, erkundigte sie sich.

»Wir wollen wegen eines verrosteten Schiffswracks nicht unter Beschuss genommen werden.« Dirk deutete auf die *Tavda.* »Unsere russischen Nachbarn behaupten, dass es ihr Wrack ist – und sind offenbar bereit, deshalb einen Krieg vom Zaun zu brechen.«

Summer schüttelte den Kopf. »Nein, ich glaube, wir müssen noch einmal zu ihr runtertauchen. Auf dem Video ist etwas, das ihr euch ansehen solltet.«

Sie stöpselte einen Flash-Speicher in einen der Computer im rückwärtigen Teil der Kommandobrücke. Dirk und Littleton kamen hinzu, während ein Bild von der *Canterbury* erschien. Summer sprang vorwärts bis zur Mitte der Videoaufnahme.

»Nach etwa dreißig Minuten haben wir die Steuerbordkabinen direkt unter der Kommandobrücke gefilmt«, sagte sie. »Dort kommt schon die erste.«

Das Video zeigte das Innere der Brücke, während das Tauchboot zur Steuerbordseite schwebte. Dann sank das U-Boot etwa eine Etage tiefer und steuerte auf eine offene stählerne Tür zu. Die Kamera blickte in einen leeren Raum und zeigte die verrosteten Überreste eines stählernen Schreibtisches und ein Porzellanwaschbecken auf der einen Seite sowie auf dem Boden verstreute Trümmerteile. Für einen Moment verharrte die Kamera in dieser Position, dann wandte sie sich langsam ab und verließ die Kabine, während eine von einer der Druckstrahldüsen aufgewirbelte Schlickwolke den Raum ausfüllte.

»Dort!« Summer stoppte das Video.

Dirk und Littleton schauten einander an und schüttelten die Köpfe.

»Ich habe nichts gesehen«, sagte Dirk.

»Seht auf den Boden in der Nähe des Seitenschotts, kurz bevor der Schlick aufgewirbelt wird.« Summer kehrte zu der vorangegangenen Sequenz des Videos zurück und ließ es diesmal im Zeitlupentempo ablaufen.

»Meinst du dies da?« Dirk deutete auf einen hellen Reflex in der Ecke der Kabine.

»Ja.«

Summer stoppte das Video erneut und vergrößerte das Bild. Dirk und Littleton betrachteten es fasziniert und nickten. Der kleine glänzende Gegenstand, der auf dem Boden lag, war nicht zu verwechseln.

Das war ein solider Goldbarren.

27

Mit einem am Bug des U-Boots befestigten großen Plastikbehälter voller Sprengstoff konnte Mansfield durch die vordere Sichtscheibe kaum etwas erkennen. Nur wenn er den Kopf hob und sich im Pilotensessel nach vorn lehnte, war es möglich, an der Kiste vorbei das Heck der *Tavda* zu sehen.

Er blickte im Cockpit nach rechts, wo ein Techniker soeben eine Checkliste durchging.

»Alles klar zum Start?«, fragte Mansfield.

»Ja, alle Systeme ordnungsgemäß in Betrieb.«

Mansfield gab der Deckmannschaft per Funk den Befehl zum Start. Das schwere weiße Tauchboot wurde über den Moonpool des Schiffs geschwenkt und ins Wasser hinabgelassen. Mansfield flutete die Ballasttanks und aktivierte das nach vorn gerichtete Sonar-System. Ehe das Tauchboot den Meeresboden erreichte, hatte das Sonar bereits einen direkten Kurs zum Schiffswrack errechnet.

Er näherte sich der *Canterbury* vom Heck aus, dann ließ er das Tauchboot über einen der riesigen Bronzepropeller des Schiffes hinweggleiten, die im Meeresboden versunken waren. Als er die Heckreling erreichte, bewegte er sich über das Deck auf der Backbordseite. Auf Grund seines eingeschränkten Gesichtsfelds hielt er mit dem Tauchboot einen ausreichenden Sicherheitsabstand zum Schiff.

Während er einen mittschiffs gelegenen Geschützturm passierte, erblickte er den Schatten, den der hohe Deckaufbau des Kreuzers warf. Er stieg zur Brücke hoch, inspizierte sie flüchtig, dann ließ er das U-Boot eine Etage tiefer sinken. So sanft er es vermochte, parkte er das Tauchboot auf den von Korrosion zerfressenen Stahlstützen des ehemaligen Teakholzdecks. Eine Reihe von vier Kabinen erstreckte sich vor ihnen.

Mansfield gab dem Techniker mit dem Kopf ein Zeichen. »Werfen Sie den Sprengstoff hier ab.«

Kromer, der Archivar in Moskau, hatte ihm einen groben Plan des Schiffes geliefert und die Vermutung geäußert, dass Sir Leigh Hunt höchstwahrscheinlich in einer der Offizierskabinen unter der Kommandobrücke untergebracht worden war.

Mit Hilfe eines mechanischen Greifarms löste der Techniker den Gurt, der den Sprengstoff an Ort und Stelle sicherte, dann schob er die Sprengstoffkiste von einer vorn liegenden Gleitplatte hinunter. Mansfield unterstützte die Aktion, indem er mit dem Tauchboot vom Schott zurücksetzte. Während die Kiste von der Gleitplatte hinabrutschte und eine kleine Sandwolke aufwirbelte, bemerkte Mansfield unweit des Dachs der Kommandobrücke einen schwachen Lichtschein.

Der Techniker versuchte, durch die Trübung etwas zu erkennen. »Es ist weiter entfernt und befindet sich dicht vor dem Schott.«

Mansfield verschaffte sich selbst einen Eindruck, dann ließ er das Tauchboot plötzlich aufsteigen. Als er das Dach der Kommandobrücke unter sich ließ, erwarteten ihn die Scheinwerfer eines anderen Tauchboots.

Die beiden Boote schwebten einander Nase an Nase gegenüber und blendeten sich mit ihren externen LED-Scheinwerfern gegenseitig. Doch Mansfield konnte am Bug des gegnerischen Boots die blauen Lettern NUMA entziffern. Im Cockpit des Bootes gewahrte er zwei Männer und eine Frau in türkisfarbenen Overalls.

Die beiden Unterseeboote verwendeten für ihren Sprechfunkverkehr unterschiedliche Frequenzen, daher konnten sie nicht miteinander kommunizieren. Mansfield rief sein Hilfsschiff, um eine

Nachricht zur *Odin* zu senden. Sekunden später erfolgte eine Antwort.

»Das NUMA-Schiff meldet, dass sein Tauchboot etwas auf dem Wrack zurückgelassen hat, das erst noch geborgen werden muss. Sie würden den Ort dann in Kürze verlassen.«

Mansfield schüttelte den Kopf. »Kommt nicht in Frage«, sagte er zu seinem Kopiloten.

Während das NUMA-Boot wendete und sich zur Steuerbordseite des Deckaufbaus entfernte, winkten seine Insassen Mansfield freundlich zu. Der Russe schaute dem Boot nach, bis es verschwunden war, denn lenkte er sein Tauchboot zur Backbordseite der Kommandobrücke hinunter. Er kehrte zur Sprengstoffkiste zurück und blieb darüber stehen. »Aktivieren Sie den Zeitzünder.«

Der Techniker ließ einen Greifarm ausfahren und öffnete ein kleines Seitenfach in der Kiste. Mansfield manövrierte das U-Boot näher heran, sodass sie in die Öffnung blicken und die Uhr des Zeitzünders neben einem großen Kippschalter erkennen konnten.

Der Techniker sah Mansfield fragend an und legte, als dieser nickte, den Schalter um. Auf der Zeitschaltuhr leuchtete eine vorher eingestellte Zeitspanne von zwanzig Minuten auf. Die Anzeige begann sofort rückwärts zu zählen. »Zeitzünder eingeschaltet«, meldete der Techniker.

Mansfield nickte und aktivierte die Druckstrahlruder. Während er sich in Rückwärtsfahrt von der *Canterbury* entfernte, leerte er die Ballasttanks, und sein Boot begann den Aufstieg zur Wasseroberfläche. Während das Wrack unter ihm wegsackte, entdeckte er die Lichter des NUMA-Tauchboots auf der gegenüberliegenden Brückenseite der *Canterbury.* Zufrieden verfolgte er, wie er sich stetig von dem gegnerischen U-Boot entfernte – und von dem mit Sprengstoff präparierten Schiffswrack.

28

»Noch ein wenig näher heran«, verlangte Summer.

Dirk hatte das Tauchboot zur Türöffnung der ersten Steuerbordkabine manövriert, wo Summer den Manipulator auf seine gesamte Länge ausgefahren hatte. Der Goldbarren, bedeckt mit einer dünnen Sandschicht, befand sich knapp außerhalb ihrer Reichweite.

»Ich komme nicht viel näher heran, ohne ein oder zwei Schotten flachzulegen.« Dirk ließ das U-Boot aufsteigen und drehte es ein wenig, ehe er es ein zweites Mal mit der Nase in die Türöffnung bugsierte und es dann auf dem Deck aufsetzen ließ. Eine frische Sandwolke wallte durch die Kabine und zwang Summer zu warten, bis sich das Wasser wieder geklärt hatte.

Sie streckte den Manipulator erneut durch die sich setzende Trübung, konnte das Objekt ihrer Begierde jedoch auch diesmal nicht erreichen.

Dahlgren bemerkte einen schlanken Elfenbeingriff unter dem Barren. »Es sieht so aus, als liege er auf den Überresten eines Aktenkoffers. Vielleicht kannst du diesen zu dir heranziehen.«

Summer erfasste den Griff mit der Klaue. Sie übte einen sanften Zug aus, dann schüttelte sie den Kopf, als der Griff sich von den verrotteten Überresten des Koffers trennte. »Gute Idee, aber nur in der Theorie.« Sie ließ den Griff los und betrachtete nun sehnsüchtig den Goldbarren. »Ich würde es hassen, ihn den Russen zu überlassen.«

»Du brauchst so etwas wie einen Rechen.« Dirk schaute sich in der Kabine um und deutete auf mehrere dünne, verrostete Leisten. »Versuchs mal mit einem von diesen Schrottresten.«

Summer ergriff mit dem Manipulator einen der stählernen Flachstäbe, der in einem anderen Leben Teil eines Bettrahmens gewesen war. Indem sie ihn wie einen Rechen einsetzte, so wie Dirk es empfohlen hatte, zog sie den Barren gut einen halben Meter zu sich heran, dann ließ sie den Stab los und schloss den Greifer des mechanischen Arms um den Goldbarren. »Ich habe ihn.«

Dirk bugsierte das Tauchboot aus der Türöffnung und von der Kabine weg, als ein dumpfes Grollen durchs Wasser lief. Kaum eine Sekunde später wurden sie von einer unsichtbaren Schockwelle getroffen. Das Tauchboot wurde vom Schiff gefegt, krachte gegen die Reling und stürzte einen Purzelbaum schlagend in die Tiefe, bis es nach kurzem Flug im Meeresgrund stecken blieb. Während verrostete Trümmer wie ein schwarzer Regen durchs Wasser rieselten, verschwand das Boot in einer wahren Schlicklawine.

Im Dunkel der Tauchbootkabine erklang ein Zischen, ein Knarren und eine Kakophonie von Alarmsignalen, begleitet von menschlichem Stöhnen und Seufzen. Summer wischte sich einige Tropfen Blut aus den Augen, die aus einer Platzwunde am Kopf stammten, und erkannte, dass es im Innern des Tauchboots nicht vollkommen dunkel war. Eine schmale Reihe Armaturenlampen blinkte in der Nähe des Ruders und erfüllte die enge Kabine mit roten und gelben Lichteffekten.

Ihr Kopf fühlte sich an, als schlüge ein Vorschlaghammer auf ihn ein, um ihn zu spalten, und als sie versuchte, sich zu bewegen, versagten ihre Gliedmaßen ihr den Dienst. Jemand kroch auf den Bodenbrettern herum, schob ihre Beine beiseite und löste eine weitere Schmerzwoge aus. Sie wollte aufschreien, war aber viel zu benommen, um auch nur ein leises Piepsen von sich zu geben. Als ihr bewusst wurde, dass es ihr Bruder war, raffte sie sich auf. Als er sich dann aber über sie beugte und sie sah, dass sein Gesicht rot gefärbt war, zuckte sie zurück. War das Blut oder nur der Widerschein der Instrumentenlampen?

»Halte durch, Schwester«, sagte er. »Der Fahrstuhl fährt aufwärts.«

Sie lächelte ihn an und versank dann in einem kalten, tiefen Schlaf.

29

Mansfields U-Boot stieß in dem Augenblick durch die Wasseroberfläche, als die Sprengladung explodierte. Er und sein Kopilot verspürten nur ein leichtes Zittern, konnten jedoch beobachten, wie in ihrer Nähe eine Wassersäule in den Himmel schoss. Das U-Boot wurde an Bord der *Tavda* gehievt, und Mansfield eilte zur Kommandobrücke.

»Das amerikanische Schiff fragt wegen einer Explosion an«, meldete der Kapitän.

»Antworten Sie, wir wüssten nichts davon, blieben aber in der Nähe, um im Notfall zu helfen.«

Mansfield lauschte der wütenden Stimme Littletons, der sich beschwerte, er habe noch ein Tauchboot im Wasser. Grinsend wandte er sich zum Kapitän der *Tavda* um. »Antworten Sie, dass wir uns gern an der Suche beteiligen würden, dass jedoch gerade jetzt an unserem U-Boot dringende Reparaturen ausgeführt werden müssten, die einige Stunden in Anspruch nähmen – bedauerlicherweise.«

Der Kapitän der *Odin* reagierte nicht auf diese Nachricht.

Kurze Zeit später konnte Mansfield beobachten, dass auf der *Odin* mehrere Scheinwerfer eingeschaltet wurden, die die Wasserfläche rund um das Schiff beleuchteten. Durch ein Fernglas entdeckte er schließlich das gelbe U-Boot, das in der Nähe des Schiffes auf den Wellen schaukelte.

»Demnach haben sie es überlebt«, murmelte er und meinte dann zum Kapitän: »Die Amerikaner werden jetzt sicher ihre Zelte abbrechen. Wenn sie es tun, folgen Sie ihnen mit dem größten Abstand, den unser Radarsystem erlaubt, bis sie Anstalten machen, einen Hafen anzulaufen.«

»Was dann?«

Mansfield gähnte und ging zur Tür. »Versetzen Sie Ihren Helikopterpiloten in Bereitschaft und wecken Sie mich in meiner Kabine.«

Auf amerikanischer Seite wurde das NUMA-Tauchboot an Bord des Forschungsschiffs gehievt und sofort von besorgten Mannschaftsmitgliedern umringt. Kapitän Littleton hielt sich mit seinen Leuten bereit zu helfen, falls es nötig sein sollte. Dirk erschien, leicht benommen und angeschlagen, auf den Armen seine Schwester, die nur halb bei Bewusstsein war. Nachdem er Summer in die Obhut des Schiffsarztes übergeben hatte, tauchte er wieder ins U-Boot, um Dahlgren zu helfen, der nur auf einem Bein stehen konnte. Dirk begleitete seine beiden Leidensgenossen in die Krankenstation des Schiffes, dann humpelte er zu Littleton hinüber.

»Alles so weit okay, großer Meister?«, erkundigte sich der Kapitän.

»Wir wurden da unten ziemlich heftig hin und her geworfen, aber mir geht es gut. Jacks linkes Bein hat etwas abbekommen – ich tippe auf einen komplizierten Bruch, und bei Summer sind es eine Gehirnerschütterung und möglicherweise auch innere Verletzungen.«

»Wir haben einen guten Arzt an Bord, aber wir nehmen trotzdem sofort mit Volldampf Kurs auf Bergen.« Littleton betrachtete die verbeulte und stellenweise verfärbte Außenhaut des Tauchboots. »Was ist da unten passiert?«

»Ich bin mir nicht sicher.« Dirk schüttelte den Kopf. »Ich tippe auf eine heftige Explosion auf der Backbordseite des Schiffes. Aber eins war seltsam – ein paar Minuten vorher begegneten wir dort dem russischen U-Boot.«

»Sie sind fast im gleichen Moment aufgetaucht, als es krachte«, sagte Littleton.

»Ich hätte es wissen müssen. Sie haben mit einem Zeitzünder gearbeitet und den gesamten Deckaufbau gesprengt. Wir hatten Glück, dass wir durch das Kabinendeck geschützt waren, sonst hätte es uns voll erwischt. Glücklicherweise kam es bei dem U-Boot nicht zu einem Druckverlust. Ich konnte einen der Ballasttanks mit Hilfe des Notstromvorrats leeren, sodass wir einigermaßen wohlbehalten aufgetaucht sind.« Er ging im Kreis um das Tauchboot herum, um die Schäden zu inspizieren.

»Die Russen haben ihre Hilfe bei der Suche nach Ihnen angeboten«, sagte Littleton, »meinten jedoch, dass ihr U-Boot dringend repariert werden müsse.«

»Sie müssen irgendetwas gesucht haben, das auf der *Canterbury* unter Deck versteckt war.«

»Mehr Gold?«

»Vielleicht.«

»Konnten Sie den Goldbarren bergen, den Sie in der Kabine gesehen haben?«

Dirk zuckte die Achseln. »Für einen Moment hatten wir ihn sicher. Als alles in Dunkelheit versank, hat er uns irgendwie nicht mehr interessiert.«

Die beiden Männer gingen zum vorderen Ende des Tauchboots.

»Ich denke, der Ausflug hat sich trotzdem bezahlt gemacht.« Dirk deutete auf den angewinkelten Greifarm.

Zwischen seinen Klauen war der warme Glanz des Goldbarrens zu erkennen.

30

»Al, Sie haben die *Macedonia* gefunden!«

Giordino, der in einer Ecke des Videokonferenzraums im Polizeipräsidium von Burgas eingedöst war, schreckte hoch. Er stand auf und kam zum Konferenztisch, wo Pitt mit Gunn und Yaeger in Washington bereits wieder Kontakt aufgenommen hatten. Frische Energie vertrieb bei den Männern die Erschöpfung der vorangegangenen achtundvierzig Stunden.

Giordino ließ sich in seinen Sessel vor dem Bildschirm sinken. »Wo ist sie?«

»Im nördlichen Teil des Schwarzen Meeres«, sagte Yaeger, »etwa vierzig Meilen südöstlich von Sewastopol. Wir haben sie soeben auf einem Satellitenbild des National Reconnaissance Office identifiziert. Es wurde vor etwa neunzig Minuten von einem ihrer Air-Force-Vögel geschossen.«

Yaeger tippte auf einige Tasten seiner Konsole und rief ein grobkörniges Foto auf dem Schirm auf. Das digital aufbereitete Bild zeigte ein kleines Schiff, dem ein anderes kastenförmiges Schiff folgte. Yaeger vergrößerte das Foto, bis einige charakteristische Merkmale des Schiffes zu erkennen waren. »Es war kein direkter Satelliten-Überflug, und das Wetter hat auch nicht gerade zur Qualität der Darstellung beigetragen, aber alles spricht dafür, dass es die *Macedonia* ist. Die Maße stimmen überein, die Deckaufbauten sind korrekt, und auf dem Achterdeck kann man sogar ein Mini-U-Boot erkennen.«

»Das ist sie«, sagte Pitt.

»Jawohl.« Giordino nickte. »Genau dort war das Tauchboot geparkt, als wir in den Hafen einfuhren.«

»Gute Arbeit, Hiram«, sagte Pitt. »Sie haben die Nadel im Heuhaufen gefunden.«

»Das hat Max erledigt«, sagte Yaeger. »Ich habe lediglich die Daten des Schiffs eingegeben und sie sämtliche Satellitenbilder durchgehen lassen.«

»Was hat es mit diesem Schiff hinter ihr auf sich?«, fragte Giordino. »Schleppt sie etwa einen Frachtkahn?«

Yaeger justierte das Bild neu und nahm das zweite Schiff ins Visier. Als es vergrößert erschien, konnten sie erkennen, dass es ein offener stählerner Frachtkahn war, der randvoll mit Kisten beladen war.

»Es ist tatsächlich ein Schleppkahn«, sagte Pitt. »Man kann die Schlepptrosse an einem der vorderen Poller erkennen.«

»Warum sollte jemand ein Forschungsschiff entführen und es benutzen, um einen Frachtkahn zu schleppen?«, fragte Gunn.

»Die Antwort dürfte bei der Ladung zu suchen sein«, sagte Yaeger.

»Höchstwahrscheinlich«, pflichtete Pitt ihm bei. »Was immer sie da schleppen mögen, es bremst sie erheblich. Damit werden sie verletzlicher.«

»Wenn das bis nach Sewastopol so weitergeht, dürfte es ziemlich heikel werden, sie aus der Gewalt der Russen zu befreien«, sagte Gunn.

Pitt nickte. »Stell die Koordinaten fest. Wir kontaktieren die Ukraine und sehen zu, dass deren Küstenwache sie zuerst erreicht. Sie können zumindest die *Macedonia* anfunken und feststellen, wer ihnen antwortet. Was ist mit unserer eigenen Navy?«

»Das müssen wir überprüfen«, sagte Gunn. »Der Vertrag von Montreux gestattet uns nur eine vorübergehende Präsenz im Schwarzen Meer, aber die *Truxton,* ein Zerstörer der *Aegis*-Klasse, ist zurzeit im Einsatz.«

»Häng dich dahinter«, sagte Pitt. »Ich brauche auch eine Verbindung mit dem Kommandeur der Bezmer Air Base.«

»Willst du um einen Vorbeiflug bitten?«, fragte Gunn.

Pitt sah Giordino vielsagend an. »Etwas in dieser Richtung.« Er beendete die Videokonferenz und vereinbarte mit der bulgarischen Polizei, dass sie mit der ukrainischen Küstenwache Verbindung aufnehmen solle. In Washington wandte Gunn sich an einen Freund, der dem Chief of Naval Operations direkt unterstellt war, während Yaeger versuchte, die *Macedonia* aufzustöbern, und Satellitenbilder studierte. Irgendetwas auf dem Foto von dem Frachtkahn fiel ihm ins Auge, und er untersuchte es sowohl bei unterschiedlichem Licht als auch bei unterschiedlicher Vergrößerung. Schließlich konnte er es erkennen. Auf dem Deckel einer Kiste befand sich ein Wort in schwarzer Farbe. Er justierte Helligkeit, Kontrast und Vergrößerung in unterschiedlichen Kombinationen, konnte die Schrift jedoch nicht entziffern.

»Max«, rief er. »Bist du da?«

Das holographische Bild einer Frau erschien auf Yaegers Computermonitor. Sie war jung und attraktiv, seiner eigenen Frau nachempfunden, und sie sah ihn aufmerksam an. »Ich bin rund um die Uhr für dich da«, schnurrte sie mit aufreizender Stimme. »Das solltest du mittlerweile wissen.«

»Es geht um dieses Foto aus deiner Datenbank«, erklärte er. »Es zeigt einen Frachtkahn, der mit Kisten beladen ist. An der Backbordreling, die drittletzte Kiste vor dem Heck – auf ihr befinden sich einige Markierungen. Kannst du sie erkennen?«

»Ja. Etwas verschwommen aus eintausend Meilen Höhe.«

»Zeig mir, was du zeigen kannst, und verrate mir, was sie bedeuten.«

Max rümpfte die Nase, während der Supercomputer, der sie erschaffen hatte, die gestellte Aufgabe in Angriff nahm. Das Foto wurde zerlegt und auf tausendfach unterschiedliche Weisen wieder zusammengefügt, während ein optischer Scanner jede Variante aufzeichnete. Der Reihe nach wurde jeder Buchstabe zerlegt. Nach weniger als einer Minute verzog Max das Gesicht zu einem Lächeln. Sie blinzelte Yaeger zu. »Es empfiehlt sich, den Boss zu informieren.«

»Was heißt es?«

»БОЕПРИПАСИ.«

»Ich kann dir nicht ganz folgen«, sagte Yaeger.

»Es ist Bulgarisch.« Max sah ihn spöttisch an. »Es ist das Wort für *Munition.* Was sonst?«

31

Dirk trat auf die Brückennock der *Odin* hinaus, während das Schiff in den Hjeltefjord einfuhr, eine fünfunddreißig Kilometer lange Wasserstraße, die sich nach Südosten bis zu der norwegischen Stadt Bergen erstreckt. Schneebedeckte Berge erhoben sich auf beiden Seiten und blickten auf das Schiff herab, das sich bei strahlendem Sonnenschein, der den eisigen steifen Südwind ein wenig milderte, durch saphirgrünes Wasser schob.

Ein dumpfes Flappen erregte seine Aufmerksamkeit, und er wandte den Kopf und entdeckte einen Hubschrauber, der sich von achtern näherte. In geringer Höhe über dem Wasser dem Verlauf des Fjords folgend, passierte der Hubschrauber die *Odin.* Dirk war das Modell fremd, und er erkannte auch nicht die Registrierungssymbole, die anscheinend mit Klebeband unleserlich gemacht worden waren. Er schaute dem Hubschrauber nach, bis er am Horizont verschwand, dann stieg er die Treppe hinab und betrat die Offiziersmesse. In einer Ecke saß Jack Dahlgren an einem Tisch vor einer Tasse Kaffee. Sein linkes Bein steckte in einem Gipsverband und ruhte hochgelegt auf einem Koffer.

Dirk lächelte. »Haben sie dich endlich aus dem Krankenrevier rausgeworfen, Stumpy?«

»Ich habe ihren Vorrat an Schmerzmitteln aufgebraucht, also gab es keinen Grund, noch länger dortzubleiben«, sagte Dahlgren. Das Unbehagen, das der Beinbruch ihm bereitete, war in dem verhangenen Blinzeln seiner Augen zu erkennen.

»Wie geht's dem Bein?«

»Es ist die meiste Zeit taub, außer wenn ich mich bewege. Der Doc hat getan, was er konnte, aber mit einem zertrümmerten Oberschenkelknochen warten an Land eine Operation und ein Bein voll Blech auf mich.«

»Ich bin sicher, dass du in Bergen bestens versorgt sein wirst, inklusive jeden Tag *lutefisk,* soviel du in dich hineinstopfen kannst.«

»Ich hatte mich schon fast darauf gefreut, aber ich glaube, deine Schwester hat andere Pläne.« Er deutete durch den Raum auf Summer, die soeben erschienen war und mit langen Schritten auf sie zukam, eine Ledertasche unterm Arm. Sie humpelte, weil sie sich den Knöchel verstaucht hatte, und versuchte einen großen Bluterguss an einer Seite ihres Gesichts so gut wie möglich zu verbergen, indem sie ihr rotes Haar ausnahmsweise offen trug.

»Das zweite Mitglied des Clubs der Wandelnden Wasserleichen erscheint«, sagte Dirk.

Summer schüttelte den Kopf. »Das Tauchboot schlägt um – Jack bricht sich ein Bein, und ich brauche ein neues Gesicht. Unterdessen steigst du aus, ohne kaum mehr als einen Kratzer abbekommen zu haben. Sag mir, was daran gerecht ist.«

»Ich glaube, als wir Purzelbäume schlugen, hat sein Schädel einige Beulen im Tauchboot hinterlassen«, sagte Dahlgren. »Er hat dem Boot größeren Schaden zugefügt als sich selbst.«

»Er hatte schon immer einen harten Schädel«, sagte Summer.

»Da bin ich aber nicht der Einzige in der Familie«, gab Dirk zurück. »Was hat das nun zu bedeuten, dass Jack nicht in Bergen zusammengeflickt werden soll?«

»Ich habe soeben Tickets für uns drei gebucht – in einer Nachmittagsmaschine nach London.«

»Weshalb London?«

»Dort gibt es das Royal National Orthopaedic Hospital, die Royal Navy und die Universität Cambridge.«

Dirk und Dahlgren sahen einander an und zuckten die Achseln. »Was soll denn an diesen drei Institutionen so besonders sein?«

»Nun, zunächst einmal praktiziert in dem Krankenhaus zeitweise Dr. Steven Miller. Miller ist ein weltberühmter orthopädischer Chirurg aus Muncie, Indiana, und zufälligerweise ein alter Freund von Rudi Gunn. Auf Rudis Bitte hält Dr. Miller sich bereit, um Jacks Bein instand zu setzen, sobald wir dort eintreffen.«

Dahlgren lächelte. »Adios, *lutefisk*.«

»Nett von Rudi, seine Hilfe anzubieten«, sagte Dirk. »Ich nehme an, ein Besuch bei der Navy findet nicht zu Jacks Nutzen statt, oder?«

»Der findet statt, um dies hier zurückzugeben.« Summer hob die Tasche hoch und stellte sie mit einem leisen Klirren auf den Tisch.

»Ist es das, was ich vermute?«, fragte Dahlgren.

»Sie hat es keine Sekunde aus den Augen gelassen«, sagte Dirk. »Ich glaube, sie packt es sich sogar nachts unters Kopfkissen und schläft darauf.«

»Das ist etwas, das ich auf keinen Fall verlieren will.« Sie öffnete den Schnappverschluss ihrer Handtasche und holte den Goldbarren von der *Canterbury* heraus.

»Darf ich?« Dahlgren streckte seine Hände aus.

Summer reichte ihm den Barren.

»Göttlich.« Er wog ihn in den Händen, dann hielt er ihn hoch ins Licht.

Summer lächelte. In dem schweren gelben Erz war etwas Magisches, das bei jedem, der es berührte, eine kindliche Freude auslöste. Kein Wunder, dass zahllose Schatzsucher den Globus nach Goldkörnern und Münzen durchkämmten.

Dahlgren tippte mit der Fingerspitze auf die Oberseite des Barrens, in die verschiedene Zahlen und Symbole eingraviert waren. »Hast du die Hieroglyphen und das zweiköpfige Huhn entschlüsselt?«

»Das ist kein Huhn«, sagte Summer. »Eigentlich ist es ein Adler, das Wappentier der Romanow-Familie. Die Darstellung korrespondiert mit der kyrillischen Inschrift, die eine Art Identifikationsnummer und das Gieß- und Prägedatum enthält, in diesem Fall der Oktober 1914.«

»Romanow-Gold?«, fragte Dirk.

»Ich bin keine Expertin, aber soweit ich es beurteilen kann, deuten die Markierungen darauf hin, dass der Barren aus dem Kaiserlich Russischen Schatz stammt.«

»Das könnte eine Erklärung für das Erscheinen der *Tavda* sein.«

»Die Russen sind offenbar der Meinung, dass mehr als nur Gold an Bord des Schiffes zu finden ist«, sagte Dahlgren.

»Durchaus möglich«, sagte Dirk, »obgleich in den historischen Aufzeichnungen über die *Canterbury* nirgendwo von einem Goldtransport die Rede ist.«

Dahlgren sah Summer an. »Möchtest du die Russen in London verpetzen?«

»Die *Canterbury* ist ein Schiff der englischen Marine – und zugleich ein Kriegsgrab. Die Royal Navy sollte darüber informiert werden, dass die Russen Eigentumsrechte an ihr geltend machen und sie möglicherweise auf der Suche nach Gold auseinandersprengen.«

»Das klingt, als wäre es genau das, was getan werden sollte. Aber was ist damit?« Dahlgren hielt den Goldbarren hoch. »Willst du dies als Finderlohn behalten?«

»Natürlich nicht.« Summer nahm ihm den Goldbarren ab und steckte ihn wieder in ihre Handtasche. »Zusammen mit den Koordinaten des Wracks wird er der Royal Navy übergeben.«

Er schüttelte den Kopf. »Stets die Heilige.«

»Ich glaube, das sehe ich ein wenig anders«, sagte Dirk.

Summer schnaubte. »Du kannst es einfach nicht lassen, oder?«

»Soweit ich es verstehe, fliegen wir nach London, um Jacks Bein zu richten und uns von dem Goldbarren zu verabschieden«, sagte Dirk. »Aber wie passt Cambridge dazu?«

»Das ist so etwas wie ein Bonus. Ich habe in Washington versucht, St. Julien Perlmutter zu erreichen, um ihn um Hilfe bei der Suche nach der *Canterbury* zu bitten. Wenn jemand herausfinden kann, ob man in einem alten Schiffswrack mit der Existenz von Gold rechnen kann, dann ist Julien derjenige. Wie es der glückliche Zufall will, nimmt er an einem Symposium über Seefahrt-Historie in Cambridge teil.«

»Summer«, sagte Dahlgren, »ich wusste ja gar nicht, dass du so scharf auf Gold bist.«

»Es geht nicht um das Gold an sich. Ich will nur wissen, weshalb es an Bord war. Und weshalb die Russen das Schiff für sich beanspruchen.«

»Die Aufzeichnungen der englischen Admiralität könnten in diesem Fall vielleicht hilfreich sein«, sagte Dirk.

»Mit Juliens Hilfe werden wir ganz sicher fündig.«

»Ich habe nur eine Frage an dich, Summer.« Dahlgren hob sein Bein vom Koffer, stellte es behutsam auf den Fußboden und richtete sich auf. »Wie willst du mich und diesen Goldbarren in Bergen vom Schiff tragen?«

Zwei Stunden später traf die *Odin* im zweitgrößten Hafen von Norwegen ein und ging nicht weit vom Handelshafen vor Anker. Ohne Summers Hilfe verließ Dahlgren das Schiff auf Krücken. Dirk schleppte ihr Gepäck, und die drei zwängten sich in ein wartendes Taxi. Als sie die Hafenanlage verließen, passierte das Taxi eine braune Limousine mit zwei männlichen Insassen, die mit laufendem Motor am Bordstein stand.

Mansfield faltete ein kompaktes Fernglas zusammen und verstaute es in einer Türablage. »Das sind unsere Zielpersonen. An denen müssen wir dranbleiben.«

Die unauffällige Limousine, eigens für diesen Zweck vom russischen Konsulat gemietet, fädelte sich in den Verkehr ein und folgte dem Taxi mit einigen Wagenlängen Abstand. Der Fahrer war ein Profi, hielt sich zurück und versteckte sich hinter anderen Fahrzeugen, die sich zwischen sie schoben, beschleunigte jedoch vor Verkehrsampeln, um nicht durch ein Rotsignal abgehängt zu werden.

Die beiden Fahrzeuge fuhren um die Hafenstadt herum und folgten der E39 achtzehn Kilometer weit bis zum Bergen Airport. Es herrschte nur spärlicher Verkehr, als das Taxi vor dem Abflug-Terminal anhielt. Die Limousine rollte in sicherem Abstand am Bordstein aus. Nachdem die Amerikaner den Terminal betreten hatten, stieg Mansfield aus dem Wagen, um ihnen zu folgen. Er trug eine lässige Winterjacke und eine modische Brille, um die Aufmerksamkeit von seinem unrasierten Gesicht abzulenken. Er stellte sich in die Warteschlange am Abflugschalter und überflog die Liste der Starts, die auf dem großen Flugplanmonitor ständig aktualisiert wurde.

Während Dirk, Summer und Dahlgren zum Schalter vorrückten, verließ Mansfield seinen Platz in der Warteschlange und begab sich zu einem benachbarten Schalter, um so zu tun, als besorge er sich einen Gepäckaufkleber. Mit dem Rücken zu den Amerikanern lauschte er, als der Flughafenangestellte an der Sperre ihr Gepäck kontrollierte und sie zu ihrem Flugsteig schickte.

Der Russe kehrte auf seinen Platz in der Warteschlange zurück und wandte sich ab, als die drei auf dem Weg zum Sicherheitscheck vorbeigingen. Als er ein paar Minuten später an den Check-in-Schalter trat, reichte er der Angestellten mit einem höflichen Lächeln einen französischen Reisepass.

»Wohin reisen Sie heute, Sir?«

»Nach London, bitte. Nur Hinflug, kein Gepäck.«

32

»Sonar-Kontakt bei zweihundertzwölf Grad.«

Kapitän zur See Wladimir Popow nickte demjenigen, der das Sonar bediente, zu und erhob sich lächelnd von seinem Platz. »Rudergänger, Kurs zweihundertzwölf Grad. Wagen wir uns dichter heran.«

Popow ging in dem engen Schlacht-Informationszentrum der russischen Lenkwaffen-Fregatte *Ladny* der Krivak-Klasse auf und ab. In dem sparsam beleuchteten Raum, mehrere Etagen unter der Kommandobrücke, wimmelte es geradezu von Elektronik- und Waffenspezialisten, die an mehreren Computerstationen saßen. Raum und Einrichtung hatten jedoch nichts Futuristisches an sich. Die *Ladny* war mehr als dreißig Jahre alt, und der größte Teil ihrer elektronischen Ausrüstung war älter als jene, die sie bedienten. Popow begab sich wieder auf seinen Platz vor einem Videoschirm, der eine der wenigen Modernisierungen in der Gefechtszentrale darstellte. Der Schirm war übersät mit Symbolen, die vom Schiffsradar aufgespürt worden waren und auf Schiffe und Flugzeuge hinwiesen, die in der Nähe operierten.

»Sonar, welche Distanz haben Sie ermittelt?«

»Kapitän, das Ziel befindet sich in etwa achttausend Metern Entfernung, Geschwindigkeit vierzehn Knoten, Tauchtiefe achtzig Meter.«

»Exzellent. Bleiben Sie dran. Jetzt gehört sie uns.«

Der Sonar-Bedienende rief laufend Entfernungen in den Raum,

während die Fregatte, die mit nahezu doppelter Geschwindigkeit unterwegs war, zügig zu dem getauchten Ziel aufrückte.

»Kapitän, das Zielobjekt ist auf Kurs dreihundertfünfzehn Grad gegangen. Es nimmt Tempo auf.«

Der Radar-Bediener meldete sich abermals, ehe Popow antworten konnte.

»Kapitän, ich sehe zwei nicht identifizierte Schiffe, Geschwindigkeit neun Knoten, die die westliche Grenze der gesperrten Zone überquert haben.«

»Verstanden«, sagte Popow. »Ruder, Kurs dreihundertfünfzehn Grad.«

Der Mann am Sonar verfolgte weiterhin das getauchte Ziel. Popow war nach vorn auf die Kante seines Sessels gerutscht, die Augen erregt funkelnd, während er sich für den tödlichen Schuss bereit machte. Als sie bis auf weniger als eintausend Meter aufgeholt hatten, gab er den entscheidenden Befehl: »Sonar, volle Ladung!«

Der Bediener maximierte die Impulsenergie des rumpfmontierten Sonar-Transponders der Fregatte und löste fünf längere akustische Signalimpulse aus. Einhundert Meter unter der Wasseroberfläche riss sich der Sonar-Bediener des russischen Unterseebootes *Noworossijsk* die Kopfhörer von den Ohren. »Sie haben uns erwischt.«

Popow sprang aus seinem Sessel auf, tanzte durch den Raum und klatschte die Männer in seiner Nähe ab. Seit sechs Tagen spielten er und seine Mannschaft mit dem atomgetriebenen Unterseeboot Katz und Maus. Bisher hatte sich die *Ladny* stets auf der Opferseite der simulierten Angriffe befunden. Jetzt endlich hatte die Mannschaft der Fregatte das Blatt gewendet. »Informieren Sie den Simulationskoordinator der Flotte, dass wir die *Noworossijsk* zerstört haben und auf neue Einsatzbefehle warten«, sagte er zu seinem Funker.

Während sich die Aufregung in dem Raum legte, meldete sich abermals der Radar-Bediener. »Kapitän, die unbekannten Zielobjekte setzen ihre Fahrt durch die gesperrte Zone fort. Sie nähern sich Sewastopol.«

Auf dem Videoschirm wanderten zwei rote Dreiecke dicht hintereinander durch den linken Sektor.

»Rufen Sie die Idioten und erklären Sie ihnen, dass sie sich in gesperrten Gewässern befinden und dreißig Kilometer nach Süden ausweichen müssen, ehe sie wieder Kurs auf Sewastopol nehmen können.«

»Jawohl, Käpt'n«, sagte der Funkoffizier. Nach mehreren Minuten wendete er sich wieder an den Kapitän. »Ich habe die Nachricht gesendet, bisher aber keine Antwort erhalten.«

Popow blickte erneut auf den Bildschirm. Die beiden Schiffe hatten ihren Kurs nicht geändert.

Der Erste Offizier betrachtete den Bildschirm, dann trat er neben den Kapitän. »Ein Schlepper, Käpt'n?«

»Möglich.« Popows Freude verwandelte sich in Ärger. »Gehen Sie auf Abfangkurs, dann fordern Sie Luftaufklärung an. Ich will sehen, mit wem ich es zu tun habe. Und versuchen Sie es weiter per Funk.«

»Jawohl, Käpt'n«, sagte der Offizier. »Was glauben Sie, Kapitän? Ist das ein Frachter mit besoffenem Kapitän oder ein Seelenverkäufer mit defekter Funkanlage?«

Popow nickte. »In diesen Gewässern – was könnte es sonst sein?«

33

»Ich habe einen Sichtkontakt«, sprach Giordino ins Mikrofon seines Headsets. »Richtung etwa achtzig Grad.«

Pitt suchte die Weite der offenen See unter ihrem Helikopter ab und entdeckte zu seiner Rechten ein blassgraues Objekt. Er trat auf die Pedale, die die Winkelstellung des Heckrotors steuerten, und legte den Bell OH-58 Kiowa in eine weite Steuerbordkurve, bis sich der ferne Fleck in der Mitte der Windschutzscheibe befand.

Zwei Stunden zuvor hatten sie den leichten Aufklärungshubschrauber auf der Bezmer Air Base westlich von Burgas übernommen. Obgleich Pitts und Giordinos Tage in der Air Force schon lange zurücklagen, waren sie qualifiziert, verschiedene Flugzeugtypen zu lenken. Die Anforderungen, denen man gerecht werden musste, um einen Hubschrauber über einen längeren Zeitraum zu fliegen, hatten sich nicht verringert, und Pitt spürte, wie seine Muskeln schmerzhaft rebellierten, als sich der Hubschrauber dem äußersten Punkt seiner Flugreichweite näherte. Er stellte den Funkkontakt mit dem Schiff vor ihnen her und erhielt – als das graue Schiff unter ihnen nach und nach größer wurde – die Landeerlaubnis.

Es war nicht die *Macedonia,* sondern der U.S.-Navy-Zerstörer *Truxton* der Aegis-Klasse, der mit mehr als dreißig Knoten nach Nordosten jagte. Pitt flog von achtern an, wo er auf das Flugdeck, das gewöhnlich für die beiden SH-60-Seahawk-Helikopter des Schiffes reserviert war, herunterdirigiert wurde. Während er den Motor der Kiowa ausschaltete, kam die Flugdeck-Crew des Schiffes herübergeeilt, um sofort mit dem Auftanken zu beginnen.

Pitt und Giordino stiegen aus und streckten die Beine, als eine burschikose Blondine mit ausgestreckter Hand auf sie zukam, um sie zu begrüßen. »Mr. Pitt, Mr. Giordino, herzlich willkommen auf der *Truxton.* Ich bin Commander Deborah Kenfield, Erste Offizierin. Der Kapitän schickt Ihnen von der Brücke aus seine Grüße.«

»Danke für die Erlaubnis zwischenzulanden und für den Auftankservice, Commander«, sagte Pitt.

»Wir bemühen uns, Sie so nahe wie möglich heranzubringen, aber zurzeit sind wir noch immer achtzig Meilen vom Ziel entfernt.«

»Wissen Sie, wo sich die *Macedonia* in diesem Moment befindet?«, fragte Giordino.

»Wir verfolgen sie auf dem Aegis-Radar. Sie ist zehn Meilen vor Sewastopol zu sehen und sorgt gerade für einigen Wirbel.«

»Wie das?«, fragte Pitt.

»Die Russen haben kürzlich ein Seegebiet westlich der Krim gesperrt. Vermutlich handelt es sich um ein Gebiet, in dem die russische Marine Waffen testet und taktische Simulationen durchführt. Es scheint, als sei die *Macedonia* mitten in das Zentrum der gesperrten Zone vorgedrungen. Wir haben vereinzelte Funksprüche aufgefangen, und es hat sich nicht so angehört, als seien die Russen besonders erfreut.«

»Die *Macedonia* schleppt einen Frachtkahn nach Sewastopol, der mit Munition gefüllt ist«, sagte Pitt, »und die Russen haben davon keine Ahnung?«

»Nicht, soweit wir es beurteilen können. Sie haben die *Macedonia* als amerikanisches Schiff identifiziert, scheinen jedoch keinen direkten Kontakt zu ihr aufgenommen zu haben. Wir haben die Russen darüber informiert, dass das Schiff unserer Meinung nach entführt wurde, und baten darum, eingreifen zu dürfen, aber sie haben uns bisher nicht über ihre Absichten aufgeklärt.« Der

Ausdruck in Kenfields Augen sagte Pitt, dass es keinen Grund gab, auf Kooperation zu hoffen.

»Glauben Sie, sie könnten sie versenken?«, fragte Giordino.

»So nahe bei der Ukraine erwarten wir, dass ihre Lenkwaffen-Fregatte *Ladny* zuerst schießen und nachher Fragen stellen wird. Aus diesem Grund hat der Kapitän Sie mit allem Respekt gebeten, Ihre Flugpläne zu streichen, da die *Macedonia* bereits in territoriale Gewässer vorgedrungen war.«

Pitt schüttelte den Kopf. »Wir wissen nicht, ob die Mannschaft noch an Bord ist.«

Die Boden-Crew entfernte sich mit ihrem Tankgerät und gab durch Zeichen zu verstehen, dass der Helikopter aufgetankt war.

»Bestellen Sie Ihrem Kapitän, dass wir seine Sorge zu schätzen wissen«, sagte Pitt, »dass wir uns jedoch Gewissheit verschaffen müssen.«

»So viel hat er bereits vermutet«, sagte Kenfield und reichte ihm einen Notizzettel. »Die letzten Koordinaten der *Macedonia.* Wir tun, was wir können, um Ihnen zu helfen. Viel Glück.«

»Danke, Commander.«

Pitt ging ein paar Schritte und bedankte sich bei der Bodenmannschaft der *Truxton.* Als er zum Helikopter zurückkehrte, saß Giordino schon im Pilotensessel.

»Sorry, Boss, aber die Air Force sagte, wir müssten uns die Flugzeit teilen, bevor sie uns die Schlüssel überließen.«

»Das hab ich wohl im Kleingedruckten übersehen«, sagte Pitt. Dankbar für die Arbeitspause umrundete er die Maschine und schwang sich in den Sessel des Kopiloten.

Giordino startete schnell und nahm Kurs auf die Koordinaten der *Macedonia.* Eine halbe Stunde später entdeckten sie das türkisfarbene Forschungsschiff mit seinem Schleppkahn. Die Wolkendecke hatte sich teilweise aufgelöst, und in der Ferne konnten sie bereits die Berggipfel auf der Krim-Halbinsel sehen. Im Norden machte die schlanke graue Silhouette der *Ladny* hohe Fahrt.

Giordino brachte den Helikopter so dicht auf den Frachtkahn

hinunter, dass er die Holzkisten im offenen Frachtraum untersuchen konnte.

Pitt deutete auf einige Kisten auf der Steuerbordseite. »Dort ist ein beschädigter Deckel.«

Giordino drückte den Hubschrauber so weit abwärts, bis sie genau über dem Frachtraum schwebten. Der Deckel einer Kiste hatte sich bei dem zeitweise heftigen Seegang während der langen Reise gelöst, war zur Seite gerutscht und gestattete einen Blick ins Innere der Kiste. Beide Männer konnten eine Reihe länglicher Messingzylinder erkennen.

»Yaeger hatte recht«, sagte Pitt. »Der Frachtkahn hat tatsächlich Munition geladen.«

»Warum sollte jemand ein Schiff für ozeanographische Forschung stehlen und es dann benutzen, um einen Frachtkahn voller Artilleriegranaten nach Sewastopol zu schleppen?«, fragte Giordino.

Pitt schüttelte den Kopf. »Mir fällt kein vernünftiger Grund ein.«

Giordino drückte die halbrunde Steuersäule des Helikopters nach vorn, sodass sie den Frachter überholten und sich unter ihnen die offene See erstreckte. Er folgte der Schlepptrosse zur *Macedonia,* die er in einem weiten Bogen umkreiste. Niemand erschien an Deck und schenkte dem lärmenden Hubschrauber auch nur die geringste Aufmerksamkeit.

»Ich tippe auf eine Notbesatzung«, sagte Giordino.

»Mal sehen, wer auf der Brücke ist.«

Giordino näherte sich der Brückennock an der Backbordseite, von wo aus sie einen ungehinderten Blick ins Innere der Kommandobrücke hatten. Die gesamte Brücke war menschenleer.

»Kein Wunder, dass sie den Russen nicht gehorchen«, sagte Pitt. »Ist ja niemand zu Hause. Sie fährt mit Autopilot.«

»Wenn die Mannschaft unter Deck eingesperrt sein sollte, ist das kein gutes Zeichen.«

»Bring mich an Bord«, entschied Pitt.

Giordino stieg mit dem Bell etwas höher, um das fahrende Schiff unter ihm besser überblicken zu können. Das Deck war ein wenig einladender Wald von Kränen, Antennen und Radarmasten. Während er sich nach achtern bewegte, deutete er auf das Tauchboot der *Macedonia,* das, solange es sich in Reparatur befand, an einen Kran gehängt worden war. »Nicht optimal, aber wenn ich über dem Tauchboot runtergehe, kannst du es wie eine Leiter benutzen.«

»Versuch's«, sagte Pitt.

Giordino lenkte den Hubschrauber über das Heck und weiter zum Tauchboot, wo er bis auf die Schiffsgeschwindigkeit abbremste.

Während er den Hubschrauber weiter sinken ließ, klopfte ihm Pitt auf den Arm. »Wir sehen uns in Varna. Das erste Bier geht auf mich.« Pitt nahm seinen Kopfhörer ab, öffnete die Seitentür und stieg auf die Landekufe hinunter.

Trotz des Rotorwindes, der vom Schiffsdeck reflektiert wurde und an der Maschine zerrte, hielt Giordino den Helikopter absolut ruhig über dem Schiff.

Pitt wagte den kurzen Sprung von der Kufe und landete auf dem Tauchboot, während er gleichzeitig nach dem Kranseil griff, um sich daran festzuhalten.

Der Helikopter zog sofort hoch und schwenkte vom Schiff weg, während Pitt am Tauchboot hinunterrutschte und beide Füße auf das Deck setzte. Er überquerte es im Laufschritt und suchte in einem überdachten Niedergang Deckung.

Während Giordino noch verfolgte, wie er außer Sicht verschwand, drang explosionsartig aus dem Lautsprecher des Hubschrauberfunkgeräts eine Stimme, die ein Englisch mit schwerem russischem Akzent sprach. »Kriegsschiff *Ladny* ruft amerikanisches Schiff *Macedonia.* Sie haben Befehl anzuhalten oder abzudrehen und die gesperrte Zone sofort zu verlassen. Dies ist die letzte Warnung. Bitte antworten Sie oder Sie werden unter Beschuss genommen.«

Das Schiff hüllte sich in Schweigen.

34

Popow ließ den Blick von dem großen Überkopfdisplay zu einem Computermonitor in seiner Nähe wandern, auf dem das von einer Tele-Videokamera übertragene Bild der *Macedonia* zu sehen war. Das türkisfarbene Schiff stampfte durch die Wellen, verfolgt von einem grünen Hubschrauber, der in kurzem Abstand hinter seinem Heck schwebte.

»Käpt'n, der amerikanische Helikopter hat seine Bitte, nicht zu schießen, wiederholt«, übersetzte der Funkoffizier Giordinos Funkspruch, der aus dem Lautsprecher im Gefechtsinformationszentrum drang.

Popows Blick sprang zwischen dem Überkopfdisplay und dem Computerschirm hin und her. »Ich kann keine Änderung von Geschwindigkeit oder Kurs feststellen. Funken Sie das Schiff ein letztes Mal an. Fordern Sie die Leute auf, sofort zu antworten, sonst würde auf sie geschossen.«

Während die Nachricht zum NUMA-Schiff übertragen wurde, kam der Erste Offizier der *Ladny* mit einem Dokument eilig zu Popow. »Das Flottenkommando hat unsere Verteidigung der heimatlichen Gewässer befürwortet. Wir dürfen das Schiff angreifen, aber so diskret wie möglich.«

Popow las den Befehl, faltete den Bogen Papier zusammen und schob ihn in seine Innentasche.

»Oberflächenwaffen, Statusmeldung?«, fragte er in scharfem Befehlston.

Ein Waffenoffizier an einer ähnlichen Konsole antwortete im gleichen Tonfall, während es in der Kampfzentrale ruhig wurde. »Kapitän, vordere Batterien geladen und schussbereit. Zielkoordinaten wurden in die Heckbatterie eingespeist. Torpedos auf Oberflächen-Ziellauf programmiert.«

Popow nickte. »Backbordrakete eins startbereit?«

»Backbordrakete startbereit, Käpt'n.«

Popow sah zum Funkoffizier hinüber. »Irgendeine Reaktion?«

Der Offizier erwiderte den Blick mit einem beinahe unmerklichen Kopfschütteln. »Noch immer keine Antwort, Kapitän.«

Der Kapitän machte einen tiefen Atemzug. »Backbordrakete eins – Feuer.«

»Backbordrakete eins – Feuer.«

Die Finger des Waffenoffiziers tanzten über die Konsole seiner Station. Ein lautes Rauschen erklang über ihren Köpfen, und das Schiff schwankte auf seinem Kiel hin und her.

»Backbordrakete eins abgefeuert«, meldete er.

Popow konzentrierte sich wieder auf das türkisfarbene Schiff auf dem Videoschirm und wartete darauf, dass es von der Bildfläche verschwand.

35

Pitt gelangte auf die Kommandobrücke der *Macedonia,* wo ihn bereits Giordinos Stimme empfing, die aus dem Lautsprecher des Funkgeräts plärrte. »Dirk, wenn du mich hörst, ruf sofort die *Ladny* und sag Bescheid, dass du an Bord bist. Sie haben den Finger schon am Abzug!«

»Vorher sollten wir lieber wenden«, murmelte Pitt halblaut, während Giordino seine Warnung wiederholte.

Er trat zur Ruderkonsole und schaltete den Autopiloten aus, programmierte die Maschinenleistung und drehte die Skala der Ruderkontrolle um einhundertachtzig Grad, damit das Schiff eine Wende über Steuerbord ausführte und in der entgegengesetzten Richtung Fahrt aufnahm. Pitt verfolgte, wie die Bugspitze nach rechts wanderte. Gleichzeitig drang Giordinos Stimme abermals blechern aus dem Lautsprecher. Diesmal hatte sie einen beschwörenden Unterton.

»Dirk, ich habe eben auf dem russischen Schiff einen Lichtblitz gesehen. Sie haben gefeuert! Es war ein gezielter Schuss! Verlass sofort das Schiff!«

Pitt blickte kühl auf den Radarschirm, während sein Gehirn in den Hyperdrive-Modus schaltete. Situationen, in denen es um Leben und Tod ging, waren ihm nicht neu, und für ihn schien sich die Zeit in solchen Momenten zu verlangsamen. Seine Gedanken kehrten zu einem Paar russischer Kriegsschiffe zurück, die sie ein paar Tage zuvor im Bosporus passiert hatten. Es waren betagte

Schiffe, mindestens vierzig Jahre alt, verrostet und schlecht gewartet. Sogar die Seeleute erschienen schlampig und heruntergekommen. Dies verriet ihm, dass sich die Hauptstreitmacht der russischen Marine mit ihren hochmodernen Schiffen und Waffen nicht im Schwarzen Meer im Einsatz befand. Das bedeutete, dass er eine reelle Chance hätte.

Nach seiner Berechnung blieben ihm noch zwei, vielleicht sogar drei Minuten, während sein Körper aktiv wurde und seinen Gedanken vorauseilte. Er justierte die Ruderkontrollen, dann rannte er zur Tür, während er ein Stoßgebet murmelte. »Bitte lass es ein Torpedo sein.«

Ein paar Sekunden später lenkte Giordino den Helikopter neben die Kommandobrücke, um seine Warnung zu wiederholen. Aber die Brücke war leer, und er ließ den Hubschrauber aufsteigen und drehte ab. Dabei sah er, dass Pitt über das Achterdeck in Richtung Tauchboot rannte.

Giordino schwenkte herab, um ihn aufzusammeln, aber Pitt verscheuchte ihn mit einer Handbewegung und machte sich stattdessen an den Kontrollen des Krans zu schaffen.

Er schaltete ihn ein und schwenkte das Tauchboot über das Heck nach Außenbord. Das U-Boot pendelte über der Schlepptrosse, die *Macedonia* und Frachtkahn miteinander verband, und stürzte ins Meer. Pitt änderte die Drehrichtung der Seiltrommel und ließ zu, dass das Tauchboot hinter dem Schiff zurückfiel. Während das Tauchboot kleiner wurde, bemerkte er die Rauchfahne der abgefeuerten russischen Rakete, die auf das Schiff zuraste.

Er machte Anstalten, zur Brücke zurückzukehren, zögerte jedoch, als er einen lauten Knall vernahm. Das Geräusch war auf dem Frachtkahn erklungen, der mittlerweile auf die linke Seite des Schiffes gewandert war. Er konnte eine kleine Rauchwolke erkennen, die vom Heck des Kahns aufstieg, dann machte er kehrt und sprintete zur Kommandobrücke der *Macedonia.*

Fünfhundert Meter über dem NUMA-Schiff schwebend, verfolgte Giordino Pitts Verteidigungsmaßnahmen. Aber dann wandte er seine Aufmerksamkeit doch der unmittelbar drohenden Gefahr zu. Der abgefeuerte Marschflugkörper raste dicht über die Wellen hinweg. Eine Viertelmeile von dem NUMA-Schiff entfernt warf die Rakete ein Objekt ins Wasser ab und setzte ihren Flug fort.

Aber die Rakete richtete sich nicht nach der *Macedonia* aus, nachdem Pitt deren Kurs geändert hatte. Stattdessen marschierte sie am Schiff vorbei und setzte ihre Bahn zum Horizont fort, wo sie harmlos ins Meer stürzen würde, sobald ihr Treibstoff verbraucht wäre.

Bislang hielt Pitts Glückssträhne an. Die Russen hatten eine SS-N-14-Silex-Rakete abgefeuert, deren Nutzlast aus einem Torpedo bestand, der in Zielnähe abgeworfen wurde. Zwar drohte in diesem Fall kein Raketentreffer, aber der Torpedo wäre beinahe genauso tödlich.

Giordino suchte die Wasserfläche nach dem Torpedo ab und entdeckte seine weiße Heckwelle, als er auf die *Macedonia* zusteuerte. Pitt hatte das Forschungsschiff von der *Ladny* weggedreht, sodass die Attacke auf ihr Heck zielte. Giordino musste hilflos verfolgen, wie die Zielelektronik des Torpedos das Schiff auffasste und auf seinen Heckspiegel lenkte. Der Torpedo schien zu beschleunigen, als er sich dem Forschungsschiff näherte, bis er im Ziel einschlug – und in einer Wolke aus Gischt und Trümmern explodierte.

36

Die Tele-Videokamera der *Ladny* übertrug eine hoch schäumende Wassersäule und eine weiße Qualmwolke, die zum Himmel emporstieg. Popow und seine Mannschaft hatten nur selten die Gelegenheit, scharfe Waffen abzufeuern, geschweige denn gegen einen realen Feind. Sie betrachteten den Videobildschirm mit einer Mischung aus Erstaunen und Genugtuung. Aber Popows Stolz verwandelte sich in Verwirrung, als ein geisterhaftes Bild auf dem Bildschirm erschien.

Es war die *Macedonia,* die an der sich auflösenden Explosionswolke vorbeirauschte. Das NUMA-Schiff dampfte offenbar vollkommen unversehrt noch immer in Richtung Sewastopol. Popow blickte auf den Gefechtsbildschirm, um sich zu vergewissern, dass er keine Gespenster sah. Die roten Dreiecke der beiden Ziele wanderten nach wie vor nach Osten, mittlerweile jedoch parallel nebeneinander anstatt in Tandemformation.

»Was ist schiefgegangen?«, brüllte Popow.

Der Erste Offizier schüttelte den Kopf. »Die Explosion muss vorzeitig erfolgt sein.«

»Ist eine zweite Rakete einsatzbereit?«

»Backbordwaffe zwei ist bereit«, meldete der Waffenoffizier.

»Backbordwaffe zwei Feuer.«

Wenige Sekunden später, nachdem die Fregatte beim Start der Lenkwaffe erzittert war, wandte sich der Funkoffizier der *Ladny* mit einem erschreckten Blick an Popow. »Kapitän, ich empfange einen Ruf des amerikanischen Schiffes.«

»Wie bitte? Stellen Sie ihn durch.«

Pitts Stimme hallte durch den Raum. »Die *Macedonia* ruft die *Ladny.* Vielen Dank für den warmen Empfang und die reizende Gastfreundschaft, aber wir haben uns entschieden, unseren Krim-Urlaub zu verschieben. Wir werden Ihre gesperrte Zone in Kürze verlassen. *Doswidanja*!«

Der Funkoffizier wurde bleich. »Kapitän, was soll ich erwidern? Die Rakete wurde bereits gestartet.«

Der Waffenoffizier, der in der Nähe saß, blickte auf den Waffenzeitnehmer. »Der Torpedo wird gleich abgesetzt, Kapitän. Um ihn aufzuhalten, ist es zu spät.«

Popow wandte sich mit ernstem Blick zu dem Waffenoffizier um.

»Es gibt jetzt nichts zu sagen«, erklärte er mit leiser Stimme und wandte sich an den Ersten Offizier. »Lassen Sie die Mannschaft abtreten.«

Von seinem Platz am Ruderstand der *Macedonia* aus konnte Pitt die zweite Silex-Rakete auf das Schiff zurasen sehen. Nun war er sich hinsichtlich des Erfolgs bei diesem zweiten Hühnchenspiel allerdings ein wenig sicherer. Er wusste, dass die *Macedonia* schneller war und leichter reagierte, da die Schlepptrosse durchtrennt worden war, als der erste Torpedo das Tauchboot getroffen hatte, das hinter dem Schiff hergezogen wurde und in sicherem Abstand vom Forschungsschiff explodiert war. Und diesmal hatte er mehr als nur ein kleines U-Boot als Störobjekt.

Pitt hatte das Schiff kurzzeitig in Richtung der *Ladny* gelenkt, aber nun drehte es und bewegte sich aus der Marschrichtung der sich nähernden Rakete. Pitt ging mit der *Macedonia* auf volle Kraft, während er einem Kollisionskurs mit dem Munitionskahn folgte. Der offene Frachtkahn befand sich kaum fünfzig Meter vor ihm und lag nach der Explosion, die seinen Kiel aufgerissen hatte, deutlich tiefer im Wasser.

»Torpedo ist unterwegs«, meldete Giordino über das Brückenfunkgerät.

Pitt beobachtete, wie die Silex-Rakete mit schrillem Pfeifen über ihn hinwegraste, nachdem sie ihre Last abgeworfen hatte. Er hatte nur ein paar Sekunden Zeit, bis die Zielelektronik des Torpedos das dumpfe Dröhnen der Maschinen der *Macedonia* aufnahm und den stählernen Fisch zu einem tödlichen Treffer ins Ziel lenkte.

Der sinkende Frachtkahn entfernte sich vom Bug der *Macedonia,* als Giordino seinem Freund von seinem Beobachtungspunkt am Himmel den nächsten Funkspruch übermittelte. »Sie hat dich im Visier und ist gleich bei dir. Noch etwa fünfhundert Meter.«

»Verstanden. Am besten gehst du auf Distanz.« Pitt behielt den Kurs am Ruder bis zur letzten möglichen Sekunde bei, dann drehte er nach Backbord und folgte der Strömung. Das türkisfarbene Schiff glitt neben den Frachtkahn und schrammte auf Tuchfühlung an ihm entlang.

»Noch einhundert Meter«, sagte Giordino an und zog den Helikopter zur Seite, um das weitere Geschehen aus sicherem Abstand zu verfolgen.

Nachdem er den Kahn überholt hatte, lenkte Pitt die *Macedonia* wieder nach Steuerbord, sodass das treibende Schiff zurück in seine Kiellinie gelangte. Er zählte die Sekunden und hoffte, so viel Wasser wie möglich zwischen sich und die Munitionsladung zu bringen, als die erste Explosion zündete. Dem lauten Knall folgte eine Sekunde später das dumpfe Grollen eines eruptierenden Vulkans.

Der Lastkahn zerplatzte zu einem gigantischen Feuerball, der dreißig Meter hoch in den Himmel stieg. Metalltrümmer regneten aus der glühenden Wolke herab und prasselten zischend in die See.

An Bord der *Macedonia* wurde Pitt von den Füßen gerissen. Die Druckwelle sprengte die hinteren Brückenfenster aus den Rahmen und schob eine sich aufbuckelnde Wellenfront unter das Schiffsheck, das ruckartig angehoben wurde. Der Rumpf und die Deckaufbauten wurden von Granatsplittern zerfetzt. Aber die meisten Schäden blieben oberflächlich.

Während Pitt sich wieder auf die Füße kämpfte, stellte er fest, dass sich die *Macedonia* zügig von dem Mahlstrom entfernte. Er warf einen Blick auf die Überreste des Frachtkahns, der von einer dicken Schicht schwarzen Rauches zugedeckt wurde. Der Air-Force-Helikopter kreiste darüber im Dunst.

»Dirk, bist du okay?«, funkte Giordino.

»Mir ist nichts passiert«, antwortete Pitt und legte am Ruder einen südwestlichen Kurs fest, der die *Macedonia* so schnell wie möglich aus der gesperrten Zone herausführen würde. »Du brauchst mir nur noch zu melden, dass unsere Freunde des Schießens müde geworden sind.«

»Ich garantiere dir, dass sie die Colts in die Holster gesteckt haben. Die *Truxton* hat ihnen soeben gedroht, sie zu den Fischen zu schicken, wenn sie noch einmal feuern sollten.«

»Wirklich nett von der Navy.«

»Von hier oben sieht die *Macedonia* wie ein Frosch mit Masern aus. Auf dem Achterdeck flackern ein paar Feuerchen, die tunlichst gelöscht werden sollten.«

»Werde mich gleich darum kümmern.« In diesem Augenblick bemerkte Pitt zum ersten Mal getrocknetes Blut auf dem Fußboden der Kommandobrücke.

»Eine Frage«, sagte Giordino, »was brachte dich auf die Idee, Kurs auf die Russen zu nehmen und sie zu einem zweiten Raketenangriff zu animieren?«

»Der Lastkahn«, sagte Pitt. »Ich habe eine kleine Sprengladung entdeckt, die in sicherer Entfernung von den Munitionskisten außen an seinem Rumpf hochging. Ich glaube, sie haben absichtlich ein Loch in den Kiel gesprengt, um den Kahn zu versenken.«

»Weshalb haben sie ihn dreihundert Meilen weit über das Schwarze Meer geschleppt, um ihn vor Sewastopol auf Grund zu setzen?«

»Keine Ahnung. Vielleicht hatten sie vor, den Hafen zu blockieren, und sind mit ihrem Zeitplan nicht zu Rande gekommen.«

»Gibt es irgendeine Spur von der Mannschaft der *Macedonia*?«

»Nein«, sagte Pitt. »Ich schau mal nach.«

Er schaltete den Autopiloten ein und verließ die Kommandobrücke mit einem tragbaren Sprechfunkgerät. Im Maschinenraum beginnend und sich nach oben vorarbeitend, durchsuchte er das gesamte Schiff. Von aufgeschlagenen Berichtsheften in den Laboren bis hin zu verschimmelten, nur teilweise geleerten Speisetellern in der Kantine fand er zahlreiche Hinweise, die auf einen überstürzten Aufbruch hinwiesen.

Als Pitt auf die Kommandobrücke zurückkehrte, hatte Giordino mit dem Helikopter eine Position über dem Bug eingenommen. Die *Macedonia* hatte das Sperrgebiet beinahe verlassen, und die *Truxton* war bereits auf dem Radarschirm zu sehen. Sich den Kopf über die verschwundene Mannschaft zerbrechend, stand Pitt am Ruder und ließ den Blick über die freie See schweifen, die vor ihm lag. Nach einiger Zeit wandte er sich zu einem Kartentisch um – und bemerkte eine winzige drahtlose Videokamera, die in einer Nische an der Decke des Raums versteckt war.

Er holte sie herunter und sah, dass es eigentlich eine Zwillingskamera war – eine war auf den Ruderstand gerichtet, die andere auf den Bereich hinter dem hinteren Brückenfenster. Er legte sie auf den Tisch, dann untersuchte er die Kommandobrücke auf weitere Spuren ab. Zuerst warf er einen Blick ins Logbuch des Schiffs, aber der aktuellste Eintrag war einige Tage alt und betraf die Einfahrt der *Macedonia* in den Hafen. Funkprotokolle, Seekarten und sämtlicher anderer Papierkram, der auf der Kommandobrücke herumlag, erwiesen sich als ebenso nichtssagend. Aber als er die getrockneten Blutflecken auf dem Fußboden eingehender untersuchte, fiel ihm etwas auf.

Es waren verschlungene Linien in einem kleinen Blutspritzer

dicht vor dem Schott. Der Spritzer stammte von einer Schuhspitze, als das Blut noch feucht gewesen war. Als Pitt genauer hinschaute, entdeckte er eine nahezu unsichtbare Botschaft, die ihm bestätigte, was er bereits vermutet hatte. Es war ein einziges Wort, das auf den Fußboden geschrieben worden war.

Besso.

37

Ungläubig verfolgten Mankedo und Vasko, wie Pitt die Kamera von der Decke herabriss und die satellitengestützte Videoverbindung unterbrach.

Mankedo klappte den Laptop zu, auf dem er die Ereignisse der vergangenen Stunde beobachtet hatte, und schob ihn an den Rand seines Schreibtisches. »Die Ladung war schon fast an Ort und Stelle, unterwegs zu einer Unterwasserexplosion. Stattdessen ging sie an der Oberfläche hoch, vollkommen wirkungslos.«

»Dieser Mann!«, sagte Vasko mit hasserfüllter Stimme. »Er hat in dem Schlauchboot gesessen, er hat der Europol-Agentin geholfen, und er brachte das Uran an sich. Wie konnte er das Schiff finden?«

»Er muss der Chef der NUMA sein, der, mit dem Dimitow auf der *Macedonia* zu tun hatte. Sein Name lautet Pitt. Offenbar ist er ein erfahrener Schiffsingenieur.«

»Weshalb war er nicht bei der Mannschaft, als wir sie gefangen nahmen?«

»Dimitow meinte, dieser Pitt und ein anderer Mann, der für das U-Boot zuständig ist, hielten sich an Land auf, als das Schiff gekapert wurde.«

Mankedo erhob sich von seinem Platz hinter dem Schreibtisch und ging in seinem Büro auf und ab. »Ich fürchte, das wird das Interesse der Polizei wecken. Wir müssen zusehen, dass die *Besso* sofort das Schwarze Meer verlässt. Ich arbeite noch an einem zweiten Projekt im Mittelmeer und werde Dimitow dorthin schicken, um alles in die Wege zu leiten. Aber zuerst setze ich mich mit Hendriks in Verbindung. Dies könnte das Ende unserer Freundschaft sein.«

»Das glaube ich nicht«, sagte Vasko. »Er wusste, dass es ein riskantes Projekt war.«

»Vielleicht, aber wir haben ihn enttäuscht und nicht den entscheidenden Schlag ausgeführt, den er sich gewünscht hat. Das bedeutet sicher, dass in Zukunft keine weiteren Aufträge von ihm zu erwarten sind.«

»Du irrst dich, Valentin. Ich habe Hendriks getroffen und mich mit ihm unterhalten. Sein Handeln wird von Gefühlen gesteuert. Er ist längst nicht mehr das brillante geschäftliche Genie, das Millionen gescheffelt hat. Er hat sich vollkommen verwandelt, und ich glaube, dass er jeden noch so grandiosen Plan unterstützen wird, der sein Bedürfnis nach Aggression befriedigt. Je grandioser, desto besser. Und wir können ihm liefern, was er wünscht. Mit dem Bomber.«

»Mit dem Bomber«, wiederholte Mankedo leise.

»Ich habe mit Dimitow danach geforscht. Er erzählte mir von dem osmanischen Wrack und der Leiche des Piloten. Soweit wir wissen, bestätigen die Erkennungsmarken, dass er ein Flugingenieur in dem vermissten Tupolew-Bomber war. Es hat mich an einige Informationen erinnert, die wir vor Jahren von einem Fischer in Baltschik erhalten haben. Wir hatten seine Aufzeichnungen über Unterwasserhindernisse in der Hoffnung erworben, auf diesem Weg Wracks zu finden, deren Bergung sich lohnen würde. Er hat damals eine seltsame Radeinheit erwähnt, die er während der 1990er Jahre in der Gegend aus dem Wasser geholt hatte. Darum hatte er es entweder vergessen oder er hatte keine Ahnung von dem vermissten Bomber.«

»Das Fragment könnte doch auch von einem anderen Flugzeug gestammt haben oder sogar etwas vollkommen anderes gewesen sein.«

»Vielleicht, aber ich habe seine Aufzeichnungen überprüft. Der

Fischer beschrieb seinen Fund als Bugrad, und aus seinen Aufzeichnungen geht hervor, dass es nur drei Kilometer von diesem osmanischen Wrack entfernt gefunden wurde. Dimitow und ich haben nach seinen Angaben und auf der Basis der von ihm angegebenen Koordinaten ein kompaktes Suchgitter erstellt. Sich das Ganze einmal genauer anzusehen könnte sich lohnen.«

»Wir wissen noch nicht einmal, ob die Gerüchte über das Flugzeug auch nur ein Körnchen Wahrheit enthalten.«

»Aber wir wissen auch nicht mit Sicherheit, ob sie *nicht* zutreffen. Wir bekämen etwas in die Hand, wofür Hendriks großzügig zahlen würde. Wenn das Flugzeug dort liegt, wo wir es vermuten, nämlich in ziemlich seichtem Wasser, können wir die Wahrheit leicht herausfinden.«

Mankedo ließ sich diesen Gedanken durch den Kopf gehen und nickte. »Ja, das könnte die Enttäuschung bei Hendriks ein wenig mildern. Aber wir müssen uns beeilen. Ich bewillige vierundzwanzig Stunden, um das Flugzeug zu finden, ehe ich Dimitow und die *Besso* ins Mittelmeer schicke.«

Vasko fuhr sich mit der Hand über den kahlen Schädel und lächelte siegessicher.

»Du kannst die Suche schon jetzt als erfolgreich abgeschlossen betrachten.«

38

Der ferne Glanz des Londoner Lichtermeers begrüßte Dirk, Summer und Jack Dahlgren, als sie den Terminal des Heathrow Airport verließen. Das Trio zwängte sich für die Zwanzig-Meilen-Fahrt in die Stadt in ein schwarzes Taxi. Ein freies Taxi setzte sich hinter sie, während Mansfield mehrere Wagenlängen hinter ihnen in einem weißen Lieferwagen folgte, der von einer Agentin gelenkt wurde.

Als sie das Stadtzentrum erreichten, bog das führende Taxi nach Norden ab, durchquerte Soho, ehe es vor dem Eingang des Royal National Orthopaedic Hospital anhielt. Summer half Dahlgren, in die Vorhalle zu humpeln und sich anzumelden. Eine Krankenschwester erschien mit einem Rollstuhl und karrte ihn zu einer Batterie von Tests und Röntgenaufnahmen – als Vorbereitung für die am Vormittag des nächsten Tages geplante Operation.

Summer winkte ihm zum Abschied. »Wir holen dich morgen Abend zum Tanzen im Savoy ab.«

»Dann hoffe ich nur, sie haben nichts dagegen, dass ich mit einem Holzbein den Fußboden des Tanzsaals ruiniere«, sagte Dahlgren.

Dirk und Summer kehrten in ihr wartendes Taxi zurück, das sie diesmal nach Süden und quer durch London kutschierte. Der Lieferwagen hängte sich an sie und schlängelte sich aggressiv durch den Verkehr, um an ihrer hinteren Stoßstange kleben zu bleiben. Sie gelangten nach Kensington, und das Taxi bog in die Einfahrt des Gore ein, eines Vier-Sterne-Hotels unweit des Hyde Parks.

Der Lieferwagen fuhr an dem Hotel vorbei und stoppte einen

halben Block entfernt am Bordstein. Mansfield sah seine Fahrerin an, eine kühle, ernsthafte Frau namens Martina, die ihr dunkles Haar kurz geschnitten trug. »Haben Sie Zugriff auf das System des Gore?«

Martina holte ein Tablet unter ihrem Sitz hervor und rief eine lange Liste Londoner Hotels auf. Neben dem Namen des Gore fand sie eine leuchtende Markierung und nickte. Bekanntermaßen noch nie von besonders hohem Sicherheitsstandard, waren die Reservierungssysteme der meisten Hotels in größeren Städten schon vor langer Zeit von ausländischen Geheimdiensten gehackt worden, um wichtige Personen im Auge behalten zu können.

»Wir erfahren ihre Zimmernummer, sobald sie sich eingecheckt haben«, sagte sie. »Iwan im Taxi wird die Lobby beobachten, bis mein Überwachungsteam installiert werden kann.«

»Wie lange wird das dauern?«

»Weniger als eine Stunde.«

Mansfield blickte über die Straße zu einem kleinen Hotel namens Queens Gate.

»Ich nehme mir dort ein Zimmer und warte auf Ihre Überwachungsergebnisse. Vielleicht können wir anschließend noch irgendwo etwas trinken«, sagte er mit einem charmanten Augenzwinkern.

Martina revanchierte sich mit einem eisigen Blick. »Die Ergebnisse werden geliefert, sobald sie zur Verfügung stehen.«

Mansfield lachte verhalten und stieg aus dem Wagen.

Im Gore trugen sich Dirk und Summer an der Rezeption ins Gästebuch ein und konnten bereits eine Nachricht in Empfang nehmen, die für sie hinterlegt worden war.

»Sie ist von St. Julien«, sagte Summer. »Er kommt in einer Stunde vorbei, um mit uns zu dinieren.«

»So wie ich St. Julien kenne, sollten wir uns zum Dinner lieber ein wenig herausputzen.«

Sie bezogen nebeneinanderliegende Zimmer im dritten Stock und kehrten eine Stunde später in die Lobby zurück. Summer trug einen weichen beigefarbenen Kaschmirpullover und einen knielangen Rock, während Dirk sich für ein dunkelblaues Sportsakko und eine hellgraue Hose entschieden hatte.

Der Agent Iwan tat im Schatten eines Gepäckkarrens so, als ob er einen Touristenstadtplan studiere, beobachtete jedoch unauffällig ihre Aktivitäten.

Sie gingen zu dem überdachten Eingang hinaus, wo genau um die verabredete Uhrzeit ein eleganter Rolls-Royce Phantom III Town Car vorfuhr. Dirk identifizierte ihn sofort als einen 1937er-Sedanca-de-Ville.

Der Fahrer, ein Mann pakistanischer Herkunft in Chauffeursuniform, sprang aus dem Wagen und öffnete die hintere Tür. »Miss Pitt? Mr. Pitt?« Er winkte ihnen mit einer behandschuhten Hand und deutete aufs Wageninnere.

Summer stieg zuerst ein und traf auf einen besonders rundlichen Mann, der fast die gesamte hintere Sitzbank einnahm. Er klopfte mit einer Hand auf das mit Connolly-Leder bezogene Sitzpolster neben sich. »Hier ist genug Platz, meine Liebe. Dirk bekommt den Notsitz.«

Summer umarmte ihn und quetschte sich neben ihn.

Dirk schlängelte sich hinein und machte es sich auf einem Klappsitz einigermaßen bequem, dann schüttelte er dem gewichtigen Mann die Hand. »Wie ich sehe, bist du wieder mal stilvoll unterwegs.«

»Eine Barker-Karosserie«, sagte Perlmutter und strich sich über den langen, dichten Bart, »ist nun mal der Inbegriff von Geräumigkeit, weißt du. Will sagen, in Sachen Styling das Beste, was man kriegen kann.«

»Eine wahre Pracht«, sagte Summer, »vor allem für einen achtzig Jahre alten Wagen.«

Perlmutter beugte sich vor und klopfte gegen das Rückfenster des Fahrerabteils, dann ließ er die Scheibe ein paar Zentimeter herunter. »Zum Le Gavroche, James.«

Der Fahrer nickte, legte den Gang ein und setzte den Wagen seidenweich und ohne einen Ruck in Bewegung, während Perlmutter die Scheibe wieder hochfuhr.

»Ein Chauffeur namens James?«, fragte Summer.

Perlmutter zuckte die Achseln. »Ich glaube, sein richtiger Name lautet Ravi, aber freundlicherweise hört er auch auf James.«

Summer lachte. »Es ist wirklich eine Riesenfreude, dich wiederzusehen, Julien. Wie war deine Konferenz?«

»Großartig. Es gab ein paar interessante Berichte über antike Wracks im Mittelmeer sowie interessante Forschungsergebnisse aus England. Mein Vortrag über aztekische seetüchtige Kanus – die von dir und deinem Vater in der Karibik gefunden wurden – erfreute sich großer Zustimmung.«

Als einer der herausragenden Seefahrtshistoriker war Perlmutter ein wandelndes Lexikon, was antike wie auch moderne Schiffswracks betraf. Seit vielen Jahren mit den Pitts befreundet, war er schon bei zahlreichen NUMA-Projekten eine zuverlässige Informationsquelle wie auch bei diversen Diners ein stets freundlich gesonnener und mit ausgeprägtem Appetit gesegneter Tischgenosse gewesen. Abgesehen von seiner Begeisterung für Seefahrtsgeschichte war Perlmutter ein leidenschaftlicher Gourmand.

»Beinahe hätte ich es vergessen.« Summer überreichte ihm eine Flasche in einem Stoffbeutel. »Ein Geschenk aus Norwegen.«

Perlmutter öffnete den Beutel und holte eine dunkelgrüne Flasche heraus. Er studierte das Etikett, dann lachte er glucksend. »Aquavit, natürlich. Danke. Funktioniert auch als idealer Aperitif.« Er öffnete ein Fach unterhalb des Trennfensters, in dem sich eine kleine Bar befand. Er schraubte die Flasche auf und füllte drei Gläser, die er dann herumreichte.

»Skål!«, prostete er seinen Freunden zu.

Beim ersten Schluck von der scharfen Flüssigkeit verzog Summer das Gesicht.

Dirk bemerkte ihre Reaktion und lächelte. »Zumindest hält er dich warm, wenn der erste Londoner Nebel aufzieht.«

Während sie nach und nach ihre Gläser leerten, glitt der Rolls ums östliche Ende des Hyde Parks herum, ehe er vor einem Eckhaus aus rotem Klinker anhielt. Perlmutter geleitete seine Gäste durch eine Seitentür mit einem Messingschild mit der Inschrift *Le Gavroche.* Seit Generationen ein Übungsgelände für die besten Köche Londons, war Le Gavroche wahrscheinlich das beste französische Restaurant der Stadt.

Perlmutter schritt beschwingt aus, als sie eine lange Treppe hinunter und zu einer Nische geleitet wurden, auf deren mit grünem Samt bezogenen Polstern sie Platz nahmen. Nachdem er als Appetitanreger Hummerschaum bestellt hatte, seufzte er zufrieden. »Ich kann mich noch an die Zeit erinnern, als Schweinefleischpastete in London als Inbegriff der Haute Cuisine galt. Mein Gott, wie schön, dass die Zeiten sich derart zum Besseren gewandelt haben.«

»Sei ehrlich, Julien«, sagte Summer, »war es das Historikertreffen oder Londons erlesene Küche, was dich aus Washington herübergelockt hat?«

»Ich verweigere eine Antwort, und zwar, weil ich mich dadurch selbst belasten könnte.« Er klopfte sich auf den Bauch und lachte.

Nachdem er für sich in Portwein geschmorte Ente, für Dirk Steinbutt und für Summer eine Seezunge bestellt hatte, zwang er sich, zumindest für einige Minuten nicht mehr an Essen zu denken. »Jetzt erzählt mir mal von eurem norwegischen Schiffswrack.«

»Tatsächlich ist es ein englisches Wrack.« Dirk beschrieb, wie sie die *Canterbury* entdeckt hatten, und auch die anschließende Begegnung mit dem russischen Bergungsschiff.

»Meine Güte, was für ein aggressives Verhalten«, sagte Perlmutter. »Irgendeine Ahnung, weshalb sich die Russen so brennend für einen verrosteten Kreuzer der Royal Navy interessieren?«

Summer griff in ihre Handtasche und holte ein Foto von dem

Goldbarren hervor. »Wir haben dies in einer Kabine in der Nähe der Kommandobrücke gefunden.«

Perlmutters Augen leuchteten auf. »Vielleicht befindet sich noch mehr davon in den Laderäumen, obwohl sich ein Kreuzer eher nicht als Frachtschiff eignet.«

»Wir vermuten, dass es das ist, worauf die Russen scharf sind«, sagte Dirk. »Achte auf die Stempel auf dem Barren.«

Perlmutter hatte bereits den doppelköpfigen Adler ins Visier genommen. »Haus der Romanows«, flüsterte er. »Kein Wunder, dass die Russen auf das Wrack Anspruch erheben. Wann, sagtet ihr, wurde die *Canterbury* versenkt?«

»Am sechsundzwanzigsten Februar 1917«, antwortete Dirk. »Sie hatte Archangelsk einige Tage zuvor verlassen.«

In Perlmutters Kopf setzten sich die Räder in Bewegung und führten ihn weit weg aus dem französischen Restaurant. »Höchst seltsam.« Er legte das Foto auf den Tisch. »Meine festlandbezogenen Geschichtskenntnisse mögen ein wenig eingerostet sein, aber soweit ich mich entsinne, besaß die russische Monarchie zu Beginn des Ersten Weltkriegs einen unermesslichen Goldschatz. Worüber sie aber nicht verfügte, war eine ausreichende Menge Waffen und Munition für ihre Truppen. Sie lieferte Goldladungen an die Alliierten – als Bezahlung für Munition –, und zwar zuerst über Archangelsk, danach von Wladiwostok aus, nachdem die Deutschen den Seeweg im Westen vermint hatten. Eine Goldlieferung von Archangelsk im Jahr 1917 wäre gefährlich und ungewöhnlich, aber letztlich nicht unmöglich gewesen.«

»Wie können wir mehr über die letzte Reise der *Canterbury* in Erfahrung bringen?«, fragte Summer.

»Bei Dr. Charles Trehorne, einem emeritierten Professor für Meeresarchäologie in Oxford. Er ist ein Kollege und Experte für Schiffswracks der Royal Navy. Ich rufe ihn heute Abend noch an und erkundige mich, ob wir ihm morgen einen Besuch abstatten können.« Er drehte das Weinglas zwischen seinen dicken Fingern.

Während er sich das Aroma des Bordeaux auf Zunge und Gaumen zergehen ließ, schob er das Foto zu Summer zurück. »Was habt ihr mit dem Gold gemacht?«

»Wir haben es mitgebracht«, sagte Summer. »Es liegt im Zimmersafe im Hotel. Ich bin sicher, dass niemand vermutet, dass dort irgendetwas von Wert deponiert wurde.«

Perlmutter nickte und trank einen weiteren Schluck. Er konnte es unmöglich wissen, aber in diesem Moment war Summers Zimmersafe sowohl offen als auch leer.

Bekleidet mit der Uniform eines Zimmermädchens, hatte die russische Agentin Martina das Gore durch den hinteren Personaleingang betreten, in der Hand einen Eimer mit Putzzeug, der mit einem Handtuch bedeckt war und außerdem eine Kollektion elektronischer Überwachungs- und Abhörapparaturen enthielt. Sie erreichte den dritten Stock über die Treppe und fand die Zimmernummer, die ein Hacker in der russischen Botschaft ermittelt hatte.

Zunächst begann sie mit Dirks Zimmer, schob eine Schlüsselkarte ins Türschloss, die von dem Hacker mit dem korrekten Sicherheitscode versehen worden war. Dirk hatte sich nicht die Mühe des Auspackens gemacht, was ihre Mission vereinfachte. Zuerst kam sein unverschlossener Koffer an die Reihe. Sie wühlte ihn durch, fand jedoch nichts von informativem Wert. Dann nahm sie sich das Zimmertelefon vor, befestigte an seiner Basis einen winzigen drahtlosen Sender, ergänzt durch einen Signalverstärker, den sie an die Rückseite des Fenstervorhangs heftete. Dieses Gerät würde sämtliche Telefongespräche und die im Raum geführten Unterhaltungen zu einem Lauschposten im Lieferwagen auf der gegenüberliegenden Straßenseite übertragen, zumindest so lange, bis seine Batterien in einer Woche erschöpft wären. Schließlich holte sie ein Schlüsselbund hervor und wählte ein Exemplar, das dem Generalschlüssel des Hoteldirektors für den Zimmersafe entsprach. Darin fand sie lediglich Dirks Reisepass, an dem sie nicht interessiert war. Sie verschloss den Safe und begab sich eilig nach nebenan.

In Summers Zimmer wiederholte sie die Prozedur, zumindest bis zu dem Punkt, an dem sie den Zimmersafe öffnete. Verblüfft über den Goldbarren, holte sie ihn heraus und legte ihn neben Summers Reisepass, Laptop und einen Flash-Speicher auf das Bett. Mit Hilfe ihres Tablets fotografierte sie den Goldbarren von allen Seiten, dann legte sie ihn zusammen mit dem Laptop, dem Reisepass und dem Flash-Speicher wieder in den Safe, nicht ohne vorher den Inhalt des Letzteren auf das Tablet übertragen zu haben.

Martina deponierte ihre Geräte im Eimer und wandte sich zum Gehen, als an der Zimmertür geklopft wurde und wenig später das Schloss klickte. Sie erstarrte, als die Tür aufschwang und eine Frau mit einem Glas Pfefferminzbonbons in der Hand erschien. Es war die Concierge. Sie blieb abrupt stehen und starrte die Russin misstrauisch an. »Durchsuchen Sie etwa dieses Zimmer?«

»Nee, sie wünschten nur ein weiteres Handtuch«, sagte Martina im East-Ender-Dialekt. Sie deutete auf das Handtuch in ihrem Eimer und ging zur Tür. Hier schob sie sich an der Concierge vorbei und entfernte sich mit schnellen Schritten den Flur hinunter. Sie drehte sich nicht ein einziges Mal um, bis sie das Hotel verlassen und sich zwei Blocks weit nach Süden entfernt hatte.

Erleichtert, kein weiteres Aufsehen erregt zu haben, unternahm Martina eine Runde durch die Nachbarschaft zu Mansfields Hotel und klopfte an der Tür seines Zimmers, das zur Straße hinausging. Er schob einen Servierwagen des Zimmerservice, auf dem ein Teller mit einem zur Hälfte verzehrten Steak und eine Flasche Montepulciano standen, beiseite und bat sie herein.

»Gab es Probleme?« Er schenkte ihr ein Glas Wein ein.

»Nein.« Sie nahm das Glas entgegen und stellte es, ohne einen Schluck daraus zu trinken, auf den Tisch. »Die Abhörwanzen befinden sich an Ort und Stelle und wurden aktiviert.«

Sie griff in den Eimer und reichte ihm ein Wegwerf-Mobiltelefon. »Der Lieferwagen zeichnet sämtliche Unterhaltungen auf und informiert Sie über jede potentielle Übertragung. Sie sind eingeladen, den Technikern beim Lauschen Gesellschaft zu leisten.«

»Ich warte lieber auf den Anruf.« Er lächelte überheblich. »Konnten Sie ein Treffen mit dem Finanzexperten arrangieren?«

»Ja. Morgen Vormittag um zehn Uhr.« Sie reichte ihm einen zusammengefalteten Notizzettel mit der Adresse.

»Begleiten Sie mich?«

»Nein. Um diese Zeit führe ich eine Überwachung durch.«

»Schade. Sind Sie sicher, dass Sie nicht auf ein Glas hierbleiben wollen?«

Martina nickte. »Ich möchte Sie nicht bei Ihren Studien ablenken.« Sie reichte ihm das Tablet. »Ich habe den Inhalt eines Flash-Speichers aus dem Safe im Zimmer der Frau heruntergeladen. Sie wollen sich gewiss auch noch die Fotos von einem anderen Objekt ansehen, das ich im Safe gefunden habe. Gute Nacht.«

Martina machte auf dem Absatz kehrt und verließ das Zimmer. Mansfield schaltete das Tablet ein und rief die Datei auf, die von Summers Flash-Speicher kopiert worden war. Es war die Unterwasser-Videosequenz von der *Canterbury.* Mansfield schaute sich die sechzig Minuten lange Aufnahme an, die mit einer Aufnahme von der *Tavda* bei hereinbrechender Abenddämmerung in der Nähe des Wracks endete.

Er machte Anstalten, das Tablet zu schließen, erinnerte sich jedoch an Martinas letzte Bemerkung vor dem Hinausgehen. Er öffnete den Ordner mit der Bezeichnung BILDER, und es erschien ein halbes Dutzend Fotos von dem Goldbarren. Mit großen Augen starrte er auf das darin eingravierte russische Kaiserliche Wappen. Dann griff er nach dem Hörer des Zimmertelefons.

»Zimmerservice? Bitte, bringen Sie mir noch eine zweite Flasche Wein.«

39

Um genau acht Uhr morgens holte Perlmutter Dirk und Summer mit seinem gemieteten Rolls Royce im Hotel ab. Es war nur eine kurze Fahrt zum Krankenhaus, wo sie Jack Dahlgren trafen, kurz bevor er in den Operationssaal gerollt wurde. Sie warteten in der Cafeteria, bis er einige Stunden später aus dem Aufwachraum herausgebracht wurde. Noch halbbetäubt von den Medikamenten, mit denen man ihn vollgepumpt hatte, nahm er zusammen mit seinen Freunden erleichtert zur Kenntnis, dass er mit einer vollständigen Genesung rechnen könne. Dirk versprach ihm, bei seinem nächsten Besuch Bier mitzubringen, und sie ließen ihn in der liebevollen Obhut einer Krankenschwester zurück, die eine frappierende Ähnlichkeit mit der Sängerin Adele hatte.

Der Rolls fädelte sich bald wieder in den Verkehr ein, unauffällig verfolgt von einer silbermetallicfarbenen Audi-Limousine. Das Ziel beider Wagen war Churchill Gardens und dort eine Penthousewohnung in einem langgestreckten grauen Gebäude am Themseufer. Ein Fahrstuhl trug sie ins oberste Stockwerk hinauf, wo Perlmutter einen ankerförmigen Klopfer an einer auf Hochglanz polierten Holztür am Ende eines langen Flurs betätigte. Ein hochgewachsener Mann mit rotblondem Haar, in der Hand eine Teekanne, öffnete und bat sie herein.

»Er ist ganz frisch«, sagte Charles Trehorne mit sanfter, gepflegter Stimme. »Meine Frau Rosella hatte das Wasser aufgesetzt, ehe sie das Haus verließ, um einige Besorgungen zu machen. Kommen Sie herein.«

Die Wohnung glich einer privaten Bibliothek. Nussbaumregale, gefüllt mit Büchern über jedes erdenkliche seefahrtsrelevante Thema, bestimmten die Einrichtung der Wohnung. Aufgelockert wurde der an ein Archiv gemahnende Eindruck durch orientalische Teppiche, Kunstdrucke von antiken Schiffen und moderne Ledermöbel. Dirk und Summer sahen sich kurz an und lächelten.

»Ihr Zuhause hat eine erstaunliche Ähnlichkeit mit St. Juliens Domizil in Washington«, sagte Summer.

»Ja, die Bücher«, sagte Trehorne. »Dieser Sucht zu verfallen ist ein Berufsrisiko. Aber ich glaube, dass Julien eine weitaus erlesenere Sammlung besitzt.«

»Nur zahlenmäßig«, sagte Perlmutter. »Würden wir unsere Schätze zusammenwerfen, hätten wir ein einmaliges maritimes Archiv.«

»Das beste der Englisch sprechenden Welt, wage ich zu behaupten. Bitte setzen Sie sich.« Er deutete auf einen runden Tisch neben einer gläsernen Wand, von dem aus man einen Blick auf den Fluss hatte.

Summer beobachtete einen kleinen Schwimmbagger, der sich in der Flussmitte langsam vorbeischob. »Das Themse-Panorama ist atemberaubend.«

»Gleichzeitig inspirierend und ablenkend«, sagte Trehorne. Er schenkte Tee ein, während sich Perlmutter von einem Teller Gebäck bediente. Trehorne griff in einen Bücherschrank in seiner Reichweite und holte eine Flasche Balvenie Single Malt Scotch Whiskey heraus, die in einem Fach versteckt gewesen war. Er schüttete einen kräftigen Schuss in seine Teetasse und gab die Flasche an Perlmutter weiter. »Ein angenehmer Muntermacher, wenn Sie wollen.« Er kostete das Ergebnis mit einem zufriedenen Lächeln und stellte die Tasse wieder auf den Tisch. »Dann erklären Sie mir doch mal das ungewöhnliche Interesse der Amerikaner an einem Royal-Navy-Kreuzer der C-Klasse.«

»Wir haben die *Canterbury* zufällig vor der norwegischen Küste geortet«, sagte Dirk, »und stellten dann fest, dass wir nicht die einzigen Interessenten waren.«

»Julien erzählte mir von Ihrem Zusammenstoß mit den Russen. Dies bringt mich zu der Vermutung, dass hinter ihrer letzten Fahrt mehr steckte, als auf den ersten Blick zu erkennen war.«

»Was können Sie uns über die *Canterbury* erzählen?«, fragte Summer.

Trehorne schlug einen Schnellhefter auf, den er bereitgelegt hatte. »Die *Canterbury* wurde im Oktober 1914 in Dienst gestellt. Sie war das zweite Schiff der Cambria-Klasse leichter Kreuzer, erbaut von John Brown and Company. Sie wurde schon früh der Harwich Force zur Verteidigung der östlichen Ausläufer des Ärmelkanals zugeteilt. 1916 war sie im Mittelmeer in leichte Gefechte verwickelt, dann wurde sie Ende des Jahres zum Geleitdienst abgestellt. Im Februar 1917 verschwand sie vor der Küste Norwegens. Später wurde festgesetzt, dass sie vom deutschen U-Boot UC-29 versenkt worden war.«

»Daran ist nichts Ungewöhnliches«, sagte Perlmutter. »Was wissen Sie über ihre letzten Fahrten?«

»Geleitdienst.« Trehorne blätterte im Ordner weiter. »Anfang November 1916 machte sie eine Konvoifahrt nach Archangelsk – sie begleitete eine Munitionsladung – und kehrte ein paar Wochen später wegen kleinerer Reparaturen nach Scapa Flow zurück. Mitte Februar begleitete sie einen zweiten Konvoi und traf am achtzehnten in Archangelsk ein. Aber dann wird es interessant.« Er blickte zu Perlmutter hoch und lächelte. »Sie absolvierte diese Konvoifahrt mit drei anderen Schiffen der Royal Navy – mit der *Concord,* der *Marksman* und der *Trident.* Diese Schiffe kehrten mit dem Konvoi zurück und trafen am fünfundzwanzigsten Februar in Scapa Flow ein. Die *Canterbury* gehörte nicht dazu, aber deutsche Aufzeichnungen deuten darauf hin, dass sie von UC-29 am sechsundzwanzigsten Februar versenkt wurde.«

»Einen Tag, nachdem der Geleitzug nach England zurückgekehrt war?« Perlmutters Mundwinkel sanken skeptisch nach unten.

»Genau. Das ergibt überhaupt keinen Sinn. Natürlich konnten die Deutschen sich hinsichtlich ihrer Datumsangaben geirrt haben, aber ich habe ein wenig im Nationalen Archiv gegraben und dies hier gefunden.« Er reichte Perlmutter die Fotokopie eines mit Maschine geschriebenen Befehls vom Büro der britischen Admiralität für den Kapitän der *Canterbury.* Zwischen den Kurs- und Tankangaben fand Perlmutter Anweisungen an den Kapitän, sein Schiff im Hafen für die Rückkehr von Special Envoy Sir Leigh Hunt bereitzuhalten.

»Wer ist Hunt?«, fragte Perlmutter.

»Zum Zeitpunkt seines Todes war er Sonderbotschafter von Premierminister Lloyd George. Bis 1916 hatte er als Generalkonsul in der englischen Botschaft in Sankt Petersburg gedient. Aus seiner Biografie geht hervor, dass er enge persönliche Beziehungen zum Zaren unterhielt.«

Dirk wandte sich an Trehorne. »Demnach kehrte er in den letzten Tagen der Monarchie nach Sankt Petersburg zurück und hielt die *Canterbury* zwecks seiner Heimreise im Hafen auf?«

»So scheint es. Aber ich finde es ungewöhnlich, dass sich die *Canterbury* vom Konvoi getrennt hat, um auf Hunt zu warten und die Rückreise allein anzutreten.«

»Sind Sie sicher, dass das Schiff tatsächlich auf Hunt gewartet hat?«, fragte Perlmutter.

»Ja. Es heißt, er sei an Bord der *Canterbury* gestorben. Ich habe einige Nachforschungen angestellt und herausgefunden, dass die persönlichen Papiere Hunts im Nationalen Archiv aufbewahrt werden. Sie werfen vielleicht ein Licht auf die Aufgaben, die er in Russland wahrgenommen hat. Im Augenblick ist das Ganze nur ein unvollständiges Puzzle.«

»Dr. Trehorne«, sagte Summer, »ich kann mit einem zusätzlichen Hinweis zur Lösung des Rätsels aufwarten.« Sie griff in ihre

Handtasche, holte den Goldbarren hervor und ließ ihn auf den Tisch fallen.

Trehorne betrachtete ihn mit einem Anflug von Neugier. »Eine hübsche junge Frau wie Sie sollte mit einem solchen Schatz in ihrer Tasche lieber nicht durch Westminster spazieren.«

Dirk grinste. »Mir würde der Idiot, der versucht, sie darum zu erleichtern, aufrichtig leidtun.«

»Ich wäre glücklicher, wenn ich ihn loswerden könnte«, sagte sie. »Können Sie mir keinen geeigneten Empfänger nennen?«

»Ich habe viele Kontakte in der Royal Navy, die sicherlich hoch erfreut wären, den Barren in ihrem Besitz zu haben. Wahrscheinlich landet er am Ende im Marinemuseum in Portsmouth.« Er setzte eine Lesebrille auf und studierte den Goldbarren. »Das ist das Wappen der Romanows, wenn ich mich nicht irre.«

»Wir interpretieren es genauso«, sagte Summer. »Halten Sie es für möglich, dass die *Canterbury* eine umfangreiche Ladung Gold aus Russland an Bord hatte?«

Trehorne legte den Barren auf den Tisch und kratzte sich am Kinn. »Alles ist möglich, aber ich wäre trotzdem skeptisch. Goldtransporte, sogar während des Ersten Weltkriegs, wurden ausführlich dokumentiert. In den Schiffspapieren gibt es nicht einen einzigen Hinweis in dieser Richtung. Zu dieser Zeit wurden russische Goldlieferungen an die Bank von England als Gegenleistung für Munitionskäufe bereits durch den Pazifik umgeleitet.« Er schüttelte den Kopf. »Vielleicht wissen die Russen etwas, das wir nicht wissen. Wo genau an Bord des Schiffes haben Sie dieses Exemplar gefunden?« Er schob eine Schwarzweißfotografie von der *Canterbury* über den Tisch.

Dirk deutete auf das niedrige Kabinendeck unter der Kommandobrücke. »In der ersten Kabine auf der Steuerbordseite.«

»Eine angemessene Unterkunft für einen Diplomaten wie Hunt«, sagte Trehorne.

Summer runzelte die Stirn. »Jetzt zerstört dank der *Tavda*.«

»Vielleicht mit voller Absicht.« Trehorne verfolgte diesen Gedanken nicht weiter. Er stand auf und trug die Whiskeyflasche zum Bücherschrank. »Nun, Julien, Sie sollten sich lieber schnellstens von dem Gold trennen, ehe Ihnen jedes Schlitzohr Londons im Nacken sitzt. In der Zwischenzeit versuche ich, im Nationalen Archiv einen Besuchstermin zu vereinbaren, um einen Blick auf Sir Hunts Papiere zu werfen.«

»Sehr nett von Ihnen, dass Sie uns helfen«, sagte Summer. »Gibt es irgendetwas, womit wir uns bei Ihnen revanchieren können?«

»Das gibt es ganz sicher.« Er schaute sich prüfend im Zimmer um, dann verstaute er die Flasche wieder in ihrem Versteck. »Seien Sie so freundlich und informieren Sie meine Frau nicht darüber, wie ich meinen Tee getrunken habe.«

40

In Whitechapel im Londoner East End betrat Viktor Mansfield einen dunklen Pub namens Boar's Head. Bekleidet mit einem marineblauen Prada-Sakko, war er zwischen den wenigen Gästen, die sich kurz vor Mittag an der Theke ein Bier genehmigten, eindeutig zu elegant gekleidet. Nur ein grauhaariger Mann in einem grauen Anzug, der in einer der Nischen im rückwärtigen Teil der Kneipe saß, erschien in dieser Umgebung ähnlich fehl am Platze. Mansfield bestellte an der Theke zwei Gläser Guinness und trug sie zum Tisch des Mannes.

»Mr. Bainbridge?«, fragte er.

»Ja.« Die einzelne Silbe wurde in dem trockenen, gleichgültigen Tonfall eines Bankiers ausgesprochen, der gerade einen Darlehensantrag begutachtete. Er bedachte die Biergläser mit einem abfälligen Blick. »Für mich ein wenig zu früh, fürchte ich.«

»Keine Sorge.« Mansfield trank einen tiefen Schluck aus einem der Gläser, stellte das Glas beiseite und beugte sich vor. »Ich brauche Informationen über eine Goldlieferung Anfang 1917 von Russland nach England.«

»Ja, das wurde mir schon mitgeteilt«, sagte Bainbridge. »Die Archive der Bank von England, zu denen ich uneingeschränkten Zugang habe, sind in dieser Angelegenheit besonders zuverlässig und auch eindeutig. Es gab einen einzigen protokollierten Transfer von zwanzig Millionen Pfund in die Stahlkammer der Bank von England in Ottawa, und zwar im April 1917.«

»Ottawa, Kanada?«

»Zwischen 1914 und 1917 gab es fünf größere Goldlieferungen nach England, und zwar als Bezahlung für Kriegsmaterial. Die erste fand im Oktober 1914 statt, als zwei englische Kriegsschiffe, die HMS *Drake* und die HMS *Mantois,* zu nächtlicher Stunde Gold im Wert von acht Millionen Pfund an einem Rendezvouspunkt, fünfzig Kilometer vor Archangelsk, in Empfang nahmen. Trotz verstärkter Bemühungen um Geheimhaltung erhielten die Deutschen Kenntnis von der Lieferung und schafften es beinahe, die Schiffe zu versenken, ehe sie sicher in Liverpool eintrafen. Nachfolgende Ladungen wurden auf dem Landweg nach Wladiwostok transportiert, wo japanische Kriegsschiffe das Gold übernahmen und nach Vancouver brachten. Der Goldschatz wurde in eine Stahlkammer der Bank von England in Ottawa transferiert, die zum Zweck sicherer Aufbewahrung bereitgehalten wurde. Es gab Lieferungen von zehn Millionen im Jahr 1915, dreißig Millionen im Jahr 1916 und die erwähnten zwanzig Millionen im Jahr 1917.«

Während der Bankier redete, trank Mansfield sein Guinness und setzte das leere Glas ab. »Das klingt nicht danach, als wären tatsächlich bedeutende Goldmengen bewegt worden«, sagte er und griff nach dem zweiten Glas.

»Nun, achtundsechzig Millionen klingt heute nicht sehr bedeutend, aber sie stellen – rechnet man sie in heutige Währungskurse und Goldkurse um – einen Wert von dreizehn Milliarden dar.«

»Dreizehn Milliarden?«

Bainbridge nickte gleichmütig.

»Sie deuteten an, die Lieferungen seien die Gegenleistung für Kriegsmaterial gewesen«, sagte Mansfield. »Wissen Sie von irgendwelchen Lieferungen im Namen der königlichen Familie oder des Zaren persönlich?«

Bainbridge schüttelte den Kopf. »Die Lieferungen waren Zahlungen für militärische Hilfe. Die erste Lieferung wurde vom russischen Botschafter in England, Graf Benckendorff, arrangiert. Die restlichen Lieferungen erfolgten auf Vereinbarung zwischen dem russischen Finanzminister und dem englischen Premierminister Lloyd George, und zwar nach einem Treffen in Paris im Jahr 1915. Einige entferntere Angehörige der Romanows hatten in England Kapital angelegt, aber später im Verlauf des Krieges holte Nikolaus II. sämtliche ausländische Guthaben in seine Heimat zurück. Zum Zeitpunkt seiner Entführung besaßen er und seine unmittelbare Familie keinerlei Kapitaleinlagen oder Guthaben in der Bank von England.«

Mansfield beugte sich vor. »Mich interessiert ein anderer Transfer, der im Jahr 1917 über das Mittelmeer stattfand oder vielleicht auch nicht stattfand.«

Bainbridge erwiderte seinen forschenden Blick ohne sichtbare Gefühlsregung. »Ich bin Bankier und Bankhistoriker. Ich arbeite mit Aufzeichnungen und Dokumenten, die in der Bank von England archiviert wurden. Wenn die Bank 1917 irgendwelche Goldlieferungen entgegengenommen hätte, gäbe es dafür sicher Beweise. Meine Suche ergab weder eine zusätzliche Lieferung noch den Hinweis auf eine noch vorzunehmende Lieferung über das Mittelmeer oder auf einem anderen Weg. Falls eine solche Lieferung nach England stattgefunden hat, dann war auf keinen Fall die Bank von England daran beteiligt.«

»Wäre es möglich, dass außerhalb des Militärs jemand existiert, der über Informationen über eine vorgeschlagene Goldlieferung verfügt, ganz gleich, ob sie an die Bank von England ging oder an eine dritte Partei?«

»Das diplomatische Corps könnte über solche Kenntnisse verfügen, aber Sicherheitsmaßnahmen und Transport wären höchstwahrscheinlich vom Militär durchgeführt worden.« Etwas ging Bainbridge anscheinend plötzlich durch den Kopf, und er blickte aus dem Fenster des Pubs. Auf der als Werbefläche genutzten Rückenlehne einer Wartebank an einer Bushaltestelle klebte ein Plakat der Versicherung Lloyds of London.

»Sie können vielleicht auch noch in einer anderen Richtung recherchieren«, sagte er. »Die erste Lieferung von Archangelsk im Jahr 1914 – sie wurde von Schiffen der Royal Navy transportiert. Das War Risks Insurance Office in London versicherte die Lieferung und berechnete der russischen Regierung dafür eine Prämie, die, zusammen mit den Speditionskosten, ein Prozent des Werts der Lieferung betrug. Wenn Ihre Phantom-Ladung von einem Schiff der Royal Navy transportiert wurde, besteht die Chance, dass das Versicherungsbüro darüber informiert wurde.«

Ein breites Lächeln glitt über Mansfields Gesicht. »Ich wusste, dass Sie mir eine große Hilfe sein würden.« Er stand auf und verbeugte sich. »Mr. Bainbridge, ich danke Ihnen für die Information und für das Bier.« Er wandte sich um und verließ den Pub, während Bainbridge noch einige Sekunden lang sitzen blieb und gedankenverloren die beiden leeren Biergläser betrachtete.

41

»Guten Morgen, Summer«, meldete sich St. Julien Perlmutter am Telefon. »Ich habe einige interessante Neuigkeiten.«

»Guten Morgen, Julien.« Mit der freien Hand zog Summer die Fenstervorhänge ihres Hotelzimmers auf und schaute zum bewölkten Himmel hinauf. »Welche Art von Neuigkeiten?«

»Charles Trehorne hat mich soeben aus dem Lesesaal des Nationalarchivs angerufen, das er heute Morgen schon sehr früh aufgesucht hat. Er sagt, er habe zwischen den Papieren von Sir Leigh Hunt ein außergewöhnliches Dokument gefunden. Was es ist, hat er zwar noch im Dunkeln gelassen, aber er bittet, dass wir uns dort mit ihm treffen.«

»Meinst du, es sind Informationen, die das Gold betreffen?«

»Alles, was er sagte, war, dass dadurch vielleicht einige Fragen über die *Canterbury* beantwortet werden. Ich bin bereits auf dem Weg dorthin und kann euch in zehn Minuten abholen.«

»Ich sage Dirk Bescheid, und dann sehen wir dich unten.«

Der Rolls wartete bereits am Bordstein, als die Zwillinge das Hotel verließen. Dirk und Summer stiegen in den Fond, wo Perlmutter in einer Ausgabe der London Times blätterte.

»Trehorne hat ziemlich schnell geschaltet«, sagte Dirk.

»Er wohnt praktisch im Nationalarchiv. Außerdem reicht schon ein kleines historisches Rätsel, um ihn auf Hochtouren zu bringen.«

Während der Rolls dabei war, die Hotelzufahrt hinter sich zu lassen, hörten sie lautes Motorengeheul. Der Rolls stoppte abrupt, begleitet von einem Knirschen im Getriebekasten, und seine Insassen wurden nach vorne geschleudert, als der alte Wagen plötzlich mit Vollgas zurücksetzte. Einen winzigen Moment später raste ein schwarzer Wagen vorbei, dessen Seitentür von der vorderen Stoßstange des Rolls abgerissen wurde, als der Wagen mit quietschenden Reifen an ihr vorbeischrammte. Der außer Kontrolle geratene Wagen sprang über den Bordstein, pflügte durch einen handtuchbreiten Vorgarten und rammte die Klinkerfassade des hoteleigenen Souvenirladens.

Ravi fuhr die Trennscheibe nach unten. »Sind hinten alle okay?«

»Ja, dem Himmel sei Dank«, sagte Perlmutter. »Dieser verdammte Idiot hätte uns beinahe ins Jenseits befördert.«

»Ravi, das war eine hervorragende Demonstration von aktiver Unfallverhütung«, sagte Dirk. »Woher wussten Sie, dass er uns erwischen würde?«

Ravi lächelte. »Von einer privaten Sicherheitsfahrausbildung. Uns wurde beigebracht, wie man die Wirkung von Kollisionen mindert. Ich hörte den lauten Motor, sah seine Fahrtrichtung und rechnete mir aus, dass er es auf uns abgesehen hatte. Glücklicherweise ließ sich dieser alte Wagen blitzschnell in den Rückwärtsgang schalten.«

»Meinst du, er hat es gut überstanden?« Summer deutete auf eine Qualmwolke, die den gestrandeten Wagen einhüllte.

Sie stiegen aus dem Rolls und näherten sich dem Wrack, einem alten schwarzen Taxi, dessen Frontpartie wie eine Ziehharmonika aussah. Die Fahrertür war aufgerissen, aber das Innere war leer. Gaffer umringten den Wagen. Von einem Fahrer war nichts zu sehen.

Als Dirk den Wagen genauer in Augenschein nahm, fiel ihm am Fahrersitz ein Vierpunkt-Sicherheitsgurt auf. Außerdem hatte der Wagen kein Nummernschild. Er ließ einen Blick über die Schar der Schaulustigen schweifen, aber wer auch immer das Unglücksfahrzeug lenkte, er hatte sich zwischen den Gaffern verkrümelt und das Weite gesucht.

»Ein Fahrer, der durch Abwesenheit glänzt«, sagte Perlmutter. »Das ist seltsam.«

»Wahrscheinlich hatte er keinen Führerschein und eine Heidenangst, im Gefängnis zu landen«, sagte Ravi, ehe er zurückging und eine lange Delle in der Stoßstange des Rolls begutachtete. Kurz darauf erschien die Polizei, eine Unfallmeldung wurde aufgenommen, und sie durften ihre Fahrt fortsetzen.

»Ich hoffe, das ist für heute alles an Aufregung«, sagte Perlmutter, während sich der Rolls wieder in Bewegung setzte. »Und ich hoffe sehr, dass wir deshalb nicht zu spät zum Mittagessen kommen.«

»Gewiss verfügt das Nationale Archiv über eine Cafeteria«, sagte Summer. »Wir können dort einen Imbiss einnehmen, nachdem wir mit Dr. Trehorne gesprochen haben ...«

»Beleidige mich nicht, junge Lady. In der Nähe des Archivs gibt es ein von Michelin empfohlenes koreanisches Restaurant, auf dessen Besuch ich bestehe.«

Summer sah ihn ernst an. »Erst die Arbeit, dann das Vergnügen.«

Die Fahrt zum Nationalarchiv im West-Londoner Verwaltungsbezirk Richmond upon Thames, wo historische englische Dokumente aus eintausend Jahren aufbewahrt wurden, nahm weniger als eine Viertelstunde in Anspruch. Perlmutter führte Dirk und Summer eine breite Treppe zum Eingang eines modernen Glas- und Betonbaus hinauf und in sein Atrium. Während Dirk eine attraktive Frau in schwarzer Lederjacke beäugte, die gerade einen Lageplan des Gebäudes studierte, erkundigte sich Perlmutter am Empfang nach Charles Trehorne.

Die Angestellte, die den Besuchern mit Auskünften dienlich war, nickte, als sie seinen Namen hörte. »Bestimmt finden Sie Dr. Trehorne an seinem üblichen Tisch im Dokumentenlesesaal. Ich lasse Sie von einer Kollegin hinführen.«

Eine Bibliothekshelferin geleitete sie durch eine Sicherheitssperre und weiter in einen weitläufigen Saal. »Er ist dort hinten.« Sie deutete auf eine weiter entfernte Nische.

Das Trio marschierte an Dutzenden von Studenten und Rechercheuren an kleinen Holzpulten vorbei, wo sie in andächtiger Stille in die Lektüre alter Dokumente vertieft waren. Nachdem sie sich bis in die hinterste Ecke des Saals vorgearbeitet hatten, fanden sie Trehorne eingezwängt hinter einem langen Tisch, der auf beiden Seiten von Bücherregalen auf Rollen eingerahmt wurde. Zwei dicke Dokumentenordner und zahlreiche lose Blätter stapelten sich auf dem Tisch, aber er konzentrierte sich in diesem Moment auf einen schlanken blauen Klemmordner, der aufgeschlagen vor ihm lag.

Er lugte über den Rand seiner Lesebrille und lächelte. »Guten Morgen. Ich hoffe, Sie haben mich ohne Probleme gefunden.«

»Das war heute Morgen die geringste Schwierigkeit«, entgegnete Perlmutter. »Ich habe in diesen Hallen einen gewissen Ruf.«

»Ich entschuldige mich, Ihnen die Mühen eines Besuchs zuzumuten, aber ich dachte, dass Sie vielleicht die Originale der Dokumente sehen wollen, die ich gefunden habe. Sie sind absolut faszinierend.«

»Gut, dass Sie uns angerufen haben«, versicherte Summer ihm. »Was haben Sie denn da?«

»Ich habe die Dokumente und Papiere von Sir Leigh Hunt aus den Jahren 1916 bis 1917 heraussuchen lassen.« Er tippte auf den Klemmordner. »Im letzten Satz Dokumente fand ich dann …«

Seine Worte wurden von einer schrillen Sirene abgeschnitten.

»O Gott«, sagte er. »Das klingt wie ein Feueralarm.«

Während sich die ersten Besucher anschickten, den Lesesaal zu verlassen, erschien eine Frau am Tisch. Zu seiner Überraschung erkannte Dirk in ihr die dunkelhaarige Schönheit, die ihm in der Vorhalle aufgefallen war. Sie ignorierte ihn und wandte sich an Trehorne.

»Ich fürchte, das Gebäude muss evakuiert werden«, sagte Martina im Befehlston. »Ich muss die Dokumente einsammeln, die Sie ausgeliehen haben.«

»Edith im auslandsdienstlichen Archiv hat mir diese Dokumente zur Verfügung gestellt«, sagte Trehorne.

»Ich muss sie an ihren Platz zurückbringen.« Martina schlängelte sich an Perlmutter vorbei zum Tisch.

»Das ist sehr ungewöhnlich«, sagte Trehorne und ließ den blauen Klemmordner sinken.

Martina beugte sich über den Tisch, raffte die beiden dicken Ordner zusammen und griff nach dem Klemmordner. Dirk betrachtete sie irritiert und bemerkte, als ihre Lederjacke aufklaffte, eine kleine automatische Pistole, die in einem Schulterholster steckte. Dann erkannte er, dass sie im Gegensatz zu allen anderen Archivangestellten kein Namensschild trug.

Zwischen Summer und Perlmutter stehend, stupste er seine Schwester mit dem Ellbogen an und deutete mit einem fast unmerklichen Kopfnicken auf eine Tür in der rückwärtigen Wand des Saales. Von allen unbemerkt schob er einen Fuß zur Seite und um Perlmutters Knöchel herum.

»Entschuldige, Julien«, sagte er und schob ihn der Frau entgegen.

Der korpulente Mann stolperte, kippte zur Seite und kollidierte heftig mit der Russin. Die Dokumente in ihren Händen machten sich selbstständig und flatterten durch die Luft, während sie zu Boden gestoßen wurde.

»Es tut mir schrecklich leid«, sagte Perlmutter. Sich auf der Rückenlehne eines Stuhles abstützend, bückte er sich halb und zog Martina auf die Füße.

»Verdammter Tollpatsch!« Sie schüttelte seine hilfsbereiten Hände ab.

Die nahe Tür fiel mit einem Klicken ins Schloss, und sie drehte sich herum. Augenblicklich erkannte sie, dass Dirk, Summer und der blaue Klemmordner verschwunden waren. Zwischen Perlmutter und Trehorne eingekeilt, hechtete sie über den Tisch, kam auf der anderen Seite nach einer Rolle vorwärts auf die Füße und zog ihre Pistole. Sie rannte zur Tür, riss sie auf und stürmte hindurch.

Die Tür führte auf einen Treppenabsatz. Sie hörte das Klappern eiliger Schritte, beugte sich über das Treppengeländer und erhaschte einen kurzen Blick auf Dirk und Summer in der Etage über ihr. Dann brachte sie die Pistole in Anschlag und feuerte einen einzelnen Schuss ab, der im Treppenhaus widerhallte wie der Knall einer Kanone. Sekunden später schlug eine Tür.

Martina zögerte, dann holte sie ein Sprechfunkgerät aus der Tasche. »Die beiden jungen Zielpersonen sind im zweiten Stock des Ostflügels«, sagte sie auf Russisch. »Sie haben die Dokumente.«

42

»Weshalb schießt sie auf uns?«, fragte Summer, während sie zum zweiten Stock hinaufrannten.

Dirk schob seine Schwester weiter. »Wir sollten jetzt lieber nicht anhalten und sie fragen.«

Sie hatten einen kleinen Kartenraum betreten, der bereits von seinen Benutzern verlassen worden war. Eine Tür am anderen Ende führte zu einem größeren Kartenraum und Dokumentenlesesaal. Dirk blickte zur offenen Tür des Saals und schob Summer dann in Richtung einer Seitentür mit der Aufschrift DURCHGANG NUR FÜR PERSONAL.

Sie gelangten in eine Art weitläufiges Magazin, das nur unzureichend erleuchtet war. Sie brauchten einige Sekunden, bis ihre Augen sich dem Dämmerlicht angepasst hatten, und waren gleichzeitig froh, dass der schrille Klang der Alarmsirenen nur noch gedämpft an ihre Ohren drang. Das Magazin war eins der zahlreichen Buchlager des Archivs. Rollregale, über zweieinhalb Meter hoch, standen dicht an dicht und füllten den gesamten Raum aus. Während sie sich durch einen schmalen Durchgang zwischen zwei Regalreihen tasteten, stellte Summer fest, dass die Bücher Steuerbescheide enthielten. Als Summer und Dirk ans Ende der Regalreihe gelangten, erwarteten sie weitere Regalwände.

Dirk warf einen Blick auf die Wand zu seiner Linken, dann meinte er zu Summer: »Bleib hier und behalte die Tür im Auge – und hüte den Ordner wie deinen Augapfel. Ich versuche, einen anderen Ausgang zu finden.«

»Okay. Ich folge dir, falls wir Gesellschaft bekommen sollten.«

Während sich Dirk im Laufschritt entfernte, machte Summer zwei Schritte in die entgegengesetzte Richtung und fixierte die Tür, durch die sie soeben hereingekommen waren. Die nächste Regalreihe links von ihr war deutlich kürzer und endete vor einer Wand mit einem großen Wäschewagen, der mit Büchern gefüllt war. Neugierig geworden, huschte sie durch den schmalen Gang und fand an seinem Ende einen Lastenaufzug. Sie betätigte den Rufknopf, dann rannte sie zurück, um einen Blick auf die Tür zu werfen, die sie bewachen sollte. Niemand schien ihnen gefolgt zu sein.

Aber als sie ihren Wachtposten wieder einnahm, erklang eine Stimme in ihrer Nähe. »Ich glaube, das Archiv ist jetzt geschlossen.«

Summer zuckte zusammen, wirbelte herum und sah vor sich einen Mann mit blonden Haaren, der ihr bekannt vorkam.

»Ich nehme die Dokumente am besten an mich«, sagte Mansfield in lässigem Tonfall.

Summers Blick wanderte über sein Sportsakko und die dazu passende Hose – und über die Beretta, die er auf sie richtete. Sie brauchte einen Moment, um sein Gesicht einzuordnen. »Hat es nicht gereicht, die halbe *Canterbury* zu sprengen?«, fragte sie und verlieh ihrer Stimme absichtlich einen schrillen, nervösen Klang.

»Nicht wenn noch so viele Geschichten darüber erzählt werden können. Ihr Bruder?«, fragte er und wedelte mit seiner Pistole hin und her.

»Er kommt mit dem Fahrstuhl und dem Sicherheitsdienst herauf.« Sie machte einen halben Schritt rückwärts, während sie mit dem Daumen über die Schulter auf die Tür des Lastenaufzugs deutete.

Sie standen sich in diesem engen Gang zwischen den Bücherregalen gegenüber, aber Summer hatte sich langsam bis zum Ende der Regalreihe zurückgezogen. »Was ist so wichtig an den Dokumenten?«

Mansfield erkannte, dass sie versuchte, Zeit zu gewinnen. Er streckte seine freie Hand aus. »Geben Sie mir den Ordner. Sofort.«

Ein lauter Glockenton signalisierte die Ankunft des Lastenaufzugs. Mansfield warf über Summers Schulter hinweg einen Blick zu den sich öffnenden Türen. Eine Sekunde später erklang ein dumpfes Ächzen neben seinen Füßen. Er schaute hoch und sah, wie Summer zur Seite sprang, als eins der hohen Regale ins Schwanken geriet und in seine Richtung kippte.

Zwei Regale entfernt stemmte sich Dirk mit einer Schulter gegen die Mitte eines Regals und schob es vor sich her.

Ehe sich Mansfield dagegen wappnen konnte, rammten ihn die beiden rollenden Regalwände. Ein Regalbrett krachte gegen seine Rippen. Er krümmte sich, als Staub und Steuerfolianten auf ihn herabstürzten und ihn mit ihrem Gewicht auf den Boden nagelten.

Dirk brach seine Bemühungen ab und sprintete zum Fahrstuhl. »Lauf! Zum Fahrstuhl!«, rief er seiner Schwester zu.

Summer war bereits gestartet und erreichte die offene Fahrstuhltür vor ihm. Sie schlug mit der flachen Hand auf den Parterreknopf und blickte zu den umgestürzten Bücherregalen hinüber. Sie bewegten sich, als Mansfield sich darunter hervorarbeitete. Eine Hand tauchte aus dem Bücherhaufen auf. Sie hielt eine Pistole, die in Summers Richtung zielte. Dirk war noch einige Schritte entfernt.

»Duck dich!«, schrie sie und ging hinter der Aufzugtür in Deckung.

Dirk machte noch einen Schritt und rutschte nach einem verzweifelten Hechtsprung auf dem Bauch in die Aufzugkabine. Während sich die Türhälften schlossen, schlugen zwei Pistolenkugeln in die Rückwand der Liftkabine ein.

»Alles okay?«, fragte Summer.

»Ja.« Dirk kam auf die Füße. »Woher ist der so plötzlich gekommen?«

»Entweder hat er sich hereingeschlichen, als ich den Fahrstuhl inspiziert habe, oder er hat einen anderen Eingang gefunden. Die Frau muss ihm einen Tipp gegeben haben.« Sie verfolgte, wie die Beleuchtung der Stockwerke am Fahrstuhl vorbeiglitt. »Ich bin froh, dass du zurückkommen konntest.«

»Ich hatte dich reden hören und dachte mir, dass es nichts Gutes zu bedeuten hatte.«

Summer sah ihn besorgt an. »Er war der Pilot des russischen Tauchboots.«

»Wie bitte?«

»Ich bin mir ganz sicher. Er war auf der *Tavda.* Und er hat es nicht geleugnet.«

»Offensichtlich sind sie auf sehr viel mehr scharf als nur auf Gold.« Sein Blick fiel auf den blauen Ordner, den Summer eisern festhielt und an die Brust presste. »Wir müssen den Sicherheitsdienst finden.«

»Am Vordereingang dürften unsere Chancen am größten sein. Und wohin geht diese Reise überhaupt?«

Die Fahrstuhltüren öffneten sich. Sie waren im Warenlager des Gebäudes und bei den Laderampen gelandet. Pakete gefriergetrockneter Kochzutaten für das Restaurant des Archivs waren neben in Plastikfolien eingeschweißten Paletten mit Büchern und Kalendern für den Souvenirladen aufgestapelt. Sie gingen an Reihen von Plastikcontainern entlang, in denen die Protokolle der Parlamentssitzungen der zurzeit im Amt befindlichen Regierung vorübergehend aufbewahrt wurden. Dann passierten sie eine leere Laderampe, die von einem breiten Garagenrolltor eingerahmt wurde. Ein Feueralarm in der Nähe – einer von vielen, die das Gebäude mit ihrem durchdringenden Lärm erfüllten – verstummte plötzlich.

Summer zögerte und fasste nach Dirks Arm. »Da kommt jemand.«

Dirk hörte es ebenfalls – jemand rannte eine Treppe herab. Er schaute zu einer Tür neben der Laderampe hinüber, die nach draußen führte. Am gegenüberliegenden Ende der Rampe sprang eine andere Tür auf, und Martina kam heraus. In ihren Augen loderte die reine Mordlust.

Dirk war bereits durchgestartet, zog Summer hinter sich her zur Ausgangstür und riss sie auf. Sie führte tatsächlich nach draußen. Sie rannten eine Treppe hinunter auf den Hof vor der Laderampe. Damit befanden sie sich auf der Rückseite des Nationalen Archivs, dessen kahle Außenwand sich zu beiden Seiten erstreckte. Eine kurze Zufahrtsstraße führte von der Laderampe zu einer schmalen Nebengasse. Ansonsten waren sie von freiem Asphalt umgeben.

»Es geht doch nichts über einen Mangel an Deckung«, murmelte Dirk, während er mit Summer zur Straße sprintete. Jenseits des gepflasterten Gehsteigs fiel ein freies Feld zum Themseufer ab. Das Feld wurde von Industriebauten flankiert, die zu Fuß zu erreichen nicht allzu schwierig erschien. Als die Tür des Lagerhauses hinter ihnen krachend gegen die Außenwand des Archivgebäudes schlug, blickte Dirk zum Fluss.

Oberhalb des hektischen Stadtzentrums von London wirkte die Themse relativ ruhig, wenn nicht sogar idyllisch. Dort war sie eher ein Paradies für Sportruderer als ein Betätigungsfeld für die kommerzielle Flussschifffahrt. Soweit sie es von ihrem Standort aus überblicken konnten, war der Fluss bis auf einen kleinen Schlepper in der Strommitte leer.

Dirk erreichte mit Summer das Feld, das an das ihnen am nächsten stehende Industriegebäude grenzte. Sie konnten einige Jugendliche am Ufer erkennen sowie ein langes, schlankes Objekt, das halb im Wasser lag.

»Es ist zu weit.« Mühsam nach Luft ringend, deutete Summer auf das Gebäude vor ihnen.

Aber Dirk hatte bereits einen anderen Plan. »Dort entlang. Zum Fluss.«

»Willst du schwimmen?«

Dirk deutete nur wortlos auf das Flussufer.

Dank ihres Vorsprungs bot ihnen das zum Fluss abfallende Feld einen gewissen Schutz vor Martinas Pistole. Die Russin erreichte den oberen Rand des Feldes, als sich Dirk und Summer gerade dem Flussufer näherten.

Sie konnten bereits das Plätschern der Wellen hören, die über die Uferböschung spülten. »Das kann nicht dein Ernst sein.«

Sie starrte auf das Ruderboot, das auf den Steinen ruhte. Seine Besitzer, vier halbwüchsige Jungen, die an dieser Stelle zu einer Rast an Land gegangen waren, wateten ein Stück flussaufwärts durchs Wasser.

»Wir haben es nicht sehr weit«, sagte Dirk.

Er wuchtete das Ruderboot ins Wasser, wartete einen Moment, bis Summer sich auf einen Sitz geschwungen hatte, dann schob er es in Richtung Flussmitte und schlängelte sich ebenfalls auf einen Rollsitz. Das schlanke Boot drohte zu kentern, aber Summer konnte es mit einem Paar Skulls noch rechtzeitig stabilisieren. Dirk ergriff ein anderes Ruderpaar, und sie strebten zügig der Flussmitte entgegen.

Mittlerweile erreichte Martina den unteren Teil des Feldes. Sie blieb stehen und hob die Pistole. Aber die Jungen hatten die Bootsdiebe bemerkt und rannten schimpfend und gestikulierend am Flussufer entlang. Einer der Jungen hob einen Stein auf und schleuderte ihn den beiden Ruderern hinterher. Die anderen folgten seinem Beispiel. Angesichts der vier Augenzeugen hielt Martina es für klüger, die Pistole sinken zu lassen und im Schulterholster zu verstauen.

Einige Sekunden lang verfolgte sie, wie das Ruderboot vor dem Bug des kleinen Schleppers die Flussmitte überquerte und auf das gegenüberliegende Ufer zuhielt.

»Martina!«, rief Mansfield von der Straße, von wo aus er das Geschehen beobachtete.

Sie eilte über das Feld zurück und erreichte ihn im selben Moment, als der von Iwan gelenkte silberne Audi mit quietschenden

Reifen vor ihnen anhielt. Mansfield faltete sich auf den Beifahrersitz, während Martina eine Sekunde später auf den Rücksitz rutschte.

Während Iwan Gas gab, wandte sich Mansfield zu Martina um, in den blauen Augen ein eisiges Feuer. »Wir brauchen ein Boot.« Seine Stimme war ruhiger, als seine Miene vermuten ließ. »Und zwar sofort.«

43

Das grüne Schiff ließ sein Horn ertönen, als die Ruderer seinen Kurs kreuzten, und wich scharf nach Steuerbord aus, um nicht Gefahr zu laufen, das zwölf Meter lange Ruderboot zu zerschneiden. Wie Dirk jetzt erkennen konnte, war es kein Schlepper, sondern ein solides Fischerboot. In äußerer Erscheinung und Funktion an einen typischen Nordsee-Trawler angelehnt, sollte das Schiff mit seinem stählernen Rumpf jedem Wetter trotzen können, was Dirk dazu brachte, seinen ursprünglichen Plan, das andere Themseufer schnellstens zu erreichen, fallen zu lassen.

Nachdem sie den Weg des Trawlers gekreuzt hatten, ließen Dirk und Summer nun die Backbordskulls treiben und benutzten die Steuerbordskulls. Sie dirigierten das Ruderboot in eine parallele Position zu dem Fischerboot und arbeiteten sich an seinen Rumpf heran, bis Dirk einen an der Seite herabhängenden Autoreifen, der als Fender diente, ergreifen konnte. Summer erhob sich, streckte sich nach der Seitenreling und zog sich an Bord. Sie griff schnell nach unten und schnappte sich die blaue Heftmappe, die sie sich für die Dauer ihrer Ruderpartie unter die Füße geklemmt hatte. Dirk folgte ihr an Bord, versetzte dem Ruderboot einen Tritt, sodass es zum Ufer trieb, während er sich aufs Deck schwang.

Sie wurden von einem weiß-braunen Basset begrüßt, der sich ihnen mit wedelndem Schweif näherte und ein Jaulen von sich gab. Doch schien er über die Störung eher ungehalten als aggressiv. Summer beeilte sich, ihrem unfreiwilligen vierbeinigen Gastgeber klarzumachen, dass sie keine bösen Absichten verfolgten, indem sie auf die Knie hinunterging und ihn hinter den Ohren kraulte. Sofort wurde sie mit einem intensiven Lecken und einem melodiösen Winseln belohnt.

Dem Hund folgte ein großer Mann mit silbergrauem Haar, der seine beiden Überraschungsgäste aus neugierigen korallenmeergrünen Augen musterte. »Sind Sie das Prisenkommando vom Dienst?«

»Nein, nur zwei Anhalter.« Summer richtete sich auf. »Tut uns leid, dass wir ungefragt an Bord gekommen sind, aber man hat versucht uns zu töten.« Sie deutete aufs gegenüberliegende Flussufer.

Der alte Mann folgte ihrem ausgestreckten Finger. Er ignorierte einen silbernen Audi, der über die Uferstraße raste, und konzentrierte seine Aufmerksamkeit auf die vier halbwüchsigen Jungen in Anzügen aus Elasthan, die immer noch Steine werfend und Verwünschungen ausstoßend am Ufer auf und ab rannten.

»Killer, hm?« Er schüttelte den Kopf. »Ich glaube, sie sehen tatsächlich ein wenig feindselig aus. Das würde ich auch, wenn jemand mein Boot gestohlen hätte.«

»Sie verstehen nicht …«

»Entschuldigen Sie, aber ich muss ans Ruder.« Er machte kehrt und ging zum Ruderhaus. Der Basset trottete hinter ihm her.

Als Dirk und Summer dem Duo folgten, bemerkte Summer draußen am Ruderhaus einen Rettungsring, der den Namen des Bootes trug – *First Attempt.*

»Gibt es hier an der Themse eine Flusspolizeistation?«, fragte Dirk.

»Ich glaube, die Briten haben eine Art Flusspolizeirevier oben in der Nähe des London Eye. Es liegt auf meinem Weg. Ich kann sie dort absetzen.«

»Das wäre großartig.« Summer registrierte, dass der Schiffseigner Kaffee aus einem Becher mit der Aufschrift *Balboa Yacht Club* und den Initialen *CC* trank. »Was haben ein Yankee und sein Hund auf einem Boot mitten auf der Themse zu suchen?«

»Floppy und ich haben den Entschluss gefasst, uns die Welt per Schiff anzusehen.« Er deutete mit einem Kopfnicken auf den Basset, der nun zusammengerollt auf einem Kissen neben seinen Füßen lag. »Wir kommen gerade von einem Abstecher nach Oxford zurück.« Er deutete mit einer ausholenden Handbewegung auf die Windschutzscheibe, durch die die hohen Landmarken der City von London in der Ferne zu sehen waren. »Ich fand immer, dass man die schlechtesten Seiten einer Stadt zu sehen bekommt, wenn man auf einer Schnellstraße an ihr vorbeifährt. Die bedeutenden alten Städte reservieren ihre besten Seiten für eine Besichtigung vom Wasser aus. Wir haben London ausgiebig genossen und sind jetzt unterwegs, um den Kanal zu überqueren und der Seine und Paris einen Besuch abzustatten.«

»Haben Sie mit der *First Attempt* den Atlantik überquert?«, fragte Dirk.

»O ja, wir haben sie rüber gesteuert. Sie ist konstruiert wie ein Kriegsschiff und auch genauso robust. Ich habe unter Deck zusätzliche Treibstofftanks einbauen lassen, die uns eine Reichweite von über dreitausend Meilen bescheren.«

»Wie schnell ist sie?« Summer suchte das Ufer nach Hinweisen auf die beiden Russen ab.

»Mit einer freundlichen Brise und einer günstigen Strömung schafft sie gute neuneinhalb Knoten.« Er schob den Gashebel bis zum Anschlag nach vorn. »Keine Sorge, Miss, in etwa zwanzig Minuten stehen Sie auf dem Polizeidock.«

Weniger als zehn Minuten später fand Mansfield ein Boot. Zu seinem Glück hielt die Chiswick Pier Marina eine Meile flussabwärts mehrere Boote bereit, die gemietet werden konnten. Martina arrangierte per Telefon die kurzfristige Übernahme eines Bootes – nur Sekunden, bevor der Audi vor dem Yachthafen schlingernd zum Stehen kam.

»Fahr flussabwärts und bleibe ihnen so gut es geht auf den Fersen«, befahl Mansfield dem Fahrer.

Iwan hatte nach seinem Unfall mit dem alten Taxi einen Bluterguss im Gesicht und eine frische Schnittwunde an der Hand, aber er ignorierte die Schmerzen und nickte gehorsam.

Martina folgte Mansfield, als er aus dem Wagen stieg und zu einem Mann hinübereilte, der mit einem Overall bekleidet war und einen Benzinkanister trug.

»Kommen Sie wegen des Bootes?«, erkundigte er sich mit einem freundlichen Grinsen.

»Ja.«

»Das schnellste, das wir haben, wie die Lady es gewünscht hat.« Er deutete an einer Reihe Segelboote vorbei auf ein kleines Schnellboot, das am Ende des Docks lag. »Ein Seafarer 23. Kein Zigarettenrennboot, aber nichtsdestotrotz ein hübscher alter Flitzer, aufgetankt und startbereit. Ich brauche nur noch Ihren Führerschein und Ihre Kreditkarte.«

Mansfield reichte ihm seinen falschen französischen Reisepass mit mehreren Hundertpfundnoten, die zwischen den Seiten herausragten. »Ich denke, das dürfte ausreichen, oder?«

Die Augen des Bootsvermieters weiteten sich. »Der Schlüssel steckt. Sehen Sie nur zu, dass Sie vor Einbruch der Dunkelheit wieder zurück sind. Viel Spaß.« Er verfolgte leicht verwundert, wie das attraktive, elegant gekleidete Paar zum Boot rannte und mit laut röhrendem Motor auf die Themse hinauskurvte.

44

Der Trawler war dem gewundenen Lauf der Themse durch West-London gefolgt und erreichte in der Nähe des Battersea Park eine nach Norden abknickende Biegung, als das Schnellboot in rasanter Fahrt in Sicht kam. Dirk entdeckte es als Erster und erkannte auf Anhieb Mansfield und Martina in den Sitzen des Piloten und Kopiloten. »Können Sie uns schnellstens irgendwo absetzen?«, fragte er den alten Mann.

»Vor uns gibt es nicht viele Möglichkeiten, an Land zu gehen. Wir haben vor einer Weile St. George Wharf passiert«, sagte er. »Wollen Sie, dass ich umkehre?«

Dirk beobachtete das Schnellboot, das zu ihnen aufholte. »Nein, fahren wir weiter.«

Als sie sich dem Zentrum Londons näherten, nahm der Betrieb auf der ruhigen alten Themse zu, und schon bald wimmelte es von Rundfahrtenbooten und vereinzelten kleinen Frachtschiffen. Die *First Attempt* hielt sich in der Mitte des Stroms, um den zunehmenden Verkehr zu meiden, wobei der alte Mann das Ruder mit ruhiger, sicherer Hand bediente. Während er den Fluss vor dem Bug im Auge behielt, beobachteten Dirk und Summer durch das Rückfenster das aufholende Boot.

Mansfield brachte sein Boot auf der Steuerbordseite der *First Attempt* längsseits und drosselte das Tempo. Er betätigte die Hupe, um den alten Mann auf sich aufmerksam zu machen, dann beschrieb er mit der Hand unterhalb seines Kinns eine unmissverständliche horizontale Geste.

»Dieser Kerl verlangt offenbar, dass ich anhalte«, sagte der alte Skipper. »Ist er derjenige, der versucht hat, Sie zu töten?«

Summer sah ihn ernst an und nickte.

Der alte Mann lächelte und winkte Mansfield, dann schwenkte er ab und ließ den Gashebel in seiner Volle-Kraft-Position.

Mansfield schob sich näher heran und zeigte demonstrativ eine Pistole unter seinem Jackett.

Der alte Mann winkte abermals und lächelte.

»Ich glaube, er würde dieses Teil benutzen, ohne mit der Wimper zu zucken.« Er sah Summer an und zog sich vom Fenster zurück. »Sie sollten lieber den Kopf unten halten.«

Mansfield schoss nicht, sondern ließ sich hinter die *First Attempt* zurückfallen, um sich ihr dann von der Backbordseite aus zu nähern. Martina stellte sich auf ihren Sitz und streckte die Hände nach der Reling des Trawlers aus.

»Die Frau versucht, an Bord zu klettern«, meldete Summer.

Dirk sah sich im Ruderhaus um und entdeckte in einem Wandregal eine halbvolle Flasche Wein. Er packte die Flasche am Hals, trat durch die Tür und schleuderte sie nach achtern. Die Flasche rutschte über das Deck und prallte gegen Martinas Brust. Eher erschrocken als verletzt kippte sie ins Boot zurück.

Mansfield reagierte, indem er aus seiner Beretta drei Schüsse ins Ruderhaus pumpte, während Dirk in Deckung ging.

»Ich glaube, jetzt haben Sie die Leute verärgert«, sagte der alte Mann und schwenkte den Trawler nach Backbord.

»Sie waren von Anfang an nicht besonders freundlich«, sagte Summer.

Während er sich wieder erhob, suchte Dirk den Fluss vor ihnen ab. Eine halbe Meile flussabwärts entdeckte er einen Pier, doch bis dorthin bot sich keine Möglichkeit, an Land zu gehen. Auf dem Fluss selbst näherte sich ein kleines Boot, das der Uferlinie folgte, während voraus ein Touristenboot mit drei Aussichtsdecks langsame Fahrt machte.

Dirk musste sich festhalten, als der alte Mann das Ruder förmlich herumwarf und das Boot auf eine wilde Karussellfahrt schickte. Eine Sekunde später kurbelte er das Ruder wieder in die andere Richtung, und das Boot folgte dem Manöver und schwang zurück. Der alte Mann versuchte, dem Schnellboot auszuweichen, als es sich auf einen zweiten Enterversuch vorbereitete.

»Wenn Sie uns zu diesem Touristenboot bringen können«, sagte Dirk, »dann sind Sie uns ein für allemal los.«

»Ich kann's versuchen.«

Der alte Seemann behielt den Korkenzieherkurs mit seinem Trawler bei und vereitelte alle Versuche Mansfields, eine mittlerweile deutlich vorsichtigere Martina an Bord zu bringen. »Wenn ich es sage«, erklärte er, »huschen Sie raus vor das Ruderhaus und bleiben in Tauchstation.« Er zog den Trawler in einer scharfen Wende nach Steuerbord und hielt das Ruder in dieser Stellung, bis die seitlich gelegene Türöffnung von dem Schnellboot aus nicht mehr zu sehen war. »Jetzt!«, rief er.

Dirk und Summer schossen durch die Tür hinaus und kauerten sich in den Bug, während das Boot nach Backbord zurückrollte. Sekunden später holte die *First Attempt* zum Touristenboot auf.

Der alte Mann konnte erkennen, dass das Achterdeck des Rundfahrtenbootes die einfachste Zugangsmöglichkeit bot, daher legte er sich parallel, dann klopfte er gegen die Windschutzscheibe, um Dirk und Summer auf den entscheidenden Schritt vorzubereiten.

Während sich das Schnellboot an die Backbordseite der *First Attempt* heranschob, lenkte der alte Mann den Trawler scharf nach rechts, bis er seitlich gegen das Touristenboot stieß.

Ohne zu zögern sprangen Dirk und Summer und kletterten über die Seitenreling des Touristenbootes, durch die *First Attempt* vor Mansfields Augen abgeschirmt.

»Sorry wegen der Unannehmlichkeiten, aber danke fürs Mitnehmen!«, rief Dirk.

Der alte Mann schob den Kopf aus dem Seitenfenster und

winkte. »Kein Problem. Aber Sie schulden mir eine halbe Flasche Bordeaux.«

Er nahm das Gas zurück und ließ das Rundfahrtenboot vorbeigleiten, während sich der Trawler von der Flussströmung weitertragen ließ. Mansfield bemerkte das Manöver zu spät, drosselte jedoch das Tempo, ging längsseits, und Martina gelangte mit einem eleganten Sprung an Bord.

Die Pistole schussbereit, eilte sie zum Ruderhaus. In der Türöffnung blieb sie stehen und richtete die Waffe auf den alten Mann, während der Basset wie entfesselt kläffte. »Wo sind sie?«

Der alte Mann lächelte und sagte nichts. Martina blickte über seine Schulter und bemerkte das Touristenboot, dessen Vorsprung sich stetig vergrößerte. Dann sah sie wieder zu dem alten Mann hin und schüttelte den Kopf. »Heute hatten Sie das Glück auf Ihrer Seite.« Sie deutete einen Fußtritt gegen den kläffenden Hund an, dann kehrte sie auf das Schnellboot zurück.

Mansfield erhob sich von seinem Pilotensitz. »Und?«

Martina deutete flussaufwärts. »Sie sind auf dem Rundfahrtenboot.«

45

Die *Sir Francis Drake* war eins der größeren Boote der Schiffsflotte, die den Themse-Tourismus bedienten, und kreuzte auf der Wasserstraße zwischen Kew Gardens in West-London und Greenwich im Osten. Mit seinem Café im Schiffsinnern und einer Bar auf dem Oberdeck war es ein Boot mit Dreifachdeck und bot eintausend Passagieren Platz. Aber an diesem bewölkten Sommertag – mitten in der Woche – war sie mit weniger als dreihundert Fahrgästen unterwegs.

Ein angetrunkener Urlauber aus Yorkshire war Summer behilflich und hievte sie auf das offene Achterdeck.

»Willkommen an Bord, Schätzchen«, sagte er und grinste sie lüstern an. »Lust auf einen Drink?«

Dirk beeilte sich zu intervenieren. »Komm weiter, Schatz.« Er ergriff ihren Arm, mit dem sie noch immer den blauen Ordner an sich presste, und zog sie hinter sich her.

Summer mimte dem Betrunkenen zum Trost die Enttäuschte. »Vielleicht ein anderes Mal.«

Sie folgte ihrem Bruder durch eine Schwingtür, die zum Salon im Unterdeck führte. Sie ignorierten ein Pappschild mit der Aufschrift *Geschlossene Gesellschaft – Reserviert für die McIntyre Company* am Eingang und betraten den kleinen Saal. Er war mit Angestellten einer örtlichen Hightechfirma gefüllt, die anlässlich des Geburtstags des Firmengründers einen gemeinsamen Ausflug unternahmen. Festlich gekleidete Firmenangehörige aßen Kuchen und tranken Bier und Wein, während sie aus dem Fenster schauten, weil der Palast von Windsor in Sicht kam. Ein für diesen Anlass engagierter Fotograf schoss ein Foto von Dirk und Summer, während sie gerade versuchten, sich an einer Gruppe in lebhafte Gespräche vertiefter Gäste vorbei zur vorderen Treppe zu drängen.

Während alle durch das Backbordfenster nach vorne auf Big Ben blickten, schaute Dirk flussaufwärts. Die *First Attempt* trieb immer noch in der Flussmitte. Aber das Schnellboot hatte sie bereits weit hinter sich gelassen und jagte hinter dem Touristenboot her.

Summer sprach einen Hilfskellner an. »Können Sie mir verraten, welches der nächste Stopp des Bootes ist?«

Der junge Mann sah aus dem Fenster. »In etwa fünf Minuten müssten wir am City Pier unterhalb der London Bridge anlegen.«

»Und wo und wie verlassen wir das Boot?«

»Über den Lido … oder das Mitteldeck. Ich glaube, es wird die Backbordgangway sein.«

Summer betrachtete die ausgelassene Firmenbelegschaft, dann wandte sie sich zu ihrem Bruder um. »Ich habe eine Idee. Geh rauf zum Oberdeck und zeige dich unseren Verfolgern. Dann komm runter zum Lido-Deck und erwarte mich an der Gangway, wenn wir anlegen.«

Dirk nickte. »Lass mir ein Stück Kuchen übrig.«

»Ich hatte eher an ein Bier gedacht.«

Er eilte zum offenen Oberdeck hinauf, suchte sich einen Weg zur Achterreling und verfolgte, wie sich das Schnellboot an Backbord längsseits an die *Drake* heranschob.

Zwischen ihm und Martina kam es zu einem Augenkontakt, als sie sich auf den Sitz des Schnellbootbeifahrers stellte. Mansfield kollidierte leicht mit der *Drake,* und Martina erreichte mit einem Sprung seine Seitenreling.

Der Betrunkene aus Yorkshire war immer noch zur Stelle, um ihren Arm zu ergreifen und ihr über die Reling zu helfen. »Liebe Güte, ein zweiter Engel aus der Tiefe. Wie heißt du, Herzchen?«

Martinas Antwort war ein Knie in den Unterleib, das den Mann mitsamt seinem Bier aufs Deck streckte. Als er wieder auf die Füße kam, turnte Martina die Außentreppe hinauf. Sie betrat das Oberdeck in dem Augenblick, als die *Drake* ihr Horn erklingen ließ.

Das Deck vibrierte unter ihren Füßen, als das Rundfahrtenboot für einen kurzen Moment die Schrauben in die entgegengesetzte Richtung drehen ließ und seine Fahrt in Richtung eines hölzernen Stegs, der in den Fluss hineinragte, abrupt verlangsamte. Die Hälfte der Touristen, die auf dem Oberdeck saßen, erhob sich und strömte zu den Treppen, während der Lautsprecher ihre Ankunft am City Pier der London Bridge ankündigte.

Martina schlängelte sich durch die Menschenmenge und hielt nach dem hochgewachsenen dunkelhaarigen Mann Ausschau. Aber Dirk war nirgendwo zu sehen.

Sie ging die vordere Treppe hinunter und traf auf eine Gruppe Touristen und McIntyre-Angestellte, die sich an der Backbordreling versammelt hatten und darauf warteten, dass das Boot anlegte. Ziemlich weit vorn in der Reihe entdeckte sie Dirk und Summer, beide gut einen Kopf größer als die älteren Passagiere, die sie umringten. Die Russin schaltete ihr Sprechfunkgerät ein und hielt es an die Lippen. »Sie verlassen das Schiff. Gehen Sie an Land.«

Mansfield suchte an der Pier bereits einen Platz zum Anlegen. Er fand eine Lücke und lenkte das Schnellboot dorthin.

Ein Hafenarbeiter in einem blauen Overall sah seine Bemühungen und rannte ihm entgegen. »Tut mir leid, Sir, aber hier dürfen keine Privatleute anlegen. Diese Pier ist ausschließlich für amtlich zugelassene Rundfahrtenboote reserviert.«

Mansfield ignorierte die Einwände des Mannes, während er das Boot festmachte und auf den Kai kletterte.

»Ich bin von Scotland Yard. Wir sind in einer Sicherheitsangelegenheit hier«, schnitt er dem Mann das Wort ab, griff in die Hosentasche, holte eine Hundertpfundnote hervor und hielt sie dem anderen vor die Nase. »Können Sie für ein paar Minuten auf mein Boot aufpassen?«

Der Hafenarbeiter ließ den Blick über den Kai schweifen, um sich zu vergewissern, dass er nicht beobachtet wurde, dann schnappte er sich den Geldschein und ließ ihn in der Brusttasche seines Overalls verschwinden. »Gern, Sir. Es wartet hier auf Sie, wenn Sie zurückkommen.«

Mansfield spurtete zur *Sir Francis Drake* hinüber, kam jedoch ein paar Sekunden zu spät. Die Gangway war bereits ausgefahren, und die erste Touristengruppe hatte das Boot verlassen und sich zum Teil zerstreut. Er entdeckte Martina am Ende der Gruppe bei dem Versuch, sich nach vorn zu arbeiten.

Sie winkte ihm zu herüberzukommen. Die restlichen Landgänger verliefen sich. Einige verließen den Kai, während die meisten einen erhöhten Überweg benutzten, der am Flussufer entlangführte.

Er kam zu ihr und reckte den Kopf. »Wo sind sie?«

»Weiter vorne«, antwortete sie, »aber wir haben sie jetzt. Sie wollen zur *Belfast*.«

Mansfield schaute in die angegebene Richtung. Der Fußgängerweg ging in eine Rampe über, die sich über dem Wasser bis zu einem grauen großen Kriegsschiff erstreckte. Die HMSD *Belfast* war ein Kreuzer der Royal Navy, erbaut im Jahr 1938, und war im Zweiten Weltkrieg in zahlreiche Gefechte verwickelt gewesen. Zum Museum umgebaut, lag sie zurzeit am Themseufer gegenüber dem Tower von London.

An der Rampe, über die man das Schiff betreten konnte, blickte Dirk seine Schwester skeptisch an. »Hältst du das für eine gute Idee?«

Sie ging weiter. »Wir müssen uns eine kleine Atempause verschaffen, während wir auf die Weiterfahrt des Touristenbootes warten.«

Sie setzten sich an die Spitze der Touristenschar, die das Schiff besichtigen wollte, und behielten gleichzeitig Mansfield und Martina im Auge, die sie beharrlich verfolgten. Nachdem sie über das

Unterdeck auf den alten Kreuzer gelangt waren, stand es ihnen frei, sein Innenleben so ausgiebig zu besichtigen, wie sie wollten. Summer und Dirk schlugen sofort die Richtung nach achtern ein, marschierten zügig zum Achterdeck und überquerten es zur Steuerbordreling. Eine Leiter führte zu der offenen Lukentür eines der Drillingsgeschütztürme des Schiffs. Sie stiegen zwei Etagen weit hinauf und mussten beim Eintreten die Köpfe einziehen. Die Verschlüsse von drei massiven Fünfzehn-Zentimeter-Geschützen füllten das Innere des kreisrunden Turms aus. Ein Blick durch eine Sichtöffnung auf der gegenüberliegenden Seite verriet Summer, dass Martina an der Gangway Wache hielt.

Durch eine andere Sichtöffnung verfolgte Dirk, wie Mansfield einige Touristen zur Seite drängte, um zur Rückseite des Geschützturms zu gelangen. »Er ist uns auf den Fersen.«

»Dann lass uns nach vorn gehen und so weit hoch steigen wie möglich.«

»Erst einmal müssen wir ein Stück nach unten, ehe es nach oben geht.«

Sie hasteten eine Leiter hinunter und betraten eine Passage, durch die sie zum vorderen Teil des Schiffs kamen. Sie durchquerten die Schiffswäscherei, wo eine Soldatin in Zivil die Bedienung einer der altertümlichen Industriewaschmaschinen demonstrierte. Dirk fand einen Niedergang, der vor einer Seitentür endete, und sie stiegen weitere Leitern bis zu einem der beiden Zwillingsmaschinenräume der *Belfast* hinab. Sie schlugen die Richtung zum vorderen Bereich des Zerstörers ein und eilten so schnell wie möglich durch ein Labyrinth von Rohren und Maschinenaggregaten, das um einen der Druckkessel des Schiffes angeordnet war. Unterwegs überholten sie dabei Touristen, die sich bei ihrer Besichtigungstour Zeit ließen.

Als sie das vorderste Trennschott erreichten, nahmen sie die nächstbeste Leiter in Angriff. Dirk hielt auf einer Sprosse inne und warf einen Blick in den Laufgang, den sie soeben hinter sich gelassen hatten. Am anderen Ende des langen Laufgangs durchquerte

Mansfield den Vorraum, durch den man in die Maschinenräume gelangte.

Sie setzten ihr Katz-und-Maus-Spiel fort und gelangten auf diese Weise im Schiff weiter nach vorn und in höhere Bereiche. Dirk und Summer passierten die Mannschaftsmesse auf dem Unterdeck und erreichten den vorderen Deckaufbau. Von dort aus erklommen sie mehrere Decks bis hinauf zu der spartanisch engen und schmucklosen Kommandobrücke der *Belfast.* Summer zögerte, warf einen Blick auf ihre Armbanduhr, dann blickte sie aus dem vorderen Fenster. In einiger Distanz vor dem Schiff erklang ein Signalhorn, und sie nickte. »Das ist unser Ausflugsboot. Es legt ab, wie angekündigt. Dann lass uns jetzt zur Brückennock hinaufsteigen.«

Nach einem weiteren Treppenabschnitt standen sie auf der ausladenden Brückennock, die einen atemberaubenden Ausblick auf den Fluss und den Tower von London auf dem gegenüberliegenden Ufer bot. Sie gingen hinüber nach Backbord und blickten kurz auf Martina hinunter, die noch immer an der Gangway Wache hielt. Dann kehrten sie zur Steuerbordreling zurück und erfreuten sich an dem malerischen Flusspanorama.

Mansfield traf weniger als eine Minute später ein. Er kam lässig, aber auch ein wenig außer Atem auf sie zu. »Also, diese sportliche Übung war doch eigentlich für die Katz, nicht wahr?«

»Sie hätten ja Ihre Freundin schicken können«, sagte Summer.

Mansfield lächelte. »Sie ist nicht meine Freundin, aber Sie haben recht. Sie ist wahrscheinlich besser in Form als ich. Na, wenn es Ihnen nichts ausmacht, hätte ich jetzt gern die Klemmmappe.«

Summer hob beide Hände – beide leer. »Wir haben sie nicht.«

Mansfield runzelte die Stirn. »Ja, sehr clever, sie irgendwo auf dem Schiff zu verstecken.« Er schaute sich auf der Brückennock um, die sie in diesem Moment mit einer jungen Familie teilten, die sich den einmaligen Blick auf London nicht entgehen lassen wollte. Mansfield kam einen Schritt auf Dirk und Summer zu und senkte die Stimme. »Sie sind Zwillinge, nicht wahr?« Er wandte sich an

Summer. »Wenn diese Familie uns verlässt, werde ich Ihren Bruder erschießen, falls Sie nicht schnellstens den Ordner hervorzaubern. Und wenn nicht, dann erschieße ich auch Sie.« Der eisige Klang seiner Stimme ließ keinen Zweifel an der Ernsthaftigkeit der Drohung aufkommen.

Summer verfolgte, wie die Familie zur Treppe schlenderte, nachdem sie mehrere Fotos geschossen hatte. »Wer sind Sie?«, fragte sie. »Und weshalb erheben Sie Anspruch auf das Wrack der *Canterbury*, obwohl doch zweifelsfrei feststeht, dass sie ein englisches Schiff ist? Ist das Gold der Grund?«

Mansfield lachte. »In dem Schiff ist kein Gold mehr, also interessiert es mich nicht länger. Mein Name ist Viktor Mansfield, wenn Sie es unbedingt wissen wollen, und jetzt möchte ich endlich den Hefter, bitte.« Er blickte zu der Familie, die mittlerweile die Treppe hinunterstieg.

»Ich habe ihn nicht auf der *Belfast* versteckt«, sagte Summer. »Ich habe ihn auf dem Rundfahrtenboot zurückgelassen.« Sie deutete auf die Drake, die auf ihrer Fahrt nach Greenwich das Kriegsschiff passierte. »Wenn Sie genau hinschauen, können sie ihn sogar auf dem unteren Achterdeck sehen.«

Mansfield schaute über die Reling auf das vorbeigleitende Boot, und konzentrierte sich auf das Heck. Ein rundlicher Mann lehnte gerade an einem hohen Tisch und trank aus einem Bierglas, ansonsten war dieser Teil des Schiffes menschenleer. Dann sah er es. Der blaue Ordner lag in der Mitte eines der freien Tische, beschwert mit einem Glas Bier.

»Ich habe mich schon gefragt, wo mein Bier geblieben ist«, sagte Dirk.

Mansfield holte sein Sprechfunkgerät hervor und rief Martina auf Russisch. »Holen Sie dieses Boot ein!« Er wandte sich zu Dirk und Summer um, während ein älteres Ehepaar die Brückennock betrat. »Es könnte unglücklich für Sie enden, wenn das Ganze ein Trick ist.«

»Es ist kein Trick«, sagte Summer.

Mansfield nickte. Er vertraute ihrer Körpersprache, dass sie die Wahrheit sagte. »Ich gehe davon aus, dass wir uns nie wiedersehen.« Er machte kehrt und verließ die Kommandobrücke.

Summer entspannte sich erleichtert, während Dirk beobachten konnte, wie die *Sir Francis Drake* unter der Tower Bridge verschwand.

Er schüttelte den Kopf. »Ich kann nicht glauben, dass du ihm den Ordner überlassen hast, ohne vorher herauszufinden, was er enthält.«

»Ganz so, wie du glaubst, war es nicht«, sagte sie. »Wir werden noch heute erfahren, was in dieser Klemmmappe steckt. Aber es wird uns fünfzig Pfund und ein weiteres Abendessen im Le Gavroche kosten.«

»Schon wieder das Le Gavroche? Willst du uns ruinieren?«

Summer zuckte die Achseln. »Tut mir leid. Es ist das einzige Restaurant in London, das ich kenne.«

46

Das zweite Dinner im Le Gavroche war genauso köstlich – und genauso teuer – wie das erste. Aber die Gesellschaft war ohne Zweifel weniger fesselnd. Dirk hatte den Fotografen vom Touristenboot auf Anhieb erkannt, als er, nachlässig gekleidet und ungekämmt, auf ihren Tisch zukam. Was den Fotografen betraf, so war dieser ebenfalls enttäuscht, hatte er doch mit einem persönlichen Rendezvous mit Summer gerechnet.

»Hi, Terrence. Schön, dass Sie herkommen konnten«, sagte sie. »Ich möchte Ihnen meinen Freund, Dirk, vorstellen.«

Die beiden Männer schüttelten sich reserviert die Hände und nahmen rechts und links von Summer Platz.

»Ich … ich dachte, wir wären unter uns«, gab Terrence zurück.

»Seien Sie nicht albern«, sagte Summer. »Wie ich sehe, haben Sie die Fotos mitgebracht. Wie sind sie geworden?« Ehe er antworten konnte, riss sie ihm den großformatigen Umschlag aus den Händen und gab ihn an Dirk weiter.

»Ein schwankendes Boot war nicht gerade die ideale Plattform, um Dokumente zu fotografieren«, sagte Terrence, »aber sie sind ganz gut gelungen. Jedenfalls ist jede Seite lesbar.«

»Das ist wunderbar. Also, was möchten Sie essen?«

Dirk und Summer verzehrten ihre exquisiten Gerichte in Nullkommanichts, und Terrence folgte ihrem Beispiel, als keine ungezwungene Unterhaltung aufkommen mochte. Nachdem sie auf das Dessert verzichteten, verabschiedeten sie sich voneinander. Summer belohnte den Fotografen mit einem Küsschen auf die Wange sowie einer Fünfzigpfundnote.

»Das war ein wenig grausam«, stellte Dirk fest, während er mit Summer in einen Wagen einstieg.

»Ich glaube, dafür, dass er nur ein paar Fotos gemacht hat, wurde er angemessen entlohnt.«

»Schon richtig, aber ich glaube nicht, dass wir die Gesellschaft waren, die er sich vorgestellt hatte.«

Sie widerstanden der Versuchung, den Umschlag an Ort und Stelle zu öffnen, ehe sie in Charles Trehornes Residenz eintrafen. Der Historiker und St. Julien Perlmutter saßen gerade beim Tee, den Trehornes charmante Ehefrau Rosella aufgebrüht hatte.

»Ihr beide seht nach euren nachmittäglichen Eskapaden gar nicht so mitgenommen aus«, stellte Perlmutter fest. »Ihr habt uns einen ziemlichen Schrecken eingejagt, als ihr mit dieser bewaffneten Frau als Schatten auf euren Fersen verschwunden seid.«

»Uns war sofort klar, dass dieser Feueralarm nur ein Ablenkungsmanöver sein konnte und sich jemand die Mappe verschaffen wollte, die Dr. Trehorne entdeckt hatte«, sagte Summer.

»Aber wer um alles in der Welt würde denn derart extreme Maßnahmen ergreifen, um ein Bündel verstaubter Dokumente in seinen Besitz zu bringen?«, fragte Trehorne.

»Dieselben Leute, die die *Canterbury* gesprengt haben«, sagte Dirk. »Die Russen.«

»Ich wünschte, das hätte ich schon gewusst, als ich mit der Polizei gesprochen habe«, sagte Trehorne. »Julien erzählte, Sie seien gezwungen worden, den Ordner des Archivs über Sir Hunt aus der Hand zu geben.«

»Ich fürchte, das trifft zu«, sagte Summer.

»Das ist schade. Ich hatte leider nicht die Gelegenheit, mir den gesamten Inhalt anzusehen. Ich rief Julien sofort an, als ich auf einen Bericht stieß, in dem davon die Rede war, dass Hunt ein streng geheimes Dokument nach Sankt Petersburg gebracht habe, und hatte gehofft, wir würden mehr darüber in Erfahrung bringen können.« Er stellte seine Teetasse ab und schaute durch das Fenster auf die Lichter auf der anderen Seite der Themse. »Meine Freunde im Archiv werden auch nicht gerade erfreut sein.«

»Wir mögen das Original verloren haben, aber immerhin verfügen wir über dies hier«, sagte Summer. Sie öffnete den Umschlag und zog einen dünnen Stapel großformatiger Fotos heraus.

Trehorne betrachtete das oberste Foto eines von Hunt handschriftlich verfassten Briefs. »Das war das erste Dokument in der Heftmappe.«

Summer nickte. »Ich fand während unserer Flucht einen Fotografen, der vom Inhalt des Ordners Fotos schoss. Wir können nur hoffen, dass er keine Seite ausgelassen hat.«

»Geniale Idee«, lobte Julien.

»Oh, sie hat uns einiges gekostet«, meinte Dirk mit einem Seitenblick auf Summer.

Trehorne hielt das erste Foto hoch und lächelte zuversichtlich. »Dies hier ist schon mal genauso klar und deutlich wie das Original. Sehen wir zu, was wir sonst noch finden.«

Sie brauchten nicht lange, um die Fotos durchzukämmen, von denen die meisten banale administrative Dokumente zeigten. Dann stießen sie auf ein Dokument mit der Überschrift *Textvorschlag für den Vertrag von Petrograd.* Trehorne überflog den dreiseitigen Entwurf, dann reichte er ihn an Perlmutter weiter. Dabei zitterte seine Hand.

»Sehen Sie sich das mal an, Julien. Außerordentlich bemerkenswert. Ich glaube, ich brauche etwas zu trinken.« Er erhob sich, um seine Flasche Balvenie aus ihrem Versteck zu holen.

Perlmutter begann, den Text des Dokuments laut vorzulesen. Es war das Exemplar eines Textentwurfs für den Vertrag, der die Übertragung von russischen Abbaurechten an Großbritannien als Gegenleistung für den Schutz und Erhalt des Familienvermögens der Romanows betraf. Während Perlmutters Vortrag war es im Raum vollkommen still geworden. Gebannt lauschten die Anwesenden den Worten des Seefahrthistorikers.

»Das ist absolut unglaublich«, sagte Dirk schließlich. »Dass die Romanows ihr Gold zu den Alliierten schafften, ist die eine Sache, aber einen Teil ihrer Abbaurechte für ein Jahrhundert …«

»Zar Nikolaus muss es als letzte Möglichkeit betrachtet haben, seine Krone zu retten«, sagte Trehorne. »Sich auf der Suche nach Hilfe an England zu wenden wäre keinesfalls ungewöhnlich gewesen. Schließlich waren König George V. und Nikolaus II. Vettern. Aber es ist trotzdem ein bemerkenswertes Angebot.«

»Könnte nach all den Jahren immer noch auf die Einhaltung des Vertrags gepocht werden?«, fragte Summer.

»Ich bin sicher, dass eine Armee der besten Anwälte der Queen diesen Punkt liebend gern klären würde, vor allem wenn sie die Ablauffrist anfechten könnten«, sagte Trehorne. »Angesichts der Milliarden, die möglicherweise auf dem Spiel stehen, dürfte durchaus mit entsprechenden Bemühungen zu rechnen sein.«

»Das wäre allerdings nur dann möglich, wenn der Vertrag unterschrieben …«, sagte Perlmutter, »… und das Gold der Romanows tatsächlich nach England transportiert wurde«, fügte er nach einer kurzen Pause hinzu.

Trehorne stellte vier Gläser bereit und füllte jedes mit einem großzügigen Schuss Whiskey. Nachdem er sein Glas geleert hatte, griff er nach dem ersten Foto und studierte es aufmerksam.

»Das Datum ist der zehnte Februar 1917«, sagte er. »Das war zwei Tage, bevor Hunt in Liverpool einen Fuß auf die *Canterbury* setzte und nach Archangelsk in See stach. Höchstwahrscheinlich hatte er den Text in seinem Gepäck, um ihn dem Zaren zur Unterschrift vorzulegen. In einem anderen Bericht des Außenministeriums fand ich einen Hinweis, dass Hunt tatsächlich mit Nikolaus zusammengetroffen sein soll. Weitere Details wurden jedoch nicht genannt.«

»Anscheinend gibt es keinerlei Aufzeichnungen über einen solchen Vertrag«, sagte Perlmutter, »demnach dürfte Nikolaus ihn niemals unterschrieben haben.«

»Dem wage ich zu widersprechen«, sagte Dirk. »Ich glaube, dass der Vertrag in der Tat unterschrieben wurde und dass Hunt mit einer Kopie in seinem Gepäck auf der *Canterbury* nach England zurückkehrte.«

»Es gibt keine Möglichkeit, das zu beweisen«, sagte Trehorne.

»Den Beweis haben wir längst«, sagte Dirk, »und er befindet sich bei den Russen. Sie kamen zum Fundort der *Canterbury*, erhoben Anspruch darauf und trafen Vorbereitungen, sie zu sprengen.«

»Möglicherweise glaubten sie, dass das Schiff Gold geladen hatte«, sagte Summer.

Dirk schüttelte den Kopf. »Es gibt drei Gründe, die dagegen sprechen. Erstens, sie platzierten die Sprengladungen in einer Weise, dass die Aufbauten des Schiffs zerstört wurden. Eine Goldladung wäre jedoch in den unteren Laderäumen transportiert worden, daher hätten sie eher das Deck oder den Rumpf an der Seite öffnen müssen.«

»Vielleicht sind sie irgendwie bis dorthin vorgedrungen«, meinte Summer, »oder sie wollten zuerst uns ausschalten.«

»Stimmt, und sie sind möglicherweise noch immer dort und in diesem Moment damit beschäftigt, die *Canterbury* zu öffnen. Aber aus einem zweiten Grund glaube ich das nicht. Der Russe aus dem U-Boot, das die Sprengung durchführte, hält sich derzeit in London auf. Er überwacht unsere Aktivitäten und stiehlt historische Dokumente aus dem Nationalen Archiv.« Er tippte auf den Stapel Fotografien.

»Was du andeutest, klingt logisch«, sagte Perlmutter. »Die Russen haben den Deckaufbau der *Canterbury* möglicherweise deshalb gesprengt, weil Hunt dort untergebracht war. Falls er eine unterzeichnete Vertragskopie in der Diplomatenpost oder in einer Ledertasche bei sich führte, besteht zumindest die theoretische Möglichkeit, dass sie den Untergang des Schiffes überlebt hat.« Er sah Dirk und Summer an. »Sie wissen, dass ihr beiden hinsichtlich des Wracks misstrauisch wart, und haben vielleicht versucht zu verhindern, dass der Vertrag ans Licht kommt.«

»Und der dazugehörige Schatz der Romanows, der nach England transportiert werden sollte«, sagte Trehorne.

»In der Tat«, pflichtete Perlmutter ihm bei.

Summer sah ihren Bruder fragend an. »Du hast von drei Gründen gesprochen. Genannt hast du bisher aber nur zwei.«

»Unsere heutige Begegnung der unfreundlichen Art mit Viktor Mansfield. Erinnerst du dich, was er erwiderte, als du das Gold der *Canterbury* erwähntest?«

»Er erklärte, sie habe kein Gold mehr an Bord. Aber wenn der Vertrag unterzeichnet wurde und mit der Canterbury kein Gold transportiert wurde, wo ist es dann hingekommen?«

»Wahrscheinlich wurde es zusammen mit anderen Besitztümern der Romanows von den Bolschewiki kassiert, als sie kurze Zeit später Sankt Petersburg überrannten«, sagte Perlmutter.

Trehorne räusperte sich. »Vielleicht auch nicht.« Er hielt die letzte Fotografie hoch. Sie zeigte einen maschinengeschriebenen Brief von Hunt an Admiral Ballard. Passagen des Briefs waren rot unterstrichen und mit handschriftlichen Textkorrekturen versehen, was darauf hinwies, dass es sich eher um die Kopie eines Entwurfs handelte.

»Bitte, lesen Sie vor, Charles«, bat Perlmutter.

»Es ist ein Brief vom elften Februar 1917, gerichtet an Konteradmiral George Ballard, Commander, Malta Dockyard«, sagte Trehorne.

»Lieber Admiral,

bitte bringen Sie mit Zustimmung von First Sea Lord Jellico HMS Sentinel am 27. Februar, 06:00, vor Kap Epanohoron zwecks mög-

lichen Rendezvous mit Pelikan in Position. Transport nach Liverpool über G folgt nach RN Ermessen.

Gehorsamst,
Sir Leigh Hunt, Sonderbotschafter in Russland
The Foreign Office«

»Sieh an, sieh an«, sagte Perlmutter. »Das klingt, als hätten sie irgendetwas Besonderes geplant, falls diese *Pelikan* ein russisches Schiff ist.«

»Genau. Mal sehen, was ich über diese beiden Schiffe in Erfahrung bringen kann.« Trehorne ging ins Nebenzimmer, kramte einige Minuten lang in seiner Bibliothek und kehrte mit zwei Büchern und einer alten Seekarte des Mittelmeers zurück.

»Fangen wir mit Schiffen der Kaiserlich Russischen Marine an.« Er schlug das erste Buch auf. »Die *Pelikan.* Ja, da ist sie. Sie war ein Unterseeboot und gehörte zur Bars-Klasse, den größten russischen U-Booten, achtundsechzig Meter lang, mit sechshundertfünfzig Tonnen Verdrängung. Sie wurde im September 1915 auf Kiel gelegt und im darauf folgenden April in Dienst gestellt und der Schwarzmeerflotte zugewiesen. Die *Pelikan* unterstützte den Kaukasus-Feldzug und war 1916 in Kampfhandlungen vor der Donaumündung verwickelt. Sie wurde als vermisst gemeldet und ist vermutlich von türkischen Kriegsschiffen im Februar 1917 vor Chios versenkt worden.«

»Chios, Griechenland?«, fragte Perlmutter. »Sie muss durch den Bosporus und die Dardanellen geschlichen sein.«

»Während des Krieges war das eine riskante Mission«, sagte Dirk. »Vielleicht wegen einer ungewöhnlichen Fracht?«

»Für die damalige Zeit war sie ein großes Schiff, daher könnte sie theoretisch eine ansehnliche Ladung Goldbarren befördert haben«, sagte Trehorne. »Eine tollkühne Aktion, wenn es so geschehen ist, das Gold einfach vor der Nase der Osmanen vorbeizuschippern.«

»Nikolaus dürfte keine andere Wahl gehabt haben«, sagte Perlmutter. »Die kaiserlichen Goldreserven lagerten in Moskau und Sankt Petersburg. Vielleicht wusste er, dass Sankt Petersburg fallen würde und es zu riskant war, das Gold nach Norden zu schicken. Es gab immer noch die Festlandroute nach Wladiwostok, aber ich glaube, dass seine kaisertreuen Truppen im Süden am stärksten waren.«

»Das ist wahr«, sagte Trehorne. »Die Entstehung der Weißen Armee konzentrierte sich auf das Gebiet der heutigen Ukraine. Daher könnte dies während der letzten Stunden von Nikolaus' Regentschaft die sicherste Route gewesen sein.«

»Wo ist eigentlich dieses Kap Epanohoron, das als Rendezvouspunkt benannt wurde?«, fragte Summer.

Perlmutter zog den Atlas zu Rate. »Es ist der nördlichste Punkt der griechischen Insel Chios. Dieselbe Region, in der die *Pelikan* als versenkt verzeichnet wurde.« Er runzelte die Stirn.

»Wenn sie im Februar sank, dann ist es fraglich, ob das Rendezvous mit der *Sentinel* überhaupt stattgefunden hat«, sprach Dirk seinen Gedanken aus.

Trehorne schlug das zweite Buch auf. »Mal sehen, was die Royal Navy über das zweite Schiff zu berichten hat. Da haben wir es. Die HMS *Sentinel* war ein Aufklärungskreuzer, erbaut im Jahr 1904. Sie gehörte zur Mittelmeerflotte und operierte von Malta aus. Im März 1917 lief sie auf eine Mine und sank vor Sardinien.«

»Zwei unglückliche Schiffe«, meinte Summer.

»Sie sank im März«, sagte Dirk. »Das heißt, dass für sie nicht mal der Hauch einer Möglichkeit bestand, nach dem Rendezvous Kurs auf Liverpool zu nehmen.«

»Ganz richtig«, sagte Perlmutter.

»Woraus folgt, dass sie das Gold immer noch an Bord hat – oder, was eher wahrscheinlich ist, die *Pelikan*.« Die Erregung in Summers Stimme war nicht zu überhören.

Trehorne nickte. »Davon kann man wohl mit größter Wahrscheinlichkeit ausgehen.«

Summer sah ihren Bruder an. »Was meinst du? Welcher Zeitpunkt könnte besser sein als dieser, um dem Mittelmeer einen Besuch abzustatten?«

»Klingt wirklich gut, aber es gibt ein Problem.« Dirk betrachtete das Bild von dem russischen Unterseeboot. »Mit ziemlicher Sicherheit werden wir nicht die Einzigen sein, die dort in Kürze anzutreffen sind.«

47

Knapp einhundert Kilometer östlich von Odessa verließ ein schlammbespritzter Kleinlaster eine schmale Lehmstraße und rollte auf eine mit Gras bewachsene Ackerfläche. Der ebene Acker unterschied sich in nichts von den benachbarten Feldern, die sich so weit erstreckten, wie das Auge reichte, außer dass auf diesem zwei Vehikel versteckt hinter einer Baumgruppe parkten. Das eine war ein grüner Sattelschlepper, das andere ein schlanker unbemannter Peregrine-Flugkörper.

Martin Hendriks stieg zusammen mit einem Helfer aus dem Führerhaus des Sattelschleppers und begrüßte den Fahrer des Pick-ups. »Sie kommen genau richtig.«

»Oberst Markowitsch lässt Sie herzlich grüßen.«

»Fand die Lieferung ohne Zwischenfall statt?«

Der Fahrer, ein übergewichtiger Mann mit einem dichten Bart, nickte. »Ja, die Russen haben sie uns in Sotschi übergeben. Sie glaubten, wir seien Hafenarbeiter und würden sie in ein Schiff nach Afrika laden.« Er lachte. »Sie haben keine Ahnung, dass sie sie bald wieder sehen werden.«

Er ging zur Ladefläche des Pick-up, entfernte eine Abdeckplane, unter der vier lasergelenkte Panzerabwehrraketen zum Vorschein kamen, mit denen gewöhnlich russische Hubschrauber ausgerüstet wurden. »Wir nahmen die Lieferung von zwölf Raketen entgegen und behielten, laut Ihrer Anweisung, acht für unsere eigenen Zwecke.«

»Können Sie mir helfen, zwei davon auf unseren Anhänger zu laden«, sagte Hendriks, »und die beiden anderen an die Drohne zu hängen?«

»Natürlich.«

Der Pick-up-Fahrer und Hendriks' Helfer verstauten zwei der einhundert Pfund schweren Raketen in einem versteckten Frachtabteil auf dem Sattelschlepper, dann befestigten sie die restlichen beiden an den Aufhängevorrichtungen unter den Tragflächen der Peregrine.

Während der Fahrer wieder in seinen Pick-up stieg, drückte ihm Hendriks ein Bündel Geldscheine ukrainischer Währung in die Hand. »Bestellen Sie Oberst Markowitsch, dass er die anderen acht sinnvoll einsetzen soll.«

»Das werden wir«, versprach der Mann, dann lenkte er den Wagen zur Lehmstraße und entfernte sich.

Hendriks inspizierte die bewaffnete Drohne. Dann wandte er sich an seinen Assistenten. »Gerard, wir sollten die Peregrine starten.«

Gerard zog eine auf Rollen laufende funkgesteuerte Kontrollkonsole heraus, die Hendriks benutzte, um die Motoren der Drohne zu starten. Das Flugobjekt rollte vorwärts und erhob sich mit seinen breiten, schräg gestellten Tragflächen vollkommen problemlos in die Luft. Hendriks ließ es mehrmals über dem Feld kreisen, dann schickte er es auf einen Kurs nach Süden. Schließlich schaltete er das Funksignal der Fernsteuerung aus und übertrug die Zielsteuerung auf ein kommerzielles Satellitensystem. Als die Drohne nach ein paar Kilometern die Strecke bis zum Schwarzen Meer zurückgelegt hatte, flog sie in zwölfhundert Metern Höhe.

Gerard öffnete einen Laptop und rief eine Karte auf, übersät mit grünen Dreieckssymbolen, die die Positionen GPS-überwachter Handelsschiffe anzeigten. Er konzentrierte sich auf die Küstenregion in der Nähe von Odessa und studierte ein Gewimmel von Schiffen.

»Mr. Hendriks, ich zeige Ihnen zwei unter russischer Flagge fahrende Schiffe. Eins ist ein Tanker, die *Nevskiy,* in der Nähe der Dneprmündung. Das andere ist ein Frachtschiff, die *Carina,* auf Fahrt nach Istanbul.«

»Werfen wir mal einen Blick auf den Frachter. Wie weit ist er entfernt?«

»Etwas weniger als fünfzig Kilometer. Wir erreichen ihn vor Einbruch der Dunkelheit.«

Hendriks nickte.

Gerard programmierte die Geschwindigkeit des Frachters, seine Fahrtrichtung und seine Koordinaten in das Flugkontrollsystem. Eine halbe Stunde später erschien ein roter Frachter im Bild der Tele-Videokamera. Hendriks übernahm die manuelle Steuerung und näherte sich dem Schiff von achtern, wobei er unsichtbar und in sicherer Distanz blieb.

Die Kamera der Peregrine zeigte einen kleinen, tief im Wasser liegenden Massengutfrachter, an dessen Flaggenmast am Heck eine weiß-blau-rote russische Fahne flatterte. Hendriks erhöhte den Abstand und ließ Gerard eine langsame Warteschleife programmieren.

»Damit hätten wir ein angemessenes Ziel«, erklärte Hendriks und verließ seinen Platz an der Konsole. »Ich denke, wir sollten in fünf Stunden angreifen.«

Der Holländer zog sich in eine kleine Wohnzelle zurück, die am Ende des Sattelschleppers stand. Gegen zwei Uhr morgens erwachte er und kehrte auf seinen Platz am Armaturenbrett zurück. Die Peregrine ließ der *Carina* einen Vorsprung von drei Kilometern, war ihr jedoch so nahe, dass Hendriks die lasergesteuerte Visierelektronik der Drohne auf die Kommandobrücke des Frachters programmieren konnte.

»Wie sieht es mit dem Verkehr in der Umgebung aus?«, fragte er.

»Einen Moment.« Gerard gähnte und befragte den Computer. »Der Abstand zum nächsten Schiff beträgt zwanzig Kilometer. Es ist mit Kurs nach Norden unterwegs.«

Hendriks nickte, dann betätigte er zwei rote Knöpfe. Einhundert Kilometer entfernt verließen die beiden Vikhr-Lenkflugkörper die Peregrine und rasten auf das Schiff zu. Hendriks richtete die Kamera auf den Frachter, als die Raketen gemeinsam in die Rückseite des Deckaufbaus der *Carina* einschlugen. Die Brückenkonstruktion zerbarst in einem Feuerball, der schnell vom Nachthimmel verschlungen wurde.

Hendriks verfolgte das weitere Geschehen noch mehrere Minuten lang, dann übergab er die Kontrollen an Gerard. »Es wird wie ein intern ausgelöster Unfall aussehen. Bringen Sie die Peregrine in dreißig Kilometern Entfernung in Warteposition. Holen Sie sie bei Tagesanbruch in niedriger Höhe zurück und halten Sie Ausschau nach Überlebenden. Wenn Sie welche finden, halten Sie es auf Video fest. Mit ein wenig Glück werden wir die Ersten sein, die den Vorfall der ukrainischen Küstenwache melden.«

Gerard nickte stumm, dann starrte er voller Unbehagen auf das sinkende Schiff.

Hendriks empfand nichts dergleichen. Er kehrte in seine Kabine zurück, ging zu Bett und schlief ebenso traumlos wie die soeben Verstorbenen.

48

Die beiden Schiffe stampften auf einem parallelen Kurs durch heftigen Regen. Jedes zog an zweihundert Metern Elektrokabel den Schwimmkörper eines Seitensichtsonars hinter sich her. Ihre Such-Parameter aufeinander abstimmend, brauchten sie weniger als zwölf Stunden, um dreizehn Quadratkilometer Meeresboden abzutasten – und die Überreste von Alexander Krajewskis Flugzeug zu orten.

Valentin Mankedo trat an die Sonar-Station, die eine schmale Nische der Kommandobrücke der *Besso* einnahm. In *Nevena* umbenannt, sah das Bergungsschiff vollkommen anders als zuvor. Mehrere Deckkräne waren entfernt worden, und der Moonpool verschwand unter einer vorübergehenden Abdeckung. Aus Holzbrettern zusammengezimmerte Deckaufbauten veränderten das Aussehen nachhaltig. Außerdem war hinter dem ursprünglichen, ebenfalls äußerlich modifizierten Schornstein ein zweiter – falscher – aufgestellt worden. Eine Erfrischungskur mit Sprühlack von Grau zu Blau vervollständigte die Transformation der *Besso*. Mankedo wusste, dass jeder flüchtige Betrachter schon allein durch das neue Farbkleid in die Irre geführt würde.

»Die Maschine sollte eigentlich jeden Moment in Sicht kommen«, sagte Vasko, der auf einem erhöhten Sitz vor dem Sonar-Monitor thronte.

Archäologe Georgi Dimitow kam zu Mankedo und betrachtete ebenfalls aufmerksam den Bildschirm. Dimitow konnte ein leichtes Schwanken nicht unterdrücken. Die geisterhafte Blässe seines Gesichts deutete auf einen verlorenen Kampf gegen die Seekrankheit hin.

Auf dem Monitor glitt die golden schimmernde Eintönigkeit des Meeresgrundes vorbei, die von dem Schleppfisch übertragen wurde. Nach und nach verfestigte sich das Bild eines schwarzen länglichen Objekts auf dem Bildschirm und nahm die Form des Buchstaben T in wuchtiger Blockschrift und schwarzer Farbe an. Nur wenig Phantasie war nötig, in dem dunklen Schatten den Überrest eines großen Flugzeugs zu erkennen. Eine Tragfläche und ein Teil des Hecks fehlten, doch das restliche Flugzeug, das aufrecht auf dem Untergrund stand, erschien weitgehend unversehrt.

»Was denken Sie, Georgi?«, fragte Mankedo.

»Zwei Motoren an der noch vorhandenen Tragfläche sind ein überzeugender Hinweis.« Dimitow versuchte, mehr von dem beweglichen Bild zu erkennen. »Können Sie die Abmessungen ermitteln?«

Mit einer Computermaus zog Vasko eine Linie quer über das Bild.

»Der Rumpf ist dreißig Meter lang. Bei der Tragfläche tippe ich auf zwanzig Meter.«

Dimitow nickte. »Das sind die exakten Maße.«

Mankedo, tief in Gedanken versunken, starrte auf den Bildschirm, während die Konturen des Flugzeugs vorbeiglitten. »Von Veteranen habe ich Geschichten über einen verschollenen russischen Bomber gehört, der in den 1950ern in der Nähe von Durankulak abgestürzt sein soll. Offensichtlich entspricht die Legende der Wahrheit, und nur der Ort ist falsch.«

»Meinen Sie, dass die Fracht noch intakt ist?«, fragte Dimitow.

»Der Rumpf erscheint unversehrt«, sagte Vasko, »aber es ist nicht zu erkennen, ob ein Abwurf stattgefunden hat. Wir müssen uns das genauer ansehen.«

Mankedo gab der *Besso* den Befehl, eine Boje abzusetzen, um die

Position zu markieren, danach zu wenden und eine weitere Überfahrt auszuführen.

»Weiterhin habe ich herausgefunden, dass einheimische Fischer in Durankulak von den Russen angeheuert wurden, um nach Trümmern des Flugzeugs zu suchen«, sagte Dimitow. »Mein Onkel war Leichtmatrose auf einem der Boote. Daher war mir die Bedeutung und mögliche Herkunft des Toten auf dem osmanischen Wrack auf Anhieb klar. Mein Onkel erzählte, sie hätten nie eine Spur von dem Flugzeug gefunden. Es habe lediglich Gerüchte von einem Ölfleck gegeben, der nicht weit von der rumänischen Grenze gesichtet wurde.«

Mankedo schüttelte den Kopf. »Eine falsche Spur, die die Sucher zu weit nach Norden geschickt hat.«

»Ich nehme an, wir müssen den Amerikanern dankbar sein«, sagte Vasko.

Der Bergungsunternehmer in Mankedo übernahm nun das Regiment und konzentrierte sich darauf, die Nutzlast des alten Bombers unbeschädigt an Land zu bringen. Ein ferngesteuertes Unterwasserfahrzeug wurde ausgesetzt, um den Fundort des Wracks und seine Umgebung auf Video aufzuzeichnen, und auf dessen Grundlage entwickelte er einen Bergungsplan.

Mankedo persönlich führte das erste Tauch-Team zum Fundort, ausgerüstet mit Schweißgeräten, Schneidewerkzeugen und kleinen Sprengladungen, um sich Zugang zum Flugzeugrumpf zu verschaffen. Über Wasser konstruierte Vasko aus Gurten und Schlingen ein Hubsystem, das mit dem Bockkran am Heck zum Einsatz kommen sollte.

Als Mankedo nach seinem Tauchgang auf das Schiff zurückkehrte, strahlte er übers ganze Gesicht. »Ein hübsches fettes Baby, das nur darauf wartet, abgeholt zu werden«, sagte er, und dann nannte er Vasko die Abmessungen für das Hubsystem. »Der Zugang von der Seite steht weit offen. Ein Flaschenzug dürfte ausreichen, um das gute Stück herauszuschaffen.«

Vasko führte das nächste Tauch-Team und brachte die Kabelschlinge, das Gurtgeschirr und ein Gestell mit Umlenkrolle auf den Meeresgrund. Diesmal vorsichtiger zu Werke gehend als bei anderen Bergungsprojekten, sicherte er die Waffe im Bombenschacht mit dem Gurtgeschirr. Dann benutzte er die Umlenkrolle, die er am Flugzeugrumpf befestigte, um die Bombe horizontal aus dem Schacht herauszuziehen. Sobald sie das Flugzeug verlassen hatte, aktivierte er den Schiffskran und hievte die Waffe vorsichtig zum Tageslicht.

Vasko schwamm neben dem Koloss her, bis er dicht unter der Wasseroberfläche zum Stillstand kam, dann kehrte er aufs Schiff zurück. In einem triefenden Nasstauchanzug neben Mankedo stehend verfolgte er, wie die Bombe aus dem Meer aufstieg und anschließend auf ein Holzgestell abgesenkt wurde.

Dimitow kam heran und betrachtete staunend die Waffe. »Sie sieht aus wie neu. So gut wie keine Korrosionsspuren.«

»Das ist der Segen sauerstoffarmen Wassers«, sagte Mankedo. »Und wenn kein Wasser eingedrungen ist, sollte sie für einen großen Bumms immer noch gut sein.«

Die Vorstellung machte alle ein wenig nervös, und sie studierten die Waffe mit sichtlichem Respekt. Vasko wies einige Mannschaftsmitglieder an, Gestell und Inhalt zusätzlich zu sichern und mit einer Plane zu bedecken.

»Ich weiß nicht, ob es eine gute Idee ist, sie an Bord der *Besso* zu behalten.«

»Stimmt«, sagte Mankedo. »Das Wetter bessert sich, und ich möchte das Schiff so schnell es geht ins Mittelmeer bringen. Wir deponieren die Bombe im Betrieb und erkundigen uns, ob unser holländischer Freund Interesse daran hat.«

»Ohne Zweifel wird er daran Interesse haben. Die Frage ist nur, ob er auch genug Geld hat.«

Mankedo grinste. »Genau.«

49

Viktor Mansfield saß auf dem Beifahrersitz des silbernen Audi und las in der blauen Klemmmappe, die er aus dem Touristenboot geholt hatte.

Martina trommelte neben ihm mit ihren sorgfältig lackierten Fingernägeln nervös auf dem Lenkrad. »Wir hätten uns einen anderen Wagen besorgen sollen.«

Mansfield blickte durch die Windschutzscheibe über den Kirchenparkplatz zu dem Beton- und Glasgebäude des Nationalen Archivs hinüber, das zwei Straßen weiter stand. »Nein, wir sind hier sicher und nicht zu sehen. Außerdem hatten wir keine Zeit, den Wagen zu wechseln. Ich brauche die Daten über das englische Schiff, ehe die Pitts und ihre Freunde sie in die Finger kriegen.«

Sie warteten eine weitere Stunde, bis Iwan mit einem Schnellhefter unter dem Arm erschien. Er vergewisserte sich mit einem schnellen Blick in die Runde, ob er verfolgt wurde, dann steuerte er schnurstracks auf den Audi zu und schlängelte sich auf den Rücksitz.

»Irgendwelche Schwierigkeiten?«, fragte Martina.

»Nein.« Seine tiefe Stimme und knappe Ausdrucksweise verrieten seine Moskauer Wurzeln. »Es gab keinerlei Fragen wegen meiner Datenanforderung. Möglich, dass schon vorher Recherchen in dieser Richtung angestellt wurden.«

»Was konnten Sie in Erfahrung bringen?«

Iwan reichte ihm den Schnellhefter, der einen dünnen Stapel

fotokopierter Dokumente enthielt. »Sehr wenig über die HMS *Sentinel,* fürchte ich. Sie hatten einige technische Daten und Protokolle von Probefahrten, die ich mir geben ließ, sowie eine kurze Biographie. Offenbar sank sie im März 1917 vor der italienischen Küste, nachdem sie auf eine Mine aufgefahren war. Die Bibliothekarin meinte, im Marinemuseum in Portsmouth sei vielleicht weiteres Material zur Geschichte des Schiffes zu finden.«

»Was ist mit der Risikoversicherung?«, fragte Mansfield.

»Diese Daten beizubringen dauerte ein wenig länger. Die originalen Unterlagen des War Risks Insurance Office wurden 1919 vom Transportministerium übernommen. Ich habe alle verfügbaren Daten überprüft und dabei eine russische Zahlung gefunden – im Jahr 1917.«

Er deutete auf ein Dokument in der Mappe, und Mansfield hielt es hoch. Es war ein Jahresabschlussbericht für das Jahr 1917. Zwischen langen Kolonnen von Prämienzahlungen für Handelsschiffe und Frachten, die durch die Aktivitäten der deutschen Kriegsmarine verloren gegangen waren, erschien eine umfangreiche Beitragszahlung des Kaiserlich-Russischen Finanzministeriums. Der Eintrag wies eine im April erfolgte Einzahlung von zweihunderttausend Pfund von einem Konto in Ottawa aus.

Mansfield schüttelte den Kopf. »Diese Zahlung betraf eine frühere Waffenlieferung im Wert von zwanzig Millionen Pfund.«

»Werfen Sie einen Blick auf die nächste Seite«, sagte Iwan.

Das nächste Blatt enthielt eine kurze Liste nicht gutgeschriebener Außenstände. Ein zusätzlicher Eintrag nannte einen Betrag von einhundertfünfundzwanzigtausend Pfund, zahlbar durch das Kaiserlich-Russische Finanzministerium.

»Der Betreff ist eine ausstehende Lieferung nach Liverpool«, sagte Iwan. »Aber die Überweisung wurde niemals ausgeführt.«

»Eine Lieferung durch das U-Boot, das in dem anderen Hefter erwähnt wurde?«, fragte Martina.

»Ja, es muss die *Pelikan* sein«, sagte Mansfield. »Mein Moskauer Historiker meinte, sie sei Ende Februar 1917 in der Ägäis gesunken. Offenbar haben sie es mit dem Gold bis dorthin geschafft.«

»Aber die englische Regierung hat die Versicherungsprämie nicht eingetrieben. Sie dürften das Gold nicht erhalten haben.«

Mansfield warf einen Blick auf den Zahlungsbetrag und stieß einen Pfiff aus. »Der Zar hat einhundertfünfundzwanzigtausend Pfund gezahlt, um eine Lieferung zu versichern.«

»Für 1917 ist das ein ansehnlicher Batzen«, sagte Iwan.

Mansfield rief sich sein Treffen mit Bainbridge in Erinnerung. Der Bankier hatte erklärt, die früheren Goldlieferungen seien mit einer Prämie von einem Prozent vom Gesamtwert der Lieferung versichert worden. Wenn die gleiche Formel auch auf diese Lieferung zutraf, hatte das Gold an Bord der Pelikan, umgerechnet auf den aktuellen Preis, einen Wert von mehr als zwei Milliarden Pfund. »Gibt es keine anderen Hinweise darauf, dass die Prämie bezahlt wurde?«

»Nein«, sagte Iwan. »Wenn Sie einen Blick auf die anderen Dokumente werfen, werden Sie sehen, dass der Betrag mehrere Jahre lang immer wieder aufgeführt, aber im Jahr 1925 als nicht eintreibbar verbucht wurde.«

Martina startete den Wagen und setzte rückwärts aus dem Kirchenparkplatz hinaus. »Ist das die Antwort, nach der Sie gesucht haben?«

»Es ist jedenfalls eine aufschlussreiche Info. Nicht der Beweis, den ich mir gewünscht hätte, aber sie lässt wichtige Rückschlüsse zu.«

»Was ist mit den Amerikanern?«, fragte die Agentin. »Glauben Sie, dass sie mit dem, was sie wissen, keine weiteren Probleme mehr verursachen können?«

»Mir reicht die Gewissheit, dass in England kein unterzeichnetes Exemplar des Vertrags existiert, wegen dem man sich Sorgen machen müsste. Was die Amerikaner betrifft, die können manchmal ziemlich hartnäckig sein, darum müssen wir beschützen, was uns gehört.«

»An was denken Sie?«

Er lächelte sie amüsiert an. »Sagen Sie mal, Martina, waren Sie schon mal in Griechenland?«

50

Die *Macedonia* schlich sich kurz nach Einbruch der Dunkelheit in den Hafen von Burgas, dessen ruhige Wasser von den reflektierten Lichtern der Uferpromenade mit ihren Läden funkelten. Der einsame Mannschaftsangehörige des NUMA-Schiffs steuerte geschickt den freien Liegeplatz an, wo Giordino und einige Hafenarbeiter bereitstanden, um den Spätheimkehrer am Kai festzumachen. Ana Belowa und eine Polizeieskorte verfolgten die Ankunft aus der Nähe. Dabei entgingen der Europol-Agentin nicht die Blessuren des Schiffes.

»Bereit, an Bord zu gehen?«, fragte Giordino sie.

»Ja, natürlich.«

Er ging voraus auf die *Macedonia* zu und stieg zur Kommandobrücke hinauf, wo sie Pitt dabei antrafen, wie er die Maschinen stilllegte. Sein Gesicht war von Erschöpfung gezeichnet, beim Anblick der beiden Besucher blitzten seine Augen aber fröhlich.

Giordino grinste. »Wie hält sich unser Zombie-Kapitän?«

»Ich könnte rund um die Uhr schlafen.« Pitt stampfte leicht mit den Füßen auf und verfluchte im Stillen den Schmerz in seinen Knien, der sich im Laufe der Jahre immer öfter und heftiger bemerkbar machte.

»Wie lange haben Sie am Ruder gestanden?«, wollte Ana wissen.

Pitt warf einen Blick auf den Brückenchronometer. »Etwa zwanzig Stunden – und gleichzeitig dürfte ich den gesamten Schiffsvorrat an Kaffee und Erdnussbutter und Marmelade vernichtet haben.«

»Rudi schickt eine Notfall-Reservemannschaft aus den Staaten, die morgen eintreffen sollte«, sagte Giordino. »Und Ana hat bei unseren Freunden im Polizeipräsidium in Burgas einen Vierundzwanzigstunden-Sicherheitsservice organisiert.«

»Das freut mich zu hören. Ich hätte wenig Lust, heute Nacht auch noch Wache zu stehen.«

»Sie sollten lieber zusehen, dass Sie von den Füßen kommen«, sagte Ana. »Kann man sich hier irgendwo hinsetzen?«

Sie gingen in die Offiziersmesse, wo sie sich in bequeme Sessel sinken ließen, die um einen Konferenztisch arrangiert waren.

»Al berichtete mir von Ihrer Begegnung mit dem russischen Kriegsschiff«, sagte Ana. »Ich habe noch immer keine Vorstellung davon, wie Sie es geschafft haben, einen solchen Angriff zu überleben.«

Pitt klopfte auf die Tischplatte. »Die *Macedonia* ist ein ganz schön reaktionsfreudiges altes Mädchen, wenn sie dazu aufgelegt ist. Die Frage ist aber: Wer kann Interesse an einem solchen Überfall auf Sewastopol haben? Und warum?«

»Die letzte Frage kann ich nicht beantworten, aber wir haben vielleicht eine Spur, wer dahinterstecken könnte«, sagte Ana. »Die Gerichtsmedizin wurde bei einem der beiden Männer fündig, die hier im Hafen getötet wurden. Er war ein ukrainischer Nationalist aus Mykolajiw. Polizeiliche Ermittlungen und ein Gespräch mit seiner Familie haben ergeben, dass er vor ein paar Monaten einen Job bei einer Bergungsfirma in der Nähe von Burgas angenommen hat. Wir haben die Gegend unter die Lupe genommen und nur ein einziges erwähnenswertes Unternehmen gefunden. Thracia Salvage hat ihre Anlagen an einem abgelegenen Teil der Küste zwischen Burgas und Varna.«

»Was wissen wir über sie?«, fragte Pitt.

»Die Firma existiert seit fast dreißig Jahren und wird von einem Mann namens Valentin Mankedo geleitet. Er könnte ein ehemaliger rumänischer Marinetaucher sein. Offenbar macht die Firma ihre Geschäfte vorwiegend am Schwarzen Meer, obgleich in Burgas nicht allzu viel über sie bekannt ist. Wie von örtlichen Behörden zu erfahren war, wurden in den vergangenen Jahren in der näheren Umgebung des Firmengeländes des Öfteren teure Autos und Boote gesehen.«

»Das klingt nicht nach der Art von Lebensstil, den ich von anderen Bergungsunternehmern kenne«, sagte Pitt.

»Wenn es auch so scheint, als sei dieser Mankedo an lukrativeren Geschäften beteiligt«, sagte Ana, »hat die örtliche Polizei keinerlei Hinweise darauf, dass er in irgendwelche illegalen Aktivitäten verwickelt ist.«

»Demnach haben wir nicht viel, was uns weiterhelfen könnte«, sagte Giordino.

»Bis auf dies.« Ana holte ein Foto aus ihrer Schultertasche und legte es auf den Tisch. Es war eine grobkörnige Luftaufnahme von einem Schiff und einem Boot, die in einer schmalen Bucht ankerten.

»Ein Satellitenfoto?«, fragte Pitt.

»Von der NATO, aufgenommen vor etwa einem halben Jahr. Es ist die Vergrößerung eines Fotos von dem Küstenabschnitt, an dem auch Thracia Salvage residiert. Es ist ziemlich unscharf, aber wir glauben, dass das Schiff …«

»Die *Besso* ist«, sagte Pitt.

Giordino nickte. »Diese Anordnung der Kräne kennen wir vom Fundort der *Crimean Star*.«

»Amtliche Stellen in Obzor, einer Stadt in der Nähe, bestätigen, die *Besso* dort gelegentlich gesehen zu haben. Sie ist auf Zypern bei einer Firma registriert, die Thracia Salvage möglicherweise als Fassade dient.«

»Liegt die *Besso* dort zurzeit?«, fragte Pitt.

»Nein. Wir überwachen das Firmengelände, und sie ist nicht dort. Ich fürchte, wir haben auch keinerlei Hinweise, wo sie sein könnte.«

»Warum fühlen Sie diesem Mankedo nicht auf den Zahn?«, fragte Giordino.

»Ich habe für den heutigen Nachmittag eine Vorladung zum Verhör beantragt. Außerdem habe ich die Genehmigung, sein Firmengelände zu durchsuchen.« Sie sah Pitt an. »Wir haben keinen Beweis, dass er und seine Leute für die Entführung der *Macedonia* verantwortlich waren. Aber ebenso wie Sie habe ich sie im Verdacht. Ich werde morgen früh mit einer kleinen Truppe dort anrücken. Ich dachte mir, dass Sie vielleicht Lust haben, uns zu begleiten.«

Pitt schaute sich in der leeren Offiziersmesse um und fragte sich, wie es der Mannschaft in diesem Augenblick ergehen mochte. Stärker als die Müdigkeit, die sein Gesicht überschattete, war die Sorge um seine Leute. Er nickte Ana zu.

»Sie haben richtig gedacht.«

51

Einhundertneunzig Kilometer weiter südöstlich erhielt die *Besso* von der türkischen Kontrollstation am Türkeli-Leuchtturm per Funk die Erlaubnis, in den Bosporus einzufahren. Nur war sie inzwischen nicht mehr das Bergungsschiff *Besso,* sondern das Bohrinselversorgerschiff *Nevena.* Umbenannt, mit neuem Farbanstrich versehen, umgebaut und zusätzlich beladen mit einem Bündel Bohrgestänge auf ihrem Oberdeck, wies sie nur noch wenig Ähnlichkeit mit ihrer früheren Existenz auf.

Zusammen mit dem sonstigen Verkehr in südlicher Richtung, dem die Einfahrt von Mittag bis Mitternacht erlaubt war, rauschte die Nevena am Türkeli-Leuchtturm vorüber und schob sich in die enge Wasserstraße. Zwei Stunden und fünfundzwanzig Kilometer später schlich das Schiff am Goldenen Horn entlang. Georgi Dimitow knöpfte sein Sakko zu, als er zum Bug ging und die Lichter von Istanbul betrachtete, die an asiatischer wie europäischer Küste vorbeiwanderten. Die Lichter der Stadt verblassten allmählich, als das Schiff kurze Zeit später ins Marmarameer gelangte und Tempo aufnahm.

Der Archäologe machte einen Abstecher zur Kommandobrücke, wo der Rudergänger erleichtert aufatmete.

»Schwierige Passage?«, fragte Dimitow.

»Es ist immer ein kleines Abenteuer, aber vor allem bei Nacht. Ich weiß nicht, wie die großen Tanker das schaffen. Es gibt jede Menge enge Kurven, starke Strömungen und endlosen Verkehr. Das kann einem schon zu schaffen machen.«

»Sind keine Lotsen vorgeschrieben?«

»Nur für türkische Schiffe. Wir fahren aber unter zypriotischer Flagge.«

Dimitow verließ seinen Platz am Fenster und studierte die digitale Seekarte des vor ihnen liegenden Gebiets auf einem Computermonitor.

Der Steuermann las seine Gedanken. »Bis zur Insel Chios?«

»Ja.«

»Etwa achtzehn Stunden, wenn wir direkten Kurs nehmen.«

Dimitow nickte und blickte durch das vordere Fenster. Wenn vor dem Schiff auch nichts als undurchdringliche Schwärze lauerte, war alles, was er sah, der verlockende Glanz von Gold.

52

Die batteriebetriebene Drohne flatterte wie ein übergroßer Schmetterling über das Gelände der Bergungsfirma. Nahezu unsichtbar im grauen Licht der Morgendämmerung flog die kleine Maschine hoch genug, dass vom Summen ihrer vier Rotoren kaum etwas zu hören war. Nachdem sie über dem Gelände mehrmals hin und her geflogen war, überquerte die Drohne schließlich das Einfahrtstor, segelte hundert Meter weit die Straße hinunter und landete hinter einer hohen Hecke.

Ana schaute vom Videomonitor zu dem Apparat selbst, als er ein paar Schritte entfernt auf dem Erdboden aufsetzte.

Der Pilot der Drohne, ein Kadett der bulgarischen nationalen Polizei, hob das Gerät auf und deponierte es in einem eigens dafür vorgesehenen Behälter. »Haben Sie alles gesehen, was Sie sehen mussten?«, fragte er sie.

»Ja, so weit es bei dem bisschen Licht möglich war.«

Neugierig betrachteten Pitt und Giordino die Drohne, ehe sie in ihrem Transportgehäuse verschwand. »Wenn die Dinger tatsächlich Pizzas ausliefern können«, sagte Giordino, »sollte ich vielleicht doch mal daran denken, in diese Technik zu investieren.«

Ana ignorierte den Kommentar und ging zu den anderen fünf schwer bewaffneten Polizisten hinüber, die sich um die Motorhaube ihres Wagens versammelt hatten und Satellitenfotos vom Betriebsgelände der Thracia Salvage Company studierten.

»Die Fotos wurden schon vor längerer Zeit aufgenommen«, sagte sie, »aber das, was die Drohne zeigte, sieht ein wenig anders aus. Das große Bergungsschiff ist verschwunden, doch zwei andere Schiffe liegen noch am Dock, ein Arbeitsboot und ein Passagierschiff.« Sie deutete mit einem Kopfnicken auf die beiden Männer zu ihrer Linken. »Mikel und Anton, ihr sichert das Dock für den Fall, dass jemand per Boot flüchten will. Wir anderen nehmen uns das größte Gebäude auf dem Gelände vor, das anscheinend Wohnungen und Büros beherbergt. Gibt es Fragen?«

»Gehen wir zu Fuß rein oder fahren wir?«, wollte einer der Polizisten wissen.

»Wir lassen die Wagen am Tor stehen und gehen zu Fuß hinein. Die Drohne zeigt, dass das Tor zur Straße und ein stabileres, zweites Tor weiter drin offen stehen.« Sie deutete auf eine der Fotografien. »Dort gibt es diesen langen gemauerten Korridor nach dem zweiten Tor, den wir überwinden müssen. Er endet in der Nähe des Docks. Von dort aus müssen wir ein Stück zurückgehen – bis zum Hauptgebäude. Es ist die einzige Möglichkeit, um auf das Gelände zu kommen, abgesehen von dem schmalen Wasserarm, der vom Meer hereinführt, darum müssen wir uns beeilen. Denkt daran, die Verdächtigen sind höchstwahrscheinlich bewaffnet und zur Gegenwehr entschlossen.«

Während sich die Teams trennten, um die Razzia vorzubereiten, ging Pitt zu Ana, die immer noch am Wagen stand. »Al und ich haben unten an der Straße ein kleines Boot gesehen. Stellen Sie uns eine Waffe zur Verfügung, und wir sichern das Gelände in Richtung Meer.«

Ana ließ sich das Angebot kurz durch den Kopf gehen und entschied, dass Pitt und Giordino auf diese Weise kaum einer Gefahr ausgesetzt wären. Eigentlich sollten sie gar nicht dort sein, aber sie war ihnen die Möglichkeit schuldig, sobald wie möglich etwas über das Schicksal der Mannschaft der *Macedonia* zu erfahren. »In Ordnung. Eine Waffe – aber nur zur Verteidigung.« Sie reichte Pitt ihre SIG Sauer. »Kein Betreten des Geländes, solange wir es nicht gesichert haben.«

»Wir bleiben in Strandnähe und halten uns bereit, um einzugreifen, falls es nötig ist«, sagte Giordino.

Während Ana und ihr Team in kugelsichere Westen schlüpften und ihre Waffen überprüften, schlenderten Pitt und Giordino die Straße zu einem Kiesstrand hinunter. Ihr Ziel war ein kleines Holzschiff, das mit dem Rumpf nach oben auf dem Strand lag. Sie drehten es um und fanden einen Mast, ein Segel und ein Ruder unter seinen drei Sitzbänken.

»Eine Segeltour würde ich damit vielleicht nicht riskieren«, sagte Pitt, »aber es sieht so aus, als könnte es uns sicher durch die Brandung tragen.«

Sie schleiften das Boot zum Wasser, schoben es durch die kleinen Brecher und kletterten hinein. Giordino stellte den Mast auf und zog das einzelne Lateinsegel hoch. Pitt zurrte den Baum fest, setzte sich an die Pinne und drehte das Boot leewärts. Das Segel blähte sich unter dem ablandigen Wind auf, und das kleine Boot machte einen Satz durch die Wellen.

Pitt nahm Kurs nach Norden und wählte als Fixpunkt einen kurzen Hafendamm. Während sie daran vorbeisegelten, warfen sie einen Blick in die enge Bootseinfahrt der Schiffsverwertung. Während die graue Dämmerung über dem Ufer aufzog, erkannte Pitt, wie abgeschieden dieser Ort tatsächlich war. Im Norden und Westen des Komplexes stellten steil aufragende Klippen eine natürliche Barriere dar. Eine hohe Felsmauer säumte die südliche Barriere und ging in den Damm über.

Pitt strich das Segel und ließ das Boot auf die schmale Öffnung zwischen dem Wellenbrecher und einem Hügel aus großen Steinen zutreiben. Giordino machte die Ruder klar und pullte zur Einfahrt. Das Boot stoppte ruckartig mit einem metallischen Knirschen.

»Grundberührung?«, fragte Pitt, obgleich sie sich in der Mitte des schmalen Kanals befanden.

»Nein, eine Kette.« Er lehnte sich über den Bootsrand und konnte unter Wasser einen eisernen Vorhang erkennen, dessen oberer

Rand fast durch die Wasseroberfläche stieß. Die Barrikade erstreckte sich von dem Steinwall auf der einen Seite bis zum Damm auf der anderen.

»Sie legen offenbar großen Wert auf Privatsphäre.« Pitt deutete mit einem Kopfnicken auf eine Videokamera auf einem hohen Pfosten zwischen den Steinen am Ufer.

Von der Barriere aus hatten sie einen ungehinderten Blick auf das Firmengelände. Auf der rechten Seite stand ein langes Lagerhaus dicht am Wasser, während am fernen Ende der Bucht ein zweistöckiges Gebäude zu sehen war. Beide waren anscheinend in die Klippen hineingebaut worden, und beide sahen so aus, als wären sie mehr als einhundert Jahre alt. Das freie Gelände zwischen den Bauten war gepflastert und mit Kisten und Ausrüstungsgegenständen bedeckt. Ein Stück geradeaus und nach links versetzt befand sich ein schmaler Holzsteg, an dem die beiden Boote vertäut waren, die Ana mit Hilfe der Drohne gesehen hatte. Links vom Steg erhob sich eine weitere Mauer und bildete mit dem Damm einen hohen Korridor, der den einzigen Zugang zum Strand des Betriebsgeländes darstellte.

Von ihrer Position auf dem Wasser aus konnten Pitt und Giordino außerdem im grauen Licht des heraufziehenden Tages einen kleinen Felsvorsprung erkennen, der sich am Ende des Korridors befand. Hinter den Steinen kauerten zwei Männer mit Maschinenpistolen und warteten in einem perfekten Hinterhalt auf Ana und ihre Männer.

53

Die beiden Polizeiwagen näherten sich dem Gelände der Bergungsfirma mit abgeblendeten Scheinwerfern und stoppten dicht vor der Einfahrt. Ana führte das Team zu Fuß zu einem nicht allzu stabilen Maschendrahttor neben einem verwitterten Schild mit der Aufschrift THRACIA SALVAGE. Ein großer Anker neben einem alten Fischernetz, das über einen großen Stein drapiert war, vermittelte den erwünschten Eindruck von einem Kleinbetrieb. Hätten die Polizisten genauer hingeschaut, wäre ihnen sicherlich die mit einem Bewegungssensor gesteuerte Video-Überwachungskamera aufgefallen, die in dem Netz versteckt war.

Mikel öffnete das Tor, und das Team bewegte sich durch den von Büschen gesäumten Eingang, ohne zu ahnen, dass sie einen Alarm ausgelöst hatten, der tief im Innern der Firmenanlage erklang. Die Straße beschrieb einen Bogen, auf dem sie sich der eigentlichen Einfahrt zu dem Anwesen näherten, den die Hecke vor der Hauptstraße verbarg. Drei Meter hohe Mauern säumten eine gepflasterte Zufahrt, die sich bis zum Wasser erstreckte.

Das Team bewegte sich durch ein massives stählernes Tor, das offen stand, wobei die Männer unter Anas Führung ihr Tempo steigerten. Erst als sie weitere zwanzig Meter zurückgelegt hatten und das stählerne Tor sich langsam hinter ihnen schloss, erkannte Ana, dass sie eine unangenehme Überraschung erwartete.

Sie wusste aus dem Drohnen-Video, dass der Korridor fast bis zum Wasser verlief, ehe er sich nach links zum Dock hin öffnete, wo sie kehrtmachen und sich landeinwärts bewegen mussten, um zu den Uferanlagen zu gelangen. Die Öffnung war schon zu sehen – sie war nur ein paar Schritte weit entfernt –, als ein einzelner Schuss die morgendliche Stille zerriss. Er war in der Nähe gefallen, kam jedoch offenbar vom Meer und zielte wer weiß in welche Richtung.

Ana erstarrte und duckte sich – ebenso wie die fünf Männer ihres Teams, die sich hinter ihr aufgefächert hatten.

Sie wagte nicht zu atmen und spürte ihren Herzschlag, ehe ein Kugelhagel die Morgendämmerung explodieren ließ.

Die Gestalten, die sich hinter den Felsen verbargen, eröffneten das Feuer auf sie. Ana streckte sich auf dem Erdboden aus, während das Rattern zweier Kalaschnikows von den Mauern widerhallte. Drei von den Männern hinter ihr wurden zu Boden gestreckt, und die beiden anderen schossen sofort zurück. Ana reagierte genauso, brachte ihre Heckler&Koch-Maschinenpistole in Anschlag und feuerte auf die Felsen.

»Bleibt in Bewegung!«, rief sie halb nach hinten gewandt ihren Männern zu. In dem Korridor saßen sie wie auf dem Präsentierteller. Sie gab einen Feuerstoß ab, sprang auf und sprintete ein paar Schritte, ehe sie wieder auf Tauchstation ging. Eine Sekunde später folgten zwei ihrer Kameraden ihrem Beispiel und ließen sich hinter ihr zu Boden fallen. Sie erkannte Anton und Mikel.

»Gebt mir Feuerschutz, damit ich es bis zur nächsten Mauer schaffe, und ich tu das Gleiche für euch«, sagte sie, sprang auf, ohne auf Antwort zu warten und rannte zum Ende der Mauer. Das gegnerische Feuer halbierte sich, und Ana sah, dass es mittlerweile auch auf die Einfahrt an der Seeseite gerichtet war.

Während sich Anton und Mikel neben sie warfen, zielte sie sorgfältig auf einen einsamen Schützen, der hinter den Felsen zu sehen war, und leerte ihr Magazin. Das ferne Mündungsfeuer erlosch.

Sie hielt inne, um nachzuladen. »Wo sind die anderen?«, wollte sie von Anton wissen.

»Sie sind alle ausgefallen.«

Jegliche Gedanken, sich um ihr Team zu kümmern, wurden weggewischt, als vom Hauptgebäude vor ihnen geschossen wurde. Zwei oder drei Gestalten tauchten aus dem Gebäude auf und verteilten sich hinter schwerem Gerät. Einer von ihnen war massig, muskulös und kahlköpfig.

Die Agenten waren in der augenblicklichen Situation exponiert, aber eine Deckung bot sich in Gestalt eines Lagerschuppens an, der sich an die Mauer drängte. Das Trio sprintete darauf zu, geriet jedoch vom Dock her unter Beschuss. Mikel stürzte zu Boden, und Ana spürte einen stechenden Schmerz im Oberschenkel, gefolgt von einem heftigen Schlag gegen ihre Seite.

Sie schnappte keuchend nach Luft und brach zusammen. Während sie hochzukommen versuchte, näherte sich Vasko vom Hauptgebäude und schleuderte einen Gegenstand, der aussah wie ein Stein, in ihre Richtung. Der Schuppen war nicht mehr weit entfernt, daher versuchte sie, ihn kriechend zu erreichen, und drückte sich an die Mauer.

Der Untergrund neben ihr eruptierte und überschüttete sie mit Steinen und Geröll. In ihren Ohren ertönte ein Klingeln, das alle anderen Geräusche blockierte. Sie hustete den Staub aus ihrer Lunge, blickte hoch und sah eine Gestalt durch den Dunst herankommen. Es war der Schütze vom Dock, und er feuerte mit seinem Sturmgewehr. Ana versuchte ihre Pistole hochzuheben, aber ihr Arm war vollkommen taub und gefühllos.

Der Schütze kam näher und richtete seine Waffe auf ihr Gesicht. Während sie auf den Schuss wartete, verdrehten sich seine Augen und rollten in den Höhlen nach hinten. Ein roter Fleck erschien auf seiner Schläfe. Er ließ die Pistole fallen und sackte zu Boden.

Einen kurzen Moment später war Pitt an ihrer Seite, in der Hand die SIG Sauer, aus deren Mündung sich ein Rauchfaden kräuselte. Giordino erschien neben ihm, und beide Männer schleiften sie in den Schutz des Schuppens.

Das Klingeln in ihren Ohren ließ so weit nach, dass sie hören konnte, wie Pitt sagte: »Meine Mutter lässt uns nicht mehr mit Ihnen spielen, wenn Sie uns weiter ständig in Schwierigkeiten bringen.«

Trotz der Schmerzen in ihrem Bein und in ihrer Seite lächelte sie, als er das Magazin auf die ferne Gestalt leerte.

Gewehr- und Pistolenschüsse aus allen Richtungen konzentrierten sich auf sie. Dann erzitterte der Untergrund von der Explosion einer weiteren Sprenggranate, die deutlich stärker war als die erste. Sie traf die Basis der Mauer dicht vor dem Schuppen. Unmittelbar danach folgte eine zweite Explosion, die den Schuppen sowie einen Abschnitt der Felswand daneben zertrümmerte. Ana spürte, wie eine Lawine aus Steinen und Mörtel auf sie herabregnete. Zuerst versiegte der Schmerz, dann der Lärm, und schließlich erlosch das Licht, als sie ins Nichts hinüberglitt.

54

Der Schmerz begann in Ana Belowas Handgelenken und dehnte sich durch die Ellbogen bis zu den Schultern aus. Mit einem Kopfschütteln entfernte sie die Haare aus ihren Augen und vertrieb den Nebel in ihrem Geist – und schon kehrten die anderen Schmerzen zurück. Am schlimmsten war das dumpfe Hämmern in ihrer Seite, wo die kugelsichere Weste ein Projektil aus einem AK-27 abgefangen hatte. Eine Fleischwunde in ihrem Oberschenkel pulsierte noch, aber das war die geringste ihrer Qualen. Das Klingeln in den Ohren war von Kopfschmerzen abgelöst worden. Es waren jedoch die Handgelenke und die Arme, die um ihre Aufmerksamkeit wetteiferten. Als sie wieder zu Sinnen kam, erkannte sie, weshalb.

Ihre Handgelenke waren mit einem Strick gefesselt, der über ihrem Kopf an einem Balken des Lagerhausdachs befestigt war. Irgendwie musste sie es geschafft haben, die Balance zu halten, während sie ihr Gewicht auf die Füße verlagerte, sich kerzengerade aufrichtete und auf diese Art die Anspannung ihrer Arme minderte. Mit diesem Gefühl einer bescheidenen Erleichterung schaute sie sich in dem trübe erleuchteten Lagerhaus um. Sie war nicht allein. Ein paar Schritte entfernt hing Mikel an seinen Handgelenken, bewusstlos. Giordino und Pitt links von ihr waren auf ähnliche Art gefesselt.

»Willkommen in der Wirklichkeit«, sagte Pitt, »obgleich es eine klügere Strategie wäre, sie zu verschlafen, so wie Ihr Freund es tut.«

»Wie … wie lange war ich weggetreten?« Die Worte kratzten in ihrem trockenen Hals.

»Wir machen schon seit etwa zwanzig Minuten diese unfreiwilligen Streckübungen mit unseren Armen«, sagte Giordino.

Ana starrte die beiden Männer an. Sie waren von Kopf bis Fuß mit Staub bedeckt, und ihre Kleider waren zerrissen und mit Blutflecken übersät. Sie blickte an sich herab und erkannte, dass ihre eigene Erscheinung kaum besser war. »Was ist passiert?«

»Zwei Granaten haben einen Teil der Wand ins Schwanken gebracht«, sagte Pitt. »Sie ist auf uns gestürzt.«

»Was ist mit Anton?«

Pitt schüttelte den Kopf.

»Jetzt entsinne ich mich«, sagte Ana. »Die Wand ist zusammengebrochen, kurz nachdem Sie mich vor diesem Schützen gerettet haben.« Bei der Erinnerung schüttelte sie den Kopf. »Sie hätten eigentlich draußen im Boot bleiben sollen.«

»Wir haben zwei bewaffnete Männer gesehen, die einen Hinterhalt vorbereiteten«, sagte Giordino. »Dirk versuchte noch, Sie zu warnen.«

»Ja, sie haben uns beim Reingehen überrumpelt.«

»Wir mussten das Boot über eine Kettensperre manövrieren, sonst wären wir schon eher an Land gekommen.«

»Sie hatten nur meine Pistole.« Sie sah die Männer an. »Es tut mir leid. Ich wünschte, Sie wären in dem Boot geblieben und geflohen.«

»Und hätten damit die Chance versäumt, dies hier zu erleben?«, fragte Giordino.

Ana sah die beiden Amerikaner kopfschüttelnd an.

Am Ende des Gebäudes schwang eine Tür auf, und eine einsame Gestalt betrat das Lagerhaus. Ein Lichtstrahl wurde von seinem kahl rasierten Schädel reflektiert. Vasko hatte eine Spillspake in der Hand, die er als Spazierstock benutzte. Der Holzstab, früher von Seeleuten an manuellen Spills verwendet, um Anker zu liften, klickte auf dem Zementboden, als er auf die Gefangenen zukam.

Er näherte sich dem ersten Opfer, Mikel, der an seinen Händen hing wie eine Rinderhälfte in einem Kühlhaus. Vasko betrachtete ihn, dann holte er mit der Spake aus wie mit einem Baseballschläger und schmetterte sie gegen seine Rippen. Der bewusstlose Mann keuchte reflexartig, blieb aber reglos und schlaff hängen.

»Offenbar schläft er tatsächlich.« Vasko drehte sich zu den anderen um und betrachtete sie von Kopf bis Fuß. »Meine drei guten alten Freunde sind also tatsächlich zu einem Besuch vorbeigekommen? Sie hätten mir sagen sollen, dass Sie herkommen wollten. Dann hätte ich Ihnen einen wärmeren Empfang bereitet.«

»So war er schon warm genug, aber trotzdem vielen Dank«, sagte Giordino.

»Habe ich um Ihre Antwort gebeten?« Vasko stieß das Ende des Stabs in Giordinos Magengrube. Die meisten Männer hätten qualvoll gestöhnt, aber Giordino schaute nur auf den Mann hinab und grinste.

Vasko machte einen weiteren Schritt und kam zu Pitt. »Wie ist es mit Ihnen? Haben Sie dem etwas hinzuzufügen?«

»Schneiden Sie mich los, und ich könnte etwas haben.«

Vasko drehte den Stab und zielte damit auf Pitts Leibesmitte. Pitt spannte die Bauchmuskeln an und wendete sich leicht ab, um seine Rippen zu schützen. Der Treffer raubte ihm beinahe den Atem, aber er imitierte Giordino und sah Vasko mit einem verkniffenen Grinsen an.

»Sie wollen es offensichtlich auf die harte Tour, wie ich sehe«, sagte Vasko. »Mal schauen, wie hart Sie wirklich sind, nachdem Sie gründlich durch die Mangel gedreht wurden.« Er fuchtelte mit dem Stab nur wenige Zentimeter vor Giordinos Gesicht herum, dann warf er ihn beiseite.

Er ging an den beiden Männern vorbei und kam auf Ana zu.

»Und Sie, Agent Belowa«, sagte er, während er das Namensschild las, das an ihrer Weste befestigt war. »Sie müssen mich richtig vermisst haben, wenn Sie schon so schnell wieder zurückkommen.« Er schlang einen Arm um ihren Rücken und zog sie zu sich heran.

Ana wandte den Kopf ab und hielt die Luft an, als er sie an sich presste. Seine Bartstoppeln kratzten über ihre Wange.

»Sobald ich mit Ihren Freunden fertig bin, werden wir ein wenig Spaß miteinander haben«, sagte er. »Nur wir beide.«

Der unerwartete Schlag traf Vasko in der Nierengegend und schleuderte ihn zu Boden. Er sprang auf und wirbelte herum, während Giordino am Strick zurückpendelte, nachdem er einen Tritt gelandet hatte. Vasko stürzte sich mit fliegenden Fäusten auf ihn.

In seiner Position vollkommen wehrlos, musste Giordino ein halbes Dutzend Körpertreffer einstecken. Seine einzige Waffe waren seine Füße. Er benutzte sie, sobald sich die Chance ergab, und erwischte mit einem Konter das Knie seines Angreifers.

Vasko wich stolpernd zurück und griff an seine Hüfte. Er zückte ein langes Klappmesser und ließ die Klinge aufschnappen. Dann streckte er es vor und kam auf Giordino zu. »Deine Zeit ist gekommen, mein Freund.«

Er warf einen Blick auf Pitt, um sicherzugehen, dass von ihm keine Einmischung drohte, dann ging er leicht in die Knie und vollführte einen Sprung. Die Taktik wendete sich gegen ihn. Giordino wappnete sich und reagierte mit einem Gegenangriff, der Vaskos Handgelenk galt. Der Fußtritt stoppte Vaskos Attacke, und das Messer glitt an Giordinos Bein entlang. Vasko zog sich sofort zurück und nahm das Messer mit. Es wischte wieder über Giordinos Bein, schlitzte sein Hosenbein auf und brachte ihm einen Schnitt in der Wade bei, aus dem Blut sickerte.

Vasko hatte seine Lektion gelernt, richtete sich auf und wandte sich zu Giordino um. Diesmal würde er höher ansetzen und einen Treffer landen, der nicht abgewehrt werden konnte. Er holte mit dem Messer aus, machte einen Schritt vorwärts – als ein Ruf erklang. »Ilya!«

Die halblaute, kontrollierte Stimme stoppte ihn mitten in der Bewegung. Er starrte Giordino hasserfüllt an, dann trat er zurück und drehte sich halb zur offenen Tür um.

Die hochgewachsene Gestalt Valentin Mankedos näherte sich mit schnellen Schritten. Seine Miene zeigte einen besorgten Ausdruck. »Dies ist nicht die Zeit für Spielchen.«

»Das ist die Europol-Agentin, die auf der *Besso* erschienen ist.« Vasko deutete mit dem Messer auf Ana. »Und ihre beiden Freunde waren auf dem NUMA-Schiff, das die Sewastopol-Mission vereitelt hat.«

Mankedo musterte Pitt und Giordino neugierig, dann wandte er sich an Ana. »Weshalb sind Sie hergekommen?«

»Um Sie zu verhaften, Valentin Mankedo«, sagte sie mit fester Stimme.

Sein Blick fiel auf ein zusammengefaltetes Dokument in ihrer Brusttasche, das er herauszog. »Mein Haftbefehl?«

Ana deutete ein Kopfnicken an.

Er faltete das Dokument auseinander und las, während er sich von den Gefangenen entfernte.

Vasko folgte ihm auf den Fersen.

»Was wissen sie?«, fragte er im Flüsterton.

»Fast alles.« Mankedo schüttelte den Kopf. »Wir werden verdächtigt, an der Versenkung der *Crimean Star* und der Entführung der *Macedonia* beteiligt zu sein und das Attentat auf Sewastopol geplant zu haben. Ganz zu schweigen von einer vermuteten Komplizenschaft beim Schmuggel verbotenen nuklearen Materials.«

»Sie müssen die *Besso* identifiziert und bis zum Firmengelände verfolgt haben.« Vasko spuckte aus. »Das war diese Polizeiagentin.«

»Da werden noch mehr kommen und Jagd auf uns machen«, sagte Mankedo. »Wir müssen sofort den Firmensitz räumen.« Seine Augen verengten sich. »Du musst die Toten und die Polizeifahrzeuge verschwinden lassen, während ich unsere gesamten Geschäftsunterlagen vernichte.«

»Wir können das alles nicht hier zurücklassen.« Vasko deutete auf das andere Ende des Lagerhauses, wo ein Sattelschlepper parkte, auf dessen Ladefläche die Waffe aus dem Tupolew-Bomber ruhte. Sie war mit einer schweren Plane zugedeckt.

»Der Holländer ist der Einzige, der die Mittel und die Möglichkeiten hat, uns dabei zu helfen.«

»Weiß er darüber Bescheid?«

»Ja«, sagte Mankedo. »Er war sehr interessiert und sprach bereits davon, über eine mögliche Verwendung nachzudenken. Ich rufe ihn jetzt an und frage gleich, ob er einen unmittelbaren Abtransport arrangieren kann. Wenn das Firmengelände geräumt ist, fahr den Sattelschlepper irgendwohin, wo niemand ihn findet. Wenn der Holländer einsteigt, dann ist das deine Fahrkarte, um das Land zu verlassen.«

Er warf einen Blick aus dem Lagerhaus, während einer seiner Männer einen Toten durch die Tür schleifte. »Ich bringe die restlichen Männer mit dem Arbeitsschiff in die Türkei. Von dort schlagen wir uns auf dem Landweg nach Griechenland durch und treffen in der Ägäis mit der *Besso* zusammen. Wir haben immer noch zwei gute Gelegenheiten vor uns und viel Arbeit in der Ukraine, sobald sich die Aufregung gelegt hat.«

»Die Aufregung …« Vasko wandte sich um und deutete auf die vier Gefangenen. »Was geschieht mit unseren Gästen? Wegen ihnen haben wir drei Männer verloren.«

Mankedo schaute auf die Uhr, dann warf er einen kurzen Blick auf die Gefangenen.

»Vergeude keine Zeit mehr mit ihnen. Lass sie mit den anderen verschwinden«, sagte er, machte kehrt und ging in den warmen Sonnenschein hinaus.

55

Die vier Gefangenen mussten eine weitere Stunde an ihren Handgelenken hängend ausharren, während die Arbeiter der Bergungsfirma unter Hochdruck schufteten, um alle verräterischen Spuren auf dem Gelände zu beseitigen und es zu verlassen. Mikel erwachte irgendwann aus seiner Bewusstlosigkeit, litt jedoch unter derart heftigen Schmerzen, dass er ständig stöhnte und leise Jammerlaute von sich gab. Pitt verfolgte aufmerksam, wie ein Arbeiter den Motor des Sattelschleppers startete und ihn mehrere Minuten laufen ließ, ehe er ihn wieder ausschaltete.

»Wie lange dauert es noch, bis die Kavallerie eintrifft?«, erkundigte sich Giordino bei Ana Belowa.

»Die bulgarische Polizei berät zurzeit sicherlich über eine Reaktion, nachdem wir es versäumt haben, uns zu melden. Angesichts der einsamen Lage unseres derzeitigen Aufenthaltsortes dürfte es Stunden dauern, bis sie ein Team zusammengestellt und in Marsch gesetzt hat.«

»Zu diesem Zeitpunkt werden, so scheint es, Mankedo und Co. längst verschwunden sein.« Pitt kämpfte gegen seine Fesseln. »Hat jemand die Chance, sich selbst zu befreien?«

»Wer immer uns gefesselt hat, er muss früher mal Pfadfinder gewesen sein«, sagte Giordino. »Ich kann meine Hände keinen Millimeter bewegen.« Er spannte seine beachtlichen Armmuskeln, als wollte er die Stricke sprengen. Aber sie weigerten sich nachzugeben.

Vasko betrat das Lagerhaus in Begleitung eines bärtigen jungen Mannes, in der Armbeuge ein Sturmgewehr. Er reichte seinem Komplizen das Klappmesser. »Sie bleiben voneinander getrennt und gehen im Gänsemarsch. Falls jemand von Ihnen etwas Dummes versucht, werde ich den Betreffenden erschießen.« Er sprach diese Drohung mit einem Lächeln aus, als wünschte er sich, dass ihm dazu die Gelegenheit gegeben werde.

Pitt beobachtete, wie zuerst Mikels, dann Anas und schließlich Giordinos Fesseln durchgeschnitten wurden. Der bärtige Mann musste sich auf die Zehenspitzen stellen, um über Pitts Handgelenke zu reichen und den dicken Strick durchzutrennen. Er machte sofort einen Satz rückwärts und hielt das Messer stoßbereit, als Pitt die Arme senkte.

Der junge Mann kehrte zu Mikel zurück und befahl den Gefangenen loszumarschieren, während sich Vasko hinter Pitt einreihte, Mikel stolperte und mehrmals stürzte und Giordino die Erlaubnis erhielt, ihm zu helfen. Als sie sich der Eingangstür des Lagerhauses näherten, betrachtete Pitt verstohlen den Sattelschlepper. Er tat so, als stolpere er, sank dabei aber auf ein Knie hinunter, um zu versuchen, einen Blick unter die Abdeckung zu erhaschen. Er sah lediglich eine rundliche Stahlhülle, dunkel und glatt, ehe Vaskos Stiefelsohle krachend zwischen seinen Schulterblättern landete.

»Auf die Füße! Los!«

Pitt richtete sich auf und folgte den anderen ins Tageslicht. Die Handgelenke weiterhin vor dem Bauch gefesselt, überquerten sie den freien Platz zum gegenüberliegenden Gebäude und wurden durch eine Öffnung in der Felsenklippe gebracht. Ein verrostetes Schienenpaar auf Betonschwellen führte aus dem Tunnel, und Pitt identifizierte die Überreste eines Bergbaubetriebs, erkennbar auch an einem Haufen Abraummaterial in der Nähe der Tunnelöffnung. Es war ein Zinnbergwerk aus der Zeit des byzantinischen Reichs. Die kommerzielle Ausbeutung hatte in bescheidenem Umfang bis in die 1930er Jahre angedauert, als das Erzvorkommen für erschöpft erklärt wurde.

Der Tunnel weitete sich zu einer geräumigen Höhle aus, die von einzelnen Deckenlampen erhellt wurde. Mit Holzkisten beladene Paletten, ähnlich den Munitionsvorräten, die Pitt und Giordino auf dem Lastkahn gesehen hatten, standen in der Mitte der Höhle. Vor den Seitenwänden lagen zahlreiche Gesteinstrümmer, groß wie Findlinge, noch aus der Zeit, als umfangreiche Sprengungen durchgeführt wurden.

Vasko führte sie zu einem großen Frontlader, der mit der Schaufel zur Höhlenwand zwischen zwei mächtigen Felsbrocken parkte. Der bärtige Helfer kletterte ins Führerhaus und startete den laut ratternden Dieselmotor. Er hob die Stahlschaufel, setzte mit dem Fahrzeug von der Höhlenwand zurück und legte eine Öffnung frei, die in eine angrenzende Felsenkammer führte.

Vasko deutete mit seinem Gewehr auf den Durchgang. »Es wird Zeit, Abschied zu nehmen.«

Pitt und Giordino sahen einander an, aber Vasko ließ ihnen keine Sekunde, sich auch nur durch Blicke miteinander zu verständigen. Er richtete das Gewehr auf Giordino.

»Sie zuerst, Shorty.«

Giordino erdolchte ihn mit Blicken, dann schob er sich geduckt durch die Öffnung, gefolgt von Mikel.

Pitt war der Nächste, dem Vasko winkte. »Ich bin sicher, Sie werden ein tränenreiches Wiedersehen feiern. Gehen Sie.«

Pitt hielt sich in Anas Nähe, spürte dann aber, wie sich Vaskos Gewehrmündung in seinen Rücken bohrte, und begab sich widerstrebend und mit eingezogenem Kopf nach nebenan.

Vasko ließ seine Waffe sinken und kam so nah wie möglich an Ana heran. »Sie haben uns eine ganze Menge Unannehmlichkeiten bereitet.« Er beugte sich zu ihr vor. »Ich wünschte, ich hätte die Zeit, um mich für die Probleme, die Sie uns beschert haben, revanchieren zu können.« Er umarmte sie und küsste sie brutal auf den Mund.

Ana unterdrückte den Impuls, sich gegen diese gemeine Attacke zu wehren, blieb steif und kalt und ließ es einfach mit sich geschehen. Damit erzielte sie den gewünschten Effekt.

»Keine Lust auf Liebe heute? Dann war's das wohl.« Er riss sie von den Füßen und stieß sie durch die Öffnung. Sie hatte sich kaum aus seiner Umarmung gelöst, als er sich an den Mann im Frontlader wandte. »Mach das Loch zu. Aber gründlich.«

Wäre Pitt nicht gewesen, wäre Ana mit dem Gesicht auf dem Boden der Höhle gelandet. Er erwartete sie auf einem Knie und fing sie auf, so gut er es mit gefesselten Händen vermochte. Ana beugte sich vor und spuckte aus, um den Geschmack Vaskos aus dem Mund zu bekommen, ehe sie sich bei Pitt bedankte.

Auf der anderen Seite der Felswand setzte sich der Frontlader in Bewegung. Knirschend rutschte seine stählerne Schaufel über den Felsboden. Anstatt die Öffnung mit der Schaufel zu verschließen, benutzte der Fahrer sie, um einen der Felsbrocken an Ort und Stelle zu schieben und den Durchgang mit zwanzig Tonnen soliden Granits zu versiegeln.

Stille setzte ein, während Pitt der Polizeiagentin auf die Füße half. Sie schauten sich in der zweiten Höhle um, die nur halb so groß war wie die erste. Eine zerbeulte Benzinlampe, die auf einem kleinen Felsvorsprung stand, verströmte ein warmes bernsteinfarbenes Licht. Es reichte aus, um die drei Dutzend ausgezehrten, ängstlichen Gesichter der Mannschaftsmitglieder der *Macedonia,* die sie umdrängten, aus der Dunkelheit zu schälen.

56

Eine halbe Stunde später war das Gelände der Bergungsfirma verwaist. Mankedo lud einen Reservevorrat an Waffen und Munition sowie eine umfangreiche Kollektion Geschäftsunterlagen und Recherchematerial in das Arbeitsschiff, dann beaufsichtigte er den letzten grässlichen Säuberungsakt. Die Leichen der Polizisten und seiner eigenen Männer wurden in zwei Polizeiwagen gesetzt, die dicht an den Rand der Kaimauer gerollt worden waren. Mit einem Ladekran wurde nun jeder Wagen vom Kai angehoben und in zehn Meter tiefem Wasser versenkt.

Mankedo beobachtete die Luftblasen, die aus dem zweiten Wagen aufstiegen, während Vasko die Krankabine verließ und zu ihm herüberkam.

»Das müsste den nächsten Trupp Polizisten auf Distanz halten«, sagte der kahlköpfige Mann.

Mankedo deutete auf die beschädigte Steinmauer. »Da sind noch immer Spuren der Schießerei zu sehen. Nachbarn in der Nähe haben vielleicht den Lärm gehört.«

»Ich fahre noch einmal mit dem Frontlader über die Zufahrt und beseitige, was sich beseitigen lässt. Aber wenn sie keine Toten finden, haben sie sowieso nichts in der Hand.«

»Sind die anderen aus dem Weg geschafft?«

»Sie wurden in die Nachbarhöhle eingesperrt. Falls niemals jemand die Höhle öffnet, bleiben sie für immer verschwunden.« Vasko deutete mit einem Kopfnicken auf einige Kisten in der Nähe des Tunnels. »Willst du die restliche Munition sprengen, wenn wir von hier verschwinden?«

Mankedo sah sich auf dem Gelände um wie ein trauernder Familienvater, der von seinen Lieben Abschied nimmt. »Nein, ich habe die Sprengmittel bereits eingeladen. Dies hier war für über zehn Jahre unsere Heimat und unsere Basis. Ich hoffe, irgendwann wieder zurückzukommen.«

»Wenn diese Agentin Belowa verschwunden ist, gilt das auch für ihren Fall«, sagte Vasco. »Über die ganze Sache wird Gras wachsen, genauso wie es bisher immer geschehen ist, und dann können wir den Laden hier wieder aufmachen.«

»Ja, aber am besten sollten wir jetzt von hier verschwinden. Ich habe Hendriks erreicht, und er meinte, dass er versuchen wolle, den Transport von Stara Zagora noch vor Mitternacht zu arrangieren. Er bittet darum, dass du das Objekt begleitest, bis es an einem sicheren Ort ist. Achte darauf, dass du bis dahin unsichtbar bleibst. Sobald die Lieferung abgeschlossen ist, kannst du in Griechenland zu uns stoßen.«

»Hast du über einen Preis verhandelt?«

»Zwölf Millionen, wenn das Objekt noch funktionsfähig ist.«

Vasko lächelte. »Damit können wir uns in der Ägäis eine hübsche Basis kaufen.«

Mankedo ging mit der restlichen Mannschaft an Bord. Sie öffneten die Kettensperre, gelangten ins Schwarze Meer und nahmen südlichen Kurs auf die Küste der Türkei.

Vasko lenkte den Frontlader über die Einfahrt und verwischte alle Spuren, während er gleichzeitig Patronenhülsen und Mauerreste aufsammelte. Er schob den Schutthaufen über den Kai und versenkte ihn in der Lagune. Dann startete er den Sattelschlepper, verließ das Gelände und schloss das Tor hinter sich ab.

Nach ein paar Kilometern kam ihm auf der Straße ein Polizeikonvoi entgegen, der unterwegs zum Schrotthof war. Niemand achtete auf den abgenutzten Lastwagen. Vasko verließ die Küstenstraße bei der ersten Gelegenheit und lenkte den Sattelzug mit mäßiger Geschwindigkeit landeinwärts.

Er fuhr mehrere Stunden lang und durchquerte die östlichen Tiefebenen Bulgariens mit ihren schachbrettartig gemusterten Zonen weitläufiger Gerste- und Weizenfelder sowie jener Rosenfelder, die den Grundstoff für die Produktion von Rosenöl lieferten, einem der wichtigsten Exportartikel des Landes. Kurz vor Stara Zagora, einem aufstrebenden Industriezentrum, bog er nach Süden zum regionalen Flughafen ab. Kurze Zeit später parkte er den Laster in einem abgelegenen Bereich der Rollbahn und beobachtete den lebhaften Verkehr startender und landender Privatflugzeuge und kleiner Linienjets.

Gegen halb zehn landete eine große Frachtmaschine und rollte bis zu einem Parkplatz unweit des Terminals. Im Licht der Rollbahnbeleuchtung konnte Vasko seitlich auf dem Rumpf eine kleine ukrainische Flagge erkennen. Er startete den Lastwagen und rangierte ihn durch ein Sicherheitstor, das zu diesem Zeitpunkt nicht bewacht wurde.

Dann fuhr er bis zum Heck des Flugzeugs, von dem eine Laderampe herabgesenkt wurde.

Ein Mann in einer Flugkombination näherte sich in misstrauischer Haltung. »Name?«, fragte er durch das offene Seitenfenster des Sattelschleppers.

»Vasko. Ich gehöre zu Mankedo.«

Der Mann nickte, während er einen Blick über den Lastwagen wandern ließ. »Ich bin der Flugingenieur. Sie tun genau das, was ich Ihnen sage. Wir nehmen den gesamten Sattelzug an Bord. Fahren Sie ihn die Rampe hinauf.«

Vasko lenkte den Laster in den Frachtraum einer Antonow An-124, die als einer der größten Lufttransporter der Welt gilt. Der Lastwagen wurde auf dem Deck von dem Flugingenieur sorgfältig vertäut und gesichert, und dann wurde Vasko zu einer Reihe spartanischer Sitzplätze hinter dem Cockpit geleitet. Als er Platz genommen hatte und im Begriff war, sich anzuschnallen, rollte die Maschine bereits an. Er konnte ins offene Cockpit schauen und verfolgen, wie die Rollbahn unter ihnen vorbeiglitt und der riesige Jet abhob und in den Steigflug ging.

Sobald die Maschine die vorgeschriebene Reisehöhe erreicht hatte, kam der Flugingenieur mit einer Tasse Kaffee zurück, die er Vasko reichte.

Dieser bedankte sich und fragte: »Wann landen wir?«

Der Flugingenieur schaute auf die Uhr. »In etwa elf Stunden.«

»Elf Stunden!« Vasko verschüttete beinahe seinen Kaffee. »Hüpfen wir denn nicht nur kurz rüber in die Ukraine?«

Der Mann schüttelte den Kopf. »Ganz bestimmt nicht, fürchte ich. Wir sind nach Westen unterwegs mit der Anweisung, die Ware auf Mr. Hendriks' privatem Grund und Boden abzuliefern.«

»Wie weit nach Westen?«

»Bis in die Mitte des Atlantiks«, sagte der Mann grinsend. »Nach Bermuda.«

57

In der Höhle war es kalt, dunkel und still. Während sich Pitts Augen an das trübe Licht anpassten, kam ein schlanker Mann in schmuddeliger weißer Uniform auf ihn zu. Es war Chavez, der Dritte Offizier der *Macedonia.*

»Willkommen in unserem dunklen kleinen Winkel der Welt.« Er streckte die Hände aus, um Pitt von seinen Fesseln zu befreien.

»Wir hatten schon die schlimmsten Befürchtungen«, sagte Pitt. »Ist die Mannschaft komplett?«

»Wir sind alle hier, und uns geht es den Umständen entsprechend gut. Bis auf unseren Zweiten Offizier Briggs. Er wurde bei dem Überfall getötet. Und dem Kapitän geht es ausgesprochen schlecht.« Er deutete auf den Felsen, auf dem die Laterne stand.

Dort lag eine Gestalt, deren Oberkörper mit einer Uniformjacke bedeckt war. Selbst bei der schlechten Beleuchtung konnte Pitt erkennen, dass der Mann nur mühsam atmete.

Der Strick rutschte von Pitts Händen herunter, und er massierte sich die Handgelenke, bevor er begann, auch Anas Fesseln zu lösen, während sich Chavez Giordinos Hände vornahm. Mikel war als Nächster an der Reihe. Der bulgarische Polizeibeamte lag auf dem Boden und befand sich in einem Zustand zwischen Wachsein und Bewusstlosigkeit.

»Erzählen Sie, was geschehen ist«, bat Pitt.

»Es geschah nicht allzu lange, nachdem Sie drei in Burgas von Bord gingen. Der Archäologe war ebenfalls an Land. Ein bewaffnetes Einsatzkommando erschien wie aus dem Nichts und übernahm die Kontrolle über das Schiff, ehe einer von uns überhaupt begriff, was los war. Sie töteten Briggs und schossen dem Kapitän in den Arm.« Seine Stimme schwankte für einen kurzen Moment und drohte schon zu verstummen. »Dann verließen sie Burgas mit der *Macedonia* und brachten uns an diesen reizenden Ort. Seit einigen Tagen hatte keiner von uns etwas zu essen, aber sie haben uns immerhin reichlich Wasser zurückgelassen.«

Pitt streifte die letzte Fessel von Anas Händen ab. »Ich möchte den Kapitän sehen.«

Chavez geleitete sie an der NUMA-Mannschaft und den Wissenschaftlern vorbei, die mitgenommen aussahen, aber dank Pitts Anwesenheit neuen Mut fassten. Kapitän Stenseth schlief anscheinend, schlug jedoch sofort die Augen auf, als Pitt neben ihm auf ein Knie hinuntersank.

»Wie fühlen Sie sich, Käpt'n?«

»Der Arm macht mich noch verrückt«, antwortete Stenseth mit krächzender Stimme, »sonst aber ganz gut.«

Sein rechter Arm war dicht über dem Ellbogen notdürftig verbunden. Besorgniserregender war jedoch, dass er auf fast die doppelte Dicke des anderen Arms angeschwollen war. Offenbar infiziert und entzündet, war die Wunde mittlerweile lebensgefährlich geworden.

»Werden Sie uns aus dieser Höhle herausholen?«, fragte er.

»Ja«, sagte Pitt. »Es wird nicht mehr lange dauern.«

Ein schwaches Lächeln kräuselte Stenseths Lippen, ehe er die Augen schloss und wieder in die Bewusstlosigkeit hinüberglitt. Pitt erhob sich und kehrte zu den anderen zurück.

»Der Arm sieht gar nicht gut aus«, meinte Giordino mit gedämpfter Stimme.

»Er braucht dringend ärztliche Hilfe«, sagte Ana. »Ebenso wie Mikel.«

»Dann müssen wir einen Ausgang finden, und zwar eher früher

als später.« Pitt wandte sich an Chavez. »Haben Sie die Höhle untersucht?«

»Solider Fels auf allen Seiten, soweit ich feststellen konnte, außer in der Öffnung, durch die man uns hereingebracht hat.« Chavez ergriff die Laterne und reichte sie Pitt. »Sehen Sie selbst.«

Mit Ana und Giordino an seiner Seite schritt der NUMA-Boss die äußere Grenze ihres unterirdischen Kerkers ab. Die Wände waren genauso, wie Chavez angedeutet hatte: mit Hammer und Meißel bearbeitetes drei Meter hohes Gestein. Über den Wänden wölbte sich solider Fels zu einer Kuppel, deren höchster Punkt sich fast zwanzig Meter über dem Höhlenboden befand. Ein Lichtfleck am obersten Punkt wies auf eine Öffnung und einen ständigen Zustrom frischer Luft hin – insgesamt ein Hoffnungsschimmer.

Giordino blickte zu der Öffnung hinauf und schüttelte den Kopf. »Sogar Spider-Man würde Probleme haben, auf diesem Weg ans Tageslicht zu gelangen.«

Pitt setzte den Rundgang fort, bis sie zu dem einzigen Eingang gelangten, der von zwei massiven Felsbrocken verschlossen wurde. Pitt blieb vor der Barriere stehen und studierte sie ausgiebig. »Dies ist unser einziger Weg nach draußen«, entschied er schließlich.

»Dürfte ohne Bohrer und Sprengstoff ziemlich schwierig werden«, sagte Giordino.

Pitt sah Chavez fragend an. »Gibt es hier irgendwelches Werkzeug?«

»Nein. Nur einen alten Automotor und einige Wrackteile hinter diesem Steinhaufen.« Er deutete auf die Höhlenmitte und einen niedrigen Haufen Erztailings. Auf der anderen Seite ragten einige verrostete Blechtrümmer hervor.

Pitt hielt die Laterne hoch. »Das würde ich mir gern ansehen.«

Giordino folgte ihm zu dem Steinhaufen. Hinter einem Stapel Grubenstützbalken stießen sie auf das Gerippe eines Oldtimers. Pitt schwenkte die Laterne über ein nacktes Chassis mit Motor und Kühler am vorderen Ende und einem Treibstofftank hinten. Daneben waren auf einem kleinen Haufen die rostigen, staubigen Überreste der Karosserie zu erkennen. Das Chassis hatte früher einmal einem Cabriolet als Basis gedient, wie Pitt erkennen konnte, mit breiten, windschnittig geformten Kotflügeln.

»Ein seltsamer Ort, um eine Karosseriewerkstatt zu betreiben«, stellte Giordino fest.

»Sie haben den Wagen auseinandergenommen, um den Motor zu benutzen«, sagte Pitt. »Dem Aussehen nach tippe ich auf die 1920er.« Er ging dicht an den Motor heran, einen schwarz lackierten Achtzylinder in Reihe, und untersuchte seine hintere Befestigung. Getriebe und Antriebswelle waren durch ein provisorisches Riemenscheibensystem ersetzt worden, das mit einem Schwungrad verbunden war.

»Sie haben den Wagen hierher gefahren oder geschoben und seinen Motor als zentrale Energiequelle benutzt«, sagte Pitt. »Wahrscheinlich um eine Pumpe zur Entwässerung der tieferen Bereiche des Bergwerks zu betreiben.«

»Tolles Kraftwerk«, sagte Giordino. Er ging zum vorderen Ende des Chassis und betrachtete bewundernd die Lamellen des großen vernickelten Kühlers. Mit der Handfläche wischte er eine Schmutzschicht vom Gehäuse ab und machte die weißen Lettern auf dem blauen Untergrund lesbar.

»Weißt du, was das ist?«, fragte Giordino.

»Ein Isotta Fraschini.« Pitt lächelte. »Ein klassischer Luxuswagen, der in Italien gebaut wurde. Rudolph Valentino besaß ein Exemplar.«

»Ich werde mich das nächste Mal daran erinnern, wenn ich in der Sahara bin und mitgenommen werden möchte. Ich wünschte, wir könnten ihn benutzen, um von hier zu verschwinden.« Giordino blies eine Staubschicht beiseite, unter der rostiges Blech zum Vorschein kam. »Sieht ein wenig heruntergekommen aus, sogar im Vergleich zu deiner Sammlung.«

Pitt sagte nichts. Er besaß in Washington ein ganzes Warenlager alter Automobile. Aber er interessierte sich in diesem Moment nicht für den Sammlerwert des Fahrzeugs. Er beugte sich über den Motorblock und zog den Ölmessstab heraus, um feststellen zu können, ob das Kurbelwellengehäuse mit Öl gefüllt war. Dann schob er den schlanken Stab ins Messrohr zurück und nickte zufrieden.

Ana sah ihn an und schüttelte den Kopf. »Ich glaube nicht, dass uns diese Reliquie helfen kann.«

»Im Gegenteil«, widersprach Pitt. »Dieses alte Schätzchen ist unser Passierschein nach draußen.«

Ana musterte ihn, als hätte er den Verstand verloren. »Aber wie kann uns dieser Schrotthaufen zur Flucht verhelfen?«

Pitt grinste zuversichtlich. »Es ist im Grunde ganz einfach. Wir müssen nur einen alten Trick anwenden, der schon bei Hannibal funktioniert hat.«

58

Die *Nevena,* vormals *Besso,* ankerte im türkischen Hafen Kabatepe. Eine ablandige Strömung bewirkte, dass das Schiff rechtwinklig zum Ufer trieb. Nicht weit von der *Nevena* entfernt wimmelte es am zentralen Kai des städtischen Hafens von kleinen, sonnengebleichten Fischerbooten. Ein Lieferwagen mit der Aufschrift IRMAK PRODUCE auf der Seitenfläche seines Kastenaufbaus rollte zum Ende des Kais, wo er mit quietschenden Bremsen anhielt. Valentin Mankedo schwang sich aus dem Führerhaus, öffnete die Hecktür des Kastenaufbaus und ließ drei Mannschaftsmitglieder aussteigen, die zwischen Tomatenkisten eingezwängt gewesen waren.

Mankedo kehrte zum Führerhaus zurück, holte ein Bündel Geldscheine im Wert von eintausend Euro aus der Tasche und reichte es dem Fahrer. »Fahr am besten gleich weiter, Irmak. Und denk dran, du hast uns nicht hierhergebracht.«

»Natürlich nicht, Valentin«, erwiderte der Fahrer grinsend. »Viel Glück bei deiner Schatzsuche.«

Während der Lastwagen wendete und sich entfernte, legte eine kleine Barkasse von der *Nevena* ab. Das Boot kam zügig zum Kai und sammelte Mankedo und seine Männer auf.

Zurück an Bord begab sich Mankedo sofort auf die Kommandobrücke, wo Dimitow und der Steuermann des Schiffs ihn begrüßten.

»Irgendwelche Probleme während der Fahrt durch den Bosporus?«, fragte Mankedo.

»Keine«, antwortete der Steuermann. »Wir haben uns als *Nevena* angemeldet und durften ohne lästige Fragen passieren.«

»Gut.« Mankedo wandte sich an Dimitow. »Wie sieht es mit der *Pelikan* aus?«

»Es gibt eine positive Entwicklung. Wie Sie wissen, geht aus den russischen Kriegsberichten lediglich hervor, dass sie in der Ägäis verloren ging. Türkische Marineprotokolle enthalten keinerlei Hinweise dieser Art. Aber ich habe einen scharfen Verweis gefunden, der im März 1917 dem Kommandanten einer Küstenbatterie in den Dardanellen erteilt wurde, weil er zuließ, dass ein feindliches Unterseeboot am südlichen Ende des Marmarameers den Fangnetzen entging.«

»Das klingt nicht gerade ermutigend. Wenn die Türken sie zwar versenkt, dies aber nicht verzeichnet haben, bleibt uns nicht mehr viel, woran wir uns orientieren können.«

»Tatsächlich haben nicht sie die *Pelikan* versenkt«, sagte Dimitow. »Das waren die Deutschen. Auch wenn sie im Mittelmeer keine Überwasserflotte stationiert hatten, unterhielten sie doch eine aktive Unterwasserflotte. Eins ihrer Unterseeboote, U-42, meldete, im Februar 1917 ein mutmaßlich den Alliierten zuzuordnendes U-Boot versenkt zu haben. Es kann nur die *Pelikan* gewesen sein.«

»Wissen wir, wo das geschehen ist?«

»Protokolle nennen einen Punkt zwanzig Kilometer nordwestlich der Küste von Chios in Sichtweite des Kaps Epanohoron.«

»Das engt das Gebiet ein wenig ein.«

»Aber Kriegsberichte sind berüchtigterweise fast immer ungenau. Es könnte gut sein, dass uns eine wochenlange Suche erwartet.«

»Egal. Wir sollten sofort anfangen und die türkischen Gewässer verlassen.«

Die *Nevena* liftete den Anker, nahm Kurs nach Süden und erschien acht Stunden später vor Chios. Als eine der größeren griechischen Inseln lag Chios mitten in der Ägäis, nur sechs Kilometer vom türkischen Festland entfernt. Sie näherten sich der nördlichen

Spitze der Insel und begaben sich auf eine Position zwanzig Kilometer von der Küste entfernt. Ein Schleppsonar wurde am Heck zu Wasser gelassen, und das Schiff begann mit einem Suchraster aus viereinhalb Kilometer langen Bahnen.

Sehr schnell straften sie die herkömmliche Meinung von Unterwasserforschern Lügen, dass verschollene Schiffswracks niemals dort liegen, wo man sie vermutet. Bereits während der zweiten Bahn ihres Suchrasters verzeichnete die *Nevena* einen Treffer. Anschließend – ihre Suche war kaum sechs Stunden alt – bestätigte ein ROV, dass sie die *Pelikan* gefunden hatten.

59

»Hannibal?«, fragte Giordino. »Ich sehe aber keine Elefanten. Und dieser alte Wagen hat noch nicht einmal vier Räder.«

»Wenn du im Geschichtsunterricht nicht geschlafen hättest«, sagte Pitt, »könntest du dich daran erinnern, wie Hannibal ein Problem gelöst hat, als er seine Elefanten und den Rest seines Heeres über die Alpen schaffte.«

Im Jahr 218 v. Chr. hatte Hannibal Barca das einhunderttausend Mann zählende karthagische Heer in einem Überraschungsangriff gegen das Römische Reich antreten lassen und damit ausgelöst, was später als Zweiter Punischer Krieg in die Geschichte eingehen sollte. Historisch in Erinnerung geblieben ist sein von Gallien aus gestarteter episch langer Zug über die Alpen mit achtunddreißig Elefanten, um von Norden aus zuzuschlagen. Als sein Heer jedoch über die steilen Berghänge nach Italien abstieg, wurde ihm der Weg durch gewaltige Erdrutsche versperrt.

Auf diese Weise im Gebirge aufgehalten, mussten sich Hannibals Krieger als Arbeiter bewähren, indem sie die Spuren der Erdrutsche in Gestalt riesiger Geröllmassen aus dem Weg räumten. Aber mehrere gigantische Felsbrocken versperrten ihnen weiterhin den Weg. Daher suchte der karthagische Feldherr Zuflucht bei einer antiken Bergbautechnik, die auf die alten Ägypter zurückging. Er entfachte unter den Felsbrocken Feuer, dann benetzte er sie mit Essig und bewirkte, dass sie in kleinere Stücke zerbrachen, die beiseitegeschoben werden konnten. Da er nun freie Bahn hatte, zog sein

Heer weiter und besiegte die römischen Streitkräfte, die Mailand beschützten. Obgleich er am Ende von den Römern vernichtend geschlagen wurde, gilt Hannibals Überquerung der Alpen als klassisches Beispiel für eine erfolgreiche militärische Strategie.

Pitt wusste, dass diese Technik auch ohne die Verwendung von Essig funktionieren konnte. Mit Giordinos Hilfe schleppte er mehrere Stützbalken zur Basis eines der Felsbrocken, die die Höhle verschlossen. Dann betrachtete er prüfend den Isotta Fraschini und suchte nach einer Möglichkeit, wie er ihm helfen könnte, das Holz in Brand zu setzen. Mit einem Stein hämmerte er schließlich auf das Ablassventil des Kurbelwellengehäuses ein, bis es sich öffnen ließ, woraufhin er das sirupzähe Öl in einem leeren Sandeimer sammelte. Er durchlöcherte den Treibstofftank des Fahrzeugs mit einem Montierhebel, fügte der Mischung eine reichliche Portion abgestandenes Benzin hinzu und verteilte sie auf dem Felsbrocken und den Holzstempeln.

»Alle zurücktreten«, forderte er die NUMA-Mannschaft auf. Mit der Laternenflamme entzündete er den Scheiterhaufen. Anfangs brannte die Öl- und Benzinmischung mit einer kleinen qualmenden Flamme, aber das trockene Holz sorgte schließlich für ein loderndes Feuer.

Während die Flammen am Felsbrocken hochleckten und seine Vorderseite einhüllten, blieb Pitt mit Ana und Giordino in sicherer Distanz.

»Wegen der Dämpfe mache ich mir ein wenig Sorgen«, sagte Pitt und deutete auf die kleine Öffnung über ihren Köpfen. »Von ausreichender Belüftung kann hier kaum die Rede sein.«

»Es ist auf jeden Fall besser, als in einer kalten, dunklen Höhle zu erfrieren«, sagte Giordino.

Die beiden Männer hielten das Feuer für fast eine Stunde in Gang, ehe sie ihre thermale Schocktherapie testeten. Pitt füllte den Eimer mit Trinkwasser, dann schüttete er es auf den Felsbrocken. Das Wasser zischte beim Kontakt mit dem Gestein und verwandelte sich in eine dichte Dampfwolke. Aber der Felsbrocken hielt dem Temperaturschock stand. Ein paar Minuten später brach eine kleine Schuppe ab und landete auf dem Boden der Höhle.

Pitt versetzte dem Gesteinstrümmer einen enttäuschten Fußtritt. »Das ist nicht gerade die Lawine, die ich mir erhofft hatte.«

»Zumindest ist es ein Beweis, dass Ihre Theorie funktioniert«, stellte Ana fest.

Im Licht der Laterne erschien sie schläfrig, und ihre Augen waren trübe. »Fühlen Sie sich nicht wohl?«, fragte Pitt.

»Nur etwas müde.«

»Warum setzen Sie sich nicht zu den anderen und passen für mich auf den Kapitän auf?«

Ana nickte, und Pitt geleitete sie in den hinteren Bereich der Höhle, in den auch Stenseth und Mikel gebracht worden waren. Der Kapitän schlug für einen Moment die Augen auf, dann versank er wieder in seinen Dämmerzustand. Ana ließ sich neben ihm auf einem Stein nieder, dankbar, ihre Beine ausstrecken zu können.

Als Pitt zum Feuer zurückkehrte, konnte er im Flammenschein erkennen, dass sich die Höhle mittlerweile mit dichten Rauchschwaden gefüllt hatte. Der Geruch von brennendem Holz sättigte die Luft und erschwerte das Atmen. Er trat zu Giordino hinüber, der einen weiteren Holzstempel zum Feuer schleifte. »Wir haben ein Problem«, sagte Pitt leise.

Giordino wuchtete das Holz in die Flammen, wischte sich die Hände an seinen Oberschenkeln ab und sah Pitt fragend an. »Sind die Marshmallows ausgegangen?«

»Ja. Außerdem haben wir es mit einer erhöhten Konzentration von Kohlenmonoxid zu tun.«

»Das dürfte wohl eine Erklärung für meine Kopfschmerzen sein.« Giordino blickte zu der kleinen Öffnung im Höhlendach, vor der sich eine dichte Qualmwolke angesammelt hatte. »Jeder noch so winzige Zugang nach draußen wäre hier unten ein Gewinn für die Ventilation dieses ungemütlichen Etablissements.«

Pitt betrachtete den Felsbrocken mit skeptischem Blick. »Es muss schnellstens etwas geschehen.«

Die beiden Männer verdoppelten ihre Bemühungen, schafften Nachschub an Brennmaterial zum Feuer und bespritzten den Felsklotz in regelmäßigen Abständen mit Wasser. Da sie sich ständig in nächster Nähe des Feuers aufhielten, verspürten sie die Auswirkungen einer zunehmenden Kohlenmonoxidkonzentration in ihrer Umgebung am deutlichsten: Benommenheit, verschwommene Sicht, Atemnot und bohrende Kopfschmerzen. Sich allein mit der Kraft ihres Willens gegen die Wirkung des giftigen Gasgemisches wehrend, setzten sie ihre Bemühungen für eine weitere Stunde fort.

Pitt benutzte das Montiereisen aus dem von Rost zerfressenen Werkzeugbestand des Isotta Fraschini, um damit den Felsklotz zu bearbeiten. Jeder Schlag mit dem Werkzeug sprengte weitere Splitter von der Gesteinsmasse ab, ansonsten aber blieb der Klotz vollkommen intakt. Kein Riss, kein Spalt zeigte sich auf seiner Oberfläche. Pitt spürte, wie seine Kräfte allmählich schwanden, und er hielt inne, um Atem zu schöpfen. Er sah Giordino schwanken, während er den nächsten Holzbalken über den Höhlenboden schleifte, und erhob sich, um ihm zu helfen.

Kaum fähig, sich auf den Beinen zu halten, schoben und rollten die Männer das Grubenholz zum Feuer, dessen Flammen zu erlöschen drohten.

»Das ist der letzte Stützpfosten«, keuchte Giordino, sank zu Boden und presste beide Hände gegen seinen schmerzenden Schädel.

Pitt hatte nur noch den einen Wunsch. Er wollte sich auf dem Boden ausstrecken und einschlafen dürfen, aber er zwang sich, mit dem leeren Eimer zum Mineralwasservorrat zu stolpern. Er musste sich durch Dutzende von leeren Flaschen graben, ehe er eine volle fand. Ebenso wie der Holzbalken war sie die letzte. Er leerte sie in den Eimer aus und taumelte zum Feuer zurück. Jeder Schritt schien seine Benommenheit noch zu intensivieren, und er stolperte beinahe und stürzte auf den glühendheißen Fels.

Kurz vor dem Gesteinsbrocken wandte er sich zu Giordino um. Sein Freund saß nicht mehr aufrecht, sondern lag ausgestreckt auf dem Höhlenboden, die Augen geschlossen.

Pitt fasste den Felsklotz ins Auge und fluchte: »Verdammter Bastard, gib endlich nach!«

Mit seinem letzten Funken Energie schleuderte er den Eimer gegen die obere Kante des Steins. Der rostige Behälter traf mit lautem Scheppern sein Ziel und verteilte seinen Inhalt über den erhitzten Granit. Pitt wich taumelnd zurück, als eine Dampfwolke hochwallte und ihm ins Gesicht wehte. Er spürte kaum den Boden unter seinen Füßen und war bereit, auf der Stelle zusammenzubrechen, während er den Felsen aus tränenden Augen hilflos anstarrte. »Komm schon!«, wollte er brüllen, aber nur ein mattes Krächzen drang über seine Lippen.

Über dem Knistern der Flammen hörte er etwas anderes. Es war ein dumpfes Grollen, weit entfernt. Es wurde erst lauter, schien näher zu kommen, dann aber verstummte es. Pitt hielt sich mit Mühe aufrecht und schaute hoch.

Mit einem Krachen, als sei ein Blitz in ihn eingeschlagen, kapitulierte der Steinkoloss. Indem er in mindestens ein halbes Dutzend großer Brocken zerbarst, löste sich der Klotz förmlich vor seinen Augen auf. Er deckte das Feuer an seiner Basis mit einer Wolke pulverisierten Gesteins zu. Tödliche Stille breitete sich in der Höhle aus, als das flackernde Licht der Flammen erlosch – und dann schwebte Staub wie dichter Schnee zu Boden.

Pitt, der zu Boden gesunken war, hustete und rieb sich die Augen. Er rollte sich herum und kam auf die Knie hoch. Für einen Moment kauerte er vor dem Höhlenausgang und wartete, dass sich der Staub setzte. Durch die weißgrauen Schwaden gewahrte er eine große Öffnung in der Wand vor ihm. Sein Gesicht verzog sich zu einem triumphierenden Grinsen, als ein Schwall frischer Luft über ihn hinwegwehte.

60

Das Wasser um St. David's Island herum funkelte in der Sonne, als die Antonow-Transportmaschine auf der einzigen Rollbahn des L.F. Wade International Airport aufsetzte. Das Flugzeug rollte zum Fracht-Terminal und fuhr die Motoren herunter. Eine bereitstehende Boden-Crew hatte bereits telefonisch eine getürkte Zollerklärung bei dem örtlichen Amtsvorsteher abgegeben und begann sofort, den bulgarischen Sattelschlepper aus dem Frachtraum herauszuwinken, nachdem sie sich davon überzeugt hatte, dass seine Ladung nach wie vor zugedeckt und für neugierige Betrachter unsichtbar war.

Vasko schüttelte ein paar Stunden unruhigen Schlafs ab, während er zu einem weißen Pick-up-Truck eskortiert wurde, der dem Sattelschlepper folgte, als dieser das Flughafengelände verließ. Der Konvoi überquerte erst einen Damm zur Hauptinsel der Bermudas, dann rollte er ein kurzes Stück bis nach Tucker's Town, einer privaten Enklave imposanter Wohnsitze, wo Hendriks in einer Strandvilla inmitten eines weitläufigen Anwesens residierte.

Nach der Einfahrt durch ein Tor in einer hohen Schutzmauer war Vasko gebührend beeindruckt. Nachdem sie über eine weite geschwungene Auffahrt gekurvt waren, hielten die Fahrzeuge vor einem strahlend weißen Haus, zu dessen Füßen sich der blaugrüne Ozean wie ein überdimensionaler Vorgartenteich erstreckte. Die Lastwagen passierten einen Springbrunnen auf ihrem Weg zu einer Garage, deren Bauweise perfekt mit der des Haupthauses mit seinem hohen Giebeldach korrespondierte. Die Lastwagen wurden in die Garage gefahren, ein Schwingtor schloss sich hinter ihnen, und eine Reihe Deckenlampen flammte auf.

Vasko stellte fest, dass die Garage ein imposantes Bauwerk und viel größer war, als sie von außen erschien. Außerdem enthielt sie ein in jeder Hinsicht funktionsfähiges Labor. Reihen von CAD/CAM-Stationen standen Labortischen aus Edelstahl gegenüber, zu denen Regale mit den verschiedensten Instrumenten und Testvorrichtungen gehörten. Über einem der Tische hing eine große Flugdrohne an Drähten von der Decke herab. Hendriks stand, flankiert von zwei älteren weißhaarigen Männern, vor einer Seitentür und verfolgte die Ankunft der Lastwagen. Mehrere Techniker in Laborkitteln drängten sich erwartungsvoll hinter dem Trio.

Vasko schwang sich aus dem Pick-up und ging zu Hendriks hinüber, als dieser mit seinem Tross auf den Sattelschlepper zusteuerte.

»Mal sehen, was Sie uns mitgebracht haben«, sagte der Holländer.

Die beiden Lastwagenfahrer schlugen die Abdeckplanen zurück und legten eine große zeppelinförmige Atombombe frei.

Hendriks schritt langsam um den Aufleger herum, den Blick wie gebannt auf die Waffe gerichtet – das Symbol des Kalten Krieges schlechthin. Er kletterte auf die Ladefläche und strich mit den Fingern über ihre kalte stählerne Außenhaut. An ihrer Nase fixierte er einen kleinen Glassensor, der mit eingetrocknetem Schlick bedeckt war. Er kletterte schließlich wieder herunter, wechselte mit den beiden älteren Männern einige leise Worte, und dann kam er auf Vasko zu.

»Gute Arbeit, Vasko«, sagte er vollkommen sachlich. »Sie und Mankedo haben etwas ganz Besonderes geliefert. Kommen Sie, wir genehmigen uns einen Drink, während meine Wissenschaftler eine kurze Überprüfung durchführen.«

Er ging mit Vasko über einen gepflasterten Gartenweg zu einer Veranda an der Rückseite des Haupthauses. Dort mixte er für sie beide einen Rum Gimlet und nahm dann an einem Tisch im Schatten mit Blick auf den Atlantik Platz.

»Bermuda ist sehr schön«, sagte Vasko. »Aber ich hatte mit einem kürzeren Flug gerechnet – in die Ukraine oder nach Rumänien.«

Hendriks trank einen Schluck aus seinem Glas und nickte. »Die Ukraine war auch mein erstes Ziel, aber dann habe ich mich entschieden, dass die dortige Sicherheitslage zu unzuverlässig sei. Überall trifft man da auf prorussische Agenten. Als Mankedo mir mitteilte, dass sich die Waffe in einem sehr guten Zustand befände, charterte ich eine Langstreckenmaschine, um mir alle Optionen offen zu halten. Bermuda ergab für mich durchaus Sinn; es ist ein vertrauenswürdiger Ort, und ich pflege mit den örtlichen Zollorganen ganz besondere persönliche Beziehungen.«

»Abgesehen von den beeindruckenden Arbeitsmöglichkeiten«, sagte Vasko.

Hendriks deutete mit einer lässigen Handbewegung in Richtung Garage. »Ja, ich habe dort ein Forschungslabor, das ich für einige meiner eigenen flugtechnischen Projekte benutzt habe. Ein Großteil der Entwicklungsarbeiten für meine Peregrine-Beobachtungsdrohne wurde ebenfalls darin durchgeführt. Die technischen Anlagen dürften sich auch bei der Generalüberholung und Neubelebung der Waffe als nützlich erweisen.« Er beugte sich vor. »Mankedo deutete an, dass das bulgarische Betriebsgelände Ihrer Bergungsfirma von Polizeiagenten kontrolliert wurde.«

»Ja, wir mussten die Örtlichkeit aufgeben.«

»Und wurde die Waffe nach Stara Zagora transportiert, ohne dass jemand etwas bemerkt hat?«

Vasko lächelte. »Die Störenfriede sind zum Schweigen gebracht worden, bevor wir das Gelände verließen.«

»Und Mankedo?«

»Er müsste sich zurzeit auf unserem Bergungsschiff in der Ägäis aufhalten und nach einem Unterseeboot suchen, in dem nach seinem Dafürhalten ein Schatz verborgen ist. Ich soll ihm dorthin folgen.«

Als einer der weißhaarigen Männer in Begleitung eines Sicherheitswächters hereinkam, wurden sie unterbrochen. »Mr. Hendriks«, sagte er, sein slawischer Akzent war unüberhörbar, »wir haben eine flüchtige Inspektion der Waffe durchgeführt. Ihr Zustand ist für ihr Alter außerordentlich gut. Abgesehen von einer winzigen Undichtigkeit und leichten Korrosionsspuren im Bereich des Heckleitwerks ist sie grundsätzlich wasserdicht und weist keinerlei offensichtliche Schäden auf. Wir haben den Auslösemechanismus ausgebaut, er sieht tadellos aus.«

»Sind Sie mit dieser Waffe vertraut?«

»Meine Kollegen wurden teilweise an den Bombentypen RDS-4 und RDS-5 ausgebildet. Sie haben eine geringere Sprengkraft, sind aber auch weniger kompliziert aufgebaut als die späteren Wasserstoffbomben, von denen wir uns eigentlich ein Exemplar erhofft hatten.«

»Ich muss nur eines wissen«, sagte Hendriks, »ist sie noch einsatzfähig?«

»Nach modernen Maßstäben sind ihre Komponenten ziemlich primitiv. Wir würden empfehlen, die gesamte Elektrik durch Mikrochip-Technologie zu ersetzen und sowohl den Zündmechanismus als auch den Zünder gegen moderne elektromagnetische Bauteile auszutauschen. Die radioaktiven Elemente sind nach wie vor wirksam. Und wir können im Zuge der Generalüberholung und Modernisierung hinsichtlich der Stabilisierung sowie der Funktionskontrolle und Prozesssteuerung verbesserte Aggregate einbauen.« Er sah Hendriks an und nickte mit Nachdruck. »Um Ihre Frage zu beantworten, ja, sie ist funktionsfähig, und wir können ihre Funktion und ihre Zuverlässigkeit erheblich verbessern.«

Hendriks nahm die Informationen ohne sichtbare Gefühlsregung zur Kenntnis. »Wie lange wird es dauern, um die Waffe zu überarbeiten?«

»Weniger als eine Woche, vorausgesetzt uns stehen die benötigten Komponenten zur Verfügung.«

»Ich lasse alles, was Sie brauchen, auf dem Luftweg hierherbringen. Vielen Dank, Doktor. Bitte machen Sie genau so weiter wie bisher.«

Der alte Mann nickte und kehrte an seinen Arbeitsplatz in der Garage zurück.

Hendriks blickte ihm nach und wartete, bis er außer Hörweite war. »Er und sein Partner waren in den 1970ern die führenden russischen Kernwaffenspezialisten. Sie emigrierten nach Frankreich, als die Sowjetunion zerfiel, und gingen zur französischen Luftwaffe. Dort haben sie einige Jahre lang an Satellitenprojekten mitgearbeitet, an denen auch meine Firmen beteiligt waren.«

»Sind sie vertrauenswürdig?«

»Jeder Mensch hat seinen Preis«, erwiderte Hendriks. »Ich habe Mankedo erklärt, ich würde ihm zwanzig Millionen Dollar zahlen, wenn die Waffe einsatzfähig ist. Und das ist sie allem Anschein nach.« Er sah Vasko prüfend an. »Ich zahle Ihnen zusätzliche zehn Millionen Dollar, wenn Sie die Bombe für mich ins Ziel bringen und zünden.«

»Ich bin kein Bomberpilot«, sagte Vasko.

Hendriks schüttelte den Kopf. »Der Angriff wird von See erfolgen. Ich habe die Absicht, mir zunutze zu machen, was Sie auf dem Schwarzen Meer gelernt haben.«

»Denken Sie an ein zweites Attentat auf Sewastopol?«

»Nein, ich habe ein anderes Ziel im Sinn.« Er beschrieb, wie er die Atombombe einzusetzen gedachte.

Vasko hatte schon immer den Eindruck gehabt, dass der Milliardär – um es vorsichtig auszudrücken – psychisch ein wenig instabil war, und sein Plan bestätigte dies. Er starrte auf sein Glas, dann trank er einen Schluck. »Damit dürften Sie eine ziemlich heftige Reaktion auslösen.«

Hendriks blickte auf den Ozean hinaus. »Ja, das ist meine Absicht. Sie und ich, wir sind nicht stark genug, um die Separatisten und Russen aus der Ukraine zu vertreiben, aber andere sind es.

Wenn wir Erfolg haben, wird sich als Reaktion auf unser Projekt ein Unwetter des Zorns über den Köpfen der Invasoren entladen.«

»Das kann ich mir vorstellen«, sagte Vasko und nickte. »Aber weshalb bedienen Sie sich nicht Ihrer eigenen Leute?«

»Weil ich bei Ihnen keine Furcht sehe«, erwiderte Hendriks. »Mein Personal besteht aus Wissenschaftlern und Technikern. Sie können vielleicht tödliche Waffen konstruieren und herstellen, aber sie haben nicht den Mut, sie auch einzusetzen. Ich brauche jemanden, der keine Angst hat abzudrücken.«

»Größere Risiken dürften da eine Rolle spielen.«

»Risiken, die mit einem simplen und direkten Einsatzplan erheblich verringert werden können. Ich denke, mit zehn Millionen Dollar können Sie sich eine ganze Menge Sicherheit kaufen.«

Vasko dachte an Mankedo und die Suche nach dem Unterseeboot. Vielleicht sollte er den Auftrag lieber allein ausführen. Falls irgendetwas schiefginge, könnte er immer noch in der Ägäis zu seinem Cousin und Partner stoßen.

»Ich verlange die Hälfte des Betrags als Vorauszahlung«, sagte Vasko. »Mankedo darf kein Sterbenswort erfahren. Und ich treffe die letzten Entscheidungen, was die Umstände des Einsatzes betrifft, da es schließlich allein um meinen Hals geht.«

»Einverstanden«, sagte Hendriks. »Aber zuerst müssen Sie für mich einen Abstecher in die Ukraine machen.«

Vasko konnte sich mit einem derart frühzeitigen Rückflug nicht anfreunden. »Zu welchem Zweck?«

»Zwecks einer wichtigen Lieferung«, sagte Hendriks. »Und um den Erfolg des Plans zu gewährleisten.«

61

Ana wachte fröstelnd auf, weil der kalte Steinboden ihrem Körper jedes Quäntchen Wärme entzog. Die Kopfschmerzen, die ihren Schädel zu zersprengen drohten, waren zurückgekehrt – und zwar viel stärker als zuvor. Allein der Versuch, die Augen zu öffnen, fühlte sich wie ein Stich ins Gehirn an.

Aber das Licht war anders – es war deutlich heller. Sie blickte zu einer Kette Deckenlampen über ihrem Kopf. Sie hörte Stimmengemurmel, stützte sich auf einen Ellbogen und richtete sich langsam auf. Diese Aktion erzeugte eine alles verschlingende Schmerzwoge und ließ schwarze Punkte vor ihren Augen einen wilden Tanz aufführen. Dann kehrte ihre Sicht zurück, und sie erblickte eine Gruppe sichtlich geschwächter Menschen, die sich aus einer tunnelähnlichen Öffnung in einer Felswand herausschleppten. Es war die Mannschaft der *Macedonia.*

Nacheinander sah Ana die Mannschaftsmitglieder und die Wissenschaftler aus der Höhle auftauchen. Ihr Kollege Mikel lag in der Nähe auf dem Felsboden. Sie erkannte den Dritten Offizier des Schiffes, Chavez, als er auf allen vieren durch die Öffnung hinauskroch, aber von Pitt und Giordino war nichts zu sehen. Schließlich, als es schon so schien, als ob niemand mehr übrig sei, schälten sich die beiden NUMA-Männer aus den Rauchschwaden der kleineren Höhle, zwischen sich die schlaffe Gestalt von Kapitän Stenseth. Er hatte die Augen geöffnet und zuckte vor Schmerzen zusammen, als sie ihn neben ihr auf den Boden betteten. Pitt und

Giordino nahmen mit einem Lächeln zur Kenntnis, dass sie wieder hellwach war.

»Sieh mal an, Schneewittchen hat die Augen offen«, sagte Giordino.

»Was ist passiert?«, fragte sie.

»Sie wären beinahe in den großen Schlaf gefallen«, sagte Pitt.

Giordino deutete mit einem Daumen auf Pitt. »Sein Pfadfinderfeuerchen hat uns allen zu einer ordentlichen Kohlenmonoxidvergiftung verholfen. Jetzt wäre ein Überseecontainer Aspirintabletten angesagt.«

Ana schaute zur Öffnung in der Felswand, vor der ein Haufen Steine lag.

»Hat das Feuer den Felsbrocken doch noch kleingekriegt?«

»Zwar nicht so schnell, wie es mir lieb gewesen wäre«, antwortete Pitt, »aber Hannibal hat uns am Ende nicht im Stich gelassen.«

Sie richtete sich in eine sitzende Position auf. »Sind alle okay?«

»Es scheint so«, erwiderte Pitt. »Aber ich denke, Sie hat es am schlimmsten erwischt, da Sie mit uns so nahe beim Feuer waren.«

»Sind Mankedo und seine Männer abgezogen?«

Ehe Pitt darauf antworten konnte, ertönte vom Haupteingang ein lauter Ruf. »Niemand rührt sich!«

Zwei uniformierte Männer kamen herein, Maschinenpistolen im Anschlag.

»Die Waffen runter!«, rief Ana ebenso laut. »Ich bin Agentin Belowa!«

Langsam hob sie eine Hand und angelte ihre Dienstmarke aus einer Brusttasche. Die beiden bulgarischen Polizeibeamten kamen nahe genug heran, um die Dienstmarke zu inspizieren, und dann erst fiel ihnen der angegriffene Zustand der Personen in der Höhle auf. Sie sahen einander verlegen an und ließen die Maschinenpistolen sinken. »Sind Sie in Gefahr?«

»Jetzt nicht mehr.« Ana warf einen Blick zu Pitt. »Wie sieht es draußen aus?«

»Da ist niemand. Wo sind die anderen Leute Ihres Teams?«

Ana deutete auf Mikel, der sich mittlerweile aufgerichtet hatte, aber immer noch halb weggetreten war. »Das ist der Einzige.«

»Hören Sie«, sagte Pitt zu dem Beamten, »wir haben hier zwei Männer, die sofort ärztliche Hilfe benötigen. Allen anderen würde erst einmal frische Luft guttun.«

Ein Team Sanitäter, das sich außerhalb des Firmengeländes bereithielt, wurde herbeigerufen, um sich um Stenseth und Mikel zu kümmern. Sie trugen die beiden auf Bahren hinaus und brachten sie zusammen mit einigen Mannschaftsmitgliedern der *Macedonia,* die besonders heftig unter den Nachwirkungen der Kohlenmonoxidvergiftung litten, nach Burgas ins Krankenhaus. Ana, Pitt und Giordino hätten eigentlich auch zu dieser Gruppe gehören müssen, aber sie weigerten sich, ihre Posten zu verlassen, und halfen lieber ihren Leidensgenossen nach draußen an die frische Seeluft.

Während Ana den leitenden Polizeibeamten über die Ereignisse ins Bild setzte, ging Pitt zum Lagerhaus hinüber. Er registrierte, dass der Sattelschlepper verschwunden war. Eine Platte aus korrodiertem Aluminium lehnte dort an der Wand, wo der Lastwagen geparkt hatte, und Pitt untersuchte sie. Er identifizierte sie als Frachtraumtür eines Flugzeugs.

Dann kehrte er zu Ana zurück, die sich gerade mit dem Polizeioffizier über ihre verschwundenen Kollegen und Fahrzeuge unterhielt.

»Sie sollten in der Lagune nachschauen.« Pitt deutete auf die frisch planierte Straße und den Frontlader, der in der Nähe parkte. »Haben sich alle unbehelligt aus dem Staub machen können?«

Ana nickte mit düsterer Miene. »Wir suchen das Arbeitsschiff, aber das könnte längst in drei verschiedenen Ländern sein.«

»Vergessen Sie nicht den Sattelschlepper. Er steht nicht mehr im Lagerhaus. Was er geladen hatte, muss für die Kerle sehr wertvoll gewesen sein.«

»Ja, vielleicht ist es einfacher, den Wagen aufzustöbern.« Sie gab dem Polizisten eine ausführliche Beschreibung. Während er zu seinem Wagen ging, um die Informationen weiterzugeben, kam Ana zu Pitt. »Meinen Sie, diese Leute wussten, dass wir kamen?«

»Nein, aber sie waren vorbereitet.«

»Wir werden sie finden.« Sie warf einen Blick auf die restliche Mannschaft der *Macedonia,* die sich vor dem Verwaltungsgebäude der Bergungsfirma versammelt hatte. »Die Polizei hat Busse angefordert, um alle nach Burgas zu bringen. Bleiben Sie und Al noch länger in Bulgarien?«

»Ich werde in Kürze in Washington erwartet, aber da ist noch etwas, das ich vorher erledigen muss.«

»Und das wäre?«

Pitt betrachtete mit zusammengekniffenen Augen das leere Lagerhaus.

»Ich möchte unbedingt noch einmal im Schwarzen Meer tauchen.«

62

Eine steife Brise von Nordwesten kräuselte das Wasser um Cagliari, als sich Dirk und Summer aus einem engen Flughafentaxi herauswanden. Während Dirk ihr Gepäck auslud und den Fahrer entlohnte, ließ Summer den Anblick der Hauptstadt Sardiniens auf der anderen Straßenseite auf sich einwirken. Ein Teppich verwinkelter rustikaler Klinkerbauten bedeckte die Berghänge, die den alten italienischen Hafen umschlossen, der im Laufe der Jahrhunderte häufiger als ein Dutzend Mal Eigentümer und Nationalität gewechselt hatte.

»Ich kann unsere Mitfahrgelegenheit nicht sehen«, sagte Dirk. Er schaute in die entgegengesetzte Richtung auf den geschäftigen Hafen, der zu den größten des Mittelmeers gehörte.

»Mit der *Iberia* ist frühestens in zwei Stunden zu rechnen. Lass uns eine Tasse Kaffee trinken.«

Froh, nach ihrem Flug von London hierher die Beine ausstrecken zu können, schlenderten sie über die Uferstraße zu einem gemütlichen Café. Obgleich sie einen solchen Energiestoß eigentlich nicht brauchte, folgte Summer dem Beispiel ihres Bruders und bestellte einen Espresso, nachdem sie während einer Reise nach Mailand darüber aufgeklärt worden war, dass der Vollblutitaliener nach dem Mittagessen seinen Kaffee niemals mit Milch trank.

»Ich finde trotzdem, dass wir nach Griechenland hätten fliegen und die *Pelikan* suchen sollen«, sagte sie und schaufelte Zucker in ihren Espresso.

»Darüber haben wir doch schon ausgiebig diskutiert«, erwiderte Dirk. »Es war ein logistisches Problem. Für mindestens eine Woche ist kein NUMA-Schiff in der Ägäis verfügbar gewesen. Wir hätten ein Schiff in Athen chartern können, aber das zu organisieren hätte ein paar Tage gedauert. Stattdessen steht uns hier auf Sardinien jetzt gleich die *Iberia* zur Verfügung, und zwar in nächster Nähe der Position, wo die *Sentinel* gesunken ist.«

»Was ist mit Mansfield?«

»Wir können seine Aktivitäten nicht kontrollieren. Vielleicht sucht er ja in Griechenland ebenfalls ein Schiff. Außerdem gibt es keinerlei Garantie, dass sich das Gold auf der *Pelikan* befindet. Julian und Charles sitzen zurzeit im Nationalarchiv und suchen nach neuen Hinweisen auf beide Schiffe. Möglich, dass sie die Wahrheit herausfinden, bevor es irgendjemand anders tut.«

Von seinem Aussichtsplatz am Fenster behielt Dirk das Meer im Auge und entdeckte schließlich einen blau-grünen Punkt, der über den Horizont wanderte. Die türkisfarbene *Iberia,* ein mittelgroßes NUMA-Forschungsschiff, das Messungen zu Oberflächenströmungen im südlichen Mittelmeer durchführte, glitt langsam in den Hafen und legte an einem der inneren Kais von Cagliari an. Ein sichtlich energiegeladener Kapitän namens Myers begrüßte sie kurze Zeit später an Bord.

»Danke, dass Sie den Umweg gemacht haben, um uns hier abzuholen«, sagte Dirk.

»Überhaupt kein Problem«, sagte Myers. »Bei uns wurden Treibstoff und Wasser knapp, daher hätten wir sowieso in Kürze einen Hafen anlaufen müssen.« Der Kapitän wiegte sich auf den Füßen, als müsste er noch immer das durch heftigen Seegang ausgelöste Schwanken seines Schiffes ausbalancieren. »Die Mannschaft freut sich auf die Abwechslung, an der Suche nach einem Schiffswrack aktiv teilnehmen zu können.« Seine Augen leuchteten. »Alle fragen sich, was es wohl ist. Ein phönizischer Kauffahrer? Eine römische Galeere?«

»Nichts annähernd so Exotisches«, sagte Dirk. »Nur ein verrosteter Kreuzer namens *Sentinel,* der aus dem Ersten Weltkrieg stammt.«

Während die *Iberia* den Tankvorgang beendete, rollte eine schwarze Limousine in zügiger Fahrt auf den Hafenkai und wurde langsamer, als sie sich dem NUMA-Schiff näherte. Ein Passagier schoss mit einem Tablet Fotos von dem Forschungsschiff, was wegen der getönten Scheiben allerdings vollkommen unbemerkt blieb. Der Wagen rollte bis zum Ende des Docks und parkte unweit eines Containers mit Blick auf die Hafenausfahrt.

Dirk ging zum Vorschiff und verfolgte, wie die Deckmannschaft die Vertäuleinen einholte. Als die *Iberia* ablegte, leistete Summer ihm Gesellschaft. Sie standen am Bug, während sich die *Iberia* aus dem Hafen schlich, und sahen die historische Stadt hinter sich mit der Abenddämmerung verschmelzen.

»Meinst du, er könnte uns gefolgt sein?«, fragte Summer.

»Dein blonder Freund? Das bezweifle ich. Diesmal sind wir aber vorbereitet, wenn er auftauchen sollte. Aber er hat sich wahrscheinlich die blaue Mappe geschnappt und ist schnellstens nach Moskau zurückgekehrt. Ich wette, dass er zweitausend Meilen von hier entfernt ist.«

»Das hoffe ich«, sagte Summer.

Aber ihre Intuition sagte ihr, dass genau dies nicht der Fall war.

Mansfield war keine zweitausend Meilen weit entfernt, sondern nur neunhundert. Der Russe stand auf der Kommandobrücke eines heruntergekommenen Bergungsschiffes, das er sechs Stunden zuvor in Athen betreten hatte. Aber das schäbige Äußere des Schiffs war lediglich eine Tarnung, die seine eigentliche Funktion als Spionageschiff verbergen sollte. Kurzfristig von der Aufgabe befreit, Schiffsmanöver der NATO in der Adria zu beobachten und aufzuzeichnen, war es auf östlichen Kurs gegangen und hatte die Ägäis oberhalb der Kykladen durchquert.

Mansfield ließ den Blick suchend über die scheinbar grenzenlose Fläche blauen Wassers vor dem Bug wandern und wandte sich dann zu dem mürrisch dreinblickenden Mann in der Nähe des Ruderstands um. »Käpt'n, wie lange dauert es noch, bis wir Nord-Chios erreichen?«

»Etwa drei Stunden.«

Dem Kapitän, der ebenso wie Mansfield GRU-Geheimdienstoffizier war, passte es gar nicht, von seiner Mission in der Adria abgezogen worden zu sein, um ein Schiffswrack zu suchen. »Wie präzise ist die Positionsangabe Ihres Zielobjekts?«

»Das kann ich nicht sagen. Die Koordinaten stammen von dem deutschen Schiff, das die *Pelikan* versenkt hat. Sie sind alles, wonach wir uns richten können.« Mansfield entschied, das Stirnrunzeln des Kapitäns zu ignorieren. »Welche Art von Suchausrüstung haben Sie an Bord?«

»Wir verfügen über ein älteres Seitenscan-Sonar, aber das rumpfmontierte Sonar ist viel besser. Ich lege ein Suchraster um Ihre Koordinaten.« Er ging zu einer Computerstation im hinteren Teil der Kommandobrücke und ließ Mansfield einfach stehen.

Der Agent blickte zum Horizont, konnte vage in der Ferne den dunklen Schatten des Festlands erkennen, dann zog er sich in seine Kabine, zwei Decks tiefer, zurück.

Die blaue Klemmmappe lag auf seiner Koje. Er ergriff sie, schlug sie auf und las ihren Inhalt mindestens zum zehnten Mal. Die Daten deuteten an, dass die *Pelikan* mit der Goldladung gesunken war, aber etwas an dem zeitlichen Ablauf der Ereignisse störte ihn. Das geplante Rendezvous und der Untergang des U-Boots lagen zeitlich sehr dicht beieinander. Dennoch war dies alles an Informationen, was er hatte. Er kam sich vor, als müsste er ein Puzzle zusammensetzen, bei dem die Hälfte der Teile fehlte.

Er döste ein, während er Hunts Briefe las, nur um fast im selben Moment von einem lauten Klopfen an der Tür geweckt zu werden. Er schüttelte den Schlaf ab, und als er die Kabinentür öffnete, erblickte er zu seiner Überraschung den Kapitän.

»Wir haben die Koordinaten erreicht«, sagte dieser.

»Danke, dass Sie mich geweckt haben. Können Sie sofort mit der Suche beginnen?«

»Das wird nicht nötig sein.«

»Und weshalb nicht?«

Der Kapitän lächelte amüsiert. »Offenbar ist jemand auf der Jagd nach dem Wrack schneller gewesen als Sie.«

63

Mansfield folgte dem Kapitän auf die Kommandobrücke und warf einen Blick durch die Frontscheibe. Eine halbe Meile entfernt in Fahrtrichtung ankerte ein Bergungsschiff mit blauem Rumpf und blauen Decksaufbauten. »Wer ist das?«, fragte er.

»Ein unter kroatischer Flagge registriertes Schiff namens *Nevena*«, antwortete der Kapitän.

»Ist das rumpfmontierte Sonar aktiviert?«

»Es kann sofort geschehen.«

»Aktivieren Sie es und fahren Sie dicht an ihrem Heck vorbei.«

Mansfield ging zu einer Computerstation, wo ein Mannschaftsangehöriger soeben das Fächersonar einschaltete. Ein farbiges Bild vom Meeresboden erschien auf dem Monitor und glitt der Bewegung des Schiffes entsprechend vorbei. Der Kapitän befolgte Mansfields Anweisungen und brachte das Schiff in eine Distanz von fünfzig Metern zur *Nevena*.

Während sie sich näher herantasteten, rief die *Nevena* das russische Schiff per Funk. »Wir führen eine Unterwasser-Operation durch, bitte bleiben Sie auf Distanz.«

»Verstanden, halten Abstand.« Der russische Kapitän gab dem Steuermann mit dem Kopf ein Zeichen, den Kurs zu halten.

Zwei ausgesprochen unfreundlich dreinblickende Mannschaftsmitglieder standen auf dem Achterdeck der *Nevena* und verfolgten mit finsteren Mienen die Vorbeifahrt des Spionageschiffs.

Mansfield studierte den Sonarmonitor, auf dem eine dunkle

Linie erschien, die sich zu dem zigarrenförmigen Bild eines Unterseebootes aufblähte.

Der Kapitän befahl dem Rudergänger, dem Kurs noch eine Meile zu folgen und dann die Maschinen zu stoppen. Dann kam er zur Sonarstation. Er betrachtete das Bild auf dem Monitor. »Sieht aus wie unser U-Boot.«

»Es kann nichts anderes sein.«

»Was beabsichtigen Sie zu tun?«

»Es gibt nur eins, was wir tun können«, sagte Mansfield. »Es ihnen wegnehmen.«

64

Mankedo stand auf der Kommandobrücke der *Nevena* und verfolgte durch ein Fernglas, wie das russische Schiff in einiger Entfernung Warteposition bezog.

»Probleme?«, fragte Dimitow.

Mankedo ließ das Glas sinken und nickte kaum merklich. »Möglicherweise. Ich habe noch nie ein Bergungsschiff gesehen, das mit derart vielen Empfangs- und Sendeantennen ausgestattet war.«

»Arbeiten sie für die griechische Regierung?«

»Das hätten sie uns mitgeteilt. Die griechische Flagge, die an ihrem Mast flattert, ist wahrscheinlich genauso echt wie unsere kroatische.«

»Vielleicht sollten wir lieber von hier verschwinden«, sagte Dimitow.

»Nein!«, schnappte Mankedo. »Wir haben die *Pelikan* gefunden – und wir bringen zu Ende, was wir angefangen haben.«

Er instruierte den Rudergänger, das andere Schiff wachsam im Auge zu behalten, und stieg mit Dimitow aufs Achterdeck hinab. Am Rand des Moonpools hantierten zwei Mannschaftsmitglieder an einem kleinen gelben ROV herum. »Können wir mit der Suche beginnen?«

Einer der beiden Männer nickte.

»Dann nichts wie los.«

Mankedo betrat eine Kabine, in der die Kontroll- und Steuerinstrumente des ROV untergebracht waren. Er nahm hinter der

Armaturentafel Platz und aktivierte die Kamera, die für einen kurzen Moment die Füße eines Matrosen zeigte, ehe das ROV in den Moonpool hinabgelassen wurde. Mankedo schaltete die Lampen des Geräts ein und wartete darauf, dass es die gewünschte Tauchtiefe erreichte. Bei sechzig Metern kam der Meeresboden in Sicht, und er setzte die Druckstrahlruder in Betrieb.

Eine kräftige Strömung hatte das ROV aus seiner vorgesehenen Tauchposition verschoben, und Mankedo drehte den Apparat, um sich einen Überblick über seine Umgebung zu verschaffen. Der dunkle Schatten der *Pelikan* war im Norden vage zu erkennen, und er lenkte das ROV in diese Richtung.

Das russische U-Boot ruhte zwar aufrecht stehend im Sand, war jedoch teilweise im Sediment vergraben. Nach einhundert Jahren unter Wasser bedeckte eine dicke Schicht Konkretion die Außenhaut. Das ROV näherte sich vom Heck und schwebte an der Steuerbordseite des Rumpfs entlang, wo sich mehrere große rechteckige Öffnungen befanden, die von Mankedo und seinen Tauchern geschaffen worden waren, um ins Innere des Wracks zu gelangen.

Das ROV glitt über die ausgeschnittenen Stahlplatten hinweg, die auf dem Meeresboden lagen. Frische Schweißspuren waren an ihren Rändern zu erkennen. Es setzte seine Vorwärtsfahrt fort, passierte den Kommandoturm und ein Deckgeschütz und gelangte zu einer letzten ausgeschnittenen Rumpföffnung in Bugnähe. Neben der Öffnung lag ein großer Gitterkorb, gefüllt mit Gasflaschen und Schneidewerkzeugen, mit deren Hilfe die Taucher in den Rumpf eingedrungen waren.

Mankedo beugte sich auf seinem Sitz vor. Mit einem leichten Joystick-Impuls manövrierte er das ROV in die vordere Öffnung. Die Sonde kollidierte sofort mit einem Gestell voll mit Schlick bedeckter Torpedos. Mankedo schwenkte das ROV nach rechts und ließ es eine Drehung vollziehen, sodass die vorderen Torpedorohre in Sicht kamen. Nachdem er das ROV eine Wende hatte ausführen und die Torpedokammer durchqueren lassen, steuerte er es durch eine achtern gelegene offene Lukentür.

Gebannt verfolgte Dimitow den Weg des ROV auf dem Bildschirm. »Ein Glücksfall, dass die Luke offen steht. Dahinter müssten sich die Quartiere der Mannschaft befinden und damit ein zusätzlicher provisorischer Frachtraum.«

Mankedo schlängelte das ROV an beschädigten Rohrleitungen und Deckenventilen vorbei, dann ließ er es in das nächste Abteil eindringen. In dem kleinen Raum war nur wenig zu sehen, das den Schluss nahegelegt hätte, dass er früher als Wohnbereich für dreißig Mannschaftsmitglieder gedient hatte. Metallrahmen der Kojen auf einer Seite des Schiffsrumpfs waren der deutlichste Hinweis auf die Verwendung dieses Raums.

Mankedo kämmte den Raum mit dem ROV durch, blickte in rostige Spinde und stocherte in Trümmer- und Abfallhaufen. Nachdem er sich überzeugt hatte, dass dort kein Gold versteckt war, lenkte er das ROV zur Torpedokammer zurück und durch die Rumpföffnung hinaus. Unter der Torpedokammer befand sich ein Raum, der dem ROV kaum ausreichend Platz bot. Mankedo steuerte das Vehikel über eine offene Bilge hinweg und gelangte zu einer Masse großer stahlummantelter Batterien. »Das dürfte alles sein, was im vorderen Rumpfbereich zu sehen ist.«

Dimitow nickte. »Ja, ich glaube, wir haben alle Räumlichkeiten untersucht, die für Transportzwecke hätten genutzt werden können.«

Mankedo trat mit dem ROV den Rückzug durch den Schiffsrumpf an. Als er das Unterseeboot verließ, wischte ein heller Lichtschein über die Kameralinse.

»Was war das?«, fragte Dimitow.

Mankedo drehte das ROV, um dem Lichtschein zu folgen, aber das Objekt war viel schneller unterwegs. Sein Lichtschein wurde in Hecknähe schwächer, dann hellte er sich auf.

»Es kehrt um und kommt an Backbord zurück«, sagte Dimitow.

Mankedo ließ das ROV bis in Höhe des U-Boot-Decks aufsteigen, dann löschte er die Lampen. Indem er die Sonde per Kompass steuerte, dirigierte er sie vorwärts und über das Deck der *Pelikan,* um sie in der Dunkelheit über der Backbordseite des Bugs zu stoppen.

Vom Heck kamen die Lichter langsam näher. Mankedo wartete, bis sich das Objekt genau unter ihm befand, dann aktivierte er die Lichter des ROV.

Ein Vehikel erschien, ähnlich einem Jetski und besetzt mit zwei Männern in Tauchanzügen. Der Pilot, ein hellblonder Mann, warf dem ROV einen gleichgültigen Blick zu, während der zweite Mann eine Videokamera auf das U-Boot richtete. Das bemannte Fahrzeug setzte seinen Weg um die Nase der *Pelikan* fort und verschwand in der Dunkelheit.

Ein gequältes Lächeln spielte um Mankedos Lippen. »Ich weiß nicht, wer du bist, mein Freund, aber du kommst ein wenig zu spät zu dieser Party.«

65

Ein paar Stunden nach Anbruch der Nacht, aber noch bevor der Mond aufging, kamen sie in zwei leisen Booten. Mansfield führte drei bewaffnete Männer im ersten Boot und näherte sich der *Nevena* von Backbord, während das zweite Boot Kurs aufs Heck nahm. Aber was eine leise und unblutige Enteraktion hatte werden sollen, explodierte zu einem heftigen Feuergefecht, bevor einer der Russen auch nur einen Fuß an Bord gesetzt hatte.

Einer von Mankedos bewaffneten Mannschaftsangehörigen, der Wache hielt und auf dem Deck patrouillierte, hatte zwei Männer dabei ertappt, wie sie über die Heckreling kletterten. Er eröffnete sofort das Feuer, tötete einen der Eindringlinge und verwundete den anderen. Die beiden anderen Russen im Boot erwiderten das Feuer und nagelten den Mannschaftsangehörigen hinter einer Winsch fest.

Mansfield kletterte eilig aufs Backborddeck. Nachdem er zwei seiner Männer ausgesandt hatte, um die Brücke zu übernehmen, bewegte er sich mit dem dritten Mann nach achtern. Sie erreichten den Moonpool, auf dessen gegenüberliegender Seite der Mannschaftsangehörige in Richtung Heck feuerte. Mansfield brachte eine automatische Pistole mit gestrecktem Arm in Anschlag und tötete den Mannschaftsangehörigen mit einem einzigen Schuss.

Er sprach ins Mikrofon seines Headsets. »Team zwei – Status?«

»Zwei aus«, antwortete eine grimmige Stimme.

»Das Steuerborddeck sichern«, befahl Mansfield und gab dem

Mann neben sich, einem jungen Agenten namens Sergej, den Auftrag, das Backborddeck zu sichern.

Er konnte ihr Pech nicht fassen. Dabei war es keine große Überraschung, dass auf einem Bergungsschiff, das die Bergung eines Wracks mit wertvollem Inhalt vorbereitete, ein bewaffnetes Mannschaftsmitglied Wache hielt. Aber für sein Team von Enterspezialisten – allesamt bestausgebildete Angehörige der GRU-Spetsnaz Kommandoeinheit – hätte dieser Überfall ein Kinderspiel sein müssen. Sie sollten lediglich das Schiff kapern, das Gold umladen und sich aus dem Staub machen. Nicht nur war das Überraschungselement verpufft, sie hatten auch bereits zwei Männer verloren.

Der kurze Feuerwechsel hatte das Schiff geweckt. Überall erschienen Angehörige der Mannschaft. Zu Mansfields Entsetzen waren die meisten bewaffnet. Aber das sollte nicht seine unangenehmste Überraschung sein.

Während das Heck-Team auf dem Steuerborddeck auf weiteren Widerstand traf, drang Mansfield in eine aus Fertigteilen errichtete Baracke nicht weit vom Moonpool ein. Es war eine Kombination aus Labor- und Reparaturwerkstatt für die Unterwasserausrüstung. Ein korpulenter Mann mit schwarzem Schnurrbart saß hinter einem Tisch, der mit Büchern und Seekarten bedeckt war. Mansfield hob seine Pistole, während er den Mann taxierte. Er war zu alt, zu fett und zu elegant gekleidet, um ein Mitglied der Schiffscrew zu sein. Das war noch besser, als Mansfield gehofft hatte.

»Aufstehen«, befahl er.

Georgi Dimitow kam schwerfällig auf die Füße und hob die Hände.

»Wo ist das Gold?«, fragte Mansfield.

»Welches Gold?«, antwortete Dimitow mit einer Gegenfrage.

Mansfield senkte den Pistolenlauf und feuerte einen Schuss auf den linken Fuß des Archäologen ab. Die Kugel streifte mit Absicht den Sohlenrand. Dimitow starrte ungläubig nach unten, während ein Blutfaden aus dem Loch an der Seite seines Schuhs sickerte, dann erst gab er einen grunzenden Schmerzlaut von sich.

»Dort ist kein Gold«, jammerte er eilig.

Mansfield zielte auf den rechten Fuß.

»Ich schwöre es Ihnen. Da ist kein Gold. Das U-Boot war leer.«

»Ist Ihnen jemand zuvorgekommen?«

»Nein, das Schiff schien uns unberührt.« Dimitow sackte in seinem Sessel in sich zusammen, geschwächt durch den Anblick seines eigenen Blutes.

»Haben Sie das gesamte Schiff untersucht?«

»Ja. Jeder mögliche Aufbewahrungsort wurde kontrolliert. Wir haben nichts gefunden.«

Mansfield starrte den Archäologen an. Ungläubig den Kopf schüttelnd verließ er die Baracke, um die Überreste seines Kommandoteams zu sammeln.

In einer Kabine hinter der Kommandobrücke hatte Mankedo eine Karte von der Ägäis studiert, als die ersten Schüsse fielen. Er ließ sofort alles fallen und zog unter seiner Koje eine Kiste hervor, in der sich ein AK-47 und mehrere Magazine befanden. Er setzte ein Magazin ein, entsicherte die Waffe und ging zur Kabinentür.

Da hörte er die Rufe der beiden Angehörigen des Kommandoteams, als sie die Kommandobrücke stürmten und den einzelnen Mannschaftsangehörigen bedrohten, der dort Wache hielt. Mankedo trat von der Tür zurück, hob seine Waffe und wartete.

Es dauerte weniger als dreißig Sekunden, bis einer der Russen die Holztür am Ende des Brückenraums entdeckte und aufriss. Mankedo schoss eine einzige Kugel in die Stirn des Mannes und trat durch die Tür, ehe der Körper auf dem Deck aufschlug. Der andere Angreifer stand auf der anderen Seite des Brückenraums und hielt das Crewmitglied mit seiner Waffe in Schach, wandte sich jedoch beim Klang des einzelnen Schusses um. Er reagierte eine Sekunde zu spät, und so konnte Mankedo drei Kugeln in seinen Leib pumpen. Als er am Schott zusammenbrach und aufs Deck rutschte, jagte der Russe einen wilden Feuerstoß in die Decke.

»Nimm ihm die Waffe ab und bewach die Brücke«, befahl Mankedo dem Mannschaftsangehörigen, dann eilte er zur Tür, die auf die Brückennock führte.

Wäre er auf die Backbordnock hinausgetreten, hätte er Mansfield vielleicht dabei beobachten können, wie dieser mittschiffs beim Schlauchboot Deckung suchte. Aber er entschied sich für die Steuerbordseite, wo in schneller Folge geschossen wurde.

Da die meisten Deckslampen der *Nevena* von Kugeln zertrümmert worden waren, herrschte auf dem Schiff vollständige Dunkelheit. Alles war schwarz wie die See. Nur die Unterwasserlampen des Moonpools brannten hell und warfen einen grünlichen Schimmer auf das Achterdeck. Als er in den Niedergang zum Hauptdeck eintauchte, fand Mankedo zwei seiner Männer zusammengekauert hinter einem stählernen Lagerbehälter, von wo aus sie in Richtung Schiffsheck schossen. »Wie viele sind sie?«

»Zwei oder drei am Heck«, sagte das Crewmitglied. »Ich glaube, sie ziehen sich zurück.«

Wie als direkte Reaktion auf diese Einschätzung blitzte auf dem Achterdeck Mündungsfeuer auf, und eine Geschosssalve prasselte gegen die Unterseite der Brückennock über Mankedos Kopf.

»Feuerschutz und vorrücken!«, rief Mankedo.

Seine beiden Leute sprangen auf und schossen auf die Mündungsblitze. Gleichzeitig drückte sich Mankedo an das Schott, rannte nach achtern und erreichte fast den Moonpool. Er blieb stehen und gab Feuerschutz, zielte auf einige Schatten in der Nähe der Heckreling, während seine beiden Männer zu ihm aufrückten. Diesmal wurde nicht zurückgeschossen. Während sie nach Luft rangen, gab Mankedo Instruktionen für den letzten Sturmangriff auf das Schiffsheck.

Auf der gegenüberliegenden Seite des Schiffes hatte sich Mansfield in ein Schlauchboot fallen lassen und befahl beiden Kommandotrupps abzurücken. Inzwischen hatte er den Kontakt zu den Männern, die er zur Kommandobrücke geschickt hatte, verloren und vermutete schon das Schlimmste. Die heftige Gegenwehr, auf die sie getroffen waren, stand eigentlich im Widerspruch zur Aussage des Archäologen. Vielleicht hatten sie entgegen seinen Beteuerungen doch Gold geborgen und irgendwo auf dem Schiff gelagert. Es gab nur einen Weg, das herauszufinden.

Er griff unter eine der Sitzbänke nach der schweren Stofftasche und holte eine elektrische Schaltuhr mitsamt Zündkapsel und zwanzig Pfund Plastiksprengstoff hervor. Er stellte die Schaltuhr auf zehn Minuten und wuchtete die Tasche an Deck.

Das Geräusch von jemandem, der sich im Laufschritt näherte, ließ ihn nach seiner Waffe greifen, und er blickte auf und gewahrte Sergej, der auf das Schlauchboot zukam.

»Schnell«, sagte Mansfield, »schaff die Tasche in den Maschinenraum.«

Sergej schnappte sich die Tasche und sprintete zu einer offenen Luke in einigen Schritten Entfernung. Er warf die Tasche durch die Öffnung und kehrte zum Schlauchboot zurück, während Mansfield den Elektromotor einschaltete, sich vom Schiffsrumpf entfernte und in einem weiten Bogen zum Heck der *Nevena* steuerte. Er erreichte es rechtzeitig, um noch das Ende der Schießerei mitzuerleben.

Die beiden letzten Russen kletterten in das andere Schlauchboot, als Mankedo und seine Männer aus allen Rohren schießend über das Deck stürmten. Ein Russe versuchte, das Feuer zu erwidern, wurde jedoch niedergestreckt. Der andere schaffte es, das Boot in Fahrt zu bringen, während ihm die Kugeln um die Ohren flogen.

Am anderen Schlauchboot kniete Sergej und fegte das Deck mit langen Feuerstößen leer. Mankedo erhielt zwar einen Streifschuss am Arm, doch dieser konnte ihn nicht bremsen. Er rannte zur Reling und jagte den Inhalt des Magazins seiner Kalaschnikow in die beiden schwarzen Boote, die schnell mit der Dunkelheit verschmolzen.

Einer der Mannschaftsangehörigen kam zu Mankedo an die Reling. »Sie sind verwundet, Käpt'n.«

Mankedo ignorierte das Blut, das von seinem Arm herabtropfte, und starrte auf die Lichter des fernen Spionageschiffs. Dann spuckte er ins Meer. »Ich will wissen, wer sie sind.«

Er sollte es niemals erfahren.

Die beiden Schlauchboote hatten das Spionageschiff fast erreicht, als die Sprengladung gezündet wurde. Ein gigantischer Feuerball schoss aus der Mitte der *Nevena* in den Himmel, dann rollte ein mächtiger Donnerschlag über das Meer. Die Schockwelle war in den kleinen Booten sogar noch aus dieser Entfernung spürbar. Mansfield stoppte den Motor und verfolgte, wie das Bergungsschiff in einer Säule aus Rauch und Flammen verschwand. Innerhalb von Minuten zerbrach das bulgarische Schiff in zwei Hälften und sank unter die Wasseroberfläche.

Die beiden Schlauchboote kehrten in gemütlicher Fahrt zu dem Spionageschiff zurück, wo der Kapitän wutschnaubend an Deck auf und ab marschierte.

Sobald die Boote an Bord gehievt worden waren, zog er Mansfield beiseite. »Vier Männer! Sie haben vier meiner Männer getötet und einen fünften verwundet!«

»Ich habe sie nicht getötet, das haben die da drüben getan«, erwiderte Mansfield und deutete auf die ehemalige Position der Nevena.

»Und ein äußerst dezenter Abgang war es außerdem, der wahrscheinlich nicht das geringste Aufsehen erregt hat«, sagte der Kapitän sarkastisch. »Ich dachte, Sie wollten den Bergungsdieben das Gold mit der Pistole in der Hand abnehmen. Abgesehen davon, dass Sie unsere Tarnung auffliegen ließen, dürfte es jetzt um einiges schwieriger sein, an das Gold heranzukommen.«

»Ich glaube nicht, dass das Schiff auch nur eine einzige Unze Gold geborgen hat«, erwiderte Mansfield gelassen. »Ich werde morgen früh tauchen, um auf Nummer sicher zu gehen. Falls Sie weitere Beschwerden vorzubringen haben, empfehle ich Ihnen, damit zum Präsidenten zu gehen.«

Er machte auf dem Absatz kehrt, entfernte sich und ließ den Kapitän vor Wut kochend stehen. In seiner Kabine legte er die Pistole auf einen Tisch und suchte in seinem Koffer nach einer Flasche Chivas Regal, die er in einen Pullover gewickelt hatte. Er schraubte die Kappe ab und wollte sich schon einen kräftigen Schluck einschenken, überlegte es sich jedoch anders, da er ja vorhatte, in wenigen Stunden einen weiteren Tieftauchgang zu absolvieren. Also stellte er die Flasche neben seinen Laptop, den er jetzt einschaltete. Eine E-Mail von Martina wartete auf ihn.

Mit dem Betreff *Cagliari* versehen, enthielt sie das Foto eines türkisfarbenen NUMA-Schiffes, das soeben seinen Liegeplatz verließ. Das Foto konzentrierte sich auf den Bug, und Mansfield zoomte ihn heran, um den Namen lesen zu können. Gleichzeitig sprangen ihm die Gestalten von Dirk und Summer Pitt entgegen, die an der Reling lehnten.

Als er die Zwillinge erblickte, schleuderte der normalerweise stets kühl und beherrscht reagierende Agent den Laptop quer durch die Kabine, dann schenkte er sich eine doppelte Portion Chivas Regal ein.

66

Als sich die beiden Taucher rückwärts ins dunkelgrüne Wasser fallen ließen, war das Schwarze Meer so flach und glatt wie ein Billardtisch. Ohne an der Oberfläche auch nur eine Sekunde auszuharren, tauchten Pitt und Giordino in Sicht einer fixierten Grundleine in die Tiefe. Das ruhige Wasser sorgte für eine verbesserte Sicht, und sie erreichten die Vierzig-Meter-Markierung, ehe sie ihre Lampen einschalteten. Zehn Meter tiefer kam rauer, sandiger Meeresboden in Sicht.

Pitt warf einen Blick auf einen Kompass an seiner Tauchkonsole und schwamm nach Osten, dicht gefolgt von Giordino. Ein kleiner Schwarm Störe zog in enger Formation vorbei, dann erschienen die mattsilbernen Umrisse eines Flugzeugs.

Nachdem sie zum Fundort der osmanischen Fregatte *Fethiye* zurückgekehrt waren, hatten Pitt und die Mannschaft der *Macedonia* nur wenige Stunden gebraucht, um das Flugzeug mit Hilfe des Sonars zu lokalisieren. Bisher hatte sich Pitts wachsende Liste von Hinweisen als zutreffend erwiesen. Die Leiche des russischen Fliegers stammte tatsächlich aus einem gesunkenen Flugzeug, so wie er prophezeit hatte, nachdem der bulgarische Archäologe Dimitow plötzlich verschwunden war. Die Frachtraumtür auf dem Schrottplatz der Bergungsfirma wies, wenn sie aus demselben Flugzeug stammte, auf eine Verbindung mit Mankedo hin.

Die polierte Aluminiumhaut war stumpf geworden und mit einer dünnen Schicht Schlick bedeckt. Aber im Licht ihrer Stablampen bot das Flugzeug noch immer einen beeindruckenden Anblick. Es war riesengroß, der Rumpf fast fünfunddreißig Meter lang, während die einsame verbliebene Tragfläche nahezu fünfundvierzig Meter maß.

Die beiden Taucher näherten sich der Backbordtragfläche und verharrten über ihren beiden Achtzehn-Zylinder-Radialmotoren. Der äußere Propeller fehlte, während der innere vom Aufprall auf das Wasser verbogen war. Die Taucher schwammen am Rumpf entlang zu dem imposanten Schwanzleitwerk, das immer noch vom Meeresgrund hoch aufragte. Pitt wischte den Schlick vom Höhenleitwerk und legte einen großen roten Stern frei. Unter diesem Stern war in schwarzer Farbe die Zahl 223002 zu lesen, die Pitt sich einprägte.

Er und Giordino schwammen zur anderen Seite des Flugzeugs, wo sich ihnen ein vollkommen anderer Anblick bot. Wie Pitt von der Sonar-Suche wusste, war die rechte Tragfläche abgetrennt worden und lag einhundert Meter entfernt in östlicher Richtung. Hinter der Verankerung der fehlenden Tragfläche klaffte ein großes Loch in der Rumpfseite. Diese Öffnung, erkannte Pitt, stammte nicht vom Absturz der Maschine.

Die beiden Männer untersuchten den sauberen rechteckigen Einschnitt und die verräterischen Schweißspuren an den Rändern. Als er seine Lampe auf den Meeresboden richtete, entdeckte Pitt ein paar Meter entfernt die herausgelöste Aluminiumplatte. In der Flugzeugmitte fehlte eine Frachtraumklappe von der gleichen Größe wie jene, die Pitt auf Mankedos Betriebsgelände gesehen hatte.

Die beiden Männer drangen in den Bombenschacht ein, der leer war, und Pitt untersuchte das einzelne Stützgestell auf dem Grund des Schachts. Wie das restliche Innere der Maschine war auch der Bombenschacht im sauerstoffarmen Wasser bestens erhalten geblieben. Giordino breitete die Arme vor dem Gestell aus und deutete damit an, dass es eine Waffe von gut anderthalb Metern Breite getragen haben musste.

Innerhalb des Flugzeugs bewegten sie sich vorwärts und schreckten dabei einen kleinen Aal auf, bis ihnen eine Wand verkohlter Trümmer und verbogenen Metalls den weiteren Weg versperrte. In Anbetracht der Schäden und der Brandspuren an der Kabinendecke kam Pitt zu dem Schluss, dass ein Feuer die Ursache für den Absturz gewesen war. Angesichts des Umfangs des Gesamtschadens war er überrascht, dass die Maschine relativ intakt hatte notwassern können.

Er schaute auf die Uhr und stellte fest, dass sie ihre Tauchzeit erschöpft hatten. Er deutete zur Wasseroberfläche, und Giordino nickte. Also kehrten sie zur Öffnung zurück, verließen das Flugzeug und schwammen zur gegenüberliegenden Seite. Dann folgten sie ihrer Ankerleine zum Tageslicht, wo ein Schlauchboot nicht weit von der *Macedonia* an einer Positionsboje vertäut war.

Während sie ins Boot kletterten und sich von ihrer Tauchausrüstung befreiten, ergriff Giordino als Erster das Wort. »Erst dachte ich, es sei eine B-29, bis ich den roten Stern entdeckt habe. Sie sieht aus, als ob ihr jemand vor kurzem mit einem Dosenöffner zu Leibe gerückt ist.«

»Stimmt«, sagte Pitt. »Und das, was wir in der Maschine gefunden haben, war auch kein gewöhnlicher Bombenschacht.«

»Denkst du das Gleiche, was ich denke?«

Mit ernster Miene nickte Pitt. »Sieht so aus, als hätten die Jungs von Thracia Salvage eine fünfundsechzig Jahre alte Atombombe in die Finger bekommen.«

TEIL III

Im letzten Schimmer der Abenddämmerung

67

Das verlassene Bauernhaus sah genauso aus wie jedes andere in der Hügellandschaft südlich von Kiew. Seine weißen Gipswände hatten sich zu einem schmutzigen Braun verdunkelt und waren dort, wo der Verputz in großen Stücken abgeblättert war, mit Löchern übersät. Die schmalen Fenster hatte man mit Brettern zugenagelt, und das Blechdach war von Rost zerfressen. Sein einziges individuelles Element, das ihm einen Hauch von Charakter verlieh, eine verbogene Wetterfahne – sie hatte die Silhouette einer Wildente –, drehte sich über der Veranda quietschend im leichten Wind.

Vasko entdeckte die Wetterfahne und lenkte den Mietwagen in die mit Unkraut überwucherte Zufahrt. Er stieg aus, blieb einen Moment lang stehen und lauschte. Das leise Muhen von Kühen auf einer nahen Weide wurde vom Wind herübergetragen. Er konzentrierte sich auf die einsame Landstraße, aber kein anderes Fahrzeug war zu hören.

Er umrundete das baufällige Haus bis zur hinteren Veranda, die offenbar einer Horde hungriger Termiten als unerschöpfliches Büfett diente. Vasko wandte sich hier vom Haus ab und ging in Richtung eines angrenzenden Kartoffelfeldes, bis er zu einer kleinen im Erdboden eingelassenen Kellertür gelangte. Die Tür ließ sich leicht öffnen, und er stieg in den engen Raum hinab und fand dort eine große Werkzeugkiste. Die Kiste trug er ans Tageslicht hinauf und öffnete sie.

Darin befanden sich ein frisch gebügelter grüner Tarnanzug und eine dazu passende Baseballmütze. Vasko hielt beides hoch. Die Stücke waren mit Kragenspiegeln und Aufnähern der 40. Taktischen Brigade der Ukrainischen Luftwaffe versehen. Er legte den Tarnanzug beiseite und nahm eine russische GSh-18 Automatik-Pistole in einem Schulterhalfter mitsamt Schalldämpfer und einen Drahtschneider mit kurzem Griff aus der Kiste. Auf dem Grund der Kiste lag ein schweres rechteckiges, in braunes Papier eingewickeltes Paket nebst einem elektronischen Detonator und einer batteriebetriebenen Schaltuhr.

Außer der Pistole verstaute Vasko alles wieder sorgfältig in der Werkzeugkiste und stellte sie in den Kofferraum des Mietwagens. Er schob die Pistole unter den Sitz und setzte rückwärts aus der Zufahrt zum Bauernhaus. Indem er sich an Nebenstraßen hielt, die nur gering frequentiert waren, fuhr er nach Westen bis in die Außenbezirke von Wassylkiw, einer zentral gelegenen ukrainischen Stadt, gut dreißig Kilometer von Kiew entfernt. Auf einem freien Feld parkte er hinter einer hohen Böschung und sah auf die Uhr. Bis zum Anbruch der Nacht hatte er noch eine Stunde Zeit. Da er sich nicht zu beeilen brauchte, holte er sein Telefon hervor und wählte Mankedos Nummer. Sie war ebenso besetzt wie schon bei all seinen vorhergehenden Versuchen. Er versuchte sein Glück mit einer Satellitentelefonnummer auf der *Nevena* und erzielte das gleiche Ergebnis. Schließlich rief er Hendriks an, der sich noch auf den Bermudas aufhielt.

»Mir wäre es lieb, wenn Sie mich nicht anriefen, es sei denn, es ist absolut notwendig«, sagte der Holländer.

»Mein Boss meldet sich nicht und ist nicht zu erreichen. Ich befürchte, da gibt es ein Problem.«

»Das braucht Sie nicht zu beunruhigen. Ich kann ein paar Erkundigungen einziehen, wenn Sie mir seinen Aufenthaltsort nennen.«

»Das werde ich tun, wenn wir uns wiedersehen. Haben Sie die Überweisung für die Bergung ausgeführt?«

»Ja. Telegrafisch auf das Konto in Zypern.«

»Wurde der Eingang bestätigt?«

»Nicht von ihm, aber ich kann Ihnen versichern, dass der Betrag überwiesen wurde.«

Vasko schwieg und fragte sich, was mit dem Mann, mit dem er seit zwanzig Jahren eine geschäftliche Partnerschaft pflegte, geschehen sein mochte.

»Sind Sie im Zeitplan?«, fragte Hendriks.

»Ja. Ich habe das Material gefunden und bereite die Lieferung vor.«

»Sehr gut. Ich hoffe, Sie kommen schnell zurück. Ihre nächste Lieferung wartet bereits.«

»Stellen Sie den Rum schon mal kalt«, sagte Vasko, aber Hendriks hatte die Verbindung bereits unterbrochen.

Während sich der Himmel schwarz färbte, holte er die Werkzeugkiste aus dem Kofferraum und schlüpfte in den Tarnanzug. Er verstaute den Schalldämpfer in der Kiste und lenkte den Wagen wieder auf die Straße. Ein paar Kilometer nördlich von Wassylkiw stieß er auf eine Militärbasis. Er mied die Haupteinfahrt, fuhr zum gegenüberliegenden Ende des Rollfelds und parkte in der Nähe einiger Gebäude. Von hier aus hatte er die Hauptrollbahn im Auge.

Hendriks hatte ihn darüber informiert, dass zweimal pro Woche ein amerikanisches Transportflugzeug auf seinem Weg zu einem NATO-Luftwaffenstützpunkt in der Türkei zivile Hilfsgüter für die ukrainische Regierung lieferte. Falls sich der Flugplan nicht geändert hatte, war an diesem Tag eine Landung fällig.

Hendriks' Informationen erwiesen sich schon bald als zutreffend. Das schrille Heulen von vier Mantelstromtriebwerken durchschnitt die Nacht, als ein riesiges graues Flugzeug auf der Rollbahn aufsetzte. Es war eine C-5M-Super-Galaxy-Transportmaschine, die mit der 9th Airlift Squadron in Dover, Delaware, stationiert war.

Die große Maschine rollte in der Nähe eines offenen Hangars aus und blieb stehen. Gleichzeitig wurde ihre Laderampe heruntergefahren. Vasko ergriff den Werkzeugkasten, überquerte einen Graben und ein kleines mit Gras bewachsenes Feld und näherte sich einem hohen Maschendrahtzaun. Schnell hatte er mit der Zange eine Öffnung in den Zaun geschnitten, durch die er kriechend auf das Gelände der Basis gelangte. Mit schnellen Schritten überquerte er den unbeleuchteten Abschnitt der Rollbahn und steuerte auf den Haupthangar zu. Darin parkten mehrere ukrainische MiG-29-Jagdflugzeuge neben einem stetig wachsenden Stapel Paletten, die aus dem amerikanischen Flugzeug ausgeladen wurden.

Vasko zog sich den Schirm der Baseballmütze tief ins Gesicht und näherte sich der C-5. Er wartete, um einen beladenen Gabelstapler passieren zu lassen, ging die Laderampe hinauf und betrat das riesige Flugzeug. Zwei ukrainische Luftwaffensoldaten standen neben einem Palettenstapel und überprüften die Frachtpapiere. Ebenfalls mit grünen Tarnanzügen bekleidet, achteten sie nicht auf Vasko, als er mit seiner Werkzeugkiste an ihnen vorüberging.

Er interessierte sich nicht für die Paletten, sondern steuerte auf zwei Humvees zu, die mit breiten Nylongurten auf dem Deck in der Mitte des Frachtraums festgezurrt waren. Verblüfft riss er die Augen auf, als er in den Frachtraumbereich hinter den Fahrzeugen blickte. Mehrere Reihen Panzerabwehrraketen, die für das türkische Militär bestimmt waren, lagerten in niedrigen stählernen Transportgestellen. Hendriks war ein richtiger Glückspilz, dachte Vasko.

Er schlängelte sich bis zum letzten der Transportgestelle durch und ging daneben auf die Knie hinunter. Dann entnahm er der Werkzeugkiste das in braunes Papier eingewickelte Paket, das einen Block PPV-5A-Plastiksprengstoff enthielt, der vom russischen Militär bevorzugt eingesetzt wurde. Er befestigte den Block mit Klebeband an einer der Raketen und setzte den Detonator ein.

»Kann ich dir helfen, Partner?«, fragte eine Stimme mit schwerem Oklahoma-Akzent.

Vasko blickte auf und sah einen massigen Amerikaner, der von der anderen Seite des Frachtraums zu ihm herüberschaute. Auf seiner Schulter trug er ein Rangabzeichen mit Sternen, die von mehreren goldenen Spitzklammern eingerahmt wurden.

»Ein Leck in der Hydraulik, Sergeant«, sagte Vasko.

»Tut mir leid, mein Freund, aber ich bin der Flugingenieur dieses Vogels, und ich habe keinerlei Reparaturen durch einheimisches Bodenpersonal genehmigt.« Er kam herüber und beäugte Vasko mit unverhohlenem Misstrauen.

Vasko legte die Zündkapsel beiseite und holte den Schalldämpfer aus der Werkzeugkiste. Lässig hob er die Pistole und pumpte drei Projektile in den Körper des Air-Force-Soldaten. Der Sergeant atmete zischend ein, dann starrte er im Schock auf seine Wunden, ehe er tot auf den Frachtraumboden sackte. Niemand in dem riesigen Flugzeug hatte etwas davon mitbekommen.

Den Toten ignorierend, verband Vasko die Zündkapsel mit der Zeitschaltuhr und setzte sie in Gang. Er stellte den Countdown auf zehn Minuten und schob das Paket unter das Raketentransportgestell, dann schleifte er den Körper des Sergeants in die Deckung des Gestells. Er war bereits zum Ausgang des Frachtraums unterwegs, als vor ihm ein lautes Krachen ertönte.

Der Gabelstaplerfahrer hatte einen Palettenstapel gerammt, sodass eine Palette herabgestürzt und ihr Inhalt, der aus tragbaren Radios bestand, auf dem Boden verstreut wurde. Ein ukrainischer Offizier war aufgetaucht und kanzelte den Gabelstaplerfahrer mit heftigen Worten ab, während Vasko versuchte, sich so unauffällig wie möglich aus dem Staub zu machen.

»Du da«, rief der Offizier und deutete auf Vasko. »Hilf mal mit, diese Schweinerei hier aufzuräumen. Ich hol eine Karre.«

Vasko nickte, stellte die Werkzeugkiste ab und behielt den Kopf unten. Während der Offizier die Rampe hinunterging, begann Vasko, Radios aufzusammeln und gleichzeitig darauf zu warten, dass der Gabelstapler eine weitere Palettenladung in den Hangar brachte. Aber der Gabelstaplerfahrer war nun besonders vorsichtig und ließ sich Zeit damit, die nächste Palette auf die Gabeln zu nehmen. Gleichzeitig kam der Offizier mit einer Karre zurück.

Schnell hob Vasko die Radios auf und warf sie in die Karre, wobei er im Stillen die Minuten bis zur Explosion seiner Bombe zählte. Als die Karre voll war, machte er Anstalten, sie die Laderampe hinunterzuschieben.

»Warte einen Moment«, rief der Offizier.

»Ja, Sir?«, sagte Vasko. Obgleich die Nacht kühl war, rann ihm der Schweiß von der Stirn.

»Du hast deine Werkzeugkiste vergessen.«

Vasko nickte und hob die Werkzeugkiste hoch, wobei er jeden Augenkontakt mit dem Offizier vermied. »Danke, Sir.« Er eilte die Rampe hinunter.

Er ließ die Karre im Hangar stehen und verließ die Halle. Draußen schlug er einen Haken, überquerte die Flight Line und entfernte sich von der Frachtmaschine. Schließlich erreichte er das Ende des Hangars, bog um die Ecke und schaute auf die Uhr. Es war zu knapp, um sich jetzt noch einmal ins Freie zu wagen, daher presste er sich mit dem Rücken gegen die Wand und wartete.

Als die Panzerabwehrraketen in schneller Folge explodierten, wurde der Untergrund von mehreren heftigen Stößen erschüttert. Vasko wagte einen Blick um die Hangarecke und sah, dass der gesamte Mittelteil des Flugzeugs in schwarzen Rauch gehüllt war. Trümmerbrocken regneten herab, und er wartete darauf, dass dieser Regen nachließ, bevor er sich wieder aufs Rollfeld hinauswagte.

Während die Alarmsirenen der Flugplatzfeuerwehr die Nacht zerrissen, überquerte er die Rollbahn und hielt nur für einen kurzen Moment inne, um ein angesengtes Stück Aluminium aus dem Rumpf der C-5 aufzuheben. Er schlüpfte durch das Loch im Zaun, warf Werkzeugkiste und Aluminiumfragment in den Mietwagen und fuhr davon, ohne das lodernde Inferno, das er entfacht hatte, auch nur eines Blickes zu würdigen.

68

Das in Sofia von Europol unterhaltene Landesbüro war in einem Teil der Zentrale des bulgarischen kriminalpolizeilichen Direktorats untergebracht, die in einem unscheinbaren tristen Betongebäude im Zentrum der Hauptstadt residierte. In Zivilkleidung, die aus einem karierten Rock und einer Seidenbluse bestand, deren unzählige Knitterfalten von zu vielen Stunden am Schreibtisch kündeten, blätterte Ana Belowa gerade einen weiteren Stapel von Berichten und Meldungen des Grenzschutzes durch, als etwas ihre Aufmerksamkeit erregte. Sie blickte hoch und entdeckte Pitt und Giordino, die im Flur standen und sie durch die Glastür ihres Büros fröhlich angrinsten.

Ana sprang auf, stürzte in den Flur und fiel nacheinander beiden Männern um den Hals. »Ich hatte nicht damit gerechnet, Sie beide vor Ihrer Abreise noch einmal zu Gesicht zu bekommen.«

»Wir haben unseren Flug nach Washington von Sofia aus gebucht, um noch einmal bei Ihnen vorbeischauen zu können«, sagte Pitt.

Giordino schüttelte den Kopf. »Ich sag's nur ungern, aber es ist mehr als nur ein Freundschaftsbesuch.«

Ana zog sie in ihr Büro und deutete einladend auf zwei Stühle vor ihrem Schreibtisch.

»Wie läuft denn die Menschenjagd nach Mankedo?«, fragte Pitt.

»Während der letzten Tage gab es einige interessante Entwicklungen, aber was Mankedo betrifft, hatten wir bisher kein Glück, fürchte ich.« Sie kramte zwischen den Papieren auf ihrem Schreibtisch und zog ein Foto von einem Arbeitsschiff, das an einem dicht bevölkerten Kai lag, aus dem Durcheinander. »Kommt Ihnen das bekannt vor?«

»Sieht aus wie das Arbeitsschiff, das bei Thracia ankerte, als wir die Razzia durchführten«, sagte Pitt.

»Es wurde verlassen in Karaburun aufgefunden, einem türkischen Hafen in der Nähe des Bosporus.«

»Demnach ist er in die Türkei geflohen«, sagte Giordino. »Besteht eine Chance, ihn dort aufzustöbern?«

Ana Belowa schüttelte den Kopf. »Istanbul ist der ideale Ort, um zu verschwinden.«

»Es scheint, als ob in letzter Zeit besonders viele Leute verschwinden«, sagte Giordino.

»Apropos verschwinden, sehen Sie sich das mal an.«

Sie reichte ihm die Fotokopie einer kurzen Zeitungsnotiz. Sie handelte davon, dass die Leiche des bekannten Archäologen des bulgarischen Kultusministeriums, Georgi Dimitow, am Strand von Chios aufgefunden worden sei.

»Tot aufgefunden in Griechenland?«, fragte Giordino. »Wie ist das denn zu verstehen?«

»Es ist sehr seltsam. Einige einheimische Fischer meldeten eine Explosion auf dem Meer in der Nacht, bevor die Leiche gefunden wurde. Die Griechen haben die Ermittlungen aufgenommen.«

»Sie sollten diese Ermittlungen vielleicht genau im Auge behalten«, sagte Pitt. »Dimitow verließ die *Macedonia,* nachdem wir den russischen Flieger auf dem Wrack der *Fethiye* fanden, und wurde seitdem nicht mehr gesehen.«

»Meinen Sie, es gibt da eine Verbindung?«

Pitt und Giordino sahen sich an.

»Als wir in Mankedos Lagerhaus gefangen waren«, sagte Pitt, »kannst du dich erinnern, einen Teil Metallschrott hinter dem Lastwagen gesehen zu haben?«

»An besonders viel kann ich mich nicht erinnern.«

»Es war ein verwittertes Stück Aluminium, eine Platte. Sie sah aus wie die Klappe oder Tür eines Frachtabteils in einem Flugzeug, das vor fünfzig oder sechzig Jahren gebaut wurde.«

»Meinst du dieses Flugzeug, das zu dem russischen Flieger gehörte?«

»Ja. Nachdem der tote Flieger entdeckt wurde, verschwand nicht nur Dimitow, kurz danach wurde auch die *Macedonia* entführt. Während es durchaus sein kann, dass Mankedo unser Schiff benutzen wollte, um Sewastopol anzugreifen, wollte er uns vielleicht auch von dem osmanischen Wrack und dem russischen Bomber fernhalten, von dem wir wissen, dass er in nächster Nähe liegt.«

»Aber aus welchem Grund?«

»Um sich die Fracht des Bombers unter den Nagel zu reißen.«

»Wissen Sie, woraus sie bestand?«

»Ich habe eine Idee.« Pitt beschrieb den Fundort und Zustand des Wracks und seinen leeren Bombenschacht.

»Eine Atombombe«, flüsterte sie. »Meinen Sie, das war es, was auf Mankedos Lastwagen versteckt war?«

»Es wäre jedenfalls eine Möglichkeit. Wir müssen mehr über das Flugzeug in Erfahrung bringen.«

»Damit erhöht sich der Einsatz beträchtlich«, sagte Ana und machte sich einige Notizen.

»Irgendwelche Hinweise auf den Lastwagen oder auf unseren kahlköpfigen Freund?«, fragte Giordino.

»Die gibt es tatsächlich.« Ana rollte mit ihrem Sessel zum Computer hinüber. »Wir haben Anfragen an alle Seehäfen, Grenzstationen, Flughäfen und Bahnhöfe gesendet. Auf diese Weise konnten wir das Schiff in der Türkei aufspüren.«

Sie tippte einige Befehle auf ihrer Computertastatur und rief eine grobkörnige Videosequenz von einer mit einem Tor gesicherten Einfahrt auf einer einsamen Straße auf. »Dies habe ich heute erhalten. Sehen Sie sich das an.«

Das Video, aufgenommen von einer Überwachungskamera, zeigte, wie sich ein Lastwagen einem Torhaus näherte, kurz anhielt und dann durch das Tor fuhr. Das Video, bei Nacht aufgenommen, war nicht sehr deutlich und zeigte nur wenige Details. Ana spielte es erneut ab, hielt es jedoch mehrmals an.

»Es ist schwer, den Fahrer zu erkennen, bis der Lastwagen weiterfährt.« Sie stoppte das Video abermals. Zu sehen war jetzt das verschwommene Bild eines bulligen Mannes ohne Haare.

»Das ist er«, sagte Giordino.

»Und das ist unser Laster.« Pitt deutete auf das mit einer Plane verhüllte Objekt auf der Ladefläche. »Wo wurde es aufgenommen?«

»An der Einfahrt zum Flugplatz in Stara Zagora, einer eher kleinen Einrichtung rund einhundertfünfzig Kilometer westlich von Burgas. Es wurde am selben Tag aufgenommen, an dem wir dort waren. Oder in der Nacht, sollte ich lieber sagen. Zu dieser Zeit war das Tor nicht bewacht, aber zumindest hat sich später jemand das Video angesehen.«

»Demnach haben sie das Land längst auf dem Luftweg verlassen«, sagte Pitt.

»Höchstwahrscheinlich.«

Die Tür des Büros wurde geöffnet, und Petar Ralin kam in einem Rollstuhl hereingefahren, einen Stapel Akten auf dem Schoß.

»Wir hatten nicht erwartet, Sie schon so bald wieder an der Arbeit zu sehen«, sagte Giordino.

»Ana meinte, ich würde unter ihrer Aufsicht besser versorgt werden«, sagte er, woraufhin sie leicht errötete. »Und ich dachte, ich sollte ein wenig auf sie aufpassen und sie notfalls von gewagten Aktionen abhalten.«

»Von denen es einige gab«, pflichtete Pitt ihm grinsend bei. »Wie geht es Ihrem Bein?«

»Ich darf in ein oder zwei Tagen aufstehen und mich auf Krücken weiterbewegen.«

»Ich vermute, dass er längst aus eigener Kraft gehen kann. Aber er genießt es, von mir durch die Gegend geschoben zu werden«, sagte Ana.

Ralin lächelte. »Dem kann ich nicht widersprechen.« Er rollte vorwärts und reichte Ana die Akten. »Stara Zagora hat uns weitergeholfen.«

»Ich habe Dirk und Al eben das Video gezeigt.« Ana schilderte ihm, wie der russische Bomber entdeckt wurde.

»Das könnte der entscheidende Hinweis sein«, sagte Ralin. »Sie haben uns eine Aufstellung des Flugverkehrs an diesem Abend geschickt, der ziemlich sparsam ist. Der Flugplatz wird hauptsächlich von Pendlern und Privatleuten benutzt, Nachtflüge sind eher die Ausnahme. An dem betreffenden Tag landeten vier kleine Maschinen und eine große vor Mitternacht. Der Jet traf um halb neun ein und flog um fünf nach neun weiter. Der Flughafen gab uns die Registrierungsnummer durch, und wir identifizierten die Maschine als ein Antonow-An-124-Transportflugzeug einer Charterfirma in der Ukraine.«

»Es ist eigentlich keine Überraschung, dass sie die Bombe in die Ukraine bringen wollten«, sagte Ana.

»Das haben sie auch nicht getan«, meldete sich Ralin zu Wort. »Ich musste mich durch die Berichte von einem Dutzend Flughäfen wühlen, aber dann konnte ich in Erfahrung bringen, dass die Maschine gegen Mitternacht auf dem Portela Airport in Lissabon landete. Danach erschien sie auf dem L.F. Wade International Airport auf den Bermudas, ehe sie am nächsten Abend nach Kiew zurückkehrte.«

»Sie erwähnten, dass die Maschine einer Charterfirma gehört«, sagte Pitt. »Wissen Sie, wer das Flugzeug gechartert hat?«

»Ja, auch wenn einige regelrechte Drohanrufe in die Ukraine nötig waren, um an die Daten zu kommen. Die Firma behauptete, keinen Flugplan für den Charter zu besitzen. Als Kunden nannten sie dann aber eine Peregrine Surveillance Corporation.«

»Eine Tarnfirma?«, fragte Ana.

»Nein, eine kleine Holdingfirma und Tochter einer holländischen Firma namens Arnhem Flight Systems.«

»Stellen die nicht Instrumente für Reiseflugzeuge her?«, fragte Pitt.

»Das ist richtig«, sagte Ralin. »Sie sind eine Firma mit breit gefächertem Angebot, die vorwiegend für ihre Flugelektronik bekannt ist. Der Eigentümer ist ein Industrieller namens Martin Hendriks. Oder er war es. Hendriks hat die Firma kürzlich an Airbus verkauft.«

»Dann hat also jemand bei Airbus die Maschine gechartert?«, fragte Ana.

»Nein, das war Hendriks. Er besitzt nach wie vor Peregrine. Und Peregrine selbst oder jemand bei Peregrine hat die Maschine gemietet.«

»Er klingt nicht nach jemandem, der sich mit Mankedo einlassen würde«, sagte Ana.

Ralin zuckte die Achseln. »Schwer zu sagen. Er ist ein sehr scheuer Mensch. Über ihn gibt es so gut wie kein Pressematerial, keinen Klatsch, keine Homestory. Ich habe jedoch in Erfahrung bringen können, dass seine Firma im Laufe der Jahre zahlreiche geschäftliche Projekte mit Moskau realisiert hat, demnach könnte man ihn als russlandfreundlich betrachten. Seine Peregrine Company erschien kürzlich in der Presse, als eine seiner Drohnen an der Rettung von Schiffbrüchigen vor der Küste der Ukraine beteiligt war.«

»Wir müssen mehr über diesen Hendriks erfahren und auch darüber, ob er irgendwelche Einrichtungen in Lissabon besitzt«, sagte Ana. »Ich setze mich mit dem dortigen Europol-Büro in Verbindung und lasse auch gleich den Flughafen überprüfen.«

»Gute Idee«, sagte Ralin, »aber ich glaube nicht, dass uns das wesentlich weiterhelfen wird.«

»Warum nicht?«

»Die Antonow war in Lissabon nicht länger als eine Stunde auf dem Boden. Sie können natürlich auch dort die Waffe ausgeladen haben, aber für wahrscheinlicher halte ich, dass sie dort nur auftanken wollten, bevor sie den Atlantik überquerten. Ich denke, es sind die Bermudas, auf die wir unser Augenmerk richten sollten.«

»Was gibt es denn auf den Bermudas?«

Ralin lächelte. »Zunächst einmal ein Multimillionen-Dollar-Anwesen mit Blick auf den Ozean, das einem gewissen Martin Hendriks gehört.«

69

Das NUMA-Forschungsschiff *Iberia* wühlte sich durch drei Meter hohe See, während es einer Sturmfront trotzte, die allmählich über das Mittelmeer wanderte. Seit dem Verlassen des Hafens von Cagliari schlug sich das Schiff so sehr damit herum, dass sogar die widerstandsfähigsten Mitglieder der Crew dankbar zu ihren Tabletten gegen Seekrankheit griffen.

Im hinteren Teil der Kommandobrücke sitzend, umklammerte Summer eine Tasse Kaffee, um sie daran zu hindern, auf dem Computertisch herumzurutschen. Dirk saß neben ihr und studierte auf dem Monitor einer Workstation ein verschwommenes Sonarbild.

»Es ist auf jeden Fall ein Schiffswrack.« Er tippte auf ein dunkles längliches Objekt auf dem Bildschirm. »Ob es auch unser Schiffswrack ist, bleibt schwer zu sagen.«

»Der Wellengang ist für den Schleppscanner viel zu heftig«, sagte Summer. »Er hüpft herum wie ein Gummiball. Dadurch kommen hier oben nur verzerrte Sonarbilder an.«

»Die Dimensionen, so verschwommen sie auch erscheinen mögen, sind denen der *Sentinel* ziemlich ähnlich.«

»Sollen wir direkt nachschauen oder die Suche fortsetzen?«

Dirk wandte sich an Myers, der neben dem Rudergänger stand. »Käpt'n, was sagt der Wetterbericht?«

»Die schlimmste Phase des Sturms ist überstanden. Während der nächsten sechs Stunden soll sich die See nach und nach beruhigen und innerhalb von vierundzwanzig Stunden wieder spiegelglatt sein. Die Langzeitvoraussage prophezeit wolkenlosen Himmel.«

Dirk wandte sich zu seiner Schwester um. »Die Sonar-Protokolle werden für einige Zeit noch ziemlich ungenau sein. Dies ist das beste Ziel, das wir in drei Tagen intensiver Suche lokalisieren konnten. Ich finde, wir sollten eine Tauchfahrt vorbereiten und zusehen, dass wir einen ruhigen Moment erwischen, in dem der Wellengang nicht so heftig ist und wir das U-Boot absetzen können.«

Summer griff wieder nach ihrer Kaffeetasse, die abermals über den Tisch schlitterte. »Unter Wasser wird es auf jeden Fall ruhiger sein. Lass es uns versuchen.«

Eine Stunde später schwang ein gelbes und türkisfarbenes Tauchboot im Rhythmus der Schiffsbewegungen über dem Heckspiegel hin und her. Der Wellengang hatte sich zwar ein wenig beruhigt, war jedoch für ein gefahrloses Absetzen des Tauchboots noch zu stark. Dirk und Summer warteten in der Enge des Mini-U-Boots auf den günstigsten Zeitpunkt und behielten die Umgebung aufmerksam im Auge. Nach einer ganzen Serie schwerer Brecher schien der Ozean dann eine winzige Ruhepause einzulegen, erkennbar an einem kurzfristig moderaten Wellengang.

»Runter, runter, runter!«, funkte Dirk.

Das Tauchboot wurde eilig abgesenkt und schnell ausgeklinkt. Dirk flutete die Ballasttanks, und das U-Boot sank bis unter die turbulente Oberflächenzone. Vierhundert Meter später erschien im Aussichtsfenster felsengrauer Meeresboden. Dirk aktivierte die Druckstrahlruder, und sie schwebten über die konturlose, eintönige Landschaft hinweg.

Ein paar Minuten später fanden sie das Wrack, ein dunkles Schiff, das mit Schlagseite auf dem Meeresgrund ruhte. Während sie sich vom Heck aus herantasteten, tippte Dirk seiner Schwester auf den Arm und deutete auf das Aussichtsfenster. »Ich sehe ein Doppelgeschütz über dem Achterdeck.«

Dieses Indiz engte die Möglichkeiten, eins von Hunderten von

Handelsschiffen, die den Grund des Mittelmeers zumüllten, gefunden zu haben, erheblich ein.

Summer zog eine Beschreibung des Schiffes zu Rate, die sie sich auf den Schoß gelegt hatte. »Die *Sentinel* führte neun Zehn-Zentimeter-Kanonen mit sich: drei auf dem Vorschiff, zwei an achtern und je zwei mittschiffs auf beiden Seiten. Mal sehen, was uns auf dem Vorschiff erwartet.«

Dirk ließ das Tauchboot über dem Wrack ein wenig steigen und verharrte über den Heckgeschützen, bevor er in Vorwärtsfahrt ging. Das korrodierte Oberdeckprofil entsprach der Darstellung auf Summers Foto. Nach dem Überqueren des Ruderhauses stoppte das Tauchboot über einem Geschütztrio auf dem Vorderdeck.

»Da sind deine vorderen Kanonen«, sagte Dirk. »Ich würde sagen, wir haben einen Treffer.«

Summer nickte. »Das muss die *Sentinel* sein. In dieser Tiefe ihr Innenleben zu untersuchen könnte schwierig werden. Dr. Trehorne schickt uns Pläne eines ähnlichen Schiffs dieser Klasse. Er meint, es gebe drei mögliche Orte, wo eine Goldladung hätte deponiert werden können.«

Sie holte das Profildiagramm eines englischen Aufklärungskreuzers hervor. »Es gibt einen vorderen Laderaum, direkt vor den Kanonen, und zwei zusätzliche Frachträume unter dem Achterdeck.«

Dirk studierte den Plan. »Es wird auf die Zugangsmöglichkeiten ankommen. Mal sehen, was wir vorne finden.«

Er lenkte das Tauchboot zum Bug, glitt über das Deck und über einen auf dem Vorschiff gelegenen Lukendeckel, der stellenweise korrodiert war. Dann dirigierte er das U-Boot über den Bug hinaus, schwang herum und kehrte in Deckhöhe zurück.

Summer deutete auf das Sichtfenster. »Bring uns auf der Steuerbordseite am Rumpf nach unten.«

Dirk lenkte das Tauchboot über die Seitenreling. Etwa zwölf Meter vom Bug entfernt klaffte dicht über dem Meeresboden im Rumpf ein großes Loch.

»Aus dem Marineprotokoll geht hervor, dass sie gesunken ist, nachdem sie auf eine Mine aufgefahren war«, sagte Summer.

»Die Protokolle haben nicht gelogen. Das sieht aus wie das offene Scheunentor, das genau dorthin führt, wohin wir wollen.« Er dirigierte das Tauchboot zu der Öffnung. Dann setzte er es auf Grund und schaltete die Druckstrahlruder aus.

Jetzt übernahm Summer die Führung bei der nächsten Aktion und aktivierte ein kleines mit Kabel gelenktes ROV, das an einer Bughalterung befestigt war. Während sie das Vehikel in die Rumpföffnung dirigierte, achtete sie auf einen Monitor, der die Bilder zeigte, die das kleine ROV aufzeichnete.

Die Kamera lieferte ein unentwirrbares Durcheinander von Stahlträgern und -platten, die sich in alle Richtungen verteilt hatten und die Bewegungsmöglichkeiten erheblich einschränkten.

Dirk blickte auf das Diagramm. »Der Laderaum liegt anscheinend drei oder fünf Meter weiter nach achtern.«

»Ich weiß nicht, ob ich überhaupt noch zwanzig Zentimeter vordringen kann.«

Sie ging auf Gegenkurs und drückte das ROV gegen eine Ankerkette. Dieser Kette folgte sie, bis sie eine Lücke unter dem Deck über ihrem Kopf fand. Sie lenkte das Vehikel nach achtern, vorbei an einem weiteren Durcheinander von verbogenem Metall.

Dann holte sie tief Luft. »Ich bringe uns nach hinten, aber ich bin mir nicht sicher, was das Herauskommen betrifft.«

»Ich nehme an, dass wir hier irgendwo eine Schere finden werden«, sagte Dirk, der wusste, dass das ROV und sein Kabel abgeworfen werden konnten, wenn sie sich irgendwo im Innern des Schiffs verfingen. Summer bugsierte das ROV über ein verbeultes Schott und in eine weit offene Bucht auf der anderen Seite.

»Das muss der Laderaum sein«, sagte Dirk und bemühte sich, auf dem Monitor Einzelheiten zu erkennen.

Summer lächelte, als sie das ROV durch die Ladebucht kreisen und auf ihren Grund absinken ließ. Die Lichter des Fahrzeugs holten zwei große Haufen auf dem Deck aus dem Dunkel, offenbar die Überreste einer früher mal in Kisten enthaltenen und aufgestapelten Fracht. Summer lenkte das ROV zum ersten Haufen und benutzte die Druckdüsen, um den Schlick wegzublasen. Das Wasser klärte sich, und zum Vorschein kam ein Gewirr von Metallteilen sowie mehreren röhrenförmigen Objekten, die aus dem Durcheinander herausragten.

»Gewehre«, sagte Dirk. »Die Holzkolben sind längst zerfallen, und ebenso die Kisten, in denen sie verpackt waren. Einige Läufe wurden durch den Rost miteinander verschmolzen, wie auch die Schlösser und Auslösemechanismen.«

Summer sah, was er meinte, und nickte. Sie dirigierte das ROV zum zweiten Haufen und beseitigte auf gleiche Weise wie zuvor schon den Schlick, bis ein ähnliches Gewirr zum Vorschein kam. Ohne Ergebnis durchsuchte sie den restlichen Raum. »Ich denke, das ist alles, was sich hier befindet.«

»Meine Rede. Wahrscheinlich wäre es das Beste, unsere Fahrzeuge wieder nach Hause zu bringen.«

Summer holte das kabelgebundene ROV aus dem Wrack heraus und hatte einige Mühe, es wieder auf seinem Platz am Bug des Tauchboots zu deponieren.

»Gut gemacht«, sagte Dirk. Er überprüfte den Ladezustand der Batterien. »Ich glaube nicht, dass die Stromreserven ausreichen, um auch die Heckräume zu untersuchen. Ich schlage vor, wir tauchen auf und nehmen einen Batteriewechsel vor.«

»Von mir aus gern.« Summer war die Anstrengung anzusehen, die es sie gekostet hatte, in derart beengten Verhältnissen mit dem ROV zu operieren. Sie schwieg, während Dirk die Ballasttanks leerte und das Tauchboot langsam aufstieg.

»Hast du die Hoffnung aufgegeben?«, erkundigte er sich.

»Ich glaube nicht, dass das Gold hier ist.«

»Wir haben noch nicht im Heck nachgeschaut.«

»Ich weiß. Es ist nur so ein Gefühl. Dies und die Tatsache, dass das Schiff eine Ladung Waffen mit sich führte. Es ergibt eigentlich keinen Sinn, wenn sich die *Sentinel* mit dem Gold auf der Rückfahrt nach England befand.«

»Richtig, aber das Schiff wurde vielleicht umgeleitet, um die *Pelikan* zu treffen, und hatte die Waffen bereits an Bord.«

Summer starrte in die Dunkelheit außerhalb der Reichweite der Tauchbootlampen. »Du hast recht. Wir werden eine zweite Tauchfahrt machen. Du glaubst doch nicht, dass die Russen in diesem Moment das Gold aus der *Pelikan* herausholen?«

»Keine Chance.«

Dirks Annahme bestätigte sich etwa eine Stunde später, nachdem sie an Bord der *Iberia* zurückgekehrt waren. Die See hatte sich beruhigt, und das Wetter hatte aufgeklart, sodass am Horizont ein graues Bergungsschiff zu erkennen war, an dessen Flaggenstock die griechische Fahne flatterte.

70

Mansfield betrachtete das NUMA-Schiff durch ein Fernglas und konzentrierte sich vor allem auf ein Helferteam, das sich an dem Tauchboot zu schaffen machte.

»Sieht es so aus, als ob sie irgendwelche Fracht ans Tageslicht schaffen?«, fragte der Kapitän.

»Schwer zu sagen.« Mansfield ließ das Fernglas sinken. »Ein Tauchboot wäre da nicht gerade das ideale Transportfahrzeug.«

»Wie lang sind sie hier schon dabei?«

»Nicht lange«, antwortete Mansfield. »Sie haben Sardinien vor vier Tagen verlassen. Das letzte Satellitenbild ist zwei Tage alt. Da waren sie hier noch mit der Suche beschäftigt.«

»Sie müssen etwas von Interesse gefunden haben, wenn sie noch immer hier herumschnüffeln. Der Sonardarstellung zufolge spricht alles für das englische Kriegsschiff.«

»Das möchte ich mir gern selbst ansehen. Lassen Sie das Tauchboot des Schiffes einsatzbereit machen. Ich gehe nach Einbruch der Dunkelheit runter.«

Der Kapitän durchquerte die Brücke und blickte auf einen an der Decke installierten Tiefenmesser. »Die Wassertiefe beträgt hier über vierhundert Meter.«

»Zu tief für einen Ausflug mit Ihrem Scooter«, sagte Mansfield. »Deshalb brauche ich Ihr Mini-U-Boot.«

»Diese Tiefe liegt außerhalb der Reichweite des Tauchboots. Es schafft nur dreihundert Meter.«

»Wie bitte?« Mansfield starrte den Kapitän entgeistert an. »Sie haben ein Bergungsschiff – und führen ein Mini-U-Boot mit sich, das keine eintausend Fuß tauchen kann?«

»Wir sind ein auf Lauschoperationen spezialisiertes Schiff«, sagte der Kapitän. »Wir operieren meist in Ufernähe, also in eher geringer Tiefe. Wir brauchen kein Spezialgerät für Tiefwasser-Einsätze.«

»Was ist mit einem ROV?«

»Ja, ich glaube, das schafft die gewünschte Tauchtiefe. Es kann sofort zu Wasser gelassen werden.«

Mansfield sah den Kapitän mit einer Mischung aus Wut und Unverständnis an, dann nahm er wieder das NUMA-Schiff ins Visier. »Das muss jetzt noch warten. Sie bereiten offenbar den nächsten Tauchgang vor.«

Interessiert beobachtete er, wie Dirk und Summer ins Tauchboot kletterten. Die See war viel ruhiger, als sie am Heck ins Meer eintauchten. Mansfield blieb auf der Kommandobrücke des russischen Schiffes und verfolgte jeden Schritt seiner Gegner. Irritiert sah er zu, wie einige Angehörige der Schiffscrew ein Objekt vom gegenüberliegenden Deck der *Iberia* abhoben und ins Wasser schwenkten – und verwechselte ein Gerät zur Entnahme von ozeanographischen Wasserproben mit einem Bergungskorb.

Die Abenddämmerung brach schon fast herein, als das Mini-U-Boot wieder auftauchte und an Bord des Bergungsschiffs gehievt wurde. Dirk und Summer kletterten heraus, warfen einen kurzen Blick auf das russische Schiff, ehe sie zur Kommandobrücke der *Iberia* hinaufstiegen.

»Ich brauche zwei Ihrer besten Männer«, sagte Mansfield zum Kapitän.

Der Kapitän seufzte. »Für was?«

»Transport und Feuerschutz.«

»Nach Ihrem Fiasko in Griechenland?«

Mansfield schüttelte den Kopf. »Ich möchte dem Schiff dort heute Nacht allein einen Besuch abstatten. Da Ihre Unterwassertechnik nutzlos ist, muss ich deren Tauchboot und ihre Deckanlagen inspizieren, um genau einschätzen zu können, was sie beabsichtigen.«

»Nein. Ich will nicht, dass noch mehr von meinen Männern getötet werden.«

»Das da drüben ist ein ozeanographisches Forschungsschiff. Sie sind auf keinen Fall genauso bewaffnet wie die Leute auf dem Bergungsschiff.«

»Und woher wissen Sie das so genau?«

Während die beiden Männer noch miteinander diskutierten, wurden sie vom Deckoffizier unterbrochen. »Käpt'n, ich glaube, Sie sollten mal einen Blick nach Backbord werfen.«

Auf halbem Weg zwischen den beiden Schiffen tauchte ein Paar zylindrischer Stäbe aus dem Meer auf. Die Objekte nahmen an Länge zu, und dann war zu erkennen, dass sie auf einer breiten schwarzen Basis verankert waren, die über Seitenflossen verfügte. Als das seltsame Gebilde vollständig aus den Wellen aufgetaucht war und zwischen den beiden Überwasserschiffen lag, zeigte die Erscheinung die unverwechselbaren Konturen eines Angriffs-U-Bootes der Los-Angeles-Klasse.

Der Lautsprecher der schiffsinternen Sprechanlage knisterte, ehe eine blecherne Stimme herausdrang. »Hallo, Schiff unter griechischer Flagge, dies ist die USS *Newport News.* Wie können wir Ihnen heute behilflich sein?«

Der russische Kapitän starrte Mansfield kopfschüttelnd an. »Können Sie diese Leute nicht um Unterstützung bitten?«

71

Summer blickte aus dem Brückenfenster der *Iberia* und lächelte. »Rudi macht keine halben Sachen, nicht wahr?«

Dirk nickte. »Nach unserem Beinahe-Fiasko in London hat er uns einen Schatten versprochen. Ich vermute, dass er in der Navy noch einigen Einfluss hat.«

»Glaubst du, dass Mansfield auf dem Schiff ist?«

»Möglich wäre es. Kapitän Myers hat Erkundigungen über das Schiff eingezogen und festgestellt, dass es schon fast überall im Mittelmeerraum gesehen wurde, und zwar unter der Flagge verschiedener Länder. Ein russischer Heimathafen dürfte daher das Nächstliegende sein.«

»Dem Himmel sei Dank für die *Newport News.* Zu diesem Zeitpunkt können die Russen natürlich das Wrack haben.«

Ein Mannschaftsangehöriger kam durch einen Niedergang an Deck. »Sie haben einen Satellitenanruf von einem Mr. Perlmutter. Im Konferenzraum steht ein Freisprechtelefon.«

Summer sah Dirk verblüfft an. »Julien ist doch sonst nicht so technologiebewusst.«

Sie folgten dem Matrosen zum Hauptdeck und dort in den Konferenzraum, der wenig mehr war als eine leere Kabine mit einem Tisch in der Mitte. Dirk und Summer setzten sich und fixierten das Freisprechtelefon.

»Julien, bist du da?«, fragte Summer.

»Ja, ich rufe aus Charles Trehornes Haus in Oxford an«, dröhnte

Perlmutters Stimme durch den Besprechungsraum. »Wie läuft die Suche nach der *Sentinel*?«

»Gut und schlecht zugleich«, sagte Summer. »Gestern haben wir das Wrack gefunden. Es befindet sich in gutem Zustand und liegt vollkommen intakt in vierhundert Metern Tiefe. Wir haben es ausgiebig untersucht, hatten Zugang zum vorderen Laderaum und auch zu einem der hinteren, von Gold war da aber keine Spur.«

»Es wurde doch nicht ausgeschlachtet, oder?«

»Nein, noch hat sich anscheinend niemand daran zu schaffen gemacht. Die Fracht bestand offenbar aus Gewehren und nicht aus Gold.«

»Das haben wir uns schon gedacht«, sagte Perlmutter.

»Wisst ihr etwas, das wir nicht wissen?«, fragte Dirk.

»Charles und ich haben die letzten Tage damit verbracht, uns durch diverse Archive zu wühlen, und dabei haben wir eine interessante Geschichte ausgegraben. Erzählen Sie es, Charles.«

Trehornes Stimme drang aus dem Telefonlautsprecher. »Auf unserer Suche interessierte uns alles, was irgendwie mit der *Sentinel* in Zusammenhang stand und steht. Dabei mussten wir allerdings feststellen, dass einige schiffsrelevante Dokumente fehlen. Ein wirklich faszinierendes Schiff mit einer interessanten Kriegskarriere. Haben Sie irgendwelche Hinweise auf die Art des Untergangs gefunden?«

»Ja«, antwortete Dirk. »Ein großes Loch in Höhe der Wasserlinie an Steuerbord dicht hinter dem Bug. Es passt zu der Meldung, dass die *Sentinel* auf eine Mine auffuhr.«

»Tatsächlich. Wenn Sie Videoaufnahmen gemacht haben, würde ich sie gerne einmal ansehen. Wie ich schon sagte, wir stellten Recherchen über das Schiff an – technische Daten, Mannschaft, Kriegseinsätze und so weiter – und stießen im Flottenarchiv auf etwas Merkwürdiges. Während des Ersten Weltkriegs transportierte die Royal Navy regelmäßig Waffen über das Mittelmeer zu General Allenby in Ägypten, um damit die Arabische Revolte zu unterstützen. Wir haben auch einen Hinweis auf eine Lieferung

Lee-Enfield-Gewehre per Dampfer von England nach Gibraltar und weiter nach Alexandrien gefunden. Nur kam diese Lieferung niemals an.«

»Lassen Sie mich raten«, sagte Dirk. »Die Gewehre wurden mit der *Sentinel* transportiert.«

»Absolut richtig.«

»Heißt das, es ist gar nicht zu einem Rendezvous mit der *Pelikan* gekommen, in dessen Verlauf die *Sentinel* das Gold der Romanows übernommen hat?«, fragte Summer.

»Das ist die entscheidende Frage«, sagte Trehorne. »Der zeitliche Ablauf erwies sich auf den ersten Blick als problematisch, aber Julien und ich haben eine Theorie. Sehen Sie, die *Sentinel* sollte am siebenundzwanzigsten Februar in der Nähe von Chios mit der *Pelikan* zusammentreffen. Wir fanden Hinweise, dass sich die *Sentinel* am zweiten März in Gibraltar befunden und die Gewehrladung übernommen hat. Die Höchstgeschwindigkeit des Kreuzers betrug fünfundzwanzig Knoten – angesichts der Distanz zwischen beiden Schiffen ist das ein wichtiger Faktor.«

Wie ein kleines Kind unter dem Weihnachtsbaum rieb sich Summer die Augen. »Soll das heißen, das Gold muss auf der *Pelikan* geblieben sein?«

»Das nehmen wir nicht an. Wir glauben, dass das Rendezvous von *Sentinel* und *Pelikan* einen oder zwei Tage früher stattfand. Wenn wir einmal zu dem Brief von Hunt an Admiral Ballard zurückgehen, so verlangte er doch, dass die *Sentinel* am siebenundzwanzigsten Februar am Treffpunkt sein solle. Wie sich herausstellt, war die *Sentinel* in der Woche davor in Athen. Da sie sich bereits in der Region befand, nehmen wir an, dass sie vor dem vereinbarten Datum am Treffpunkt erschien und dass sich die *Pelikan* ebenfalls vor diesem Datum an Ort und Stelle befunden hat. Damit hätte die *Sentinel* genügend Zeit gehabt, das Gold an Bord zu nehmen und am zweiten März in Gibraltar einzulaufen.«

»Wir fanden keine Befehle, die das Rendezvous widerriefen oder verschoben«, sagte Perlmutter, »daher gibt es keinen Beleg, dass die *Sentinel* vor Ankunft der *Pelikan* in Marsch gesetzt wurde.«

»Wenn dies der Fall war«, sagte Summer, »was wurde dann aus dem Gold?«

Eine längere Pause setzte ein. »Das wissen wir nicht«, sagte Perlmutter schließlich, »aber die Antwort müsste in Gibraltar zu finden sein. Charles hat gute Kontakte dorthin sowie einen starken Verdacht. Wir beabsichtigen, runterzufliegen und dort ein wenig herumzustöbern. Wenn ihr mit der *Sentinel* fertig seid, warum vergesst ihr nicht einstweilen die *Pelikan* und trefft dort mit uns zusammen?«

»Unbedingt!« Summer lebte hörbar auf. »Ich hatte bei der *Sentinel* von Anfang an ein ungutes Gefühl.«

Sie stimmten sich über Ort und Zeit ihres Treffens ab und beendeten das Gespräch. Anschließend schüttelte Dirk skeptisch den Kopf.

»Was ist nicht in Ordnung?«, fragte Summer. »Meinst du, es ist nicht dort?«

»Ich weiß nicht, ob es dort ist oder ob es nicht dort ist. Eins weiß ich jedoch ganz genau, nämlich dass Rudi uns nie mehr ein offenes Spesenkonto genehmigen wird.«

Fünfhundert Meter entfernt auf dem Meer beendete ein russischer Kommunikationsexperte an Bord des Spionageschiffs die Aufnahme des Satellitentelefongesprächs, nachdem die Verbindung unterbrochen wurde.

Während der letzten Stunde hatte Mansfield mehrmals hineingehört. Er musste zugeben, dass sich der Einsatz eines Spionageschiffs letztlich doch als sinnvoll erwiesen hatte. Über eine abhörsichere Satellitenverbindung rief er Martina an, die sich noch in Cagliari aufhielt.

»Erfolgreich?«, fragte sie.

»Nein. Wir kehren morgen in den Hafen zurück. Sie müssen so bald wie möglich einen Flug nach Gibraltar für uns buchen.«

»Wird erledigt«, sagte sie auf ihre gewohnt effiziente Art. »Ist das Gold dort?«

»Ich wüsste nicht, wo es sonst sein sollte.«

72

Die Razzia auf Hendriks' Anwesen auf den Bermudas verlief nicht annähernd so wie die Kontrolle von Mankedos Schrottplatz. Dafür hatte Ana Belowa von Anfang an gesorgt.

Ein Dutzend Beamte der einheimischen Polizei sicherte die Haupteinfahrt, während sich ein zweites Team aus Angehörigen der örtlichen SWAT-Einheit vom Strand aus vorarbeitete. Obgleich Ana anfangs gewisse Zweifel hinsichtlich der Ausbildung und Erfahrung der örtlichen Polizei gehabt hatte, war sie von ihrer Entschlossenheit und umsichtigen Planung schon bald zutiefst beeindruckt. Als British Overseas Territory erkannten die Bermudas die Zuständigkeit von Europol auf ihrem Territorium offiziell an und hatten sich in allen Belangen überaus kooperativ gezeigt.

Die vor der Aktion durchgeführte vierundzwanzigstündige Überwachung des Anwesens hatte außer dem Kommen und Gehen der Gärtner keinerlei Aktivitäten ergeben. Hendriks' Privatjet war kurz zuvor noch auf dem Flughafen gesehen worden, verschwand jedoch zum gleichen Zeitpunkt, als die Überwachung begann, was bei Ana den Verdacht weckte, dass er aus Kreisen der örtlichen Behörden vorgewarnt worden war. Das war jedoch in diesem Moment nicht so wichtig, dachte sie. Es schien höchst unwahrscheinlich, dass eine Atombombe aus den 1950ern in einem Privatjet transportiert werden konnte.

Um Punkt sechs Uhr früh ging sie mit einem Polizeileutnant der einheimischen Polizei zu einer Fußgängertür, die sich im Zaun der mit einem breiten Tor verschlossenen Zufahrt zum Haus befand. Die Überwachungskameras ignorierend, die auf den Mauerkronen im Bereich der Wohnbauten zu sehen waren, hebelte der Leutnant mit einem Brecheisen das Schloss auf und öffnete die Tür. Er sendete dem Team am Strand eine entsprechende Meldung, und dann gab er seinen Leuten, die hinter ihm bereitstanden, das Zeichen zum Vorrücken.

Ana marschierte bereits über die Zufahrt, als der Polizeileutnant mit seinen bewaffneten Männern folgte. Sie schwärmten auf der Zufahrt aus und näherten sich im Laufschritt dem in seiner Größe und Pracht eindrucksvollen Wohnhaus. Ana und der Leutnant gingen mit der Hälfte der Männer zur Haustür und drückten auf die Klinke. Die Tür war nicht abgeschlossen. Ana und die Polizisten zückten ihre Waffen und stürmten in das Haus.

In der Küche stieß eine dunkelhäutige Frau in einem zerschlissenen Morgenmantel beim Erscheinen der bewaffneten Männer einen schrillen Schrei aus. Sie streckte die Hände zur Decke und presste sich an eine Wand, als Ana und der Leutnant auf sie zugingen.

»Wo ist Hendriks?«, fragte der Polizist.

»Mr. Hendriks nicht hier«, stammelte die Frau. »Er vor zwei Tagen abgereist. Niemand hier außer mir.« Wie zahlreiche Bewohner der Bermudas sprach sie mit einem leichten karibischen Akzent.

»Wie heißen Sie?«, fragte Ana.

»Ich bin Rose, Mr. Hendriks' Haushälterin. Mr. Hendriks nicht hier.«

Zwei bewaffnete Polizisten, die sich vom Strand angeschlichen hatten, kamen hinter dem Haus hervor. »Auf dieser Seite ist alles klar«, sagte einer der beiden.

Der Leutnant nickte. »Okay. Dann helfen Sie bei der Hausdurchsuchung.«

Als sich die Männer entfernt hatten, nahm Ana die Haushälterin beiseite. »Rose, können Sie mir sagen, wer alles bei Mr. Hendriks war?«

»Ein paar Angestellte von Firma. Auch zwei ältere Männer … die waren da. Doktoren, ich glaube … alle wohnten in seinem Gästehaus.«

»Medizindoktoren?«

Rose zuckte die Achseln. »Ich gehört, wie Mr. Hendriks zu einem ›Doktor‹ sagte.«

»Was haben sie hier gemacht?«

»Im Garagenlabor gearbeitet. Alles geheim. Ich darf nicht dorthin.«

»Das Gebäude neben dem Wohnhaus?«

Rose nickte.

»Wie lange waren sie dort?«

»Ungefähr … zwei Wochen. Sie alle eilig abgereist, vor zwei Tagen, auch Mr. Hendriks.«

»Wohin sind sie gegangen?«

»Das … ich weiß nicht. Wahrscheinlich zu ihm nach Haus, nach Amsterdam. Ohne seine Familie, er kommt nicht mehr oft nach Bermuda.«

Der Polizeileutnant kam mit seinen Männern zurück. »Das Haus und das Grundstück scheinen leer zu sein, Agent Belowa. Ich glaube, Sie jagen einer falschen Spur nach.«

»Die Garage«, sagte sie. »Ich möchte die Garage sehen.«

Sie schlugen den Weg zu einem freistehenden Gebäude ein. Während sie sich einer Seitentür näherten, konnten sie feststellen, dass es ein größeres Bauwerk war, dessen Ausmaße von dichten Pflanzen versteckt wurden. Ein Vorhängeschloss sicherte den Eingang, und der Leutnant rief nach einem Bolzenschneider aus einem der Begleitfahrzeuge. Er durchtrennte den Schließbügel, stieß die Tür auf, und sie drängten sich hindurch.

Das Forschungslabor war noch immer vollständig eingerichtet mit Computerstationen, Testgeräten und Labortischen, die den Raum ausfüllten. Während der Leutnant eine Drohne bewunderte, die von der Decke herabhing, konzentrierte Ana ihre Aufmerksamkeit auf ein gewöhnlicheres Fahrzeug. Dicht hinter dem Haupttor stand ein betagter Tieflader. Sie registrierte das schwarz-weiße bulgarische Nummernschild an der hinteren Stoßstange.

»Leutnant!«, rief sie. »Sie waren hier! Dies ist der Lastwagen, der aus Bulgarien hierhergebracht wurde.«

Der Polizist kam herüber und betrachtete den leeren Lastwagen.

»Die Waffe ist verschwunden, wenn sie überhaupt hier war«, sagte Ana. »Wahrscheinlich wurde sie mit Hendriks und seinen Leuten ausgeflogen.«

»Vielleicht können wir ihre Anwesenheit trotzdem nachweisen.« Er winkte einem Mann, der einen langen Stab in der Hand hatte, der über ein Leitungskabel mit einer Box verbunden war. »Ein Geiger-Zähler«, sagte der Leutnant. »Wenn sie irgendwelche Teile ausgetauscht haben, gibt es vielleicht radioaktiven Müll.«

Ana nickte. »Überprüfen Sie jeden Quadratzentimeter, und dann brauche ich noch Passagierlisten und Flugpläne aller Maschinen, die in der vergangenen Woche von hier gestartet sind.«

»Ich werde sofort alles Nötige veranlassen.«

Während der Leutnant seinen Untergebenen entsprechende Anweisungen gab, ging Ana im Labor auf und ab. Tausend Fragen rasten ihr durch den Kopf. War es möglich, dass die russische Bombe funktionierte? Dass sie noch *scharf* war? Wie groß mochte sie sein – und wie stark? Und was noch wichtiger war – wohin hatte man sie gebracht?

Sie ging an einem Labortisch vorbei, der mit alten Radioröhren überladen war, und betrachtete ein großes White Board. Eine Reihe mathematischer Formeln, die man vergessen hatte wegzuwischen, war noch zu erkennen. Aber sie ignorierte die Notizen und konzentrierte sich stattdessen auf eine kleine Landkarte, die in einer Ecke der Wandtafel klebte. Sie zeigte den Abschnitt einer breiten Wasserstraße, die von Norden nach Süden verlief und auf beiden Seiten mehrere Nebenflüsse aufwies. Die Beschriftungen waren zwar in Englisch gehalten, aber sie erkannte keinen der Namen. Das heißt, keinen bis auf den Namen der Stadt an einem der westlichen Nebenflüsse, der mit einem Stern gekennzeichnet war.

*Washington, D.C.

73

Beim Betreten seines Büros in der NUMA-Zentrale spürte Pitt die ersten Vorboten des Jetlag. Es war ein imposanter Glaspalast am Ufer des Potomac, und er hatte noch keine Minute an seinem Schreibtisch gesessen, als Rudi Gunn hereinkam, zwei Tassen Kaffee in den Händen balancierend.

»Willkommen zurück im Auge des Sturms.« Er reichte Pitt eine Tasse.

»Danke, diese Starthilfe kann ich wirklich gebrauchen.«

»Du hast genau fünf Minuten, um sie zu genießen, dann müssen wir uns auf den Weg in die Stadt machen.«

Pitt blickte auf seinen Terminkalender. »Ich hatte gar nicht erwartet, dass ich heute schon irgendwelche Meetings habe.«

»Der Vizepräsident hat es erfahrungsgemäß immer eilig, wenn er sich was wünscht«, sagte Gunn. »Seine Sekretärin hat gerade angerufen. Er möchte uns in einer halben Stunde in seinem Büro sehen.«

»Weshalb diese dringende Einladung?«

»Er hat den Wunsch, mehr über den russischen Bomber zu erfahren.«

»Halleluja«, sagte Pitt. »Ich dachte schon, wir müssten uns laut schreiend auf den Boden werfen, um überhaupt jemanden darauf aufmerksam zu machen.«

»Offensichtlich hat jemand in dieser Richtung Erfolg gehabt.«

Sie schütteten den Kaffee in sich hinein, und dann brachte sie ein Wagen über die Arlington Memorial Bridge zur 17th Street und weiter nach Norden zum Eisenhower Executive Office Building. Das ausgedehnte Büro des Vizepräsidenten befand sich im zweiten Stock. Während frühere Bewohner es als formelles Büro für besondere Anlässe benutzt hatten, bevorzugte Sandecker seine relativ isolierte Lage und mied seine offiziellen Amtsräume im Westflügel.

Nachdem sie verschiedene Sicherheitsschranken überwunden hatten, betraten Pitt und Gunn das Büro, auf dessen auf Hochglanz polierten Mahagonidielen sein Inhaber wie ein gereizter Bulle hin und her stampfte.

Von eher zierlicher Statur und ausgestattet mit feuerrotem Haar und entsprechendem Temperament, war Admiral James Sandecker eine der markantesten Erscheinungen Washingtons. Sein bärtiges Gesicht hellte sich bei der Ankunft von Pitt und Gunn auf. Sandecker hatte die NUMA gegründet, und Pitt und Gunn waren unter den Ersten gewesen, die er für diese neue Regierungsinstitution angeheuert hatte. In den Jahren ihrer Zusammenarbeit hatte sich zwischen den Männern ein enges freundschaftliches Verhältnis entwickelt, das keinen Deut erkaltet war, als Sandecker auf den Platz des Vizepräsidenten berufen wurde, nachdem sein aktueller Inhaber verstorben war.

»Gut, Sie wiederzusehen, Admiral«, sagte Pitt, indem er darauf verzichtete, als Anrede seinen augenblicklichen Titel zu verwenden.

»Kommen Sie und setzen Sie sich.« Sandecker schob sie zu einem großen Konferenztisch, an dem bereits mehrere Männer in Businessanzügen Platz genommen hatten. Pitt erkannte den Direktor der Homeland Security, einen Mann namens Jimenez, am Kopfende des Tisches, flankiert von mehreren Sicherheitsexperten. Sandecker machte sie miteinander bekannt, während Pitt und Gunn zwei freie Stühle zurechtschoben und sich setzten.

Jimenez vergeudete keine Zeit und kam sofort zur Sache. »Wie wir hörten, haben Sie Kenntnis von einer herrenlosen Massenvernichtungswaffe in der Schwarzmeerregion.«

»Uns bekannte Indizien«, erwiderte Pitt, »sprechen dafür, dass eine frühe Atombombe kürzlich aus einem russischen Bombenflugzeug geborgen wurde, das vor der bulgarischen Küste ins Meer gestürzt ist. Vom Heckleitwerk der Maschine übernommene Daten bestätigen ihre Fracht.«

Er gab Gunn mit dem Kopf ein Zeichen, woraufhin dieser einen Laptop mit einem Videoprojektor verband. Das Foto einer großen silbernen Metallplatte erschien auf einer weißen Projektionswand am unteren Tischende.

»Dirk hat erst kürzlich Kenntnis von der Seriennummer der gesunkenen Maschine erhalten«, sagte Gunn. »Flugzeug Nummer 223002 ist eine Tupolew Tu-4 wie die auf dem Foto dargestellte Maschine. Es handelt sich um einen schweren Bomber aus russischer Produktion, nach dem Zweiten Weltkrieg erbaut und in Konstruktion und Design an die B-29 Superfortress der Air Force angelehnt. Unsere Maschine ist eine Tu-4A, die für den Transport einer Kernwaffe entsprechend modifiziert wurde. Das Flugzeug wurde der Siebenundfünfzigsten Bomberdivision unterstellt und in der Nähe von Odessa stationiert. In der Nacht des vierzehnten April 1955 befand sie sich auf einem Trainingsflug über dem Schwarzen Meer, als sie in einen Sturm geriet und danach nicht mehr gesehen wurde.«

Gunn rief einen bulgarischen Zeitungsausschnitt aus jener Zeit auf. »Die Russen unternahmen unter äußerster Geheimhaltung eine intensive Suche nach dem Flugzeug, aber die Bemühungen weckten die Neugier einiger Journalisten an der bulgarischen Küste. Die Einheimischen hatten keine Ahnung, dass das Flugzeug eine Kernwaffe transportierte. Aus den damaligen Meldungen, die uns zur Verfügung stehen, geht hervor, dass die Russen ihre Suche in der Nähe von Varna durchführten, etwa dreißig Meilen nördlich der Position, wo Dirk das Wrack gefunden hat.«

»Und das Frachtabteil war leer, als sie die Maschine fanden?«, fragte Jimenez.

»Richtig«, bestätigte Pitt. »Der Bombenschacht war für die Aufnahme einer einzigen Bombe konfiguriert, und Spuren an der Maschine und in ihrer Umgebung deuteten auf kürzlich durchgeführte Bergungsaktivitäten hin.«

Gunn präsentierte ein weiteres Foto. Es war ein Schwarz-Weiß-Bild von einer großen Bombe auf einem Holzgestell.

»Aufgrund des Flugzeugtyps, des Datums und der Konfiguration des Bombenschachts glauben wir, dass diese Tu-4 eine Atombombe des Typs RDS-5 an Bord hatte«, erklärte Gunn. »Dies war eine sehr frühe sowjetische Kernwaffe mit einer Sprengkraft, die dreißig Kilotonnen TNT entspricht. Sie ist ein Vorläufer der weitaus tödlicheren russischen Wasserstoffbomben und nach modernen nuklearen Maßstäben gilt sie eher als Peanuts, andererseits entwickelt sie noch immer die doppelte Vernichtungskraft der Hiroshima-Bombe.«

Einer der FBI-Agenten räusperte sich. »Wollen Sie etwa behaupten, dass die Russen vor sechzig Jahren eine Atombombe verloren und die Suche danach aufgegeben haben?«

Gunn nickte. »Es dürfte kaum die einzige sein. Tatsächlich gibt es Dutzende verlorene oder nicht mehr verifizierbare Kernwaffen aus der Zeit des Kalten Krieges. Die meisten gingen – wie die in unserer Tu-4 – im Meer verschütt.«

»Eine unserer eigenen verloren gegangenen A-Bomben wurde erst vor zwei Jahren von ein paar Sporttauchern entdeckt«, berichtete Pitt. »Es war eine Mark-15-Bombe, die von einer B-47 im Jahr 1958 in der Nähe von Savannah abgeworfen wurde.«

»Wäre diese russische RDS-5 noch funktionsfähig?«, fragte Jimenez.

»Wissenschaftler, mit denen ich mich unterhalten habe, sind dieser Meinung«, sagte Gunn. »Es besteht die berechtigte Chance, dass die Bombenhülle wasserdicht geblieben ist. Wenn nicht, wären lediglich die elektronischen Komponenten beschädigt, und die ließen sich mit moderner Technologie neu konfigurieren. Höchstens bei ihren radioaktiven Komponenten wäre mit einem Leistungsverlust zu rechnen.«

»Die Savannah-Bombe wurde völlig intakt und in gutem Zustand geborgen«, sagte Pitt, »und diese lag sogar in sauerstoff- und stark salzhaltigem Wasser. Unsere russische Bombe dagegen war einer weitaus weniger korrosivem Umgebung ausgesetzt.«

»Haben Sie irgendeine Idee, wo sich die Waffe zurzeit befindet?«, fragte Sandecker.

»Wir – und Europol – glauben, dass sie von Valentin Mankedo, einem bulgarischen Schwarzmarkthändler, geborgen wurde«, sagte Pitt. »Es gibt Gründe anzunehmen, dass man sie auf dem Luftweg entweder nach Lissabon oder auf die Bermudas gebracht hat.«

»Ich hörte, dass Europol überzeugt ist, dieser Mankedo habe in der Vergangenheit mit ukrainischen regierungsfeindlichen Rebellen Geschäftsbeziehungen unterhalten und den Auftrag gehabt, gestohlenes waffenfähiges Uran zu erwerben«, sagte Jimenez.

»Ich bin sogar Zeuge seiner Bemühungen gewesen, eine Lieferung gestohlenes hochangereichertes Uran, das von der Krim stammte, in seine Gewalt zu bringen.« Pitt registrierte Unruhe bei den Männern am Konferenztisch. »Gibt es etwa eine unmittelbare Gefahr?«

»Vor vier Tagen wurde eine C-5-Transportmaschine der Air Force auf dem Rollfeld einer ukrainischen Luftbasis in der Nähe von Kiew in die Luft gesprengt«, sagte Sandecker. »Sie hatte einen Zwischenstopp eingelegt, um zivile Hilfsgüter auszuladen, deren Lieferung zur Unterstützung der ukrainischen Regierung von unserer Administration bewilligt wurde. Drei Air-Force-Angehörige kamen bei der Explosion ums Leben, aber es gab keine verwertbaren Hinweise auf die Urheber des Attentats. Dann, gestern, erhielt die amerikanische Botschaft in Kiew ein Paket, das an den Präsidenten adressiert war.« Sandecker schlug einen Schnellhefter auf und hielt das Foto eines rußgeschwärzten Bruchstücks grauen Metalls hoch.

»Von der C-5?«, fragte Pitt.

»Es wurde zwecks gründlicher Analyse ins FBI-Labor geschickt, aber man geht eigentlich davon aus, dass es von der zerstörten Maschine stammt. Zu dem Souvenir gehörte ein Brief in russischer Sprache.«

Sandecker blätterte in weiteren Dokumenten und fand eine Kopie der Übersetzung.

»›Lieber Mr. President‹, beginnt der Brief. ›Nehmen Sie dies als erste Warnung vor einer Einmischung in die Angelegenheiten unserer Nation. Die Unterstützung der illegalen Regierung in Kiew hat auf der Stelle zu unterbleiben. Falls die amerikanische Administration nicht umgehend offiziell erklärt, jegliche finanzielle und politische Unterstützung der Regierung in Kiew einzustellen, wird der Tod über Amerika kommen und das Sternenbanner wird nicht länger über Ihrer historischen Hauptstadt wehen.‹ Unterzeichnet wurde der Brief von den Vereinigten Streitkräften von Novorossija.«

»Welche Rebellengruppe ist das denn?«, fragte Gunn.

»Diese Novorossija-Truppe ist eine Art Konföderation aller prorussischen militärischen Gruppierungen in der Ost-Ukraine«, erklärte Jimenez. »Von vielen wird diese Region Novorossija oder Neurussland genannt – ein ziemlich cleverer Schachzug, um alle Versuche zu erschweren, die Verantwortung einer einzigen Gruppe zuzuordnen.«

»Es scheint mir angesichts der Unterstützung durch die Russen ein recht gewagter Akt zu sein«, sagte Gunn.

»Die Russen selbst haben jegliche Unterstützung vehement bestritten und sind sogar so weit gegangen, jede separatistische Gruppierung von jeglicher Schuld freizusprechen. Sie nennen es eine Inszenierung.«

»Besteht die Möglichkeit, dass sie damit recht haben?«, fragte Sandecker.

»Wir nehmen ihnen das Motiv nicht ab, falls dies wirklich der Fall ist«, sagte Jimenez. »Wir vermuten, dass eine kleine, eher unbedeutende Gruppierung, die mit den Russen Hand in Hand arbeitet, die Verantwortung trägt.«

»Und Sie glauben, dass dieselben Leute die russische A-Bombe von Mankedo erworben haben?«, fragte Pitt.

»Wir haben nicht genug Informationen, um eine direkte Verbindung herzustellen, aber man könnte durchaus gewisse Vermutungen anstellen, die nicht weit von der Wahrheit entfernt sein dürften«, sagte Jimenez. »Die zeitliche Nähe zwischen dieser Drohung und Ihrem Bomberfund macht mehr als nur ein paar Leute nervös.«

»Was ist die Reaktion des Präsidenten?«, fragte Gunn.

»Er hat mit dem Kongress heftige Kämpfe ausgefochten, um die Bewilligung für Hilfsleistungen für die ukrainische Regierung zu erhalten«, sagte Sandecker. »Er hat nicht die Absicht, sein Versprechen zurückzunehmen, ihnen dabei zu helfen, ihre Demokratie zu schützen und zu bewahren.« Er sah Jimenez an. »Gleichzeitig erwartet er, dass die Homeland Security ihren Job erledigt, alle realen oder angenommenen Bedrohungen zu neutralisieren.«

»Wir arbeiten bereits daran«, sagte Jimenez. »Wir setzen sofort Ermittlerteams in Marsch: nach Lissabon, zu den Bermudas und nach Bulgarien.«

Während Jimenez seinen Satz beendete, erhielt Pitt eine Textnachricht von Ana Belowa. Er hob die Hand. »Sie können Lissabon vergessen, Mr. Secretary. Europol hat soeben ein Anwesen auf den Bermudas gestürmt, wo Beweise gefunden wurden, dass die Bombe kürzlich dort gelagert wurde. Man nimmt an, dass die Waffe dort generalüberholt und modernisiert wurde, da radioaktive Komponenten ausgebaut wurden.«

»Wo ist sie zurzeit?«, fragte Sandecker. »Was ist das Ziel dieser Leute?«

Pitt schüttelte den Kopf. »Die Frage kann Europol nicht mit letzter Sicherheit beantworten«, sagte er mit einem Blick zu Jimenez. »Aber sie tippen auf Washington.«

74

Summer blickte aus dem Flugzeugfenster auf die eilig vorüberhuschenden blauen Fluten des Mittelmeers, während der Airbus A320 den Sinkflug fortsetzte. Sie fragte sich, ob der Pilot beabsichtigte, im Meer zu landen, weil die Wellen greifbar nahe erschienen. Schließlich wurde das Blau des Wassers vom Grau eines Asphaltstreifens abgelöst, und die Maschine setzte einen Moment später auf und nutzte die gesamte Länge der eine Meile langen Rollbahn des International Gibraltar Airport, die im Meer begann und im Meer endete.

Während die Maschine zum Terminal rollte, erhaschte sie einen Blick auf den Felsen von Gibraltar. Der wuchtige Berg galt nach alter Überlieferung als die nördliche Säule des Herakles. Zusammen mit dem Dschebel Musa auf der Südseite der Straße von Gibraltar bildete er das Tor zum Mittelmeer.

Dirk beugte sich vom Nebensitz herüber und deutete auf die Steilwand des Felsens. »Ich hatte immer angenommen, der Fels zeige nach Süden, nach Afrika. Dabei zeigt die Wand tatsächlich nach Osten.«

»Ja, der Hafen von Gibraltar und die Wohnbezirke konzentrieren sich vorwiegend im Westen«, sagte Summer. »Im Reiseführer ist zu lesen, dass die spanische Stadt Tarifa sogar noch näher an Marokko heranreicht.«

Sie verließen das Flugzeug und erblickten zu ihrer Überraschung Perlmutter und Trehorne, die sie im Terminal bereits erwarteten.

»Ihr hättet uns nicht abzuholen brauchen«, sagte Summer, die sich aufrichtig freute, die beiden Geschichtsexperten wiederzusehen.

»Dieses Ländchen ist nur drei Meilen lang«, sagte Perlmutter. »Das Hotel ist lediglich einen Spaziergang entfernt.«

Dirk und Summer holten ihr Gepäck, und zu viert zwängten sie sich für die kurze Fahrt ins Zentrum von Gibraltar in ein Taxi, Perlmutter bat den Taxifahrer zu warten, während sie in einem bescheidenen Hotel eincheckten. Als sie nach ein paar Minuten zum Taxi zurückkehrten, fragte Dirk: »Wohin jetzt?«

»Ein Freund von mir – wir waren früher zusammen auf der Schule – ist Major beim Royal Gibraltar Regiment«, sagte Trehorne. »Er ist so etwas wie ein Experte, was die hiesigen kriegstechnischen Befestigungsanlagen betrifft, und deutete an, dass er ungehinderten Zugang zu den Aufzeichnungen aus dem Ersten Weltkrieg hat. Aber ich glaube, wir müssen zum Flughafen zurück, um ihn zu treffen.«

Perlmutter lächelte. »Das sollte nicht länger dauern als fünf Minuten.«

Es wurden eher zehn, als sie durch das Tor des Devil's Tower Camp geleitet wurden. Das Camp war eine kleine Basis südöstlich der Rollbahn des Flughafens und beherbergte die militärischen Streitkräfte Gibraltars. Sie gelangten zum Informationszentrum der Basis und wurden zum Büro von Major Cecil Hawker eskortiert. Mit seinen schwermütigen Augen, seinem schmalen Schnurrbart, und wie er da unter dem Porträt der Queen saß, wirkte er sehr »british«, stellten Summer und Dirk fest. Er begrüßte Trehorne herzlich, ließ sich von ihm mit den anderen Besuchern bekannt machen und bot ihnen auf einem Tisch in einer Ecke seines Büros mit Blick auf den Exerzierplatz eine Tasse Tee an.

»Ist ja eine schöne Überraschung, mal wieder von dir zu hören, Charles«, sagte er zu seinem Schulfreund. »Ich wusste gar nicht, dass du mittlerweile unter die Schatzsucher gegangen bist.«

»Wir sind gar nicht sicher, wohin diese Spur uns führen wird«, wiegelte Trehorne ab, »aber im Moment sieht es nach Gibraltar aus. Da du meines Wissens auch der Regimentshistoriker bist, ist mir niemand anderer eingefallen, den wir hier um Rat bitten könnten.«

»Das ist nur ein winziger Nebenaspekt meiner Tätigkeit«, sagte Hawker, »aber durch sie habe ich auch Zugang zum Staatsarchiv von Gibraltar. Ich habe mich bereits mit dem in Frage kommenden Zeitraum befasst und dazu Freunde in der Royal Navy konsultiert. Unglücklicherweise ging ein großer Teil der Marine-Protokolle aus dieser Zeit wie auch ein großer Teil der Regimentsgeschichte in Gestalt von wichtigen Dokumenten verloren oder wurde zerstört, als die Zivilbevölkerung von Gibraltar im Zweiten Weltkrieg evakuiert wurde.«

»Haben Sie irgendwelche Hinweise darauf gefunden, dass sich die *Sentinel* im Jahr 1917 hier befunden hat?«, fragte Perlmutter.

»Nicht in den Marine-Berichten. Aber in den Regimentsakten bin ich auf ein seltsames Dokument gestoßen.« Hawker öffnete eine Schreibtischschublade, holte einen Brief hervor und reichte ihn Trehorne.

Dieser überflog den Text. »Es ist eine Nachricht an den Regimentskommandeur, und zwar die Bitte um ein Überwachungskommando, um eine Schiffsladung zu AEB Nelson zu begleiten, wo sie vorläufig gelagert werden soll. Unterschrieben wurde der Brief von Captain L. Marsh, HMS *Sentinel.*«

»Wie lautet das Datum, Charles?«, fragte Perlmutter.

Trehorne blickte auf den Briefkopf, dann runzelte er die Stirn und schaute hoch. »Zweiter März 1917.«

Es wurde still, als hätte es allen die Sprache verschlagen, bis Summer flüsterte: »Das war nach dem Treffen mit der *Pelikan.*«

»Am selben Tag, an dem sie die Ladung Lee-Enfield-Gewehre übernahmen«, fügte Perlmutter hinzu. »Haben Sie vielleicht eine Fracht ausgeladen und eine andere übernommen?«

»Laut dem Brief ging es um eine zeitlich begrenzte Aufbewahrung«, sagte Dirk. »War irgendwo die Rede davon, dass die Fracht noch einmal bewegt wurde?«

»Ich habe nichts dergleichen gefunden«, sagte Hawker.

»Bei dem Chaos in Sankt Petersburg und angesichts Zar Nikolaus' bevorstehender Abdankung könnte der Vertrag für null und nichtig erklärt und das Gold in den Besitz der provisorischen Regierung zurückgeführt worden sein«, sagte Perlmutter.

»Das wäre eine Möglichkeit«, räumte Dirk ein, »aber Mansfields Aktivitäten lassen eher darauf schließen, dass die Russen keine Hinweise auf eine Rückgabe haben. Major Hawker, was hat dieser Hinweis auf eine Aufbewahrung bei AEB Nelson zu bedeuten?«

Hawkers Augen blitzten auf. »Diesen Hinweis fand ich hochinteressant. Sehen Sie, der Fels von Gibraltar ist ein ziemlich ungewöhnlicher Berg. Abgesehen von Dutzenden natürlicher Höhlen gibt es da noch dreißig Meilen Tunnel, die im Laufe der Jahrhunderte hineingebohrt wurden. Einige stammen aus dem achtzehnten Jahrhundert, aber die meisten wurden nach 1900 angelegt, um die Festungsanlagen auszubauen. Ich muss zugeben, dass ich selbst auch eine Schwäche für Tunnelanlagen habe, und dieser Hinweis auf Nelson hat mich an etwas erinnert. Ich hatte mir nämlich vor längerer Zeit einige ältere Pläne angesehen, und da gab es tatsächlich einen Tunnel, der mit ›Nelson‹ bezeichnet war. Er wurde nach 1880 angelegt, als die ersten Artilleriekanonen auf den Felsen geschafft wurden. Aber ich konnte keinen Hinweis auf einen Lagerraum oder einen Bunker namens Nelson oder die Buchstabenfolge AEB finden, obgleich es Hinweise auf eine weitere Bohrung sein könnten.«

»In welchem Zustand ist der Tunnel heute?«, fragte Dirk.

»Der Nelson-Tunnel und seine Nebengänge wurden 1920 wegen eines Niederbruchs geschlossen. Seitdem wurde dieser Bereich sich selbst überlassen und ist auf Dauer wegen weiterer drohender Einstürze für den Zugang gesperrt.«

»Könnten wir trotzdem einen Blick hineinwerfen?«, fragte Summer.

»Die Tunnelanlagen auf Gibraltar werden vom Verteidigungsministerium verwaltet.« Er lächelte Summer augenzwinkernd an. »Was bedeutet, dass Sie genau an der richtigen Stelle sind.«

In diesem Moment bemerkte Summer, dass über Hawkers Schreibtisch ein Lageplan hing, auf dem die Tunnel und Kammern innerhalb des Felsens eingezeichnet waren.

Er deutete auf einen Bereich an der Nordseite des Berges. »Ich habe mir die benachbarten Durchgänge angesehen und glaube, dass man in den Nelson-Tunnel mit seinen Nebengängen gelangen kann, falls es dort nicht zu weiteren Deckeneinstürzen gekommen ist.« Er wandte sich um und lächelte vielsagend. »Sie brauchen natürlich einen Führer – am besten jemanden, der den Berg und sein Innenleben so gut kennt wie seine Westentasche.«

»Können Sie uns hineinbringen?«, reagierte Summer auf diesen Wink mit dem Zaunpfahl.

»Erwarten Sie mich morgen um Punkt acht Uhr an Princess Anne's Battery. Dann werden wir sehen, was wir finden können.« Er warf einen skeptischen Blick auf Summers Füße. »Ich würde Ihnen jedoch empfehlen, robustes Schuhwerk zu wählen.«

Sie nickte eifrig. »Klar. Ich würde sogar Schneestiefel tragen, wenn es nötig wäre.«

Als sie zu dem Taxi zurückkehrten, das vor dem Informationszentrum gewartet hatte, war sie voller Elan. »Meint ihr, es besteht die Chance, dass alles noch vorhanden ist?«, fragte sie ihre Begleiter.

»Es gibt nur einen Weg, das herauszufinden«, sagte Perlmutter. »Erinnere dich, auf was wir in Kuba gestoßen sind.«

Als das Taxi das Gelände der Militärbasis verließ, passierten sie eine Limousine, die in der Nähe der Einfahrt parkte und sich sofort in Bewegung setzte. Auf dem Beifahrersitz saß Victor Mansfield mit einem kleinen Richtmikrofon auf dem Schoß. Er nahm den Kopfhörer ab, während sich Martina an das Taxi hängte.

»Gab es etwas Interessantes?«, fragte sie.

»Nein, nichts.« Er ließ Mikrofon und Kopfhörer achtlos in den Fußraum fallen.

»Das ist nicht London, fürchte ich«, sagte die russische Agentin. »Unsere technischen Möglichkeiten sind hier ziemlich beschränkt.«

Er nickte schicksalsergeben. »Stimmt. Dann bleibt uns wohl nichts anderes übrig, als ihnen zu folgen.«

75

Die Mondsichel zauberte einen silbernen Schimmer auf das ruhige Wasser und sorgte für mehr als eine Meile klare Sicht. Aus Gründen der Geheimhaltung wäre Ilya Vasko ein Wolkenbruch lieber gewesen, aber andererseits vereinfachte eine klare Nacht die Durchführung seines Vorhabens um einiges.

Vom Achterdeck eines blauen Schleppers namens *Lauren Belle* beobachtete er, wie ihn ein überladenes Containerschiff mit einer Ladung in Deutschland gebauter Autos auf seinem Weg nach Baltimore passierte. Mit der *Lauren Belle* auf einem Ankerplatz in der Nähe des Uferabschnitts von Cape Charles, Virginia, interessierte sich Vasko für die Schiffe, die mit Kurs auf die nahe gelegene Mündung der Chesapeake Bay an ihm vorbeizogen. Durch ein Fernglas studierte er jedes sich nähernde Schiff und achtete vor allem darauf, ob es einen Frachtkahn im Schlepp hatte.

Erst vor wenigen Stunden war er mit Hendriks' Privatjet auf dem Newport News International Airport auf der anderen Seite der Bucht gelandet. Erneut hatte der Holländer seine Kompetenz und Zuverlässigkeit unter Beweis gestellt, indem er einen Schlepper mitsamt Lastkahn gemietet hatte, der ihn im Hafen erwartete. Sogar die ukrainische Vier-Mann-Crew des Schiffes bestand anscheinend aus hartgesottenen vertrauenswürdigen Söldnern.

Drei Frachter und dreißig Minuten später sichtete Vasko, worauf er wartete. Ein großer hochseetüchtiger Schlepper mit ausladendem Achterdeck umrundete vom Atlantik kommend das Kap. Im

Mondlicht und im hellen Schein der Positionslichter des Schiffs konnte er erkennen, dass es einen orangefarbenen Rumpf und weiße Decksaufbauten hatte. Außerdem schleppte es einen kleinen Lastkahn. Das Sahnehäubchen war eine helle blaue Lampe, die über dem Ruderhaus erstrahlte.

Vasko nahm das Fernglas herunter und drehte sich zu dem Ukrainer um, der auf dem Deck auf und ab ging. »Das ist unser Schiff. Geben Sie das Signal.«

Der Mann schaltete einen Suchscheinwerfer an der Reling ein, richtete ihn auf das einlaufende Schiff und blendete den Lichtstrahl mehrmals aus und ein. Das blaue Licht auf dem sich nähernden Schiff blinkte eine Antwort, und der große Schlepper verlangsamte seine Fahrt und ging neben der *Lauren Belle* längsseits. Von dem Hochseeschlepper wurde eine Vertäuleine zu Vaskos Crew hinuntergeworfen und um ein hydraulisches Spill geschlungen.

Nach einem Alles-Klar-Signal, das wenige Minuten später gegeben wurde, aktivierten Vaskos Männer das Spill und zogen die Hilfsleine und die Schlepptrosse zwischen dem orangefarbenen Schiff und dem Lastkahn ein. Während sie die Trosse übernahmen, wurde eine Holzkiste herabgelassen und hinter dem Ruderhaus der *Lauren Belle* deponiert.

Der Kahn hatte einen Abstand von fast einhundert Metern zu dem Hochseeschlepper gehabt, aber Vasko zog ihn bis auf zwanzig Meter an die *Lauren Belle* heran. Er rief dann zu dem Schiff hinauf, dass der Transfer ausgeführt werden solle. Der orangefarbene Schlepper zog zu einem zweiten Lastkahn vor, den Vasko in geringer Entfernung stromaufwärts an einer Vertäuboje festgemacht hatte. Der Hochseeschlepper vollzog den Austausch und vertäute den Kahn an seinem Heck.

Das orangefarbene Schiff schob sich vorwärts und nahm den Ersatzkahn in Schlepp. Unter dem Nachthimmel erschienen die beiden Frachtkähne absolut gleich. Vasko schaute dem Schlepper und seiner neuen Last nach, als er in die Bucht hinauffuhr und in der Ferne verschwand. Dann wandte er sich an seine Mannschaft. »Zieht den Kahn zum Heck.«

Sie aktivierten wieder das Spill und bewegten den Kahn wie ein Spielzeugschiff durchs Wasser. Als der Bug des Kahns das Heck der *Lauren Belle* berührte, schwang sich Vasko über die Reling und sprang an Bord. Ebenso wie der Kahn, den er soeben abgegeben hatte, besaß das plumpe Schiff vier Frachträume, die zugedeckt waren. Vasko ging an den ersten dreien vorbei bis zum letzten, der sich am Heck befand, und löste die Verschlüsse der Abdeckung. Er hob sie hoch und leuchtete mit einer LED-Lampe hinein. Der Laderaum war leer.

Auf einer rostigen Leiter kletterte er in den Laderaum hinab und durchsuchte ihn sorgfältig. Vor der Rückwand fand er, was er suchte: zwei kleine in braunes Papier eingewickelte Pakete wie jenes eine im Bauernhaus in der Ukraine. Er ließ beide Pakete an Ort und Stelle liegen und fand ein Ledertäschchen am Fuß der Leiter, in dem sich ein einfacher Funksender befand.

Vasko nahm die Tasche an sich, kletterte aus dem Laderaum heraus und verschloss ihn mit der Abdeckung, dann ging er zum ersten Frachtraum. Er vergewisserte sich, dass sich keine anderen Schiffe in der Nähe befanden, danach hob er die Abdeckung an und schlüpfte hinein. Am Fuß der Leiter drehte er sich um und erblickte die RDS-5-Bombe.

Die Atomwaffe ruhte auf einer schweren Holzpalette und war mit breiten Leinengurten auf dem Deck gesichert. Während ihrer Generalüberholung und Modernisierung war die Bombe mit einem schwarzen Farbanstrich versehen worden, der ihr ein bedrohliches Aussehen verlieh. Vasko untersuchte die Waffe mit Hilfe seiner Taschenlampe, bis er die Kontrollbox fand, die sich auf der runden Hülle dicht vor dem Heckleitwerk befand. Er schraubte den gläsernen Deckel auf und hatte Zugriff auf eine Reihe von Skalen und LED-Displays. Alle waren dunkel. Doch er fand einen kleinen unscheinbaren Schalter unterhalb der Anzeigeinstrumente. Er hielt die Luft an, als er in die Kontrollbox hineinreichte und den Schalter umlegte.

Die Skalen und LED-Displays erwachten zu blinkendem Leben. Er wartete einen Moment, bis die Elektronik vollständig aktiviert war, dann überprüfte er eins der Leuchtdisplays. Nachdem er sich vergewissert hatte, dass es die Zahl 25 zeigte, schloss er den Glasdeckel. Die Bombe war aktiviert, einfach so. Alles, was er jetzt noch tun musste, war, die Lieferung auszuführen.

Er verschloss den Laderaum, kehrte auf den Schlepper zurück und befahl der Mannschaft, den Anker zu lichten und zu starten. Während Qualm aus dem Schornstein wallte und die *Lauren Belle* allmählich Fahrt aufnahm, betrachtete Vasko den tödlich schwarzen Frachtkahn und ließ sich die vielen Möglichkeiten, zehn Millionen Dollar auszugeben, durch den Kopf gehen.

76

Die Morgensonne heizte bereits die Steinplatten um Princess Anne's Battery auf, als Summer, Dirk, Perlmutter und Trehorne aus dem Taxi stiegen. Über eine gewundene Straße auf der Nordseite des Felsens waren sie auf seine Kuppe gelangt. Eine offene Geschützstellung befand sich auf einem Felsvorsprung mit freiem Blick auf den Flughafen und die Küste von Spanien.

Hawker erwartete sie bereits mit einer Leinentasche über der Schulter. »Guten Morgen«, begrüßte er sie. »Wie ich sehe, hatten Sie keine Probleme herzufinden.«

Summer blickte auf die Küste hinunter. »Ein wunderschöner Aussichtspunkt«, sagte sie.

»Ja, und ein in der Geschichte der Verteidigung Gibraltars besonders wichtiger Ort. Die ersten Kanonen wurden 1732 während der Großen Belagerung von Gibraltar hier oben aufgestellt, als die Spanier und Franzosen versuchten, uns von hier zu vertreiben. Englische Streitkräfte hielten über drei Jahre lang die Stellung, ehe die Belagerung abgebrochen wurde.«

»Über die Landenge von Spanien aus anzugreifen wäre bei einer eingespielten Geschützmannschaft sicherlich der reinste Selbstmord gewesen«, sagte Trehorne.

»Ganz sicher sogar. Diese Bastion war bis in die 1980er Jahre bemannt.« Hawker deutete auf eins von vier 12,7-cm-Geschützen aus dem Zweiten Weltkrieg, die ringsum aufgestellt waren. »Die einzelnen Geschützbatterien waren untereinander durch Tunnel verbunden, die einige Jahrzehnte alt waren. Der Eingang zum Tunnelsystem befindet sich hinter dieser Mark-1-Kanone da drüben.«

Er führte sie über einen Parkplatz, auf dem einige Touristen nicht weit von einer grauen Limousine standen, die soeben erst eingetroffen war, und das Panorama betrachteten. Hawker ging an der Geschützstellung vorbei auf eine Stahltür zu, die in den Fels eingelassen war. Er holte einen Messingring mit mehreren Schlüsseln hervor, wählte einen aus und schob ihn in das altertümliche Schloss. Er ließ sich erstaunlich leicht drehen, der Mechanismus gab mit einem Klicken nach, und Hawker zog die Tür auf. Dahinter kam ein unbeleuchteter Tunnel zum Vorschein, aus dem ein Schwall kalter Luft drang.

»Ein Hintereingang, wenn Sie so wollen.« Er öffnete seine Leinentasche und holte eine Kollektion Stablampen und Schutzhelme hervor. »Ich kann aus eigener Erfahrung bestätigen, dass es kein Vergnügen ist, sich den Kopf an einem Kalksteinlüster einzurennen.« Er stülpte sich den letzten Helm auf den Kopf.

Der dunkle Tunnel war so breit und hoch, dass sie bis auf Dirk und Summer in aufrechter Haltung hindurchgehen konnten. Sie kamen an einem leeren Nebenraum vorbei, der, wie Hawker erläuterte, früher einmal als Munitionslager für die Batterie gedient hatte. Danach verengte sich der Tunnel so weit, dass Perlmutters imposante Gestalt gelegentlich mit den Seitenwänden in unsanften Kontakt kam.

Je weiter sie in den Fels vordrangen, desto kühler und feuchter wurde die Luft. Summer nahm einen modrigen Geruch wahr und glaubte fast, die Gespenster der Vergangenheit hören zu können.

»Bitte achten Sie darauf, dass wir dicht zusammenbleiben«, sagte Hawker. »Ich möchte keinen von Ihnen verlieren.«

Die Seitenwände des Tunnels rückten weiter zusammen, und Hawker zögerte, als ein zweiter Tunnel ihren Weg kreuzte. Die Abzweigung nach rechts war durch eine Kette versperrt, an der ein Schild mit der Aufschrift DURCHGANG VERBOTEN befestigt war.

Hawker stieg über die Sperre. »Hier entlang müssten wir zu Nelson gelangen.«

Als ihm die anderen folgten, stießen sie mit ihren Helmen des Öfteren an die niedrige Decke. Hawker deutete auf vereinzelte Meißelspuren über ihren Köpfen. »Diese Gänge wurden im achtzehnten und neunzehnten Jahrhundert von Hand aus dem Fels herausgehauen. Sprengstoff kam nur selten zum Einsatz. Es sind Ausläufer der Tunnel, die während der Großen Belagerung entstanden. Bis zum Nelson-Sektor dürfte es nicht mehr weit sein.«

Dirk wandte sich an seine Schwester. »Ein ziemlich weiter Weg für das Gold.«

»Womit es aber auch sicherer aufgehoben ist«, sagte sie.

Sie schlängelten sich durch einen vielfach gewundenen Tunnelabschnitt und gelangten zu einer Kammer. Hawker ging weiter bis zu einem im Fels eingelassenen rostigen Eisentor, das geschlossen war, und richtete den Lichtstrahl seiner Lampe durch die Gitterstäbe. Nicht allzu weit hinter dem Tor tauchte ein nahezu senkrechter Schacht in der Dunkelheit auf.

Hawker sah seine Begleiter mit einem bedauernden Lächeln an. »Das wär's dann. Aus Dokumenten geht hervor, dass es während der ursprünglichen Grabungsarbeiten zu einem Einsturz kam. Der Schacht wurde in den 1880ern ausgeräumt, um einen Lagerraum zu schaffen, vermutlich für Schießpulvervorräte. Offensichtlich hat sich Jahre später ein zweiter Einsturz ereignet, danach wurde der Gang gesperrt.«

»Wurde er nach Admiral Nelson benannt?«, fragte Dirk.

»Die Schlacht von Trafalgar fand 1805 statt. Lord Nelson wurde tödlich verwundet, und sein Schiff, die HMS *Victory*, ist zur Reparatur nach Gibraltar geschleppt worden. Mehrere Mitglieder der *Victory*-Mannschaft sind auf dem Trafalgar Friedhof in der Stadt begraben. Zweifellos wurde der Tunnel nach ihm benannt.«

Hawker holte seine umfangreiche Schlüssel-Kollektion hervor, aber keiner von ihnen passte ins Schloss. Nach mehreren vergeblichen Versuchen, den Schließmechanismus zu überlisten, bat ihn Perlmutter, zur Seite zu treten. Indem er seine Körpermasse einsetzte, hob der Seefahrt-Historiker einen Fuß und trat mit voller Wucht gegen das Eisengitter. Mit einem protestierenden Knirschen flog es auf.

Der große Mann warf einen Blick über den Abgrund und schüttelte den Kopf. »Ich fürchte, jetzt müssen wieder Sie übernehmen.«

Hawker näherte sich auf allen vieren der Kante und richtete den Lichtstrahl seiner Lampe in die Tiefe.

»Es dürften sechs bis sieben Meter bis zum Grund sein.« Er öffnete seine Tasche und holte ein Nylonkletterseil hervor. »Wenn zwanzig Meter nicht ausreichen, dann haben wir ein größeres Problem.« Er band ein Seilende um den Torpfosten. »Hat jemand Lust, mich beim Abstieg zu begleiten?«

Dirk und Summer traten vor, aber Perlmutter und Trehorne schüttelten die Köpfe.

»Sie brauchen hier oben zwei alte Maultiere, um Sie wieder hochzuziehen«, sagte Trehorne. »Julien und ich halten uns bereit.«

Hawker führte das Seilende zwischen den Beinen hindurch, zog es von der rechten Hüfte nach oben und legte es sich über die linke Schulter, um es hinter dem Rücken zu ergreifen. Auf diese Weise – im sogenannten Dülfer-Sitz – gegen Abstürze gesichert, trat er über den Rand des Schachts und ließ sich in die Tiefe rutschen, wobei er die Reibung des Seils um seinen Körper als Bremse nutzte. Nach weniger als einer Minute meldete er sich. »Alles klar!«

Summer seilte sich als Nächste ab, hängte die Lampe an ihren Gürtel und legte sich das Seil auf die gleiche Weise um Gesäß und Oberkörper. Dann ließ sie sich langsam abwärts rutschen und hielt mit den Füßen ausreichend Distanz zu der glatten Kalksteinwand des Schachts. Nach etwa drei Metern erweiterte sich die enge Röhre zu einer offenen Kammer, deren Decke während der Ausgrabungen nachgegeben hatte. Hawkers Licht geleitete sie auf den Boden, und nun glitt sie die letzten Meter abwärts und landete neben ihm.

»Gut gemacht«, lobte er. »Ich glaube, es sind fast zehn Meter.«

Er half ihr, sich von dem Seil zu befreien, und rief zu Dirk hinauf, er könne sich auf den Weg machen.

»Es wäre erheblich weniger nervenaufreibend gewesen, wenn jemand das Licht hätte brennen lassen«, sagte sie.

Ein paar Sekunden später stand Dirk neben ihr. Sie schwenkten ihre Lampen hin und her und fanden in der Höhle haufenweise Gesteinstrümmer und einen kleinen Seitengang in der Felswand rechts von ihnen.

Dirk richtete den Lichtstrahl seiner Lampe auf die Öffnung. »Bitte nach Ihnen, Major.«

»Mit Vergnügen.« Hawker bückte sich und kroch in den Tunnel hinein, Summer blieb fast auf Tuchfühlung hinter ihm. Nach einer kurzen Strecke gelangte das Trio in einen quadratischen Raum von etwa sieben mal sieben Metern Grundfläche. Bis auf ein Rahmengestell in einer Ecke war der Raum jedoch vollkommen leer. Summer ging an seinem Rand entlang und suchte am Boden und an den Wänden nach irgendwelchen Spuren, die darauf hindeuteten, dass dort ein russischer Schatz gelagert worden war, fand jedoch nichts dergleichen.

Während Hawker das Gestell inspizierte, stieg ihm der schwache Geruch von Schießpulver in die Nase. »Das sieht aus wie ein Musketenständer. Ich wette, dass dieser Raum als Lager für Kleinwaffen und vielleicht auch Schießpulver gedient hat.«

»Aber nicht für Gold«, sagte Summer.

»Es scheint nicht so.«

Sie hörte ein Echo von Perlmutters Stimme und kehrte in die Höhle zurück, in die sie sich abgeseilt hatten. »Julien?«, rief sie.

»Summer, was habt ihr gefunden?«, hallte seine Stimme ungeduldig.

»Nichts, fürchte ich.«

»Das Gold. War es dort?«

»Nein, so wie es aussieht, ist es niemals hier gewesen. Wir kommen gleich wieder rauf.«

Sie wollte schon kehrtmachen, um zu Dirk und Hawker zurückzukommen, dann zögerte sie. Etwas war nicht in Ordnung. Sie ließ den Lichtstrahl ihrer Lampe durch die Höhle wandern, dann erkannte sie, was fehlte.

Das Seil war verschwunden.

»Julien!«, rief sie. »Wo ist unser Seil?«

Sie erhielt keine Antwort.

77

Während Perlmutter und Trehorne auf eine Reaktion von ihren Gefährten warteten, erschreckte sie eine scharfe Stimme hinter ihrem Rücken derart heftig, dass sie beinahe in den Schacht gestürzt wären.

»Bitte, nehmen Sie die Hände hoch und treten Sie rückwärts an die Wand«, sagte Mansfield mit strenger, aber höflicher Stimme.

Die beiden Historiker fuhren herum und sahen Mansfield und Martina, die nur wenige Schritte von ihnen entfernt standen und Pistolen auf sie richteten. Die Männer wichen vom Schacht zurück, bis sie von der Höhlenwand aufgehalten wurden.

Mansfield knipste eine Kugelschreiberlampe an, trat an den Schachtrand und blickte hinunter. Die fernen Stimmen von Dirk, Summer und Hawker hallten herauf. Er kniete sich hin, zog das Seil herauf und warf es zu Martina hinüber. Wortlos holte sie ein Klappmesser hervor und zerteilte es in kürzere Abschnitte.

»Hübsches Versteck«, sagte Mansfield und wandte sich zu den Männern um. »Hatten Sie Erfolg?«

Als keiner der beiden antwortete, richtete Mansfield seine Waffe auf Perlmutter. »Kommen Sie doch mal an den Rand. Fragen Sie Ihre Freunde, was sie gefunden haben.«

»Hören Sie …«

Mansfield drückte die Pistolenmündung von der Seite gegen Perlmutters Hals. »Sparen Sie es sich für Ihre Freunde auf«, flüsterte er.

Perlmutter befolgte den Befehl und ließ sich von Summer berichten. Dann zwang Mansfield ihn, sich neben Trehorne zu knien, während Martina ihre Handgelenke und Ellbogen mit kurzen Abschnitten des Kletterseils hinter ihren Rücken zusammenschnürte.

»Fesseln Sie die Füße des fetten Kerls und bringen Sie den anderen weg«, sagte Mansfield.

Martina fixierte Perlmutters Fußknöchel, ergriff wieder ihre Pistole und zog Trehorne aus seiner knienden Haltung hoch. Dann nahm sie ihm die Taschenlampe ab und ging mit ihm im Tunnel bis um die erste Biegung.

Als Summer von unten heraufrief, ging Mansfield zu Perlmutter hinüber, versetzte ihm einen Fußtritt gegen die Schulter und warf ihn auf den Rücken. »Sie kennen sich doch so gut in Geschichte aus, nicht wahr? Warum erzählen Sie mir nichts vom Gold der Romanows?«

Perlmutter schüttelte den Kopf. »Ich lasse mich nicht erpressen. Von nichts und niemandem!«

Mansfield nickte, dann griff er nach einem Seilfragment, band es um Perlmutters Kopf und verknotete es vor seinem Mund.

Der Russe erhob sich und nahm dabei ein weiteres Seilfragment. »Ich werde mal mit Ihrem Freund reden. Gehen Sie nicht weg.«

Er verschwand im Seitengang und um die Biegung, hinter der Martina mit Trehorne wartete. Sie hatte einen Reiseführer und einen zusammengefalteten Bogen Papier in der einen Hand und eine Pistole in der anderen.

»Ich habe ihn durchsucht, und dies hatte er bei sich.« Sie reichte Mansfield ihre Funde.

Er überflog den Buchtitel. *»Der Fels von Gibraltar und seine Höhlen und Tunnel.* Sehr praktisch.« Er ließ das Buch achtlos auf den Boden fallen.

Dann faltete er das Papier auseinander und studierte es im Licht seiner Kugelschreiberlampe. Es war eine Kopie des Briefs, in dem der Kapitän der *Sentinel* um zusätzlichen Schutz für die Ladung seines Schiffes bat. »Das ist schon viel interessanter. Demnach hat die *Sentinel* tatsächlich die Fracht der *Pelikan* übernommen und sie hierhergebracht. Aber sie wurde nie nach England verschifft, oder?« Er wedelte mit dem Pistolenlauf unter Trehornes Kinn herum.

»Ein Beweis dafür war nicht zu finden«, sagte Trehorne.

»Und dieser Tunnel. Ist das AEB Nelson?«

Trehorne nickte.

»Wer ist Ihr Army-Freund?«

»Major Cecil Hawker vom Royal Gibraltar Regiment. Ein Experte für die Tunnelanlagen von Gibraltar.«

»Aber nicht für das Gold Gibraltars«, sagte Mansfield. »Wenn es nicht dort ist, wo ist es dann?«

Trehorne schüttelte den Kopf.

Der enttäuschte Ausdruck in Trehornes Augen überzeugte Mansfield, dass er die Wahrheit sagte. Der Russe reichte Martina ein Stück Kletterseil. »Fesseln Sie seine Füße«, sagte er in befehlsgewohntem Ton und fügte ein hastiges »Bitte« hinzu, als er unter ihren hochgezogenen Augenbrauen den eisigen Blick sah, mit dem sie ihn musterte.

Dann hob er seine Pistole und richtete sie auf Trehornes linkes Auge. »Danke für Ihre Hilfe.«

Der Schuss hallte wie ein Kanonenschlag durch den Tunnel. Perlmutter zuckte bei dem Klang zusammen, schlug ein paar Sekunden später die Augen auf und sah Mansfield, der mittlerweile vor ihm stand.

Der Russe befreite Perlmutter mit einer Hand von seinem Knebel und richtete gleichzeitig mit der anderen Hand die Pistole auf ihn. »Ihr Freund war nicht sehr mitteilsam. Erzählen Sie mir, was Sie hier zu suchen haben.«

Perlmutter schluckte krampfhaft. »Dies ist Nelsons Tunnel.« Er blickte zu dem offenen Schacht hinüber und fasste für den Russen die Ergebnisse ihrer Recherchen zusammen, die sie an diesen Ort geführt hatten.

»Wo sollte das Gold sein, wenn nicht hier?«, fragte Mansfield.

Perlmutter zuckte die Achseln. »Ich habe keine Ahnung. Vielleicht wurde es nach Russland zurückgebracht.«

Mansfield fixierte den Knebel wieder. »Sie und Ihr Freund sind ein cleveres Paar. Leben Sie wohl.« Er entfernte sich durch den Tunnel, in dem der Lichtpunkt seiner kleinen Lampe schnell verblasste und schließlich verschwand.

Vom Grund des Schachtes rief Summer um Hilfe. Perlmutter suchte sich tastend einen Weg durch die Dunkelheit, näherte sich dabei der Kante des Schachts und beugte sich vor, um hineinzublicken. Taschenlampenlicht erhellte die steile Innenwand des nahezu senkrechten Tunnels. Er konnte erkennen, dass seine Freunde in der Falle saßen.

Während er über den rauen Höhlenboden kroch, hatte Perlmutter das Gefühl, einen Schwanz hinter sich herzuziehen. Nachdem sie ihn gefesselt hatte, war ein längeres Stück Seil übrig geblieben, das Martina achtlos neben seinen Füßen liegengelassen hatte. Die Füße hatte sie mit einem sicheren Knoten zusammengebunden, noch mehrmals mit dem Seil umschlungen und diese Schlingen dann mit einem leichten Knoten gesichert. Wenn er es schaffte, diese Schlingen zu lösen, wäre am Ende vielleicht ausreichend viel freies Seil vorhanden, um damit etwas Gutes zu tun.

Perlmutter entfernte sich kriechend von der Öffnung und wischte auf der Suche nach einem Stein mit der Hand über den Boden. Stattdessen fand er die Kante des Torflügels. Indem er einen Fuß darunterklemmte, krümmte er sich, streckte die Hand nach seinen Füßen aus und versuchte, das Seilende und den letzten Knoten zu fassen zu bekommen. Dabei musste er sich ausschließlich auf seinen Tastsinn verlassen und kam sich vor, als hätte er eine Tüte über dem Kopf. Während der nächsten Minuten wiederholte er diesen Versuch noch einige Dutzend Mal, bis seine Beine schmerzten und sein Atem in heftigen kurzen Stößen kam. Schließlich spürte er, wie die letzte Schlinge auf seine Füße rutschte – und er wusste, dass er es geschafft hatte. Er wälzte sich herum und kroch zum Rand der Schachtöffnung zurück. Dort drehte sich der massige Mann herum und schob die Beine – und das freie Seilende – über den Schachtrand, während er durch sein Körpergewicht fest auf dem Höhlenboden verankert war.

In der Höhle darunter ging auf Summer plötzlich ein wahrer Geröllregen nieder. Sie richtete die Lampe nach oben und sah Perlmutters stattliche Gehwerkzeuge mitsamt einem drei Meter langen Seilende an den Füßen von dem Loch in der Höhlendecke herabhängen.

»Julien!«, rief sie.

Mit den Beinen vollführte er eine heftige Bewegung, sodass der Rest des Seils hin und her pendelte.

Hawker kam herüber und blickte in den Schacht hinauf. »Ich fürchte, es ist zu hoch, um es mit den Händen zu erreichen.«

»Vielleicht schaffen wir es, wenn wir hier unten etwas finden, auf das wir hinaufsteigen können«, sagte Dirk. »Major, könnten Sie mir mal bei diesem Gewehrständer behilflich sein?«

Er ging mit Hawker in den Lagerraum. Sie zogen das Musketenregal von der Wand weg und schleppten es zum Schacht.

Mit seiner Lampe beleuchtete Dirk das pendelnde Seil und versuchte seine Höhe zu schätzen. »Ich könnte es vielleicht erreichen, wenn ich auf den Gewehrständer klettere.«

»Aber nur, wenn Sie sich dabei nicht das Genick brechen«, sagte Hawker und überprüfte die Stabilität des antiken Möbelstücks.

Sie schoben das Gestell unter das Seil, und Dirk turnte zu seiner schmalen Krone hinauf, während Hawker den Ständer festhielt. Summer streckte sich und stützte seine Beine, während er sich vollständig aufrichtete und bemühte, die Balance zu halten. Er streckte sich zwar, aber das Seil befand sich noch immer einen knappen halben Meter außerhalb seiner Reichweite.

»Halten Sie bloß dieses Ding fest, Major«, sagte Dirk, dann legte er den Kopf in den Nacken und rief: »Halt dich bereit, Julien, ich komme zu dir.«

Er ging leicht in die Knie und stieß sich dann von dem Gewehrständer ab, das Ende des Seils über seinem Kopf fest im Auge. Er erwischte es mit einer Hand, schwang vorwärts und fasste mit der anderen Hand nach.

Der unvermittelte Ruck zerrte Perlmutter zum Rand der Bodenöffnung, und der schwere Mann bemühte sich, seine Position zu halten. Er ächzte schmerzgepeinigt, während Dirk sich Hand über Hand am Seil hochzog, bis er es auch zwischen seine Beine klemmen und zum oberen Ende hinaufklettern konnte.

Als er sich über den Rand des Schachts schob, rutschte Dirk beinahe ab. Er rollte sich auf den Rücken und blieb einige Sekunden lang reglos und nach Atem ringend liegen. »Vielleicht sollten wir beide zum Zirkus gehen, was meinst du?«, fragte er Perlmutter zwischen keuchenden Atemzügen.

Da er nur einen undeutlichen, halberstickten Kommentar hörte, holte Dirk seine Taschenlampe aus der Gesäßtasche und richtete den Lichtstrahl auf den gefesselten Mann. Mit dem Knebel beginnend, befreite er ihn schnellstens aus seiner misslichen Lage.

Perlmutter massierte seine Fußgelenke. »Du hast mir fast die Beine abgerissen.«

»Tut mir leid, ich musste springen. Wo ist Trehorne?« Dirk ließ den Lichtstrahl durch den Felsenraum wandern.

Niedergeschlagen schüttelte Perlmutter den Kopf. »Hast du den Schuss nicht gehört?«

»Doch, das habe ich.« Die Worte kamen im Flüsterton über Dirks Lippen. »Lass uns die anderen heraufziehen.«

Er verknüpfte einige lose Seilenden miteinander, befestigte das so entstandene geflickte Rettungsseil am Tor und ließ das andere Ende in den Schacht hinab. Als Summer meldete, dass sie die Rettungsleine um ihren Körper gesichert hatte, zogen die beiden Männer sie hoch.

Hawker folgte kaum eine Minute später. »Was zum Teufel ist hier oben passiert?«, fragte er.

»Unsere russischen Freunde haben uns die Ehre ihres Besuchs gegeben«, sagte Perlmutter. »Dabei haben sie Charles und mich überrumpelt.«

»Mansfield? Hier in Gibraltar?«, fragte Summer entgeistert.

»Ja, und die Frau ebenfalls. Sie haben Charles mitgenommen …« Er deutete auf den Tunneleingang und ging in seine Richtung. Wachsam nach allen Seiten sichernd, führte er seine Gefährten um die Biegung, dann hörte er ein lautes Schnarchen. »Schnell, die Lampe!«

Summer reichte ihm ihre Taschenlampe, und er richtete den Lichtstrahl in den Felsengang vor ihnen. Sie gewahrten Trehorne, der gefesselt auf dem Boden lag. Von Blut war nichts zu sehen.

»Charles?«, fragte Perlmutter ungläubig.

Trehornes Augen öffneten sich, und er blinzelte heftig. »Ich muss eingeschlafen sein. Kann jemand mal dieses verdammte grelle Licht wegnehmen? Es ist kaum zu ertragen.«

Perlmutter und Summer beeilten sich, ihn loszubinden.

»Wir hatten tatsächlich angenommen, sie hätten Sie erschossen«, sagte Hawker und half ihm aufzustehen.

»Das hatte ich anfangs ebenfalls befürchtet – für einen Moment.« Trehorne massierte seine Schläfen. »Der Idiot hat die Pistole ganz dicht neben meinem Ohr abgefeuert. Ich kann nicht fassen, dass sie es geschafft haben, uns hierher zu folgen.« Er sah die anderen mit einem Ausdruck des Bedauerns an. »Ich fürchte, sie haben den Brief über die Fracht der *Sentinel* mitgenommen. Ich hatte eine Kopie in der Tasche.«

»Damit kommen sie nicht außer Landes«, versprach Hawker.

»Der Brief ist nicht so wichtig. Aber sie wissen nun alles, was auch wir wissen.«

»Und bisher hat uns das nicht besonders weitergeholfen«, sagte Perlmutter, während er seine Handgelenke massierte.

»Das stimmt«, sagte Trehorne und sah sich im Tunnel um. »Was mir Sorgen macht, ist auch eher das, was sie von dem Gold wissen – und das *wir* nicht wissen.«

78

Hawker traf sie am Nachmittag in einem Gartencafé neben ihrem Hotel an, wo sie bei Tapas und Drinks ihre Wunden leckten. Perlmutter und Trehorne arbeiteten bereits an ihrem dritten Scotch, während Dirk und Summer viel zu sehr an ihrer Niederlage zu knabbern hatten, um mehr als nur ein Glas Sangria hinunterzubekommen. Summer versuchte, sich in Trehornes Gibraltar-Reiseführer zu verlieren, den sie im Tunnel aufgehoben und eingesteckt hatte.

»Einige ermutigende Neuigkeiten«, meldete Hawker, während er sich auf einen Stuhl sinken ließ. »Die Royal Gibraltar Police ist zurzeit auf der Suche nach zwei Russen. Flug- und Schiffshafen sind in den Alarmzustand versetzt, und bis zum Abend dürfte jedes größere Hotel durchsucht worden sein. Es ist nicht so einfach, sich in Gibraltar zu verstecken. Wir werden sie finden.«

»Nett von Ihnen, dass Sie uns helfen, Major«, sagte Perlmutter, »aber es hätte wenig Sinn, sie jetzt aus dem Verkehr zu ziehen.«

»Nach dem, was sie mit Ihnen und Charles gemacht haben, und obwohl sie es letztlich darauf angelegt haben, uns alle umkommen zu lassen?«

»Julien hat recht«, sagte Trehorne. »Es war eine unangenehme Geschichte, aber unterm Strich ist nichts Schlimmes geschehen.« Er blickte auf sein halbleeres Glas und konnte den enttäuschten Ausdruck in seinen Augen nicht kaschieren. »Wir sind nach Gibraltar gekommen, um das Gold zu suchen und schneller zu sein als sie. So wie es scheint, gibt es aber kein Gold, das darauf wartet, gefunden zu werden.«

»Trotzdem ergibt das Ganze keinen Sinn«, sagte Dirk. »Es existiert kein Beweis, dass es nach England geschickt oder nach Russland zurückgebracht wurde.«

»Unser einziger konkreter Anhaltspunkt ist der Brief von Kapitän Marsh von der *Sentinel.*« Perlmutter betrachtete seinen Scotch. »Diese Spur haben wir verfolgt und offensichtlich eine Niete gezogen.«

»Aber was wäre, wenn wir lediglich an der falschen Stelle nachgeschaut haben?« Summer ließ den Reiseführer sinken und lächelte hoffnungsvoll.

»Worauf wollen Sie hinaus?«, fragte Trehorne.

»Ein Kapitel in Ihrem Buch behandelt historische Höhlen in Gibraltar. Genannt wird eine Höhle namens La Bóveda – die eine Zeitlang im neunzehnten Jahrhundert auch als Nelson's Cave bekannt war.«

»Nelson's Cave, sagst du?« Perlmutter hatte plötzlich seine volltönende Stimme wiedergefunden.

»Ja. Das einzige Problem ist, dass diese Höhle dem Buch zufolge im Jahr 1888 gesperrt wurde.«

Hawker starrte ins Leere und suchte in seinem Gedächtnis. »La Bóveda. Das ist Spanisch für *The Vault.* Irgendwann muss auf diesem Platz eine Kirche mit einem solchen Gewölbe oder einer Gruft gestanden haben. Ich habe den Namen schon mal gehört, kann mich aber nicht an den Ort erinnern.«

»Im Buch steht, der Zugang habe sich früher unter der Adresse Lime Kiln Steps Nummer 12 befunden.«

»Das ist nur ein paar Straßen von hier entfernt.« Hawker wurde blass. »O mein Gott. Lime Kiln Steps Nummer 12. Du liebe Güte.« Er reichte über den Tisch und trank einen kräftigen Schluck aus Trehornes Glas.

»Was ist denn über Sie gekommen, Cecil?«, fragte Trehorne irritiert.

»Alles ergibt einen Sinn. Es war mein Fehler, fürchte ich. Mein Fehler.« Er stellte das Glas mit zitternder Hand auf den Tisch und starrte die anderen mit großen Augen an. Er schüttelte den Kopf und murmelte: »Wo sonst hätten sie es deponieren sollen?«

Martina saß auf dem Balkon ihrer kurzfristig gemieteten Wohnung, die im zweiten Stock lag, und sonnte sich anscheinend. In Wirklichkeit beobachtete sie jedoch aufmerksam das Fußgängertreiben auf der Straße vor dem Haus. Als sie hörte, dass Mansfield sein Telefongespräch im angrenzenden Wohnzimmer beendet hatte, ging sie hinein und schloss die Balkontür hinter sich. »Haben Sie sich um ein Schiff oder ein Boot gekümmert, mit dem wir von Gibraltar wegkommen?«

»Nun – nein.« Er lächelte sie amüsiert an.

»Wir sind hier nicht mehr sicher. Wir sollten noch heute verschwinden.«

»Verschwinden?« Er lachte. »Wo wir gerade fündig geworden sind?«

»Was meinen Sie?«

»Der Brief, den Sie diesem englischen Geschichtsheini abgenommen haben.« Er winkte mit Trehornes Kopie. »Er enthält die Antwort auf alles.«

»Aber wir waren doch im Nelson-Tunnel. Sie sagten, er sei leer. Haben sie uns angelogen?«

»Nein. Diese Narren sind dem falschen Hinweis hinterhergejagt. Aus einer plötzlichen Eingebung heraus habe ich Ihren Bank-Freund in London angerufen, um zu hören, ob er irgendwelche Kontakte in Gibraltar hat. Ich las Bainbridge den Brief vor, und er sagte, die Antwort sei offensichtlich.«

»Was war so offensichtlich?«

»Der Lagerort. Es wurde bei AEB Nelson deponiert. Mit ›Nelson‹ konnte er nichts anfangen, aber er meinte, AEB könne nur einen einzigen Ort bezeichnen. Die Anglo-Egyptian Bank.«

»So etwas kann nur ein Bankier wissen. Was für eine Bank ist es?«

»Es war eine englische Privatbank, die 1864 in Alexandrien gegründet wurde, um den Handel mit Ägypten zu finanzieren. Sie ist im Mittelmeerraum praktisch die Hausbank der englischen Regierung gewesen. Eine Zweigstelle wurde 1888 in Gibraltar eröffnet.«

»Sie ist sicherlich längst verschwunden.«

»Das ist sie nicht. Die Bank wurde in den 1920ern von Barclays übernommen und ist nach wie vor im Geschäft. Die Filiale in Gibraltar residiert sogar nach wie vor unter ihrer alten Adresse.«

»Glauben Sie, dass das Gold noch immer in dieser Bank liegt?«

»Das ist möglich. Bainbridge meinte, es stecke eine gewisse Logik in der Entscheidung der Engländer, das Gold in einer privaten Bank aufzubewahren anstatt in der Bank von England. Er spricht von einer sogenannten ›glaubhaften Bestreitbarkeit‹.«

»Wie kriegen wir das heraus?«

»Ich habe soeben mit unserer Botschaft in Madrid gesprochen. Sie schicken morgen einen Diplomaten mit einem formellen Beschlagnahmeersuchen hierher.«

»Es könnte ein wenig peinlich für Sie werden, wenn das Gold nicht vorhanden ist.«

»Zugegeben. Deshalb werden wir ihnen schon jetzt einen Besuch abstatten und nachsehen.«

»Jetzt.«

»Was du heute kannst besorgen …«

»Wir sollten lieber kein Taxi benutzen. Wie weit ist es?«

»Weniger als einen Kilometer. Die Straße, in der sich die Bank befindet, hat einen seltsamen Namen – Lime Kiln Steps.«

Das ehemalige Gebäude der Anglo-Egyptian Bank war ein neoklassizistisches Bauwerk mit einer Fassade mächtiger dorischer Säulen und einem hohen Giebeldach, das die eher bescheidenen Dimensionen seiner Räumlichkeiten effektvoll kaschierte. In der Nähe einer Kalkbrennerei aus dem achtzehnten Jahrhundert gelegen, die ungelöschten Kalk zur Verwendung in Mörtel herstellte, lehnte es sich mit der Rückseite an einen steil ansteigenden Ausläufer des Gibraltar-Felsen an.

Mansfield blieb vor dem Gebäude stehen, in dessen Eckpfeiler die Jahreszahl 1888 eingraviert war. Ein großes BARCLAYS-Schild aus Plastik hing vor dem Giebeldreieck und verdeckte die kunstvoll gravierten Lettern AEB.

Mansfield trug eine Sonnenbrille, und Martina verbarg ihr Gesicht unter einem breitrandigen Hut und einem Kopftuch, als sie das von Marmor beherrschte Foyer betraten und zum Informationspult gingen. Mansfield blickte an einer Reihe Kassenschalter entlang auf eine große stählerne Tresortür. Sie war direkt in den Kalksteinfelsen eingelassen.

Eine Angestellte am Informationspult begrüßte sie freundlich, aber ehe die Besucher reagieren konnten, erschien ein Mann in dunklem Anzug aus einem Büro hinter den Kassenschaltern und kam eilig auf sie zu. »Es tut mir furchtbar leid«, sagte er ein wenig atemlos, »aber die Bank ist geschlossen.«

Mansfield deutete auf einige Leute, die vor den Kassenschaltern zum Teil Schlange standen. »Sie werden offensichtlich bedient.«

»Ja, aber sie haben die Geschäftsräume betreten, bevor wir geschlossen haben. Das hätte schon vor ein paar Minuten geschehen sollen.«

Mansfield schaute zu der Wanduhr hoch, deren Zeiger 16:15 Uhr zeigten.

Der Mann bemerkte seinen Blick. »Freitags schließen wir früher.«

»Sind Sie der Bankdirektor?«, fragte Mansfield.

»Ja. Mein Name ist Finlay. Ich werde Ihnen morgen gerne behilflich sein.«

»Das wäre wirklich nett. Im Augenblick möchten wir uns nur nach einer Goldeinlage erkundigen, die vor einigen Jahren erfolgt sein müsste.«

Finlay sah ihn verständnislos an.

»Es war eine ziemlich bedeutende Einlage, und sie erfolgte im Jahr 1917.«

Finlay blinzelte heftig, dann räusperte er sich. »Ich werde mich morgen gerne dieser Angelegenheit annehmen. Ich brauche jedoch irgendeinen schriftlichen Nachweis über die Einlage.«

Mansfield hatte seine Antwort und lächelte den Bankier strahlend an. »Das gefällt mir. Sagen wir, gegen Mittag?«

»Ja, Mittag oder wann immer Sie wollen. Jede Uhrzeit ist mir recht«, sagte Finlay. »Darf ich noch um den Namen bitten?«

»Romanow.«

Der Bankier wurde kreidebleich, fing sich jedoch noch so weit, dass er das lächelnde russische Paar zur Tür geleiten konnte. Nachdem er ihnen kurz nachgeschaut hatte, wie sie die Straße hinuntergingen, eilte er in sein Büro zurück und schloss die Tür. Um seinen Schreibtisch saßen Hawker, Perlmutter, Trehorne, Dirk und Summer, die das Gespräch durch das Rauchglasfenster der Bürotür verfolgt hatten. Finlay ließ sich in seinen Schreibtischsessel fallen.

»Was für ein erstaunliches Timing.« Er tippte auf den Tischkalender, der den 21. Juli zeigte. »Unmittelbar nach Ihnen die Bank aufzusuchen.«

»Ich bin immer noch der Meinung, wir hätten sie sofort verhaften sollen«, sagte Hawker.

Dirk schaute fragend zu Finlay hinüber. »Ich denke, man kann mit einiger Sicherheit davon ausgehen, dass sie hier morgen wieder erscheinen werden.«

»Das dürfte ein interessanter Besuch werden, schätze ich.« Perlmutters Augen funkelten heiter.

»Ich garantiere, dass der Sicherheitsdienst morgen in ausreichender Stärke antreten wird«, sagte Finlay. »Kommen Sie morgen ebenfalls?«

»Ganz bestimmt«, sagte Trehorne.

Summer lächelte. »Sie haben uns eine Besichtigungstour durch Nelson's Cave versprochen.«

»Ja, das habe ich, oder? Also, noch einmal vielen Dank, dass Sie so zeitig zu uns kamen. Ich freue mich schon auf morgen.«

Der Bankier geleitete die Besucher hinaus und ging dann im Foyer auf und ab, bis der letzte Kunde das Gebäude verließ. Erleichtert verriegelte er den Eingang, zog sich in sein Büro zurück und holte eine verstaubte Flasche Brandy aus einem Aktenschrank. Er schenkte sich einen kräftigen Schuss ein.

Ein paar Minuten später erschien die Chefkassiererin mit einem Computerausdruck. »Hier ist die Liste von den heutigen Transaktionen, Mr. Finlay. Gibt es sonst noch etwas?«

»Nein. Sie und das übrige Personal können Schluss machen und nach Hause gehen.«

Während sich die Frau umdrehte, hielt Finlay sie auf. »Miss Oswald? Eine Sache noch … bitte, informieren Sie den Nachtwächter, dass ich beabsichtige, die ganze Nacht im Geschäft zu bleiben.«

»Sie bleiben hier? Im Gebäude?«

»Ja.« Er blickte zum Tresor. »Ich glaube nicht, dass ich heute zu Hause auch nur eine Sekunde Schlaf finde, dann kann ich genauso gut hier der Schlaflosigkeit frönen.«

79

Während eine Armee FBI-Agenten auf den Bermudas landete, um sich an Ana Belowas Europol-Ermittlungen zu beteiligen, verstärkten Angehörige der Homeland Security die Sicherheitsmaßnahmen rund um den District of Columbia. Die Zufahrten zu Regierungsgebäuden wurden verstärkt überwacht, während auch die Kontrollen auf allen nahe gelegenen Flughäfen intensiviert wurden. Mobile Straßensperren wurden um den District herum eingerichtet, und kleine Boote patrouillierten auf dem Potomac. In der Zentrale der National Underwater and Marine Agency beteiligte sich die gesamte Belegschaft der Organisation mit Hilfe der agentureigenen maritimen Datenbank an der Suche nach der Atombombe.

Pitt betrat das im fünften Stock gelegene Computer-Zentrum, wo er Rudi Gunn, Hiram Yaeger und Al Giordino sowie einen zur Hälfte geleerten Karton Donuts, der sie seit Sonnenaufgang in Trab gehalten hatte, antraf. Er nahm neben ihnen an einem halbrunden Tisch vor einem deckenhohen Videoschirm Platz. Der Bildschirm war in der Mitte aufgeteilt – zwischen einer Weltkarte, auf der die Positionen der NUMA-Forschungsschiffe und anderer ozeanographischer Einrichtungen markiert waren, und einem Satellitenbild von einer Inselkette, die Pitt als die Bermudas identifizierte.

Giordino schob den Donut-Karton zu Pitt hinüber. »Du kannst froh sein, dass Hiram sich nur noch glutenfrei ernährt, sonst wäre die Kiste längst leer.«

Pitt griff in den Karton. »Was hören wir von der Homeland Security?«

»Nichts Konkretes«, sagte Gunn. »Dort überprüft man zurzeit jeden Frachtflug von den Bermudas in die Vereinigten Staaten im Lauf der vergangenen Woche. Bisher haben sie nichts Aufschlussreiches gemeldet, aber sie haben auch noch eine Menge aufzuholen.«

»Wie steht es mit Seetransporten?«

»Sie haben die Frachthäfen in den Alarmzustand versetzt und einige einlaufende Containerschiffe zwecks genauerer Überprüfung in New York markiert. Die Küstenwache führt ebenfalls stichprobenartige Kontrollen von Schiffen durch, die Kurs auf Boston, New York, Philadelphia und die Chesapeake Bay nehmen. Außerdem hat die Küstenwache in Potomac und Anacostia eine Sicherheitszone um Washington herum eingerichtet. Analysten der Homeland Security sind jedoch offenbar der Auffassung, dass die Bombe die Bermudas auf dem Luftweg verlassen hat und in die Ukraine zurückgebracht wurde.«

»Das dürfte eine vergebliche Hoffnung sein«, sagte Pitt. »Ich habe vor kurzem mit Ana gesprochen. Sie und ihr Team haben auf dem Flughafen von Bermuda so viele Frachtarbeiter ausgequetscht, wie sie zusammentrommeln konnten. Mehrere haben bezeugt, dass vor ein oder zwei Wochen ein Tieflader mit einem großen Objekt, das man mit einer Abdeckplane verhüllt hatte, entladen wurde. Jedoch konnte niemand sich erinnern, dass ein solches Objekt den Flughafen verlassen hat.«

»Eine Bombe von dieser Größe ließe sich einfacher in ein Schiff als in ein Flugzeug verladen«, sagte Giordino.

»Das ist auch Anas Auffassung.«

»Verfolgt sie weitere Spuren?«

»Sie lässt nach dem holländischen Unternehmer Martin Hendriks suchen. Sobald sie das FBI-Team, das soeben gelandet ist, eingewiesen hat, fliegt sie nach Amsterdam.«

»Hendriks würde wahrscheinlich über die notwendigen Mittel verfügen, um die Vereinigten Streitkräfte von Novorossija zu unterstützen – oder wer auch immer die Bombe spazieren fährt«, sagte Gunn.

»Das ist sicher richtig«, sagte Pitt. »Ich denke, unter diesem Aspekt sollten wir die Bedrohung von See aus ernst nehmen.«

»Wir arbeiten bereits daran, Chief«, sagte Yaeger, tippte ein paar Befehle auf einer Tastatur und rief neben dem Satellitenbild der Bermudas eine Liste auf. »Die Hafenbehörden der Bermudas haben uns die Protokolle des gesamten ein- und auslaufenden Schiffsverkehrs der vergangenen Woche übermittelt. Diese Liste enthält jeweils den Schiffsnamen, den registrierten Eigner und den gemeldeten Bestimmungshafen.«

Pitt überflog die Liste. »Ich zähle sechs Schiffe mit Kurs auf die USA.«

»Wir verfolgen alle.« Yaeger ließ eine Karte der Ostküste mit vier rot blinkenden Lichtpunkten im Atlantik und zwei Lichtpunkten auf der Küstenlinie erscheinen. »Eins der Schiffe, ein Containerschiff, hat bereits in New York angelegt, und das zweite soll heute in den Hafen einfahren. Beide werden von der Homeland Security durchsucht. Das dritte Schiff hat ebenfalls angelegt, ein Öltanker, der vor zwei Tagen in Charleston eingetroffen ist.«

»Wahrscheinlich kein Hauptverdächtiger«, sagte Pitt.

»Wir haben uns einige Satellitenfotos angesehen und nichts Verdächtiges auf seinen Decks gefunden, daher sind wir der gleichen Meinung.«

»Bleiben noch die Schiffe, die unterwegs sind.«

»Eins ist ein Kreuzfahrtschiff mit Miami als Ziel, und die beiden anderen sind Frachter, die im Laufe der nächsten zwei Tage eintreffen sollen. Einer in Houston, der andere in Newark. Wir haben deren Daten an die Homeland Security weitergeleitet, und Inspektoren dürften bereit stehen, sobald sie anlegen.«

»Die haben wir im Griff«, sagte Pitt. »Größere Sorgen würde mir ein unregistriertes Schiff machen, das unbeobachtet unterwegs ist, oder ein kleineres privates Schiff.«

»Genau darauf haben wir uns konzentriert«, sagte Gunn. »Wir müssen uns allerdings auf Satellitenbilder beschränken. Hiram hat seit gestern Abend nichts anderes getan, als Fotos zu sammeln.«

»Die Satellitenüberwachung der Bermudas ist löchriger als die Bulgariens«, sagte Yaeger, »aber ich habe zusammengetragen, was ich finden konnte. Unglücklicherweise besuchen um diese Jahreszeit eine Menge Yachten und Vergnügungsboote die Bermudas. Um überhaupt ein beherrschbares Ergebnis zu erhalten, habe ich jedes Schiff unter zehn Metern Länge herausgefiltert.«

Yaeger gab dem Computer den Befehl, die heruntergeladenen Bilder zu sortieren, zu überprüfen und sich auf diejenigen zu beschränken, die von Schiffen in den Gewässern westlich der Bermudas aufgenommen wurden. Der Supercomputer überprüfte die Fotos, ordnete sie zu, verglich sie miteinander und präsentierte Yaeger eine lange Liste.

»Es sind etwa vierzig«, sagte er. »Es führt kein Weg daran vorbei, wir müssen sie uns alle nacheinander ansehen.«

Gemeinsam begannen sie, die Bilder zu inspizieren, und vermerkten Größe, Typ und das offensichtliche Ziel jedes Schiffes. Viele wurden als Freizeitboote und als erwiesenermaßen ungeeignet für einen Bombentransport eliminiert.

Gunn führte eine Strichliste. »Übrig geblieben sind ein großes Segelschiff dicht vor Boston und zwei Luxusjachten unterwegs nach Miami. Gibt es weitere Kandidaten?«

»Ein Schiff ist noch auf der Liste«, sagte Yaeger. »Es ist vor drei Tagen von Bermuda gestartet, mit westlichem Kurs.«

Er rief ein Satellitenfoto von einem weißen Fleck vor der Küste von Bermuda auf. Er zoomte ihn heran, bis er den Bildschirm ausfüllte. Tatsächlich waren es zwei Schiffe: ein orange-weißer Schlepper mit einem Lastkahn am Haken. Pitt registrierte das offene Achterdeck des Schleppers. Das Bild war so scharf, dass die lange Trosse zwischen den Schiffen und drei Poller auf dem geschlossenen Lastkahn zu erkennen waren, der einen schwarzen Farbanstrich hatte und klein erschien.

Giordino betrachtete das Bild und stieß einen Pfiff aus. »Das hat etwas.«

Wie bei den anderen Fotos scannte Yaeger das Bild ein und instruierte den Computer, nach ähnlichen Darstellungen in der Nähe der USA zu suchen. Einige Sekunden später erschienen zwei weitere Bilder auf dem Monitor.

»Das erste stammt von gestern Morgen – sechs Uhr Ortszeit«, sagte Yaeger. »Der Schlepper und der Lastkahn befanden sich etwa in der Mitte des Ozeans.« Yaeger justierte den Maßstab, um die relative Entfernung zur Küste erkennen zu können. »Der Schleppzug ist offenbar auf nordwestlichem Kurs und einhundert Meilen vor der Küste von North-Carolina.«

»Höchstwahrscheinlich unterwegs zur Chesapeake Bay.« Pitt beugte sich in seinem Sessel vor. »Wo befindet sich das Gespann auf dem jüngsten Bild?«

Yaeger vergrößerte das zweite Foto. »Habe ich eben erst empfangen.« Er warf einen Blick auf die Zeitangabe. »Halb sechs heute Morgen.«

Die beiden Schiffe befanden sich offensichtlich auf einer inländischen Wasserstraße. Yaeger verringerte den Zoom-Faktor, und zu erkennen war jetzt ein westlicher Nebenarm der Chesapeake Bay, auf dem die Schiffe nach Norden fuhren. Am oberen Rand des Bildes erblickten sie eine nur allzu bekannte Flussbiegung.

»Sie sind auf dem Potomac«, stellte Giordino fest.

»Die Küstenwache hat ein Patrouillenboot nördlich von Quantico in Position«, sagte Gunn. »Sie sollten die beiden Schiffe sehen, sobald sie sich D.C. nähern.«

»Sie sollen sie aufs Korn nehmen«, sagte Pitt. »Danach alarmiere die Homeland Security. Sie sollen alles, was sie haben, losschicken.« Er studierte das Bild. »Sie sind nur noch zwanzig oder dreißig Meilen weit draußen. Was steht uns auf dem Reagan National zur Verfügung?«

»Im NUMA-Hangar wartet ein Robinson R44«, sagte Gunn.

»Auftanken und startbereit machen.«

»Ich glaube nicht, dass irgendwelche Piloten im Standby sind.«

Pitt nickte Giordino zu, ehe er sich zu Gunn umdrehte.

»Du siehst sie vor dir.«

80

Pitt und Giordino waren bereits durch die Tür gegangen, ehe Gunn die ersten Telefonnummern eintippen konnte. Sie schlängelten sich durch den dichten Vormittagsverkehr und erreichten innerhalb weniger Minuten den Ronald Reagan Washington National Airport südlich des NUMA Buildings. Pitt passierte sein Privatdomizil, einen umgebauten Hangar in einem abgelegenen Bereich des Flughafengeländes, und nahm Kurs auf den für den privaten Flugverkehr reservierten Terminal. Ein helltürkisfarbener Helikopter stand bereits mit langsam kreisendem Rotor vor dem NUMA-Hangar. Eine Bodencrew übergab den Hubschrauber, und nur Minuten später war er in der Luft – mit Pitt am Steuerknüppel und Giordino auf dem Platz des Kopiloten.

Pitt lenkte den Robinson R44 über den Potomac und folgte dem Fluss nach Süden, wobei er nach dem Schlepper und dem Lastkahn Ausschau hielt. In der Nähe des Mount Vernon überflogen sie zwei Schnellboote der Küstenwache, die flussabwärts rasten. Der Hubschrauber erreichte ein paar Meilen später die Mason-Neck-Halbinsel, und Pitt entdeckte ein orangefarbenes Schiff. »Dort ist unser Ziel.«

Während sie sich Quantico und der benachbarten Marinebasis näherten, konnten sie den Schlepper und den Lastkahn an der Schlepptrosse deutlich erkennen. Ein Patrouillenboot der Küstenwache war bereits längsseits gegangen und eskortierte den Schlepper zum Flussufer.

»Sieht so aus, als ob sie mit dem Schleppzug zum öffentlichen Hafen von Quantico wollen«, sagte Giordino.

Pitt beschrieb einen weiten Kreis über dem Schleppschiff, dann flog er nach Quantico zurück. Auf einem leeren Parkplatz neben dem Hafen ließ Pitt den Helikopter heruntergehen. Er und Giordino standen bereits am Kai, als sich das Schleppschiff heranschob. Die beiden Küstenwachboote trafen nur Sekunden später ein, und plötzlich wimmelte es auf dem Dock von bewaffneten Männern.

»Was hat das alles zu bedeuten?«, rief der Schlepperkapitän, der einen leichten englischen Akzent hatte. Verschwitzt und mit einer Shorts und einem T-Shirt bekleidet, wurde er mit vorgehaltener Pistole vom Schiff heruntergeführt.

Pitt und Giordino kletterten an Bord des Schleppkahns, während er langsam an den Kai trieb, und begannen, die verschlossenen Laderäume zu öffnen. Ein Lieutenant der Küstenwache kam zu ihnen, als das erste Tor angehoben wurde und sie in den dunklen Raum darunter blicken konnten.

»Sand«, sagte Giordino.

Die drei restlichen Frachträume waren ebenfalls mit feinkörnigem Sand gefüllt. Pitt sprang in den ersten Frachtraum hinab, wühlte mit dem Stiel einer Feueraxt im Sand herum, konnte aber auch jetzt nichts finden. Die gleiche Übung wiederholte er in den drei anderen Frachträumen.

»Irgendwas?«, fragte Giordino.

Pitt schüttelte den Kopf. Er kletterte wieder an Deck, während der Lieutenant auf das Schleppschiff deutete.

»Der Kapitän behauptet, sie seien im Regierungsauftrag unterwegs, um Sand zum Anacostia River zu bringen, dessen Uferbefestigungen ausgebessert werden müssen. Wir haben Befehl, beide Schiffe zwecks einer gründlichen Inspektion vorübergehend stillzulegen. Wir holen jedes Körnchen Sand heraus, um sicherzugehen, dass dort unten nichts versteckt wurde.«

»Danke, Lieutenant«, sagte Pitt. »Ich habe aber den Verdacht, dass dies alles ist, was Sie finden werden.«

Er und Giordino gingen zum Bug des Frachtkahns und blickten zum Schlepper hinüber, der vor ihnen am Kai lag.

»Ich schätze, wir können das Ganze als Jagd nach dem Phantom zu den Akten legen«, sagte Giordino und lehnte sich an einen der Zwillingsschleppoller des Frachtkahns. »Ich denke, die Bombe ist von den Bermudas aus nach Osten und nicht nach Westen gebracht worden.«

»Schon möglich«, sagte Pitt, »aber warum sollte jemand einen Frachtkahn voller Sand quer über den Atlantik schleppen?«

»Vielleicht ist er leer herübergekommen und der Sand wurde irgendwo in Virginia geladen.«

Pitt sah Giordino an und ließ sich diese Möglichkeit durch den Kopf gehen, als ihm schlagartig ein Licht aufging. »Nein, Al. Dies hier ist ganz einfach ein anderer Lastkahn. Sie wurden ausgetauscht.«

»Woher weißt du das?«

Pitt deutete auf die beiden Poller, an denen die Schlepptrosse befestigt war. »Weil du auf dem Beweis sitzt.«

81

Hiram Yaeger bestätigte, dass der Schlepper auf dem am Vortag aufgenommenen Satellitenfoto einen Lastkahn mit drei am Bug befindlichen Schlepppollern am Haken gehabt hatte. Außerdem ergab eine eingehende Analyse zwischen beiden Kähnen Unterschiede in Schiffsfarbe und Rostspuren.

Diese Nachricht setzte eine umfangreiche Schleppnetzfahndung auf dem Potomac in Gang, an der jedes verfügbare Küstenwach- und Polizeiboot und jeder Hubschrauber beteiligt war. Pitt und Giordino halfen natürlich mit und flogen mit dem Hubschrauber nach Süden bis zur Chesapeake Bay, ehe sie kehrtmachten und dem Fluss stromaufwärts folgten.

Nachdem er Erlaubnis erhalten hatte, auf einer Flugbasis des Marine Corps am Flussufer nahe Quantico zu landen, brachte er den Hubschrauber zum Auftanken herunter. Während sie auf einen Tankwagen warteten, hörten sie eine laute Unterwasserexplosion, die von einem Meeresarm jenseits des Flugfelds zu kommen schien. Ein Mitglied der Boden-Crew bemerkte ihr Interesse.

»Das sind nur ein paar Leute der Force Recon, die ein Training in Unterwassersabotage absolvieren«, klärte er sie auf. »In der nächsten Woche wird es hier wieder nach totem Fisch stinken.«

»So lange werden wir auf ein Bad verzichten«, versprach Giordino.

Pitt umkreiste den Helikopter mit wachsender Nervosität, bis der Tankwagen endlich eintraf. »Wir müssen das Suchgebiet ausweiten«, sagte er. »Sie können die Chesapeake Bay bis Norfolk hinaufgefahren sein, oder vielleicht sind sie sogar im Atlantik geblieben, um Philadelphia oder New York anzugreifen.«

»Das ist aber ziemlich viel Grundbesitz, den wir da kontrollieren müssen ...« Giordino hielt inne, um einen Anruf von Gunn in der NUMA-Zentrale anzunehmen.

Pitt beaufsichtigte den Tankvorgang, als eine weitere Explosion in dem Meeresarm erklang. Er entfernte sich ein paar Schritte vom Hubschrauber und sah auf der anderen Seite des Flugplatzes eine kleine Wasserfontäne aufsteigen. Dieses Bild erinnerte ihn an den sinkenden Kahn im Schwarzen Meer. Und plötzlich fügte sich alles zusammen: die Verbindung zwischen Bosporus, Sewastopol und Washington.

»Al, hast du Rudi noch am Ohr?«

Giordino nickte und reichte ihm das Telefon.

»Rudi, du musst schnellstens in Erfahrung bringen, ob in den hiesigen Gewässern anoxische Zonen existieren, sei es im Potomac, in der Chesapeake Bay oder in der Delaware Bay. Das Ziel könnte nämlich eine tote Zone in der Nähe einer dicht besiedelten Region sein.«

»Ich werde Hiram sofort dransetzen. Was ist so besonders an einer toten Zone?«

»Schwefelwasserstoffgas.«

»Klar, anoxisches Wasser ist mit Schwefelwasserstoff gesättigt. Wir haben Oberflächenkonzentrationen dieses Zeugs im Mississippi-Delta, an der Küste von Oregon ... und in der Chesapeake Bay gefunden.«

»Das ist der Schlüssel, Rudi. Die Mannschaft der *Crimean Star* wurde durch Schwefelwasserstoffgas getötet, und Mankedo hat versucht, eine solche Wolke vor Sewastopol freizusetzen.«

»Eine Wolke Schwefelwasserstoff? Ja, die könnte Tausende töten.«

»Stell dir nur mal vor, was eine Atombombe bewirken kann,

wenn sie in einer Zone mit besonders hoher Konzentration gezündet wird.«

Gunn ersparte sich eine Antwort auf diese rhetorische Frage.

»Such die anoxischen Zonen, Rudi«, drängte Pitt, »und finde diesen Lastkahn.«

Pitt und Giordino befanden sich bereits wieder in der Luft, als Gunn Minuten später reagierte und sein Anruf auf das Funkgerät des Hubschraubers umgeleitet wurde.

»Hiram hat soeben eine regionale Karte aller bekannten toten Zonen erstellt – anhand früherer Wasserproben, kombiniert mit neueren Messungen. Wie du weißt, nimmt der Sauerstoffgehalt großer Teile der Chesapeake Bay in den Sommermonaten rapide ab, wenn stickstoff- und phosphorhaltige Abfallstoffe in Kombination mit höheren Wassertemperaturen ein explosionsartiges Algenwachstum auslösen. Unglücklicherweise ist das augenblickliche Timing perfekt, da der saisonale Höhepunkt dieser Entwicklung unmittelbar bevorsteht.«

»Wo befinden sich die Punkte höchster Konzentration?«, fragte Pitt.

»Wahrscheinlich ist es einfacher festzustellen, wo sie nicht sind«, sagte Gunn. »Ein breiter Streifen erstreckt sich fast über die gesamte Länge der Chesapeake Bay. Er beginnt an der Mündung des Potomac und reicht bis nach Annapolis. Das Zentrum liegt auf der Westseite der Bucht. Weiter nördlich existieren noch einige zusätzliche gesättigte Zonen, die wir genauer identifizieren können, wenn Hiram alle Daten geladen hat.«

Pitt lenkte den Helikopter bereits in einer engen Kurve nach Osten, überquerte Waldorf, Maryland, und nahm Kurs auf die Chesapeake Bay.

»Kommt Washington nicht infrage?«, wollte Giordino wissen.

»Während ich es mir zwei Mal überlegen würde, im Anacostia ein Bad zu nehmen«, sagte Gunn, »wurden dort und im Potomac nur sehr kleine aktive tote Zonen gefunden.«

»Wir konzentrieren uns auf Annapolis«, sagte Pitt.

Sie erreichten bald die Chesapeake Bay, und Pitt drehte mit dem Robinson nach Norden. Sie folgten dem westlichen Rand der zehn Meilen breiten Bucht und überflogen mehrere Handelsschiffe und ein großes Segelboot, das Pitt als ein Skipjack identifizierte. Der Severn Meeresarm erschien links von ihnen, und Pitt folgte der Wasserstraße nach Westen, wo sie sich um Annapolis schmiegte und das Wasser der umliegenden Flüsse aufnahm. Abgesehen von einigen rostigen Baggerschiffen, die mit Schlamm gefüllt waren, ähnelte kein Schiff dem schwarzen Schleppkahn.

Während Pitt zur Chesapeake Bay zurückkehrte, meldete sich Gunn abermals. »Wir haben mehrere anoxische Zonen weiter oben im Norden gefunden.«

»Auch in der Nähe besiedelter Gebiete?«

»Im Patapsco wimmelt es von ihnen.«

»Baltimore?«

»Ja, direkt vor dem Hafen.« Gunn hielt einen Moment inne. »In Baltimore herrscht zurzeit Südostwind mit etwa zehn Knoten. Wenn deine Theorie zutrifft, und sie zünden die Bombe im Patapsco, würden sie eine Schwefelwasserstoffwolke erzeugen, die genau auf die Stadt zutreibt.«

»Dort leben drei Millionen Menschen«, sagte Giordino.

»Das Gas wäre um ein Mehrfaches tödlicher als die Bombe selbst«, sagte Gunn.

»Das passt zu der Drohung«, sagte Pitt. »Rudi, erinnerst du dich an den Brief von dieser ukrainischen Rebellengruppe an den Präsidenten?«

»Ja. Hieß es darin nicht, dass sie Washington angreifen wollten?«

»Nein. Sie schrieben, dass sie unsere historische Hauptstadt treffen wollten. Und sie schrieben außerdem, dass das Sternenbanner nicht länger wehen würde. Das sind Textpassagen aus unserer Nationalhymne.«

»Natürlich«, sagte Gunn. »Fort McHenry. Francis Scott Key. Er schrieb das ursprüngliche Gedicht in Baltimore.«

»Nicht nur das, aber wenn ich mich nicht irre, war Baltimore vor New York und Washington, D.C., eine frühe – wenn auch nur vorübergehende – Hauptstadt, in der auch der Kontinentalkongress tagte.«

»Ich versetze die Küstenwachstation in Baltimore sofort in Alarmbereitschaft.«

»Wir sind gleich dort. Pitt Ende.«

Pitt schob den Steuerknüppel nach vorn, um mehr Tempo aus dem Robinson herauszuholen, während er nach Norden und die Chesapeake Bay hinaufschwenkte. Die Mündung des Patapsco erschien am Horizont weniger als zehn Meilen entfernt.

»Ich hoffe, du irrst dich in alldem«, sagte Giordino.

»Ich auch«, sagte Pitt. »Ich auch.«

Aber fünf Minuten später, als sie sich dem Patapsco näherten, orteten sie den Schlepper mit dem kleinen schwarzen Lastkahn in voller Fahrt, auf direktem Kurs auf Baltimore.

82

»Wagner's Point ist drei Meilen voraus.« Der Steuermann der *Lauren Belle* deutete durch das Fenster des Ruderhauses auf eine Landmasse, die dicht hinter der Francis Scott Key Bridge lag.

Vasko warf einen kurzen Blick auf die näher kommende Straßenbrücke, dann konzentrierte er sich auf eine Seekarte von der Chesapeake Bay. Von Hendriks besorgt und auf dem Schlepper bereitgelegt, fanden sich die sauerstoffarmen Zonen der Bucht in hellvioletter Färbung auf ihr gekennzeichnet. Sie überquerten in diesem Moment eine solche Zone, aber ihr Ziel war ein weiter südlich verlaufender Nebenfluss des Patapsco River hinter der Key Bridge, wie sie im Volksmund genannt wurde. Dort waren im Sommer nicht nur regelmäßige Zonen hohen Sauerstoffmangels anzutreffen, sondern die Position hatte den zusätzlichen Vorteil, dass sie sich in Sicht des Inner Harbor von Baltimore befand.

Mit wenigen Schritten durchquerte er das kleine Ruderhaus und zeigte dem Steuermann die Karte. »Bringen Sie uns zu dieser Spitze unterhalb des Point. Dort kappen wir die Trosse und setzen den Kahn auf Grund. Welche Geschwindigkeit schaffen wir ohne Schlepp?«

»Die *Lauren Belle* ist für fünfzehn Knoten gut.«

»Auf der anderen Seite der Bucht wartet ein Charterflugzeug auf uns – an einem Ort namens Smith's Field. Bringen Sie uns schnellstens dorthin, sobald wir uns von dem Kahn getrennt haben.«

»In Ordnung.« Ein dumpfes Pulsieren versetzte die Kommandobrücke in Schwingung, und der Steuermann deutete zu der hinteren Tür, die offen stand. »Sieht so aus, als hätten Sie Besuch.«

Vasko fuhr herum und gewahrte einen türkisfarbenen Helikopter, der über dem Lastkahn schwebte.

»Wo ist die Kiste, die an Bord gebracht wurde?«, fragte er.

»Direkt hinter Ihnen.«

Vasko fegte mehrere Jacken beiseite, die offensichtlich der regulären Schlepper-Crew als Wetterschutz dienten, und entdeckte dann im hinteren Bereich der Kommandobrücke die Kiste. Er öffnete den Behälter und fand zuoberst eine Wanne, in der vier AK-47-Sturmgewehre und einige Gasmasken lagen. Er hob die Wanne heraus und ergriff stattdessen ein Abschussrohr für raketengetriebene Granaten, das an einem Gestell mit einer Reihe von Projektilen befestigt war. Er holte den Granatwerfer heraus und lud ihn mit einem der Geschosse.

Gut zweihundert Meter über dem Schleppkahn beschleunigte der NUMA-Hubschrauber und rückte auf.

»Wir sollten lieber Rudi bitten, die Homeland Security auf sie aufmerksam zu machen.« Zufrieden stellte Pitt fest, dass sie den richtigen Lastkahn gefunden hatten, was durch die drei vorderen Schlepppoller bestätigt wurde. Während sie zur Schlepptrosse hinabsanken, stieß Giordino eine Warnung aus.

»Mann an Deck mit einer Waffe!«

Pitt hatte ihn ebenfalls entdeckt. Es war Vasko, der eine schwere Waffe auf seiner Schulter aufsetzte. Pitt drückte die Nase des Robinson nach unten, um das Tempo zu steigern, während er abrupt nach rechts rollte.

Vasko hatte zu wenig Zeit, um genau auf den schnellen Hubschrauber zu zielen, daher richtete er das Abschussrohr lediglich in seine Richtung und schoss. Die RPG zischte aus dem Rohr, während Pitt den Hubschrauber beinahe auf den Kopf stellte.

Das Projektil raste am Rumpf des Robinson vorbei und hätte den

Helikopter beinahe verfehlt. Aber es streifte den Rotor am Heckleitwerk kaum merklich – und explodierte.

Die Explosion beschädigte das Heckleitwerk und schleuderte einen Splitterregen gegen die Unterseite des Rumpfs und das Motorgehäuse. Der verwundete Helikopter schoss an dem Schlepper vorbei, ehe der tödliche Treffer Wirkung zeigte. Das Cockpit füllte sich mit Qualm aus dem Motorgehäuse. Pitt bemerkte, wie der Robinson nach Verlust des Heckrotors zu trudeln begann. Dann griff er nach dem Steuerknüppel und ging mit dem Gas auf Null.

Durch diese anscheinend widersinnige Aktion wurden Motor und Rotor voneinander getrennt, und die Rotorbewegung, die ein starkes Drehmoment erzeugte, wurde gestoppt. Gleichzeitig bremste der frei drehende Rotor den Sinkflug des Hubschraubers. Dank eines leichten Vortriebs konnte Pitt mit der Maschine in einen halbwegs kontrollierten Gleitflug gehen. Er hatte jedoch bis zum Aufsetzen nur wenige Sekunden Zeit.

»Nasse Landung!«, sagte er an, wobei er gleichzeitig wusste, dass das Ufer mehr als eine halbe Meile entfernt war.

»Achtung! Großes Schiff voraus!« Giordino brachte die Worte hustend über die Lippen.

Dichter blauer Dunst im Cockpit versperrte die Sicht. Die beiden Männer konnten sich kaum gegenseitig erkennen, geschweige denn das, was sich auf ihrem Weg befand. Pitt presste das Gesicht gegen das Seitenfenster und sah, wie das Wasser näher kam, dann blickte er nach vorne. Der Schatten einer schwarzen Masse war nur schwach zu erkennen, aber sie würden nicht weit genug kommen, um eine Kollision befürchten zu müssen.

Durch das Seitenfenster verfolgte Pitt, wie der Hubschrauber an Höhe verlor, bis sie knapp zwanzig Meter über dem Wasser schwebten. Nun zog er den Steuerknüppel nach hinten, um die Nase der Maschine anzuheben und ihre Geschwindigkeit zu drosseln. In drei Metern Höhe erzeugte er mit einem Gashebelimpuls einen Hauch von Auftrieb, woraufhin er die Zündung unterbrach.

Der Robinson schlug hart auf der Bucht auf. Da er in horizontaler Lage landete, schwamm er für eine Sekunde auf, während sich Qualm aus dem Motorgehäuse wälzte. Dann verschwand der Helikopter unter der Wasseroberfläche, während sein Hauptrotor auf die Wellen peitschte. Zwei Rotorflügel zersplitterten. Ihre Fragmente tanzten wild über das Wasser.

In einer Wolke aus schäumender Gischt und wirbelnden Luftbläschen sank der Robinson mitsamt seinen Insassen auf den Grund der Bucht.

83

»Ich vermute, eine Runde Schwimmen wird sich nicht vermeiden lassen«, sagte Giordino, während das Wasser gurgelnd zu seinen Knien hochstieg.

Pitt öffnete seinen Sicherheitsgurt. »Wir müssen warten, bis die Kabine gefüllt ist, um die Türen öffnen zu können.«

Obgleich sie ohne Motorleistung im Sinkflug gewesen waren, hatte Pitt eine mustergültige – vor allem verletzungsfreie – Notlandung ausgeführt. Ihr einziges Problem bestand darin, dass sie im Wasser gelandet waren.

Während der Robinson vollständig untertauchte, war das Cockpit nur zum Teil überflutet. Die beiden Männer warteten in aller Ruhe, dass das Wasser bis über die Türrahmen stieg. Der Helikopter befand sich mittlerweile in fast zehn Metern Tiefe und sank schnell. Sie füllten sich die Lungen ein letztes Mal in der verbliebenen Luftblase, dann stießen sie die Türen auf und strebten mit kräftigen Schwimmzügen zum Tageslicht hinauf.

Sie brachen durch die Wasseroberfläche, schnappten nach Luft und orientierten sich, um an Land zu schwimmen, als zwei Seile neben ihnen ins Wasser platschten.

»Halten Sie sich fest, dann ziehen wir Sie an Bord!«, rief ein Mann.

Pitt wandte sich wassertretend um und erblickte ein mächtiges Segelschiff mit schwarzem Rumpf, das durch die Bucht auf sie zugerauscht kam. Er griff nach dem Seil, das ihm am nächsten war, und wurde zu dem bauchigen Holzrumpf des Schiffes gezerrt. Kanonen ragten aus einem weißen Band von Stückpforten eine Etage unterhalb des Hauptdecks. Überrascht erkannte Pitt das Schiff. Es war die USS *Constellation,* eine vor dem Bürgerkrieg gebaute Sloop, die seit langem als schwimmendes Museum im Hafen von Baltimore lag.

Aus eigener Kraft zog sich Pitt an dem Seil hoch, erreichte die Seitenreling und schwang sich an Deck. Eine kleine Gruppe Männer mittleren Alters hatte das andere Ende des Seils im Griff, während ein anderes Team Giordino an Bord hievte.

»Danke für das Seil.« Pitt schüttelte das Wasser ab. »Ich hatte nicht erwartet, mit eigenen Augen zu sehen, wie sich die *Connie* hier draußen die Beine vertritt.«

Ein Mann mit scharfen Augen, bekleidet mit einem gelben Hawaiihemd, näherte sich. »Sie kommt soeben aus dem Trockendock. Wir unternehmen nur eine Testfahrt, um zu beweisen, dass sie seetüchtig ist. Wir hoffen, Ende des Sommers mit ihr nach New York und nach Boston zu segeln.« Er streckte eine Hand aus. »Ich bin Wayne Valero und führe die Freiwilligenmannschaft der *Constellation.*«

Pitt stellte sich vor, während Giordino an Bord kletterte und zu ihnen kam.

»Sie hatten eine Menge Glück«, sagte Valero und musterte sie fragend. »Einer meiner Männer meinte, Sie seien abgeschossen worden.«

Pitt deutete über die Reling auf den Schlepper und den Kahn, die in entgegengesetzter Richtung an ihnen vorbeistampften. »Würden Sie glauben, dass dieser Kahn mit einer Bombe an Bord nach Baltimore unterwegs ist?«

»Das würde ich zwei Männern, die gerade aus einem brennenden NUMA-Hubschrauber ausgestiegen sind, sogar aufs Wort glauben«, sagte Valero.

»Wir könnten Ihre Hilfe brauchen, um sie daran zu hindern.«

Valero pumpte seinen Brustkorb auf. »Für solche Anlässe wurde die *Constellation* gebaut. Sagen Sie uns, was wir tun können.«

Unter Pitts Anleitung vollzog das alte Kriegsschiff eine Wende nach Backbord. Die Mannschaft aus Segelveteranen bediente gekonnt die Segel und das Tauwerk und drehte das Schiff in einen nordwestlichen Wind und nahm auf dem Patapsco stromaufwärts Tempo auf. Mit prallen Segeln an allen drei Masten machte das Schiff zügige Fahrt. Pitt erkannte, dass sie schon bald den Schlepper und seine Last überholen würden.

Als Baltimore vor dem Bug des Segelschiffs in Sicht kam, ging Pitt zu Valero hinüber. »Die Kanonen der *Connie* – funktionieren sie?«

Valero deutete auf das Heck. »Auf dem Spardeck an achtern steht eine Zwanzigpfünder-Parrott-Kanone, mit der zu Demonstrationszwecken ständig gefeuert wird. Wir haben unter Deck einiges an Schießpulver gelagert, das noch von den Feiern zum 4. Juli übrig geblieben ist.«

»Was ist mit Geschossen?«

Valero überlegte einen Moment. »Die Parrott hat einen gezogenen Lauf, daher verfeuert sie auch Granaten. Auf dem Kanonendeck befindet sich eine Ausstellungsvitrine mit einigen Munitionsbeispielen für einen Zwanzigpfünder.«

Er ging mit Pitt und Giordino aufs Kanonendeck hinunter, wo Reihen von 21-cm-Kanonen in den Stückpforten bereitstanden. Sie blieben vor einem mit einer Acrylglasscheibe versehenen Wandschaukasten stehen, in dem Waffen und Munition ausgestellt waren, wie sie auf der *Constellation* nach ihrem Stapellauf im Jahr 1854 benutzt wurden.

Giordino riss die Acrylglasscheibe mit einem kraftvollen Ruck von der Wand herunter. »Ich entschuldige mich bei dem Museum«, sagte er zu Valero, »aber wenn wir diese Kerle nicht aufhalten, gibt es vielleicht schon in naher Zukunft überhaupt niemanden mehr, der dieses Schiff besuchen kann.«

»Ich nehme den Ärger auf meine Kappe«, sagte Valero. »Sie brauchen sicherlich auch die beiden Granaten auf dem Regalbrett links unten. Die Zehn-Pfund-Kugel kann zur Not ebenfalls eingesetzt werden. Ich hole Pulver und Zündhütchen und erwarte Sie oben.«

Giordino deutete mit einem Kopfnicken auf Valero, während dieser das Deck überquerte und im Schiffsinneren verschwand. »Was für ein Glücksfall, dass wir jemanden gefunden haben, der voll und ganz auf unserer Seite steht.«

»Er scheint ein Bruder im Geiste zu sein«, pflichtete Pitt ihm bei und holte zwei Entermesser aus der Vitrine.

Sie schafften die Säbel und die Munition auf das Spardeck und die Parrott-Kanone zur Achterreling. Im Jahr 1860 hatte Hauptmann Robert Parker Parrott die ersten Kanonen mit gezogenen Läufen konstruiert, und Versionen mit den verschiedensten Kalibern wurden während des Bürgerkriegs in hoher Anzahl von beiden Armeen eingesetzt. Eher wegen ihrer Präzision als wegen ihrer Robustheit geschätzt, konnten Parrott-Kanonen wie die an Bord der *Constellation* ein neunzehn Pfund schweres Geschoss über drei Kilometer weit feuern.

Valero kam mit einem Protzkasten, der mit Säcken von Schwarzpulver gefüllt war, zur Kanone und rief sofort einige der Freiwilligen herüber. »Vinson, Gwinn, Campbell, Yates – helft mal an der Kanone. Ich übernehme das Ruder.«

»Wir schießen von der Backbordreling«, sagte Pitt. »Ihre Männer sollten die Köpfe einziehen. Die Gegenseite ist bewaffnet.«

»Keine Sorge. Ich bringe die *Connie* längsseits.« Valero ging zum Ruderstand, der sich vor dem Besanmast befand.

Pitt und Giordino rollten mit Hilfe der Freiwilligen die Parrott-Kanone zu einer Stückpforte an der Backbordseite. Pitt schob einen mit zwei Pfund Schwarzpulver gefüllten Beutel aus Alufolie in die Laufmündung, und einer der Männer rammte ihn mit einem langen Stock bis zum Verschluss in den Lauf.

Giordino deutete auf die Munition, die auf dem Deck lag. »Was willst du nehmen?«

»Fangen wir mit einer Kugel an.«

Giordino steckte ein fünfundzwanzig Zentimeter langes Vollgeschoss in den Lauf und schob es bis zur Pulverladung. Die Mannschaft bugsierte die Kanone zur Reling und sicherte sie mit Stricken. Pitt drückte einen Reibungszünder in eine Öffnung im Verschluss der Kanone, der sich durch die Alufolie in die Pulverladung bohrte. Er verband das Ende des Zünders mit einer dünnen Abzugschnur und trat mit den anderen Männern von der Kanone zurück.

Der Schlepper war kaum einhundert Meter weit entfernt, und Valero steuerte geradewegs auf ihn zu. Auf dem Schlepper bemerkte man anscheinend die Absicht der *Constellation* und versuchte, nach Steuerbord auszuweichen.

»Sie versuchen, im flachen Wasser zu entkommen«, sagte Giordino.

Als die *Constellation* die Verfolgung aufnahm, krängte sie nach Backbord.

»Offensichtlich haben wir einen Kapitän, der keine Angst kennt«, stellte Pitt fest.

Die *Constellation* kam dem Schlepper immer näher. Als die Distanz weniger als zwanzig Meter betrug, schwang das Segelschiff nach Steuerbord, um die Kanone auf ihr Ziel auszurichten. Pitt stand hinter der Kanone und wartete, bis das Ruderhaus des Schleppers in Sicht kam, dann zog er an der Zündschnur. Das stumpfnasige Geschoss durchschlug das Ruderhaus, zertrümmerte den Ruderstand, der in einem Splitterregen aufging, und trennte dem Steuermann den linken Arm ab.

Vasko, der außerhalb der Brücke stand und den Treffer nur sah, aber nichts von seiner Wirkung erkennen konnte, reagierte entsprechend. Er lud den RPG-Werfer und feuerte eine Granate auf das Segelschiff ab. Die panzerbrechende Ladung drang durch das Orlopdeck, ehe sie tief im Schiff explodierte, die Rumpfplanken perforierte und Wasser in die Bilge strömen ließ. Die drei unverletzten Mannschaftsmitglieder des Schleppers bemächtigten sich der AK-47-Gewehre und begannen, die *Constellation* unter konzentriertes Feuer zu nehmen.

»Köpfe unten halten und nachladen«, rief Pitt. Die Freiwilligen zogen die Parrott-Kanone zurück und überschütteten ihren Lauf mit Wasser, um ihn zu kühlen.

Der hölzerne Schlachtensegler war am Schlepper vorbeigezogen, wodurch die Männer auf dem Achterdeck dem Gegenfeuer ausgesetzt waren. Gewehrkugeln zertrümmerten die Seitenreling und fegten über das Deck, während die Seglermannschaft sich beeilte, die Kanone zu laden.

»Dies ist eine Kartätsche«, warnte Giordino, als das nächste Geschoss mitsamt seiner Treibladung ins Kanonenrohr gestopft wurde.

Während die Kanone wieder vorwärts und in Position geschoben wurde, sackte ein Angehöriger der Geschützmannschaft aufs Deck. »Ich habe einen Treffer abbekommen!« Pitt versetzte der Kanone einen seitlichen Stoß, sodass sie auf das Achterdeck des Schleppers zielte, und feuerte abermals. Die Kartätsche enthielt kleine Bleikugeln, die sich zu einer Wolke auseinanderfächerten, als wäre die Kanone eine überdimensionale Schrotflinte. Die *Constellation* war zu nahe am Schlepper, als dass dieser Schuss eine nennenswerte Breitenwirkung hätte entfalten können, aber die konzentrierte Ladung traf einen der Gewehrschützen und tötete ihn auf der Stelle.

An Bord des Schleppers lud Vasko seinen Raketenwerfer nach und feuerte eine weitere RPG ab, die jedoch weitaus besser gezielt war. Das Projektil pfiff knapp an Pitts Kopf vorbei und traf den Besanmast ein Dutzend Meter entfernt. Das gesamte Schiff erzitterte, und Holz- und Granatsplitter überschütteten die Geschützmannschaft. Die Explosion setzte den Mast in Brand, und Flammen schlugen himmelwärts, als Segel und Takelage Feuer fingen.

Pitt versuchte, die Kanonen-Crew für einen weiteren Schuss zu organisieren, während sich die Schmerzensschreie der Verwundeten mit den Rufen der Männer vermischten, die mit verzweifelten Löschversuchen gegen das Feuer kämpften.

»Dies ist das letzte Stück Munition«, sagte Giordino. Er hielt eine zwölf Pfund schwere Eisenkugel hoch, die für eine kleinere Kanone mit glattem Lauf bestimmt war.

Pitt sah zu dem Schlepper hinüber. »Hauen wir sie ihnen rein.«

Die Kanone wurde aus der Stückpforte herausgezogen und so gedreht, dass sie vorwärts zielte, während die *Constellation* den Schlepper vollständig überholt hatte. Pitt visierte einen Mann an, der auf dem Achterdeck des Schleppers stand und mit einer Kalaschnikow auf den Segler feuerte. Während Pitt an der Zündschnur zog, stoppte das Schiff abrupt, begleitet von einem dumpfen Knirschen tief unten in den Eingeweiden des Rumpfs. Der Kanonenschuss ging daneben, und die Männer, die das Gerät bedienten, gerieten ins Stolpern und stürzten aufs Deck.

»Wir sind auf Grund gelaufen!«, rief einer der Freiwilligen. »Achtung vor dem Besanmast!«

Der Ruck während des unfreiwilligen Stopps erschütterte den ohnehin schon beschädigten Mast. Das massive Holz barst ein paar Meter über dem Deck und kippte nach Backbord. Leinen der Takelage rissen mit lautem Knall, und das brennende Segel fiel in sich zusammen, während sich der Mast zur Seite neigte, bis er die Backbordreling berührte. Segel und Leinen verschwanden unter der Wasseroberfläche, als die Rahen untertauchten. Flammen schlugen hoch.

Inmitten des Chaos hörte Pitt den lauten Ruf, dass der Kapitän offenbar verletzt worden war. Am Fuß des Besanmastes fand er Valero ausgestreckt auf dem Deck liegend, während sich zwei Angehörige seiner Freiwilligen-Crew um ihn kümmerten. Er musste in den Feuerschweif der RPG geraten sein, und Pitt konnte sofort erkennen, dass die Verletzungen ziemlich schlimm aussahen.

Der Schiffsführer schaute Pitt mit glasigen Augen an. »Wie hat sich die *Connie* geschlagen?«

»Einfach überwältigend.«

»Halten Sie die Kerle auf«, brachte er mühsam hervor, dann verlor er das Bewusstsein.

»Das werde ich«, sagte Pitt. »Und ich werde nie vergessen, was Sie getan haben.«

Er kehrte zur Reling zurück und sah zu seiner Überraschung, wie der Schlepper näher kam. Der erste Treffer der Parrott-Kanone hatte den Ruderstand mitsamt der hydraulischen Steuermechanik zerstört. Das nicht fixierte und unlenkbare Ruder hatte sich durch die Fahrtströmung zentriert und dem Schleppschiff zu einem Geradeauskurs verholfen.

Pitt erhaschte einen kurzen Blick auf Vasko, der in dem zertrümmerten Ruderhaus ohne Wirkung am großen Ruderrad des havarierten Schiffs kurbelte. Sich parallel neben die *Constellation* schiebend, geriet das Schiff unter den umgestürzten Besanmast – und in die unteren Rahen. Diese zerbrachen in Höhe der Wasserlinie, als der Schlepper jedoch auf Kurs blieb, bohrte sich der noch vorhandene Mastabschnitt ins Deck und wurde gegen das Ruderhaus geschoben. Der Schlepper drückte gegen die Rahen, musste aber auch gegen das gesamte Gewicht des auf Grund gelaufenen Schiffes ankämpfen. Da er den Lastkahn nach wie vor am Haken hatte, wurde der Schlepper aufgehalten.

Pitt sah neben der Reling zwei Seile von der oberen Rah herabhängen – und erkannte die günstige Gelegenheit auf Anhieb. Er sprintete zur Geschützmannschaft zurück. »Schnell, eine doppelte Pulverladung in die Kanone und sofort feuern!«

Er hob die beiden Entersäbel auf, die er aufs Oberdeck mitgenommen hatte, und gab einen an Giordino weiter.

»Was ist der Plan?«, fragte Giordino.

»Folge mir«, antwortete Pitt. »Wir gehen an Bord.«

84

Vasko blickte aus dem zertrümmerten Brückenfester und stieß einen Fluch aus.

Der Schlepper hatte den Kurs geändert, mied jetzt die Untiefen im Uferbereich und steuerte Wagner's Point an – sein ursprüngliches Ziel. Einer seiner Leute müsste die Ruderkontrollen manuell bedienen, bis sie die Zielposition erreichten, und dann müsste er den Kahn abkoppeln, schnellstens abdrehen und flüchten. Das einzige Problem war das antike Schiff, das sich vor ihnen befand.

Wenigstens war die Kanone der *Constellation* verstummt, ausgeschaltet durch die letzte Granate oder die zahlreichen Brände, die an Bord des Holzschiffs ausgebrochen waren. Um auf Nummer sicher zu gehen, hatte sich Vasko ins Ruderhaus zurückgezogen und den RPG-Werfer geladen. Als er ihn anlegte, um sein Ziel ins Visier zu nehmen, musste er zu seinem Schrecken miterleben, wie die *Constellation* auf Grund lief und nun dicht vor dem Bug des Schleppers festlag. Er hechtete zum Steuerstand der *Lauren Belle,* um dem geborstenen Besanmast auszuweichen, doch das Rad fand keinen Widerstand und ließ sich frei drehen. Der Schlepper rauschte in die Rahen und keilte sich fest, während die brennenden Segelfetzen herabsanken und das Motorschiff einhüllten.

Vasko trat aus der rückwärtigen Tür der Kommandobrücke und wurde von dem ohrenbetäubenden Knall der Parrott-Kanone empfangen. Diesmal wurde nichts beschädigt, aber eine dicke weiße Wolke wälzte sich auf den Schlepper und deckte ihn vollständig zu. Gleichzeitig sah Vasko zwei geisterhafte Erscheinungen aus dem Dunst auftauchen – zwei Männer, die sich mit Säbeln zwischen den Zähnen an Seilen auf sein Schiff herüberschwangen.

Pitt landete als Erster, nachdem sein Seil ihn bis auf das Achterdeck der *Lauren Belle* getragen hatte. Er setzte auf, machte einen Schritt und traf auf Vaskos restliche Helfer. Einer kniete, um sein Gewehr zu laden, während der andere stand und auf die Geschützmannschaft an der Parrott zielte. Letzterer drehte sich mit dem Gewehr im Anschlag um, aber Pitt war schneller. Er duckte sich unter dem Gewehrlauf weg, machte einen Ausfallschritt und rammte die Klinge seines Entersäbels durch den Oberkörper des Mannes.

Der Gewehrschütze taumelte gegen ihn, und Pitt ließ den Säbel los und stieß den Sterbenden beiseite. Er machte kehrt und griff den zweiten Schützen an, ehe er das volle Magazin in seine Waffe einsetzen konnte.

Der zweite Schütze war größer als Pitt und sprang sofort hoch. Er rammte Pitt seine Waffe in den Leib und benutzte sie als Hebel, um ihn über seine Schulter zu wuchten. Pitt taumelte zum Rand des Decks, fand sein Gleichgewicht jedoch rechtzeitig wieder, um mit der linken Schulter einen Treffer mit dem Gewehrlauf einzustecken. Pitt revanchierte sich mit der rechten Faust, erwischte den Schützen an der Wange, der zurückwich und benommen den Kopf schüttelte. Pitt griff nach unten, um ihm die Waffe aus den Händen zu winden.

Dicht hinter der Kommandobrücke fand ein ähnlicher Zweikampf statt. Giordino war in der Nähe des Ruderhauses aufgekommen und dem Bereich der Rauchwolke entkommen. So musste er mitansehen, wie Vasko mit einer RPG auf die *Constellation* zielte.

Er warf sich nach vorne und holte mit dem Säbel zu einem kraftvollen Hieb aus.

Vasko bemerkte ihn im letzten Moment und brachte den Raketenwerfer hoch, um sich zu schützen. Der antike Säbel prallte gegen das stählerne Rohr des Raketenwerfers, und die Klinge zerbrach dicht über dem Heft.

Vasko blickte seinem Angreifer ins Gesicht und erkannte zu seinem Schrecken Giordino.

»Sie schon wieder!«, fluchte er.

»Wen haben Sie denn erwartet? Den Klabautermann?« Giordino riss das Säbelheft hoch und wuchtete es in Vaskos Magengrube.

Vasko knurrte, konterte mit dem Raketenwerferrohr und traf Giordino am Kopf.

Giordino ließ den Säbelgriff fallen und bekam das Raketenrohr zu fassen. Er drückte die Laufmündung von der *Constellation* weg und weiter zum Heck des Schleppschiffes.

Die beiden Männer kämpften mit aller Kraft um die Kontrolle über die Waffe.

»Es hat keinen Sinn, Shorty«, stieß Vasko spöttisch hervor und hielt das Raketenrohr fest im Griff.

Giordino sagte nichts. Er stemmte sich gegen den größeren Mann, der knirschend die Zähne zusammenbiss. Giordino hielt den Raketenwerfer wie mit stählernen Klauen unverrückbar fest, ohne dass man ihm die Anstrengung ansah.

Als er erkannte, dass er dieses Duell verlieren würde, lehnte sich Vasko zurück, ließ eine Hand auf den Pistolengriff fallen und drückte ab.

Die Minirakete rauschte aus dem Startrohr hinaus. Das Projektil rutschte über das Deck, traf den Zwillingsschlepppoller am Schiffsheck und explodierte mit einem ohrenbetäubenden Knall.

Die Abgase des Raketenantriebs trafen Giordino im Gesicht und blendeten ihn vorübergehend.

Vasko nutzte seinen Vorteil. Er versetzte Giordino einen Tritt in den Unterleib, dann entriss er ihm den Raketenwerfer und schmetterte ihm das Rohr gegen den Kopf.

Giordino wurde von dem brutalen Rundschlag zurückgefegt und prallte gegen die Seitenreling. Während er auf das Deck stürzte, kehrte seine Sicht für einen kurzen Moment zurück. Er blickte nach achtern.

Pitt und der andere Gewehrschütze waren verschwunden.

85

Pitt hörte das Rauschen des startenden RPG, wandte dem Schiffsheck den Rücken zu und zog instinktiv den Kopf ein. Die Granate explodierte kaum zehn Meter von ihm entfernt. Die Druckwelle schleuderte ihn über die Reling und hätte ihn töten können, wäre nicht sein menschlicher Schutzschild gewesen. Mit dem Gewehrschützen ringend, fing der größere Mann mit seinem Körper die Granatsplitter und den größten Teil der Wucht auf, die die Druckwelle mit sich brachte.

Sie landeten gemeinsam im Wasser, und der Griff des anderen Mannes lockerte sich. Pitt ließ ihn los und kämpfte gegen eine Woge aus Schmerzen und Desorientierung. In seinen Ohren schrillte ein Klingeln, und sämtliche Luft war aus seiner Lunge herausgepresst worden. Er spürte, dass er im Begriff war zu ertrinken. Dann streckte er seine Gliedmaßen und versuchte, Schwimmbewegungen auszuführen in der Hoffnung, den Weg zur Wasseroberfläche zu finden. Ein längliches Objekt glitt über seinen Körper, und er griff danach und hielt sich daran fest. Es war die Schlepptrosse, die ihn für einen Moment zur Wasseroberfläche trug. Er hatte kaum Zeit, seine Lunge mit Luft zu füllen, als das schwere Kabel zu sinken begann und ihn abwärts zog.

Als seine Sinne nach und nach zurückkehrten, begann sich Pitt an der Trosse hinaufzuziehen, zuerst langsam, dann kraftvoller, eiliger. Sich Hand über Hand nach oben kämpfend, erreichte er abermals die Wasseroberfläche nicht weit vom schwarzen Lastkahn entfernt. Er blickte über die Schulter. Die *Constellation* und der Schlepper lagen gut einhundert Meter flussaufwärts entfernt. Der Kahn hatte sich vom Schlepper gelöst und trieb mit der Flussströmung, und Pitt wurde mitgezogen.

Vor dem Ruderhaus des Schleppers ließ Vasko achtlos den Granatwerfer fallen und blickte zu dem demolierten Heck hinüber. Als sich der Rauch verzog, sah er, wie sich die Trosse von den verbogenen und geborstenen Pollern abwickelte und über den Heckspiegel rutschte. Der Kahn war frei, und es gab nichts, was er in diesem Augenblick hätte tun können. Er verfolgte noch für einige Sekunden, wie der Kahn in die Mitte des Patapsco trieb. Er befand sich nach wie vor innerhalb der Todeszone, und das Wasser war für seine Zwecke reichlich tief.

Er betrat die Kommandobrücke und spürte, wie sich die *Lauren Belle* bewegte. Von ihrer Schlepplast befreit, hatte sie genügend Vortrieb, um sich an dem Mast und den Rahen der *Constellation* vorbeizuschieben. Vasko blickte an dem Segler vorbei auf die Wolkenkratzer von Baltimore, dann ging er zur Waffenkiste. Er holte die Tasche mit dem Funksender hervor, der auf die Sprengladung im Bauch des Schleppkahns programmiert war.

Auf dem Deck schlug Giordino die Augen auf und hatte eine Feuerwand vor sich. Es war ein brennendes Segel, das vom Dach des Ruderhauses mitgerissen worden war, als der Schlepper unter dem umgestürzten Mast durchgefahren war. Eine Antenne auf der Kommandobrücke hatte sich in dem brennenden Segel verfangen und es heruntergerissen, sodass es sich wie ein Vorhang über eine Seite des Ruderhauses gebreitet hatte.

Giordino richtete sich auf und sah, dass die *Constellation* zurückblieb. Zwei Männer, die zur Mannschaft der Parrott gehörten, beugten sich über die Reling und blickten zum Schlepper hinüber.

Giordino winkte den Männern. »Schießpulver! Werft ein paar Säcke rüber!«

Einer der Kanoniere – Yates, soweit Giordino sich erinnern

konnte – verschwand erst für einige Sekunden, und dann kehrte er mit drei Schwarzpulversäcken zurück. Er schleuderte sie so geschickt übers Wasser, dass die Beutel aus Alufolie neben Giordino auf dem Deck aufschlugen. Giordino schnappte sich zwei Beutel und warf sie zur Ruderhaustür. Einen kurzen Moment später trat Vasko durch die Tür.

In der Hand hielt er den Funksender. Er richtete ihn auf den treibenden Lastkahn und drückte auf den Sendeknopf. Zwei dumpfe Explosionen erklangen am Ende des Schleppkahns, begleitet von kleinen grauen Rauchwolken. Vasko grinste und achtete nicht auf den Mann im Wasser, der sich an die Schlepptrosse des Kahns klammerte.

Er wandte sich um und bemerkte Giordino, der in der Nähe der Reling auf dem Deck saß und ihn süffisant angrinste.

»Immer noch unter uns, mein kleiner Freund?«, fragte Vasko.

»Ich wollte mich nur verabschieden.«

»Es wird mir eine Freude sein.« Vasko lehnte sich zurück, ließ den Funksender in die Waffenkiste fallen und ergriff stattdessen ein geladenes Gewehr.

Während er sekundenlang abgelenkt war, hatte Giordino den dritten Beutel Schwarzpulver mit den Zähnen aufgerissen und Vasko zielsicher vor die Füße geworfen.

Vasko schaute verwirrt nach unten, als eine Spur verschütteten Schwarzpulvers, angezündet durch das brennende Segel, knisternd und funkensprühend auf die beiden Säcke zu seinen Füßen zuraste. Er hatte keine Zeit mehr einzuordnen, was er da sah, und zu begreifen, was es bedeutete.

Die Explosion hallte vom Rumpf der *Constellation* wider und hüllte den Schlepper abermals in eine Wolke weißen Dunstes.

Als sich der Rauch verzogen hatte, näherte sich Giordino dem zertrümmerten Ruderhaus.

Vasko lag auf dem Deck, die Beine weggesprengt und einen Ausdruck des Schocks in den brechenden Augen.

Giordino musterte ihn kühl, dann gab er ihm einen letzten Kommentar mit auf die Reise.

»Du darfst mich Al nennen.«

Giordino ging weiter zum Heck des Schleppers. Er schaute flussabwärts und entdeckte den treibenden Lastkahn, der in der Ferne schnell kleiner wurde. Ein schlanker, dunkelhaariger Mann kletterte aus dem Wasser. Er schwang sich über die Reling und winkte ihm vom Bug seines atombombenbewehrten Streitwagens zu.

86

Pitt befand sich noch im Wasser, als er die gedämpften Explosionen vom fernen Ende des Lastkahns hörte. Er hangelte sich an der Trosse hinauf bis zur Reling, rollte sich aufs Deck und blieb erst einmal sekundenlang liegen, um zu Atem zu kommen. Als er sich schließlich auf die Füße kämpfte, spürte er eine leichte Neigung des Decks.

Eilig ging er zu den Laderäumen. Jedes der vier Abteile war mit einer leichten Glasfaserplatte zugedeckt. Er klappte das erste Abteil auf und fand eine Palette, auf der, mit Gurten gesichert, die russische RDS-5-Bombe ruhte. Er betrachtete sie sekundenlang, dann überprüfte er die anderen Frachträume. Bis auf ein rostiges Fass und einige Ketten im zweiten Abteil sowie einen ansteigenden Wasserspiegel im vierten waren alle leer. Pitt schätzte, dass sich der Kahn keine Viertelstunde mehr würde über Wasser halten können.

Er kehrte zum ersten Frachtraum zurück und kletterte hinein, um die Waffe zu inspizieren. Der dickbauchige Korpus der RDS-5 hatte einen Durchmesser von gut einem Meter fünfzig, war vier Meter lang und verbreiterte sich am Ende zu einem runden Heckleitwerk. Die glatte schwarze Außenhaut wurde dicht vor dem Leitwerk von einer erhabenen Instrumententafel unterbrochen. Pitt schaute durch ihren gläsernen Deckel und stellte fest, dass die Bombe einen geradezu lebendigen Eindruck machte. Zahlreiche LED-Displays zeigten hell leuchtende Zahlen. Neben der Instrumententafel ragte eine kleine Skala aus dem Bombenkorpus – die Anzeige eines Tiefenmessers. Er schaute wieder auf die Instrumententafel. Zwei LED-Displays trugen Bezeichnungen aus kyrillischen Buchstaben. Ein Display zeigte eine »0«, das andere die Zahl »25«. Pitt vermutete, dass die Null die augenblickliche Tiefe bezeichnete und die Fünfundzwanzig die Tiefe, in der die Bombe gezündet würde.

Pitt spürte, wie ein Gefühl nackter Angst von ihm Besitz ergriff. Giordino mochte Vasko ausgeschaltet haben, aber das hatte kaum mehr Bedeutung. Die Bombe war scharf gemacht und sollte bei einem Wasserdruck, der einer Tiefe von fünfundzwanzig Fuß entsprach, explodieren. Und dazu würde es kommen, wenn der Lastkahn versank – so einfach war das. Pitt dachte daran, die Displays zu zerschmettern oder den Tiefenmesser zu zerstören, befürchtete jedoch, dass die Waffe darauf programmiert war, bei jedem Versuch einer Manipulation von außen sofort gezündet zu werden.

Er kletterte aus dem Laderaum und blickte sich um. Der Kahn war etwa eine halbe Meile vom Festland entfernt. Da er über keinen eigenen Antrieb verfügte, wäre es unmöglich, ihn durch die Strömung ins flache Wasser zu lenken, ehe er versank. Pitt suchte den Fluss ab, so weit sein Auge reichte. In der Nähe kreuzten mehrere Vergnügungsboote, von denen die meisten in der Nähe der brennenden *Constellation* zu sehen waren. Aber sie alle waren zu klein, um den schweren Lastkahn zu bewegen. Als er dann in Richtung Bucht schaute, entdeckte er das Skipjack, das er schon vom Hubschrauber aus gesehen hatte und das in diesem Moment im Windschatten kreuzte.

Der Schleppkahn hatte mittlerweile starke Schlagseite und sackte schnell tiefer, die ersten Wellen überspülten bereits das Oberdeck. Pitt schaute zu dem Skipjack hinüber. Es war seine einzige Option.

Das Austernboot war soeben in den Patapsco eingeschwenkt, bewegte sich zur Flussmitte und war noch weit vom Kahn entfernt. Pitt musste die Lücke schließen – und zwar schnellstens. Er rannte zum zweiten Laderaum und wuchtete das leere Fass an Deck. Aus Ketten- und Seilfragmenten knüpfte er ein Geschirr um das

Fass und befestigte ein etwa zehn Meter langes Seil daran – als Vorfach. Diese Konstruktion schleifte er zum flussaufwärts gerichteten Ende des Kahns und verankerte das Seil an einem Steuerbordpoller. Dann schob er das Fass über den Rand des Frachtdecks in die Fluten der Bucht, wo es sich mit Wasser füllte und hinter dem Kahn hergezogen wurde.

Der provisorische Schleppsack übte einen Zug auf die landwärts gelegene Seite des Hecks aus und drehte den flussabwärts gerichteten Bug leicht nach Backbord. Viel war es nicht, aber es reichte, um den sinkenden Kahn in Richtung des Skipjacks zu lenken.

Flussaufwärts kreuzend, beobachtete ein grauhaariger, wettergegerbter Austernfischer namens Brian Kennedy den Schleppkahn und stellte fest, dass er steuerlos in der Strömung trieb. Außerdem war nicht zu übersehen, dass er im Begriff war zu sinken, und Kennedy änderte seinen Kurs, um das seltsame Geschehen genauer in Augenschein zu nehmen. Sein Boot, die *Lorraine,* war ein großes Skipjack, wie die breite, außergewöhnlich manövrierfähige Segelbootklasse genannt wurde. Eigens für die Austernfischerei in der Chesapeake Bay konstruiert, war dieser Schiffstyp in seiner besten Zeit überall in der Bucht anzutreffen. Da die Bucht nach einiger Zeit vollkommen überfischt war, verschwand der Bootstyp allmählich, und die *Lorraine* war eins von etwa vierzig Booten, die von einer Flotte von zweitausend übrig geblieben und immer noch im täglichen Einsatz waren.

Bis zum Beginn der neuen Austernsaison dauerte es noch einige Zeit, aber Kennedy testete mit seinem geliebten Schiff ein neues Segel. Als er einen hochgewachsenen Mann auf dem Kahn entdeckte, der ihm heftig zuwinkte, kreuzte er über den Fluss und ging längsseits. Das Kopfende war bereits untergetaucht, und von allen Seiten wuschen Wellen über das niedrige Deck.

»Sie sollten lieber an Bord kommen, Mister, sonst saufen Sie mit ab.«

»Im ersten Frachtraum befindet sich noch eine Ladung, die ich herausholen muss«, erwiderte Pitt. »Haben Sie ein motorisiertes Schleppnetz?«

Der Austernfischer starrte Pitt verständnislos an. Er war triefnass, aber seine Kleidung war versengt und mit Blut besudelt. Wasser spülte um seine Füße, und der Ausdruck seiner Augen trieb zur Eile, dennoch strahlte seine Haltung eine gewisse Gelassenheit aus.

»Ja, habe ich«, sagte Kennedy. »Mit einer generalüberholten Maschine. Sie sollten sich aber lieber beeilen.«

Er schwenkte den Auslegerbaum, von dem ein großes Schleppnetz an einem Kabel herabhing, zum Schleppkahn hinüber. Pitt packte das Netz und zog es in den Laderaum, während der Austernfischer mit der Motorwinde Kabel auslaufen ließ.

Im Laderaum stand das Wasser bereits einen halben Meter hoch und stieg mit jeder neuen Welle, die durch die Öffnung hereindrang, weiter an. Pitt schleppte das Netz in eine Ecke und löste es vom Kabel. Er tastete im Wasser die Unterseite der Bombe ab und fand eine Hubkette, die er schon vorher bemerkt hatte.

»Sie sollten lieber herauskommen, Mister!«, rief Kennedy.

Das Wasser drang immer schneller ein, während Pitt die vier Ketten in die Haken des Schleppnetzkabels einhängte. »Okay, hoch damit!«, rief Pitt.

Er hatte das letzte Wort kaum ausgesprochen, als Wasser auf allen vier Seiten in einem breiten Schwall in den Frachtraum schäumte. Pitt fasste nach dem Kabel und zog sich auf die Bombe hoch, während das Abteil überflutet wurde. Das Kabel spannte sich, und die Bombe löste sich von der Palette. Sie schlug wuchtig gegen die Innenwände des Laderaums, während der Kahn wegsackte. Pitt hielt die Luft an, als er von einer Wasserwalze überspült wurde. Er spürte ein paar weitere vibrierende Schläge, sobald die frei schwingende Bombe gegen die stählernen Schotten prallte. Dann verstummte der Lärm, und die Wasserflut beruhigte sich.

An Bord der *Lorraine* verfolgte Kennedy geschockt, wie der Schleppkahn versank und mit ihm der dunkelhaarige Mann. Der

Windenmotor arbeitete mit Höchstleistung, und das straff gespannte Schleppnetzkabel zog das Skipjack bereits seitlich hinab, sodass der Auslegerbaum fast die Wasseroberfläche berührte. Der Austernfischer glaubte, das Schleppnetz habe sich irgendwo auf dem Kahn verfangen, und wollte Kabel nachlassen, als Pitts Kopf die Wasseroberfläche durchbrach.

Er schüttelte sich das Wasser aus den Augen und schaute zu Kennedy hoch. »Wir haben sie. Bringen Sie sie ins Körbchen.«

Kennedy bediente die Kontrollen der Winde, während der Mechanismus mit dem ungewöhnlichen Gewicht bis an seine Grenzen belastet wurde. Nachdem sich das Boot allmählich wieder aufgerichtet hatte, glaubte er, seinen Augen nicht zu trauen, als er sah, dass Pitt auf einer mächtigen schwarzen Bombe ritt.

»Sie … sitzen auf einer Bombe«, stammelte er. »Ist es ein Blindgänger?«

»Schön wär's«, erwiderte Pitt mit einem schiefen Grinsen.

87

Der Army-Hubschrauber sank zur Ostküste Marylands herab, verharrte für einen Moment schwebend über einem leer stehenden Ferienhaus und landete auf seiner Zufahrt. Ein Team militärischer Bombenentschärfungs- und Kernwaffenspezialisten stieg aus und rannte zur Rückseite des Hauses. Es stand am Ufer einer idyllischen Bucht namens Huntingfield Creek, wo ein schmaler Pier ein Stück in die Chesapeake Bay hineinragte. Am Ende des Stegs wartete einsam die russische Atombombe.

Ein Hochleistungs-Funkfrequenzstörsender war neben der Bombe aufgestellt und aktiviert worden, um ihre Explosion durch ein Funksignal zu verhindern. Die Waffenspezialisten untersuchten die Bombe eingehend und gelangten zu dem beruhigenden Ergebnis, dass sie tatsächlich durch einen Tiefenanzeiger ausgelöst werden würde. Sie überbrückten den Drucksensor, entfernten einige Komponenten, um den Auslösemechanismus lahmzulegen, und entschärften schließlich die Dreißig-Kilotonnen-Waffe.

In der Mitte der Chesapeake Bay stand Pitt am Bug der *Lorraine* und verfolgte amüsiert, wie ein Boot der Küstenwache sie nach Baltimore scheuchte. Ein Schwarm Boote diverser Vollstreckungsbehörden flitzte wie in Panik herum und versuchte, eine fünf Meilen breite Sicherheitszone um das abgelegene Dock einzurichten, wo Pitt die Bombe deponiert hatte.

Das Skipjack segelte zum Patapsco River zurück, wo sie kurz vor dem Hafen von Baltimore auf die gestrandete *Constellation* trafen. Die alte Sloop war von einem halben Dutzend Polizei- und Feuerlöschboote umringt. Die Toten und Verwundeten waren abtransportiert, die Feuer gelöscht und die Lenzpumpen eingeschaltet worden, um die überfluteten Decks trockenzulegen. Pitt bemerkte, dass der Schlepper, die *Lauren Belle,* noch immer neben ihr lag, und an Bord befanden sich mehrere Polizisten, die jeden Quadratzentimeter untersuchten.

»Können Sie mich mitnehmen, Seemann?«, ertönte ein Ruf vom Spardeck der *Constellation.*

Pitt schaute hoch und erblickte Giordino, der ihm von der Reling aus zuwinkte. Dann bat er Kennedy, mit seinem Skipjack längsseits zu gehen. Giordino verabschiedete sich von seinen neuen Freunden an Bord des Segeloldtimers, hangelte sich an der Vertäuleine eines Polizeiboots abwärts und sprang auf das Deck der *Lorraine* hinunter.

Gezeichnet von zahlreichen winzigen Brandwunden und Prellungen, strahlte er trotzdem über das ganze Gesicht. »Ich hätte mir eigentlich denken können, dass du eine Vergnügungsfahrt unternimmst, während sich alle anderen die Hände schmutzig machen.«

»Du weißt doch, wie sehr ich jede Form handwerklicher Tätigkeit verabscheue«, sagte Pitt. »Wird die *Connie* durchkommen?«

»Erst muss sie wohl noch einen längeren Aufenthalt im Trockendock in Kauf nehmen, aber ich denke, sie wird es schaffen und bald wieder in alter Schönheit erstrahlen.«

»Ihre Mannschaft hat heute mitgeholfen, viele Menschenleben zu retten.«

»Wo hast du die Bombe deponiert?«, wollte Giordino wissen. »Ich hatte eigentlich vor, dir zu folgen, aber die Ruderanlage des Schleppers wurde durch unseren letzten Treffer gehimmelt.«

»Zusammen mit unserem kahlköpfigen Freund, hoffe ich doch.«

Giordino grinste. »Ob der allerdings auch gehimmelt wurde, weiß ich nicht. Auf jeden Fall hat er das Zeitliche gesegnet.«

»Wir haben eine stille Bucht auf der anderen Seite der Bucht gefunden«, sagte Pitt, »so abgelegen wie möglich.«

Giordino warf einen Blick zu Kennedy, der am Ruder stand, und schüttelte den Kopf. »Das war eine ganz schön dicke Auster, die ihr aus der Bucht gefischt habt.«

Der Austernfischer nickte, als wäre es eine vollkommen alltägliche Angelegenheit gewesen.

Das Skipjack rauschte in den Hafen von Baltimore mit seiner Light Show flackernder Polizeiblaulichter auf dem Uferkai. Die *Lorraine* schob sich auf den freien Anlegeplatz der Küstenwache, wo es von Polizisten wimmelte. Als Pitt und Giordino an Land gingen und beim Festmachen des Bootes mithalfen, rollten zwei schwarze Limousinen auf den Kai. Ein Team Secret-Service-Agenten sprang aus der ersten Limousine, während Vizepräsident Sandecker und Rudi Gunn aus der zweiten ausstiegen. Die beiden Männer gingen Pitt und Giordino entgegen.

»Gute Arbeit, Leute«, quetschte Sandecker zwischen den Zähnen hervor, ohne sich von seiner Zigarre zu trennen. »Wir haben eben gerade Nachricht erhalten, dass das Bombenkommando der Army die Waffe gefahrlos entschärft hat.«

»Bei dreißig Kilotonnen«, sagte Giordino, »wäre es auch ein ganz hübscher Bums gewesen, wenn sie es nicht geschafft hätten.«

Sandecker schaute Pitt fragend an. »Wie kamen Sie darauf, dass Baltimore das Ziel war und nicht D.C.?«

»Es war der Vorfall im Schwarzen Meer«, antwortete Pitt. »Dieselben Leute hatten Sprengstoff verwendet, um Schwefelwasserstoffgas freizusetzen, das in großen Mengen in sauerstoffarmen Wasserschichten des Meeres vorhanden war. Die gleichen Bedingungen herrschen während des Sommers auch in der Chesapeake Bay dicht vor dem Hafen.« Er deutete an Fort McHenry vorbei auf den Patapsco.

»Wir wissen noch immer nicht, wer genau dahintersteckte«, sagte Gunn und sah Giordino auffordernd an.

»Es heißt, auf dem Schlepper gebe es keine Überlebenden«, meinte Sandecker.

»Das ist richtig«, bestätigte Giordino.

»Es war dieselbe Mannschaft aus Bulgarien, die für Mankedo arbeitete«, sagte Pitt. »Ana Belowa von Europol ist ihrem Geldgeber auf der Spur. Ich denke, wir werden in Kürze mehr erfahren.«

»Falls es sich um ukrainische Rebellen handelt, kann ich Ihnen versichern, dass sie vollständig auf dem Holzweg waren«, sagte Sandecker. »Der Präsident rast vor Wut und hat die Absicht, den Kongress um die Bewilligung weiterer Hilfsgelder und Waffen für die ukrainische Regierung zu bitten.«

»Vielleicht ist das ihre Absicht gewesen«, gab Pitt zu bedenken.

»Was meinst du?«, fragte Gunn.

»Zuerst hat es einen versuchten Angriff auf Sewastopol gegeben – mit einem amerikanischen Schiff. Dann wird ein amerikanisches Flugzeug in die Luft gesprengt, nachdem es Hilfsgüter in die Ukraine brachte. Schließlich folgt ein Angriff auf die USA, getarnt als Attacke pro-russischer ukrainischer Rebellen. In meinen Augen sieht das so aus, als wolle da jemand einen Krieg vom Zaun brechen.«

»Oder vielleicht auch nur die Russen aus der Ukraine vertreiben«, sagte Gunn.

»Vielleicht sind sie cleverer als wir alle zusammen.« Sandecker betrachtete sinnend seine Zigarre. »Auf jeden Fall möchte der Präsident Ihnen seinen persönlichen Dank für das aussprechen, was Sie getan haben, um die Nation zu beschützen.« Er deutete auf die Limousinen. »Er hält sich zurzeit in Camp David auf und erwartet Sie dort.«

»Bitte richten Sie dem Präsidenten meinen aufrichtigen Dank aus«, sagte Pitt, »aber zurzeit kann ich seiner Einladung leider nicht Folge leisten.«

»Sie geben dem Präsidenten einen Korb? Weshalb? Was soll ich ihm sagen?«

Pitt deutete mit einem Kopfnicken auf die *Lorraine.* »Sagen Sie ihm, ich könne nicht nach Camp David kommen, weil ich einem Austernfischer aus der Chesapeake Bay ein sehr großes und sehr kaltes Bier spendieren muss.«

EPILOG

Der erste Morgenstrahl

88

Der Morgen des 22. Juli, ein Samstag, war in Gibraltar klar und sonnig. Die Sommergäste, die die Bürgersteige bevölkerten, suchten bereits nach schattigen Plätzen, als kurz nach Mittag vor dem ehemaligen Gebäude der Anglo-Egyptian-Bank ein Taxi vorfuhr. Mansfield stieg aus und hielt die Türen für Martina und einen korpulenten Mann aus der russischen Botschaft in Madrid auf. Dabei registrierte er zwei englische Armeelastwagen, die nicht weit entfernt am Bordstein parkten. Den beiden anderen Wageninsassen ins Bankgebäude folgend, erlebte er einen gelinden Schock, als er sich im Foyer ganz plötzlich einer Schar englischer Soldaten gegenübersah, die in Gruppen herumstanden und sich angeregt unterhielten.

Es waren jedoch gar nicht die Soldaten, die ihn veranlassten, sich zu vergewissern, dass die Waffe, die er in einem Schulterholster unter seinem Sakko bei sich trug, griffbereit war. Es war die Anwesenheit zu vieler vertrauter Gesichter in der unmittelbaren Umgebung des Bankdirektors. Dirk, Summer, Perlmutter, Trehorne und Hawker sahen Mansfield an, als wäre er zu spät zu einer Geburtstagsparty erschienen. Trotzdem wurde kein Wort gesprochen, und auch der Wachdienst der Bank wurde nicht alarmiert.

Finlay durchquerte das Foyer und streckte ihm die Hand entgegen. »Mr. Romanow, schön, Sie wiederzusehen.«

Der Bankdirektor hatte dunkle Ringe unter den Augen und trug denselben Anzug wie am Vortag, allerdings mit einigen zusätzlichen Knitterfalten. Mansfield bemerkte jedoch auch, dass Finlays am Vortag demonstrierte Nervosität inzwischen vollkommen verflogen war.

»Guten Morgen, Mr. Finlay. Darf ich Sie mit Alexander Wodokow vom russischen Außenministerium bekannt machen?«

Der rundliche Anwalt trat vor und wechselte einen Händedruck mit Finlay. »Ich vertrete die Russische Föderation und möchte formell Anspruch auf eine Einlage in diesem Institut erheben.« Er präsentierte ein vom Botschafter unterzeichnetes Schriftstück.

»Können Sie mir die Kontonummer nennen?«

»Nein. Aber ich gehe davon aus, dass Sie über die Einlage Bescheid wissen. Es war ein hoher Betrag in Gold, der im März 1917 bei der Anglo-Egyptian Bank im Namen von Zar Nikolaus II. deponiert wurde.«

»Die Vorschriften verlangen einen Nachweis über die Einlage«, sagte Finlay, ohne mit einer Wimper zu zucken.

»Die Geldmittel wurden von der HMS *Sentinel* abgeliefert, einem Schiff der Royal Navy, und zwar im Namen des Kaiserlichen Russischen Staates als ein Teil des Vertrags von Petrograd.«

»Verfügen Sie über eine Kopie des Vertrags?«, fragte Finlay.

Wodokow suchte in einem Aktenkoffer und zog ein zusammengeheftetes Dokument heraus. »Dies ist eine unterzeichnete Kopie.«

Finlay nahm das Dokument entgegen. »Wenn Sie mich für einen Moment entschuldigen.« Er ging in einem Kassenschalter zu einem Fotokopiergerät und fertigte zwei Kopien an. Eine schloss er in der Schublade des Kassierers ein, reichte die andere einem Assistenten und kam dann zu Wodokow zurück.

»Als Repräsentant der Barclays Bank und Verwalter der fraglichen Einlage muss ich Sie leider davon in Kenntnis setzen, dass der Eigentumsanspruch der Russischen Föderation für diese Einlage erloschen ist.« Er händigte dem Diplomaten dessen Vertragskopie aus.

Mansfield trat vor. »Was sagen Sie da?«

»Das Dokument ist in diesem Punkt ganz klar und unmissverständlich, auch wenn ich das von meinen Russischkenntnissen nicht behaupten kann«, erwiderte Finlay. »Der Vertrag sieht vor, dass die Engländer die Vermögenswerte treuhänderisch verwalten, und zwar entweder bis zur Wiederherstellung der Kaiserlichen Regentschaft oder für ein weiteres Jahrhundert nach Inthronisierung des ersten Romanows – je nachdem, welche Bedingung zuerst erfüllt ist.«

»Das will ich sehen.« Mansfield riss Wodokow den Vertrag aus der Hand und überflog die aufgelisteten Vertragsbedingungen.

»Sie werden die russische Geschichte sicherlich besser kennen als ich«, sagte Finlay, »aber Michael I. war der erste russische Zar aus dem Hause Romanow. Gekrönt wurde er am zweiundzwanzigsten Juli 1613. Ich fürchte, die Einhundertjahresfrist seit Unterzeichnung des Vertrags im Jahr 1917 ist heute Mittag verstrichen, wenn ich den Text des Dokuments richtig verstehe.« Er schaute auf die Wanduhr. »Die Vermögenswerte sind nun in den Besitz der englischen Regierung übergegangen, die bereits Vorbereitungen getroffen hat, sie zu übernehmen.«

Er gab den Soldaten im Foyer ein Zeichen. Die Männer nahmen ihre Positionen ein und bildeten einen bewaffneten Kordon durch die Eingangstür und bis auf die Straße. Zwei kräftige Soldaten folgten Finlay in den offenen Tresorraum. Kurz darauf erschienen die Soldaten wieder, beladen mit einer kleinen, aber offenbar schweren Holzkiste, die sie durch das Bankportal hinaustrugen. Sie luden sie in einen der Armeelastwagen, die nun direkt vor der Bank am Bordstein parkten, dann kehrten sie in die Bank zurück, um die nächste Kiste zu holen.

Nachdem er das Geschehen stumm und entgeistert verfolgt hatte, explodierte der Diplomat regelrecht. »Das ist ein Skandal!«, brüllte er Finlay an. »Meine Regierung wird in aller Form dagegen protestieren!« Er wandte sich an Mansfield. »Warum haben Sie nicht schon früher darauf hingewiesen?«

»Ich habe es erst gestern Nachmittag erfahren.«

»Das wird unangenehme Folgen haben.« Er stürmte auf die Straße hinaus, hielt ein Taxi an und verschwand.

Mansfield grinste, während er dem Diplomaten nachschaute, dann kam er auf Summer und die anderen zu.

»Herzlichen Glückwunsch. Das war einfach perfekt inszeniert«, sagte er. »Wie heißt es bei den Amerikanern, ein Tag zu spät und ein Dollar zu wenig, oder?«

»Etwa zwei Milliarden Dollar zu wenig, in diesem Fall«, sagte Summer.

»Offensichtlich stehen wir am Ende alle mit leeren Händen da.«

»Sie gehören eigentlich hinter Gitter«, sagte Hawker.

»Ich bitte Sie, Major, das ist aber nicht die feine englische Art, einen Sieg zu feiern.« Er deutete eine Verbeugung an. »Leben Sie wohl.« Er machte kehrt und schlenderte aus der Bank hinaus, ohne sich noch einmal umzudrehen.

Martina begleitete ihn durch die Tür und quittierte seinen blasierten Abgang mit einem Kopfschütteln.

»Wir haben bitter versagt«, sagte sie. »Machen Sie sich keine Sorgen wegen Moskau? Wodokow hat recht. Es wird unangenehme Fragen geben.«

Mansfield zuckte die Achseln, während sie an den Armeelastwagen vorbeigingen. »Meine liebe Genossin, Sie sehen einen notorischen Überlebenden vor sich. Ich werde Moskau meiden, bis es zur nächsten Geheimdienstkrise kommt und dieser Vorfall vergessen sein dürfte.«

»Aber was ist mit dem obersten Chef?«

»Könige, Präsidenten und oberste Chefs, sie kommen und gehen, aber Viktor Mansfield wird immer durch den dekadenten Wilden Westen ziehen und für Mütterchen Russland kämpfen.« Er hakte sich bei ihr ein. »Was halten Sie davon, wenn wir noch etwas trinken?«

Die ernste, stets dienstbeflissene Agentin musterte ihn verwirrt, dann gab sie sich geschlagen. »Einverstanden.«

Perlmutter blickte dem Paar nach. »Er versteht genau, wie wir denken. Es hätte wirklich wenig Sinn, ihn jetzt zu verhaften.«

»Seine Tage als Undercover-Agent dürften vorbei sein«, sagte Hawker. »Ich denke, das ist das Wichtigste.«

Dirk schüttelte den Kopf. »Trotzdem würde ich ihm liebend gern eine Rechnung für unser demoliertes Mini-U-Boot schicken.«

Finlay kam zu ihnen zurück. Von Müdigkeit war ihm nichts mehr anzumerken. »Darf ich Ihnen jetzt Nelson's Cave zeigen?«

Summer nickte lächelnd. »Bitte, gern.«

Er geleitete sie durch die mächtige Stahltür in den Tresorraum. Er war in eine natürliche Höhle hineingebaut worden. Das Einzige, was hinzugefügt wurde, waren ein Betonfußboden und ein Rahmen für die Tresortür.

Die gewölbte Decke aus Kalkstein und die Wände ragten nahezu zwanzig Meter in den Berghang hinein.

»Dieser Bereich wurde von den Spaniern ursprünglich La Bóveda-Höhle genannt«, erklärte Finlay. »1805 wurde sie dann in Nelson's Cave umbenannt, als mehrere in der Schlacht von Trafalgar gefallene Soldaten vor ihrer Beerdigung hier aufgebahrt wurden. Als die Anglo-Egyptian Bank diese Immobilie im Jahr 1887 erwarb und das Gebäude errichtete, das die Höhle mit einschloss, war der Name Nelson so gut wie vergessen.«

»Eine kluge Entscheidung, einen solchen Tresor zu bauen«, sagte Perlmutter.

»Auf jeden Fall haben Sie erhebliche Baukosten gespart«, sagte Trehorne.

»Da können Sie recht haben.« Finlay klopfte mit den Fingerknöcheln gegen die Wand neben ihm. »Der Kalkstein ist mindestens zehn Meter dick, daher dürfte es einer der sichersten Orte sein, um dort größere Geldsummen aufzubewahren.«

»Oder russisches Gold?«

Finlay führte sie an mehreren Reihen Schließfächern und einem großen Bargeldsafe vorbei zu einem käfigartigen Bereich im hinteren Teil des Tresorraums. Ein altes eisernes Gittertor war geöffnet worden, hinter dem ein hoher Stapel von Holzkisten stand. Die beiden Soldaten befanden sich in dem Raum, hoben eine weitere Kiste von dem Stapel und schlängelten sich an der Gruppe vorbei.

»Romanow-Gold, um genau zu sein«, sagte Finlay als Antwort auf Summers Frage.

»Hierher gebracht, damit die Bank von England den Besitz leugnen konnte?«, fragte Trehorne.

»So verstehe ich es. Das Gold wurde aus Russland herausgeholt und unter größter Geheimhaltung auf die HMS *Sentinel* verladen. Die *Sentinel* brachte es zwecks vorübergehender Lagerung vor dem endgültigen Transport nach England hierher. Aber dann geschahen zwei Dinge. Die Unruhen in Sankt Petersburg nahmen zu, was zur Abdankung des Zaren führte. Und die *Sentinel* wurde nur wenige Tage nach Ablieferung des Goldes versenkt. Diejenigen in England, die über Einzelheiten informiert waren, glaubten, dass die *Sentinel* mit dem Gold an Bord untergegangen war. Der Direktor der Anglo-Egyptian Bank in Gibraltar und der hiesige Repräsentant der Bank von England kamen überein, das Gold hierzubehalten, bis sich die politische Lage in Russland geklärt hätte.« Er schüttelte den Kopf. »Ich hörte, dass der Vertreter der Bank von England zu Tode kam, als sein Schiff während der Rückreise nach England von einem Torpedo getroffen wurde.«

Trehorne massierte sein Kinn. »Dann tappte sogar die Bank von England im Dunkeln?«

»Bis vor etwa zwei Wochen, als wir den Chef der Bank informierten und um Transportmittel und Schutz baten.«

»Wer wusste sonst noch Bescheid?«, fragte Summer.

»Niemand außerhalb von Gibraltar. Die Queen und der Premierminister waren über die Neuigkeit angeblich geschockt. Sie hoffen natürlich, die Existenz des Goldes geheim halten zu können.«

»Keine Chance heutzutage«, sagte Dirk. »Wohin ist es unterwegs?«

»Die Army schafft es zu einem Flughafen, damit es vom Militär nach London gebracht wird. Dort wird es im Goldtresor der Regierung in London unter der Threadneedle Street gelagert.«

Summer sah Finlay prüfend an. »Woher wussten Sie, dass heute der entscheidende Tag war?«

»Wir verfügten in unseren Akten über die Kopie eines Vertragsentwurfs, daher kannten wir das Verfallsdatum. Sie können sich gewiss meinen Schreck vorstellen, als Sie gestern in die Bank kamen und kurz darauf die Russen erschienen.«

»Das war wirklich knapp«, sagte Trehorne.

»Sie wissen ja noch nicht einmal die Hälfte.«

»Weil Sie keine unterschriebene Kopie des Vertrags besaßen?«, fragte Perlmutter.

»Genau«, gestand Finlay. »Bis heute, als die Russen mit der unterschriebenen Kopie erschienen, hatten wir keine sichere legale Position. Nun besitzen wir immerhin einen Beweis für die Ratifizierung des Vertrags. Die englische Regierung kann Ihnen dafür kaum genug danken.«

»Was ist mit den anderen Bestandteilen des Vertrags?«, fragte Dirk. »Wird die Regierung die Abbaurechte einfordern?«

»Wer weiß das schon? England wäre die reichste Nation der Welt, wenn diese Rechte jemals anerkannt würden. Aber eher würden die Russen einen Krieg beginnen, nehme ich an. Wahrscheinlich wird die ganze Sache im Interesse diplomatischer Geheimhaltung unter den Teppich gekehrt. Für Sie ist es schade, wenn man es genau betrachtet.«

»Warum das?«, fragte Summer.

»Anderenfalls, so vermute ich, hätten Sie alle mit einem Ritterschlag der Queen rechnen können.«

»Mit einem Ritterschlag?«, sagte Trehorne. »Du liebe Güte, das wäre was gewesen.«

Summer schüttelte den Kopf. »Dürfen wir das Gold sehen?«

»Sicher.« Finlay ging voraus in den Käfig hinein und trat an eine

Kiste heran. Er hebelte den Deckel auf, und zum Vorschein kam eine Reihe glänzender Goldbarren, von denen jeder mit dem, den Summer in der Canterbury gefunden hatte, identisch war. Finlay ließ einen herumgehen, damit ein jeder ihn ausgiebig betrachten konnte.

»Zu diesem Schatz gehören auch ein oder zwei Kisten mit ungeschliffenen Diamanten«, sagte Finlay.

Summer war die Letzte, die den Goldbarren bewundern durfte, und er rutschte ihr aus der Hand, als sie ihn dem Bankier zurückgab. Der schwere Barren klirrte, als er auf dem Boden aufschlug.

»Tut mir leid, Mr. Finlay. Es kommt nicht jeden Tag vor, dass ich mir eine Milliarde Dollar durch die Finger schlüpfen lasse.«

»Ist schon gut«, sagte er und hob den Barren auf. »Ich kann mir Ihre Enttäuschung nach der langen und schwierigen Jagd nach dem Goldschatz sehr gut vorstellen.«

»Ein paar schlaflose Nächte werde ich wohl haben«, sagte sie.

Während sie ins Foyer zurückkehrten, bemerkte sie, dass Dirk lächelte. »Du scheinst trotz der gegebenen Umstände recht zufrieden zu sein.«

»Mir ging gerade durch den Kopf, wie glücklich ich eigentlich bin.«

»Glücklich? Wir haben uns den Hintern aufgerissen, um das Gold zu finden – dabei lag es die ganze Zeit in der Bank. Es war und wird für immer ein Geheimnis bleiben. Was ist daran so erfreulich?«

»Weil es ein Geheimnis bleibt«, sagte Dirk grinsend, »werde ich nicht gezwungen sein, dich für den Rest meines Lebens Dame Summer nennen zu müssen.«

89

Martin Hendriks beobachtete vom Fenster eines gemieteten Apartments aus, wie die holländische Polizei seine durch ein massives Tor gesicherte Residenz – nur ein kurzes Stück weiter auf der gleichen Straße – stürmte. Hätte er genauer hingesehen, wäre ihm gewiss eine schwarzhaarige Bulgarin aufgefallen, die die Operation leitete.

Er wusste, dass es nach Vaskos Versagen nur eine Frage der Zeit war, bis die Spur zu ihm führen würde. Bisher jedoch war sein Name in den Nachrichten über die Ermittlungen zu den Vorfällen noch nicht aufgetaucht. Das war von entscheidender Bedeutung.

Er verließ das Apartment durch den Hinterausgang und stieg in eine Limousine, die in der Gasse neben dem Haus wartete. »Ein Zwischenstopp unterwegs«, sagte er zu seinem Fahrer, den er schon seit vielen Jahren beschäftigte.

Er blickte aus dem Fenster und achtete nicht auf die zahlreichen Kanäle Amsterdams und die Scharen von Fahrradfahrern auf den Straßen. Die Limousine verließ Amsterdam in östlicher Richtung und hatte als Ziel die Stadt Zwolle. Dort bog sie in die Zufahrt zum Friedhof Kranenburg ein. Der Fahrer kannte den Weg. Er wusste genau, wohin er fahren musste. Er gelangte zu einem kleinen Teich und stoppte im Schatten einer Gruppe hoher Roteichen mit ausladenden Kronen.

Als der Wagen anhielt, wurde Hendriks aus seinen Grübeleien gerissen. Er stieg aus und ging zu einem schlichten Grabstein aus Marmor, in den drei Namen eingraviert waren. Er sank davor auf die

Knie, aber dieses Mal wollten die Tränen nicht fließen. Der Schmerz war jedoch immer noch vorhanden, so quälend wie am ersten Tag.

»Es wird nicht mehr lange dauern«, flüsterte er, griff in die Tasche und berührte sein metallenes Andenken.

Nach einer längeren Andacht presste er die Lippen auf den kalten Grabstein und kam schwankend auf die Füße. Wie in Trance schlurfte er zum Wagen zurück und ließ sich auf den Rücksitz sinken. Es dauerte noch fast eine Stunde, bis der Trauerschmerz nachließ, nämlich in dem Augenblick, als der Wagen über die deutsche Grenze rollte. Und nun begann er, sich auf die nächste Aktion zu konzentrieren.

Die Limousine erreichte einen kleinen Flugplatz in der Nähe von Wesel, wo sein Privatjet bereitstand. Hendriks verabschiedete sich mit einem Händedruck von seinem Fahrer und stieg in das Flugzeug ein, das sofort startete.

Die Maschine flog nach Osten, überquerte Polen und Weißrussland, ehe sie dank einer vor längerer Zeit pauschal erteilten Genehmigung unbehelligt in den russischen Luftraum eindrang. Weniger als eine Stunde später landete der Jet auf dem Tschkalowski-Flugplatz, einer Luftwaffenbasis nördlich von Moskau. Hendriks blickte aus dem Fenster auf eine Reihe neuer Helikopter, die auf dem Rollfeld parkte. Davor war ein Regiment russischer Soldaten aufmarschiert und hatte Habachthaltung angenommen.

Der Jet hielt vor einem Hangar an, und Hendriks wurde zu einer Gruppe von Offizieren eskortiert, die sich auf einem roten Teppich in der Nähe eines Podiums versammelt hatte. General Zacharin trennte sich von der Gruppe, um den Holländer zu begrüßen.

»Mr. Hendriks«, sagte er auf Englisch, »ich freue mich, Sie wiederzusehen. Sie sind genau rechtzeitig eingetroffen.«

»Danke für Ihre Einladung, General.«

»Wir feiern die Indienststellung unserer neuen Klasse von Kampfhubschraubern des Typs Mi-28NM«, sagte Zacharin. »Präsident Waschenko wird zu einer Inspektion erwartet, daher dachte ich, es sei eine gute Gelegenheit, um ihm die Peregrine zu zeigen. Vielleicht können Sie eine Demonstration arrangieren, wie Sie es vor einigen Wochen schon einmal für mich getan haben.«

»Es wird mir ein Vergnügen sein«, sagte Hendriks. »Wenn Sie mich kurz entschuldigen wollen, General, ich möchte mich nur über den Status unserer Drohne informieren.«

Er ging zu einem grünen Sattelschlepper hinüber, der am Rand des Rollfelds stand. Sein Assistent, Gerard, erwartete ihn am Kontrollstand der Peregrine, nicht weit vom Lastwagen entfernt.

»Gab es Probleme an der Grenze?«, fragte Hendriks.

Gerard schüttelte den Kopf. »Keinerlei Schwierigkeiten beim Überqueren der Grenze oder bei der Einfahrt in die Basis.«

»Wie ist der Status der Peregrine?«

»Ich habe sie – wie von Ihnen gewünscht – vor dem Morgengrauen gestartet. Zurzeit befindet sie sich fünfzehn Kilometer von hier entfernt.« Er tippte mit einem Finger auf die Steuerkonsole. »Nachdem Sie für die Demonstration auf Manuellbetrieb umgeschaltet haben, ist sie darauf programmiert, im Niedrigflug zur Ostsee zurückzukehren.«

»Danke, Gerard. Ab hier übernehme ich.« Er deutete auf den Jet. »Ich habe den Wunsch, dass Sie und der Fahrer sofort an Bord gehen. Die Maschine bringt Sie nach Stockholm. Warten Sie dort, bis Sie von meinem Anwalt hören.«

Der Techniker sah seinen Boss an und nickte. »Ich verstehe. Auf Wiedersehen, Mr. Hendriks.«

Sekunden bevor Präsident Waschenkos Fahrzeugkolonne den Flugplatz erreichte und in der Nähe des Podiums anhielt, hob der Jet ab. Der russische Präsident inspizierte die Soldatenformation, hielt eine kurze Ansprache und wurde zu einem Rundflug in einem der Kampfhubschrauber eingeladen. Nachdem er sich mit seinen Adjutanten ein wenig über den Flug unterhalten hatte, wurde der Präsident von General Zacharin zum Podium geleitet, wo Hendriks mittlerweile die Steuerkonsole platziert hatte.

»Herr Präsident«, sagte Zacharin, »darf ich Ihnen Martin Hendriks vorstellen, den Entwickler der Peregrine-Drohne?«

»Ich habe viel Gutes über Ihre Drohne gehört«, sagte Waschenko. »Sie soll sogar einigen russischen Soldaten im Schwarzen Meer das Leben gerettet haben. Wo ist denn … Ihre Erfindung?«

»Sie kreist über uns am Himmel, Herr Präsident. Wie ich General Zacharin bereits demonstriert habe, ist sie dank ihrer Langstreckenfähigkeiten nur sehr schwer zu orten. Ich lade Sie ein zu versuchen, Ihre Position festzustellen.«

Waschenko suchte den Himmel ab, während er auf ein Motorengeräusch lauschte. Doch er sah und hörte nichts. Hendriks benutzte unterdessen die Hochleistungskamera der Peregrine, um das Podium in einigen Schritten Entfernung ins Visier zu nehmen. Er drehte den Videoschirm herum, um Waschenko das entsprechende Bild zu zeigen.

»Wir stehen genau hier.« Er deutete auf den Bildschirm. »Wenn ich das Laser-Ziel-System aktiviere, das auch bei Ihren Vikhr-Panzerabwehrraketen zum Einsatz kommt, können Sie erkennen, wie es unsere Position auffasst.«

Er gab auf einer Tastatur einige Befehle ein, und ein leuchtender roter Kreis erschien auf dem Bildschirm und schloss die Männer ein.

»Sehr beeindruckend«, sagte der Präsident. »Können Sie mir verraten, aus welcher Richtung die Drohne anfliegt?«

Hendriks ignorierte die Frage.

»Die Peregrine ist jetzt im Angriffstatus und bereit«, sagte Hendriks. »Wenn ich Sie töten wollte, brauchte ich nur auf diese beiden roten Knöpfe zu drücken, um die Raketen der Drohne zu starten.«

Während Hendriks die Hände sinken ließ und die Knöpfe betätigte, lachte Waschenko nervös. »Warum sollten Sie so etwas tun wollen?«

Zacharin deutete zum nördlichen Himmel hinauf. »Ist sie das? Was haben diese beiden kleinen Rauchwolken zu bedeuten?«

Während Waschenko sich umwandte, um Zacharins Finger zu folgen, flüsterte Hendriks ihm etwas ins Ohr.

»Herr Präsident, ich werde Sie auf die gleiche Art und Weise töten, wie Sie meine Familie am Himmel über der Ukraine getötet haben.«

Hendriks griff in die Tasche und holte den metallenen Gegenstand hervor, der ihn auf Schritt und Tritt begleitete. Es war ein verbogenes und teilweise geschmolzenes Kruzifix, das seine Frau einst an einer goldenen Kette um den Hals getragen hatte. Er hielt das Kruzifix in beiden Händen und streichelte es mit den Fingern, dann schaute er hoch und wartete auf die Ankunft der beiden Raketen.

90

Eine kühle Brise wehte über die Hügelkuppe und erfrischte die Hochzeitsgäste, die sich um den kleinen Pavillon versammelt hatten. Frische Blumen und Zierbänder schmückten das hölzerne Bauwerk in den traditionellen bulgarischen Hochzeitsfarben Rot und Weiß. Dahinter sorgte das funkelnde Schwarze Meer für einen azurblauen Hintergrund unter einer strahlenden Septembersonne.

Die Braut trug ein schlichtes weißes Kleid, das im Seewind raschelte. Der Bräutigam in seinem dunklen Anzug mit der roten Krawatte stützte sich auf einen schwarzen Gehstock. Nachdem sie ihre Ehegelübde gesprochen hatten, wandten sich Ana und Petar Ralin zueinander um und küssten sich vor den Gästen, die begeistert applaudierten.

Die Frischverheirateten stießen mit ihren Familienangehörigen an, als Champagner ausgeschenkt wurde und die jungen Mitglieder der Hochzeitsgesellschaft zu tanzen begannen. Nachdem sie sich durch die Schar der Gäste gedrängt hatten, kamen Ana und Petar auf ein hochgewachsenes Ehepaar zu, das am Rand der Tanzfläche stand.

Ralin drückte Pitt die Hand. »Wir sind so glücklich, dass Sie heute hier sein können.«

»Das wollte ich mir auf keinen Fall entgehen lassen.« Er stellte seine Frau Loren vor. Sie gehörte dem Kongress von Colorado an und trug ein Kleid, das die gleiche violette Farbe hatte wie ihre Augen.

Ana umarmte Pitt, dann wandte sie sich zu Loren um. »Petar und ich wären heute nicht hier, wenn Ihr Mann nicht gewesen wäre.«

»Sie alle hatten eine ziemlich harte Zeit«, sagte sie. »Ich bin nur froh, dass alles mit diesem besonderen Tag zu Ende gehen dürfte.«

»Haben Sie eine Hochzeitsreise geplant?«, fragte Pitt.

Ana lächelte. »Wir reisen für eine Woche nach Chios in Griechenland.«

Ralin schüttelte den Kopf. »Sie will unbedingt arbeiten, sogar während unserer Hochzeitsreise.«

»Wir wollen versuchen zu beweisen, dass es die *Besso* war, die dort gesunken ist«, sagte Ana. »Ihre Kinder haben uns Informationen über ein russisches U-Boot aus dem Ersten Weltkrieg zukommen lassen, das in der Region verschwand und die *Besso* möglicherweise zu einem Bergungsversuch angelockt hat.«

»Ich habe davon gehört«, sagte Pitt. »Mankedo hatte vielleicht angenommen, dass dort ein Goldschatz auf ihn wartete, und dabei ist er einigen russischen Agenten in die Quere gekommen.«

»Er hätte sich mit dem zufriedengeben sollen, was er erreicht hatte«, sagte Ana. »Während unserer Nachforschungen, die Martin Hendriks betrafen, fanden wir heraus, dass eine Überweisung von zwanzig Millionen Dollar an Mankedo auf ein Konto bei einer Bank in Zypern erfolgte und dass weitere fünf Millionen an seinen verstorbenen Geschäftspartner Ilya Vasko gingen. Nichts davon wurde bisher abgehoben.«

»Ich denke, es dürfte jetzt eindeutig klar sein, dass Hendriks die prorussischen Rebellen in der Ukraine nicht unterstützt hat – trotz allem.«

»Im Gegenteil. Es hat einige Zeit gedauert, ehe wir in Erfahrung bringen konnten, dass seine Frau und seine beiden Kinder in der Maschine der Malaysischen Airlines saßen, die 2014 in der Nähe von Donezk abgeschossen wurde. Seine Aktionen waren also nichts anderes als ein Rachefeldzug gegen Russland und die Rebellen.«

»Dabei hätte der Mann beinahe den Dritten Weltkrieg ausgelöst«, sagte Loren.

»Ja, aber auf gewisse Weise hatte er damit Erfolg«, erwiderte Ana. »Die USA unterstützen die Ukraine jetzt in stärkerem Ausmaß, und der neue russische Präsident hat alle militärischen Kräfte aus der Region abgezogen. Die Gewalt geht zurück, und die Ukraine erhält vielleicht sogar die verlorenen Gebiete zurück.«

»Ana, es reicht jetzt«, sagte Ralin. »Wir sind hier, um zu feiern.«

»Tut mir leid, Petar, du hast recht. Loren und Dirk, was haben Sie während Ihres Aufenthalts in Bulgarien geplant?«

»Wir hoffen, das Rila-Kloster besuchen zu können und über die Küstenstraße nach Varna zu fahren«, sagte Loren.

»Unterwegs«, sagte Pitt, »möchte ich mir das osmanische Schiffswrack näher ansehen, das wir gefunden haben. Danach interessiere ich mich für einen verrosteten italienischen Oldtimer, den ich vielleicht kaufen möchte.«

»Ana«, sagte Loren, »Sie sollten mir lieber Tipps geben, wo ich am besten shoppen kann, während Dirk unter Wasser herumgeistert.«

Pitt ergriff Ralins Arm. »Kommen Sie, Petar. Ich spendiere Ihnen etwas zu trinken, solange ich es mir noch leisten kann«, sagte er mit einem Augenzwinkern. »Wir können auf altertümliche Schiffswracks mit geheimen Schätzen, uralte Autos und starke Frauen anstoßen.«

Während die beiden Männer zur Bar schlenderten, wandte sich Ana an Loren. »Er ist ein Mensch aus einer anderen Epoche, nicht wahr?«

Loren schaute Pitt voller Stolz nach und lächelte.

»Ja, aber ich bin froh, dass er heute lebt.«